Knaur

S

Von Michael Palmer ist außerdem erschienen:

Extrem – Mit allen Mitteln (Band 67016)

Über den Autor:

Michael Palmer studierte Medizin an der Wesleyan-Universität, USA. Nach dem Studium war er als Internist in verschiedenen Krankenhäusern tätig. Heute arbeitet er als Notfallarzt.

Michael Palmer

Fremdeinwirkung

Roman

Aus dem Amerikanischen
von Christine Strüh

Knaur

Die amerikanische Originalausgabe erschien
unter dem Titel *Natural Causes* bei Bantam Books, New York

Vollständige Taschenbuchausgabe August 1998
Droemersche Verlagsanstalt Th. Knaur Nachf., München
Dieser Titel erschien bereits unter der Bandnummer 60517.

Umschlaggestaltung: Agentur Zero, München
Umschlagillustration: Tony Stone, München/Bruce Ayres
Druck und Bindung: Elsnerdruck, Berlin
Printed in Germany
ISBN 3-426-71112-5

2 4 5 3 1

Für Luke Harrison Palmer
Herzlich willkommen,
Großer

DANKSAGUNG

Wer den Abschnitt »Über den Autor« liest, sollte bitte auch diese Seite lesen. Die unten erwähnten Personen sind für den Verfasser dieses Buches sehr wichtig, und sie alle haben meinen tiefempfundenen Dank verdient.

Beverly Lewis, meine Redakteurin und Freundin, ist die leibhaftige Definition des Ausdrucks »Geschenk des Himmels«.

Linda Grey und Irwyn Applebaum, meine Lektoren bei Bantam, haben mir Mut gemacht, mich unterstützt und waren stets verständnisvoll.

Jane Rotrosen, Don Cleary, Stephanie Laidman, Meg Ruley und Andrea Cirillo von der Rotrosen-Agentur haben alle meine Bücher, ja meine ganze Karriere als Schriftsteller maßgeblich beeinflußt.

Dr. Rick Abisla aus Falmouth, Massachusetts, und Dr. Dolores Emspak aus Swampscott, Massachusetts, gaben mir auf ihren Spezialgebieten wertvolle Ratschläge.

Die Rechtsanwältinnen Marcia Divoll und Joanne Colombani aus Boston sowie Ms. Ginni Ward waren im juristischen Bereich ebenso hilfreich.

Schwester Jeanne Jackson und Carolyn Moulton aus Falmouth besorgten mir Literatur und vermittelten mir Einblicke in die Wirkungsweise und die Möglichkeiten der alternativen Medizin. Dr. Bud Waisbren aus Ipswich, Massachusetts, versorgte mich mit Informationen und motivierte mich in einer besonders schwierigen Phase.

Dr. Richard Dugas schleppte mich gelegentlich zu einem Bridgeabend mit und bewahrte mich so wahrscheinlich davor, den Verstand zu verlieren. John Saul und Michael Sack fanden im richtigen Moment die richtigen Worte.

Und schließlich gilt mein Dank und meine Liebe meiner Frau, die wieder einmal bemerkenswert gefaßt und mit verständnisvoller Geduld die schlimmsten meiner schriftstellerischen Wehen ertragen hat.

M. S. P.
Swamscott, Massachusetts

PROLOG

Während der ersten beiden Stunden der Fahrt hatten sich Connie Hidalgos Wehen eher angefühlt wie ein leichtes Ziehen, aber als sie und ihr Verlobter auf der I-95 an den Ausfahrten nach New London vorbeikamen, wurden die Kontraktionen stärker.

»Billy, ich glaub, mit mir passiert irgendwas«, sagte sie.

»Ach komm, das gleiche sagst du doch schon seit 'nem ganzen verdammten Monat, und es sind immer noch vier Wochen bis zum Termin.«

»Ich hätte lieber zu Hause bleiben sollen.«

»Unsinn. Du hättest genau das tun sollen: mit mir nach New York fahren und mir helfen, das Geschäft durchzuziehen.«

»Du hättest wenigstens den Mercedes nehmen können. Der Sitz bringt mich um.«

Natürlich wußte Connie, daß es gar nicht in Frage gekommen wäre, den chromblitzenden 500 SL zu benutzen. Denn eins wollte Billy Molinaro im Moment ganz bestimmt nicht, nämlich neugierige Blicke auf sich ziehen – oder die Aufmerksamkeit von Autodieben. Der verbeulte Ford Kombi war schon immer ihr bevorzugtes Transportmittel von und nach Manhattan gewesen, und um keinen Preis wäre Billy bereit gewesen, das ausgerechnet heute zu ändern. Er hatte Connie nicht gesagt, wieviel Geld in den beiden Sporttaschen steckte, die im Kofferraum verstaut waren, aber sie wußte, daß es eine Menge war – mehr als je zuvor.

Sie krümmte sich, als die nächste Wehe einsetzte. Angestrengt starrte sie zum Fenster hinaus und versuchte, sich auf die Lichter und die Leuchtreklamen zu konzentrieren, die draußen vorbeisausten. Sie war eine zierliche Frau – nichts als Bauch, sagte Billy neuerdings immer – mit großen dunklen Augen und einem hübschen, weichen Gesicht. Die meisten Männer mochten sie wegen ihres Gesichts, das hatte sie inzwischen herausgefunden. Mit vierzehn hatte Connie ein Mädchen zur Welt gebracht und gleich nach der Geburt zur Adoption freigegeben, ohne es auch nur eines Blickes zu würdigen. Jetzt, zehn Jahre später, hatte Gott ihr eine zweite Chance geschenkt. Und diesmal würde nichts schiefgehen. Nichts.

»Billy, ich liebe dich«, sagte sie leise.

»Dann steck mir doch mal den hier an.«

Er holte einen dicken Joint unter dem Sitz hervor, leckte ihn fachmännisch ab und beugte sich zu Connie hinüber.

»Nein, Billy. Das ist nicht gut für das Baby.«

»Crack ist nicht gut für das Baby«, verbesserte er sie. »Deshalb hab ich dir auch keinen mehr gegeben, seit wir gemerkt haben, daß du schwanger bist. Aber an Gras war noch nie was auszusetzen. Vertrau mir.«

»Okay, aber dann mach wenigstens das Fenster auf.«

Connie zündete den Joint an und holte unwillkürlich tief Luft, als Billy den Rauch ausatmete. Er hatte recht, wie immer. Während ihrer ersten Schwangerschaft hatte Connie ständig geraucht – Zigaretten und Marihuana –, und das Baby war trotzdem rund und perfekt gewesen, als es auf die Welt kam.

»Hör zu«, fuhr Billy fort. »Manny Diaz ist ein Schleimscheißer, aber ich hab jetzt schon so viele Deals mit ihm durchgezogen, daß ich ihm eigentlich traue – vor allem, wo du jetzt dolmetschen kannst, wenn er sich weigert, Englisch zu reden. Aber was diesmal abläuft, ist mächtig viel größer als die ganzen anderen Deals, also müssen wir auch extra vorsichtig sein. Du wartest mit laufendem Motor vor der Tür. Die Wagentüren läßt du verriegelt, bis ich wieder da bin und dir sage, daß alles okay ist. Wenn dir irgendwas nicht geheuer vorkommt – *irgendwas* –, dann hau ab,

so schnell du kannst, und ruf meinen Cousin Richie in Newark an. Kapiert?«
»Ja. Ich hab's kapiert.«
Wieder eine Wehe. Connie biß die Zähne zusammen und drückte ihre schmalen Hände fest gegen den Bauch. In den letzten vierzehn Tagen hatte es schon zweimal falschen Alarm gegeben. Jetzt war es sicher nicht anders. Sie sah auf Billys Uhr. Wenn das so weiterging, mußte sie trotzdem anfangen, die Abstände zu stoppen.
Während sie sich einzureden versuchte, daß kein Grund zur Sorge bestand, spürte sie plötzlich noch einen anderen Schmerz. In den Fingerspitzen. Anfangs war es gar kein richtiger Schmerz. Eher, als wären die Finger eingeschlafen, eine unangenehme Taubheit. In der Nähe von Stamford war die Gefühllosigkeit einem ständigen elektrischen Prickeln gewichen. Wenn sie die schmerzenden Stellen drückte, wurde es schlimmer, wenn sie die Finger in Ruhe ließ, merkte sie es trotzdem. Im Dunkel des Wagens zusammengekauert, untersuchte sie eine Fingerspitze nach der anderen. Alle taten weh. Das sind die Nerven, bloß die Nerven, dachte sie. Billy hatte den Joint wieder angezündet. Ein Zug konnte doch bestimmt nicht schaden. Im Gegenteil, er würde ihr helfen, sich zu entspannen. Connie zog Billys Hand zu sich herüber, schloß die Lippen fest um das feuchte Papier und atmete ein, so tief sie konnte. Seit beinahe sechs Monaten hatte sie so gut wie gar kein Marihuana mehr geraucht. Garantiert würde es dem Baby nichts ausmachen, wenn sie jetzt einen Zug nahm. Wenn man drüber nachdachte, was dem armen kleinen Ding in dieser Welt bevorstand, konnte es eine kleine Dröhnung sicher ebensogut brauchen wie Connie selbst.
Bei New Rochelle hatte Connie den ganzen Joint allein aufgeraucht. Ihre Finger taten immer noch weh, und die Kontraktionen kamen weiterhin etwa alle fünf Minuten, aber das machte ihr eigentlich keine Sorgen mehr.
»Billy, es geht mir besser«, verkündete sie.
»Ich hab's doch gleich gesagt, Süße.«
Aber nach ein paar Kilometern spürte sie den prickelnden Schmerz

plötzlich auch in ihren Zehen. Erschrocken versuchte sie es mit dem nächsten Joint.
»Hey, jetzt reicht's dann aber«, sagte Billy.
»Ich glaube, das Baby kommt.«
»Also, ich will doch schwer hoffen, daß es bleibt, wo's ist, bis wir den Deal erledigt haben. Ich brauch dich am Steuer, wenn die Sache gut laufen soll. Und falls sie danebengeht, wäre es vielleicht ohnehin besser, wenn das Kleine gar nicht rauskommt.«
»Billy, ich mein's ernst.«
»Und wofür hältst du mich? Für den Weihnachtsmann?« Nervös sah er auf die Armbanduhr. »Genau nach Plan. Süße, wenn wir dieses Geschäft durchgezogen haben, spielen wir in der Oberliga. Glaub mir. Es ist ein Test für mich, auf den Dominic schon lange gewartet hat. Und den kann ich mir nicht durch die Lappen gehen lassen.«
Connie hörte die Spannung in der Stimme ihres Liebsten. Sie biß die Zähne zusammen und versuchte, das Kribbeln in Händen und Füßen zu vergessen. Billy hatte ja recht. Heute stand nicht nur das Geld auf dem Spiel, es ging um ihre Zukunft. Als Connie jünger war und dick und unattraktiv, hatten die Männer immer nur das eine von ihr gewollt. Sex. Dann hatte sie sich verändert und war schön geworden, und da hatten die Männer, die sie toll fanden, mehr zu bieten gehabt – jedenfalls gingen sie manchmal nett mit ihr aus. Aber was sie von ihr wollten, war eigentlich immer noch dasselbe gewesen. Billy war anders. Er wollte, daß sie sein Mädchen war. Von Anfang an hatte er sie mit Respekt behandelt. Jetzt würden sie demnächst ein Baby kriegen. Und sobald der Deal heute abend über die Bühne war, würden sie heiraten, das hatte er ihr versprochen.
Was immer sie tun mußte, um Billy Molinaro heute abend zu helfen, sie war dazu bereit. Wenn doch bloß diese Schmerzen nachließen ... wenigstens ein kleines bißchen.
Als sie sich aufrichtete, um das Licht anzuknipsen, traten ihr fast die Tränen in die Augen.

»Hey, was machst du denn da?« fragte Billy.
»Ich wollte ... ich wollte bloß 'ne Musikkassette suchen.«
Ihr Blick fiel auf ihre Hände. Schnell knipste sie das Licht wieder aus, damit er es nicht sah. Ihre Finger hatten sich vom ersten Gelenk bis zu den Spitzen beinahe schwarz verfärbt. Der Rest der Hand war dunkelgrau.
»Und?«
»Und was?«
»Welche Kassette hast du ausgesucht?«
»Oh, ich – ich will mich doch lieber bloß ausruhen.«
Bitte, lieber Gott, hilf mir, daß ich noch eine Stunde durchhalte. Nur eine Stunde.
Als sie den Harlem River Drive entlangfuhren und auf die 116. Straße abbogen, war es kurz nach Mitternacht. Die Wehen waren zwar heftig, aber sie machten Connie längst nicht so zu schaffen wie die Angst, das Lenkrad nicht mehr halten zu können, wenn sie endlich ankamen – vom Fahren ganz zu schweigen. Ihre linke Hand hatte sich inzwischen zu einer Klaue versteift und war so gut wie nicht mehr zu gebrauchen. Die rechte ließ sich noch bewegen, aber selbst wenn Connie ganz vorsichtig war, tat es höllisch weh.
Bitte, Gott ...
»So, wir sind da, Süße«, verkündete Billy. Er hielt unter einer Straßenlaterne vor einem baufälligen Wohnblock. »Die Kerle haben 'nen Heidenrespekt vor Dominic, deshalb glaub ich nicht, daß es Ärger gibt. Aber sicher ist sicher, vor allem bei einem Deal dieser Größenordnung. Du bleibst hier, verriegelst die Türen und läßt den Motor laufen. Ich geh rauf und seh mir den Stoff an. Wenn er okay ist, machen wie die Übergabe gleich hier auf der Straße. Okay? Connie, ich hab dich was gefragt. Okay?«
Connie Hidalgo biß sich auf die Unterlippe, während eine besonders schlimme Wehe ihren Körper durchzuckte. Hände und Füße pochten unerträglich. Als der Bauch wieder weicher wurde, spürte sie eine warme Flüssigkeit zwischen den Beinen. Die Fruchtblase war geplatzt.

»B-bitte beeil dich«, brachte sie mühsam hervor. »Das Baby kommt bald. I-ich glaube, wir müssen ins Krankenhaus.«
Billy schnappte sich seinen Testkasten und rückte das Halfter unter seiner linken Schulter zurecht.
»Verdammt, reiß dich gefälligst zusammen, bis wir fertig sind«, fauchte er. »Kapiert?« Dann sah er ihr schmerzverzerrtes Gesicht. »Conny, Schatz«, meinte er mit sanfterer Stimme, »es wird alles gut. Versprochen. Ich erledige das Geschäft mit Diaz, so schnell ich kann. Und dann besorge ich dir den besten Arzt von New York, wenn du es möchtest.«
»Aber ...«
»Also, denk dran, laß die Tür verriegelt und halt die Augen offen. Ich liebe dich.«
»Ich liebe dich auch«, antwortete Connie. Aber Billy war schon verschwunden.
Mühsam zwängte sie sich hinter das Lenkrad und drückte den Riegel auf der Fahrerseite herunter. Wenn die Blase platzt, ist das noch lange kein Anlaß zur Panik, dachte sie verzweifelt. Das hatte die Frau vom Schwangerschaftskurs immer wieder betont. Fünf Minuten verstrichen. Dann noch mal fünf. Die Wehen waren höllisch.
Um sich abzulenken und noch einmal nach ihren Fingern zu sehen, knipste Connie wieder das Innenlicht an. Die grauen kalten Hände mit den schwarzen Fingern sahen aus wie Requisiten für eine Halloween-Party. Sie warf einen Blick in den Rückspiegel. *Irgendwas stimmte nicht mit ihrem Gesicht.* Es dauerte ein paar Sekunden, bis sie begriff, daß es Blut war, was da in zwei dünnen Rinnsalen aus ihrer Nase floß, über die Oberlippe, an den Mundwinkeln vorbei.
»Bitte, Billy. Bitte beeil dich.«
Ungeschickt wühlte sie in ihrer Tasche nach einem Papiertaschentuch, als ihr plötzlich der dunkelrote Fleck auffiel, der sich zwischen ihren Beinen auf der beigen Schwangerschaftshose ausbreitete. Das war nicht die klare oder leicht gelbliche Flüssigkeit, von der die

Krankenschwester gesprochen hatte. Das war Blut! Connies Kopf dröhnte, ihr war schwindlig. Sie versuchte, das Gerinnsel aus der Nase aufzuhalten. Inzwischen lief ihr das Blut schon in den Mund und tropfte auf ihre Bluse. Ihr linker Arm war bleischwer.
»Hilfe! Ist da jemand? Hilfe, bitte!« schrie sie. Dann merkte sie, daß die Worte nur in ihren Gedanken existierten. Sie konnte nicht sprechen. Die Umgebung verschwamm vor ihren Augen, die ganze linke Körperseite war gelähmt. Ein unbeschreibliches Entsetzen ergriff sie, schlimmer als alles, was sie je erlebt hatte.
In diesem Augenblick explodierte die Windschutzscheibe des Ford, und ein Schauer von Glassplittern regnete auf Connie herab. Blut spritzte ihr von der Stirn in die Augen. Mit dem rechten Handrücken konnte sie es so weit wegwischen, daß sie einigermaßen klar sah. Billys Körper lag ausgestreckt über der Kühlerhaube, sein zertrümmerter Kopf und ein Arm baumelten leblos über dem Beifahrersitz. Tonlos schrie Connie auf, schrie und schrie.
Durch die zerbrochene Windschutzscheibe entdeckte sie mehrere Männer, die auf sie zukamen. Ohne einen anderen Gedanken als den zu fliehen, ließ Connie ihre rechte Hand auf die automatische Gangschaltung fallen, die in den Vorwärtsgang rutschte. Der Ford schoß los, erwischte mindestens einen der Männer und streifte mehrere parkende Autos. Als der Kombi auf die Third Avenue schlingerte, fiel Billys Leiche herunter. Connie, inzwischen mehr tot als lebendig, blickte gerade rechtzeitig nach links, um zu sehen, wie Scheinwerfer und Stoßstange eines Busses auf sie zurasten.
Einen kurzen Moment gab es ein scheußliches Knirschen, begleitet von einem Schmerz, wie ihn Connie noch nie erlebt hatte. Dann wurde alles schwarz ... und Frieden senkte sich über sie.

KAPITEL 1

1. Juli *Der große Tag des alljährlichen Wechsels*

Es waren genau elfeinhalb Kilometer von Sarah Baldwins Apartment im North End zum Medical Center of Boston. Heute, an einem Montag, waren die Straßen trocken, die Luftfeuchtigkeit gering und – um sechs Uhr morgens – der Verkehr praktisch gleich Null.

Mit zusammengekniffenen Augen spähte Sarah in den gleißenden Morgenhimmel hinauf, um sich mit dem neuen Tag vertraut zu machen. »Neunzehn Minuten fünfundvierzig Sekunden«, lautete ihre Prognose.

Sie stieg auf ihr Fuji-Zwölfgang-Sportrad, rückte den Sturzhelm zurecht und stellte die Stoppuhr auf Null. Fünfzehn Sekunden hin oder her – höher durfte die Abweichung bei ihrem Wettkampf gegen sich selbst nicht werden. Meistens gewann sie. In den zwei Jahren, die sie jetzt mit dem Fahrrad zum MCB fuhr, hatte sie die Genauigkeit ihrer Schätzung bedeutend verbessert, indem sie immer mehr versteckte Variablen in ihre Berechnungen einbezog. *Dienstag oder Donnerstag?* ... Dreißig Sekunden dazuzählen. *Zum Frühstück normalen Kaffee statt koffeinfreien?* ... Fünfundvierzig abziehen. *Zwei aufeinanderfolgende Nächte ohne Notdienst?* Mindestens eine Minute besser als gewöhnlich. Heute hatte sie ihr Bedürfnis einberechnet, kräftig in die Pedale zu treten und sich ordentlich anzustrengen, ohne dabei jedoch zu sehr ins Schwitzen zu geraten.

Sie warf noch einen Blick auf die malerischen Häuschen in ihrer Straße, dann setzte sie die Stoppuhr in Gang und fuhr los. Früher war sie beinahe eine Fitneßfanatikerin gewesen, aber inzwischen hatte sie das regelmäßige Training fast ganz aufgegeben. Statt dessen trieb sie sich auf der Fahrt zur Arbeit bis zum Äußersten, duschte im Krankenhaus und zog sich dann für die Visite ihre Kliniksachen über. Aber heute würde alles anders sein als sonst. Wie in den meisten Lehrkrankenhäusern überall im Land war heute, am 1. Juli, auch am Medical Center of Boston der große Tag des alljährlichen Wechsels.

Für die angehenden Ärzte sämtlicher Spezialgebiete war dieser Tag ein wichtiger Initiationsritus. Frischgebackene Doktoren der Medizin kamen für eine fünfjährige Assistenzarztzeit in die Krankenhäuser. Diejenigen, die bereits ein Jahr hinter sich hatten, rückten ins zweite auf. Für Sarah war es der Übergang vom zweiten Jahr Geburtshilfe und Gynäkologie ins dritte, was natürlich vor allem mehr Verantwortung bedeutete: Von einem Tag auf den anderen weniger Supervision, vor allem beim Operieren. Aus dieser Perspektive war es nicht verwunderlich, daß sie ein wenig nervös war und an die Ängste denken mußte, die sie vor einem Jahr ausgestanden hatte. Und an die von vor zwei Jahren, die noch schlimmer gewesen waren.

Wenn alles gut lief, würde der nächste große Tag Sarah auf die Stelle der Stationsärztin ihrer Abteilung befördern. Von diesem Tag an würden ihre Entscheidungen, ihr medizinisches Urteilsvermögen die letzte Instanz sein. Ein ernüchternder Gedanke. Obwohl eine solche Stellung im MCB natürlich nicht mit der im White Memorial oder einer der anderen riesigen Universitätskliniken zu vergleichen war, fand Sarah die Vorstellung trotzdem imponierend – vor allem, wenn man bedachte, daß es ihr vor sieben Jahren noch nicht einmal in den Sinn gekommen wäre, Ärztin zu werden.

An der Steigung zum Beacon Hill schaltete sie in den dritten Gang und sauste dann in Richtung Back Bay wieder hinunter. Nur ein paar Blocks weiter lag das riesige braune Sandsteingebäude, in dem früher das Ettinger-Institut für ganzheitliche Medizin untergebracht war. Wie immer, wenn sie dort vorbeikam, mußte sie an Peter Ettinger denken – warum hatte er keinen ihrer Anrufe und Briefe je beantwortet? Ob er inzwischen verheiratet war? Ob er glücklich war? Und was wohl aus Annalee geworden war, dem westafrikanischen Mädchen, das er als Baby adoptiert hatte? Als Sarah die Stadt verlassen hatte, war sie fünfzehn gewesen. Sarah hatte sich Annalee sehr nahe gefühlt, und sie wurde immer noch traurig, wenn sie daran dachte, daß der Kontakt so unvermittelt abgebrochen war.

Als sie vor drei Jahren mit ihrem Abschluß in Medizin aus Italien zurückkam, hatte sie dem Institut einen Besuch abgestattet. Doch in dem Gebäude, das einst eine Art Zuhause für sie gewesen war, hatte man inzwischen sechs Luxuswohnungen untergebracht. Peters Name stand auf keiner der Klingeln. Erst Monate später erfuhr Sarah von Xanadu, Peters holistischem Gesundheitszentrum in den Hügeln westlich von Boston.

Sie hatte sich vorgenommen, irgendwann einmal hinauszufahren. Vielleicht konnten sie manches klären, wenn sie sich gegenüberstanden.

Aber sie tat es nie.

Sarah war so in Gedanken versunken, daß sie eine Ampel bei Gelb überfuhr, was ihr eine obszöne Geste von einem Taxifahrer einbrachte, der sich anschickte, die Kreuzung zu überqueren, bevor er Grün bekam.

Sei vorsichtig, schärfte sie sich ein. *Sei bloß vorsichtig.* In der Notaufnahme wollte sie am großen Tag des alljährlichen Wechsels nun wirklich nicht landen. Als sie vom Veteran's Highway in die Zufahrtsstraße zum MCB einbog, kontrollierte Sarah ihre Zeit. Schon über zwanzig Minuten. Sie stieg ab und ging die letzten Meter zu Fuß. Ihr kleiner Wettbewerb hatte keinen erkennbaren Einfluß darauf, wie sich Sarahs Tag entwickeln würde. Trotzdem vermerkte sie im Hinterkopf, daß sie am heutigen Tag des großen Wechsels eine Niederlage hatte einstecken müssen.

Vor ihr säumten Demonstranten den Wegrand und empfingen die

Leute, die zur Arbeit kamen, mit Jubelrufen oder stimmten einen Sprechchor an. Seit mindestens einer Woche hatte es im MCB keine Demonstrationen mehr gegeben. Eine so lange Pause hatte Sarah noch nie erlebt. Aber jetzt schien wieder irgendeine Gruppe auf dem Kriegspfad zu sein. Sarah versuchte zu erraten, um wen es sich diesmal handelte. Krankenschwestern – staatlich geprüfte und Schwesternschülerinnen –, Wartungsdienst, Transport, Sicherheitsdienst, Diätassistenten, Verwaltung, Krankengymnasten, Hilfsschwestern, sogar der Reinigungsdienst – jeder Bereich der belagerten Institution hatte irgendwann schon einmal eine solche Protestaktion durchgeführt. Heute war es der Wartungsdienst.

NIEDER MIT GLENN PARIS ... M-C-B – BESSER WIRD'S HIER NIE ... WIR WOLLEN EIN BESSERES MANAGEMENT, KEINE LEEREN VERSPRECHUNGEN ... MCB NEE HMO OLÉ ...

Die meisten Transparente waren professionell gestaltet. Manche Sprüche waren nur spöttisch, andere regelrecht bösartig.

BRENNT PARIS? WÄRE DOCH BESSER – ODER NICHT? ... BEZAHLT UNS ODER ERLEDIGT EURE REPARATUREN ALLEIN ... WOLLEN SIE DIESER KLINIK IHR LEBEN ANVERTRAUEN?!!!

Egal, welches Hühnchen sie mit dem MCB zu rupfen hatten – die Leute vom Wartungsdienst hatten ganz bestimmt eine Menge Geld hinter sich.

»Schöner Tag für 'ne Demonstration, was?«

Andrew Truscott, seit heute Assistenzarzt im letzten Jahr in der Gefäßchirurgie, hatte Sarah eingeholt und ging neben ihr her. Truscott war Australier, und sein sarkastischer Humor wurde noch verstärkt durch einen Hinterwäldlerakzent, den er stufenlos von »kaum hörbar« bis »kaum verständlich« variieren konnte. Mit sechsunddreißig war er der einzige Assistenzarzt in Sarahs Alter. Man wurde nicht leicht warm mit ihm – er war konventionell bis steif, starrsinnig bis dogmatisch und oft allzu ironisch. Aber er war auch ein verdammt guter Chirurg. Sarah war ihm am ersten Tag im MCB begegnet, und sie hatten rasch Zugang zueinander gefunden. Anfangs hatte Sarah erwartet, daß sich ihre Beziehung – diese besondere Art von Kollegialität – zu einer guten Freundschaft entwickeln würde. Doch wie sich herausstellte, ließ Andrew im MCB keinen näher an sich heran als bis zu dieser kollegialen Ebene. Trotzdem gefiel Sarah der Kontakt zu diesem Mann, und sie profitierte viel von seinem Wissen. Außerdem mußte sie sich eingestehen, daß sie gern ihre weiblichen Verführungskünste entstaubt und zum Zug gebracht hätte, wäre Andrew Truscott nicht verheiratet gewesen. Momentan hatte sie noch keine Lösung für das lästige Problem, wie sie je eine kompetente Chirurgin werden sollte, ohne ihr Bedürfnis nach Liebe, Kameradschaft, Sex und all den anderen schönen Dingen jenseits der Krankenhausmauern im Keim zu ersticken.

»Was wäre der große Tag des alljährlichen Wechsels im MCB ohne ein paar Transparente, stimmt's, Andrew?« meinte sie.

»Genau. Der große Tag im Medical Center of Boston. Vor dem Ostflügel haben wir eine Versammlung professioneller Drogenschnorrer, die die neuen Assistenzärzte mit perfekten Symptomen eines Nierensteinabgangs oder eines Bandscheibenvorfalls becircen. Vor dem Westflügel stehen die Angestellten vom Wartungsdienst und versuchen, aus dem steinernen Herzen dieses Krankenhauses ein paar Dollar mehr rauszupressen. Ist die Medizin nicht wunderbar?«

»MCB nee, HMO olé«, zitierte Sarah. »Seit wann interessieren sich die Leute vom Wartungsdienst für Krankenhauspolitik?«

»Wahrscheinlich seit jemand ihnen gesagt hat, daß sie die zusätzlichen Dollars tatsächlich kriegen, wenn Everwell ans Ruder kommt.«

»Das wird aber nicht passieren.«

»Versuch ihnen das mal klarzumachen.«

Schon seit mehreren Jahren beobachteten die ehrgeizigen – manche behaupteten gierigen – Vertreter der Everwell Health Maintenance Organization, wie das MCB unter seiner fast unerträglichen Last schier zusammenbrach: Finanzprobleme, Unruhe unter den Angestellten und dazu noch die Kontroverse um die Bemühungen der Klinik, unkonventionelle Heilmethoden mit traditioneller Medizin und Chirurgie zu verbinden. Falls die staatliche Gesundheitskommission eine entsprechende Entscheidung der Verwaltung billigte, konnte die Klinik schon bald in die Hände der garantiert nicht gemeinnützigen Everwell-Organisation gelangen. Und nach jeder Protestaktion, nach jeder negativen Publicity war das MCB, eine in ihrer Art einmalige Institution, wieder ein Stückchen näher daran, endgültig in die Knie zu gehen.

»Es wird nicht soweit kommen, Andrew«, wiederholte Sarah. »Seit Paris die Leitung übernommen hat, ist es jedes Jahr ein bißchen besser geworden. Das weißt du genausogut wie ich. MCB hat sich zu etwas Besonderem entwickelt. Aus aller Welt kommen Leute zu uns, weil sie bei uns anders behandelt werden. Wir können nicht zulassen, daß Everwell oder sonstwer das wieder kaputtmacht.«

»Hör zu, Kumpel«, sagte Truscott, und sein Akzent wurde knüppeldick, »wenn du dein Herz an so was hängst, dann mußt du deinen Chirurgenorden abgeben. So lautet die Regel.«

»Du bist doch genauso mit dem Herzen bei der Sache wie ich«, entgegnete Sarah. »Aber du bist ein alter Macho, deshalb kannst du es nicht zugeben.« Sie sah an den Demonstranten vorbei zum Fahrradständer, der leer war bis auf zwei verrostete Dreigangräder mit offensichtlich zerstochenen Reifen. »Ich glaube, die Hilfsschwestern waren während des Streiks weniger auf körperliche Ertüchtigung aus«, bemerkte sie. »Sieht ganz so aus, als müßte mein Fahrrad mal wieder ans Bett im Bereitschaftszimmer angekettet werden. Andrew, hast du nicht manchmal auch das Gefühl, daß jemand den Wartungsdienst bei der ganzen Aktion kräftig unterstützt?«

»Meinst du Everwell?«

Sarah zuckte die Achseln. »Möglicherweise. Aber Everwell wäre nicht der einzige mögliche Kandidat. Dank Axel Devlin gibt es noch wesentlich mehr Leute, die einen falschen Eindruck von den Methoden haben, die wir hier anwenden.«
Devlin, ein Redakteur des *Herald*, hatte MCB unverfroren in »Knuspermüsli-Klinik« umgetauft, und das Krankenhaus fiel in der höchst populären Kolumne »Wer nicht will, der hat schon« nur allzuoft »Axels Axt« zum Opfer. Als ausgebildete Medizinerin mit reichhaltiger Erfahrung in Akupunktur und Homöopathie war Sarah selbst schon zweimal wenig schmeichelhaft in diesen Artikeln erwähnt worden. Ihr war vollkommen schleierhaft, wie Devlin etwas über sie herausgefunden hatte.
»Wer weiß?« beantwortete Andrew ihre Frage ohne großes Interesse. Mit einem Nicken in Richtung der Demonstranten fuhr er fort: »Ein uriges Häufchen, das muß man schon sagen. Kein Oberarm ohne Tätowierung.« Vor der Tür mit der Aufschrift »Nur für Personal« blieb er stehen und drehte sich zu Sarah um: »Na, Dr. Baldwin, sind Sie bereit, eine Stufe höher zu steigen?«
Sarah strich sich nachdenklich übers Kinn, dann nahm sie Truscotts Arm.
»Alle anderen Alternativen, die mir offenstehen, sind entweder inakzeptabel oder illegal, Dr. Truscott«, meinte sie. »Also, auf in den Kampf.«

* *
*

Fünfzehn Meter über dem klaren Bergsee kauerte Lisa Summer am Rand der Klippe. Abgesehen von einer Girlande aus weißen Lilien um Hals und Kopf war sie nackt. Die Sonne glänzte auf ihrem langen, vollkommenen Körper und schimmerte auf ihren goldblonden Haaren. Um sie herum erstreckte sich eine unendliche Blumenpracht, bedeckte die Felsen und ergoß sich neben den funkelnden Wasserfällen über die Klippe. Hoch über ihr schwebte ein einsamer Habicht schwerelos am wolkenlosen, azurblauen Himmel.

Lisa legte den Kopf in den Nacken und ließ sich die warme Sonne ins Gesicht scheinen. Sie schloß die Augen und lauschte auf das Tosen des Wassers unter ihr. Dann breitete sie die Arme aus, preßte die Zehen gegen den Klippenrand, holte noch einmal tief Luft und stieß sich ab. Wind und Gischt liebkosten ihr Gesicht, während sie an den Wasserfällen vorbeiglitt, nein, sie fiel nicht, sie drehte sich und schwebte in der kristallklaren Luft ... hinunter ... hinunter ... hinunter.

»Weiter so, Lisa. Wunderbar. Weiter so. Die Wehe ist fast vorbei. Eine Minute zehn ... eine Minute zwanzig. Das war's. Das war's. Oh, das war großartig. Du machst das wirklich großartig.«

Langsam öffnete Lisa die Augen. Sie lag auf dem Futonbett in ihrem chaotischen Zimmer, einen Kissenberg im Rücken, überströmt von den Strahlen der Morgensonne. Heidi Glassman, ihre Mitbewohnerin, Freundin und Geburtsbegleiterin saß neben ihr und streichelte ihre Hand. An der Wand gegenüber standen das Bettchen und die Wickelkommode, die sie im Secondhand-Laden gekauft und mit großer Sorgfalt restauriert hatte.

Die Übungen, die sie die ganzen Wochen über im Schwangerschaftskurs gemacht hatte, zahlten sich aus. Jetzt hatte Lisa schon seit drei Stunden Wehen, aber dank der Phantasiebilder, in die sie sich hineinzuversetzen gelernt hatte, ließ sich der Schmerz problemlos bewältigen.

Dr. Baldwin nannte die Technik interne und externe Visualisierung. Wie sie Lisa erklärt hatte, war das eine bescheidene Form der Selbsthypnose – eine Methode, die Lisa bei gewissenhafter Anwendung helfen würde, selbst schwierige Wehen und eine anstrengende Entbindung ohne Narkose oder Medikamente zu überstehen. Bei manchen Wehen benutzte Lisa externe Visualisierung und ließ sich von der Klippe fallen oder ritt auf dem Rücken eines Delphins durch eine wunderschöne Unterwasserwelt. Bei anderen setzte sie interne Visualisierung ein, um die Muskeln ihrer Gebärmutter und den kleinen Jungen darin zu sehen und sie im Geist mit dicken Watteschichten abzupolstern.

»Wie geht's dir?« fragte Heidi.

»Gut. Sehr gut«, antwortete Lisa verträumt.
»Du siehst sehr entspannt aus.«
»Ich fühle mich wunderbar.«
Ohne es zu merken, öffnete und schloß Lisa die Hände.
»Seit fast einer Stunde kommen die Wehen jetzt im Abstand von fünf Minuten. Ich glaube, allmählich sollten wir anrufen.«
»Wir haben noch Zeit«, entgegnete Lisa. Wieder schloß sie die Augen. »Ich glaube, der Muttermund hat gerade erst angefangen, sich zu öffnen.«
Vor ihrem inneren Auge sah sie ihre Zervix deutlich vor sich. Sie war erst ein ganz kleines bißchen geweitet.
»Soll ich mal nachsehen?« fragte Heidi.
Heidi war Krankenschwester und hatte mehrere Jahre auf einer Entbindungsstation gearbeitet. Jetzt sollte sie Dr. Baldwin bei der Hausgeburt assistieren.
»Ich glaube nicht, daß das nötig ist«, meinte Lisa und rieb sich die Finger.
»Ist irgendwas?«
»Nein. Meine Hände fühlen sich ein bißchen steif an, weiter nichts ...«
»Vielleicht vom eingelagerten Wasser. Laß mich mal deinen Blutdruck kontrollieren.«
Heidi legte eine Blutdruckmanschette um Lisas Arm und drückte das Stethoskop auf die Armarterie. Mit neunzig zu fünfundsechzig lag der Blutdruck etwas niedriger als vorhin, aber durchaus im Normalbereich für diese frühe Phase der Wehen. Heidi grübelte einen Moment über die Veränderung nach, kam aber zu dem Schluß, daß sie bedeutungslos war. Trotzdem schrieb sie den Wert in ihr Notizbuch und nahm sich vor, in zehn bis fünfzehn Minuten noch einmal zu messen.
»Und wer gewinnt?« fragte Lisa.
»Angenommen, es kommt heute?«
»Oh, es wird heute kommen. Darauf kannst du dich verlassen.«
»Dann ist Kevin dreißig Dollar reicher.«

Kevin Dow, ein Maler, wohnte ebenfalls in der Knowlton Street Nummer 313. Insgesamt waren sie zu zehnt, die meisten von ihnen Künstler oder Schriftsteller, und keiner verdiente besonders viel Geld. Ihr Zusammenwohnen nannten sie eine Kommune, und entsprechend diesem Etikett teilten sie beinahe alles.
Lisa, die ihre Töpferarbeiten verkaufte und gelegentlich alte Möbel restaurierte, lebte schon seit fast drei Jahren in dem verwinkelten Haus mit den vielen Giebeln. Obwohl sie zweimal mit einem Mann aus der Kommune geschlafen hatte, war sie ganz sicher, daß es nicht sein Baby war, das sie in sich trug. Er war sehr erleichtert gewesen, als Lisa das gleich zu Anfang ihrer Schwangerschaft klargestellt hatte.
Überhaupt interessierte es Lisa nicht im geringsten, wer der Vater war. Sie würde das Baby großziehen, sie ganz allein. Einfach, liebevoll, geduldig, einfühlsam, ohne den Druck von Erwartungen und Ansprüchen.
Mit Heidis Hilfe stand Lisa auf und ging zum Fenster. Ihr rechter Arm fühlte sich schlapp und schwer an.
»Soll ich dir irgendwas bringen?« fragte Heidi.
Gedankenverloren rieb sich Lisa die Schulter und starrte hinaus auf ein Eichhörnchen, das kühn über eine Reihe von Zweigen hüpfte, die allesamt aussahen, als müßten sie eigentlich unter seinem Gewicht abbrechen.
»Vielleicht einen Kakao«, antwortete sie schließlich.
»Sofort . . . Lisa, ist alles in Ordnung?«
»Ja, ja, es geht mir gut. Ich glaube, da kommt die nächste Wehe. Wann war die letzte?«
»Vor fünf Minuten und drei Sekunden.«
»Ich glaube, die nächste mache ich im Stehen.«
Lisa beugte sich nach vorn und hielt sich am Fenstersims fest. Dann atmete sie tief ein, schloß die Augen und wollte ihre Gedanken in ihren Körper schicken. Aber nichts geschah – keine Bilder, kein Gefühl des Friedens, nichts –, da war nur der Schmerz. Sie mußte sich zentrieren – das hatte Dr. Baldwin ihr beigebracht –, für jede Wehe mußte sie in sich ruhen und vorbereitet sein. Zum erstenmal

spürte sie so etwas wie Angst. Vielleicht hatte sie ja gar keine Ahnung, wie schlimm es werden würde. Vielleicht fehlte ihr etwas, was eine Frau dafür brauchte.

Sie knirschte mit den Zähnen und streckte Arme und Beine aus.

»Wie lange?« fragte sie.

»Vierzig Sekunden ... fünfzig ... eine Minute ... eine Minute zehn ...«

Die Wehe ebbte allmählich ab.

»Eine Minute zwanzig. Alles klar?«

»Jetzt schon«, sagte Lisa, trat vom Fenster weg und ließ sich auf das Futonbett sinken. Schweißperlen standen ihr auf der Stirn. »Die war ja gewaltig. Darauf war ich nicht gefaßt.«

Lisa schluckte und schmeckte Blut. Mit der Zunge fand sie die kleine Wunde in ihrem Mund. Anscheinend hatte sie sich bei der Wehe versehentlich auf die Innenseite der Lippe gebissen. Inzwischen war die Kontraktion ganz abgeebbt, aber der seltsame Schmerz in Arm und Schulter war geblieben.

Heidi ging aus dem Zimmer und kam gerade rechtzeitig zur nächsten Wehe zurück. Mit Heidis Hilfe und noch intensiverer Vorbereitung fand Lisa sie leichter zu bewältigen. Danach legte ihr Heidi wieder die Blutdruckmanschette an. Achtundachtzig zu fünfzig, und noch schwerer zu hören als vorhin.

»Ich glaube, wir sollten anrufen«, sagte sie.

»Stimmt was nicht?«

»Nein, nein, alles in Ordnung. Der Blutdruck ist okay. Ich glaube nur, es wird Zeit.«

»Ich möchte, daß alles perfekt läuft.«

»Das wird es auch, Lisa. Ganz bestimmt.«

Heidi streichelte Lisas Stirn. Dann stand sie auf und ging zum Telefon im Flur. Der Blutdruckabfall war minimal, aber falls es sich um einen Trend handelte, war es besser, wenn Dr. Baldwin Bescheid wußte.

* *
*

Auf der gegenüberliegenden Straßenseite, vor der Knowlton Street 316, duckte sich Richard Pulasky hinter seinen Wagen, während er das Teleobjektiv von seiner Nikon abschraubte. Er war sicher, daß ihm mindestens zwei Aufnahmen vom Gesicht des Mädchens gelungen waren. Vielleicht sogar mehr. Er zog das zerfledderte Foto von Lisa Grayson aus der Tasche. Zwar sah das Mädchen auf dem Bild der Frau am Fenster nicht besonders ähnlich, aber es reichte. Sie war es, damit basta. Sechs Monate harter Arbeit hatten sich soeben ausgezahlt. Die Hälfte aller Privatdetektive der Stadt hatte sich die Beine ausgerissen, um das Mädchen zu finden, aber Dickie Pulasky hatte es geschafft.

Mit einem breiten Grinsen stieg Pulasky von der Beifahrerseite in seinen Wagen. Mit ein bißchen Glück würde er im Lauf der Woche fünfzehn Riesen einstreichen.

KAPITEL 2

Sarah schloß ihr Fahrrad an den Metallrahmen des Betts im Bereitschaftsraum der gynäkologischen Station. Während der ersten beiden Jahre ihrer Assistenzarztzeit hatte sie in diesem kleinen Kabuff fast soviel Zeit verbracht wie in ihrer Wohnung.

Nachdem sie ihr Radlertrikot gegen die Klinikklamotten getauscht hatte, blieb sie einen Augenblick vor der alten Spiegelkommode stehen. Sie schminkte sich äußerst selten, aber zu Ehren des großen Tages trug sie ein wenig hellrosa Lippenstift auf. Dann betrachtete sie sich einen Moment lang in aller Ruhe, wie sie es oft tat, bevor sie ihren Arbeitstag begann. Die gewissenhafte Anwendung von Sonnenschutzmittel in den Jahren ihres Thailandaufenthalts hatte sich gelohnt. Ihre Haut hatte kaum an Spannkraft verloren. Auf den Wangenknochen waren ein paar Sommersprossen und in den Augenwinkeln ein paar leichte Lachfältchen zu entdecken, aber nichts Alarmierendes. Ihre dunklen Haare hatte sie ihr ganzes Leben halblang getragen, aber jetzt waren sie kurz geschnitten und ein winziges bißchen grau gesprenkelt. Im ganzen, fand sie, hatte sich die Frau im Spiegel verdammt gut gehalten – vor allem angesichts der zwei Jahre in einem schlechtbezahlten Job, für den sie hundert Stunden pro Woche schuftete, ohne finanzielle oder emotionale Unterstützung von außerhalb.

Wie immer begann der große Tag des alljährlichen Wechsels beim MCB mit einem gemeinsamen Frühstück. Danach hielten Glenn Paris, ein paar Abteilungschefs und das eine oder andere Mitglied der Verwaltung ihre Ansprachen vor dem medizinischen Personal

und den Assistenzärzten. Doch dieses Jahr überprüften zum erstenmal Sicherheitsbeamte am Eingang zur Aula die Lichtbildausweise der Teilnehmer. Als Sarah eintraf, war gerade Andrew an der Reihe.
»Willst du dir die Show wieder mal von der letzten Reihe aus ansehen?« fragte sie. Seit Jahren hielt sich Truscott bei den meisten Konferenzen dort einen Sitz frei.
»Da ich mir die Dias vom guten alten Paris seit nunmehr vier Jahren aus dieser Perspektive ansehe, wollte ich es heute eigentlich mal etwas mehr aus der Nähe probieren.«
»Ist mir recht«, sagte Sarah, während sie den Gang zwischen den steil aufsteigenden Bankreihen hinuntergingen. »In unserem Alter sollten wir sowieso allmählich lernen, wie man mit Alterssichtigkeit und Schwerhörigkeit umgeht. Weißt du zufällig, weshalb wir kontrolliert werden?«
Truscott überlegte einen Augenblick.
»Ich wette, sie suchen nach Verrückten.«
»Nach Verrückten?«
»Nach allen, die ohne einen zwingenden Grund zu dieser Veranstaltung kommen.«
»Sehr komisch.«
»Danke. Ich gehe davon aus, daß unser furchtloser Häuptling die erhöhten Sicherheitsmaßnahmen zur Sprache bringen wird – entweder vor oder nach seinem jährlichen Vortrag über die Geschichte dieser hehren Institution.« Er reckte das Kinn vor, um Glenn Paris zu parodieren. »Im Jahr 1951, also fünfzig Jahre nach seiner Gründung, zog das Medical Center of Boston aus der Stadtmitte in die Außenbezirke und richtete sich in den neun Gebäuden ein, die vorher das Suffolk State Hospital gebildet hatten, besser bekannt als die Klapsmühle. Und obgleich dieser Umzug schon vor Jahrzehnten stattgefunden hat, gibt es immer noch Gerüchte, daß Freddy Krueger sich spät in der Nacht den Arztkittel überzieht und in unsere Operationssäle schleicht . . .«
»Andrew, was ist dann heute mit dir los? Ist es wegen der Stationsarztstelle? Bist du sauer, daß du sie nicht gekriegt hast?«

»Eigentlich nicht.« Truscotts sarkastisches Lachen klang wenig überzeugend. »Ich bin sauer, weil mein allzu magerer Gehaltsscheck von einem Mann unterschrieben wird, der Schönheitsoperationen nach Wahl in einer Tombola verlost, seine Assistenzärzte für Propagandazwecke auf Hausbesuche schickt und in den Kreißsälen Videokameras aufstellen läßt.«

»Mit den Tombolas und Wettbewerben hat er der Klinik eine Menge Geld eingebracht. Und die meisten Familien möchten gern bei einer Geburt dabeisein. Wir sind inzwischen die zweitbeschäftigtste Entbindungsstation in der Stadt.«

Bevor Truscott antworten konnte, trat auch schon Glenn Paris vor und klopfte ans Mikrophon. Sofort kehrte Ruhe ein, und die hundertzwanzig Zuhörer – Mitglieder des Ärztestabs, Assistenz- und Stationsärzte, Schwestern und Verwaltungsmitglieder – spitzten die Ohren.

Glenn McD. Paris, Verwaltungsleiter des Medical Center of Boston, strahlte Selbstbewußtsein und Erfolg aus. Er war nur einssiebzig, trotzdem beschrieben ihn viele als großen Mann. Sein Kinn war so entschlossen, wie sich das in Boston für eine wichtige Persönlichkeit gehörte, und seinem durchdringenden Blick entging nichts. Einer seiner Anhänger hatte ihn einmal als Mischung zwischen Vince Lombardi, Albert Schweitzer und P. T. Barnum beschrieben, mit einer Prise Donald Trump. Axel Devlin dagegen hielt ihn für die schlimmste Misere, die seit den Briten über Boston hereingebrochen war.

Vor sechs Jahren hatte die Verwaltung des MCB Paris mit allen Mitteln von einem großen Krankenhaus in San Diego weggelockt, das dieser praktisch im Handumdrehen saniert hatte. Die Abmachung, die man mit ihm aushandelte, garantierte Paris unter anderem freie Hand bei der Beschaffung von Geldmitteln und in sämtlichen Klinikangelegenheiten, sowie großzügige Bezahlung, Sondervergünstigungen und Beteiligung an allen Profiten des Krankenhauses, dazu mietfreies Wohnen in einem Penthouse im feudalen Stadtteil Back Bay, das ein dankbarer Patient der Klinik vermacht hatte. Paris seinerseits hatte eine große Kampagne gestartet, um dem Krankenhaus ein positives, transparentes Image zu geben und es um jeden Preis aus den roten Zahlen zu führen.

In mancher Hinsicht hatte Paris Erfolg gehabt. Die immense Verschuldung des Krankenhauses war nicht gestiegen, sondern hatte eher abgenommen. Gleichzeitig verschaffte die zunehmende Betonung des ganzheitlichen Ansatzes und die sehr persönliche Patientenbetreuung dem MCB ein wachsendes Renommee als menschliche, fürsorgliche Institution.

Aber noch immer gab es genug Leute, die das MCB nicht respektierten, sowohl in der breiten Öffentlichkeit als auch vor allem unter Akademikern, und in der Verwaltung machte sich inzwischen bei manchen das Gefühl breit, daß die Klinik über kurz oder lang neue Wege würde einschlagen müssen.

»Guten Morgen, Leute«, begann Paris. »Ich möchte Sie zum offiziellen Beginn des neunzigsten Jahres im MCB willkommen heißen. Sinn und Zweck dieser jährlichen Veranstaltung ist es, unsere neuen Angestellten zu begrüßen und ihnen zu helfen, sich hier zu Hause zu fühlen.« Er bedeutete den Neulingen aufzustehen und leitete eine Runde Applaus ein. »Sie sollten wissen«, wandte er sich direkt an sie, »daß Ihre Gruppe die beste Trefferquote aufweist, die das MCB je im Rahmen des nationalen Auswahlprogramms erreicht hat.«

Erneuter Beifall. Ein paar der Neuen traten unbehaglich von einem Fuß auf den anderen – offenbar hätten sie sich gern wieder hingesetzt. Aber Paris, der strahlte, als würde er seine eigenen Kinder vorführen, machte keine Anstalten, sie wieder Platz nehmen zu lassen. Die Nachricht von der hohen Übereinstimmungsquote – die Krankenhäuser stellten eine Präferenzliste zusammen, die zukünftigen Assistenzärzte ebenfalls, und den Rest erledigte dann der Computer – war schon überall zur Genüge verbreitet worden. Aber Paris war nicht der Typ, der es sich entgehen ließ, einen solchen Erfolg bis zum letzten Tröpfchen auszukosten.

Truscott beugte sich zu Sarah hinüber. »Beachte bitte, wie sorgfältig unser furchtloser Häuptling den Hinweis vermeidet, daß die Übereinstimmungsquote zwar die höchste in der Geschichte des MCB ist, aber trotzdem noch niedriger als bei anderen Lehrkrankenhäusern von Boston.«

»Ach, wirklich?«

»Diese Enthüllung ist Blankenship letzte Woche beim Lunch entschlüpft.«

Dr. Eli Blankenship, der Klinikchef, war auch Chef des Ausbildungsprogramms. Sein Wissen über alternative Heilmethoden war beeindruckend, und er zeigte sich sehr aufgeschlossen gegenüber Sarahs Bestrebungen, alternative und traditionelle Methoden miteinander zu verbinden. Beides hatte Sarah vor zwei Jahren dazu gebracht, das MCB auf die erste Stelle ihrer Wunschliste zu setzen. Damals hatten – aufgrund ihrer guten Abschlußzeugnisse und ihrer ungewöhnlichen Laufbahn – schon einige wesentlich renommiertere Kliniken Interesse an ihr bekundet.

»Bitte setzen Sie sich«, sagte Paris nun endlich.

»Im Jahr 1951, also fünfzig Jahre nach seiner Gründung ...«, brummelte Truscott.

»Bevor wir weitermachen«, fuhr Paris jedoch fort, »möchte ich noch kurz auf die erhöhten Sicherheitsmaßnahmen zu sprechen kommen, denen Sie heute morgen alle ausgesetzt waren. Im letzten Jahr sind zu viele Informationen über Klinikangelegenheiten in die Hände von bestimmten Reportern und anderer Interessenvertreter geraten, die sich alle Mühe gegeben haben, das MCB möglichst unvorteilhaft darzustellen und seinem Image zu schaden. Manches von dem, was durchgesickert ist, bezog sich auf alltägliche kleine Fehler – die meisten von ihnen waren viel zu banal, als daß man sie wirklich als Fehler bezeichnen könnte. Nein, ich sollte sie eher als *Probleme* bezeichnen, Probleme in der Patientenversorgung, wie sie in jeder Klinik auftreten. Für gewöhnlich käme man gar nicht auf die Idee, so etwas in der Öffentlichkeit breitzutreten. Andere Informationen beziehen sich auf unsere Angestelltenversammlungen und Konferenzen.«

In diesem Augenblick ging Sarahs Piepser los; der Digitalanzeige war zu entnehmen, daß es sich um einen Anruf von außerhalb handelte. Obwohl es ihr wesentlich lieber gewesen wäre, zum Ende der Reihe zu kriechen als direkt vor Paris' Nase aufzustehen, bahnte sie sich tapfer einen Weg zum nächsten Telefon der Aula.

»Alle Krankenhäuser«, fuhr Paris inzwischen fort, »konkurrieren miteinander, sie müssen ihre Bettenzahl aufrechterhalten und einen vernünftigen Prozentsatz von ihnen belegen. Und wie Sie wissen, ist diese Konkurrenz oft recht hart. Große, renommierte Krankenhäuser wie das White Memorial inserieren heutzutage in den Gelben Seiten. Negative Publicity für das MCB, vor allem *unbegründete,* schadet uns allen. Von heute an werden keine Unbefugten zu unseren medizinischen Mittagskonferenzen und Dienstbesprechungen mehr zugelassen. Außerdem müssen wir jeden – außer unserem Public-Relations-Büro natürlich –, der mit der Presse über klinikinterne Angelegenheiten spricht, auffordern, aus unserem Unternehmen auszuscheiden ...«

Sarah widmete sich eine Minute ihrem Anruf, gab ein paar Anweisungen und drängelte sich wieder an ihren Platz.

»Eine meiner Patientinnen hat Wehen«, flüsterte sie Truscott zu. »Es wird noch eine Weile dauern, aber ihr Blutdruck ist ein bißchen niedrig. Hoffentlich dauert die Veranstaltung nicht so lange.«

»Du machst Hausgeburten?« Truscott starrte sie ungläubig an.

»Nein, Andrew, natürlich nicht. Ich bin nicht so dumm, wie ich aussehe. Dr. Snyder kommt mit. Das ist unsere zweite gemeinsame Entbindung.«

Randall Snyder, der Chefarzt der Gynäkologie, gehörte zu denen, die hinter Paris auf der Bühne saßen. Als Sarah mit einer Kopfbewegung auf ihn deutete, merkte sie plötzlich, daß Paris aufgehört hatte zu reden und sie entrüstet anstarrte.

»Entschuldigung«, formte sie lautlos mit den Lippen, während ihr das Blut ins Gesicht stieg.

»Danke«, kam es von Paris zurück.

Dann räusperte er sich und nahm einen Schluck Wasser. Die Stille in der Aula hatte etwas Dramatisches.

»Glauben Sie mir«, fuhr Paris endlich fort, »diese Unterwanderung von innen ist eine ernste, eine sehr ernste Sache. Wie Sie alle wissen, gibt es Interessengruppen und finanziell besser abgesicherte Institutionen, die nur darauf warten, daß wir endlich untergehen. Schließlich haben wir hier ein hervorragendes Krankenhaus in einer wunderschönen Umgebung. Aber diesen Leuten steht ein böses Erwachen bevor, meine Freunde. Ein wirklich *böses* Erwachen. Seit einiger Zeit schon führe ich Verhandlungen mit einer sehr wohlhabenden philanthropischen Gruppe, die sich die Verbesserung des Gesundheitswesens zum Ziel gesetzt hat. Momentan befinden wir uns in der Entscheidungsphase für die Bewilligung einer umfangreichen Subvention. Wenn diese Subvention gewährt wird – und gegenwärtig stehen die Zeichen äußerst günstig –, garantiert sie dem MCB finanzielle Stabilität und enorme Wachstumsmöglichkeiten. Dieses Ziel habe ich mir vor sechs Jahren zusammen mit Ihnen gesteckt, und heute kann ich zu meiner großen Zufriedenheit feststellen, daß es in erreichbare Nähe gerückt ist.«

Ein paar Leute klatschten; zögernd breitete sich der Beifall aus, bis alle – einschließlich Andrew – in den Applaus einstimmten.

»So ist's recht«, grinste Sarah.

»Ich wollte mir schon lange ein bißchen die Hände wärmen«, antwortete Truscott.

Hinter dem Podium strahlte Glenn Paris jetzt wieder.

»Meinetwegen brauchen Sie nicht aufzuhören«, meinte er, als es wieder ruhig wurde.

»Er versteht was von seinem Job«, flüsterte Truscott, während das Publikum über Paris' Kommentar lachte.

»Er bewirkt Wunder.«

»Er baut Luftschlösser.«

»Bevor ich die hinter mir Sitzenden vorstelle«, setzte Paris seine Ansprache fort, »und da wir gerade beim Thema unwillkommener Einmischung in Klinikangelegenheiten sind, möchte ich auch ein paar Worte zu dem Spießrutenlauf sagen, den manche von Ihnen heute früh dank der Demonstranten durchmachen mußten. Einige unserer Angestellten vom Wartungsdienst führen zur Zeit eine nicht genehmigte Protestaktion durch. Wir haben Grund zur Annahme, daß sie von den Leuten aufgehetzt und unterstützt werden, die gerne möchten, daß wir scheitern. Doch wohlgemerkt – wir werden nicht zulassen, daß solche Aktionen unsere Patientenversorgung oder andere Bereiche der Klinik auch nur im geringsten beeinträchtigen.« Um seinen Worten Nachdruck zu verleihen, schlug er mit der Faust aufs Podium. »Darauf können Sie sich verlassen!«

Der letzte Satz hallte noch im Auditorium, als ein Kurzschluß den Stromgenerator des MCB lahmlegte. Das Notaggregat für die OPs, die Intensivstation und einen Teil der Notaufnahme sprang sofort an. Aber die Aula, die keine Fenster hatte, lag in tiefster Finsternis. Das Programm für den großen Tag des alljährlichen Wechsels war damit beendet.

KAPITEL 3

Wenn Sarah im Bereich der Gynäkologie und Geburtshilfe ein Vorbild hatte, dann war es ihr Chef, Dr. Randall Snyder. Von seiner ruhigen Art bis zu seinem grauen Volvo war alles an diesem Mann väterlich und vertrauenerweckend. Als Mittfünfziger machte er seine Arbeit immer noch voller Begeisterung und unverminderter Sensibilität. Wenn eine neue Technik oder eine neue Behandlungsmethode auf seinem Fachgebiet angekündigt wurde, war er immer einer der ersten, die sich das aktuelle Wissen aneigneten. Wenn eine Patientin ohne Krankenversicherung Probleme in der Schwangerschaft hatte, behandelte er sie als Privatpatientin, ohne auch nur ein Wort über die Bezahlung zu verlieren.

Heute nun nahm sich der vielbeschäftigte Arzt die Zeit, Sarah zum Stadtteil Jamaica Plains zu fahren. Dort würde er ihr bei einer Hausgeburt helfen, der Entbindung einer dreiundzwanzigjährigen Frau ohne Krankenversicherung, die furchtbare Angst vor Ärzten und Krankenhäusern hatte.

»Wie machen Sie das?« fragte ihn Sarah unterwegs.

»Wie mache ich was?« Snyder drehte die Kassette mit der Bachkantate etwas leiser.

»Ihre Arbeit auf Ihre Art zu machen, ohne daß Sie daran kaputtgehen.«

Snyder unterdrückte ein Lächeln – jedenfalls den größten Teil davon. »Möchten Sie das ›daran‹ vielleicht etwas näher definieren?«

»Ach, wissen Sie – die Kritik der Kollegen, die Anwälte, die Versicherungsgesellschaften und die Behörden, die Ihnen vorschreiben wollen, wieviel Sie für Ihre Arbeit verlangen können und wieviel nicht. Der ganze Papierkram und die permanente Angst, daß man einem besonders nachtragenden oder emotional unausgeglichenen Patienten auf die Füße tritt und sich eine Klage oder einen Prozeß einhandelt.«

»Ach so, *das* meinen Sie«, meinte Snyder. »Sarah, ich finde, Sie haben den *wirklichen* Streß in unserem Job nicht angesprochen: die Fälle, bei denen man eine falsche Entscheidung trifft, die Leute mit unheilbaren Krankheiten, diejenigen, die trotz all unserer Bemühungen sterben.«

»Aber das gehört alles zur Medizin. Das andere Zeug ist ... ist ...«

»Das gehört auch zur Medizin. Es ist ein Teil des Ganzen. Glauben Sie mir, ich bin nicht die Gute-Laune-Maschine, für die viele Leute mich halten. Aber ich gehe auch nicht nach Dienstschluß heim und verprügle erst mal meine Frau, weil ich nicht in der Lotterie gewonnen und auch nicht den Bestsellerroman geschrieben habe, der mich endlich aus dieser Tretmühle befreit. Mit den Dingen, von denen Sie sprechen, kann ich umgehen, weil ich meinen Beruf im großen und ganzen immer noch liebe, und ich schätze mich glücklich, daß ich die Chance habe, ihn auszuüben. Warum fragen Sie mich das alles? Haben Sie Probleme?«

»Nicht direkt. Oh, an der nächsten Ecke müssen Sie rechts abbiegen.«

»Alles klar. Knowlton Street, haben Sie gesagt, stimmt's?«

»Ja.«

»Ich kenne den Weg. Sprechen Sie ruhig weiter.«

»Sie wissen ja, daß ich vor dem Studium in einem Gesundheitszentrum für ganzheitliche Medizin gearbeitet habe.«

»Natürlich weiß ich das. Ich habe mir ein paar von Ihren Vorträgen angehört. Interessant, sehr interessant.«

»Meine Ausbildungsschwerpunkte waren Heilkräuter und Akupunktur. Aber dann habe ich ein paar Erfahrungen gemacht, die mir das Gefühl gaben, ich müßte meine Fähigkeiten erweitern.«

Ein paar Erfahrungen. Das war ja wohl die Untertreibung der

Woche. Sarah überlegte, ob sie ihren endgültigen Krach mit Peter Ettinger detaillierter erklären sollte, doch ihr wurde schnell klar, daß es weder der geeignete Zeitpunkt noch der richtige Ort war, um diese Leiche aus dem Keller zu holen.

»Na ja, unsere Techniken im Gesundheitszentrum hatten ihre Grenzen«, fuhr sie fort. »Das steht außer Frage. Aber es gab eine Art – ich weiß nicht recht, wie ich es nennen soll –, eine Art Unschuld vielleicht, was unsere Ziele und unsere Methoden anging. Jedenfalls galt dies für die meisten von uns. Wir konnten uns bei unserer Arbeit fast ausschließlich auf das konzentrieren, was für unsere Patienten getan werden mußte.«

»Und?«

»Tja, soweit ich weiß, geht es bei der Medizin, wie ich sie jetzt auszuüben lerne, ebensooft um Geld und juristische Haarspaltereien wie um die Patienten. Wir verschwenden Millionen und Abermillionen, um zweitrangige oder sogar vollkommen unnötige Tests durchzuführen, nur damit wir die entsprechende Rückendeckung haben, falls uns jemand vor Gericht ziehen will. Dazu kommt dann noch die Regierung und schreibt uns vor, wie lange wir einen Patienten mit einer bestimmten Krankheit in der Klinik behandeln dürfen, damit Geld gespart werden kann. Wen kümmert es schon, wenn die eine oder andere ältere Frau nach einer Hysterektomie ein bißchen zu früh entlassen wird, wenn sie stürzt und sich die Hüfte bricht? Wir reden hier über Statistiken, nicht über Menschen aus Fleisch und Blut.«

»Sarah, Sie sind zu jung, um so pessimistisch zu sein.«

»Dr. Snyder, ich wünschte, es *gäbe* etwas, wofür ich noch zu jung wäre – irgend etwas; und Sie wissen, daß ich keine Pessimistin bin. Ich glaube, daß es die richtige Entscheidung für mich war, Ärztin zu werden, und ich liebe meinen Beruf. Manchmal wünschte ich nur, alles wäre ein bißchen, ich weiß nicht, ein bißchen reiner, unverfälschter.«

Randall Snyder lachte leise.

»Ivory-Seife besteht zu 99,44 Prozent aus reinen, unverfälschten

Substanzen«, sagte er und bog dabei in die Knowlton Street ein. »Nichts, an dem Menschen beteiligt sind, ist auch nur annähernd so rein, und in unserem Geschäft schon gar nicht. Aber hören Sie, ich verstehe schon, was Ihnen so zu schaffen macht, und ich verspreche Ihnen, wir setzen diese Diskussion bald fort, vielleicht bei einem netten Abendessen bei mir zu Hause. Im Augenblick sollten Sie aber wissen, daß Sie auf dem besten Weg sind, eine ganz hervorragende Ärztin zu werden – eine Ärztin, die ich gern als Partnerin in meiner Praxis hätte.«

»Danke schön«, sagte Sarah, die nur mit Mühe ihre Überraschung verbergen konnte – beziehungsweise ihre Freude. Noch nie zuvor hatte Randall Snyder überhaupt die Möglichkeit einer Partnerschaft angesprochen, ganz zu schweigen eine mit Sarah.

»Legen Sie diese Bemerkung erst mal zu den Akten«, sagte Snyder. »Wenn Sie wollen, können wir uns ja in ein paar Monaten mal zusammensetzen und übers Geschäftliche reden. Es ist in Ordnung, wenn man auch die unschöneren Seiten unseres Berufs unter die Lupe nimmt, solange man sich von dem, was man sieht, nicht lahmlegen läßt. Und sehen Sie um Himmels willen zu, daß Sie *niemanden* auf ein unsichtbares Podest heben – vor allem nicht mich.« Vor dem Haus Nummer 313 fuhr er an den Gehweg. »Bevor wir reingehen, könnten Sie mir vielleicht einen kurzen Überblick geben.«

Auf eine präzise, hochgradig stilisierte Darstellung eines medizinischen Falls wurde in der medizinischen Ausbildung fast mehr Wert gelegt als auf alles andere. Als Sarah noch an der Uni war, hatte sie oft in der Badewanne gelegen und mit der Stoppuhr in der Hand immer wieder die Fallvorstellung für den nächsten Morgen geprobt und perfektioniert, ohne zu merken, wie das Wasser immer kühler wurde.

»Lisa Summer ist eine dreiundzwanzigjährige unverheiratete Künstlerin, Gravida zwei, Para null, Spontanabort vor drei Jahren, LR 2.10.«

Was bedeutete: Es war Lisas zweite Schwangerschaft, bisher keine

Entbindung, eine Fehlgeburt, letzte Regelblutung vor neun Monaten. Randall Snyder nickte. Sarah fuhr fort: »Die Schwangerschaft war in jeder Hinsicht unauffällig. Gewichtszunahme von gut zwölf Kilo bei einem Ausgangsgewicht von achtundvierzig Kilo. Bei der Untersuchung vor einer Woche Kindslage SL, Kopf eingestellt, wahrscheinlich linke vordere Hinterhauptlage.

Abgesehen von den üblichen Kinderkrankheiten ist Lisas Anamnese unauffällig. Sie raucht nicht, Alkohol trinkt sie gelegentlich, aber in Maßen. Keine Medikamente außer dem Pflanzenpräparat, das ich verschreibe.«

»Ach ja«, unterbrach Snyder, »die geheimnisvolle Baldwin-Mixtur. Ich war letztes Jahr auf der Abteilungskonferenz, als Sie darüber gesprochen haben. Ich würde gern bald einmal Näheres darüber erfahren. Bitte machen Sie weiter.«

»Die Informationen über Lisas Familie sind äußerst spärlich. Zur Zeit hat sie keinerlei Kontakt zu ihren Eltern und auch keine Beziehung zum Kindsvater.«

»Ach Gott.«

»Bei der Geburt unterstützt sie eine Freundin, eine gelernte Krankenschwester. Anscheinend hat Lisa als Kind irgendwelche schlimmen Erfahrungen in einer Klinik gemacht. Jetzt hat sie panische Angst vor allen Krankenhäusern.«

»Daher die Hausgeburt.«

»Das ist einer der Gründe. Lisa ist irgendwie – ich weiß auch nicht, sie ist sehr reserviert, wenn es um ihre eigene Person geht, und sehr mißtrauisch gegenüber anderen Menschen.«

»Sogar Ihnen gegenüber?«

»Nicht mehr so sehr wie am Anfang, aber auch mir gegenüber, ja.«

»Na, dann gehen wir doch mal rein und sehen, ob wir das nicht ändern können.«

Sarah griff zu dem Tablett mit der Ausrüstung und den gynäkologischen Instrumenten.

»Noch eins«, meinte sie dann. »Heidi, die Krankenschwester, die bei der Geburt hilft, hat gesagt, daß Lisas Blutdruck leicht gesunken und im rechten Arm deutlich schwerer zu hören ist als im linken. Der letzte systolische Wert war fünfundachtzig. Das war um die Zeit, als Glenn mit seiner Rede angefangen hat. Der höchste Wert, ein paar Stunden vorher, lag bei hundertzehn.«

»Und was schließen Sie daraus?«

»Niedrig bis normal in diesem Wehenstadium, würde ich sagen. Als Heidi angerufen hat, meinte sie, Lisa sehe gut aus. Also bedeutete es wahrscheinlich gar nichts.«

Sarah sah, daß Snyders Augen besorgt wurden, und spürte sofort, daß sie den Anruf nicht ernst genug genommen hatte.

»Der Wert als solcher ist vielleicht niedrig bis normal«, meinte er, »aber nach meiner Erfahrung gibt es nicht viele Patientinnen, deren Blutdruck in dieser Phase der Geburt absinkt.«

»Ich – ich hätte es Ihnen wahrscheinlich schon früher sagen sollen«, sagte Sarah etwas betreten.

»Unsinn. Ich bin bloß ein geborener Schwarzseher. Vermutlich haben Sie recht, und es stellt sich heraus, daß der niedrige Blutdruck von mangelnder Flüssigkeitsaufnahme kommt. Nehmen Sie die gynäkologischen Sachen, ich trage die pädiatrischen.«

Als sie ausstiegen, hörten sie eine Sirene, ungefähr einen Block entfernt. Sie waren noch unter den Bäumen am Gehwegrand, als ein Polizeiwagen mit Blaulicht und quietschenden Reifen um die Ecke gerast kam und direkt hinter Snyders Volvo anhielt. Ein uniformierter Polizist sprang heraus und rannte, ohne auf sie zu achten, zur Haustür.

»Entschuldigen Sie«, rief Snyder ihm nach und versuchte, ihn einzuholen. »Ich bin Dr. Randall Snyder vom Medical Center of Boston. Was ist denn hier los?«

»Ich weiß es nicht, Doc«, antwortete der Polizist keuchend. »Aber ich bin froh, daß Sie da sind. Wir haben einen Notruf, daß hier eine Frau in Schwierigkeiten ist und einen Krankenwagen braucht. Der Wagen müßte jeden Moment da sein.«

»Wie heißt die Frau?« fragte Sarah und spürte, wie sich ihr Magen zusammenzog.

Der Polizist drückte ein paarmal auf die Klingel und begann, an die Glasscheiben der Eingangstür zu klopfen.
»Summer«, sagte er. »Lisa Summer.«

* * *

Das war der wirkliche Streß bei diesem Job: die Fälle, bei denen man eine falsche Entscheidung traf, die Leute mit unheilbaren Krankheiten, diejenigen, die trotz aller Bemühungen starben ...
Randall Snyders Worte hallten in Sarahs Gedanken wider, während sie dem Polizisten und Heidi Glassman die breite Treppe hinauffolgte. Von oben hörte man Lisas gequältes Husten, dann wieder schrie sie vor Schmerzen. Und noch bevor sie das Schlafzimmer betrat, roch Sarah das Blut.
Lisa, die mit gespreizten Beinen auf dem Futonbett hockte, blutete aus Nase und Mund. Die Vorderseite ihres Nachthemds war blutbefleckt, teils frisch, teils getrocknet, der Futon, der Boden, die Wand – alles war blutbespritzt. Aber noch viel beunruhigender fand Sarah die Angst in den Augen der jungen Frau. Diesen glasigen Blick hatte sie in ihrer medizinischen Laufbahn bisher nicht oft gesehen, und das letztemal hatte sie ihn nach einer Operation bei einer fünfzigjährigen Frau wahrgenommen, die kurz vor einem massiven Koronarinfarkt stand. Innerhalb weniger Minuten hatte diese Frau einen absoluten, irreversiblen Herzstillstand gehabt.
»Es hat angefangen, kurz nachdem wir telefoniert haben«, erklärte Heidi, während Sarah und Randall Snyder die Handschuhe überzogen und sich neben Lisa niederknieten, um ihre Untersuchung zu beginnen. »Ich hätte noch einmal angerufen, aber ich dachte, Sie sind sicher schon unterwegs. Alles lief wunderbar, bis auf die Sache mit dem Blutdruck, von der ich erzählt hatte. Dann hat Lisa plötzlich über Schmerzen im rechten Arm und in der rechten Hand geklagt. Während einer Wehe hat sie sich auf die Innenseite der Lippe gebissen. Zuerst hat die Wunde nur ganz wenig geblutet, aber dann wurde es auf einmal ganz schlimm, und kurz bevor Sie

gekommen sind, hat Lisa sich übergeben – alles frisches Blut. Ich glaube, was sie gebrochen hat, könnte auch von der Nase nach hinten gelaufen sein, aber wie kann man das endgültig feststellen?«

»Was macht der Blutdruck?« fragte Sarah, während sie Lisas linken Arm nahm und die Manschette anlegte, um eine weitere Messung vorzunehmen.

»Er ist noch ein bißchen gesunken. Ungefähr achtzig systolisch. Im rechten Arm höre ich überhaupt nichts mehr.«

Sarah warf einen kurzen Blick auf Lisas rechten Arm und sah den Grund. Ihr war klar, daß auch Snyder, der über der Speichenschlagader am Handgelenk und über der Armarterie in der Armbeuge einen Puls zu fühlen versuchte, Bescheid wußte. Der Arm war vom Ellbogen bis zur Hand grau verfärbt. Die Finger hatten eine noch dunklere Färbung, die Fingerspitzen waren fast schwarz. Aus welchem Grund auch immer hatten sich die Arterien und Arteriolen verstopft, und auch die Blutzufuhr in Lisas linkem Arm und in beiden Beinen schien beeinträchtigt zu sein.

»Immer noch achtzig«, stellte Sarah fest. »Lisa, ich weiß, das alles ist sehr unheimlich für Sie. Aber bitte, versuchen Sie, möglichst ruhig zu bleiben, während wir der Sache auf den Grund gehen. Das hier ist der Arzt, von dem ich Ihnen erzählt habe, Dr. Snyder. Mein Chef.«

Aus der Ferne hörte man die Sirene des Krankenwagens.

»W-was ist mit mir los?« fragte Lisa, ebenso verwirrt wie verängstigt.

Sarah und ihr Chef tauschten einen raschen Blick. Obwohl die Diagnose natürlich eine Bestätigung aus dem Labor brauchte, wußte Sarah, daß auch Snyder einen akuten Fall von DIC vermutete. Die Abkürzung stand für »disseminated intravascular coagulopathy«, die bedrohlichste und entsetzlichste aller Blutgerinnungsstörungen.

Sarah bat um einen Waschlappen und gab ihn Lisa.

»Hier, Lisa, putzen Sie sich damit die Nase, so gründlich Sie können. Wir müssen die großen Blutklumpen rauskriegen, dann können Sie helfen, die Blutung zu stoppen, indem Sie Druck auf Ihre Nase ausüben.«

Lisa, die immer noch Blut in einen Eimer spuckte, tat, was Sarah ihr gesagt hatte. Augenblicklich war der Waschlappen mit Blut durchtränkt. Aber ohne einen einzigen Klumpen. Nichts. Das machte die Diagnose DIC noch wahrscheinlicher. Aus unbekannten Gründen hatte Lisas Blut angefangen, unzählige kleine Klümpchen zu bilden, die nun in den Adern zirkulierten, sich miteinander verbanden und die Arterien in Armen und Beinen verstopften, so daß die Blutzufuhr dort beeinträchtigt war und die Gliedmaßen abzusterben drohten.

Noch erschreckender als die Blockade war jedoch die Geschwindigkeit, mit der die pathologischen Verklumpungen die an der normalen Blutgerinnung beteiligten Faktoren abbauten. War die normale Gerinnung gestört, konnte jede Blutung lebensgefährlich sein. Außerdem bestand die Gefahr eines tödlichen Schlaganfalls durch eine Gehirnblutung.

»Lisa, ich erkläre Ihnen gleich, was wir vermuten«, versprach Sarah. »Ist die Fruchtblase geplatzt?«

Lisa schüttelte den Kopf.

»Ich habe Angst«, brachte sie mühsam hervor. »Meine Hand fühlt sich scheußlich an.«

»Das kann ich gut verstehen. Geben Sie uns noch einen kleinen Moment Zeit.«

Sarah sah zu ihrem Chef hinüber.

»Wir brauchen einen Krankenwagen, eine Infusion und einen Hämatologen oder einen Internisten, der im MCB auf uns wartet – am besten beide«, sagte Snyder.

Noch immer klang seine Stimme charakteristisch ruhig, aber sein Gesicht war grimmig. Falls sich die Diagnose bestätigte, war dies bereits der zweite Fall von DIC bei einer Wehenpatientin im MCB innerhalb von drei Monaten. Die erste Schwangere – keine von Snyders oder Sarahs Patientinnen – war auf dem Operationstisch gestorben, während die Ärzte verzweifelt versuchten, ihr Kind mit einem Kaiserschnitt zur Welt zu bringen. Doch durch Blutungen in der Plazenta war das Baby schwer hirngeschädigt, als sie es herausholten, und man erklärte es für tot, ehe seine erste Lebenswoche vorüber war. Die Ursache der DIC war nie festgestellt worden.

»Lisa, bitte hören Sie mir gut zu«, fuhr Sarah fort. »Und bitte versuchen Sie, nicht zuviel Angst zu haben. Wir glauben, daß etwas Ihr Blutgerinnungssystem durcheinandergebracht hat. Wir müssen Sie so rasch wie möglich ins MCB bringen, um Sie gründlich zu untersuchen und zu behandeln.«

»Was meinen Sie mit ›etwas‹? *Was* hat mein Blut durcheinandergebracht?« fragte sie. »Ist mein Baby okay?«

»Wir werden mehr über Ihr Baby wissen, wenn wir eine Sonde anlegen können«, erklärte Snyder. »Im Augenblick höre ich die Herztöne klar und deutlich.«

»Seine«, ergänzte Lisa heiser.

»Wie bitte?«

»Seine Herztöne. Dr. Baldwin hat mich zum Ultraschall geschickt. Der Kleine soll Brian heißen.«

Man hörte, wie das Heulen der Sirene abbrach, als der Krankenwagen vor dem Haus zum Stehen kam.

»Lisa«, sagte Snyder. »Ich weiß, es ist nicht leicht, aber je entspannter Sie sind, desto langsamer fließt Ihr Blut und desto besser können wir die Blutung stoppen. Möchten Sie, daß wir jemanden anrufen – Ihre Eltern, eine Schwester oder einen Bruder?«

Einen Augenblick dachte Lisa nach, dann schüttelte sie entschieden den Kopf.

»Heidi ist meine Familie«, sagte sie.

»Okay. Sarah, möchten Sie vielleicht das MCB anrufen? ... Sarah?«

Mit geschlossenen Augen kniete Sarah neben Lisa, die Fingerspitzen von Ring-, Mittel- und Zeigefinger auf der Arterie unter Lisas linkem Handgelenk. Sie versuchte, die sechs Pulse zu fühlen, die von Akupunktur-Spezialisten benutzt wurden und von Ärzten, die sich die Methoden der traditionellen chinesischen Medizin angeeignet hatten. Die Pulse links zeigten den Zustand von Herz, Leber, Nieren, Dünndarm, Gallenblase und Blase. Vor allem bei Patienten mit unklaren Beschwerden gab das Tasten der drei oberflächlichen und der drei tiefen Pulse an jedem Handgelenk einen Hinweis auf die Ursache des Symptoms und half bei der Plazierung der Akupunkturnadeln.

»Oh, tut mir leid«, schreckte sie auf. Aufgrund von Lisas Nervosität und der gravierenden Störung der Blutzirkulation war die Untersuchung wenig aufschlußreich gewesen. Da die Zirkulation auf der rechten Seite offensichtlich fast ganz zum Stillstand gekommen war, hatte es wenig Sinn, ihr Glück dort zu versuchen. »Ich rufe Dr. Blankenship an, damit er uns mit einer Fachkraft von der Hämatologie erwartet.«

»Danke.«

Die Sanitäter stürmten ins Zimmer. Nach einer kurzen Erklärung von Randall Snyder hoben sie Lisa vorsichtig auf die Trage und machten sich daran, eine Infusionsnadel in ihre linke Armvene zu legen. Sarah machte sich auf den Weg zum Telefon im Flur.

»Dr. Baldwin, gehen Sie nicht weg«, bat Lisa.

»Ich bin gleich wieder da.«

»Dann sagen Sie mir wenigstens noch eins – *muß ich sterben?*«

Sarah hoffte, daß sie zuversichtlicher klang, als sie sich im Moment selbst fühlte.

»Lisa, Sie sollten überhaupt nicht an so etwas denken«, sagte sie. »Es ist sehr wichtig, daß Sie sich zentrieren, daß Sie in sich ruhen. Am besten wäre es, wenn Sie die interne Visualisierung einsetzen könnten, mit der wir gearbeitet haben. Meinen Sie, das bringen Sie fertig?«

»Ich – ich hab's die ganze Zeit gemacht, ehe das hier angefangen hat. Einmal hab ich sogar meinen Muttermund gesehen. Echt.«

»Das glaube ich gern. Großartig. Also, dann fangen Sie am besten gleich wieder damit an. Konzentrieren Sie sich darauf, daß Sie Ihren Blutstrom sehen und die Strukturen in Ihren Händen. Das ist sehr wichtig. Wenn wir im MCB sind, helfe ich Ihnen. Dr. Blankenship, der Internist, der sich um Sie kümmern wird, ist ein wunderbarer Arzt. Ich rufe ihn jetzt gleich an, und er wartet dann zusammen mit einem Hämatologen auf uns. Gemeinsam werden wir das alles schaffen.«

»Versprochen?«

Sarah strich Lisa ein paar feuchte Haarsträhnen aus der Stirn. »Versprochen«, sagte sie.

»Die Infusion läuft«, verkündete einer der Sanitäter. »Ringers-Laktat zwei-fünfzig. Soll die Patientin sitzen, Doc?«

Snyder nickte. »Sarah, lassen Sie mich anrufen, dann können Sie bei Lisa im Krankenwagen mitfahren. Ich komme dann mit Heidi nach.«

Während Sarah mit den Sanitätern das Haus verließ und dabei versuchte, die Blutung aus Lisa Summers Nase und Mund unter Kontrolle zu halten, so gut es eben ging, versuchte sie, sich alles in Erinnerung zu rufen, was sie über die andere Frau mit DIC wußte. Normale Schwangerschaft, normale Wehentätigkeit bis zum letzten Stadium, dann eine plötzliche, katastrophale Veränderung im Blutgerinnungssystem. Genau das gleiche, was heute hier passierte. Als sie half, Lisa in die Ambulanz zu heben, brannte ihr die gleiche Frage auf der Seele, die sich auch die Ärzte jener Frau immer wieder gestellt hatten: *Warum?*

KAPITEL 4

Von den neun Gebäuden, die das Medical Center of Boston ursprünglich vom Suffolk State Hospital gekauft hatte, waren sechs noch in Benutzung. Zwei waren abgerissen worden, um Raum für Parkplätze zu schaffen. Das dritte, ein baufälliger sechsstöckiger Backsteinbau mit dem Namen CHILTON über der Tür, war schon leer und mit Brettern verrammelt gewesen, als Sarah ihre Ausbildung begann, und bis heute war dies so geblieben – eine stumme Erinnerung an die finanziellen Probleme der Klinik.

Zwischen dem Chilton Building und den Garagen war ein breiter, kreisförmig verlaufender Weg angelegt worden, der eine Wiese mit ein paar Büschen einrahmte, zwischen denen ein halbes Dutzend Picknicktische aus Kunststoff standen. Fahrzeuge waren auf dem »Campus«, wie Glenn Paris die Anlage getauft hatte, nicht zugelassen. Sondergenehmigungen gab es lediglich für die Wagen der Verwaltungs- und Stationschefs, die dort Privatparkplätze hatten, und für Notfallwagen.

Die Fahrt von der Knowlton Street zum MCB, angeführt von den Polizeifahrzeugen und dem Krankenwagen, dauerte fünfzehn Minuten. Sarah saß neben Lisa Summer in der hin- und herschaukelnden Ambulanz und hörte, wie der Fahrer per Funk die Ankunft einer Notfallpatientin bekanntgab. Sofort hatte sie das Bild im Kopf, wie der Wachmann im Bewußtsein seiner gewaltigen Rolle loshastete, das Sicherheitstor öffnete und eifrig den Verkehr aus dem Weg winkte.

Lisas Wehen, die inzwischen etwa alle vier Minuten kamen, waren heftig und lang. Dennoch hatte Sarahs vorsichtige Untersuchung ergeben, daß der Muttermund höchstens vier Zentimeter dilatiert war, also noch nicht einmal die Hälfte dessen, was die Bereitschaft für eine Entbindung anzeigte. Die Blutung aus Mund und Nase war eher schlimmer geworden. Und obgleich Lisas linke Hand und beide Füße noch einigermaßen durchblutet waren und sich warm anfühlten, hing der rechte Arm vom Ellbogen abwärts jetzt leblos herunter.

»Halten Sie durch, Lisa«, spornte Sarah sie an. »Wir sind gleich da.«

Als sie auf die Zufahrtsstraße zum MCB einbogen, ging Sarah noch einmal ihr Wissen über DIC durch. Da sie in ihrer Ausbildung bisher nie einem schweren Fall begegnet war, mußte sie auf das zurückgreifen, was sie im Studium, aus eigener Lektüre und dem einen oder anderen Vortrag aufgegabelt hatte. Es handelte sich bei DIC nicht um eine einzelne, spezifische Krankheit, sondern um eine sehr seltene Komplikation, die bei verschiedenen Verletzungen oder Erkrankungen auftreten konnte. Eine Operation, Schock, eine starke Infektion, ein massives Trauma, eine Drogenüberdosis, Giftstoffe, die plötzliche Ablösung der Plazenta – eine Vielzahl von Schäden am menschlichen Körper konnten eine DIC auslösen. Schon aufgrund der Schwere der vorausgehenden Symptomatik war eine akute DIC meist tödlich.

Aber Lisa Summer war weder verletzt noch krank. Sie war eine gesunde junge Frau und hatte eine vollkommen unkomplizierte Schwangerschaft hinter sich. Vielleicht ist es doch keine DIC, dachte Sarah.

Kurz vor dem Krankenhaus verstummte die Sirene. Rasch überprüfte Sarah noch einmal den Blutdruck und bereitete sich innerlich auf die Darstellung des Falls vor, die sie Dr. Blankenship geben würde. Es war ihr Job, die Fakten absolut unvoreingenommen zu schildern und sich dabei alle diagnostischen Spekulationen oder anderweitig tendenziöse Andeutungen zu verkneifen. Vermutungen machen nur dir selber Mut, hatte ein Professor als Merksatz für seine Studenten geprägt.

Eli Blankenship, der vielleicht klügste medizinische Kopf im ganzen Krankenhaus, würde ihre Informationen mit seinen eigenen Beobachtungen kombinieren. Daraus würde er einen Diagnoseansatz und einen Vorschlag zur Behandlung ableiten. Falls die Behandlung nicht bis zu einer definitiven Diagnose hinausgezögert werden konnte, würden sie alle ein Stoßgebet zum Himmel schikken und die Maßnahmen ergreifen, die am ehesten Erfolg versprachen.

In Lisas Fall, in dem sogar zwei Leben am seidenen Faden hingen, schien es eher unwahrscheinlich, daß ein Laborbefund abgewartet werden konnte, ehe man eine Behandlung einleitete. Und im Fall der DIC war diese Behandlung allein schon lebensgefährlich. Alles in allem, das wußte Sarah, würde es ein höllischer Tag werden für Lisa Summer und auch für die Ärzte, Schwestern und medizinisch-technischen Assistenten, die um ihr Leben und das ihres Babys kämpfen würden.

Und die ganze Zeit über würde ihnen allen die eine Frage keine Ruhe lassen: *Warum?*

Als sie rückwärts an die Notfallrampe heranfuhren, entdeckte Sarah Eli Blankenship, der an der Tür wartete. Seine äußere Erscheinung frappierte sie jedesmal von neuem. Hätte sie ihn nicht gekannt und seinen Beruf erraten müssen, wäre sie als erstes auf Rausschmeißer, Schauermann oder Maschinist gekommen. Der Klinikchef des MCB war ein Bär von einem Mann, zwar keine einsachtzig groß, aber mit einem breiten Brustkorb, der fast ohne Hals in einen mächtigen Schädel überging. Bis auf einen schmalen Haarkranz war er kahlköpfig, aber unter seiner breiten Stirn wölbten sich buschige Augenbrauen, und seine muskulösen Arme waren behaart wie die von Esau. Selbst wenn er morgens frisch rasiert zur Arbeit erschien, waren seine Bartstoppeln nicht zu übersehen.

Von den physischen Attributen gaben lediglich die Augen – hellblau und durchdringend – einen Hinweis auf das Genie dieses Mannes. Er war Facharzt für Infektionskrankheiten, Intensivmedizin und Innere Medizin. Aber man respektierte ihn auch als

Mensch mit klassischer Bildung, als Schachexperten, versierten Bridgespieler und Kunstkenner. Von den Lehrkräften behandelte keiner die Ansichten und Vorschläge der Studenten und Assistenzärzte mit soviel Respekt, und bei keinem lernte man effektiver.
Blankenship hatte bereits Kittel und Handschuhe an. Sobald die Sanitäter die Trage aus der Ambulanz befördert hatten, ergriff er Lisas Hand und stellte sich vor. Von der anderen Seite der Trage erkannte Sarah – die weiterhin auf Lisas Nase drückte, um das Blut zu stoppen –, daß der Klinikchef bereits mit dieser ersten Berührung seine Untersuchung und seine Urteilsfindung begann.
Als sie Zimmer A erreichten, einen der drei großen Notfallräume, war Sarah mit ihrer Falldarstellung fast fertig. Auf Blankenships Anweisung stand eine MTA aus dem Labor schon bereit, um Blut abzunehmen, außerdem eine Schwester von der Entbindungsstation mit einem CTG-Gerät. Mit einem Nicken gab er beiden zu verstehen, daß sie mit ihrer Arbeit beginnen konnten. In diesem Augenblick drang das Blut durch den Gazeverband an Lisas Infusionsnadel. Ohne die Miene zu verziehen, nahm Blankenship es zur Kenntnis.
»Also, Lisa«, meinte er mit ruhiger Stimme. »Ich möchte Sie bitten, nachsichtig mit uns zu sein und uns zu verzeihen, wenn Sie das Gefühl haben, daß wir Sie nicht genügend über das informieren, was mit Ihnen los ist. Es sind mehrere Dinge, die sich in verschiedenen Körpersystemen abspielen. In ein paar Sekunden werden Sie all die Ärzte, die sich um Sie kümmern, ohne Spickzettel nicht mehr auseinanderhalten können. In der Hauptsache werden es außer mir noch Dr. Helen Stoddard sein, eine Blutspezialistin, und Dr. Andrew Truscott, ein Chirurg. Dr. Stoddards Aufgabe ist es, die Blutung zu stillen. Dr. Truscott legt eine neue Infusion und kümmert sich um Ihren Arm, damit er wieder richtig durchblutet wird. Und natürlich bleiben Dr. Baldwin und Dr. Snyder in der Nähe, um Ihr Baby zu entbinden, sobald sich Ihr Zustand etwas stabilisiert hat.«
»Geht's dem Baby gut?« fragte Lisa.

Blankenship sah zu der Hebamme hinüber, die mit einer stummen Kopfbewegung auf den Bildschirm des CTG-Geräts wies. Die Herzrate lag höher als der Optimalwert, oft ein Warnzeichen für Komplikationen.

»Das Baby steht unter Streß«, antwortete Blankenship auf Lisas Frage. »Aber wir behalten es ständig im Auge.«

In diesem Moment stürmte die Hämatologin ins Zimmer. Helen Stoddard, ebenfalls eine Professorin und Chefärztin auf ihrem Fachgebiet an einer anderen Klinik, wurde bei manchen Fällen vom MCB als Beraterin hinzugezogen. Da sie sich unerschrocken als Anhängerin der »alten Schule« bezeichnete, hatte sie offen ihre Vorbehalte geäußert, als das MCB sich mit den »Randgruppen« einließ, wie Stoddard die Vertreter der alternativen Medizin gerne bezeichnete. Bei einem von der Klinik veranstalteten Seminar hatte sie zu den Diskussionsteilnehmern gezählt, die sich entschieden dagegen aussprachen, daß wissenschaftlich nicht gesicherte Techniken in die klinische Praxis übernommen wurden. Blankenship und Sarah gehörten zur Gegenpartei und verfochten die Anwendung von bestimmten empirisch überprüften Behandlungsmethoden wie Akupunktur und Chiropraktik sowie sorgfältige wissenschaftliche Untersuchung dieser und anderer Techniken.

»Wie sieht's aus, Eli?« erkundigte sich Dr. Stoddard nun, ohne Sarah auch nur eines Blickes zu würdigen.

»Proben sind im Labor, zehn Einheiten Blut bereits bestellt.«

»Auch Plättchen und Plasma?«

»Soviel wir kriegen können.«

Helen Stoddard unterzog Lisas Haut, Mund und Nagelbetten einer raschen Untersuchung. Inzwischen war der Mullverband um die Braunüle völlig durchweicht, und das Blut tropfte auf das Leintuch der Trage und auf den Boden. Auch aus der Einstichstelle in der Vene, von der das Blut entnommen worden war, sickerte es rot.

»Hatte sie vorher schon mal Blutungsprobleme?« fragte die Ärztin weiter.

»Nein, nichts dergleichen.«

Stoddard dachte einen Augenblick nach. »Wir können nicht auf die Laborergebnisse warten. Ich denke, wir sollten alles, was wir an Plättchen, Blut und Plasma haben, bereitstellen und ihr Heparin geben.«

Jetzt traten Randall Snyder und Heidi Glassman ins Zimmer, beide ein wenig atemlos. Kurz darauf kam auch Andrew Truscott. Heidi übernahm Sarahs Platz an der Bettkante, während Truscott, Sarah und Snyder sich zur Tür zurückzogen.

»Es geht ihr gar nicht gut«, sagte Sarah.

Snyder warf einen Blick auf den Monitor.

»Dem Baby auch nicht«, meinte er. »Haben Sie schon mit Oxytocin angefangen?«

»Im Krankenwagen. Aber der Muttermund ist immer noch erst fünf Zentimeter dilatiert.«

»Himmel.«

Innerhalb einer Minute hatte Truscott Lisas Arme, Hände und Füße untersucht. Dann injizierte er beeindruckend flink und geschickt ein Anästhetikum in die Haut an Lisas Hals, ertastete mit den Fingerspitzen die entsprechenden anatomischen Merkpunkte und stach durch die narkotisierte Stelle eine Nadel direkt in die innere Schlüsselbeinvene. Als nächstes führte er einen Katheter durch die Nadel und befestigte ihn. Damit war ein wichtiger zweiter intravenöser Zugang hergestellt.

»Irgendwie müssen wir sie in den OP kriegen, wegen des rechten Arms«, sagte Andrew, als er sich zu dem Grüppchen an der Tür gesellte. »Über den linken Arm und die Füße kann ich noch nichts sagen. Können Sie eine Sectio machen?«

Snyder ging hinüber zu Helen Stoddard, führte eine kurze Beratung im Flüsterton und kam kopfschüttelnd zurück.

»Womöglich stehen wir jetzt schon vor dem Problem, ob wir Mutter oder Kind retten«, sagte er leise. »Helen und Eli sind zu dem Schluß gekommen, daß sie nicht auf die Bestätigung der DIC durch das Labor warten können. Sie haben bereits mit dem Heparin angefangen. Beim gegenwärtigen Stand glauben sie nicht, daß das Mädchen eine Chance hat, einen Kaiserschnitt zu überleben.«

Heparin bei einer DIC? Für Sarah, in deren medizinischer Praxis es immer in erster Linie darum ging, eine Blutung unter Kontrolle zu bekommen, klang diese Behandlungsmethode erschreckend paradox: Die intravenöse Injektion eines hochwirksamen Gerinnungshemmers bei einer Patientin, die bereits in der Gefahr schwebte, zu verbluten. Hinter dieser Maßnahme stand die Argumentation, daß man durch die Verabreichung des Medikaments die pathologischen Gerinnsel auflöste und damit die Blutzufuhr zu den beeinträchtigten Extremitäten und lebenswichtigen Organen wieder sicherstellte. Gleichzeitig wurden ständig Bluttransfusionen vorgenommen, um das Blutvolumen zu ergänzen und die Gerinnungsfaktoren zu ersetzen. Ein therapeutischer Balanceakt von Zirkusproportionen, der nur allzu oft zum Scheitern verurteilt war.

Sarah sah zu der Frau hinüber, um die sie sich jetzt seit über einem halben Jahr kümmerte und die jetzt im Gedränge von Schwestern, Ärzten und Technikern fast verschwunden war. Innerhalb weniger Minuten nach seinem Auftritt hatte Andrew einen wertvollen Beitrag zu den allgemeinen Bemühungen geleistet. Sarah dagegen hatte im Grunde noch gar nichts getan. Sicher, die anderen medizinischen Mitspieler in diesem Stück waren ihr alle an Berufserfahrung überlegen, aber Lisa Summer war immer noch Sarahs Patientin, und sie hatten zusammen gearbeitet, an Methoden, die sie doch auch jetzt einsetzen konnten und die vielleicht sogar helfen würden – vorausgesetzt, Helen Stoddard und Eli Blankenship ließen sie es probieren.

Kurz entschlossen entschuldigte sich Sarah und rannte hinunter ins Kellergeschoß, wo eine Reihe ziemlich schummrig beleuchteter Tunnel die einzelnen Gebäude des MCB miteinander verbanden. Ihr Spind war im vierten Stock des Thayer Building, in dessen ersten drei Stockwerken die Verwaltungsbüros untergebracht waren. Im vierten und fünften Stock befanden sich die Bereitschaftszimmer. Sarah nahm den Aufzug nach oben. Wenige Minuten später rannte sie die sechs Stockwerke wieder hinunter und zurück durch die unterirdischen Gänge zur Notaufnahme. Unter den Arm geklemmt trug sie eine Mahagonikiste mit ihren Akupunkturnadeln. Der Kasten war ein Geschenk von Dr. Louis Han. Sie hatte Han, einen in China geborenen christlichen Missionar, kennengelernt, während sie als freiwillige Helferin beim Peace Corps in den Meo-Dörfern im Norden von Chiang Mai in Thailand unterrichtete. Bis zu seinem Tod drei Jahre später war er Sarahs Mentor in der Heilkunst. Auf den Kasten hatte Han in eleganten chinesischen Buchstaben die Inschrift eingraviert: DIE HEILKRAFT GOTTES IST IN UNS ALLEN.

Sobald sie Zimmer A betrat, spürte sie, daß eine Verschlechterung eingetreten war. Der Schlauch, der durch die Nase in Lisas Magen eingeführt worden war, beförderte einen stetigen Blutstrom in die Saugflasche an der Wand. Auch der Blasenkatheter beförderte rote Flüssigkeit. Mit aschfahlem Gesicht stand Randall Snyder am CTG-Gerät. Die Herztöne von Lisas ungeborenem Kind waren unter die kritische Grenze gesunken.

»Was ist los?« fragte Sarah und stellte sich neben Snyder.

»Ich glaube, wir haben ihn verloren«, flüsterte Snyder. »Wir könnten sofort eine Sectio versuchen, und vielleicht wäre es noch rechtzeitig für das Baby. Aber Lisa würde es nicht überleben.«

»Und ohne Kaiserschnitt?«

»Ich weiß nicht. Es sieht böse aus.«

Sarah zögerte einen Augenblick, dann bahnte sie sich einen Weg zu Helen Stoddard und Eli Blankenship.

»Kann ich Sie beide einen Moment sprechen?« fragte sie leise.

Einen Moment lang dachte sie, Stoddard würde sie einfach wegschicken. Dann – vielleicht weil ihr einfiel, daß Sarah zu Blankenships handverlesenen Assistenzärzten gehörte – ging die Hämatologin ein Stück zur Seite. Blankenship folgte.

»Ich möchte versuchen, Lisas Blutung zum Stillstand zu bringen«, erklärte Sarah.

»Und wie genau wollen Sie das anstellen?« erkundigte sich Helen Stoddard.
Sarah spürte, wie sich ihre Kiefermuskeln verhärteten. Sie hatte ihre Methoden und Techniken noch nie einem Arzt oder Fakultätsmitglied angetragen, ohne daß der oder die Betreffende sie dazu aufgefordert hatte. Aber Lisa war ihre Patientin, und konventionelle Behandlung schien nicht anzuschlagen.
»Dr. Stoddard, ich weiß, daß Sie von der alternativen Medizin nicht allzuviel halten«, entgegnete Sarah und bemühte sich, mit ruhiger Stimme zu sprechen. »Aber ich möchte das gleiche wie Sie. Ich möchte, daß Lisa durchkommt. In den letzten Monaten haben wir sie auf die Hausgeburt vorbereitet und dabei Methoden der Selbsthypnose und der Visualisierung eingeübt. Ich denke, Lisa hat beides ziemlich gut trainiert.«
»Und?« Helen Stoddards Stimme war eisig.
»Nun, kombiniert mit Akupunktur könnten wir vielleicht Lisas eigene Kräfte einsetzen, um die Blutung zu stoppen. Vorausgesetzt, Sie sind bereit, ihr so viel Protamin zu geben, daß die Wirkung des Heparins neutralisiert wird.«
»Was?«
»Wenn wir die Blutung so weit verlangsamen, daß wir einen Kaiserschnitt wagen können, würde das Heparin anschließend wieder eingesetzt, um die Blutgerinnsel aufzulösen.«
»Das ist doch lächerlich.«
Sarah holte tief Luft, um sich zu beruhigen. In den vier Jahren des Medizinstudiums und den bisherigen zwei Jahren der praktischen Ausbildung hatte sie noch nie einen derartigen Zusammenstoß mit einem ihrer Vorgesetzten gehabt. Aber jetzt durfte sie nicht nachgeben. »Dr. Stoddard, Lisas Blutdruck sinkt, die Blutung wird stärker, und vielleicht ist für das Baby schon jetzt alles zu spät.«
»Hören Sie, Sie arrogante, ignorante ...«
»Einen Moment, Helen«, unterbrach Blankenship. »Wenn das hier vorbei ist, können Sie meinetwegen alles sagen, was Sie wollen, aber momentan haben wir hier eine junge Frau, mit der es rapide bergab

geht, und wir sollten uns ganz auf sie konzentrieren. Dr. Baldwin hat recht. Das Heparin wirkt bisher nicht auf die Gerinnsel, hat aber die Blutung so beschleunigt, daß wir mit den Transfusionen nicht mehr nachkommen.«

»Wenn Sie tun, was Dr. Baldwin vorschlägt, ziehe ich mich von dem Fall zurück«, erklärte Stoddard.

»Helen, Sie sind eine der besten Hämatologinnen, die ich je gekannt habe, und eine unserer engagiertesten Ärztinnen. Ich kann mir nicht vorstellen, daß Sie sich von irgend etwas daran hindern lassen, das zu tun, was für einen Patienten am besten wäre.«

»Aber ...«

»Und tief innen wissen Sie doch auch, daß die paar Minuten, die Sarah braucht, um ihre Methode auszuprobieren, nicht viel Einfluß auf den Ausgang haben werden.«

»Aber ... na gut, verdammt. Aber wenn diese Geschichte überstanden ist, egal wie, dann sollte diese Klinik sich lieber daranmachen, ihre Einstellung zu dieser Art von Quacksalberei zu klären, oder ich gehöre nicht mehr zum Ärztestab.«

»Das machen wir, Helen. Ich geben Ihnen mein Wort. Sarah, wie können wir Ihnen helfen?«

»Tja, zuerst sollte Lisa das Protamin bekommen.«

»Helen?«

»Hol Sie der Teufel, Eli. Okay, okay ... Das ist doch wirklich albern«, brummte Helen Stoddard, während sie sich daranmachte, das Gegenmittel zu verabreichen.

»Und dann«, fuhr Sarah fort, während sie merkte, wie ihr Herz zu rasen begann, »lassen Sie mich bitte mit Lisa und Heidi allein, ziehen Sie möglichst viele Leute vom Bett ab und sorgen Sie dafür, daß es möglichst still ist.«

»Wird gemacht. Sonst noch was?«

»Nur noch eins. Schalten Sie bitte das Deckenlicht ab.«

Lisa schrie auf, als die nächste Wehe einsetzte. Sarah streichelte ihre Stirn und kniete sich neben sie.

»Lisa, schließen Sie die Augen und hören Sie mir gut zu«, sagte sie leise. »Wir müssen jetzt zusammenarbeiten. Das ist der große Augenblick, auf den wir uns die ganze Zeit vorbereitet haben. Verstehen Sie? ... Gut. Fangen wir an mit den einfachen Sachen, mit den Bildern, okay? Setzen Sie die Bilder ein, wenn wieder eine Wehe kommt. Ich helfe Ihnen, und Heidi ist auch da. Zwischen den Wehen möchte ich, daß Sie sich auf meine Stimme konzentrieren und anfangen, sich vorzustellen, was in Ihrem Blutkreislauf und in Ihrem Herzen passiert. Da läuft alles zu schnell ... zu schnell. Es kann sein, daß sich Klumpen bilden, die Ihre Blutadern verstopfen. Versuchen Sie, sich zu entspannen und auch diese Klümpchen zu sehen. Entspannen Sie sich ... entspannen Sie sich einfach ...«

Heidi flüsterte weiter in Lisas Ohr, während Sarah ein dünnes, zerfleddertes Buch zu Rate zog. Nachdem sie sich noch einmal vergewissert hatte, daß sie die richtigen Akupunkturpunkte anpeilte, setzte sie die erste Nadel direkt unter Lisas linkes Schlüsselbein. Dann plazierte sie fünf weitere Stahlnadeln, wobei sie stets versuchte, auch die Einschränkungen mit einzuberechnen, die ihr Lisas Verbände und ihre liegende Stellung auferlegten.

Gespenstische Stille war eingetreten, nur durchbrochen von dem gedämpften Brummen des Saugapparats und dem leisen Piepen des Herzmonitors.

»Sehen Sie doch«, hörte Sarah jemanden flüstern. »Ich glaube, die Blutung ist schon schwächer geworden.«

Sarah warf einen Blick zum Drainagebeutel, und tatsächlich – er schien sich wesentlich langsamer zu füllen.

»Entspannen Sie sich, Lisa«, sagte Sarah noch einmal, mit sanfter, aber fester Stimme. »Ihr Herz schlägt ganz ruhig ... Ihr Blut fließt langsam und ruhig ... entspannen Sie sich einfach. Sie haben die Kraft dazu ...«

Eine Minute verstrich. Dann noch eine. Lisa lag reglos da, die Augen geschlossen. Dann setzte eine Wehe ein, und man sah, wie sich ihr Bauch zusammenzog. Doch Lisa blieb entspannt liegen.

»Die Herzrate ist von neunzig auf fünfzig runter, Sarah«, sagte Blankenship. »Die Blutung an der Infusion und an den Veneneinstichen hat ganz aufgehört, soweit ich sehe. Randall, machen Sie sich bereit?«

»Alles klar«, antwortete Snyder. »Der Anästhesist steht oben bereit. Sie brauchen nur das Startzeichen zu geben.«

Die Nasensonde förderte nur noch minimale Blutmengen zutage. Sämtliche Sickerblutungen waren zum Stillstand gekommen. Vorsichtig zog Sarah die sechs Akupunkturnadeln heraus. Zehn, fünfzehn Sekunden lang war alles still.

»Dann mal los«, sagte sie.

KAPITEL 5

2. Juli

Sarah ließ den Operationstisch zwei Zentimeter herauffahren und schraubte sterile Griffe in die Parabolscheinwerfer. Ihre Augen brannten ein wenig. Inzwischen war sie vierundzwanzig Stunden auf den Beinen, ohne das kleinste Nickerchen. Aber sie war hochkonzentriert, wie immer im OP. Nachdem sie die Lichter zentriert hatte, nahm sie ihr Skalpell in die rechte Hand und brachte es so in Position, daß es sich wie ein Teil ihrer selbst anfühlte. Mit der linken Hand straffte sie die Haut an der Stelle, wo der obere Rand des Schamhaarbereichs gewesen war. Mit einem einzigen, glatten Schnitt öffnete sie die Bauchdecke und durchtrennte die dünne, safrangelbe Unterhaut-Fettschicht. Die wenigen blutenden Gefäße faßte sie mit einer Pinzette und koagulierte sie mit dem Thermokauter. Schließlich durchschnitt sie die Peritonealmembran und legte einen vorquellenden, hochschwangeren Uterus frei.

»Alles okay?« fragte sie den Anästhesisten.

»Stabil.«

»Okay, dann los.«

Mit dem Skalpell machte sie eine kleine Öffnung in den Uterus und zog die Muskelfasern mit den Zeigefingern auseinander. Dann stach sie leicht mit dem Skalpell in die Fruchtblase.

»Wir sind drin«, verkündete sie beim ersten Strahl Fruchtwasser. »Absaugen bitte.«

Jetzt war jede Sekunde kostbar. Der kräftige Uterus konnte sich jeden Moment zusammenziehen, was die Entbindung des Babys enorm erschwert hätte. Zehn Sekunden schienen Sarahs Atem und ihr Herz stillzustehen, während sie im Beckenraum nach den Beinen des Babys fühlte und gleichzeitig die Lage der Nabelschnur ausfindig zu machen suchte. Sanft schlossen sich ihre Finger um die dünnen Beinchen und zogen sie durch den Schnitt nach oben. Als nächstes kam der Rumpf und dann – behutsam, ganz behutsam – Schultern und Arme. Schließlich umfaßte sie vorsichtig den zerbrechlichen Kopf und führte ihn ebenfalls durch den Schnitt. Und damit war das Baby geboren.

Rasch saugte Sarah Nase und Mund ab, und Sekunden später durchbrach der blökende Schrei des Neugeborenen die Stille des Kreißsaals. Augenblicklich löste sich die Anspannung.

»Es ist ein Mädchen, Kathy«, sagte Sarah mit dünner Stimme. »Ein wunderschönes Mädchen. Herzlichen Glückwunsch. Wenn der Vater hier rüberkommen möchte – Sie können die Nabelschnur durchschneiden.«

Der Vater, ein junger Mann frisch aus der High-School, schlängelte sich nervös zu ihr herüber, tat, wie ihm geheißen, und eilte dann zurück zum Kopfende des Bettes, wo seine junge Frau vor Glück abwechselnd lachte und weinte. Sarah versuchte, den unangenehmen Kloß in ihrem Hals hinunterzuschlucken, und reichte das vollkommene Neugeborene zum Kinderarzt hinüber. Hoffentlich merkte niemand, wie nah sie selbst den Tränen war – nicht vor Freude, sondern vor Kummer über die Totgeburt von Brian Summer siebzehn Stunden zuvor.

Es war jetzt sechs Uhr morgens. Der vorige Tag war unglaublich anstrengend gewesen, ein dauerndes Auf und Ab, und in der darauffolgenden Nacht hatte Sarah zwei Normalgeburten angeleitet und nun den Steißlagen-Kaiserschnitt durchgeführt. Aber kurz nach eins am Nachmittag hatte die Freude darüber, eine führende Rolle bei der Bekämpfung von Lisa Summers Blutungen zu spielen, jäh einem bodenlosen Schmerz Platz gemacht, denn sie mußte dabei assistieren, wie das Baby tot aus Lisas Bauch geholt wurde – es war gestorben, noch ehe sie den Kreißsaal erreicht hatten.

Wie das Kind der ersten DIC-Patientin war auch Brian Summer den starken Blutungen in der Plazenta und ihrer vorzeitigen Ablösung von der Gebärmutterwand erlegen. Wäre er eine halbe Stunde früher geholt worden, hätte er vielleicht überlebt. Doch sie hatten sich zu der Entscheidung durchgerungen, zunächst um Lisas Leben zu kämpfen, die mit an Sicherheit grenzender Wahrscheinlichkeit verblutet wäre, hätte man die Operation nicht hinausgezögert.
Mit einer ganz ungewohnten inneren Distanz beobachtete Sarah, wie ihre Hände die Plazenta entbanden und dann begannen, die Schnitte wieder zusammenzunähen. Die Entscheidung, Lisas Leben zu retten, war richtig gewesen. Trotzdem war das, was geschehen war, nicht leicht zu akzeptieren. Gerade wollte Sarah die Wundklammern setzen, als eine Schwester aus der Chirurgie hinter sie trat.
»Sarah, ich soll Ihnen von Dr. Truscott ausrichten, daß man Lisa Summer wieder in den OP gebracht hat«, flüsterte sie.
O nein, schoß es Sarah durch den Kopf. »Wissen Sie, weshalb?«
»Anscheinend haben das Antikoagulans und die Heparin-Spülung die Blockierungen in ihrem Arm nicht beseitigt. Ich bin nicht sicher, was Dr. Truscott jetzt vorhat.«
»Danke, Win. Ich komme, sobald ich kann. Kathy, wir sind fast fertig. Der Kinderarzt hat mir gerade Zeichen gegeben, daß Ihr Baby absolut perfekt ist. Die Apgar-Werte liegen bei neun. Zehn ist der Spitzenwert, aber den geben wir bloß den Babys, die rauskommen und dabei Geige spielen. Er bringt Ihnen die Kleine gleich wieder.«
»Danke, Dr. Baldwin. Vielen, vielen Dank.«
Sarah klebte einen Mullverband über den Schnitt und streifte sich die Handschuhe ab.
»Wir freuen uns alle für Sie«, sagte sie und wandte sich zum Gehen. Sie verließ die Entbindungsstation und machte sich auf den Weg in die Chirurgie. Unterwegs wurde sie zweimal aufgehalten – erst von einer Schwester, dann von einem anderen Assistenzarzt. Beide gratulierten ihr zu ihrem Erfolg bei Lisa.

»Die ganze Klinik spricht darüber«, sagte der Arzt. »Sie haben wirklich viel dafür getan, daß man endlich die Augen für die Vorzüge alternativer Heilmethoden öffnet. Ich habe in Philadelphia studiert, auf der School of Osteopathy. Jetzt fragen mich plötzlich alle, wo ich meinen Doktor gemacht habe – was für Sachen wir gelernt haben, die man in der traditionellen Ausbildung nicht lernt. Leute, die bisher nur Lippenbekenntnisse zu alternativen Methoden abgelegt haben, zeigen auf einmal wirkliches Interesse.«
Die Worte des Mannes hätten eigentlich wie ein erfrischendes Tonikum auf Sarah wirken sollen. Aber heute richteten sie wenig gegen ihr Gefühl der Machtlosigkeit aus. Ihre intensive Ausbildung, das ganze hochqualifizierte medizinische Personal und eine Technik, in der Hunderttausende von Dollars steckten – all das zusammen hatte Lisa Summers Baby nicht retten können. Es war nicht das erstemal, daß Sarah eine Fehl- oder Totgeburt erlebt hatte. Das Sterben war ein Grundbestandteil der Medizin, und auf intellektueller Ebene verstand sie das auch. Aber aus irgendeinem Grund schien ihre emotionale Reaktion auf diesen Verlust immun gegen alle logischen Argumente.
Sie dachte an ihr altes Sprechzimmer im zweiten Stock des Ettinger-Instituts. Damals hatte sie sich nicht weniger für ihre Patienten engagiert als heute. Doch diese Welt – dieser angenehme, unkomplizierte und sehr persönliche Umgang mit den Patienten – schien inzwischen Lichtjahre entfernt.
Der Unterschied war schlicht und einfach das Ausmaß, in dem Technik und Wissenschaft – was immer das genau bedeuten mochte – die westliche Medizin beherrschten. In manchen Augenblicken hatte Sarah das Gefühl, einen Flugdrachen gegen die Pilotenkanzel eines Jets eingetauscht zu haben.
Der Grund, weshalb sie das Ettinger-Institut verlassen hatte, war die Inflexibilität Peter Ettingers. Zuletzt hatte sie sein Verhalten einfach nicht mehr ertragen. Aber Sarahs Entschluß, einen »regulären« Doktortitel zu erwerben, ging auf noch tiefer liegende Gründe zurück. Sie hatte gedacht, wenn sie Ärztin wäre, würden

viele der Einschränkungen und Frustrationen in ihrem Beruf verschwinden. Aber statt dessen empfand sie ihre Grenzen trotz aller modernen Gerätschaften und trotz ihrer neuerworbenen technischen Fertigkeiten genauso frustrierend und diese Frustrationen genauso beengend.

* * *

Zum Ärztestab der Klinik gehörten vier Frauen, außerdem arbeiteten in der Chirurgie drei Assistenzärztinnen. Trotzdem gab es nur einen chirurgischen Umkleideraum, und der war für Männer.

Sarah legte ihre kastanienbraunen OP-Sachen im Schwestern-Umkleideraum ab, schlüpfte in einen seegrünen Kittel mit passender Hose und zog sich die Überschuhe, die Chirurgenkappe und den Mundschutz wieder über. Zwölf Stunden waren vergangen, seit sie Andrew Truscott beim Sondieren und Irrigieren der Hauptvenen in Lisas rechtem Arm zugesehen hatte. Mit dieser Ausspülmethode wollte man möglichst viel von den Gerinnseln beseitigen, in der Hoffnung, daß das Antikoagulans ein übriges tat. Allem Anschein nach hatten seine Bemühungen jedoch nicht den gewünschten Erfolg gezeigt, und man mußte zu anderen Maßnahmen greifen – womöglich war eine Sezierung der blockierten Gefäße notwendig geworden.

Sarah betrat den OP durch den Umkleideraum. Lisa, die jetzt zum drittenmal in weniger als vierundzwanzig Stunden im OP lag, war bereits in Narkose und intubiert. Ihr Gesicht sah trügerisch ruhig aus. Ein niedriger Vorhang hing auf Höhe ihres Halses; hier bei ihrem Kopf stand der Anästhesist, dahinter arbeitete das Chirurgenteam. Neben Andrew bemühte sich ein weiterer Arzt um Lisas Arm.

Eine Sekunde lang dachte Sarah, es wäre der gleiche Gefäßspezialist, der Andrew auch vorhin assistiert hatte. Aber als sie den kleinen Metallhocker herüberzog und sich darauf stellte, um besser sehen zu können, merkte sie, daß es überhaupt kein Gefäßchirurg war. Es war Ken Browne, der Chef der Orthopädie. Erst jetzt entdeckte Sarah den abgetrennten Unterarm mit der klauenartig verkrampften Hand auf dem Metalltablett neben der OP-Schwester und begriff, daß Browne und Andrew durchaus nicht mit einer heiklen Gefäßprozedur beschäftigt waren. Vielmehr waren sie dabei, die Reste von Lisas Elle und Speiche – der beiden Unterarmknochen – unter dem Ellbogen auf eine Amputation vorzubereiten.

Sarah spürte, wie ihr ganz flau wurde, und einen Moment lang befürchtete sie, zum erstenmal in ihrem Leben in Ohnmacht zu fallen. *O Gott, nein. Erst das Baby . . . und jetzt das.* Mehr konnte sie nicht denken.

Andrew blickte auf und entdeckte sie.

»Alles in Ordnung?« fragte er.

»Andrew, sie war Künstlerin. Töpferin. Ihre Hände waren . . . Hey, hör mal, es tut mir leid. Es ist nur – ich dachte, sie würde wieder gesund werden.«

»Das wird sie wahrscheinlich auch . . . danach«, erwiderte Andrew ein wenig matt. »Mir tut es auch leid, daß ich das machen muß. Aber was sollen wir tun? Bei drohendem Wundbrand haben wir keine andere Wahl.«

»Verstehe.«

Aber noch als sie das sagte, wußte Sarah, daß sie im Grunde herzlich wenig von dem begriff, was Lisa Summer heute zugestoßen war.

KAPITEL 6

Die chirurgische Intensivstation umfaßte zwölf Betten, die rund um die Uhr von einer Schwester betreut wurden, manchmal sogar von zweien. Nur äußerst selten verging eine ganze Schicht, ohne daß ein Patient in eine bedrohliche Krise geriet. Und obwohl die Atmosphäre auf der Station – abgesehen von extremen Notfällen – gedämpft und ruhig war, herrschte nie vollkommene Stille. Jede Minute, egal ob Tag oder Nacht, rauschten die Monitoren, die Absaug- und Infusionssysteme und die Beatmungsgeräte wie die Brandung des Ozeans. Noch mehr als in den Operationssälen ging es hier um Leben und Tod; hier wurden die eigentlichen Kämpfe ausgefochten.

Sarah war der OP zwar wesentlich lieber als die tagtägliche Routine bei der Pflege von Patienten, die in Lebensgefahr schwebten, aber sie genoß ihre freundschaftlichen Beziehungen zum Intensiv-Team.

Um halb acht am Morgen des 2. Juli waren sechs der Betten leer. Wenn der morgendliche Operationsplan erledigt war, würden wieder alle zwölf belegt sein. Sarahs Augen brannten vom Schlafmangel. Sie saß an Bett acht und wartete darauf, daß Lisa Summer aus dem Aufwachzimmer heraufgebracht wurde. Unter den gegebenen Umständen waren die Neuigkeiten von dort durchaus erfreulich. Lisa hatte die Operation ohne größere Blutungen überstanden. Die DIC klang rasch ab, und die Blutversorgung der Nieren, der Beine und des verbliebenen Arms schien wieder ganz normal. Es war, als hätte der Kaiserschnitt die hämatologische Krise beendet.

Lisas Leben war gerettet. Ihre Gebärmutter, ihre Sinnesorgane und ihr

Nervensystem waren intakt, und sie konnte gehen. Mit der Zeit würde sie lernen, mit der linken Hand besser umzugehen und mit der Prothese zurechtzukommen, die man ihr für die rechte anpassen würde. Vielleicht würde sie sogar eine Möglichkeit finden, sich auch weiterhin künstlerisch zu betätigen. Sie würde anfangen, ihren Schmerz zu verarbeiten, und vielleicht irgendwann noch einmal schwanger werden. Rein klinisch betrachtet war all das richtig, das wußte Sarah. Trotzdem konnte sie die Tatsache nicht verdrängen, daß Lisa ihre Patientin war und daß sie sich vor nicht einmal ganz vierundzwanzig Stunden auf die Geburt ihres Sohnes vorbereitet hatte.

»Alles in Ordnung?«

Sarah war in den Computerausdruck der zahlreichen Labortests vertieft, denen man Lisa unterzogen hatte. Gab es nicht doch irgendeinen Hinweis darauf, was die Katastrophe ausgelöst hatte? Erschrocken blickte sie auf. Am Fußende des Bettes stand Alma Young, eine ältere, erfahrene Intensivschwester.

»O ja, alles in Ordnung, danke. Bloß ein bißchen müde, weiter nichts.«

»Das ist mehr als verständlich. Ihre junge Frau wird in ein paar Minuten oben sein. Gerade kam ein Anruf aus dem Aufwachzimmer. Anscheinend geht's ihr den Umständen entsprechend gut.«

»Großartig«, sagte Sarah, allerdings ohne echte Begeisterung. »Ich starre dauernd auf diese Zahlen und hoffe, daß mir irgendwas, was mir bis jetzt entgangen ist, plötzlich ins Gesicht springt und mir erklärt, was passiert ist.«

»Vielleicht sollten Sie einfach die Augen zumachen und ein paar Minuten schlafen.«

»Ich fürchte, wenn ich das mache, kommt mein Körper auf den Trichter, daß er sich nicht unbedingt so fühlen muß wie im Augenblick, und dann bin ich für den Rest des Tages erledigt.«

»Wissen Sie, das ganze Krankenhaus spricht darüber, was Sie gestern geleistet haben. Die Schwestern von der Notaufnahme sagen, die Frau wäre gestorben, wenn Sie sich nicht gegen die Hämatologin durchgesetzt hätten.«

»Warum macht mich das alles dann trotzdem so fertig, Alma?«
Die Krankenschwester ließ sich auf der Bettkante nieder.
»Weil Sie eine gute Ärztin sind«, antwortete sie ruhig. »Deshalb. Sie sind sensibel. Es macht Ihnen zu schaffen, wenn Menschen leiden und Schmerzen haben – ich meine, es nimmt Sie wirklich mit.«
»Danke.«
»Darf ich Ihnen was sagen?«
»Na klar.«
»Manchmal denke ich, es geht Ihnen zu sehr an die Nieren. Sie nehmen alles zu persönlich. Wie Sie hier sitzen und über dem Laborbericht brüten, wo Sie sich doch auch ausruhen könnten, ist ein hervorragendes Beispiel. Damit treibt man die Sensibilität einen Schritt zu weit. Ich hab schon eine ganze Menge Assistenzärzte – und auch Krankenschwestern – hier erlebt. Dabei ist mir aufgefallen, daß die wirklich guten Leute eins gemeinsam haben: Sie können bei Bedarf wie auf Knopfdruck abschalten und plötzlich ganz sachlich werden. Ich glaube, daß Sie alle Voraussetzungen besitzen, um eine Superärztin zu werden, aber ich glaube, Sie nehmen sich die Dinge manchmal zu sehr zu Herzen.«
»So sehen Sie mich?«
»Ja, und das gleiche denken viele von den anderen Schwestern. Die Assistenzärzte zu analysieren gehört zu unseren Lieblingsbeschäftigungen, wissen Sie. Wir mögen Sie alle sehr, Sarah, und wir arbeiten gern mit Ihnen zusammen. Aber wir machen uns auch Sorgen um Sie. Es kommt uns vor, als glaubten Sie immer, Sie könnten noch mehr tun, statt einfach zu akzeptieren, daß Sie auch nur ein Mensch sind.«
Die Beobachtungen der Schwester lösten in Sarah einen unerwarteten Ansturm von Gefühlen aus. Die meisten davon waren eher unangenehmer Natur, und alle rankten sich um die Person Peter Ettingers.
»Alma«, sagte sie, »ich konnte meine Grenzen noch nie besonders gut akzeptieren. Wenn ich nicht dauernd denken würde, ich könnte noch mehr für einen Patienten tun, wäre ich vielleicht überhaupt nie Ärztin geworden.«

»Wie meinen Sie das?«
Sarah lachte verlegen. »Haben Sie ein paar Stunden Zeit zum Zuhören?«
Alma Young sah sie besorgt an.
»Ich höre gespannt zu, bis Ihre Freundin Lisa ankommt«, meinte sie.
Sarah suchte nach einer kurzen Antwort. Sie hatte ihr Privatleben immer gern für sich behalten, und ihre bisherige Laufbahn hatte ihr das sehr leicht gemacht: High-School in Upstate New York, College in einem Vorort von Boston, das Peace Corps in Thailand, Peter und das Ettinger-Institut, Medizinstudium in Italien, praktische Ausbildung im MCB.
Überall hatte sie Freundschaften geschlossen, aber keine dieser Beziehungen dauerte länger als bis zum nächsten Umzug – einmal abgesehen von der zu ihrem Mentor Dr. Louis Han. Und allmählich merkte sie, daß sie einfach nicht über sich selbst redete, nicht einmal, wenn jemand sie danach fragte. Vielleicht konnte sie es einfach nicht mehr.
Aber nun äußerte diese Frau, mit der Sarah über zwei Jahre zusammengearbeitet hatte, mehr als deutlich, daß sie sich für Sarah interessierte und dafür, wie sie mit dieser schwierigen Situation fertig wurde. Vielleicht war jetzt der Zeitpunkt gekommen, sich ein wenig zu öffnen.
»Vor ein paar Jahren«, begann sie, »vor zehn Jahren, um genau zu sein, habe ich in den Bergen im Norden von Thailand gelebt. Wir haben dort eine Klinik aufgebaut; ich habe Akupunktur und Naturmedizin gelehrt und gelernt. Ein älterer Mann wurde mein Freund und Mentor. Es war so eine Der-Vater-den-ich-selbst-nie-hatte-Geschichte. Tja, und dann ist er plötzlich gestorben. Kurz danach kam ein Mann in unser Dorf, der zwar viel jünger war, aber ihm ansonsten sehr ähnelte.
Er war intelligent und attraktiv und interessierte sich für dieselben Dinge wie ich. Damals war er schon in vielen Bereichen der alternativen Medizin ein anerkannter Fachmann.

Na ja, innerhalb eines Monats war ich wieder in den Staaten, lebte mit ihm und seiner Tochter und arbeitete an seinem Institut ...«
Sarah überlegte kurz, ob sie Peters Namen preisgeben sollte, aber sie fand, daß es dafür eigentlich keinen Grund gab. »Fast drei Jahre habe ich mit ihm zusammengewohnt. Seine Tochter hatte er als Baby in Afrika adoptiert. Inzwischen war sie im Teenageralter, und in diesen drei Jahren war ich eine Art Mutter für sie – sie kannte ja keine andere. Obwohl dieser Mann und ich wie gesagt beide an seinem Institut arbeiteten, arbeitete ich in seinen Augen immer nur *für* ihn, nicht *mit* ihm. Als das passierte, was ich Ihnen erzählen möchte, hatte er mich gerade gebeten, ihn zu heiraten. Aber seine dunkle Seite – ein enormes, unersättliches Ego und eine schreckliche Sturheit – gewann in unserem Leben immer mehr an Bedeutung.«
»Erzählen Sie weiter, bitte.«
»Er hatte einen Patienten, einen Bildhauer, den er von einer rheumatoiden Arthritis heilte. Von den konventionellen Ärzten war der Mann bereits aufgegeben worden.«
»Wie hat er das gemacht?«
»Oh, mit einer ausgeklügelten Diät, mit Heilkräutern und ein paar Übungen von der Art, wie ich sie gestern auch bei Lisa angewandt habe. Jedenfalls kam der Mann praktisch als Krüppel zu ihm, und danach hat er jeden Tag Racketball gespielt.«
»Erstaunlich.«
»Für uns war so etwas gar nicht erstaunlich. Die alternative Medizin kuriert viele Fälle, die von den westlichen Medizinern als unheilbar diagnostiziert werden. Wir Ärzte haben eigentlich noch keinen rechten Zugang dazu gefunden, wie Krankheit funktioniert, wissen Sie. Unsere Mikroskope werden zwar immer größer und die Sachen, die wir damit sehen, immer kleiner. Wir verschreiben Penizillin, ohne darüber nachzudenken. Aber wir wissen immer noch nicht, weshalb Person A die Halsentzündung kriegt, die wir behandeln, oder warum Person B sie nicht hat.
Jedenfalls fuhr mein Freund für einen Monat weg und überließ mir die Verantwortung für seine Patienten. Zu dieser Zeit war der

Bildhauer wegen seiner Kopfschmerzen bei ihm in Behandlung und bekam Heilkräuter, Akupunktur und chiropraktische Anwendungen. Ich sah ihn nun öfter, und jedesmal machte ich mir mehr Sorgen um ihn. Zwar behauptete er, seine Kopfschmerzen wären besser oder wenigstens nicht schlimmer, aber ich fand, daß er sich seltsam bewegte. Und ob Sie's mir glauben oder nicht – sein Lächeln schien verrutscht zu sein.«

»Das klingt verdächtig.«

»Genau das dachte ich auch. Also rief ich beim White Memorial an und sprach dort mit einem Neurologen, der den Bildhauer am nächsten Morgen um elf zu sich bestellte. Mein Freund sollte an diesem Abend aus Nepal zurückkommen, aber ich fand, daß der Patient auf alle Fälle den Rat des Neurologen brauchte. Also machte ich den Termin fest. Vielleicht klingt das jetzt, als wäre es eine leichte Entscheidung gewesen, Alma, aber das war es nicht. Ich mußte meinem Freund ja irgendwie erklären, weshalb ich gegen all das verstieß, woran er glaubte ...«

Sarah konnte sich nicht mehr daran erinnern, wann sie zum letztenmal jemandem von diesem letzten, entsetzlichen Tag mit Peter erzählt hatte. Aber Alma Young war eine so wunderbare Zuhörerin, daß die Geschichte erstaunlich leicht aus Sarah heraussprudelte. Sie sprach rasch, und doch waren die Dinge, die sie berichtete, nur Ausschnitte dessen, woran sie sich erinnerte ...

Die Nacht, bevor die wirkliche Quälerei begann, war zauberhaft gewesen. Peter hörte sich ruhig und konzentriert ihren Bericht über den Bildhauer Henry McAllister an. Seine Antwort – vor der sie sich so gefürchtet hatte – lautete in etwa: *Hör zu, ich hab dir die Verantwortung für das Institut übertragen, weil du eine verantwortungsbewußte Person bist. Du hast gesehen, was du gesehen hast, daraufhin hast du eine Entscheidung getroffen und entsprechend gehandelt. Was soll daran falsch sein?*

Später an diesem Abend hatten sie miteinander geschlafen, so leidenschaftlich und hingebungsvoll wie am Anfang ihrer Beziehung.

Peter hatte sich dazu durchgerungen, Sarahs Entscheidung zu akzeptieren – und nicht nur das, er hatte sich zu ihr und zu ihrer oft schwierigen Beziehung bekannt. Sie wußte, daß es ihm nicht leichtgefallen war. Er glaubte ehrlich, daß die traditionelle westliche Medizin sich so in die reine Naturwissenschaft, in konkurrenzgeprägte Pharmakologie und entmenschlichende Technologie verrannt hatte, daß sie jetzt mehr Schaden als Nutzen anrichtete. Über Peters Schreibtisch hing nicht umsonst ein Plakat mit der Aufschrift:

> IATROGEN: KRANKHEIT ODER VERLETZUNG, HERVORGERUFEN DURCH WORTE ODER TATEN EINES ARZTES

Jetzt hätte er Gelegenheit gehabt, Sarahs Urteilsvermögen zu verunglimpfen und ihr wieder einmal seine wohlbekannten Ansichten über Ärzte und ihre Methoden um die Ohren zu hauen. Aber er hatte diese Gelegenheit nicht genutzt.

Genau wie Peter verstand auch Sarah, welch wunderbares Potential im Verhältnis zwischen einem Arzt – oder einem Heiler – und einem Patienten schlummerte. Sie hatte großes Vertrauen in die ganzheitliche Methode, sowohl bei der Diagnose als auch bei der Behandlung. Aber im Gegensatz zu Peter hielt sie die traditionelle Medizin nicht von vorneherein für verdammenswert. Schließlich hatte sie einmal einen Blinddarmdurchbruch nur mit knapper Not dadurch überlebt, daß man sie per Hubschrauber in ein US-Militärkrankenhaus brachte und notoperierte.

Peter war vierzig – zwölf Jahre älter als Sarah. Der Altersunterschied, Peters beeindruckende Körpergröße – er war einsneunzig –, seine enorme Energie und sein materieller Erfolg machten es für Sarah schwer, sich in der Beziehung zu behaupten, und beinahe unmöglich, sich gegen ihn durchzusetzen. Aber jetzt hatte Peter endlich einmal zugehört und nicht sofort auf seine übliche Art reagiert; vielleicht hatte er eingesehen, daß seine Art womöglich nicht unbedingt die alleinseligmachende war.

Den nächsten Morgen nahmen sie sich frei und verbrachten einen großen Teil davon im Bett. Als Sarah nachmittags ins Institut kam, um sich ihrem vollen Terminkalender zu stellen, fühlte sie sich ruhiger und ihrem Leben gegenüber weit positiver eingestellt als seit langem. Gegen drei Uhr jedoch begann sie sich zu fragen, weshalb sie noch nichts von dem Neurologen aus dem White Memorial gehört hatte. Inzwischen mußten die Untersuchungen an Henry McAllister doch zumindest teilweise ausgewertet sein. Wenn ihre Beobachtungen über die motorischen Probleme des Künstlers korrekt waren, waren eine Notfall-Computertomographie und noch weitere Untersuchungen dringend notwendig. Der Arzt hatte Sarah versprochen, sie im Büro anzurufen, sobald er etwas wußte.

Halb vier ... vier ... halb fünf ...

Wieder und wieder sah sie zur Uhr, während die Patienten kamen und gingen. Als schließlich auch der letzte Ratsuchende verschwunden war, rief sie im White Memorial an.

»Miss Baldwin, ich hatte gedacht, Sie wüßten Bescheid«, sagte der Neurologe.

»Worüber soll ich Bescheid wissen?« Auf einmal spürte Sarah einen dicken Kloß im Hals.

»Als ich heute morgen ins Büro kam, war eine Nachricht von Ihrem Mr. McAllister bei meinem Auftragsdienst eingegangen. Er hat wohl so gegen zehn Uhr gestern abend angerufen, um mir mitzuteilen, er habe mit seinem medizinischen Berater gesprochen und wolle den Termin absagen. Ich dachte, mit dem medizinischen Berater hätte er Sie gemeint.«

»Nein«, antwortete sie. »Nein, ich fürchte, er hat nicht mich gemeint. Danke, Doktor.«

»Es tut mir leid, daß ich nicht mehr für Sie ...«

Aber Sarah hatte schon aufgelegt. Sie marschierte den Korridor hinunter zu Peters Zimmer. Er saß in seinem Stuhl zurückgelehnt, die Füße auf der Schreibtischkante.

»Peter, warum hast du mir gestern nichts davon gesagt, daß du Henry McAllister angerufen hast?«

»Ich fand es unwichtig.«
»Unwichtig? Ich hab mir in den letzten Wochen wahrscheinlich ein Magengeschwür eingehandelt, weil ich mir dermaßen den Kopf darüber zerbrochen habe, ob ich ihn überweisen soll.«
»Na ja, jetzt brauchst du dir jedenfalls keine Sorgen mehr darüber zu machen.« Er nahm die Füße vom Schreibtisch.
»Aber du hast doch gesagt, ich habe das Richtige getan.«
»Hast du ja auch. Das Richtige für dich. Nicht unbedingt das Richtige für Henry.«
»Aber woher willst du das wissen? Wie konntest du ihn nur dazu bringen, den Termin abzusagen, ohne ihn dir vorher wenigstens einmal anzusehen?«
»Zuerst einmal glaube ich nicht, daß ein herkömmlicher Arzt irgend etwas tun kann, was unsere Leute nicht genausogut oder besser machen. Das weißt du auch. Und zweitens habe ich ihn nicht ›dazu gebracht‹, den Termin abzusagen. Ich habe ihm dazu geraten, sich nach seinem eigenen Urteil zu richten. Und ich habe ihm gesagt, gleichgültig, wie er sich entscheidet, könne er gern heute im Lauf des Tages zu mir kommen. Er brauche nur anzurufen und eine Zeit zu vereinbaren.«
»Und hat er angerufen?« Sarah spürte, wie ihr Blut in den Schläfen pochte. Ihre Wangen brannten. Am liebsten wäre sie über den Tisch gesprungen und hätte diesen Mann geohrfeigt, bis ihm seine Selbstzufriedenheit verging. »Hat er angerufen?«
Peters Gesicht spannte sich.
»Ich – ich glaube, in dem ganzen Trubel habe ich vergessen nachzufragen.« Er warf einen Blick auf seinen Notizblock und griff dann zum Telefon, um die Sekretärin anzurufen. »Anscheinend hatte er keine Lust, sich zu melden«, verkündete er beim Auflegen.
»Peter, du bist wirklich ein Mistkerl. Weißt du das?!«
Damit wirbelte sie herum und rannte zurück in ihr Büro.
»Hey, immer mit der Ruhe, Baby«, rief er ihr nach. »Immer mit der Ruhe.«
Henry McAllisters Krankenakte lag noch auf ihrem Schreibtisch.

Rasch wählte Sarah seine Nummer. Es klingelte und klingelte. Keiner ging dran. Dann wählte sie die Notrufnummer. Wenn sie sich irrte, würde sie dastehen wie eine Idiotin. Aber sie konnte die Sache unmöglich auf sich beruhen lassen. Zum erstenmal seit drei Jahren hatte sie das Gefühl, daß sie in einer Notsituation reagierte wie Sarah Baldwin und nicht wie Peter Ettingers Handlangerin.
Peter trat gerade ins Zimmer, als sie an ihm vorbeiraste, die Treppe hinunter, aus dem Institut hinaus. Eine Sekunde überlegte sie, ein Taxi zu rufen. Dann biß sie die Zähne zusammen und spurtete los ...
»Und dann?« fragte Alma Young.
»Bitte?«
»Was ist mit dem Bildhauer passiert? Sie können mich doch nicht so auf die Folter spannen!«
»Oh, entschuldigen Sie«, stammelte Sarah, die auf einmal gar nicht mehr genau wußte, wieviel sie erzählt hatte. »Tja, wenn ich mich in dieser Situation damit abgefunden hätte, daß ich schon getan hatte, was ich konnte, wäre der Mann wahrscheinlich gestorben. Die Polizei mußte seine Wohnung aufbrechen. Wir fanden ihn bewußtlos am Boden liegend. Zwei Stunden später war er im OP des White Memorial. Er hatte einen langsam wachsenden, bösartigen Tumor – ein Meningiom, um genau zu sein – auf der rechten Seite des Gehirns. Und wie das manchmal eben passiert, hatte es in den Tumor geblutet. Dadurch hat der Druck im Gehirn zugenommen.«
»Gott sei Dank, daß Sie ihn noch rechtzeitig gefunden haben«, seufzte Alma, sichtbar erleichtert über die Rettung dieses Mannes, der vor sieben Jahren in einem lebensgefährlichen Zustand gewesen war.
Sarah lächelte.
»Man hat mich in den OP gelassen, und ich durfte zuschauen, wie sie den Tumor entfernten. Es war unglaublich. Damals habe ich den Entschluß gefaßt, operieren zu lernen. Schließlich bin ich dann bei der Gynäkologie gelandet.«

»Und der andere Mann? Ihr ... äh ... Ihr Freund?«
Sarah zuckte die Achseln. »Ich bin am nächsten Tag ausgezogen, und wir haben seither kein Wort mehr miteinander geredet.«
»Das ist ja wirklich eine interessante Geschichte.«
»Und ein Teil der Erklärung, weshalb ich mich bei dem Gedanken, ich hätte genug für einen Patienten getan, nie richtig wohl fühle.«
»Vielleicht. Aber ich meine trotzdem, man sollte akzeptieren, daß man bloß ein Mensch ist. Ärzte verfügen heutzutage über bemerkenswerte Fähigkeiten, aber sie sind noch lange keine Götter. Wenn man nicht damit zurechtkommt, daß eine Patientin ihr Baby verliert oder ihren Arm oder beides oder noch was Schlimmeres, obwohl man sein Bestes gegeben hat, dann macht einen der ganze Spektakel über kurz oder lang kaputt.«
»Ich verstehe.«
»Wirklich?«
»Ja, wirklich. Ja, ich verstehe es.«
Alma Young beugte sich zu Sarah und nahm sie einen Moment tröstend in den Arm. »Wenn das so ist, Dr. Baldwin, dann möchte ich ab heute nicht mehr sehen, wie Sie sich dafür fertigmachen, daß ein grausiges Schicksal, für das Sie überhaupt nicht verantwortlich sind, dieser jungen Frau ihr Baby und ihren Arm weggenommen hat. Ich möchte hören, wie Sie von den Dächern rufen und überall rumerzählen, was Sie gestern getan haben, um dieser Frau das Leben zu retten. Das war ganz, ganz wichtig für unsere Klinik. Und jeder, dem das MCB am Herzen liegt, wird Sie dabei unterstützen und sich vor Stolz in die Brust werfen. Verstanden?«
Sarah brachte ein schiefes Lächeln zustande.
»Hurra«, sagte sie leise.
In diesem Moment glitten die Türen der Intensivstation zur Seite, und Lisa wurde von einem Pfleger und einer Schwester auf ihrem Bett hereingeschoben. Kurz darauf erschien Andrew Truscott. An den dunklen Ringen unter den Augen konnte man erkennen, daß er sich gerade eine Nacht um die Ohren geschlagen hatte, aber man wäre nicht auf die Idee gekommen, daß es schon sein zweiter

schlafloser Tag hintereinander war. Dieses Phänomen hatte Sarah auch an sich selbst schon wahrgenommen: Mit jedem weiteren Jahr chirurgischer Praxis hatte der Schlafmangel weniger körperliche Auswirkungen – jedenfalls weniger sichtbare.

»Wie geht es ihr?« fragte sie Andrew.

»Es sind nicht gerade die elegantesten Operationen, diese Amputationen. Tut mir leid, daß wir es auf die andere Art nicht geschafft haben.«

»Das gilt für uns beide. Aber ich denke, von jetzt ab wird es mit ihr sicher bergauf gehen.«

»Na, was erwartest du sonst? Schließlich hast du sie mit deinen flotten Nadeln gerettet.«

»Unsinn.« Wie so oft war Sarah unsicher, ob Andrews sarkastischer Ton seine wirkliche Meinung wiedergab.

»Sarah, Dr. Truscott«, rief Alma Young, »könnte einer Ihrer Gottheiten wohl kurz rüberkommen und helfen, die junge Frau ins Bett zu packen?«

»Komme sofort«, antwortete Sarah.

»Das ist wunderbar, meine Gute«, meinte Truscott. »Ich hab auf der Fünf nämlich noch eine Konsultation zu erledigen. Treffen wir uns doch auf ein Täßchen Kaffee in der Cafeteria – sagen wir in einer Stunde? Ich habe noch ein paar Fragen zu der Zaubervorstellung von gestern. Alma, die postoperativen Anordnungen für Ihre neue Schutzbefohlene stecken unter der Matratze. Dr. Muskelprotz steht jetzt ganz zu Ihrer Verfügung.«

Mit Sarahs Hilfe hoben sie Lisa von der Wachstationstrage auf Bett acht. Dann trat Sarah zur Seite, während Alma und eine andere Schwester Lisas Infusionen, den Herzmonitor und den Blasenkatheter anschlossen.

»So, ich überlasse sie jetzt Ihnen«, meinte Alma und entfernte sich außer Hörweite der Patientin. »Es wird hart werden – so ohne Geld und ohne Familie, die sie unterstützen könnte«, fuhr sie fort.

»Ich werde den Sozialdienst sobald wie möglich auf den Fall aufmerksam machen«, meinte Sarah.

»Vielleicht sollten Sie auch eine psychologische Beratung in Erwägung ziehen. Lisa hat mit niemandem mehr ein Wort gesprochen, seit sie von dem Tod ihres Babys erfahren hat.«

»Ich weiß. Danke, Alma. Das ist eine gute Idee.«

Sie ging hinüber zum Bett. Lisa lag reglos da und starrte an die Decke. Ihre Lippen, auf denen noch immer ein paar hartnäckige Flecken verkrustetes Blut klebten, waren aufgesprungen und geschwollen. Ihr verbundener, verkürzter rechter Arm sah unter dem gestärkten Laken hervor. Während Sarah mit ihr sprach, untersuchte sie die Kaiserschnittwunde. Lisa reagierte kein einziges Mal.

»Hi, Lisa, willkommen auf der Intensivstation ... Haben Sie schlimme Schmerzen? ... Wenn ja, sagen Sie bitte der Schwester Bescheid. Sie müssen nicht mit mir sprechen und auch mit sonst niemandem. Erst wenn Ihnen danach ist ... Ich erkläre Ihnen jetzt einfach ein paar Dinge, dann gehe ich wieder. Die Blutungen und die Probleme mit den Blutgerinnseln sind offenbar überstanden. Das bedeutet, Sie brauchen auch keine Transfusionen mehr ...« Sarah suchte in Lisas Augen nach irgendeinem Zeichen dafür, daß sie verstand, worum es ging, konnte aber nichts dergleichen entdecken. »Lisa«, fuhr sie schließlich fort. »Sie wissen, es tut uns allen furchtbar leid, was mit Ihnen passiert ist ...« – sie holte tief Luft – » ... und mit Brian. Wir werden alles tun, was wir können, um Ihnen zu helfen, damit fertig zu werden, und um herauszufinden, weshalb alles so gekommen ist. Bitte versuchen Sie, stark zu sein ...«

Eine halbe Minute wartete Sarah auf eine Antwort. Dann strich sie mit dem Handrücken über Lisas Wange. »Ich komme später wieder und sehe nach Ihnen.«

Damit wandte sie sich zum Gehen. Irgendwo mußte es doch eine Erklärung für das alles geben. *Zwei so ähnliche Fälle im selben Krankenhaus innerhalb von zwei Monaten.* Irgendwo mußte es eine Antwort geben. Und, das schwor sie sich, sie würde alles tun, um diese Antwort zu finden.

Sie blickte zurück zu der jungen Frau, die dort in Bett acht lag, und versuchte sich vergeblich vorzustellen, wie es war, wenn man eine

solch plötzliche, unerklärliche Tragödie durchmachen mußte. Dann verließ sie die Intensivstation.
Noch fünfundvierzig Minuten bis zu ihrem verabredeten Treffen mit Andrew, und bis dahin wollte sie noch bei einem Dutzend Patienten Visite machen.

* * *

»Wohin gehst du?«
»Ich gehe aus.«
»Das ist keine akzeptable Antwort auf meine Frage.«
»Daddy, ich bin achtzehn Jahre alt. Die anderen Jugendlichen in meinem Alter müssen auch nicht ...«
»Du bist aber nicht wie die anderen. Und du sollst auch gar nicht so sein.«
»Aber ...«
»Du bist ein achtzehnjähriges Mädchen, das Polo spielt, in den Ferien nach Europa fährt, im Herbst nach Harvard geht und vor allem am fünfundzwanzigsten Geburtstag einen Trustfonds von zwanzig Millionen Dollar bekommt. Du bist nicht wie die anderen Jugendlichen, und du wirst auch nie so sein. Also, wohin gehst du heute abend?«
»Daddy, bitte ...«
»Wer ist es? Ist es dieser ... dieser schmalzhaarige, zwielichtige Typ, dieser Chuck, von dem du glaubst, daß er dich liebt, deinen Geist und deine Seele? Man hat ihn zum attraktivsten Jungen auf der High-School gewählt, und jetzt will er Fotomodell werden und hat nicht einmal vor, aufs College zu gehen. Hast du dir jemals überlegt, weshalb so ein Knabe sich zu einem Stanhope-Mädchen hingezogen fühlt, das absolut nichts mit ihm gemeinsam und außerdem noch vierzig Pfund Übergewicht hat?«
»Daddy, hör auf. Bitte, hör auf.«
»Nein, ich höre nicht auf. Diese Dinge kannst du nicht verdrängen. Dein wundervoller Chuckie ist Dreck. Er verbringt fast jede Nacht, wenn du dich nicht mit ihm davonschleichst, mit einer Cheerleaderin

namens Marcie Kunkle. Die Fotos, die mein Detektiv von dem glücklichen Paar gemacht hat, sind oben auf meinem Schreibtisch. Möchtest du sie sehen?«

»Du hast ihn beschatten lassen?«

»Aber selbstverständlich. Ich bin dein Vater. Es ist meine Aufgabe, dich zu beschützen, bis du genug Verstand besitzt und genug Erfahrung in der Welt, daß du dich selbst schützen kannst.«

»Wie konntest du nur!?«

»Liebes, hör zu. Du weißt, daß ich dich liebe. Dieser junge Mann interessiert sich nur für eins, für dein Geld. Darum geht es. Und je eher du das einsiehst, desto besser. Du bist, wer du bist. Und du kannst eigentlich nur dann sicher sein, daß ein Mann nicht hinter deinem Geld her ist, wenn er selbst mehr hat als du.«

»Du Mistkerl.«

»Wag es nicht, so mit mir zu sprechen!«

»Du Mistkerl! Du verdammter Mistkerl! Du machst mir alles kaputt. Alles! ... faß mich nicht an ... Wenn du mich anfaßt, wirst du mich nie wiedersehen, das schwöre ich dir.«

»Geh auf dein Zimmer.«

»Der Teufel soll dich holen.«

»Komm zurück. Auf der Stelle.«

»Der Teufel soll dich holen! ... Laß mich los! Ich hab dir gesagt, du sollst mich nicht anfassen! Verdammt, laß mich los! ... Ich hasse dich! ... Ich hasse dich!«

»Lisa, wachen Sie auf. Hier ist die Schwester. Lisa, es ist alles in Ordnung. Sie müssen aufhören zu schreien ... So ist's gut. Das ist besser. Viel besser.«

Mit noch flatternden Lidern öffneten sich Lisa Summers Augen. Ihre Umgebung war verschwommen, erst allmählich wurde das besorgte Gesicht der Krankenschwester deutlich.

»Sie hatten einen Alptraum«, sagte Alma Young. »Das passiert manchmal nach der Narkose.«

Lisa wandte den Blick ab und starrte wieder an die Decke.

»Kann ich irgend etwas für Sie holen? Ein paar Eiswürfel? Etwas

gegen die Schmerzen? ... Okay. Ich bin da, wenn Sie mich brauchen.«
Alma Young zog die Vorhänge auf beiden Seiten des Bettes vor und kehrte ins Schwesternzimmer zurück.
Hinter ihr begann Lisa zu weinen, leise und verzweifelt.
»Daddy«, sagte sie. »Oh, Daddy.«

KAPITEL 7

Sarah kaufte sich ein klebrig-süßes Brötchen und eine Tasse Kaffee und trug beides in die Ecke der riesigen Cafeteria, die für Ärzte reserviert war. An einem der Resopaltische unterhielten sich zwei Internisten, aber die anderen vier waren frei – keine Überraschung, denn zu dieser Tageszeit waren die meisten Ärzte auf Station. Andrew war bereits fünf Minuten zu spät dran, aber Sarah hatte schon vor langer Zeit gelernt, daß Chirurgen niemals pünktlich kamen – wenn sie überhaupt auftauchten.

Sie hatte nur bei drei ihrer Patienten Visite gemacht. Einer hatte schon von den gestrigen Ereignissen gehört, und wie Alma Young es vorhergesehen hatte, war Sarahs dramatischer und erfolgreicher Einsatz ihrer nichttraditionellen Therapie Thema Nummer eins im ganzen Krankenhaus. In den wenigen Minuten, die Sarah auf der Gynäkologie verbrachte, kam ein Anruf vom Ausbildungsdirektor, der Sarah zur nächsten Fallvorstellungsdiskussion einlud, und von Glenn Paris' Sekretärin, die sie für später am Nachmittag ins Chefbüro bat. Krankenschwestern schüttelten Sarah die Hand oder winkten ihr aufmunternd zu, und der Oberarzt des Gynäkologenteams lud sie zum Mittagessen ein, um aus erster Hand die Einzelheiten von der »Rettung« zu erfahren.

Während Sarah noch überlegte, ob es wohl unhöflich wäre, sich anderswo hinzusetzen als zu den beiden Internisten, packten diese ihre Sachen zusammen und brachen auf. Einer von ihnen, ein gelehrtenhafter Endokrinologe namens Wittenberg, kam auf Sarah zu und schüttelte ihr die Hand.

»George Wittenberg«, stellte er sich vor.
»Ich weiß, wir haben uns letztes Jahr bei Glenn Paris' Empfang kennengelernt. Kalzium-Stoffwechsel und Erkrankungen der Nebenschilddrüse, stimmt's?«
»Sie haben ein ausgezeichnetes Gedächtnis.«
»Ich habe ein paar von Ihren Aufsätzen gelesen, für ein Forschungsprojekt, an dem ich während des Studiums teilgenommen habe. Sie waren sehr interessant.«
»Oh, danke schön. Eigentlich wollte ich *Ihnen* gratulieren, aber ich nehme das Kompliment trotzdem gern entgegen. Nach dem, was ich höre, haben Sie gestern ja ein Wunder vollbracht.«
»Ich war nicht die einzige, die sich um Lisa gekümmert hat. Was ich getan habe, war nur einer der Faktoren, die ihr geholfen haben zu überleben.«
Zu ihrer Erleichterung stellte Sarah fest, daß sie nur ganz kurz den Drang verspürte, auf die negativen Aspekte des »Wunders« hinzuweisen.
»Gut gekontert«, meinte Wittenberg. »Aber wenn die klinischen Buschtrommeln recht haben, war es eindeutig der wichtigste Faktor. Die Geschichte ist sowohl zum *Globe* als auch zum *Herald* durchgedrungen. Und wer auch immer die ganzen negativen Sachen über das MCB an Axel Devlin weitergeleitet hat – diesmal hat er's verpatzt. Devlin hatte für heute wieder eine Haßkolumne über das MCB verfaßt, und jetzt steht auf Seite drei ein begeisterter Artikel, wie Ost und West gemeinsam ein Menschenleben gerettet haben. Da klingen Devlins Tiraden reichlich idiotisch, weil er das große Ereignis nicht mal erwähnt. Haben Sie die Zeitung schon gesehen?«
»Nein, noch nicht.«
»Hier«, sagte Wittenberg und drückte ihr sein Exemplar in die Hand. »Ich hab schon alles gelesen, und da ich den Wellensittichkäfig gerade erst ausgemistet habe, gibt es bei mir auch keine weitere Verwendung für das Blättchen.«
»Vielen Dank.«

»Kein Problem. Wissen Sie, ich bin mit Devlin nicht gerade auf einer Wellenlänge, aber ich gehöre zu denen, die es nicht mögen, wenn man sie mit einer Institution in Zusammenhang bringt, in der ein ayurvedischer Arzt aus Indien angestellt ist und ein Chiropraktiker in der orthopädischen Ambulanz arbeitet. Aber nach dem, was Sie gestern geleistet haben, habe ich beschlossen, der alternativen Medizin von jetzt ab aufgeschlossener gegenüberzutreten.«

Damit schüttelte er ihr noch einmal herzlich die Hand und wandte sich zum Gehen. Sarah breitete die Zeitung auf ihrem Tisch aus und überflog den zwar aufgeputschten, aber relativ sachlichen Bericht auf Seite drei. Ein positiver Artikel über das MCB im *Herald* – vielleicht hatte es doch ein Wunder gegeben. Dann blätterte sie zu Axel Devlins Kolumne weiter.

Wer nicht will, der hat schon

von Axel Devlin 2. Juli

... Und endlich will ich heute wieder einmal Axels Axt schwingen, die seit ein paar Tagen in der Kolumne gefehlt hat, aber immer bereitliegt, um denen, die uns verschaukeln wollen, einen Strich durch die Rechnung zu machen.

Heute saust die altbewährte Klinge durch die Luft und trifft wieder einmal Ihr und mein Lieblingskrankenhaus, die Knuspermüsli-Klinik, auch bekannt als Medical Center of Boston. Der Präsident dieser Institution, Glenn Paris alias California Glenn, gab gestern bei der Jahresversammlung der Assistenzärzte seine Erklärung zur Lage der Klinik ab. Dies ist der Tag, an dem die neuen Assistenzärzte ihre praktische Ausbildung antreten und die alten eine Stufe höher rutschen. Und obwohl der Shogun der Klinik nicht mit so spektakulären (und peinlichen) Neuerungen aufwarten konnte wie bei seiner Brustimplantat-Tombola oder seiner Kristallographie-

Gratisbehandlung, behauptete er doch immerhin, nichts werde den Wiederaufstieg seiner Klinik in die obersten Sphären der akademischen Welt aufhalten können. »Darauf können Sie sich verlassen«, prahlte er zum Schluß.

Nun, in diesem Augenblick, in ebendiesem Augenblick fiel die Energie – und damit das Licht – im ganzen Krankenhaus aus. Haben Sie die Botschaft verstanden, Glenn? Vielleicht hat Ihre Methode in San Diego funktioniert. Aber hier in Boston ist es uns lieber, wenn die Ärzte sich nach den Lehrbüchern richten und nicht nach der Konstellation der Planeten.

»Ich glaub's nicht.«

»Was glaubst du nicht?« Andrew Truscott schob einen Teller mit wäßrigem Rührei und verdächtig aussehenden Bratkartoffeln auf den Tisch und setzte sich Sarah diagonal gegenüber.

»Dieser – dieser gemeine, prinzipienlose ... Scheißdreck.«

»Gehe ich recht in der Annahme, daß du eine Ausgabe des *Herald* vor dir liegen hast?«

»Warum schießt sich Devlin dermaßen auf unsere Klinik ein?«

»Das weißt du nicht?«

»Nein.«

»Vor fünf Jahren – ich weiß das so genau, weil es passiert ist, kurz nachdem ich hier angefangen habe – mußte sich seine Frau einer Gallenblasenoperation unterziehen. Devlin wollte sie ins White Memorial schicken, aber sie mochte Bill Gardner und die unverdorbene, sensible Atmosphäre hier. Zwei Tage nachdem Gardner die Operation durchgeführt hatte, bekam sie eine schlimme Lungenembolie und gab den Löffel ab.«

»Das ist schrecklich, aber so etwas kann in jedem Krankenhaus passieren.«

»Anscheinend haben das die Anwälte auch gesagt, als Devlin einen ärztlichen Kunstfehler nachweisen wollte. Und da hat er sich in den Kopf gesetzt, sich auf eigene Faust zu rächen.«

»Wie traurig.«

»Vielleicht auch nicht. Für manche Leute sind Rachefeldzüge eine Form der Therapie. Nach dem Motto: Reg dich nicht auf, rechne ab. Es hilft ihm wahrscheinlich jeden Morgen beim Aufstehen, daß er so auf das MCB einprügeln kann.«

»Was denkst du, woher er seine Informationen hat? Der Artikel klingt ja beinahe, als hätte er in der Aula gesessen, als die Lichter ausgingen.«

»Sarah, ich hoffe, es ist kein allzu großer Schock für dich, aber nicht jeder hier ist so begeistert von unserer Klinik wie du. Aber das reicht zum Thema Devlin. Ich dürste nach Wissen.«

»Wissen worüber?«

»Sei jetzt bloß nicht so schüchtern. Du bist hier zur Zeit die angesagteste aller Ärztinnen, und ich möchte genau wissen, wie du das gestern eigentlich angestellt hast.«

Sarah lächelte.

»Du hast doch alles gesehen«, antwortete sie. »Mir ist nur noch eine einzige Möglichkeit eingefallen, Lisas Blutung zu stoppen, und zwar, ihre Herzfrequenz und die Blutzirkulation zu verlangsamen, während sie ihre ganze mentale Kraft einsetzt, um in ihrem Körper die Blutungsstellen abzudichten.«

»Vergib mir, daß ich das sage – aber daß Lisa Summer den Blutstrom in einer Arterie gestoppt hat, ist für einen einfachen Australier wie mich schwer zu schlucken.«

»Aber du hast sie ja gesehen, Andrew. Hör mal, ein guter Hypnotiseur sagt seinem Klienten beispielsweise, daß ein heißer Schürhaken ihn berührt, und wenn er den Betreffenden dann statt dessen mit einem Radiergummi berührt, hat er hinterher eine Brandwunde, mit Blase und allem Drum und Dran. Wie erklärst du dir das? Weißt du, das wirkliche Problem besteht doch darin, daß Physiologen und Anatomen den westlichen Ärzten das autonome Nervensystem beibringen. Wenn wir es auch von Yogis und Akupunkteuren lernen würden, dann wären unsere Vorstellungen davon, was Menschen kontrollieren können und was nicht, ganz anders.«

»Wenn du an deine Grenzen glaubst, sind sie auch da, ja? Also ich bin jedenfalls tief beeindruckt. Vielleicht kannst du Miss Summer ja mal bitten, daß sie in ihren Körper hineinsieht und uns sagt, was gestern passiert ist – wie sie überhaupt in den ganzen Schlamassel reingeraten ist. Weiß sie denn, daß sie nicht die erste war?«

»Ich glaube nicht.«

»Man sollte es ihr sagen. Vielleicht würde es sie etwas aufmuntern, wenn sie wüßte, wieviel Glück sie gehabt hat, das alles zu überleben.«

»Man muß ihr Zeit lassen. Sie hat ihr Baby verloren und ihren Arm. Andrew, hast du eine Ahnung, was da vorgeht? Hast du diese andere Frau als Patientin zu Gesicht bekommen?«

»Nein. *Et toi?«*

»Ich hab keine Ahnung, und als die andere Frau eingeliefert wurde und gestorben ist, hatte ich Urlaub. Aber ich habe sie in der ambulanten Schwangerschaftssprechstunde gesehen.«

»Und?«

»Sie war eine gesunde junge Frau mit einer unkomplizierten Schwangerschaft. Genau wie Lisa. Ich habe ihr das pflanzliche Geburtsvorbereitungspräparat gegeben, das ich bei Schwangeren gern anwende, und ihr alles Gute für die Entbindung gewünscht. Das war das einzige Mal, daß ich ihr begegnet bin.«

»Ein pflanzliches Präparat?«

»Ja. Fast alle Schwangeren bekommen von ihrem Arzt irgendwelche Vitaminpräparate vor der Geburt. In unserer Schwangerschaftssprechstunde ist das die Standardversorgung. Tja, und in den Bergdörfern in Thailand, wo ich gearbeitet habe, nehmen die Frauen auch etwas ein – eine Mischung zerstoßener Wurzeln und Kräuter, die zweimal in der Woche als Tee verabreicht werden. Die einzige Untersuchung, die je an diesen Frauen durchgeführt wurde, zeigt ein höheres Geburtsgewicht und eine niedrigere Säuglingssterblichkeit als bei den Frauen, die im Lehrkrankenhaus von Chiang Mai entbanden. Dabei ist die Ernährung in den Dörfern nicht besonders gut, das kannst du mir glauben, und die hygienischen Bedingungen noch schlechter. Ich habe bei der Studie geholfen, zusammen mit einem Arzt vom öffentlichen Gesundheitsdienst und dem Kräuterheilkundler, der mir fast alles beigebracht hat, was ich weiß.«

»Bemerkenswert.«

»Ja, das war es wirklich.«

Sarah freute sich, daß sie endlich einmal Gelegenheit hatte, über die thailändische Studie und ihre Arbeit mit den Stämmen der Meo und Akha zu sprechen. Es war für sie eine glückliche und zufriedene Zeit gewesen. Ohne den plötzlichen Tod von Louis Han und die darauffolgende Begegnung mit Peter Ettinger hätte sie vielleicht noch heute dort gearbeitet und geforscht.

»Du benutzt also einen Kräutertee statt der herkömmlichen Vitaminpräparate?«

»Ja, seit ich einen Kräuterspezialisten in der Stadt gefunden habe, der mir die richtige Mixtur zusammenstellt. Ich überlasse jeder Frau, die in die Sprechstunde kommt, die Entscheidung, ob sie lieber das Vitaminpräparat möchte, das wir gerade vorrätig haben, oder den Tee. Manche nehmen die Vitamine, andere den Tee. Ich habe mir Notizen über das Geburtsgewicht und den Gesundheitszustand der jeweiligen Babys gemacht, aber die Stichproben sind noch zu klein, um irgend etwas daraus ableiten zu können.«

»Faszinierend. Um welche Kräuter und Wurzeln geht es eigentlich?«

»Verstehst du denn was von Heilkräutern?«

»Eigentlich nicht – abgesehen von meiner Himmlischen Gewürzteesammlung in der Küche. Aber ich möchte mich gern aufklären lassen.«

»Dann gebe ich dir am besten das Merkblatt, das ich allen Frauen in der Schwangerschaftssprechstunde überreiche. Darauf stehen alle neun Bestandteile des Präparats und ihre jeweilige Wirkung.«

»Angelika, Dong Quai, Schwarzwurz«, las Andrew vor, während er die Liste überflog. »Das klingt ja reichlich exotisch.«

»Eigentlich nicht. Wenn du in Peking wohnen würdest, kämen dir Folsäure, Betakarotin, Kupferoxid und eine ganze Menge andere

Komponenten aus dem Standard-Vitaminpräparat für unsere Schwangeren genauso seltsam vor.«

»Stimmt. Diese Klinik ist ja wirklich für deine Bedürfnisse maßgeschneidert, was?«

»Ich weiß, du hast gewisse Vorbehalte, aber ich glaube, wir haben die beste Patientenversorgung in der ganzen Stadt.«

»Vielleicht. Ganz sicher werden wir jedenfalls bald die führende Klinik für die Behandlung von DIC-Komplikationen bei Geburtswehen sein.«

Sarahs Piepser ertönte und teilte ihr mit, sie solle die Nummer 2350 anwählen.

»Das ist der Kreißsaal«, sagte sie. »Ich muß gehen.«

»Laß deinen Müll ruhig hier, ich kümmere mich darum.«

»Danke. Andrew, meinst du, wir sollten ein Komitee bilden, um diese Fälle zu untersuchen?«

»Ich denke, das wäre eine hervorragende Idee. Wenn diese Klinik eins besonders nötig hat, dann ist es die Bildung zusätzlicher Komitees.«

»Es ist mein Ernst. Ich meine, es ist keine Epidemie oder so was. Aber man fragt sich doch, was dahintersteckt. Na ja, man teilt mir mit, daß ich eine Entbindung machen muß. Wir reden später noch mal darüber, ja?«

»Na klar«, antwortete Andrew.

Er sah Sarah nach, bis sie die Cafeteria verlassen hatte. Dann zog er einen Umschlag aus der Tasche seines Arztkittels und klopfte sich damit nachdenklich auf die Handfläche.

»Nicht zwei Fälle, meine Liebe«, murmelte er. »Es sind drei.«

KAPITEL 8

Das Arztzimmer für die Chirurgen im letzten Ausbildungsjahr war ein zweieinhalb Meter mal zweieinhalb Meter großes fensterloses Kabuff, das dem Suffolk State Hospital früher als Abstellraum gedient hatte. Für Andrew Truscott war der Umstand, daß er diesen Raum überhaupt benutzen mußte, und das auch noch gemeinsam mit zwei anderen Ärzten, eine Zumutung, die genau zu allem anderen paßte, was man als Angehöriger des Medical Center of Boston über sich ergehen lassen mußte. Dieses Jahr hätte sein Erfolgsjahr sein müssen, er hätte Stationsarzt werden sollen und danach direkter Anwärter auf einen Oberarzt- oder Chefarztposten. Dafür, daß man ihm diesen Spinner vor die Nase gesetzt hatte, gab es wirklich keinerlei Rechtfertigung. In einer *normalen* Klinik wäre das nicht passiert. Nach einem Jahr Praktikum in Westaustralien hatte er eine amerikanische Touristin kennengelernt, sie geheiratet und sich entschlossen, in die Vereinigten Staaten zu ziehen. Er hatte erwartet, die Forschungs- und Arbeitsmöglichkeiten für Chirurgen wären hier wesentlich lukrativer – ganz zu schweigen von den Gehältern. Zwar war das Medical Center of Boston nicht seine erste Wahl für die Assistenzzeit gewesen, aber er war nicht enttäuscht, als er das Stellenangebot von Eli Blankenship bekam. Immerhin war es ein Lehrkrankenhaus in Boston.

Schon nach drei Monaten begann sich Truscott diskret nach freien Stellen in anderen Lehrkrankenhäusern umzusehen. Aber die einzigen, die sich anboten, waren noch weniger renommiert als das MCB. Also blieb er, wo er war.

Er haßte Glenn Paris, weil dieser die Klinik mit einer Karnevalsatmosphäre umgab. Er arbeitete nicht gern an einer Klinik, die so wenig Wert auf wissenschaftliche Forschung legte und die von vielen Akademikern überhaupt nicht ernst genommen wurde. Aber vor allem war er wütend darüber, daß er, nachdem er nun fünf Jahre seines Lebens in die Klinik investiert hatte, einfach übergangen worden war, weil er, wie es sein Chef ausdrückte, »zu unflexibel und intolerant« war. Dann teilte man ihm auch noch mit, daß es weder genug Geld noch genügend Labor- beziehungsweise Büroräume gab, um ihn nach Ablauf seiner Assistenzzeit im Stationsteam behalten zu können. Entlassen von der Knuspermüsli-Klinik: die endgültige Demütigung.
Jetzt saß Andrew Truscott in dem winzigen Büro, nippte Orangensaft aus einem Styroporbecher und las noch einmal den Brief, den der Chef der chirurgischen Abteilung an ihn weitergeleitet hatte. Er stammte vom Büro des ärztlichen Leichenbeschauers in New York City und trug das Datum vom 23. Juni. Als Vorsitzenden des Komitees für chirurgische Morbidität und Mortalität bat man Andrew, sich die Sache näher anzusehen und, falls notwendig, entsprechende Maßnahmen zu empfehlen.

LIEBER DOKTOR,
zuerst einmal möchte ich mich dafür entschuldigen, daß dieser Brief so spät zu Ihnen gelangt. Budgetkürzungen haben unsere Agentur schwer getroffen und sowohl die zytologische als auch die Labor- und Verwaltungsarbeit stark verzögert. Unglücklicherweise wächst unser Pensum dennoch täglich an.
Bei dem Fall, von dem ich Ihnen berichten möchte, handelt es sich um eine vierundzwanzigjährige Frau, Constanza Hidalgo, die ums Leben kam, als ihr Auto mit einem Bus zusammenprallte. Das war letzten November. Die Einzelheiten des Falls und die Befunde meiner Abteilung entnehmen Sie bitte den beiliegenden Dokumenten. Wie Sie sehen

werden, scheint die Frau zum Zeitpunkt ihres Todes Wehen gehabt zu haben. Unsere Laboruntersuchungen und die Mikroskopstudien zeigen außerdem, daß sie an einer akuten Blutung litt, höchstwahrscheinlich einer disseminierten intravasalen Gerinnung.

Vor einigen Monaten nahm einer der Pathologen meines Teams an einem nationalen Treffen teil, bei dem ein anderer Pathologe über einen Fall akuter DIC berichtete, die als Komplikation bei den Wehen auftrat. Ganz zufällig hat er mir bei seiner Rückkehr davon erzählt. Die Frau ist in Ihrem Krankenhaus verstorben. Von Miss Hidalgos Familie, mit der wir uns in Kontakt gesetzt haben, erfuhren wir, daß auch sie aus Boston stammte und bei Ihnen als ambulante Patientin geführt wird. Ob dies ein Zufall ist oder nicht, kann ich nicht entscheiden.

Bitte verfahren Sie mit den beigelegten Informationen nach Ihrem Gutdünken und halten Sie mich über eventuelle neue Entwicklungen auf dem laufenden. Natürlich tritt DIC in manchen Schwangerschaften auf, aber nach meiner Erfahrung nie ohne eindeutigen Grund.

Mit freundlichen Grüßen
MARVIN SILVERMAN, M.D.
Ärztlicher Leichenbeschauer

Andrew öffnete die Kopie von Constanza Hidalgos MCB-Krankenblatt. Die eingetragenen Daten stammten noch aus der Kindheit der Frau, enthielten jedoch keine medizinisch interessanten Einzelheiten. Die Termine für die Schwangerenvorsorgeuntersuchungen hatte sie ausnahmslos eingehalten, und keiner der diesbezüglichen Vermerke wies auf das Desaster hin, das sie und ihr ungeborenes Kind erwartete.

Seit er Silvermans Brief erhalten hatte, war er die Akte schon mehrmals durchgegangen. Aber jetzt suchte er nach etwas Bestimmtem und fuhr sorgfältig mit dem Finger von oben nach unten über jede Seite, bis er schließlich eine kurze Notiz vom 10. August entdeckte. Sie lautete:

> *Befinden der Patientin:* gut, arbeitet weiter als Teilzeitkellnerin in einem Restaurant. Klagt über zeitweise Müdigkeit, jedoch kein Knöchelödem, keine Bauchschmerzen, kein übermäßiger Harndrang, keine Kopfschmerzen, keine Sehstörungen oder ungewöhnliche Blutungen.
> *Körperliche Untersuchung:* normale vitale Meßwerte, unauffälliger Herzbefund, keine Ödeme, Fundusstand zweiundzwanzigste Woche. Kindliche Herztöne leicht hörbar, 140/min.
> *Beurteilung:* intrauterine Schwangerschaft in der 22. Woche.
> *Weitere Maßnahmen:* Patientin will von der Einnahme pränataler Multivitaminpräparate auf pflanzliches Präparat umsteigen. Anweisung sowie Vorrat für drei Monate erhalten.
> *Nächster Termin:* in vier Wochen.

Unterschrieben war der Eintrag mit: Dr. med. S. Baldwin.
Truscott öffnete seine Aktenmappe und holte die Ambulanzunterlagen von Lisa Summer und Alethea Worthington heraus. Alethea war die Zweiundzwanzigjährige, die am Morgen des 4. April Wehen bekommen hatte und mit einem schrecklichen Fall von DIC im Kreißsaal praktisch verblutet war. Wie Constanza Hidalgo war auch Alethea Worthington in der Schwangerschaftssprechstunde einmal von Sarah betreut worden. Und wie Lisa und Constanza Hidalgo hatte auch sie das Pflanzenpräparat gewählt.
Die Füße auf die Schreibtischecke gelegt, grübelte Truscott über die Situation nach. Sicher war die Tatsache, daß alle drei DIC-Opfer Sarahs Kräutertee getrunken hatten, ein Zufall. Sarah hatte sich in den zwei Jahren, die sie jetzt am MCB tätig war, um Dutzende, wahrscheinlich Hunderte von Patientinnen gekümmert, und die meisten von ihnen hatten vollkommen normal entbunden.

Dennoch – bis der tatsächliche Grund für die DIC gefunden war, war dieser Zufall eine verlockende Chance: Man konnte mit ihm das öffentliche Vertrauen in das MCB weiter unterminieren – vor allem, wenn die Information in die Hände von Jeremy Mallon gelangte. Beinahe hätte Truscott es nicht für nötig befunden, Mallon vom Elektrizitätsausfall mitten in Glenn Paris' Rede zu erzählen. Aber dann hatte er sich doch dazu entschlossen, und durch Mallon, den Anwalt, der die Everwell HMO vertrat, war die Nachricht zu Axel Devlin gelangt. Der Reporter mit der spitzen Feder hatte dann den Rest erledigt.

Truscott schlug den *Herald* auf. Er wußte nicht, wieviel Mallon für die Geschichte am Tag des alljährlichen Wechsels zahlen würde, aber man konnte davon ausgehen, daß es mindestens zwei Wochengehältern entsprach. Das Geld konnte er mehr als gut gebrauchen. Aber wesentlich wichtiger war es, den versprochenen Brief von Everwell zu bekommen, in dem Andrew eine Stelle im Chirurgenteam garantiert wurde, falls HMO das Medical Center of Boston übernehmen konnte. Mallon war großzügig gewesen mit dem Geld, aber dieses Versprechen mußte erst noch erfüllt werden. Vielleicht war die DIC-Geschichte genau der Hebel, den Andrew ansetzen mußte, um endlich in den Besitz dieses Briefes zu gelangen.

Truscott holte eine Gauloise aus dem silbernen Zigarettenetui, das eine ehemalige Freundin ihm geschenkt hatte, zündete sie an und wählte dann Jeremy Mallons Privatnummer.

»Hallo, Mallon, hier ist Truscott«, sagte er. »Freut mich, daß Sie mein Tonband so rasch verwenden konnten. Aber hören Sie, ich hab was für Sie. Einen echten Knüller ... Nein, ich möchte am Telefon lieber nicht darüber sprechen ... Das wäre gut. Wunderbar. Oh, und noch eins. Man hat mir einen Brief versprochen ... Ja, genau den meine ich. Bringen Sie ihn mit, wenn wir uns treffen, ja? ... Das ist großartig. Ganz großartig.«

Truscott legte auf, sammelte die kopierten Akten zusammen und steckte sie in die Mappe. Von allem, was Mallon ihm bisher verheißen hatte, war dies das Beste. Daß seine Enthüllungen womöglich Probleme für Sarah Baldwin bedeuteten, machte ihm wenig Sorgen. Als Ärztin war sie kompetenter und selbstbewußter als die meisten Frauen, die er im Lauf der Jahre kennengelernt hatte. Aber sie verkörperte alles, was er am Medical Center of Boston verabscheute. Und jetzt, nach dieser Lisa-Summer-Geschichte, würde sie nicht mehr auszuhalten sein, genausowenig wie die restlichen Spinner an der Klinik. Sie und ihre Jünger sonnten sich in ihrem Erfolg wie eine Herde vollgefressener Schafe. Genau der richtige Zeitpunkt, um ein paar Gewitterwolken am Horizont heraufzubeschwören.

Außerdem hatte Sarahs Ego ja auch die anderen Kleinigkeiten überstanden, die er Mallon übermittelt hatte. Sie würde auch über die jetzige Verunglimpfung hinwegkommen. Worum es wirklich ging, waren ja ohnehin Glenn Paris und seine Jünger. Die waren jetzt schon reichlich angeschlagen, und vielleicht gab ihnen dieser Coup den Rest.

Als er hinausging, um zu sehen, ob er irgendwo gebraucht wurde, sang er leise vor sich hin: »Oh, MCB is falling down, my fair lady . . .«

KAPITEL 9

5. Juli

Sarah hatte es nie besonders leiden können, sich herauszuputzen. Ihre Abneigung gegen schicke Kleidung rührte wohl von jenen Sonntagvormittagen in Ryerton her, dieser Kleinstadt im Staat New York, in der sie aufgewachsen war. Ihre Mutter verbrachte jeden Sonntag mindestens eine Stunde damit, sie für die Kirche in Schale zu werfen – vielleicht als Wiedergutmachung dafür, daß sie ein uneheliches Kind zur Welt gebracht hatte. Sarahs Kleider waren stets geschniegelt und gebügelt, ihre Schuhe makellos. Oft wurden ihre Haare ein dutzendmal neu geflochten, damit auch wirklich jede Strähne genau am gewünschten Platz lag. Und immer – jedenfalls bis sich bei ihrer Mutter die ersten Symptome der Alzheimer-Krankheit zeigten – wurde Sarahs Aufmachung von einer großen weißen Schleife gekrönt.

Jetzt drehte und wand sich Sarah vor dem Schlafzimmerspiegel und versuchte, die dritte oder vierte Verkleidung zu beurteilen, die sie inzwischen anprobierte. Es war acht Uhr morgens. In fünfzehn Minuten würde ihr Taxi kommen. Vor zwei Tagen war – zweifelsohne angestachelt von Glenn Paris und seiner PR-Abteilung – in beiden Bostoner Tageszeitungen ein groß aufgemachter Artikel erschienen, wie sich im Medical Center of Boston die östliche und die westliche Medizin vereinigt hatten, um das Leben einer jungen Frau zu retten. Aber die positive Publicity für das MCB war leider kurzlebig.

Einen Tag später erschien im *Herald* ohne Verfasserangabe ein kurzer Bericht. Aus ungenannter, aber gut informierter Quelle wurde berichtet, daß die ungewöhnliche und katastrophale Gerinnungsstörung nicht die erste, sondern vielmehr bereits die dritte war, die bei einer MCB-Patientin innerhalb der letzten acht Monate aufgetreten war. Und im Gegensatz zu Lisa Summer, so die Quelle weiter, waren die beiden anderen Frauen tot.

Sofort hatte Glenn Paris eine Pressekonferenz anberaumt, und zwar für den 5. Juli um neun Uhr morgens. Da der 4. Juli als Unabhängigkeitstag immer eher nachrichtenarm war, wurde seine sorgfältig vorbereitete Erklärung von jeder Radio- und Fernsehstation in Boston übertragen. Bei der Konferenz, so erklärte Paris, würden sich Dr. Randall Snyder und Dr. Eli Blankenship, die Chefs der gynäkologischen und der internistischen Abteilung des MCB, zu dem Fall äußern sowie Dr. Sarah Baldwin, die einen so einzigartigen Beitrag zur Rettung von Lisa Summers Leben geleistet hatte.

Als es um Viertel nach acht an der Tür klingelte, trug Sarah flache Lederschuhe, einen weiten Madrasrock, eine beige Baumwollbluse, einen handbestickten burmesischen Gürtel und darüber einen weit geschnittenen türkisfarbenen Blazer. Ihr größtes Zugeständnis an die Förmlichkeit der Situation bestand in einer Strumpfhose. So etwas war zwar in jedem Monat unbequem, aber ganz besonders im Juli.

»Komme sofort!« rief sie in die Sprechanlage.

Rasch schnappte sie sich noch die kunstvollen Messingohrringe, die ein Akha-Künstler für sie angefertigt hatte, steckte sie an und rannte dann die Treppe hinunter. So sehr sie Glenn Paris auch bewunderte – als Darstellerin bei einer seiner spektakulären Shows aufzutreten, war ganz und gar nicht nach Sarahs Geschmack. Aber das Auftauchen eines dritten DIC-Falls bei einer Patientin des MCB forderte tatsächlich eine rasche, abwiegelnde, aber informative Reaktion der Klinik. Und offenbar glaubte Paris, daß Sarah dabei helfen konnte. Was bei der ersten Patientin eine seltene Ausnahmeerscheinung gewesen war, bei der zweiten Anlaß zu ernster Sorge gab, wurde nun plötzlich ein Problem erster Priorität.

Der Taxifahrer setzte sie an der Straße vor dem Thayer Building ab.

Glenn Paris empfing sie in seinem Büro und begrüßte sie herzlich. Wie immer war er auch heute auffallend gut gekleidet. Sein brauner Anzug, sein himmelblaues Hemd und die knallrote Krawatte wirkten wie eigens für einen Fernsehauftritt geschneidert. Zwar machte er einen etwas angespannten Eindruck, aber er strahlte eine optimistische, hingebungsvolle Energie aus, die Sarah entwaffnend und attraktiv fand. Es war die gleiche Aura, die sie ursprünglich auch an Peter Ettinger angezogen hatte.

»Sarah, haben Sie irgendeine Ahnung, wer diese Information an den *Herald* hat durchsickern lassen?« fragte Paris.

»Nein, Sir.«

»Keiner von den Leuten, mit denen ich gesprochen habe, weiß etwas darüber. Unser Chirurgie-Chef bekommt einen Bericht über den Hidalgo-Fall vom ärztlichen Leichenbeschauer von New York City. Er schickt Kopien an die Pathologie, die Gynäkologie, die Hämatologie, die Innere, das Komitee für Morbidität und Mortalität und dann, sozusagen beim zweiten Hinsehen, auch an mich. Ich erfahre die Geschichte also gleichzeitig aus meiner Briefkopie und aus der Zeitung. Also, das ist doch wirklich ein Ding! Jeder, mit dem ich gesprochen habe, hat eine Kopie des Briefs an mindestens eine Person weitergegeben. Das sind mindestens fünfundzwanzig bis dreißig Leute, die die Information hätten weiterleiten können. Sie behaupten alle, sie hätten nicht gedacht, daß es so wichtig wäre. Nicht so wichtig! Also, den Informanten werd ich mir jedenfalls schnappen, Sarah. Diesmal ist er wirklich zu weit gegangen. Merken Sie sich meine Worte, Sarah, ich werde ihn kriegen.«

»Ganz bestimmt«, bestätigte Sarah leise.

Obwohl sie Paris' Ärger durchaus verstehen konnte, fühlte sie sich unwohl. Beinahe hätte sie ihn daran erinnert, daß ja tatsächlich etwas Ernstes und Besorgniserregendes passiert war, negative Publicity hin oder her. Und das Medical Center of Boston stand offenbar im Brennpunkt dieser schrecklichen Vorkommnisse.

Als sie das Gebäude auf der Campusseite verließen, sahen sie, daß ziemlich viele Menschen zum Auditorium unterwegs waren – Krankenhausangestellte, Reporter, ein Fernsehteam.

»Sieht aus, als bekämen wir ordentlich viele Zuschauer«, bemerkte Paris. »Das ist gut. Wir müssen die Öffentlichkeit davon überzeugen, daß wir die Sache unter Kontrolle haben. Unsere Subventionierung ist beinahe sicher, aber eben nur beinahe. Negative Publicity kann immer noch alles kaputtmachen.«

»Haben Sie schon mit Mitgliedern des Ärzteteams gesprochen?« fragte Sarah, in der Hoffnung, ihn wieder auf das eigentliche Thema zu bringen.

»Dr. Blankenship und ich haben praktisch seit dem Erscheinen dieses Artikels permanent die Köpfe zusammengesteckt. Ich habe einen alten Freund in der Verwaltung bei der Seuchenzentrale in Atlanta. Ich habe ihn mit Eli Kontakt aufnehmen lassen, und er sagt, sie wollen jemanden herschicken, möglichst rechtzeitig für die Konferenz . . .«

Paris unterbrach sich plötzlich und hob die Hand. Geheimnisvoll winkte er Sarah in den Schatten des Ambulanzgebäudes. Vor ihnen, an der Ecke des Gebäudes, war ein gutgekleideter Herr mit Aktentasche in ein Gespräch mit einem Arbeiter vom Wartungsdienst vertieft. Zwei Tage zuvor war die nicht genehmigte Demonstration beendet worden, weil Paris damit gedroht hatte, jeden, der mitmachte, zu feuern. Überall in der Klinik erschienen daraufhin Aushänge, die sein Vorgehen verurteilten. Und obwohl sämtliche Mitarbeiter des Wartungsdienstes wieder zur Arbeit kamen, machte keiner von ihnen Anstalten, die Plakate abzunehmen.

»Kennen Sie den Kerl im Anzug?« flüsterte Paris.

Sarah schüttelte den Kopf. Der Mann war etwa Anfang vierzig, schmal gebaut, mit Fönfrisur und einer auffallenden Hakennase. Selbst aus etwa fünfzig Metern Entfernung, wo Paris und Sarah standen, konnte man deutlich den Diamantring am kleinen Finger seiner linken Hand erkennen.

»Ich würde sagen, entweder ein Geschäftsmann oder ein Anwalt«, meinte Sarah.

»Was immer er sein mag, er ist Abschaum«, entgegnete Paris. »Aber er ist tatsächlich Anwalt. Und außerdem noch Arzt.«

»Ich bin beeindruckt.«

»Das sollten Sie lieber nicht sein. Sein Name ist Mallon. Jeremy Mallon. Haben Sie noch nie von ihm gehört? ... Nein? Gut. Er ist einer von den Anwälten, die am liebsten Unfallopfer vertreten, und das in ganz großem Rahmen. Außerdem ist er ein Gefolgsmann von Everwell. Ich glaube, er ist bei ihnen Teilhaber. Schon seit Monaten habe ich den Verdacht, daß er hinter vielen, wenn nicht hinter all den Problemen steckt, mit denen wir zu kämpfen haben. Dieses kleine Rendezvous hier ist ein weiterer Beweis dafür, daß ich recht habe.«

Plötzlich wurde Mallon auf sie aufmerksam. Er sagte etwas zu dem Mann vom Wartungsdienst, und dieser verschwand augenblicklich in eine andere Richtung. Mit raschen Schritten ging Paris auf den Anwalt zu; Sarah folgte ein paar Meter hinter ihm.

»Sie Mistkerl«, fauchte Paris. »Ich wußte doch, daß Sie dahinterstecken.«

»Ich habe nicht die leiseste Ahnung, wovon Sie reden«, erwiderte Mallon salbungsvoll. »Und ich wäre vorsichtig damit, anderen in der Öffentlichkeit Schimpfwörter an den Kopf zu werfen.«

Selbst ohne Paris' Erläuterungen hätte Sarah den Mann auf Anhieb unsympathisch gefunden.

»Der Stromausfall war kein Zufall«, wütete Paris weiter. »Und dieser unechte Streik auch nicht. Ich hab's mir gedacht, aber jetzt weiß ich es. Hoffentlich haben Sie diese elende Kreatur gut bezahlt, Sie Winkeladvokat, denn ab heute hat er leider keinen Job mehr.«

Paris' Stimme war so laut geworden, daß mehrere Passanten, die zum Auditorium unterwegs waren, stehenblieben. Zwei Verwaltungsangestellte, von denen Sarah einen als Colin Smith, den Verwaltungsdirektor der Klinik, erkannte, kamen auf das Grüppchen zugelaufen.

»Paris, Sie befinden sich absolut auf dem Holzweg«, sagte Mallon. »Ich habe es nicht nötig, Ihnen Schwierigkeiten zu machen. Das erledigen Sie selbst schon ganz ausgezeichnet.«

»Machen Sie, daß Sie hier wegkommen, und zwar auf der Stelle!«
»Unsinn. Hier findet eine öffentliche Pressekonferenz statt, an der ich teilnehmen werde. Es wird sicher faszinierend sein, Ihnen dabei zuzusehen, wie Sie versuchen, sich vor der Tatsache zu verstecken, daß Ihre Klinik zum Leichenhaus verkommt.«
»Sie dreckiger ...«
Die beiden Verwaltungsleute traten rasch vor Paris, ehe sich dieser auf den Anwalt stürzen konnte.
»Langsam, Glenn«, meinte Colin Smith beschwichtigend. »Er ist es nicht wert.«
»Ich will Sie in meinem Krankenhaus nicht sehen!« schrie Paris.
»Was Sie tun und sagen, erinnert immer mehr an einen Menschen, der dabei ist zu ertrinken«, zischte Mallon, und Sarah mußte plötzlich an eine Schlange denken. »Und was *Ihr* Krankenhaus angeht – ich kann nur sagen, freuen Sie sich dran, solange Sie können, denn ich fürchte, das wird sich bald ändern.«
»Hauen Sie ab!«
Diesmal mußte Colin Smith seinen Chef mit Gewalt festhalten.
»Eigentlich habe ich tatsächlich wichtigere Dinge zu tun als zuzusehen, wie Sie sich mal wieder selbst in den Fuß schießen, Paris. Ich kann ja die Höhepunkte der Veranstaltung heute abend im Fernsehen bewundern.« Mit diesen Worten wandte sich Mallon ab und verschwand durch das Ambulanzgebäude, ohne eine Antwort abzuwarten.
»Abschaum«, knurrte Paris hinter ihm her.
»Nur die Ruhe«, beschwichtigte ihn Smith.
»Sie werden uns nicht kriegen, Colin. Nur über meine Leiche werden Everwell und dieser Widerling das MCB übernehmen.«
»Es wird nicht soweit kommen«, meinte Smith. »Wir haben immer noch unseren Trumpf in der Hand. Das wissen Sie genauso wie ich.«
Seine Worte hatten einen erstaunlichen Effekt auf Paris. Sarah konnte sehen, wie sich sein Gesicht entspannte. Seine Fäuste lösten sich, und schließlich lächelte er sogar.

»Sie haben recht, Colin«, sagte er. »Ganz recht. Sie sind ein guter Mann.«

Dann entschuldigte er sich bei Sarah dafür, daß er die Beherrschung verloren hatte, und stellte sie Smith und dem anderen Mann vor, dessen Titel irgend etwas mit der Aufsicht über die technischen Einrichtungen der Klinik zu tun hatte. Schließlich bat er die beiden Männer, schon einmal vorzugehen.

»Falls Sie es nicht schon längst selbst erraten haben, Sarah«, erklärte er, »der Trumpf, den Colin erwähnt hat, ist unsere Subvention. Sie kommt von der McGrath-Stiftung, die wir jetzt seit beinahe drei Jahren umwerben. Aber das bleibt unter uns, bitte. Wie gesagt, es ist noch nichts unterschrieben, wir haben noch nichts Endgültiges in der Hand. Und ich zweifle keine Sekunde daran, daß dieser Schleimer Mallon, wenn er davon wüßte, alle Hebel in Bewegung setzen würde, um zu verhindern, daß wir die Subvention bekommen.«

»Das werden wir aber«, sagte Sarah.

»Tja, davon hängt jetzt alles ab. Wenn Sie uns das Geld geben, gewinnen wir, wenn nicht, gewinnen Mallon und Everwell. Darauf wird es letztlich hinauslaufen.«

Als sie zu dem Gebäude kamen, in dem das Auditorium untergebracht war, hörten sie über sich Lärm. Dann sahen sie den glänzenden Hubschrauber, der über dem Campus schwebte und gekonnt auf dem Landeplatz niederging, den Paris auf dem Chirurgie-Gebäude hatte anlegen lassen.

»Ist das vielleicht schon unser Mann von der Seuchenzentrale in Atlanta?« fragte Sarah.

»Das glaube ich eher nicht. Ich weiß ja nicht mal, ob die dort überhaupt schon jemanden losgeschickt haben. Wahrscheinlich ist es eher irgendeine Medienberühmtheit, die zur Pressekonferenz kommt.«

»Vielleicht hat aber auch einer unserer Patienten eine reiche Familie oder reiche Freunde.«

»Auch das würde mich wundern. Ich habe jede Einweisung von

unserem PR-Stab überprüfen lassen. Wenn es hier einen Patienten gäbe, den es sich zu kennen lohnt, wüßte ich das, garantiert. Also, dann gehen wir mal rein und ziehen unsere Show ab.«
»Ich werde tun, was ich kann«, sagte Sarah.

* * *

Fest an den Kopilotensitz des S76-Jet-Helikopters geschnallt, beobachtete Willis Grayson, wie sich das Medical Center of Boston unter ihm ausbreitete. Was er an freudiger Erregung darüber fühlte, nach fünf Jahren sein einziges Kind zum erstenmal wiederzusehen, wurde überdeckt von der Wut auf die Menschen, die daran schuld waren, daß sie unter solchen Umständen in einer solchen Institution gelandet war.
Als er von der Restrukturierung einer Computertechnologie-Firma zurückgekehrt war, hatte er vor den Toren seiner Villa auf Long Island einen Detektiv namens Pulasky vorgefunden. Dieser hatte Grayson die ersten neuen Fotos vorgelegt, die er seit dem Verschwinden seiner Tochter zu Gesicht bekommen hatte. Außerdem hatte der Detektiv noch Ausgaben beider Bostoner Tageszeitungen mitgebracht, und obwohl die Artikel darin keine Bilder von Lisa Summer enthielten, versicherte er glaubhaft, daß die Patientin im Medical Center of Boston mit seiner Tochter identisch war.
Sofort beauftragte Grayson ein paar seiner Leute in Boston, Lisas Adresse in Jamaica Plains zu überprüfen; der Besuch erhärtete Pulaskys Angaben. Nachdem Grayson den Detektiv ausbezahlt hatte, führte er zwei Telefongespräche. Zuerst beorderte er seinen Piloten zu sich, dann teilte er Ben Harris, seinem persönlichen Arzt, mit, er müsse sofort sämtliche Termine absagen und sich zum Flug nach Boston bereitmachen. Nach zwei Stunden setzten sie zur Landung auf dem Dach-Heliport des Medical Center of Boston an.
»Halt die Maschine warm«, sagte Grayson, als er ausstieg. »Wenn Lisa in einem transportfähigen Zustand ist, holen wir sie hier raus und bringen sie in unser Krankenhaus.«

Er half seinem Internisten aufs Dach hinaus. »So, und verschweigen Sie mir nichts, Ben«, befahl er. »Denken Sie daran, Ihre Loyalität gilt mir und nicht der eingeschworenen medizinischen Bruderschaft, über die ich dauernd lesen muß. Wenn jemand bei Lisa gepfuscht hat, will ich es wissen.«

Fast die ganzen fünfundfünfzig Jahre seines Lebens war Wut die treibende Kraft für Willis Grayson gewesen. Als Kind hatte er seinen hilflosen Zorn darüber, daß er an ein Krankenhausbett gebunden war, während die Ärzte mit seinen lebensbedrohlichen Asthmaattacken kämpften, in Stärke verwandelt. Als Teenager hatte sich sein Groll über die langen Abwesenheiten seines Vaters, eines Großindustriellen, und die emotionale Unzugänglichkeit seiner Oberschichtsmutter des öfteren in aggressiven Ausbrüchen Luft gemacht, was ihm den Verweis von mehreren Privatschulen einbrachte.

Jahre später, als er endlich ins Allerheiligste der Firma seines Vaters vorgelassen wurde, trieb ihn sein verzweifeltes, ungebändigtes Rachebedürfnis dazu, den alten Mann aus seiner Machtposition zu drängen und das Unternehmen von der Produktion auf das Plündern anderer Firmen umzustellen. In gut zwei Jahrzehnten war sein persönlicher Besitz auf fast eine halbe Milliarde Dollar angestiegen. Aber in seinem Inneren hatte sich nicht viel geändert.

Lisas Zimmer lag im fünften Stock des Gebäudes, auf dem der Helikopter gelandet war. Während der Landeplatz den modernsten Anforderungen entsprach, hätte der fünfte Stock eine Renovierung dringend nötig gehabt. In weniger als einer Minute hatte Grayson sich die Mängel eingeprägt: ein überquellender Mülleimer, Wände, die einen neuen Anstrich brauchten, ein unbeaufsichtigter älterer Patient, der im Flur an einen Stuhl gebunden war, und ein durchdringender Geruch nach Schmutz, Schweiß und Exkrementen.

»Das ist ja ein Dreckloch hier, Ben«, sagte er. »Ich verstehe das einfach nicht. Sie könnte sich ein eigenes Krankenhaus kaufen, und dann landet sie in einem solchen Loch.«

Graysons Leute hatten Lisas Zimmer ausfindig gemacht: Nummer 515. Im Eilschritt passierte Grayson das Schwesternzimmer, ohne auf die Frau zu achten, die dort saß und sich Notizen machte. Sein Arzt folgte ihm.

Die rundliche junge Schwester, deren Namensschild sie als Janine Curtis auswies, sah auf und rief ihnen nach: »Entschuldigen Sie, kann ich Ihnen helfen?«

»Nein«, antwortete Grayson über die Schulter. »Wir gehen ins Zimmer fünf-fünfzehn.«

»Bitte warten Sie«, bat die Schwester.

Grayson erstarrte. Doch er blieb stehen, während sich seine Fäuste krampfhaft öffneten und schlossen. Hinter ihm stieß Dr. Ben Harris einen hörbaren Seufzer der Erleichterung aus.

»Lisa Summers wirklicher Name ist Lisa Grayson«, erklärte Grayson betont geduldig. »Ich bin ihr Vater, Willis Grayson, und das hier ist mein Privatarzt Dr. Ben Harris. Können wir jetzt weitergehen?«

Einen Moment lang sah die Schwester verwirrt aus, dann jedoch klärte sich ihr Gesicht.

»Unsere Besuchszeit beginnt erst um zwei Uhr«, sagte sie. »Aber wenn Lisa möchte, kann ich für Sie eine Ausnahme machen.«

Wieder ballte Grayson die Fäuste. Und diesmal entspannten sie sich nicht wieder.

»Wissen Sie, wer ich bin?« fragte er.

»Ich weiß, wer Sie zu sein behaupten. Sehen Sie, Mr. Grayson, ich möchte nicht . . .«

»Ben, ich habe keine Zeit für so was«, fauchte Grayson. »Bleiben Sie hier und erklären Sie dieser Frau, wer ich bin und was ich hier will. Wenn sie Probleme macht, dann rufen Sie den Direktor dieses sogenannten Krankenhauses und bringen Sie ihn her. Ich gehe jetzt zu Lisa.«

Ohne eine Antwort abzuwarten, marschierte er weiter.

Auf einem der Namensschilder an der Tür zu Zimmer 515 stand »L. Summer«, das andere Schildchen war leer. Willis Grayson

zögerte. Hätte er vielleicht doch erst Blumen schicken sollen? Oder seinen Besuch wenigstens telefonisch ankündigen? Wenn sein Verdacht stimmte, daß andere Leute Lisa gegen ihn aufgehetzt hatten, konnte er nicht einschätzen, wie sie reagierte. Nein, beschloß er dann, es war besser, wenn er unangemeldet kam.
Seit Charlie oder Chuck, oder wie auch immer er geheißen hatte, sie dazu gebracht hatte, von zu Hause wegzulaufen, hatte Grayson Zehntausende von Dollars verschwendet, um seine Tochter zu finden. In Miami war die Spur erkaltet. Dann plötzlich tauchte der Knabe wieder auf, aber ohne Lisa und ohne einen blassen Schimmer, wo sie geblieben war. Monatelang ließ Grayson ihn beschatten und seine Post überprüfen. Ohne Erfolg. Schließlich war der Bursche wieder verschwunden; er erfuhr nie, wie knapp er der Gefahr entronnen war, daß man ihm beide Beine brach oder noch Schlimmeres antat.
Nein, dachte Grayson verärgert, *hier ist was anderes nötig als ein paar Blumen.*
Er klopfte leise, wartete und klopfte noch einmal. Schließlich öffnete er langsam die Tür. Die Geruchsmischung aus Puder und Lotion, Stärke und Desinfektionsmittel war ihm sehr vertraut und unangenehm. Er war nicht mehr in einem Krankenhauszimmer gewesen seit jenem Abend, als er mit Lisa am Bett seiner Frau gesessen und ihre Hand gehalten hatte, während sie den Kampf gegen den Krebs aufgab, mit dem sie über ein Jahr gerungen hatte.
Seine Tochter saß reglos in einem Polsterstuhl mit hoher Rückenlehne und starrte aus dem Fenster. Der Anblick des Verbands, der das Überbleibsel von Lisas Arm bedeckte, ließ die Galle in Graysons Kehle hochsteigen. Er ging zu Lisa hinüber und setzte sich auf den marmornen Fenstersims. Lisa warf ihm einen kurzen Blick zu, dann schloß sie die Augen und wandte den Kopf ab.
»Hallo, mein Schatz«, sagte er. »Ich bin so froh, daß ich dich gefunden habe. Ich habe dich schrecklich vermißt.«
Er wartete auf eine Antwort, aber an Lisas Gesicht und der Haltung ihrer Schultern sah er, daß er vergeblich warten würde.

Der Teufel soll sie alle holen, dachte er, und Lisas Freunde, Zimmergenossinnen, Liebhaber und Ärzte – eingebildete und wirkliche Personen – verdichteten sich zu einer finsteren, verzehrenden Wut. *In der Hölle sollen sie schmoren dafür, daß sie dich hierhergebracht haben.*

»Es tut mir leid, was du alles durchmachen mußtest«, begann er noch einmal. »Bitte, Lisa. Bitte sprich mit mir ... Ich möchte dich hier rausholen. Dr. Harris ist mit mir hierhergeflogen. Du erinnerst dich doch bestimmt an ihn. Er wartet draußen. Seine Leute erwarten dich schon in seinem Krankenhaus. Er wird dich untersuchen, und wenn er sagt, daß du transportfähig bist, sind wir in neunzig Minuten daheim. Tim sitzt im Hubschrauber auf dem Dach. Er hat dich auch vermißt, mein Schatz. Alle haben dich vermißt, Lisa.«

Aber Lisa sah ihn nicht an. Grayson stand auf und begann im Zimmer auf und ab zu gehen. Wenn er doch nur die richtigen Worte finden würde, die ihr Herz wieder für ihn öffneten.

Wenn du doch nur auf mich gehört hättest, wollte er schreien, *wenn du auf mich gehört hättest, wäre das alles nicht passiert.*

»Ich weiß, daß du wütend auf mich bist«, sagte er statt dessen. »Aber jetzt wird alles wieder gut. Du bist das einzige, was ich habe, und ich werde alles tun, damit du wieder zu mir kommst ... Bitte, Lisa. Ich weiß, du hast Schmerzen. Ich will dir helfen, damit fertig zu werden. Ich will dir helfen, herauszufinden, warum du das alles durchmachen mußtest, du und ... mein Enkelsohn. Und wenn jemand dafür verantwortlich ist, will ich dir helfen, es ihm heimzuzahlen ... In Ordnung, schon gut.« Er holte tief Luft, um sich zu beruhigen, und ging zurück zum Fenster. »Ich verstehe ja, daß es nicht leicht für dich ist, nach der ganzen Zeit. Hör zu, ich übernachte im Bostonian. Die Nummer lege ich neben dein Telefon. Ich werde eine Privatschwester für dich engagieren, die sich ausschließlich um dich kümmert, und Ben Harris soll sich mit deinen Ärzten in Verbindung setzen. Bitte, Baby. Ich – ich liebe dich. Bitte, laß mich wieder an deinem Leben teilnehmen.«

Er zögerte, dann drehte er sich um und machte sich auf den Weg zur Tür.
»Komm später wieder, Daddy«, sagte sie plötzlich.
Grayson blieb stehen. Hatte er sich das eingebildet?
»Heute nachmittag«, fuhr sie fort. »Um drei. Ich verspreche dir, daß ich dann mit dir reden werde.«
In ihrer sanften monotonen Stimme lag weder Zorn noch Vergebung.
Willis Grayson wandte sich zu ihr um und starrte sie an. Doch Lisa saß wieder reglos da und sah aus dem Fenster.
»Okay«, sagte er schließlich. »Um drei.«
Behutsam küßte er seine Tochter auf den Kopf. Sie reagierte nicht.
»Ich bin um drei Uhr wieder da«, flüsterte er. »Danke, Baby. Danke.«
An der Tür blieb er einen Moment stehen und betrachtete noch einmal den Stumpf, der einst Lisas Hand und Arm gewesen war.
Irgend jemand würde dafür bezahlen.

KAPITEL 10

Sarah folgte Glenn Paris durch den Haupteingang ins Auditorium und von dort auf die Bühne. Nur noch die hintersten Reihen waren frei, und es kamen stetig weitere Zuhörer. Die drei Fernsehstationen von Boston waren als Repräsentanten der drei großen Sendeanstalten anwesend, alle mit Scheinwerfern, Videokameras und Reportern, die sich zwischen der Bühne und der ersten Sitzreihe plaziert hatten. Obwohl Sarah selten fernsah, erkannte sie zwei von ihnen. Der Ausbruch einer seltenen Krankheit besaß eine große Anziehungskraft.

Auf dem mit weinrotem Samt verkleideten Podium prangten mindestens ein Dutzend Mikrophone. Dahinter standen fünf Klappstühle, drei auf einer, zwei auf der anderen Seite des Podiums. Eli Blankenship und Randall Snyder hatten bereits Platz genommen. Zwischen ihnen war ein Stuhl frei, und Paris bedeutete Sarah, sich dorthin zu setzen.

Falls Paris das große Ereignis und die Abwesenheit des Repräsentanten der Seuchenzentrale beunruhigte, konnte man das weder an seinem Gesicht noch an seinem Verhalten erkennen. Er ließ seinen Blick ein paarmal über das Publikum schweifen, dann knöpfte er sein Jackett zu und ging hinüber zu den drei Ärzten.

»Na ja, wir können uns jedenfalls nicht über mangelndes Interesse beklagen«, meinte er leise. »Die ganze Geschichte wäre noch ein bißchen hieb- und stichfester, wenn das CDC rechtzeitig jemanden hätte schicken können. Aber jetzt müssen wir eben mit dem zurechtkommen, was wir haben. Ich werde ein paar einleitende

Worte sprechen, dann sind Sie an der Reihe, Eli, dann Sie, Randall, und zuletzt Sie, Sarah. Ich würde vorschlagen, daß Sie Ihre Erklärungen möglichst kurz und bündig halten und danach eventuelle Fragen beantworten. Und ich möchte Ihnen noch einen guten Rat geben: Denken Sie daran – je weniger Sie sagen, desto weniger kann man Sie falsch zitieren. Ich werde Ihre Sprechzeit auf je zehn Minuten begrenzen, einschließlich Fragen. Wenn es am Schluß angebracht erscheint, werde ich noch ein paar mehr zulassen. Und machen Sie sich keine Sorgen, Sie alle werden Ihre Aufgabe glänzend bewältigen.«

Sarah wußte, daß das »alle« direkt auf sie gemünzt war.

»Er liebt solche Anlässe, stimmt's?« sagte sie leise, während Paris aufs Podium zuging.

»Das sollte er auch«, stimmte Blankenship zu. »Er ist sehr gut. Sie andererseits machen einen etwas nervösen Eindruck. Werden Sie durchhalten?«

»Ich habe geglaubt, es wäre kein Problem für mich, bis ich hier oben Platz genommen habe. Sehen Sie sich die Massen an!«

Blankenship klopfte ihr mit seiner fleischigen Hand väterlich auf die Schulter.

»Denken Sie einfach an das alte medizinische Sprichwort«, meinte er. »Irgendwann hört jede Blutung auf.«

»Das ist sehr beruhigend. Danke.«

Paris' Einführung, die er ohne Notizzettel und ohne Stocken zum besten gab, schilderte das MCB als Institution, die sich der Gesundheit und dem Wohlergehen der Bürger von Boston verschrieben hatte und auch Probleme von öffentlichem Interesse offen ausdiskutierte.

»Wir haben engen Kontakt zu der epidemiologischen Abteilung der Seuchenzentrale in Atlanta«, sagte er, »und dort hat man versprochen, uns einen der Topleute auf diesem Gebiet herzuschicken, um unsere eigenen intensiven Ermittlungen zu unterstützen. Ich hatte gehofft, er würde rechtzeitig hier sein, um an der Konferenz teilzunehmen . . .« er deutete zu dem leeren Stuhl neben seinem Platz, » . . . aber leider hat es nicht geklappt.«

Die drei Fälle von DIC, betonte er, könnten sich als purer Zufall erweisen. Doch das Medical Center of Boston hatte sich dafür entschieden, den Stier bei den Hörnern zu packen und eine sofortige Untersuchung einzuleiten, über welche die Öffentlichkeit kontinuierlich auf dem laufenden gehalten werden sollte.
Sarah störte es, daß Paris so tat, als würde die Ankunft des CDC-Epidemiologen unmittelbar bevorstehen, obwohl er ihr doch gerade noch gesagt hatte, es sei nicht einmal sicher, ob er überhaupt auftauchen würde. Aber wahrscheinlich war die Übertreibung harmlos und unter den gegebenen Umständen auch verständlich. Er versuchte einfach, so viele Zweifel wie möglich zu zerstreuen. Und tatsächlich – als er Eli Blankenship vorstellte, hatte man überhaupt nicht mehr den Eindruck, daß er durch den Artikel des *Herald* unter Zugzwang geraten war.
Durch die Darbietung ihres Chefs ermutigt, merkte Sarah, wie auch ihre eigene Spannung abnahm. Doch erst als Blankenship seine Rede abgeschlossen hatte, fühlte sie sich in der Lage, ins Publikum zu schauen. Wenn es stimmte, daß die Aula zweihundertfünfzig Menschen aufnahm, waren heute mindestens zweihundert gekommen. Viele davon waren Ärzte oder Lehrkräfte der medizinischen Fakultät – einschließlich Andrew, der wieder auf seinem traditionellen Platz in der Mitte der letzten Reihe thronte. Aber nach dem äußeren Erscheinungsbild zu urteilen, waren auch eine ganze Menge Bürger der Stadt gekommen. Unter ihnen erkannte Sarah eine Frau, die sie zur Zeit auf eine Hausgeburt vorbereitete, genau wie sie es bei Lisa getan hatte. Es war nicht schwierig, sich die Gedanken und Sorgen dieser Frau vorzustellen. Aber es war eine andere Frau, die Sarah noch mehr interessierte. Sie saß nicht weit von Andrew entfernt, eine schwarze Frau mit afrikanischer Frisur, afrikanischem Kleid und afrikanischem Schmuck. Selbst auf die Entfernung und im Gegenlicht erkannte man ihre außergewöhnliche Schönheit. Sarah ließ die Augen noch über das Publikum schweifen, als sie merkte, daß diese faszinierende junge Frau sie direkt ansah und lächelte.

Ich kenne dich von irgendwoher, nicht wahr? dachte Sarah. *Aber woher?*

Unter höflichem Applaus schlurfte Blankenship zurück zu seinem Stuhl. Sarah gratulierte ihm flüsternd, obwohl die Frau in der letzten Reihe ihre Aufmerksamkeit so in Anspruch genommen hatte, daß ihr Blankenships letzte Antwort glatt entgangen war.

Wie Sarah es nicht anders erwartet hatte, sprach Randall Snyder sachlich und beschwichtigend und beantwortete die Fragen im gleichen Ton. Die drei DIC-Fälle waren natürlich Anlaß zur Sorge, sagte er. Aber ohne eine sorgfältige Überprüfung, vor allem auch der Art der Diagnosen, war es noch zu früh, eine direkte Verbindung zwischen den Fällen zu vermuten. In der Zwischenzeit, so schloß er, konnte die Öffentlichkeit beruhigt sein, denn die gynäkologische Abteilung würde alle Patientinnen speziell auf jede Abnormalität untersuchen, die eventuell ein vergrößertes DIC-Risiko nahelegte.

Der Applaus bei Snyder war deutlich lauter als bei Eli, obwohl seine Darstellung nicht so substantiell gewesen war. Die Macht des Vater-Images, dachte Sarah und erinnerte sich plötzlich daran, daß sie, seit sie achtzehn geworden war, bei jeder Wahl der inhaltlichen Substanz den Vorzug vor dem Vater-Image gegeben und auf diese Weise nur ein einzigesmal für den Sieger gestimmt hatte.

Schließlich war sie selbst an der Reihe. Um nicht ganz aus dem Konzept zu kommen, hatte sie sich die wichtigsten Stichpunkte auf ein paar Karteikärtchen notiert. Am Ende ihrer fünfminütigen Rede war sie auf den größten Teil davon zu sprechen gekommen. Doch die ganze Zeit über hatte sie das Gefühl, daß eine tiefe Kluft sie von den Zuschauern trennte. Sie wußte, daß sie viel dogmatischer und hochtrabender klang, als sie wollte.

Hey, ihr alle da draußen, hätte sie am liebsten gerufen. *Das sind alles Dinge, die mir wirklich am Herzen liegen. Ich würde gern darüber reden, aber mit euch, nicht vor euch. Wie wäre es, wenn wir einfach alle ins Arnold Arboretum gingen, ein paar Decken aufs Gras legten und uns dann über die Gründe unterhielten, weshalb die Menschen krank werden, was es heißt, krank zu sein, und wie man wieder gesund wird?*

Zum Schluß ihrer Erklärung dankte sie den Anwesenden für ihre Aufmerksamkeit und ihr Engagement und bot an, eventuelle Fragen entgegenzunehmen.

»Glauben Sie wirklich, daß Ihre Akupunktur und die Tatsache, daß sich Lisa Summer ihre Blutadern vorgestellt hat, die Blutung zum Stillstand gebracht hat?«

Natürlich glaube ich das. Blöde Frage!

»Ich bin fest davon überzeugt, daß diese beiden Faktoren dabei geholfen haben. Wie ich bereits erwähnt habe, wurden gleichzeitig andere Maßnahmen durchgeführt.«

»Haben Sie jemals vorher Blutungen mit Ihrer Technik gestoppt?«

Vielleicht könntest du dich noch ein bißchen mehr anstrengen, du dumme Kuh, um noch ein bißchen herablassender zu klingen.

»Nicht direkt. Aber ich habe bei zahlreichen Operationen assistiert, bei denen Akupunktur als einzige Form der Narkose angewandt wurde.«

»Erzählen Sie uns doch ein wenig über Ihre Ausbildung. Sie haben erwähnt, daß Sie in einem holistischen Gesundheitszentrum gearbeitet haben. Wo war das?«

Glenn, ist die Zeit noch nicht um?

»Hier in Boston, am Ettinger-Institut.«

Annalee! Ungläubig starrte Sarah über das Publikum hinweg zu der Frau in der letzten Reihe. Annalee Ettinger lächelte und winkte. Sieben Jahre waren vergangen, seit Sarah das Mädchen zum letztenmal gesehen hatte, das Peter als Kind aus Mali mitgebracht und adoptiert hatte. Aber die Zeit war nicht der eigentliche Grund dafür, daß Sarah sie nicht erkannt hatte. Als Sarah aus der Wohnung im Back Bay ausgezogen war, war Annalee eine liebe, interessante Fünfzehnjährige gewesen. Aber sie war schrecklich schüchtern und deutlich übergewichtig gewesen. Ihre Verwandlung war ein wahres Wunder. Ihr Gesicht mit den wunderschönen hohen Backenknochen sah fast aus wie eine Skulptur.

Sarah sah eine Weile zu ihr hinauf, um ganz sicher zu sein, daß die Verbindung wirklich hergestellt war. Annalee lächelte und nickte.
»Ettinger«, fuhr die Fragerin unterdessen fort. »Ist das derselbe Ettinger, der im Fernsehen für dieses Diätpulver Werbung macht?«
»Das ... das weiß ich wirklich nicht«, stammelte Sarah. »Abgesehen davon, daß ich manchmal, wenn ich Rufdienst habe, zufällig *Jeopardy!* erwische, habe ich kaum einmal Zeit zum Fernsehen. Und ich habe seit Jahren keinen Kontakt mehr zu Mr. Ettinger.«
»Es ist derselbe Ettinger«, rief eine Frau aus dem Publikum. »Ich nehme sein Zeug und habe schon fast dreißig Pfund abgenommen. Es wirkt phantastisch.«
Die Zuschauer lachten, und Sarah merkte, daß sie die Kontrolle über die Situation verloren hatte. Doch Glenn Paris trat rasch neben sie aufs Podium.
»Dr. Baldwin, haben Sie vielen Dank«, sagte er.
Er bedeutete ihr, Platz zu nehmen, und führte den Applaus des Publikums an. Vielleicht lag es ja an der kontroversen Natur ihrer Darlegungen oder am Fehlen einer zündenden Schlußbemerkung, jedenfalls spürte Sarah, daß die Publikumsreaktion zwar durchaus höflich, aber alles andere als begeistert war. Wenn man alles als eine Spielart von *Jeopardy!* betrachtete, nahm Snyder den großen Geldpreis mit nach Hause, Blankenship den Videokoffer und sie selbst mußte sich mit den guten Wünschen und einem *Jeopardy!*-Brettspiel begnügen.
Ohne auf das lobende Geflüster von Blankenship und Snyder zu achten, konzentrierte sich Sarah auf eine Stelle am Boden neben Glenn Paris' Schuhen und wartete auf den erlösenden Satz, der endlich alle Beteiligten nach Hause schicken würde. Ihre Darbietung war zwar nicht umwerfend gewesen, aber auch keine Katastrophe. Und vor allem war sie vorbei. Jetzt erfüllten Fragen ihre Gedanken, Fragen, die sich in sieben langen Jahren angesammelt hatten. Und die Antworten waren in greifbare Nähe gerückt – wie Annalee Ettinger.
Glenn Paris beendete die Pressekonferenz mit dem Versprechen, die

Öffentlichkeit über alle neuen Entwicklungen auf dem laufenden zu halten. Sofort rannten ein paar Reporter auf die Bühne, schubsend und drängelnd, während jeder versuchte, die beste Position in der Nähe der Sprecher zu ergattern. Besorgt über die Verzögerung, suchte Sarah noch einmal Blickkontakt mit Annalee, die ihr mit einer Handbewegung zu verstehen gab, daß sie es nicht eilig hatte. Schließlich löste sich das Gedränge der Fragesteller auf. Sarah ließ sich von Paris auf den Rücken klopfen und wollte gerade gehen, als eine ältere Frau mit einer Ledermappe unter dem Arm auftauchte. Sie war Sarah schon aufgefallen, weil sie während der ganzen Konferenz hinten im Auditorium gestanden hatte. Sie war keine sonderlich imposante Erscheinung – etwa einssechzig groß, konservativ gekleidet mit einem geraden, dunklen Rock und Blazer. Ihre kurzen, ordentlich dauergewellten Haare waren eine paritätische Mischung aus Braun und Grau. Ihr angenehmes, ruhiges Gesicht verschwand fast vollständig hinter einer runden, übergroßen Hornbrille. In ihrer Beurteilung des Publikums hatte Sarah sie in die Schublade »einheimische Großmutter« gesteckt, die zu gehemmt war, sich durch die Menge einen Weg zu einem freien Sitzplatz zu bahnen.

»Dr. Baldwin, Mr. Paris«, sagte sie, »mein Name ist Rosa Suarez.« Sie sprach ihren Namen eindeutig südamerikanisch aus.

»Ja, Mrs. Suarez«, erwiderte Paris, der die Ungeduld nicht ganz aus seiner Stimme vertreiben konnte. »Was können wir für Sie tun?«

Die Frau lächelte geduldig. »Der Mann von der Seuchenzentrale, den Sie erwähnt haben – der Top-Epidemiologe, den man Ihnen versprochen hat?«

»Ja«, sagte Paris. »Ja, was ist mit ihm?«

»Nun, der bin ich.«

KAPITEL 11

Der Park, eine sandige Oase mit ein paar Bänken und abgenutzten Spielplatzgeräten, lag nur wenige Blocks vom MCB entfernt. Sarah meldete sich bei einem ihrer Kollegen ab und machte sich mit der Frau, die einmal beinahe ihre Stieftochter geworden wäre, auf den Weg. Aber diese Annalee Ettinger – schlank, selbstbewußt und überraschend weltgewandt – hatte wenig Ähnlichkeit mit dem schüchternen, rundlichen Mädchen, um dessen Freundschaft sich Sarah einst so bemüht hatte. Schon zu Beginn ihres Gespräches, als sie sich noch vorsichtig aneinander herantasteten, fühlte sich Sarah dieser Frau näher, als sie es in der Zeit mit Peter Ettinger je gewesen war.

»Ich hab dir von der Uni geschrieben«, sagte Sarah, als sie sich auf einer der Bänke niederließen. »Zwei- oder dreimal. Aber du hast nicht geantwortet.«

Annalee nickte.

»Ich weiß«, entgegnete sie. »Ungefähr ein Jahr, nachdem du weggegangen bist, habe ich auf dem Schreibtisch meines Vaters etwas gesucht und bin dabei auf einen Brief gestoßen, den du an mich geschrieben hattest. Ohne Umschlag oder Absender. Ich habe ihn kopiert und die Kopie behalten. Aber ich habe meinen Vater deshalb nie zur Rede gestellt. Ich war damals ein egoistisches kleines Dickerchen und hab mich eigentlich nur für mich und meine eigenen Probleme interessiert. Vielleicht hätte ich mich durchsetzen und trotz allem versuchen sollen, dich ausfindig zu machen. Aber was auch immer deine Gründe waren – du hattest uns schließlich verlassen. Ich glaube, es war mir einfach nicht wichtig genug, um mich dafür so anzustrengen.«

Annalees Stimme klang tief und melodisch, ihre makellos manikürten Nägel waren leuchtend rot lackiert. Als Teenager hatte sie sich oft albern, egozentrisch und unreif aufgeführt, aber jetzt strahlte sie eine Reife aus, die weit über ihr Alter hinausging.

»Es tut mir leid, daß ich mich so überstürzt aus dem Staub gemacht habe«, sagte Sarah. »Ich war unglaublich wütend. Trotzdem kann ich mir gar nicht vorstellen, daß Peter dir meine Briefe tatsächlich vorenthalten hat.«

»Er war zutiefst verletzt und verärgert, weil du ihn verlassen hattest. Ich war übrigens auch gekränkt – jedenfalls bevor ich deinen Brief entdeckt habe.« Sie holte ein Päckchen Virginia Slims aus ihrer Handtasche. Ihre goldenen und silbernen Armreifen, von denen sie etwa acht bis zehn an jedem Handgelenk trug, klimperten, während sie eine Zigarette herausklopfte. »Wahrscheinlich rauchst du nicht, oder?«

»Schon seit Jahren nicht mehr.«

»Gut. Gut für dich.« Annalee steckte die Zigarette an und inhalierte tief durch Mund und Nase.

»In einem meiner Briefe habe ich versucht, dir zu erklären, warum ich weggegangen bin«, fuhr Sarah fort. »Gott, mir wird ganz anders, wenn ich mir vorstelle, was für eine Version der Geschichte er dir vermutlich aufgetischt hat.«

»Mein Vater ist ein wunderbarer Mann, aber er hat zweifellos seine Fehler. Zum Beispiel ist er schrecklich nachtragend. Wußtest du, daß er ungefähr ein Jahr, nachdem du weggegangen warst, geheiratet hat? Eine echte Trotzheirat, ohne Zweifel. Sie war eine hübsche Frau, eine von diesen angelsächsischen Schönheiten aus einer reichen Familie, die wahrscheinlich schon mit der Mayflower rübergekommen sind. Es überrascht mich, daß er dich nicht zur Hochzeit eingeladen hat.«

»Sehr komisch. Hör zu, Annalee, es geschieht, was geschehen soll. Das glaube ich wirklich. Fünfundneunzig Prozent deines Vaters habe ich geliebt. Aber die restlichen fünf Prozent waren so großkotzig und hochtrabend, daß ich mich mit ihnen nie im Leben arrangiert hätte. Ich glaubte auch nicht, daß sich das jemals ändern würde. Aber ich finde es großartig, daß er geheiratet hat.«

»Tja, ich denke nicht, daß er deiner Meinung ist, Doc. Die Ehe hat gerade mal ein Jahr gehalten.«

»Oh, verstehe. Und bist *du* wenigstens mit ihr zurechtgekommen?«

»Wenn man bedenkt, daß ich wahrscheinlich außer den üblichen dienstbaren Geistern die erste Schwarze war, mit der Carole näher zu tun hatte, ganz ordentlich. Aber wir haben uns ehrlich gesagt auch nicht besonders oft gesehen. Kurz nachdem du weg warst, hat Peter mich ins Internat abgeschoben. Ein weiterer Grund, weshalb ich nie dazu gekommen bin, dich zu suchen. Ich war so vermurkst. Es war vermutlich die richtige Entscheidung, mich wegzuschicken, aber der Zeitpunkt hätte kaum schlechter gewählt sein können. Ich glaube, als Peter mich aus Mali hierhergebracht hat, erwartete er etwas ganz anderes von mir – er hätte mich gern zu einer College-Professorin oder Konzertmusikerin oder so was heranwachsen sehen. Jedenfalls war ich dann weg bei Miss Soundso, und beschäftigt wie ich war, kam es mir vor, als wäre Carole gerade angekommen, und – puff! – war sie auch schon wieder weg.«

»Wann hat Peter das Institut geschlossen?«

»Nicht lange danach. Wir haben noch eine Weile in Boston gewohnt, und dann begann seine Idee mit Xanadu Wirklichkeit zu werden.«

»Ach ja, Peters Traum«, meinte Sarah. »Ich wußte, er würde ihn eines Tages in die Tat umsetzen.«

Xanadu – das sollte die erste einer ganzen Reihe von Gemeinschaften werden, aufgebaut nach den Grundsätzen bewußter Ernährung, Bewegung, jahreszeitlicher Rituale, Streßbewältigung und ganzheitlicher Medizin. Schon am Tag, als sie sich kennenlernten, hatte Peter ihr von seiner ehrgeizigen Idee erzählt, und zu zweit hatten sie endlose Stunden darüber diskutiert und Pläne geschmiedet.

Zur Zeit ihrer Trennung hatte Peter begonnen, nach einem geeigneten Grundstück und potentiellen Investoren Ausschau zu halten. Im Konferenzraum des Instituts stand in einem Glaskästchen an prominenter Stelle sogar ein Architekten-Modell des Gebäude-Prototyps. Es war ihm sehr wichtig, daß die Konstruktion der Behausungen strikten Regeln unterworfen war, denn alle sollten sich mit den altehrwürdigen Gesetzen von Gesundheit und Harmonie in Einklang befinden, denen sich die ayurvedischen Heiler aus Indien verschrieben hatten.

»Es läuft inzwischen in ziemlich großem Rahmen«, erklärte Annalee. »Obwohl es eine Zeitlang auf Messers Schneide stand. Einmal hat Peter sogar ernsthaft einen Bankrott befürchtet.«

»Und was ist dann passiert?«

»Dieses Pulver hat funktioniert, und das hat alles gerettet.«

»Welches Pulver?«

»Das Pulver, über das sie auch vorhin in der Konferenz geredet haben. Soweit ich es beurteilen kann, hat dieses Pulver Peters Arsch gerettet.« Sie lachte laut. »Hey, das ist toll, wenn man's recht bedenkt. Dieses Pulver hat Peters Arsch gerettet und mir geholfen, meinen loszuwerden. Ein Superprodukt.«

»Ich versteh das nicht.«

»Das Ayurvedische Diät-Programm aus Xanadu«, sagte Annalee. »Hör mal, das mußt du doch kennen.«

»Das höre ich heute zum erstenmal. Ich war vollkommen verwirrt, als in der Konferenz plötzlich alle davon geredet haben und ich als einzige nicht wußte, worum es ging.«

»Weil tatsächlich alle im Saal Bescheid wußten – außer dir. Die meisten Leute in ganz Amerika kennen das Zeug, nebenbei bemerkt. Peter ist in letzter Zeit so oft im Fernsehen gewesen, um für sein gutes Zeug die Werbetrommel zu rühren – es grenzt fast an ein Wunder, daß man ihn noch nicht für einen Emmy nominiert hat. Du siehst wohl nicht oft fern?«

»Ich hab keine Zeit dazu.«

Annalee drückte ihre Zigarette aus und zündete wenige Sekunden später die nächste an.

»Tja«, sagte sie, »er macht nicht die übliche Sorte Werbung, sondern ein sogenanntes Info-Programm im Nachrichtenstil. So was ist aufgemacht wie ein richtiger Fernsehbeitrag, dreißig Minuten lang, mit Gast-Stars und Filmclips und allem Drum und Dran, aber letztlich ist es natürlich trotzdem nichts weiter als Werbung. Meistens werden die Info-Programme nicht zur Hauptsendezeit ausgestrahlt, sondern eher spät am Abend oder auch mal Sonntag vormittags. Und verdammt, sie fangen allmählich an, sich auszuzahlen. In Peters Büro sind die Wände voller Tabellen und Schaubilder, auf denen man die steigenden Verkaufszahlen verfolgen kann. Und auf einmal lauert der große böse Wolf nicht mehr vor den Türen von Xanadu.«

»Und das Pulver wirkt tatsächlich?« fragte Sarah. »Es würde mich brennend interessieren, welche Pflanzen er benutzt.«

»Und wie das Zeug wirkt«, antwortete Annalee. »Allerdings hat Peter die Mixtur nicht selbst erfunden, sondern ein indischer Arzt namens Dr. Singh. Kein regulärer Doktor natürlich, ein ayurvedischer Heiler. Vermutlich weißt du ja, was das im einzelnen bedeutet.«

»Die ayurvedische Medizin wurde in Indien gelehrt, und zwar Jahrhunderte vor der Geburt von Hippokrates oder Galen. Es gibt ein paar handfeste Gründe, weshalb sie überlebt hat.«

»Dieser Dr. Singh hat Peter das Pulver vor ein paar Jahren vorgestellt und ihm eine Art Partnerschaft angeboten, soweit ich weiß. Die Einzelheiten kenne ich nicht, aber auf jeden Fall gehörte zu dem Abkommen, daß Peter das Unternehmen in der Öffentlichkeit repräsentiert. Dr. Singh scheint ein sehr kluger Mann zu sein, aber er ist nicht gerade ein sonderlich dynamischer und fotogener Mensch. Hast du von ihm gehört?«

»Nein, nie.«

»Ich weiß auch nicht sehr viel über ihn. Aber da ich ja etwa ein- bis zweihundert verschiedene Diäten erfolglos ausprobiert hatte, fragte mich Peter, ob ich sein Versuchskaninchen sein und das Zeug ausprobieren wollte, ehe er etwas investierte. Das Ergebnis siehst

du vor dir.« Sie stand auf und drehte sich langsam vor Sarah im Kreis, damit sie das Wunder von allen Seiten begutachten konnte.
»Bravo. Und du hast keine Probleme damit, die Diät einzuhalten?«
»Was für eine Diät? Also – wer sich mit den Info-Programmen auskennt, der weiß, daß das Ayurvedische Diät-Programm aus Xanadu keine Diät empfiehlt, sondern lediglich maßvolle Ernährung und das Vermeiden einiger weniger verbotener Lebensmittel.«
»Ein Hoch auf die maßvolle Ernährung«, lobte Sarah, die sich von Minute zu Minute mehr über die Verwandlung dieses früher oft so unglücklichen Mädchens freute.
»Und das Beste kommt noch«, fuhr Annalee fort. »Als ich mit dem Pulver anfing, habe ich es mit der maßvollen Ernährung probiert und dabei ordentlich abgenommen. Aber nach ein, zwei Monaten habe ich – gefräßig, wie ich nun mal bin – versucht, zu essen wie ein Schweinchen. Und hab trotzdem abgenommen! Und das hat Peters Verkaufszahlen natürlich unheimlich angekurbelt. Ist das nicht toll?«
Sarah stand auf und nahm Annalee liebevoll in die Arme.
»Das ist es wirklich«, sagte sie. Dann hielt sie Annalee ein Stück von sich weg, um ihr ins Gesicht sehen zu können. »Annalee, ich wußte schon immer, daß du etwas ganz Besonderes bist und daß ein unglaubliches Potential in dir steckt, Probleme hin oder her. Und jetzt muß ich dir sagen, daß ich dich unterschätzt habe. Du bist eine wunderbare, wunderschöne Frau geworden.«
»Hey, danke. Du bist selbst was Besonderes. Aber du hast was ausgelassen bei deiner Beschreibung.«
»Hm, du bist wunderbar ... wunderschön ...«
»Und schwanger.« Als Annalee merkte, wie sich Sarahs Gesicht einen Moment verfinsterte, fügte sie rasch hinzu: »Und glücklich. Überglücklich. Ich will dieses Baby unter allen Umständen, und wenn's nach mir geht, wirst du es entbinden.«
»Hey, das ist großartig. Danke, daß du mich willst. Ich werde den Chefarzt als Verstärkung bestellen. Annalee, das freut mich wirklich riesig für dich. Bist du dir ganz sicher wegen der Schwangerschaft?«

»Ich hab den Test bei der Planned Parenthood machen lassen. Gott, diese Leute sind echt die besten auf der Welt. Sie haben auf Anhieb geschätzt, daß ich im fünften oder sechsten Monat bin, aber ohne ein paar Tests konnten sie nichts mit Sicherheit sagen. Meine Periode war doch immer so unregelmäßig. Deshalb hat es auch so lange gedauert, bis ich überhaupt auf die Idee gekommen bin, ich könnte schwanger sein.«

»Herzlichen Glückwunsch. Ich werde dich untersuchen und vielleicht sogar einen Ultraschall machen. Annalee, das wird wunderbar.«

»Na klar. Ich war gerade dabei, mir den Kopf zu zerbrechen, zu wem ich gehen wollte, als ich über dich in der Zeitung gelesen habe. Dann hörte ich im Fernsehen von der Pressekonferenz und sagte zu meinem Freund: ›Taylor, die ersten Hände, die mein Baby berühren, sollen die von Sarah Baldwin sein.‹«

»Taylor – der Name gefällt mir. Erzähl doch mal ein bißchen. Wie sieht er aus? Was macht er?«

»Hmm ... er hat ein Gesicht wie Denzel Washington, einen Hintern wie Wesley Snipes, und er bewegt sich wie Michael Jordan.«

»Himmel.«

»Und er ist Musiker – ein verdammt guter sogar. Baß, Gitarre, Horn.«

»Rock 'n' Roll?«

»Gott, nein. Jazz. Ich hab eine Weile in seiner Gruppe gesungen, so haben wir uns kennengelernt. Weißt du, Dr. Singhs Pulver hatte für Peter zum Teil auch unerwünschte Nebenwirkungen. Ich hab an der University of Massachusetts ziemlich erfolgreich Psychologie studiert, aber es hat mir eigentlich keinen Spaß gemacht – weder mein Studium noch mein Privatleben. Als dann plötzlich eine Frau unter meinem ganzen Speck zum Vorschein kam, da hab ich wohl, na ja, ein bißchen auf den Putz gehauen, könnte man sagen.«

»Was durchaus verständlich ist.«

»Schließlich bin ich dann an der Westküste gelandet, immer auf der

Überholspur, hab mit der Band gesungen und versucht, Filmstar zu werden. Ein paar Produzenten haben auch tatsächlich Interesse an mir gezeigt, aber meistens richtete sich das eher auf meine Ohrläppchen oder meinen Busen. Schließlich habe ich Taylor kennengelernt. Sein Nachname ist übrigens West. Und von da ab habe ich mich verändert. Er ist viel unterwegs, und wir schwimmen nicht gerade im Geld. Deshalb habe ich vor ein paar Monaten Peters Angebot angenommen, ihm in Xanadu zu helfen.«

»Und was sagt er dazu, daß er bald Großvater wird?«

»Er ... ehm ... er weiß noch gar nichts von seinem Glück. Er hat Taylor gerade erst kennengelernt. Und er glaubt immer noch, daß ich im Januar mit dem Studium weitermache.«

Sarah nahm sich Zeit, sich diese Neuigkeit durch den Kopf gehen zu lassen.

»Ich hoffe, du wirst deinen Abschluß trotzdem irgendwann machen«, meinte sie schließlich. »Aber weißt du, ich finde, du solltest es Peter sagen. Vielleicht reagiert er viel offener, als du denkst.«

»Ich werde es mir durch den Kopf gehen lassen.«

»Na ja, vom rein biologischen Standpunkt aus wird er sich bald darüber wundern, weshalb sein fabelhaftes ayurvedisches Pulver auf einmal so spezifisch am Unterbauch versagt, Annalee.«

»Da hast du allerdings recht.«

»Danke. Es tut gut, wenn man merkt, daß man nach all den Jahren wenigstens einen Teil des gynäkologischen Grundwissens verinnerlicht hat. Und weißt du, wenn du es ihm sagst, wäre mir auch wohler bei dem Gedanken, daß du ihm von *unserem* Treffen erzählst. In sieben Jahre heilen die meisten Wunden – selbst bei Peter müßte das so sein. Außerdem würde es ohnehin genau wie die Sache mit deinem Bauch über kurz oder lang ans Tageslicht kommen.«

»Dein Wunsch ist mir Befehl.«

»Und dieser Wunsch ist mir wichtig. Trotzdem solltest du das tun, was du für richtig hältst. Ich denke nur, wenn du bei ihm lebst und er dich unterstützt ...«

»Ich versteh schon.«
»Andererseits glaube ich nicht, daß etwas dabei herauskäme, wenn du ihn auf die verschwundenen Briefe ansprichst.«
»Alte Geschichten.«
»Genau. Gott, ich quaßle und quaßle. Glaubst du, ich bin nervös, weil ich nach all den Jahren wieder etwas von deinem Vater höre?«
»Sagen wir mal, es wäre gut, wenn du bei meiner Entbindung etwas gelassener wärst.« Annalee lachte wieder, was ihr ohnehin hübsches Gesicht noch hübscher machte.
»Ich werde mich bemühen«, meinte Sarah. »Nur noch eins.«
»Was?«
»Wenn ich dir bei der Geburt wirklich helfen soll und wenn du deinem Kind eine möglichst große Chance geben willst, gesund aufzuwachsen, dann mußt du mit den Zigaretten aufhören.«
Annalees Mandelaugen wurden schmal.
»Muß es ausgerechnet das sein?« fragte sie.
Sarah nickte entschieden. »Ja, ich fürchte, es muß sein.«
»Na gut, okay. Ab heute ist Schluß mit dem Rauchen.«
»Hervorragend.« Sarah blickte auf ihre Armbanduhr. »Hör zu«, sagte sie, »ich muß zurück in die Klinik. Aber wenn du mich ein Stück begleiten kannst, würde ich dir gern wenigstens ansatzweise meine Version der damaligen Ereignisse erzählen.«
»Das brauchst du nicht.«
Sarah hakte sich bei Annalee unter. »Ich weiß«, sagte sie.
Als sie am Tor des MCB-Campus angekommen waren, hatte Annalee den Arm um Sarahs Schulter gelegt und schüttelte traurig den Kopf.
»Das überrascht mich alles nicht besonders«, meinte sie. »Er ist wirklich kein übler Kerl, aber manchmal ziemlich schwierig. Und da wir gerade von Überraschungen reden – es wundert dich bestimmt auch nicht besonders, wenn ich dir sage, daß Henry McAllister noch genauso zu Peter aufblickt wie eh und je. Er war gerade in Xanadu zum Essen und entwirft einen Brunnen für den Rasen am Tor.«

»Du hast ganz recht«, antwortete Sarah. »Das überrascht mich nicht ...«
Der Satz blieb unvollendet. Zwar hatte Sarah den Bildhauer nach seiner Operation ein paarmal in der Klinik besucht, aber er hatte nie durchblicken lassen, ob er wußte, daß sie ihm das Leben gerettet hatte. Sie wußte es, das war das einzige, was zählte – jedenfalls hatte sie das damals geglaubt.
»Also«, sagte Annalee und wechselte abrupt das Thema, »ich jedenfalls werde es mir in den nächsten Monaten sehr, sehr gutgehen lassen, und meinem Baby da drin ebenfalls. Ich werde aufhören zu rauchen und zu trinken und bis in die Puppen aufzubleiben und Schokoriegel zu naschen und – sag mal, muß ich auch aufhören zu ...?«
»Nein«, grinste Sarah, »nein, damit kannst du fast bis zum Schluß weitermachen.«
»In diesem Fall siehst du vor dir eine Frau am Beginn einer perfekten Schwangerschaft.«
»Ein Fall wie aus dem Lehrbuch. Hör zu, wo du schon mal hier bist – geh doch einfach gleich bei der ambulanten Schwangerschaftssprechstunde vorbei. Danach läßt du dich als Patientin registrieren und die routinemäßigen Blut- und Urintests machen, das geht ganz nebenbei. Ich hab auch Zeit, eine kurze Untersuchung zu machen, nur um ganz sicherzugehen, daß alles in Ordnung ist. Danach statten wir meinem Spind einen Besuch ab, da habe ich nämlich einen Vorrat von dem Pflanzenmittel, das viele meiner Schwangeren einnehmen. Du solltest am besten gleich damit anfangen. Das heißt, wenn du was Organisches dem Zeug aus der Pharmafabrik vorziehst.«
»Ich bin immer noch die Tochter meines Vaters«, erwiderte Annalee. »Außerdem, wenn du mir etwas empfiehlst, dann richte ich mich danach. Schließlich bist du ja meine Ärztin.«

* * *

Rosa Suarez legte den letzten Kleiderstapel in die Kommode aus Ahornholz und stellte die gerahmten Fotos von ihrem Mann Alberto, ihren drei Töchtern und den vier Enkelkindern auf den Nachttisch mit dem Spitzendeckchen. Von der Liste, die man ihr in Atlanta ausgehändigt hatte, hatte sie sich eine Pension ausgewählt; die Unterkunft war alles andere als luxuriös, aber einigermaßen gemütlich, und vor allem war das Medical Center of Boston bequem zu Fuß zu erreichen.

Nach fast fünfundzwanzig Berufsjahren und Dutzenden von Feldstudien war ihr das Ein- und Auspacken so vertraut wie ihr Morgenmantel. Aber ihr momentaner Auftrag war etwas Besonderes. Ob kurz oder lang, ob mit signifikanten Ergebnissen oder ohne – diese Ermittlung würde ihre letzte sein. Sie hatte ihr Kündigungsschreiben auf dem Tisch ihres Chefs hinterlassen und Alberto fest versprochen, daß es wirklich das letztemal war.

Endlich würden alle zufrieden sein. Ihr Mann, der mit seinen siebzig Jahren fast ein Jahrzehnt älter war als sie, konnte sich noch ein paar Jahre lang einigermaßen gesund zusammen mit ihr an seinem Ruhestand freuen. Ihre Abteilung in der Seuchenzentrale konnte eine neue Fachkraft einstellen. Und noch wichtiger: Man war dort endlich eine Kollegin los, die einige als Schande für ihren Berufsstand empfanden – diejenigen nämlich, die glaubten, die alte Lady hätte einen wichtigen Fall in den Sand gesetzt.

»Mrs. Suarez, da sind zwei Pakete für Sie gekommen. Ziemlich schwere«, rief ihre Vermieterin vor der Tür.

»Quittieren Sie sie doch bitte, Mrs. Frumanian. Aber schleppen Sie die Kisten bloß nicht hoch. Ich komme gleich.«

Nachdem feststand, daß sie den Auftrag in Boston bekommen würde, hatte sich Rosa endlose Stunden in der Bibliothek vergraben. Jetzt legte sie ihre Mappe aufs Bett und holte ihre Notizen heraus. Gewissenhafte Vorbereitung und absolute Aufmerksamkeit selbst für die kleinsten Details waren schon immer ihr Markenzeichen gewesen – die Grundlage ihrer einst ungebrochenen Erfolgsserie. Nie hatte diese Methode sie im Stich gelassen, nicht einmal

in San Francisco. Und daran würde sich auch jetzt nichts ändern, das schwor sie sich.
Sie wußte genau, daß der Abteilungsleiter ihr diesen Fall nur höchst ungern übertragen hatte. Das Fiasko mit der BART, dem Transportunternehmen der Gegend um San Francisco, hatte ihn wahrscheinlich um eine Beförderung gebracht. Seither gab er sich alle Mühe, Rosa mit Aktensortieren, Bibliographieren und dem Ordnen von kilometerlangen Computerausdrucken zu beschäftigen. Aber als der Anruf aus Boston kam, war sie die einzige verfügbare Epidemiologin gewesen. Und hier ging es um Menschenleben.
Sie zog das graue Champion-Sweatshirt über, das ihre Töchter ihr zu Weihnachten geschenkt hatten, und trabte die schmale Treppe hinunter. Mrs. Frumanian stand bei den beiden Kisten Wache, wahrscheinlich weil sie auf den Inhalt neugierig war. Sie war eine nette, rundliche Frau mit einem interessanten, faltigen Gesicht.
»Ich komme schon zurecht, Mrs. Frumanian, danke«, sagte Rosa Suarez.
»Unsinn, ich bin doppelt so groß wie Sie, und außerdem sind Sie mein Gast. Wenn Sie Bücher schleppen müssen, will ich auch Bücher schleppen.«
Mrs. Frumanian sprach mit einem ausgeprägten osteuropäischen Akzent, den Rosa aber nicht näher identifizieren konnte. Jetzt holte sie ein Obstmesser aus der Schürzentasche und schlitzte die Schachteln auf.
»Hämatologie ... Computerprogramme für Fortgeschrittene ... Differentialrechnung ... Koagulation.« Während sie sich die Bücher eins nach dem anderen unter den Arm klemmte, las sie die Titel laut vor. Ihre Aussprache war erstaunlich korrekt. »Zwei von meinen Jungen haben den Collegeabschluß gemacht«, erklärte sie. »In den Ferien haben sie immer jede Menge solcher Wälzer mitgebracht, ohne sie je zu lesen.«
»Tja, ich werde vermutlich die meiste Zeit rumsitzen und in ihnen schmökern, Mrs. Frumanian.«
So höflich wie möglich komplimentierte Rosa ihre Vermieterin aus

dem Zimmer. Nur wenn sie von Anfang an Grenzen setzte, würde sie ihre Arbeit bewältigen können. Schließlich hatte sie diese Chance bekommen, diese allerletzte Chance, doch noch einmal erfolgreich zu sein. Und diesmal würde sie niemandem trauen. Überhaupt niemandem.

KAPITEL 12

Mit einem Strauß exotischer Blumen im Wert von mindestens hundertfünfzig Dollar im Arm stieg Willis Grayson zum fünften Stock der Chirurgie empor. Seit seiner Rückkehr von der Westküste hatte ihn eine leichte Erkältung am Schwimmengehen gehindert, und so kam ihm diese Möglichkeit, sich zu bewegen, gerade recht. Ganz aufgeregt über Lisas Versprechen hatte er die Klinik am Morgen verlassen. Später hatten er und Ben Harris eine Stunde lang mit Dr. Randall Snyder gesprochen. Der Gynäkologe schien ein recht anständiger Kerl zu sein, wenn auch sicher keine überragende intellektuelle Leuchte. Aber Ben war von ihm beeindruckt, und das reichte, um Willis' Wut auf die Ärzte seiner Tochter zu besänftigen. Es milderte sogar seine Vorbehalte gegen das Medical Center of Boston. Wie es aussah, hatte man sich hier angemessen um Lisa gekümmert, vor allem, wenn man bedachte, daß Snyder und die Klinik davon ausgegangen waren, daß Lisa keinerlei Geldmittel besaß, um für die medizinischen Leistungen bezahlen zu können. Enttäuschend war, daß weder Snyder noch sonst jemand auch nur den geringsten Hinweis darauf hatte, wo die Ursache für Lisas Blutungen lag. Doch es deutete alles darauf hin, daß man sich bemühte, der Sache auf den Grund zu gehen. Grayson beauftragte Ben Harris, sich über die Namen der führenden Experten auf dem Gebiet kundig zu machen, damit sie auf den Fall angesetzt werden konnten.

Als nächstes stand am späteren Nachmittag ein Besuch bei der Leiterin der Reha-Abteilung auf Graysons Programm. Er wollte sie taktvoll darüber in Kenntnis setzen, daß er, obgleich er ihre Bemühungen zu schätzen wußte, dennoch die Spezialisten vom Rusk Rehabilitation Institute in New York mit der Auswahl und Herstellung von Lisas Prothese beauftragen würde. Als letztes wollte er sich dann – vielleicht am nächsten Morgen – mit der Assistenzärztin treffen, die angeblich am allermeisten für Lisa getan hatte. Falls diese Sarah Baldwin wirklich die eigentliche Lebensretterin war, würde er seine Leute damit beauftragen, sie angemessen und ihren Wünschen entsprechend zu belohnen.

Nach fast fünf Jahren hatte Grayson die Dinge nun endlich wieder fest im Griff, und so schritt er mit neugewonnener Energie den Korridor zu Zimmer 515 hinunter. In dem kleinen Rahmen an der Tür steckte kein Schildchen mehr. Grayson klopfte kurz und öffnete die Tür. Beide Betten waren frisch gemacht, aber es war kein Mensch im Zimmer.

»Was zum Teufel soll denn das?«

Hin- und hergerissen zwischen Sorge, Verwirrung und Wut öffnete er die beiden metallenen Nachtschränkchen und das Badezimmer. Alles sauber und leer. Als er heute morgen weggegangen war, hatte er noch versucht, Lisa in ein Einzelzimmer verlegen zu lassen. Aber man sagte ihm, alle Zimmer auf dem Stockwerk seien Doppelzimmer. Deshalb hinterließ er bei der Oberschwester die strikte Anweisung, bei eventuellen Einweisungen um jeden Preis dafür zu sorgen, daß das zweite Bett in Zimmer 515 leer blieb – er war bereit, für die Kosten aufzukommen. *Was zum Teufel war hier los?*

Er warf die Blumen aufs Bett und rannte zum Schwesternzimmer. Janine Curtis, die Schwester, mit der er schon zuvor verhandelt hatte, schien schon auf eine Konfrontation gefaßt zu sein.

»Miss Curtis«, rief Grayson, »was ist mit meiner Tochter passiert?«

Die Schwester sah ihm fest in die Augen.

»Nichts ist mit ihr passiert, Sir«, sagte sie betont geduldig. »Es geht ihr gut. Man hat sie in ein anderes Zimmer verlegt.«

»Aber wir hatten uns doch heute morgen darauf geeinigt, daß sie bleibt, wo sie ist, und daß niemand zu ihr gelegt wird.«

»Ich weiß, was Sie verlangt haben. Aber Lisa hat darum gebeten, in ein anderes Zimmer zu kommen, und wir haben ihr diesen Wunsch erfüllt.«

»Und – wo ist sie jetzt?« fauchte er.

»Ich fürchte, das kann ich Ihnen nicht sagen«, erwiderte die Schwester.

»Miss Curtis, ich bin nicht zu Spielchen aufgelegt.«

»Erstens ist mein Name *Mrs.* Curtis, und zweitens habe auch ich keine Lust auf Spielchen. Ihre Tochter will Sie nicht sehen, das hat sie uns ausdrücklich gesagt.«

»Wie bitte?«

»Ich soll Ihnen ausrichten, wenn Sie mit ihr sprechen wollen, könnten Sie morgen früh wiederkommen. Mal sehen, wie sie sich dann fühlt.«

»Verdammt, vor ein paar Stunden hat sie mir gesagt, ich soll um drei Uhr heute nachmittag wiederkommen. Also, wo ist sie?«

»Mr. Grayson, bitte mäßigen Sie sich. Unsere Patientin hat uns eine klare und eindeutige Anweisung gegeben, und wir haben die Absicht, dieser nachzukommen. Ich schlage vor, daß Sie tun, was Ihre Tochter gesagt hat, und es morgen früh noch einmal versuchen.«

»Und *ich* schlage vor, daß Sie sich überlegen, wen Sie vor sich haben.«

»Mr. Grayson, Sie haben sich heute früh wirklich sehr eindrücklich vorgestellt, das habe ich durchaus nicht vergessen. Aber Lisa ist eine erwachsene Frau, und sie trifft die Entscheidungen über ihr Leben selbst. Außerdem ist sie meine Patientin. Sie hat eine Menge durchgemacht, und ich tue alles, was ich kann, um ihren Wünschen zu entsprechen.«

Damit schenkte sie Grayson ein kühles Lächeln und machte sich wieder an die Arbeit.

Grayson starrte sie wütend an und überlegte kurz, ob er sämtliche Stockwerke durchsuchen sollte. Dann stürmte er davon.

* * *

Das erste Treffen zwischen Andrew Truscott und dem Anwalt Jeremy Mallon vor zweieinhalb Jahren hatte bei einem Spiel der Red Sox gegen die Yankees stattgefunden. Bevor Glenn Paris den Vertrag zwischen der Everwell HMO und dem MCB endgültig kündigte, hatte die Organisation das Krankenhaus für einen bescheidenen Prozentsatz ihrer stationären Fälle benutzt. Damals mietete die HMO jedes Jahr als Dankeschön für die Assistenzärzte einen Bus, lud ihn voll Bier und verfrachtete den ganzen Stab erst zu einem Picknick und dann ins Baseballstadion Fenway Park.

Da er gerüchteweise erfahren hatte, daß Andrew Truscott mit dem MCB unzufrieden war, arrangierte Mallon die Sitzordnung so, daß er neben Truscott zu sitzen kam. Beim dritten Inning hatten sie einen provisorischen Code für die Klinik und ihre wichtigsten Angestellten entwickelt und ihrer gemeinsamen Mißbilligung für Glenn Paris und seine Extravaganzen Ausdruck verliehen. Gegen Ende des fünften Inning hatte Truscott eindeutig zu verstehen gegeben, daß er nicht abgeneigt war, für bestimmte Gegenleistungen Insider-Informationen über Klinikangelegenheiten zu liefern. Und im siebten Inning hatten die beiden Männer ihre Telefonnummern ausgetauscht und ein baldiges Wiedersehen vereinbart.

Nun, etwa dreißigtausend Dollar später, kritzelte Andrew einen fiktiven Namen ins Gästebuch des Bürogebäudes Federal Plaza Nummer 100 und nahm den Aufzug zum neunundzwanzigsten Stock, wo sich die Kanzlei Wasserman und Mallon befand. Seine Beziehung zu dem Juristen stand auf wackeligen Beinen. Andrew vertraute dem Mann nicht, er fand ihn ausgesprochen unsympathisch, und obwohl Mallon viel zu glatt war, als daß man richtig schlau aus ihm wurde, hegte Andrew den Verdacht, daß seine Gefühle erwidert wurden. Trotzdem ließ es sich nicht leugnen, daß sie beide voneinander profitierten. Und mit der Information, die Andrew heute abend in der Tasche hatte, sah es ganz so aus, als würde ihre Zusammenarbeit noch eine Weile fortgesetzt.

Die Messingschilder an den Mahagonitüren zur Suite der Firma listeten vier Partner und ungefähr zwanzig Gesellschafter auf.

Jeremy Mallon war der einzige, dessen juristischem Titel noch ein Dr. med. folgte. Die Kanzlei war geräumig, es gab eine verglaste Bibliothek, einen langen Schreibtisch, an dem mehrere Sekretärinnen arbeiteten, und an der Wand hingen etliche Original-Ölgemälde, unter anderem ein Sargent, ein O'Keefe und ein kleiner Wyeth. Im Vorbeigehen überlegte Truscott, wie viele gewonnene Prozesse und wie viele Vergleiche es gebraucht hatte, um sich eine solche Sammlung leisten zu können.
Sobald er den Empfangsbereich betrat, stieg ihm der Geruch nach chinesischem Essen in die Nase. Nach kurzem Aufenthalt vor dem Sargent und einem faszinierenden Werk des zeitgenössischen Realisten Scott Pryor folgte Truscott dem Geruch den Korridor hinunter zu Mallons Büro. Zwar deutete die Vielzahl der weißen Pappkartons auf dem Teakholztisch eher auf ein Bankett hin, aber es war niemand außer Mallon anwesend.
»Kommen Sie rein, Andy, kommen Sie rein.« Mallon winkte Andrew mit den Stäbchen zu einem Sessel. »Ich wußte nicht, was Sie gern essen, da habe ich einfach von jedem etwas bestellt.«
Beim Klang der Abkürzung seines Namens zuckte Andrew zusammen. *Andy.* Er hatte diese Koseform nie gemocht. Aber in Mallons Gesellschaft blieb er stets wachsam und vorsichtig, trotz der fetten Geldzahlungen. Der Anwalt war so übertrieben freundlich, und man hatte immer den Eindruck, daß er irgendein undurchsichtiges Ziel verfolgte. Andrew war fest davon überzeugt, daß Mallon ihn ohne jeden Skrupel fallenlassen würde, wenn es seinen Zwekken dienlich war, und zwar mit demselben leidenschaftslosen Enthusiasmus, mit dem er sich jetzt über die Peking-Ente hermachte.
»Ich habe Bier und Wein im Kühlschrank – oder was Sie sonst möchten«, verkündete Mallon. »Verzeihen Sie, wenn es so aussieht, als wollte ich Sie drängeln, aber Axel hält seine Kolumne zurück, bis ich mich bei ihm melde, und in meinem Club findet nachher ein Empfang statt, bei dem ich nach Ansicht meiner Frau keinesfalls fehlen darf.«

»Kein Problem.«

In meinem Club. Auch wenn sich Andrew persönlich bei Mallon alles andere als wohl fühlte, bewunderte er doch dessen Machtposition und Lebensstil. Seit sie in Verbindung standen, hatte Andrew schon mehrmals darüber nachgedacht, wie es wohl wäre, der medizinischen noch eine juristische Karriere anzuschließen. Vielleicht würde irgendwann einmal an einem Gebäude Wasserman, Truscott und Mallon stehen.

»Haben Sie heute abend die Nachrichten gesehen?« fragte Mallon.

»Nein, ich komme gerade erst aus der Klinik.«

»Auf allen drei Sendern ist dieser verdammte Paris aufgetaucht. Ich habe es wirklich satt, den blöden Affen auf dem Bildschirm betrachten zu müssen.«

»Es kann sich alles ändern«, meinte Andrew und klopfte bedeutungsvoll mit der Hand auf seine Mappe.

»Tja, ich hoffe, Sie haben was Gutes da drin, denn allmählich wird die Zeit knapp.«

»Wie meinen Sie das?«

»Wie ich's gesagt habe. Die Konkurrenz in der medizinischen Verwaltung wird tagtäglich härter. Schon jetzt fressen die Großen die Kleinen. Niemand ist davor sicher, und alle sind aus gutem Grund paranoid. Momentan hat Everwell noch eine recht gute Position. Aber die Organisation braucht dringend Betten und Büroräume, sie kann nicht mehr allzu lange darauf warten, daß das MCB endlich den Bach runtergeht. Man sieht sich bereits nach anderen Möglichkeiten um, von denen die beste allerdings mehrere Millionen teurer wäre als ein Ausverkauf beim MCB. *Mehrere Millionen.* Und letzten Endes würde alles andere weniger Platz und Ausrüstung bringen. Wir brauchen diese Klinik einfach.«

»Ich habe läuten hören, daß im MCB massive Entlassungen bevorstehen. Ist das nicht ein Hinweis darauf, daß die finanziellen Schwierigkeiten sich verschärfen?«

»Es ist ein Riesenunterschied zwischen Gerüchten und Fakten,

Andy. Vielleicht redet man noch über Entlassungen, aber meine Quellen besagen, daß das MCB in Wirklichkeit schon wieder einzustellen beginnt. Und es kommt noch besser. Seit mehreren Jahren habe ich einen hervorragenden Kontakt zu verschiedenen wichtigen Kreditgebern des MCB, unter anderem zu der Bank, die eine der Hypotheken besitzt. Und dort habe ich erfahren, daß Paris und sein Verwaltungsdirektor Colin Smith sich seit kurzem nicht mehr so abstrampeln müssen. Sie haben sogar ein paar offenstehende Rechnungen bezahlt. Ich glaube, daß diese Stiftung dahintersteckt, von der Paris in seiner Rede gesprochen hat.«

»In dieser Rede hat er sie zum erstenmal erwähnt«, sagte Truscott.

»Und Sie sind sicher, daß er nie einen Namen genannt hat?«

»Sie haben das Band selbst gehört.«

»Ich brauche den Namen dieser Stiftung, Andy, und zwar schnell. Wenn wir wissen, mit wem wir es zu tun haben, können wir entsprechende Gegenmaßnahmen ergreifen. Wenn Paris und Smith das MCB aus dem finanziellen Tief herauswirtschaften, haben wir unsere Chance wahrscheinlich endgültig vertan. Denken Sie daran, wieviel für uns auf dem Spiel steht.«

»Sollte ich den Namen tatsächlich herausfinden«, hörte sich Andrew sagen, »dann erwarte ich aber auch, daß ein Teil der Millionen in meine Richtung fließt.«

Mallons Augen blitzten auf.

»Tun Sie sich selbst einen Gefallen, Andy«, sagte er eiskalt und ruhig, »und versuchen Sie nicht, mich unter Druck zu setzen. Okay? Liefern Sie mir einfach den Namen. Ich sorge dann schon für eine angemessene Belohnung. Wir wissen beide, daß Sie keine Zukunft in der Knuspermüsli-Klinik haben. Basta. Oder muß ich Sie daran erinnern, daß der Markt mit Chirurgen mehr als übersättigt ist – vielleicht mal abgesehen von ein paar Stellen am Arsch der Welt. Es ist ziemlich sicher, daß diejenigen, die einen Job bekommen, im Trainingsprogramm den Posten des Stationsarztes hatten. Und danach wird man in Ihrem Lebenslauf wohl vergeblich suchen. Wir sind Ihre Zukunft, Andy. Das wissen Sie, und wir wissen es auch. Also, helfen Sie uns und besorgen Sie uns diesen Namen.«

Truscott bekam einen roten Kopf. So war an Mallon nicht ranzukommen, er war ein Profi, was Macht und Manipulation anging. Aber Andrew brauchte ja nur die Augen aufzusperren und von ihm zu lernen. Seine Stunde würde noch kommen.

»Alles klar«, sagte er nur.

»Ausgezeichnet. Also, was haben Sie für mich in Ihrer Mappe?«

Andrew überreichte ihm das Blatt, das Sarah ihm gegeben hatte, außerdem die Kopien von den drei Krankenakten und ein paar Notizen, die er gemacht hatte.

»Es geht um Sarah Baldwin«, erklärte er.

»Ah, ja. Ein weiterer Dorn in unserem Auge. Die Frau ist ein echter Medienliebling geworden.«

Andrew dachte an Sarah, die zukünftige Stationsärztin, wie sie ihm in der Cafeteria gegenübergesessen und ihm ihren selbstzufriedenen Vortrag über alternative Heilmethoden gehalten hatte.

»Nun, vielleicht ist Ihr Freund Devlin in der Lage, das zu ändern«, meinte er.

Mallon überflog Sarahs Informationsblatt für Schwangere. »Blutwurz ... Monddrachenblätter ... Elefantenruh. Sind das alles irgendwelche Kräuter?«

»Ja, man kocht sie ab und trinkt sie als Tee. Wie Sie sehen, hat jeder Inhaltsstoff mehrere Namen. Baldwin empfiehlt das Zeug statt der Standardvitaminpräparate, die Schwangere sonst einnehmen. Sie behauptet, es gebe eine Studie, die man irgendwo im Dschungel gemacht hat und die beweist, daß ihre Kräuter besser sind als die ›synthetischen Vitamine‹, wie sie das nennt.«

»Faszinierend. Erzählen Sie ruhig weiter, Andrew.«

»Nun, fast alle im MCB glauben, daß das Summer-Mädchen der zweite Fall von DIC in unserem Krankenhaus war. Aber das stimmt nicht. Sie war der dritte.« Er schob Mallon den Brief des New Yorker Leichenbeschauers zu. »Wie Sie an den Krankenakten sehen werden, die ich kopiert habe, ist den drei Frauen, die an DIC erkrankt sind – den beiden, die gestorben sind, und derjenigen, die noch im Krankenhaus ist –, noch etwas gemeinsam, außer daß sie alle MCB-Patientinnen waren. Alle drei haben sich nämlich für Baldwins Pflanzengebräu entschieden.«

Mallons Gesichtsausdruck zeigte, daß keine weiteren Erklärungen notwendig waren.

»Verschreiben noch andere Gynäkologen das Zeug?« fragte er.

»Nein.«

»Woher kriegt sie es?«

»Von irgendeinem Kräuterhändler in Chinatown. Möchten Sie, daß ich es genauer herausfinde?«

»Unbedingt. Aber heute abend haben wir dafür keine Zeit mehr. Sobald wir hier fertig sind, werde ich Devlin die Unterlagen zufaxen. Sagen Sie – glauben Sie, daß dieses Pflanzengemisch das Blutungsproblem hervorgerufen haben könnte?«

»Sicher nicht als solches, nein. Aber es gibt Beispiele – viele Beispiele übrigens –, daß eine Allergie gegen eine bestimmte Substanz einen Patienten für eine andere Substanz sensibilisiert.«

»Nennen Sie mir so ein Beispiel«, verlangte Mallon, während er sich auf einem Zettel Notizen machte.

»Tja, lassen Sie mich überlegen. Manche Antibiotika – Tetrazyklin ist wahrscheinlich das bekannteste davon – verursachen bei bestimmten Patienten eine extreme Empfindlichkeit gegenüber Sonnenlicht. Die Reaktion ist noch nicht geklärt, aber sie kann sehr, sehr ernste Folgen haben. Wir haben keine Ahnung, welche von den Leuten, die Tetrazyklin nehmen, darunter leiden werden. Vielen passiert gar nichts. Also sagen wir allen, denen wir es verabreichen, sie sollen sich vor der Sonne schützen.«

»Ja, jetzt erinnere ich mich daran. Hatten Sie Gelegenheit, diese Kräuterliste genauer zu studieren?«

»Ich habe sie durchgelesen, aber das sagt mir alles nicht viel. Manche von den Pflanzen habe ich nachgeschlagen.«

»Und?«

»Es müßte sich jemand darum kümmern, der mehr Zeit hat als ich und Zugang zu einer besseren Bibliothek. Die verschiedenen Namen – wissenschaftliche, asiatische, westliche – machen die Sache reichlich kompliziert.«

»Je komplizierter, desto besser«, sagte Mallon. »Es gibt ja überall potentielle Kommunikationsprobleme. Sprachprobleme, falsche Bestellungen ...«

»Fehlende Kontrolle über eine kontinuierliche Dosierung«, fügte Andrew hinzu. »Verunreinigung durch andere Kräuter oder Pflanzenschutzmittel.«

»Erschreckend – vor allem, falls irgendeine dieser Pflanzen potentiell Blutgerinnsel verursacht.« Gedankenverloren klopfte Mallon mit seinem Radiergummi auf den Tisch. »Also, die ganze Sache hätte natürlich mehr Schwung, wenn wir in Biologie besser Bescheid wüßten«, meinte er schließlich. »Aber bis wir uns kundig gemacht haben, wird Devlin aus dem, was uns bis jetzt vorliegt, trotzdem was rausholen, denke ich. Das Material ist ein guter Anfang, Andy. Wirklich vielversprechend.«

»Das finde ich auch.«

»Noch eins. Was für eine Beziehung haben Sie zu dieser Sarah Baldwin?«

Einen Moment lang überlegte Truscott, dann sagte er: »Gar keine.«

»Tja, dann versuchen Sie, alles über sie auszugraben, was Sie finden können. Alles.« Mallon nahm zwei Umschläge von seinem Schreibtisch. »Als Anerkennung für Ihre Treue und für diese Information«, sagte er, während er sie Andrew überreichte. »Und hier ist der Brief, um den Sie den medizinischen Direktor von Everwell gebeten haben. Bei der Stellung, die Ihnen darin versprochen wird, gehen wir davon aus, daß das MCB von Everwell übernommen wird. Ohne Übernahme gibt es natürlich auch keine Stellung. Klar?«

»Klar.«

»Gut. Ich mag Klarheit. Sie machen Ihre Sache gut, Andrew, wirklich.« Damit steckte Mallon die Schriftstücke in seine Aktenmappe und ließ den Verschluß einschnappen. »Statt das ganze Zeug zu Devlin rüberzufaxen, bringe ich es ihm lieber selbst vorbei. Tut

mir leid, wenn ich den Anschein erwecke, ich wollte Sie rausschmeißen, aber meine Frau erwartet mich.«
»Kein Problem«, erwiderte Truscott im Hinausgehen. »Ich habe seit ungefähr einer Woche nicht mehr geschlafen, da ist es bestimmt besser, wenn ich versuche, ein wenig nachzuholen – vor allem, da ich mich morgen früh mit Willis Grayson treffen soll.«
»Mit *dem* Willis Grayson?«
»Ja. Habe ich Ihnen nichts davon erzählt? Gott, das war aber dumm von mir. Ich wollte es gleich erwähnen, als ich gekommen bin, und dann war ich so in Anspruch genommen ...«
»Was wollten Sie mir denn erzählen?« Mallon war stehengeblieben.
»Das Mädchen, das die DIC überlebt hat und noch im Krankenhaus liegt ...«
»Ja?«
»Wie sich herausgestellt hat, ist sie Willis Graysons Tochter.«
»Wie bitte?«
»Ich kenne nicht die ganze Geschichte, aber anscheinend hat sie seit Jahren eine Art Hippie-Existenz unter dem Namen Lisa Summer geführt. Heute morgen ist Grayson plötzlich mit dem Hubschrauber aufgetaucht. Er hat mit jedem Arzt, der etwas mit seiner Tochter zu tun hatte, einen Termin vereinbart.«
»Warum?«
»Das weiß ich wirklich nicht. Vermutlich will er rausfinden, was genau passiert ist. Jedenfalls soll ich ihn um elf morgen vormittag treffen.«
Mallon rieb sich gedankenverloren das Kinn.
»Wissen Sie, wo er wohnt?« fragte er dann.
»Grayson? Nein, keine Ahnung.«
»Macht nichts. Das krieg ich schon raus. Wie geht es seiner Tochter?«
»Sie ist total deprimiert. Aber medizinisch gesehen geht es ihr ganz ordentlich. Der Arm verheilt gut – das, was davon übrig ist.«
»Und sie hat ihr Baby verloren?«
»Ja.«

»Willis Graysons Enkelkind ...«
»Wie bitte?«
»Nichts. Nichts.« Auf einmal schien Mallon gar nicht mehr zu merken, daß Andrew da war. Er schnappte das Telefon von seinem Schreibtisch, rief Axel Devlin an und teilte ihm mit, ein Bote werde ihm in Kürze ein Päckchen vorbeibringen. Dann wählte er noch eine Nummer. »Wer ist da? Brigitte? ... Oh, Luanne, wie geht es Ihnen? Hier ist Jeremy Mallon ... Gut, es geht mir gut, danke. Hören Sie, Sie wissen doch Bescheid über den Empfang? ... Ja, also, Mrs. Mallon ist auch da, und sie erwartet mich. Wären Sie wohl so freundlich, meiner Frau auszurichten, daß ich mich leider verspäten werde? Sagen Sie ihr doch bitte, wenn ich bis zehn Uhr nicht da bin, komme ich wahrscheinlich überhaupt nicht mehr. Ja?
Danke, Luanne. Vielen Dank. Bis bald.« Er legte auf. »Ich glaube nicht, daß Mary Ellen wegen eines versäumten Empfangs siebzehn Jahre Ehe über Bord wirft«, sagte er eher zu sich selbst als zu Andrew. »Hören Sie zu, Andy, ich bleibe noch hier und erledige ein paar Anrufe. Sie finden selbst zur Tür, ja?«
»Klar. Versuchen Sie, mit Grayson Kontakt aufzunehmen?«
»Der Mann hat bestimmt Tausende von Rechtsanwälten. Aber ich bezweifle, daß einer von ihnen einen medizinischen Doktortitel besitzt. Männer wie Grayson wollen immer das Beste, und ich muß eine Möglichkeit finden, wie ich ihm beibringe, wer in diesem Rechtsbereich der Beste ist. Passen Sie auf sich auf.«
Ohne abzuwarten, bis Truscott gegangen war, eilte er zurück in sein Büro.

* * *

Wer nicht will, der hat schon

von Axel Devlin 6. Juli

Ort der Handlung: Knuspermüsli-Klinik alias Medical Center of Boston (MCB). Auf einer Pressekonferenz, an der so ungefähr jeder aus dieser Stadt teilnahm, der ein Mikrophon besitzt, informierte Glenn Paris, alias **California Dreamin'**, die Öffentlichkeit über die neuesten Probleme, die seine einst so hehre Heilanstalt befallen haben. Anscheinend gab es mehrere Fälle einer schrecklichen Blutungsstörung namens DIC, und zwar bei DREI FRAUEN – soweit wir wissen. Eine dieser armen Seelen hat ihren Arm verloren. Die anderen beiden sind tot. Und alle drei haben ihre Babys verloren. Sie sind gestorben, ehe man ihnen auf die Welt helfen konnte. **FÜNF TOTE, EINE VERKRÜPPELTE FRAU.** Das ist eine ernste Sache. Ernst und beängstigend.

Stets auf sein Image bedacht, inszenierte Paris gestern eine publikumswirksame Show mit dem unmißverständlichen Zweck, die öffentliche Besorgnis über die tödliche Epidemie zu zerstreuen. Mehrere Ärzte gaben medizinische Erklärungen ab. Paris versprach eine sofortige Untersuchung durch die nationale Seuchenschutzzentrale in Atlanta. Und last not least erklärte die Herbalistin, Akupunkteurin und Gynäkologin **Dr. Sarah Baldwin,** wie sie mit ihren zuverlässigen Akupunkturnadeln in die Bresche gesprungen ist, um in letzter Sekunde das Leben des dritten DIC-Opfers zu retten.

Nun, wie sich herausstellt, gibt es einen Umstand, den weder Dr. Baldwin noch Mr. Paris der Öffentlichkeit preisgeben wollten – möglicherweise ist dies der kritische Punkt, der die betroffenen Frauen miteinander verbindet. Sie haben alle ein spezielles **SCHWANGERSCHAFTSBEGLEITENDES PFLANZENPRÄPARAT** eingenommen, das Dr. Baldwin selbst zusammenstellt. Es besteht aus neun verschiedenen Kräutern und Wurzeln mit Namen wie **Elefantenruh** oder

MONDDRACHEN. Unsere gute Frau Doktor empfiehlt das Produkt ihren Patientinnen in der ambulanten Schwangerschaftssprechstunde, und zwar anstelle von wissenschaftlich erprobten (und von der Gesundheitsbehörde kontrollierten) schwangerschaftsbegleitenden Vitaminpräparaten. Jetzt sind zwei der Patientinnen, die das **SCHWANGERSCHAFTSBEGLEITENDE PFLANZENPRÄPARAT** eingenommen haben, tot, und eine ist verstümmelt. Ein Zufall???

Nun, ich habe das alles einem Freund von mir, einem Pharmazeuten vorgelegt. Er kann es noch immer nicht fassen, und er hat uns versprochen, sich mit der Liste von Dr. Baldwins Kräutern und Wurzeln näher zu befassen und entsprechende Nachforschungen anzustellen. Aber bis jetzt hat leider auch er keine Antwort auf Fragen wie: Woher kommen diese Kräuter und Wurzeln? Wer kontrolliert sie auf **Verunreinigungen**? Wer überwacht ihre Zusammenstellung? Unglaublich, was in einem Krankenhaus alles passieren kann, wenn es sich allzuweit aus den erforschten Gewässern der anerkannten Schulmedizin entfernt. Tja, bleiben Sie dran ... Und behaupten Sie später nicht, der alte Axel Axtmann hätte Sie nicht gewarnt.

KAPITEL 13

6. Juli

Sarah stand im Operationssaal unter einem kalten blauen Licht. Sie führte einen Kaiserschnitt durch, und zwar vor einem Publikum, das aus all den Menschen bestand, mit denen sie im Lauf der letzten, so ereignisreichen Woche etwas zu tun gehabt hatte.

»Tut mir leid, Ihr Baby ist tot«, sagte sie zu der Patientin, deren Gesicht unter einem Tuch versteckt war. Dann wandte sie sich zu den Zuschauern und verbeugte sich. »Tut mir leid, das Baby ist tot. Tut mir leid.«

Glenn Paris lächelte anerkennend, und auch Randall Snyder und Annalee Ettinger strahlten. Alma Young – in Schwesterntracht – applaudierte und warf Sarah Kußhändchen zu. Mehrere Reporter von der Pressekonferenz winkten ermutigend, andere fotografierten. Mit großer Geste zog Sarah das Tuch beiseite – und sah sich selbst, die Augen nur noch blutige Höhlen, der Mund weit aufgerissen in einem stummen Schrei der Todesangst.

Schweißgebadet fuhr sie hoch. Es war halb fünf Uhr morgens.

Zitternd stieg sie aus dem Bett und zog den Morgenmantel über. Dann brühte sie sich einen Tee auf und ließ Wasser in die Badewanne laufen. Nicht nur der Inhalt ihres Traums machte ihr angst, sondern die Tatsache, daß sie ihn überhaupt geträumt hatte. Früher hatte sie oft unter Alpträumen gelitten. Das häufigste Szenario, das manchmal zwei-, dreimal pro Woche auftauchte, bestand darin, daß sie gefesselt, geknebelt und absolut wehrlos war. Von da an ging es unterschiedlich weiter: Sie wurde mit

Messerstichen traktiert, zusammengeschlagen, erwürgt, in einen Abgrund gestoßen, ins Meer geworfen. In all den schrecklichen Träumen sah sie nie das Gesicht ihres Angreifers. Ein paarmal verbrannte der Mann – sie bezweifelte nie, daß es ein Mann war – sie mit Zigaretten. Manchmal verfolgten sie diese Alpträume so, daß sie ihr Leben beherrschten und Sarah überhaupt nicht mehr einschlafen wollte.

Ungefähr mit fünfzehn schlug eine besorgte Lehrerin ihr vor, sie solle psychologischen Rat suchen. Für die Therapeutin bestand kein Zweifel – ein Ereignis in Sarahs Vergangenheit verursachte die Ängste. Sie versuchte alles, um an die Wurzel des Übels zu kommen. Aber Sarahs Mutter, die bereits tiefer und tiefer in ihren Wahn versank, konnte nicht viele nutzbringende Informationen beisteuern.

Daraufhin schickte die Psychologin Sarah zur Hypnose. Einmal nahm sie sich sogar eigens einen Tag frei, um Sarah nach Syracuse zu einem Termin im dortigen Universitätskrankenhaus zu bringen. Nichts half. Sarah konnte sich an kein Ereignis ihrer Kindheit erinnern, das solch groteske und beeinträchtigende Phantasien erklärt hätte.

Im College kamen die Träume seltener, waren aber nicht weniger furchteinflößend. Sarah versuchte es wieder mit Psychotherapie und Hypnose und nahm sogar ein Medikament, das, wie der Arzt ihr erklärte, ihren Schlafrhythmus verändern sollte. Statt dessen veränderte sich jedoch ihr Notendurchschnitt, der in diesem Semester um fast eine ganze Note absackte.

Schließlich, nachdem sie um die halbe Welt gereist war, fand Sarah ihren Frieden. Sie half bei der medizinischen Betreuung der Angehörigen eines primitiven Bergvolks, und in jenem Dorf im Vorgebirge von Luang Chiang Dao, ein paar Kilometer von der burmesischen Grenze entfernt, entdeckte sie die Antwort auf ihre Probleme. Dr. Louis Han empfahl sie der Hilfe eines Heilkundigen, eines verhutzelten Mannes mit gebeugten Schultern, der, wie Han ihr sagte, über einhundertzehn Jahre alt war.

Der Heiler sprach einen Mandarin-Dialekt, den Sarah nicht verstand, und so brauchte sie Han als Dolmetscher. Ob ihre Alpträume von einem früheren oder einem zukünftigen Ereignis stammten, spielte gar keine Rolle, ließ ihr der weise Mann sagen. Der springende Punkt war, daß sich Sarah zu der Zeit, wenn sie einschlafen wollte, nicht entspannen konnte, sondern den Geist, der sie den Tag über begleitete, in sich festhielt. Die gräßlichen Träume wurden durch nichts anderes verursacht als durch diesen Tagesgeist, der seinen Ärger darüber ausdrückte, daß er gefangen war. Er forderte eine klare Trennung von Sarah, damit auch er sich ausruhen und erneuern konnte.

Sie brauchte lediglich am Ende jedes Tages eine gewisse Zeit in kontemplativer Ruhe zu verbringen, in der sie Kontakt zu dem Geist aufnahm, der sie durch den Tag geführt hatte, und ihn dann gehen ließ. Dann würden die Träume nicht wiederkommen, versprach der Alte.

Nicht einmal Louis Han kannte die Bestandteile des Tees, den der Heiler in dieser Nacht für Sarah zusammenbraute. Aber sie trank ihn ohne Zögern und schlief bald darauf ein. Als sie zwei Tage später erwachte, kannte sie den Tagesgeist, der in ihr wohnte: ein reiner, weißer Schwan.

Von nun an meditierte sie jeden Abend, bevor sie zu Bett ging, und oft sah sie, wie der Schwan seine Schwingen ausbreitete und davonflog. Selbst die anstrengendsten Tage endeten jetzt in Frieden. Und die Alpträume, die sie so gequält und mehrere westliche Ärzte vor ein unlösbares Rätsel gestellt hatten, waren nicht wiedergekommen – bis heute.

Das heiße Wasser, das ein paar Stunden später kaum für eine ordentliche Dusche reichen würde, lief um diese frühe Morgenstunde reichlich. Sarah ließ einen langsamen, heißen Strom in die Wanne laufen, bis sie einigermaßen sicher war, daß sie nicht mehr fröstelte. *Alles, was geschieht, hat einen Grund,* sagte sie sich. Dieser Glaube bildete eine der Säulen, auf denen ihr Leben ruhte. *Dinge geschehen, um uns etwas zu lehren oder um uns den Aufbruch in neue, wichtigere Richtungen zu erleichtern.* Als sie sich abgetrocknet hatte und wieder in ihren Morgenmantel geschlüpft war, stand ihr die Botschaft des Traums ziemlich klar vor Augen. Genaugenommen waren es sogar zwei Botschaften.

Verständlicherweise – auch wenn das durchaus nicht akzeptabel war – hatte sie zugelassen, daß die Anforderungen ihres Berufs die Oberhand über ihr Leben gewannen. Die Meditations- und Ruhezeiten, die Sarah sich zubilligte, waren zu kurz und größtenteils ineffektiv geworden. Die Verbindung zu ihrem Inneren war beinahe abgebrochen. Sarah schenkte sich selbst immer weniger Aufmerksamkeit und verließ sich zunehmend darauf, daß die Arbeit für andere Menschen ihr die Kraft verlieh, mit den Aufgaben des Tages fertig zu werden. Der Alptraum sagte ihr, daß das nicht richtig war.

Und er sagte ihr noch etwas anderes: Sie hatte lange genug im Rampenlicht gestanden. Es war etwas anderes, Vorträge zu halten, die Medizinstudenten oder anderen Ärzten zugute kamen, als Nachrichten fürs Fernsehen zu liefern. Ab heute, so beschloß sie, würde sie zu den Grundlagen zurückkehren, zu den wichtigen Dingen. Keine Kameras mehr, keine Interviews.

Sie wanderte hinüber ans Fenster. Am schiefergrauen Himmel erschien das erste Leuchten der Dämmerung und schimmerte in der nebligen Regenluft. Und noch etwas Positives hatte der Alptraum bewirkt: Er hatte ihr, bevor sie zur Arbeit mußte, Zeit für sich geschenkt, Zeit, sich zu zentrieren und eine neue Perspektive zu gewinnen. Ab morgen würde sie ihren Wecker zwanzig Minuten früher stellen, wenn sie nicht im Krankenhaus war. Sarah stellte eine Kassette mit Meeresgeräuschen an, legte ein großes Kissen auf den Boden und setzte sich in den Lotussitz.

Bitte laß mich heute die richtigen Dinge tun, dachte sie und atmete dabei tief und langsam. *Laß mich das Richtige tun, für meine Patienten und für mich.*

Ihr Atem wurde langsam und flach. Ihre Muskeln entspannten sich, ihre Gedanken wurden diffus und lenkten sie nicht mehr ab.

Da klingelte das Telefon.
Beim fünften Klingeln wußte Sarah, daß ihr Anrufbeantworter nicht eingeschaltet war, beim zehnten, daß der Anrufer hartnäckig war – oder in Schwierigkeiten steckte. Hundert zu eins, daß es eine falsche Verbindung war oder, schlimmer noch, irgendein Irrer. Trotzdem krabbelte Sarah zum Telefon bei der Couch.
»Hallo?« sagte sie und räusperte den letzten Rest Schlaf aus ihrer Stimme.
»Dr. Baldwin?«
»Ja?«
»Dr. Baldwin, hier spricht Rick Hochkiss. Ich arbeite für Associated Press und war gestern bei der Pressekonferenz.«
»Es ist außerordentlich rücksichtslos und unhöflich von Ihnen, um diese Zeit anzurufen.« Einen Augenblick spielte Sarah mit dem Gedanken, einfach aufzulegen. »Was wollen Sie von mir?« fragte sie schließlich.
»Tja, als erstes hätte ich gern einen Kommentar zu den Anschuldigungen gegen Sie in Axel Devlins heutiger Kolumne . . .«

* *
*

Lisa Grayson saß vor dem Klappspiegel an ihrem Bettischchen und versuchte, ihre Haare einigermaßen manierlich zu bürsten. In ein paar Minuten würde ihr Vater zum drittenmal ins Krankenhaus kommen. Diesmal war sie bereit, ihn zu empfangen. Gestern abend hatte sie diesen Entschluß gefaßt. Aber vor einer Stunde hatte ein Bote ihr eine goldene Halskette überbracht, auf der in eleganten Buchstaben ihr Name eingraviert war, mit einem kleinen Diamantsplitter als i-Punkt.
Wäre das alles gewesen – hätte ihr Vater weiterhin kein Verständnis für ihre Person und das, was sie sich wünschte, gezeigt –, hätte sie ihn vielleicht wieder weggeschickt. Aber dem Geschenk hatte ein Brief beigelegen. Er war auf dem Briefpapier ihrer Mutter geschrie-

ben, das diese sich vor Jahren hatte anfertigen lassen, mit einer Radierung von Stony Hill, ihrem Haus. Lisa hatte die Bürste beiseite gelegt und darüber nachgedacht, ob ihr Zimmer wohl noch so aussah wie früher. Dann las sie noch einmal, was ihr Vater geschrieben hatte.

Liebe Lisa,
ich weiß, daß Du wütend auf mich bist, wegen all dem, was ich getan habe. Ich weiß, vieles davon hat Dich verletzt. Es tut mir sehr, sehr leid, daß ich mir nie die Zeit genommen habe, Dich besser zu verstehen. Ich brauche Dich. Bitte verzeih mir und komm zurück in mein Leben. Ich verspreche Dir, daß Du die Bedingungen stellen wirst.

Ich liebe Dich
Daddy

Es tut mir leid. Fünf Jahre. Fünf Jahre ihres gemeinsamen Lebens waren nutzlos verstrichen. Wenn er doch nur begriffen hätte, daß dies die Worte waren, die sie hören wollte. *Es tut mir leid ... Ich brauche dich.* Lisa berührte den Verband an ihrem verstümmelten Arm. Jetzt brauchte sie ihn auch, ihren Daddy. Vielleicht hatte sie ihn schon immer gebraucht.

Das Telefon unterbrach ihre Gedanken.

»Hallo?«

»Lisa, hier ist Janine vom Schwesternzimmer. Ihr Vater ist wieder da.«

»Gut. Es ist Zeit. Könnten Sie ihn bitte hereinschicken?«

Als Willis Grayson klopfte und eintrat, war Lisa aufgestanden und sah ihm entgegen. Er hielt eine Rose in der einen und eine Zeitung in der anderen Hand. Eine Weile blieb er in der Tür stehen und sah seine Tochter nur an, dann warf er die Zeitung auf den Fußboden und die Blume aufs Bett, rannte auf sie zu und schloß sie in seine Arme.

»Du kannst dir ja gar nicht vorstellen, wie ich dich vermißt habe«, sagte er.

»Daddy, du hast in deinem Brief geschrieben, daß es dir leid tut, wie du mich behandelt hast – daß du mich weggetrieben hast. Mehr wollte ich nie hören.«

»Ich möchte dich mit nach Hause nehmen. Heute noch.«

»Ich glaube nicht, daß man mich vor morgen entläßt.«

»Sie entlassen dich auch heute, wenn du es willst. Ich habe schon mit Dr. Snyder und Dr. Blankenship gesprochen. Dein Blutbild ist wieder normal, und die Fäden können auch in unserer Klinik gezogen werden.«

»Wie sieht mein Zimmer aus?«

»In Stony Hill?«

»Ja.«

»Na, es ist ... es sieht aus wie immer. Wie an dem Tag, als du ... wie es immer war. Kommst du mit?«

»Ich muß zu Hause noch meine Sachen packen, und ich will mich von meinen Mitbewohnern verabschieden.«

»Tim und ich können dir dabei helfen«, schlug Grayson aufgeregt vor. »Deine Freundin Heidi ist immer willkommen und kann solange bei uns wohnen, wie sie möchte. Ich habe mich schon ein paarmal mit ihr unterhalten. Sie ist ein sehr netter Mensch.«

»Können wir gleich gehen?«

»Wir sagen den Schwestern Bescheid, und sobald deine Ärzte hier waren und das Formular ausgefüllt haben, sind wir weg.«

»Ich möchte noch mit Dr. Baldwin sprechen, ehe wir gehen.«

Graysons Gesicht wurde hart. »Lisa, könntest du dich ein paar Minuten setzen? Wir müssen über etwas sprechen.«

Er überreichte seiner Tochter den Herald, der bereits bei Axel Devlins Kolumne aufgeschlagen war.

»Zwei Frauen sind gestorben? Ist das wahr?«

»Ich fürchte, ja. Hast du diese Kräuter auch genommen?«

»Jede Woche. Zweimal pro Woche gegen Ende der Schwangerschaft. Und die beiden anderen Frauen haben sie auch genommen?«

Grayson nickte. »Lisa, draußen stehen zwei Männer, die sich mit dir unterhalten möchten. Sie sind Anwälte. Ich möchte, daß sie uns vertreten.«

»Uns vertreten?«

Grayson deutete auf Lisas Verband. »Wenn jemand, *irgend*jemand dafür verantwortlich ist und … und für das, was mit meinem Enkelsohn geschehen ist, dann will ich, daß er dafür genauso teuer bezahlt wie du.«

»Aber Dr. Baldwin …«

»Lisa, ich behaupte nicht, daß sie dafür verantwortlich ist, ich beschuldige auch sonst niemanden. Ich möchte nur, daß du mit diesen beiden Männern sprichst.«

»Aber …«

»Schätzchen, zwei Frauen und ihre Babys sind schon daran gestorben. Wir müssen der Sache auf den Grund gehen. Für sie, für dich und vor allem für diejenigen, die vielleicht als nächste betroffen sind.«

»Wenn du mir versprichst, daß nichts ohne meine Zustimmung unternommen wird«, sagte sie zögernd.

»Ich verspreche es.«

»Daddy, ich meine das ernst.«

»Ich werde nichts ohne deine Zustimmung unternehmen. Also, sprichst du jetzt mit den beiden?«

»Wenn du es wirklich, ehrlich für gut hältst.«

»Das tue ich.«

Grayson ging zur Tür und winkte. Kurz darauf erschienen zwei Männer mit Aktenmappen. Einer war übergewichtig, der andere dünn, mit einem scharfen Gesicht und kalten, grauen Augen.

»Miss Lisa Grayson«, stellte Grayson seine Tochter vor, ganz der stolze Vater. Dann machte er eine Handbewegung zu dem Dicken. »Dies ist Gabe Priest. Seine Firma erledigt die meisten unserer Geschäfte auf Long Island.«

Der Anwalt machte einen Schritt nach vorn und wollte gerade Lisa seine rechte Hand entgegenstrecken, als ihm plötzlich be-

wußt wurde, was er tat. Rasch trat er wieder zurück und nickte ihr zu.
»Und dieser Mann wird sich um unsere Angelegenheiten in Boston kümmern«, fuhr Grayson fort und winkte den anderen Mann zu sich. »Lisa, darf ich dir Jeremy Mallon vorstellen?«

KAPITEL 14

Zum erstenmal in ihrer Laufbahn bat Sarah an diesem Nachmittag um Viertel nach eins darum, abgelöst zu werden. Der Fall – eine Tubenligatur per Laparoskopie – war eigentlich ganz unkompliziert, und sie hatte sich sogar darauf gefreut. Aber den ganzen Morgen hatte eine Konferenz die andere, ein Telefonat das nächste gejagt, eine Erklärung die andere. Und so sehr sie es auch versuchte, es gelang ihr nicht, sich so weit zu konzentrieren, daß sie sich im Operationssaal wohl fühlte.

Für einen Arzt mit Problemen, die ihn ablenken – seien sie privater oder beruflicher Natur –, gibt es keinen ungeeigneteren oder gefährlicheren Aufenthaltsort als ein Krankenhaus. Diese Anweisung hatte Sarah schon oft genug in den vorgeschriebenen Kursen über Risikovermeidung und ärztliche Verantwortung gehört. Aber sie hatte eine solche Situation bisher nie am eigenen Leib erfahren. Selbst unter den günstigsten Bedingungen, so hatte ein Professor sie gewarnt, begleitete jeden Arzt stets die Gefahr, einen schlimmen Fehler zu begehen. Diese Gefahr war wie ein Rabe, der einem auf der Schulter hockte und sich von Erschöpfung, Zeitdruck, Routine und Konzentrationsmangel ernährte. Das Scheitern einer Ehe, Geldsorgen, Alkohol, Drogen oder Anschuldigungen jeder Art erhöhten das ohnehin schon kaum vertretbare Risiko.

Eine kurze Ablenkung, das Verrutschen eines Kommas bei einer Medikationsverordnung, das Übersehen einer Veränderung bei einem unter Dutzenden von Laborergebnissen – die Möglichkei-

ten, wie es in einer Klinik zur Katastrophe kommen konnte, waren endlos und oft schwer zu erkennen.
Sagen wir, die betreffende Ärztin soll eine Operation durchführen, überlegte Sarah weiter, *und fügen wir noch hinzu, daß sie unter Streß steht, weil bestimmte Probleme, die sie direkt betreffen, von der Presse angeprangert worden sind, dann verwandelt sich der Rabe in einen Geier.* Sie nahm sich eine Tasse Tee mit in ein freies Bereitschaftszimmer, legte sich aufs Bett und versuchte, ihren dumpfen Kopfschmerz niederzukämpfen.
Auf den Anruf des AP-Redakteurs von heute früh um halb sechs waren drei weitere gefolgt, alle von Reportern, die Sarahs Meinung über Axel Devlins Kolumne hören wollten. Nach dem zehnten »Kein Kommentar« und dem vierten »Bitte rufen Sie nicht mehr an« zog sie den Telefonstecker aus der Wand.
Ein kurzer Versuch, zu ihrer Meditation zurückzukehren, erwies sich als fruchtlos. Schließlich zog sie ihren gelben Regenmantel über das Radlertrikot und schob ihr Fahrrad durch den Nieselregen zu einem kleinen Laden am Ende der Straße. Noch drei weitere Kunden waren anwesend, und Sarah fühlte sich äußerst unbehaglich, als sie für ihren Kaffee, ein Muffin und dann – so beiläufig sie konnte – für ein Exemplar des *Herald* bezahlte. In einem einsamen Ladeneingang ein Stück weiter überflog sie Devlins Artikel und las ihn dann noch einmal sorgfältig durch.
Die Kolumne ärgerte sie sehr, aber weit mehr wegen der so überdeutlichen Voreingenommenheit und der kaum verschleierten Verleumdungen als wegen ihres Inhalts. Was Devlin geschrieben hatte, beruhte im großen und ganzen auf Fakten. Alle drei DIC-Opfer hatten sich tatsächlich von Sarah in der Schwangerensprechstunde beraten lassen. Und alle drei hatten dem Pflanzenpräparat den Vorzug vor dem synthetischen Vitaminprodukt gegeben. Aber was auch immer das Blutungsproblem verursacht haben mochte, hatte nichts mit dieser Entscheidung zu tun. Die Heilkräuter, die sie verschrieben hatte, waren genau dieselbe Mischung, von der eine wissenschaftliche Studie bewiesen hatte, daß sie dem syntheti-

schen Produkt überlegen war. Sarah besaß Nachdrucke des Artikels, der auf Englisch in einem der renommiertesten Medizin-Journale Asiens erschienen war. Hätte man sie darum gebeten, wäre Sarah gern bereit gewesen, eine Kopie des Artikels zur Verfügung zu stellen.

Für Inhalt und Reinheit der Kräutermischung war Kwong Tian-Wen verantwortlich, einer der ältesten, erfahrensten und angesehensten Spezialisten für Heilpflanzen im Nordosten der USA. Die Reinheit seiner Produkte, so hätte Sarah argumentieren können, kam denen der meisten Pharmazeutika gleich oder war diesen sogar überlegen – vor allem, wenn man sie mit Generika verglich. Seit die Regierung nach Möglichkeit die Verwendung dieser billigeren Ersatzpräparate verlangte, wurden immer wieder Hersteller wegen Vertriebs minderwertiger Medikamente vor Gericht gestellt. Und oft genug hatten die betreffenden Substanzen potentiell lebensbedrohliche Auswirkungen. Dennoch bestand die Strafe für die Firmen meist lediglich in einer Verwarnung und einer minimalen Geldbuße.

Es wäre Sarah ein großes Vergnügen gewesen, solche Dinge endlich einmal zur Sprache zu bringen. Wenn Devlin seine Arbeit nur fair gemacht und auch die Gegenseite zu Wort kommen lassen hätte. Jetzt mußte Sarah womöglich eine eigene Pressekonferenz einberufen, nur um sicherzustellen, daß ihre Antwort auf seine Beschuldigungen unmißverständlich und vollständig war.

Während des ganzen Vormittags war die Atmosphäre in der Klinik ein absoluter Kontrast zu dem Beifall und dem aufmunternden Schulterklopfen gewesen, die auf ihre Behandlung von Lisa Summer gefolgt waren. Als sie zur Visite in die Gynäkologie kam, waren schon überall Exemplare des *Herald* im Umlauf – im Schwesternzimmer, auf den Nachttischen der Patienten, sogar in der Personaltoilette.

Viele der Schwestern strahlten eine fast greifbare Kälte aus, hinter Sarahs Rücken wurde getuschelt, und sie sah abfällige Gesten aus den Augenwinkeln. Aber fast niemand erwähnte die Kolumne direkt – außer dem Chef der Gynäkologie, dem Verwaltungsleiter, dem Klinikchef und dem Leiter der Public Relations.

Gegen Mittag schaffte sie es, dem ganzen Irrsinn zu entkommen und Lisa zu besuchen. Wenn jemand eine persönliche Widerlegung von Devlins Behauptungen brauchte, dann sie. Das leere, blankgescheuerte Zimmer, das auf den nächsten Patienten wartete, war beunruhigend, aber noch beunruhigender war die Nachricht, daß Lisa fünfzehn Minuten zuvor mit ihrem Vater das Krankenhaus verlassen hatte, ohne einen einzigen Versuch, Sarah zu erreichen. Sie hatte auch keine Nachricht hinterlassen. Nur den Entlassungsschein hatte sie sich von Randall Snyder ausstellen lassen, und weg war sie. Eine Stunde später hatte sich Sarah dann bei der Laparoskopie ablösen lassen.

Gegen halb drei war dank eines kurzen Nickerchens und drei Aspirin der Druck in Sarahs Kopf etwas erträglicher. Sie legte ihr Exemplar des *Herald* auf den kleinen Metallschreibtisch und zog einen linierten Schreibblock aus der Schublade. Sie war schon immer eine Kämpfernatur gewesen. In der Vergangenheit hatte sie sich zweimal dazu durchgerungen, Axel Devlins Geschreibsel keiner Antwort zu würdigen. Aber diesmal würde sie seinen Schikanen nicht einfach den Rücken kehren. Sie würde ihre Position und ihre Qualifikation klar und deutlich verteidigen. Und sie würde nicht damit aufhören, bis sie Devlin und seine destruktiven, unverantwortlichen journalistischen Machenschaften bloßgestellt hatte.

In Wellesley war Sarahs Doktorarbeit sowohl wegen ihres Inhalts als auch wegen ihres Stils gelobt worden. Wieso sollte sie dann nicht eine Pressemitteilung zustande bringen, die Devlin auf seinen Platz verweisen und dazu noch schlagende Argumente für bestimmte natürliche Heilmethoden liefern würde?

Sie las Devlins Kolumne noch einmal sorgfältig durch und unterstrich die wichtigsten Worte und Sätze. Obwohl es nicht unbedingt notwendig war, hätte es geholfen, Devlins Informanten zu kennen. Glenn Paris hatte darüber gesprochen, daß permanent klinikinterne Angelegenheiten nach außen durchsickerten, und er hatte sogar mit Kündigung gedroht, falls der Verantwortliche gefunden wurde. War die heutige Kolumne das Ergebnis von weiteren derartigen Spitzeldiensten, oder versuchte jemand, Sarah ganz speziell zu schaden?

Schwangerschaftsbegleitendes Pflanzenpräparat ... neun verschiedene Wurzeln und Kräuter ... Elefantenruh ... Monddrachen ...

Bestand die Möglichkeit, daß eine ihrer Patientinnen mit dem Informationsblatt, das Sarah in der Schwangerensprechstunde verteilte, zu Devlin gegangen war? Das ergab keinen Sinn. Sie hatte weder den Tee noch seine Bestandteile geheimgehalten. Und niemand – nicht einmal Devlin – hatte je das geringste Interesse daran gezeigt. Bis heute.

Jetzt sind zwei der Patientinnen ... tot und eine verstümmelt ...

Sarah kratzte mit dem Stift gedankenverloren über eine Ecke des Blocks. Wer wußte, daß sie alle drei Opfer in der Schwangerensprechstunde behandelt hatte? Wer hatte Zugang zu ihren Krankenakten? Hätte Devlin einer anderen Quelle vertraut als einem Arzt?

Woher kommen diese Kräuter und Wurzeln? Wer kontrolliert sie auf Verunreinigungen? ... Wer überwacht ihre Zusammenstellung? ...

Selbst Devlins Fragen klangen professionell. Jemand hatte ihm die Worte in den Block diktiert. Und dieser jemand mußte ein Arzt gewesen sein. Ein paar Minuten lang schloß Sarah die Augen und durchstöberte ihr Gedächtnis, sortierte Fakten und Möglichkeiten.

»Nein«, flüsterte sie dann auf einmal. »O nein.«

Sie schleuderte ihren Stift an die Wand, packte ihren Arztkittel und rannte aus dem Zimmer.

»Warum, Andrew?« rief sie, während sie die Treppe hinuntersauste. »Warum, um Himmels willen?«

* * *

»Wegen des Geldes natürlich«, antwortete Truscott schlicht.
Sarah schlug mit der Faust auf den *Herald* und traf mitten in Devlins skizziertes Konterfei. »Andrew, ich weiß, daß du Glenn nicht magst, daß du das ganze Krankenhaus nicht leiden kannst. Aber du bist seit über zwei Jahren mein Freund. Und dann tust du mir so etwas an – für Geld?«
»Nicht für irgendwelches Geld, Schätzchen – für eine Menge Geld. Und was unsere Freundschaft angeht – der letzte Freund, an den ich mich erinnere, hat mir in der vierten Klasse das Fahrrad geklaut und es einem Mädchen geschenkt, das er toll fand.«
»Oh, Andrew.«
»Du wirst damit fertig. Du bist wahrscheinlich die kompetenteste Frau, die ich kenne. Und denk dran, schlechte Publicity gibt es im Grunde nicht – Publicity ist immer gut. Der Artikel lenkt also die Aufmerksamkeit der Öffentlichkeit auch auf deine Anliegen.«
»Das ist Unsinn, und das weißt du genau. Wer hat dich bezahlt? Devlin? Everwell?« Sarah funkelte ihren Kollegen wütend an.
»Es geht dich überhaupt nichts an, wer mich bezahlt hat«, antwortete Truscott. »Weißt du, Sarah, ich hab keine Lügengeschichten erzählt. Die drei Frauen waren wirklich bei dir, und du hast ihnen wirklich deinen kleinen Zaubertrank gegeben.«
»Andrew, bevor du einen Kerl wie diesen Devlin mit Informationshäppchen fütterst, hättest du dir wenigstens die Zeit nehmen können, mit mir zu sprechen oder die Untersuchungen über mein Präparat zu lesen. Du weißt, daß das, was du getan hast, falsch ist. Kannst du das nicht wenigstens zugeben?«
»Ich will dir mal was sagen«, entgegnete Truscott plötzlich heftig. »Ich gebe zu, daß das, was ich gemacht habe, falsch war, wenn du zugibst, daß du den Leuten hier seit dem Tag deiner Ankunft auf die Nerven gefallen bist und dich immer für etwas Besseres gehalten hast als wir armen, beschränkten Anhänger der Schulmedizin. Du marschierst durch die Gegend mit deiner selbstherrlichen Wenn-ihr-die-Geheimnisse-kennen-würdet-die-ich-kenne-, deiner Wenn-doch-nur-alle-solch-vollkommene-Ärzte-wären-wie-

ich-Einstellung, die fast alle in dieser Klinik als Bedrohung empfinden.«
»Aber ...«
»Laß mich ausreden! Vielleicht glaubst du ja tatsächlich, daß du uns allen hilfst, bessere Ärzte zu werden. Aber selbst hier, selbst in der Knuspermüsli-Klinik, wo beinahe alles durchgeht, hält man dich für eine arme Irre. Die Frauen im Ärzteteam halten dich für unprofessionell, die Männer sind so von dir eingeschüchtert, daß sie dich meiden wie Schiffskapitäne einen Eisberg. Also, bevor du auf mich losgehst, solltest du vielleicht erst mal vor deiner eigenen Tür kehren.«
Sarah merkte, daß sie den Tränen gefährlich nahe war. Dieser Mann hier tat ihr Unrecht, soviel stand fest. Und trotzdem brachte er es fertig, sie in die Defensive zu drängen. In den ganzen Jahren im MCB hatte sie sich vom medizinischen Team, egal ob es Männer oder Frauen waren, stets respektiert und angenommen gefühlt. Viele, wie beispielsweise Alma Young, hatten Sarah ihr Wohlwollen sogar ausdrücklich mitgeteilt. Ihre Leistung wurde ständig als eine der besten unter den Assistenzärzten gelobt. Nach zwei Jahrzehnten Einzelpraxis zog Randall Snyder *sie* für eine Partnerschaft in Erwägung. Warum nahm sie sich das, was dieser – dieser zweite Peter Ettinger sagte, so zu Herzen?
Sie biß sich auf die Lippe, bis sie sicher war, daß sie die Tränen unter Kontrolle hatte. Dann packte sie den *Herald,* stand auf und machte sich auf den Weg zur Tür.
»Wo gehst du hin?« wollte Truscott wissen.
»Ich gehe wieder an die Arbeit.«
»Und was willst du jetzt unternehmen?«
»Wenn du damit meinst, ob ich zu Glenn gehe, lautet die Antwort, ich weiß es noch nicht.«
»Man wird mich nicht rausschmeißen. Nicht ohne hieb- und stichfeste Beweise.«
»Andrew«, entgegnete sie, »im Moment habe ich dank deiner Machenschaften ganz andere Sorgen.«

KAPITEL 15

Der Trainingsraum, eine große Sonnenterrasse auf der Rückseite des Great House, war mindestens so gut ausgerüstet wie die meisten offiziellen Fitneßstudios. Obgleich Annalee Ettinger nicht annähernd so fanatisch Sport trieb wie ihr Vater, kam sie fast jeden Tag hierher. Es gab einen Multitrainer, ein Hantel-Set, einen Stepper, ein Trimmrad, ein Laufband, außerdem ein Strudelbecken, eine Ballettstange, Turnmatten und eine Sauna. Heute hatte Peter gerade eine Stunde mit seinem Trainer hinter sich und machte noch ein paar Extraübungen mit Gewichten. Annalee tat so, als trainierte sie am Universalgerät, wartete aber in Wirklichkeit auf den geeigneten Moment für ein Gespräch.

Obwohl sie ihrem Vater nicht mehr soviel Ehrfurcht und Angst entgegenbrachte wie früher, fühlte sie sich auch nicht besonders entspannt in seiner Gegenwart. Und obwohl sie ihn gut genug kannte, um sich in den meisten Situationen seine Reaktion vorstellen zu können, tappte sie völlig im dunkeln, was er zu den Eröffnungen sagen würde, die sie ihm heute zu machen hatte.

Sie warf einen Blick zu ihm hinüber und war wieder einmal beeindruckt: Mit seinen achtundvierzig Jahren hatte er den Körper eines Dreißigjährigen. Er trainierte seine Kraft und seine Beweglichkeit wie ein Besessener und machte dazu noch vierzig Minuten pro Tag Tai Chi für das innere Gleichgewicht. Weder beruflich noch privat war er an Mißerfolge gewöhnt. *Wie würde er die Entschlüsse seiner Tochter beurteilen?*

Annalee war zwei Jahre alt gewesen, als Peter sie aus Mali geholt hatte. In seiner Darstellung der Adoption ließ Peter keinen Zweifel daran, daß er ihr damit auch das Leben gerettet hatte. Annalees Mutter war an der Ruhr gestorben und die Überlebenschancen des Kindes gering.

»Ich hätte am liebsten sämtliche Waisenkinder im Dorf mit heimgenommen«, erzählte Peter des öfteren. »Aber das ging natürlich nicht: Deshalb zog ich alle möglichen Faktoren bei allen möglichen Kindern sorgfältig in Erwägung, und dann habe ich dich ausgewählt, weil du mein Bein nicht losgelassen hast.«

Von Anfang an hatte er bei Annalee die gleichen Leistungs- und Erfolgsmaßstäbe angelegt wie bei sich selbst. Vielleicht war das nicht fair, aber andere Maßstäbe kannte Peter nicht. Während ihrer gesamten Schulzeit bereiteten ihm Annalees Gewichtsprobleme und ihre Trägheit große Sorgen. Obwohl sie sich stets von ihrem Vater beurteilt und fast immer unzulänglich fühlte, bezweifelte sie nie, daß sie ihm viel bedeutete.

In den zwanzig Jahren ihres gemeinsamen Lebens war Peter mit vielen verschiedenen Frauen befreundet gewesen, hatte mit zwei von ihnen zusammengelebt und eine geheiratet. Aber Annalee hatte sich nie zurückgesetzt gefühlt. Und nun, nach all den rebellischen Jahren, in denen sie nichts von ihm wissen wollte, hatte er sie aufgenommen, sich um sie gekümmert und zu einem Teil von Xanadu gemacht – zu einem Teil seines Traums.

Das »Holistische Gesundheitszentrum Xanadu« entstand auf 150 Acres Wald und Ackerland, durch das sich jahrhundertealte Feldmäuerchen zogen. Das Great House, ein verwinkeltes Gebäude mit dreizehn Zimmern, stammte aus dem Jahr 1837. Als Peter das Anwesen kaufte, war es so verfallen, daß viele Architekten es für nicht mehr restaurierbar hielten. Aber Peter hatte bewiesen, daß sie sich irrten. Jetzt war das Haus mit seinen fast drei Meter hohen Decken und originalgetreuen Schnörkeln ein echtes Schmuckstück und das Zentrum von Xanadu. Peter hatte Annalee im Erdgeschoß ein kleines Büro zur Verfügung gestellt und sie zur stellvertretenden Direktorin für Marketing und Public Relations gemacht. Sie hatten beschlossen – oder eigentlich hatte eher Peter allein beschlossen –, daß Annalee Wirtschaftswissenschaften studieren würde, wenn sie im Januar an die Universität zurückkehrte. Achtzehn Monate später sollte sie dann ihren Abschluß machen. In den Ferien konnte sie weiter ihrer Tätigkeit in Xanadu nachgehen.

Doch jetzt war sie dabei, all diese sorgfältig entworfenen Pläne über den Haufen zu werfen.

»Hey, Dad, das sieht gut aus. Echt gut«, sagte sie.

Peter machte Sit-ups mit einer Fünfpfundhantel in jeder Hand. Seine Stirn und die kurzgeschorenen silbergrauen Haare glänzten von Schweiß – genau die richtige Menge Schweiß, fand Annalee. *Perfekte Transpiration,* dachte sie. *Das ist es. Das ist Peter Ettinger auf den Punkt gebracht.*

»Genieß deine Jugend, solange du kannst«, meinte er, ohne innezuhalten. »Das wird immer schwerer. Hörst du schon auf?«

»Ja, ich – ich fühle mich heute nicht so besonders.«

Peter stellte seine Bemühungen abrupt ein.

»Jetzt, wo du das sagst, fällt mir ein, daß du die ganzen letzten Tage nicht besonders gut ausgesehen hast«, sagte er, während er sich mit dem Handtuch den Schweiß abrubbelte.

Unsinn, dachte sie. Im Lauf der letzten Woche hatten sie sich bestimmt nicht länger als fünf Minuten gesehen. *Mich mußt du nicht beeindrucken, Peter. Ich bin schon beeindruckt.*

»Ein bißchen spitz, was?« neckte sie.

»Ja, ja. Genau.« Er sah in ihr feines Ebenholzgesicht. »Oh, sehr komisch.«

Annalee rief sich ins Gedächtnis, daß der Humor ihres Vaters weit weniger ausgeprägt war als die meisten seiner anderen Eigenschaften. Am besten hielt sie sich auf diesem Gebiet ein wenig zurück. Sie streckte ihren langen, schlanken Körper und fragte sich, ob er die kleine Beule unter ihrem Gymnastikanzug bemerkte.

»Mir war ein bißchen schlecht«, erklärte sie.

»Vielleicht solltest du ein bißchen Ginseng-Tee trinken.«

Er starrte zum Fenster hinaus, wo ein Laster den Hügel hinab zum Bauplatz des Amphitheaters am Ufer des Sees rumpelte.
»Und ich hatte Blähungen.«
»Dann wäre vielleicht Apfelbaumrinde mit Safran nicht schlecht.«
»Und – und ich habe seit fünf Monaten keine Periode mehr.«
Peter zuckte sichtbar zusammen und drehte sich langsam zu Annalee um. »Wie lange?«
»Fünf Monate.«
Seine Augen wurden schmal. »Dann muß ich wohl annehmen, daß du schwanger bist?«
Annalee brachte ein schwaches Lächeln zustande.
»Das wäre eine gerechtfertigte Annahme.«
»Ist es West? Der Musiker?«
»Ja. Sein Vorname ist Taylor, Dad, falls du das vergessen hast.«
»Bist du ganz sicher?«
»Wegen Taylor?«
»Nein, wegen der Schwangerschaft.«
Annalee strengte sich an, im Gesichtsausdruck und der Stimme ihres Vaters Hinweise auf das zu entdecken, was er dachte und fühlte. Auf den ersten Blick jedenfalls waren die Zeichen nicht sonderlich ermutigend.
»Ich bin ganz sicher, ich habe einen Test machen lassen. Und, Peter, bevor du die nächste naheliegende Frage stellst, möchte ich dir sagen, daß ich sehr glücklich bin und mich sehr auf das Baby freue.«
»Wie schön.«
»Bitte, sei nicht zynisch.«
Peter zog sich ein weites Frottee-T-Shirt über den Kopf. Annalee konnte zusehen, wie er die Neuigkeit verarbeitete – und das, was sie genau bedeutete. Sein Mißfallen war deutlich, aber das war wenig überraschend. Was er nicht selbst initiierte und kontrollierte, gefiel ihm in den seltensten Fällen.
»Und Taylor?« fragte er schließlich.
»Er ist immer noch viel mit der Band unterwegs. Aber früher oder später wollen wir heiraten.«

Peter schnappte sich eine Zehnpfundhantel und machte geistesabwesend ein halbes Dutzend Curls, erst mit dem einen, dann mit dem anderen Arm.

»Liebst du ihn?« erkundigte er sich unvermittelt.

Die Frage erschreckte Annalee – vor allem die Tatsache, daß ihr Vater sie stellte, bevor er sich nach Taylors Einkommen erkundigte.

»Ja ... ja, ich liebe ihn sehr.«

»Und er meint es ernst mit seiner Musik?«

»Ja, sehr ernst.«

Annalee traute ihren Ohren nicht. Jahrelang hatte sie gedacht, diese Seite ihres Vaters sei für zahlende Klienten reserviert.

»Ein Freund – das heißt, eigentlich ein Patient von mir – ist Vizepräsident bei Blue Note Records. Kennst du die Plattenfirma?«

»Die bringen nur die besten Jazzmusiker raus.«

»Ich könnte Taylors Band einen Vorspieltermin verschaffen.«

»Peter, das wäre wunderbar.«

»Nach der Hochzeit.«

»Das ist eine Entscheidung, die ...«

»Und wenn mein Freund die Gruppe gut findet, würde ich die Produktion ihrer Platte unterstützen.«

»Aha.«

»Vorausgesetzt, daß ihr zwei euch mit eurem Kind hier in Xanadu niederlaßt – wenigstens, bis ihr finanziell auf eigenen Füßen steht.«

»Das ist ein sehr großzügiges Angebot.«

»Annalee, du bist mein einziges Kind. Ich möchte, daß du ein gutes Leben hast.«

»Verstehe«, antwortete sie, immer noch überrascht und ein bißchen verwirrt von seiner Reaktion. »Ich weiß nicht, ob Taylor mit deinen Bedingungen einverstanden ist. Aber ich denke schon.«

»Ich auch«, bestätigte Peter. »Und ich möchte natürlich auch, daß das Baby hier in Xanadu zur Welt kommt. Wir lassen die besten Hebammen für dich kommen.«

»Peter, ich – ich habe beschlossen, daß ich das Baby in einer Klinik unter ärztlicher Betreuung zur Welt bringen will.«

»Ach ja?«

Annalee hatte das Gefühl, daß ihr Vater genau wußte, was sie als nächstes sagen würde. »Ich war schon dort. Sie ist bereit, mich als Patientin zu nehmen.«

»Sie?«

Annalee seufzte. »Sarah. Sarah Baldwin. Ich war bei ihr im Krankenhaus.«

Die erwartete Explosion blieb aus.

»Ich weiß«, sagte Peter nur.

»Was?«

»Ich hab dich in den Abendnachrichten im Publikum gesehen, bei der Pressekonferenz. Du bist eben eine auffallende Erscheinung – obwohl diese Beschreibung deiner Schönheit keineswegs gerecht wird.«

»Und warum hast du mir nichts davon gesagt?«

»Ich sage es dir doch gerade. Jetzt, wo ich weiß, worum es bei deinem Besuch ging, sage ich sogar eine ganze Menge. Ich werde nicht zulassen, daß mein Enkelkind in einem bakterienverseuchten, desinfektionsmittelstinkenden, fehleranfälligen Krankenhaus auf die Welt kommt. Und schon gar nicht mit Hilfe von Sarah Baldwin.«

»Aber …«

»Annalee, auf der Bank da drüben liegt die gestrige Ausgabe des *Herald* und der *Globe* von heute früh. In beiden stehen Berichte über Sarah. Ich vermute, du hast die Artikel nicht gelesen und gestern abend auch keine Nachrichten gehört. Sonst hättest du es bestimmt erwähnt.«

Geduldig wartete er, bis Annalee die Artikel überflogen hatte.

»Hat sie dir auch diese Kräutermixtur angedreht?«

»Ja. Ich – ich dachte, du wärst mit so etwas sicher einverstanden.«

»Ich bin mit gar nichts einverstanden, was Sarah Baldwin tut oder läßt, ausgenommen vielleicht, wenn sie endlich ihre destruktiven Machenschaften sein läßt und aufhört, Medizin und Heilkunst auf Teufel komm raus miteinander vermischen zu wollen.«

»Aber ...«

»Annalee, heute nachmittag um zwei bekomme ich Besuch von ein paar Leuten. Ich denke, du solltest bei unserem Treffen dabeisein.«

»Wer sind diese Leute?«

»Sie kommen um zwei Uhr. Wir treffen uns in meinem Büro. Und bitte, kein Wort darüber zu Sarah Baldwin – jedenfalls nicht, bevor du gehört hast, was diese Leute zu sagen haben. Abgemacht?«

Annalee studierte das Gesicht ihres Vaters, seinen Schmerz und seine Wut. Ihr war immer klar gewesen, daß Sarah ihn zutiefst verletzt hatte, als sie weggegangen war. Aber erst jetzt dämmerte ihr allmählich, wie tief diese Wunde war.

»Abgemacht«, sagte sie schließlich.

KAPITEL 16

8. Juli

Lydia Pendergast beugte sich aus der Taille nach vorn und streckte langsam, ganz langsam die Hände in Richtung Fußboden. Auf einer Seite des Untersuchungszimmers standen Sarah, der Chiropraktiker Zachary Rimmer und eine von den Fachschwestern der Schmerzklinik und beobachteten sie.

»Runter und runter und immer weiter«, sagte Lydia, »wenn's nicht mehr geht, dann wird es heiter.«

Sie war eine temperamentvolle Frau Anfang Siebzig, die wegen ihrer Rückenschmerzen und der daraus resultierenden Steifheit praktisch bettlägerig geworden war. Eine Reihe von Orthopäden und Neurochirurgen hatten degenerierende arthritische Knochenwucherungen als Ursache ihrer Behinderung diagnostiziert und von einer Operation abgeraten – die Erfolgsaussichten waren gering, Lydia zu alt und die Wucherungen bereits zu weit fortgeschritten. Schließlich hatte ein Arzt sie an die Schmerzklinik des MCB überwiesen, eine multidisziplinäre ambulante Station, die inzwischen überall im Nordosten der Vereinigten Staaten anerkannt war und sich immer mehr Respekt verschaffte.

Kurz nachdem Sarah in die Klinik gekommen war, hatte sie angefangen, ihre Fähigkeiten als Akupunkteurin denen, die es wünschten, zur Verfügung zu stellen. Gewöhnlich arbeitete sie in der Schmerzklinik etwa einen halben Behandlungstag pro Woche.

Lydias Fingerspitzen berührten die Fliesen.

»Ta-da«, sang sie, ohne sich aufzurichten. »Okay, Dr. Baldwin. Das ist für Sie.«

Damit verschob sie leicht die Füße und beugte sich weiter nach vorn, bis die Handflächen flach auf dem Boden lagen. Dort verharrte sie, bis Sarah mit der alten stationseigenen Polaroid-Kamera ein Foto gemacht hatte. Unter dem Applaus ihrer Zuschauer erhob sich Lydia dann langsam wieder und versank in einen vollendeten Hofknicks.

* * *

»Gott segne euch. Gott segne Sie alle miteinander ...«
Lydia Pendergasts Worte hallten noch in Sarahs Gedächtnis nach, während sie den Kasten mit den Akupunkturnadeln die Treppe hinauf zu ihrem Spind im vierten Stock des Thayer Building trug. Ein Behandlungserfolg, eine dankbare Patientin, sinnvolle Arbeit, die erledigt werden mußte. Der Tag schien fast normal, vor allem, wenn man ihn mit den beiden vorhergehenden verglich. Noch immer benahmen sich ein paar ihrer Kollegen reichlich reserviert, was Sarah zwar unangenehm fand, aber ertragen konnte. Aber manchmal war gerade in den Momenten, in denen sie beinahe schlappgemacht hätte, jemand besonders nett zu ihr gewesen. Die Presse mit ihren gewissenlosen, gemeinen Attacken war eine andere Sache. Zu Hause ging Sarah nicht mehr ans Telefon, und in der Klinik hatte sie die Vermittlung gebeten, die Anrufe erst sorgfältig zu überprüfen, bevor sie durchgestellt wurden. Es war alles andere als lustig. Aber sie wußte, daß es vorübergehen würde wie alles andere auch.
Gerade hatte Sarah ihren Spind geöffnet, so daß sie hinter seiner Tür kaum zu sehen war, als sich der Aufzug öffnete und Andrew Truscott heraustrat. Mit raschen Schritten ging er den Korridor hinunter und geradewegs in Zimmer 421, eines der Bereitschaftszimmer, das Sarah ebenfalls oft benutzte. Es war seltsam, daß Andrew um diese Zeit eine Pause machte. Andererseits war es schon beinahe Mittag. Vielleicht hatte er Kopfschmerzen und wollte ein bißchen schlafen.

Sarah grinste bei dem Gedanken.
Wegen Sarah brauchte er sich jedenfalls keine Kopfschmerzen zu machen, denn sie hatte beschlossen, ihn nicht bei Glenn Paris zu melden. Ein paar Stunden nach der Konfrontation in Andrews Büro hatte sie sich dazu durchgerungen und es Andrew gleich am nächsten Tag mitgeteilt. Sie hatte keinen Dank erwartet und wurde in dieser Hinsicht auch nicht enttäuscht.
»Tu, was du nicht lassen kannst«, meinte er reichlich unwirsch. »Ohne Beweise und in deiner gegenwärtigen Position bezweifle ich ohnehin, daß Paris oder sonstwer sich für deine Informationen interessiert.«
Sicher, Truscott hatte recht. Sie hatte Probleme genug, auch ohne eine »Sein-Wort-gegen-meins«-Auseinandersetzung mit dem ach so patenten chirurgischen Assistenzarzt im letzten Ausbildungsjahr. Aber sie hätte ihn trotzdem gemeldet, wenn sie es für sinnvoll gehalten hätte. Sickerten weiterhin Nachrichten durch, würde sie keine andere Wahl mehr haben.
Sarah wollte ihren Spind gerade wieder zumachen, als die Lifttüren erneut aufgingen. Diesmal war es Margie Yates, eine Stationsärztin der Pädiatrie. Sie war mit dem Leiter des Sozialdienstes der Klinik verheiratet, einem sehr netten Mann, mit dem sie zwei Kinder hatte. Margie war klug und attraktiv, aber auch sehr unsicher, und sie flirtete gern und ausgiebig. Hinter ihrer Spindtür beobachtete Sarah, wie Margie ihren weißen Klinikrock glattstrich, ihr Gesicht im Spiegel ihrer Puderdose kontrollierte, leise an der Tür zu Zimmer 421 klopfte und hineinschlüpfte.
Andrew und Margie Yates! Eigentlich keine allzu große Überraschung, dachte Sarah, während sie leise die Schranktür schloß und sich auf den Weg zur Treppe machte. Andrew sprach selten von seiner Frau und seinem Kind, und Margie hatte man gerüchteweise schon das eine oder andere Verhältnis zu einem Arzt nachgesagt. Beide hatten ein ausgeprägtes Ego und ein massives Bedürfnis nach Bestätigung. Ihr Stelldichein ergab durchaus einen Sinn, auch wenn Sarah lieber keine Zeugin davon geworden wäre.

In der Cafeteria holte sie sich ein Thunfisch-Sandwich, Chips und ein Glas Ananassaft und trug dieses Mittagessen nach draußen zu einem der Campus-Tische. *Zuerst das Geständnis, daß er die Klinik betrogen hat, und jetzt Margie Yates.* In den letzten Tagen war Andrews Kurs bei ihr rapide gefallen. Sie aß schnell und ging durch das Chirurgie-Gebäude zurück in die Klinik. Andrews Name wurde durch die Flurlautsprecher ausgerufen. Er wurde in Zimmer 227 verlangt, dringend. Ein Stationsarzt im ersten Jahr namens Bruce Lonegan rannte an Sarah vorbei und die Treppe hinauf zum ersten Stock.

»Hey, Bruce, was ist los?« rief Sarah ihm nach.

»Ich weiß es nicht genau«, antwortete er aufgeregt. »Ich glaube, ein Aortenaneurysma.«

Aortenaneurysma – eine krankhafte Arterienerweiterung. Wenn es dabei zu einer Ruptur – einem Riß – kam, handelte es sich um einen der akutesten chirurgischen Notfälle. Selbst wenn Sarah dringende anderweitige Pflichten gehabt hätte, wäre sie bereit gewesen, auf einen solchen Hilferuf unmittelbar zu reagieren, und jetzt hatte sie erst in einer Stunde wieder einen Termin. *Außerdem,* so dachte sie gehässig, *ist Andrew Truscott vielleicht nicht in der besten Verfassung für eine Notfalloperation.*

In Zimmer 227 machte sich bereits das Chaos breit, das in jedem Lehrkrankenhaus mit einer Krise einhergeht. Bruce Lonegan und ein weiterer chirurgischer Assistenzarzt bemühten sich um einen älteren Herrn, dem es offensichtlich sehr schlechtging. Er war kaum oder gar nicht bei Bewußtsein, wand sich auf seinem Bett und stöhnte laut.

»Holt zehn Einheiten Kreuzblut auf Station und sorgt dafür, daß der OP bereit ist«, rief Lonegan. »Art, leg du einen Arterienzugang. Jemand soll versuchen, seinen Blutdruck zu messen! Verdammt, wo zum Teufel bleibt denn Andrew?«

»Wobei kann ich helfen?« fragte Sarah, während Andrews Name wieder aus dem Flurlautsprecher tönte.

»Der Mann ist Andrews Patient«, erklärte Lonegan. »Er ist vor drei oder vier Tagen eingeliefert worden zu einer elektiven Aneurysma-Resektion. Er hatte irgendwelche Herzprobleme, deshalb hat uns die Innere gebeten, wir sollten die Operation rauszögern, bis alles wieder unter Kontrolle ist. Morgen sollte er in den OP. Jetzt hat ihn gerade eine Schwester in diesem Zustand gefunden. Sein Blutdruck ist rapide abgefallen. Er ist nicht bei Bewußtsein. Die Bauchdecke fühlt sich hart an, bestimmt ein Aortenaneurysma. Verdammt, piepst man Andrew denn auch an, oder versuchen die es nur über das Rufsystem?«

In diesem Moment fiel Sarah ein, daß es bei den Bereitschaftszimmern im Thayer Building keine Flurlautsprecher gab.

Aus offensichtlichen Gründen hatte Andrew der Vermittlung seine Zimmernummer nicht mitgeteilt. Wenn er seinen Piepser abgestellt hatte, war er unerreichbar. *Nur ich weiß, wo er ist.* Sarah griff zum Telefon auf dem Nachttisch und bat die Vermittlung, es im Zimmer 121 des Thayer Building zu versuchen.

»Wenn Dr. Truscott nicht antwortet, rufen Sie mich bitte sofort zurück.«

Inzwischen hatte sich ein Internist zu Lonegan und dem anderen Assistenzarzt gesellt. Es war ganz eindeutig, daß sich der Zustand des Patienten weiter verschlechterte. Lonegan war seit genau einer Woche als Arzt tätig. Ohne Truscott war er verloren, und das sah man ihm auch an.

»Vielleicht funktioniert Andrews Piepser nicht«, meinte Sarah, der schlagartig klar wurde, daß sie die Sache in die Hand nehmen mußte, bis jemand mit mehr Erfahrung oder ein Chirurgie-Spezialist auftauchte. »Ich habe der Vermittlung Anweisungen gegeben, wo man Andrew vielleicht erreichen kann. Seht ihr inzwischen nach den zentralen Zugängen, verabreicht ihm Flüssigkeit, nehmt eine Doppler-Sonde, um die Pulse so gut wie möglich zu kontrollieren, legt einen Katheter und macht alles klar im OP. Warum zuckt er so?«

»Sein Blutdruck ist runter auf ungefähr sechzig«, antwortete der Internist. »Das ist der Grund.«

Obwohl sie zugeben mußte, daß ihr Kollege recht haben konnte, hatte Sarah bei seiner Erklärung ein ungutes Gefühl. Sie hatte schon viele Schockpatienten gesehen, manche mit regelrechten Krampfanfällen. Aber hier war irgend etwas anders. Ohne weitere Verzögerung überprüfte sie die Akupunktur-Pulse des Mannes. Einige fühlten sich schwach an wie ein Fadenpuls. Sarah hatte nicht genug Erfahrung, um die genaue Bedeutung dieses Befundes einschätzen zu können, aber sie vermutete, daß es sich hier um ein allgemeineres Problem handelte als um eine geplatzte Arterie – vielleicht um irgendeine Stoffwechselstörung.

Die MTA war gerade mit der Blutabnahme fertig. Sarah zog sie beiseite.

»Lassen Sie das Labor ein komplettes Blutbild erstellen, bitte«, sagte sie. »So schnell es geht. Vor allem Elektrolyte, Zucker, Kalzium, Phosphor und Magnesium.«

Das Telefon neben dem Bett klingelte. Sarah griff zum Hörer, horchte und legte wieder auf.

»Dr. Truscott wird sofort hier sein«, sagte sie.

* *
*

Es dauerte fast fünf Minuten, bis Andrew ins Zimmer stürzte. Inzwischen stand der Anästhesist am Bett, der Patient bekam eine Infusion mit nicht ganz passendem Kreuzblut, und vor der Tür warteten die Pfleger, um den Patienten auf entsprechende Anweisung sofort zum OP transportieren zu können. Die Familie des Patienten war telefonisch informiert worden. Eine Notfalloperation des Aneurysmas verringerte die Überlebenschancen des Patienten im Vergleich zu der geplanten Maßnahme beträchtlich.

»Tut mir leid«, sagte Truscott und übernahm sofort die Kontrolle. »Mein verdammter Piepser hat schlappgemacht.«

Ohne Sarah eines Blickes zu würdigen, verschaffte er sich ein Bild über den körperlichen Zustand des Mannes und ließ die Transportpfleger ins Zimmer kommen. Dann wandte er sich an Lonegan und

hörte sich dessen nervösen und etwas unzusammenhängenden Lagebericht an.
»Im OP ist alles bereit«, schloß er seine Rede. »Das Blut ist im Labor zum Bluttest und zur Kreuzblutprobe.«
»Gut, mein Junge«, brummte Truscott und hörte den Bauch des Patienten noch einmal mit dem Stethoskop ab. »Wir werden nämlich schneiden müssen, bevor du auch nur bis drei zählen kannst.«
Der Patient wurde in Windeseile auf eine Trage gelegt. Erst jetzt wandte sich Truscott an Sarah.
»Was treibt dich denn hierher, Doktor?« fragte er. »Hat dieser Mann zu allem Überfluß auch noch gynäkologische Symptome?«
Eine Krankenschwester lachte laut. Sarah behielt die Fassung, indem sie sich daran erinnerte, daß ihr dieser Mann viel zu gleichgültig war, um sich über ihn aufzuregen.
»Ich dachte, du wärst vielleicht ein wenig müde und könntest Hilfe gebrauchen«, meinte sie. »Außerdem wußte ich, wo man dich finden konnte, du hast dich in Zimmer 421 *ausgeruht.* Ich war gerade an meinem Spind, als du reingegangen bist. Nur deshalb konnte die Vermittlung dich überhaupt auftreiben.«
Truscott wurde blaß. Seine Mundwinkel zuckten.
»Danke«, brachte er mühsam hervor. »Du bist in letzter Zeit wirklich sehr nett zu mir.«
»Denk dir nichts dabei«, erwiderte Sarah und hielt seinem Blick stand.
Der alte Mann lag inzwischen auf der Trage. Mit einer Handbewegung schickte Truscott die Transportpfleger auf den Weg zum OP. Im Handumdrehen war der Raum leer, nur Sarah und eine der Schwestern blieben zurück. Der Fußboden sah aus wie ein Schlachtfeld: blutige Tupfer und Gazestreifen, Spritzenhülsen, Gummihandschuhe, leere Braunülenverpackungen und ähnliches. Sarah zog sich ein Paar Handschuhe über und begann aufzuräumen.
»Ich mach das schon«, sagte die Schwester.
»Warum? Sind Sie etwa besser dafür ausgebildet als ich?«

Die Schwester lächelte. »Danke.«
In diesem Augenblick kam die MTA ins Zimmer gestürzt, in der Hand einen Computerausdruck.
»Wo sind die denn alle?« erkundigte sie sich atemlos.
»Im OP. Warum?«
Die MTA reichte Sarah den Ausdruck.
»Der Magnesiumspiegel ist bei null Komma vier«, erklärte sie. »Der Laborchef hat mir aufgetragen, ich soll Ihnen sagen, daß er den Test zweimal gemacht hat und ...«
Doch Sarah hörte ihr schon nicht mehr zu. Sie warf einen kurzen Blick zum Telefon, überlegte es sich dann aber anders und rannte aus dem Zimmer. Ein Magnesiumspiegel von 0,4 war weit unter dem Normalwert, so niedrig, daß er das klinische Krankheitsbild vollkommen erklärte. Ein solcher Wert war in jeder Situation lebensbedrohlich und, wenn er nicht vor der Operation korrigiert wurde, mit Sicherheit tödlich. Ein naheliegender Grund war, daß der Mann die starken entwässernden Medikamente nicht vertragen hatte, die man ihm wegen seines Herzproblems gegeben hatte.
IATROGEN: KRANKHEIT ODER VERLETZUNG, HERVORGERUFEN DURCH WORTE ODER TATEN EINES ARZTES.
Unwillkürlich mußte Sarah an das Schild über Peter Ettingers Schreibtisch denken. Alles wies darauf hin, daß der verschlechterte Zustand des Patienten durch die *Behandlung* hervorgerufen worden war und nicht durch seine eigene Krankheit – durch die Diuretika, nicht durch das Aneurysma. Sarah erreichte die Tür, hinter der die Operationssäle lagen, gerade als man den alten Mann in einen OP schob.
»Andrew, warte!« schrie sie.

* *
*

Es dauerte nicht einmal eine halbe Stunde, bis der alte Mann auf die Magnesium-Infusionen ansprach und erwachte. Bis zu seiner Pensionierung im vorigen Jahr war Terence Cooper ein angesehener

Schiffsbauer gewesen. Er hatte ein wieherndes Lachen und ein wunderbares, zahnloses Lächeln. Als er Sarah vorgestellt wurde, bat er sie augenblicklich um ein Rendezvous. Seine Frau hätte bestimmt nichts dagegen einzuwenden, versicherte er.

»Mrs. Cooper sagt mir nämlich immer, ich soll öfter mal was Neues ausprobieren«, erklärte er.

Sarah ließ sich von ihm die Hand drücken und wandte sich dann zum Gehen. Bis zu diesem Augenblick hatte Andrew kaum ein Wort mit ihr gewechselt. Jetzt versperrte er ihr den Weg aus der Tür.

»Ich kann die Sache mit Zimmer vier-einundzwanzig erklären«, sagte er leise.

»Das ist mir vollkommen gleichgültig«, entgegnete sie. »Aber du hättest ein bißchen vorsichtiger sein sollen, als du wieder runterkamst. Wenn du nicht ... geschlafen hättest, hättest du das Blutbild vermutlich überprüft, bevor der Mann in den OP gebracht wurde.«

»Da hast du sicher recht.«

»Gut«, sagte Sarah und schob sich an ihm vorbei in den Korridor. »Ich liebe es, recht zu haben.«

»Danke, daß du meinen Hintern gerettet hast«, rief er ihr nach. »Du bist eine tolle Ärztin.«

Sarah gingen ein paar passende Antworten durch den Kopf, aber schließlich schüttelte sie nur den Kopf und ging weiter. Ihr Piepser ertönte, als sie die Gynäkologie erreichte. Sie antwortete in der Erwartung, Andrews Stimme zu hören, der noch mehr Süßholz raspeln wollte. Aber statt dessen war es Annalee Ettinger.

* *
*

Sarah saß auf der Bettkante in dem kleinen Arztzimmer und lauschte traurig Annalees Bericht über das Gespräch mit ihrem Vater.

»Ich weiß nicht, was ihn mehr aufgeregt hat«, sagte Annalee, »die

Tatsache, daß ich überhaupt einen Arzt aufgesucht habe oder daß ausgerechnet du es warst.«

»Ich bin der unwichtigste Faktor in dieser Gleichung. Ich kenne einen Gynäkologen in Worcester, der bestimmt gern eine Hausgeburt mit dir macht.«

»Peter besteht darauf, daß keine Ärzte dabeisein dürfen. Nur Hebammen. Er redet sogar davon, welche aus Mali einfliegen zu lassen.«

»Und wie fühlst du dich dabei?«

»Es tut mir leid für dich, daß dieses ganze Zeug über dich in den Zeitungen steht. Aber das hat mich nicht beeinflußt.«

»Gut.«

»Auch nicht Peters Versprechungen – das Geld, die Chance, daß Taylor Plattenaufnahmen machen kann, und alles. Aber gleichgültig, wie sehr ich es versuche, ich kann einfach nicht vergessen, was Peter für mich getan hat – von Anfang an.«

»Das verstehe ich.«

»Ich weiß, er ist nicht perfekt, aber ...«

»Annalee, du mußt mir das nicht erklären. Ich verstehe dich. Außerdem bist du ja eine gesunde Frau und großartig in Form. Ich habe keinen Grund zu der Annahme, daß es Komplikationen gibt. Ich schicke dir die Adresse des Gynäkologen in Worcester, nur für den Fall, daß du Hilfe brauchst.«

»Danke, daß du es mir so leicht machst, Sarah.«

»Unsinn.«

Ein langes, unbehagliches Schweigen trat ein.

»Sarah, da ist noch etwas«, sagte Annalee endlich. »Peter hat darauf bestanden, daß ich an einem Treffen in seinem Büro teilnehme.«

»Ja?«

»Es waren vier Männer da – und Peter. Sie wollen ihn engagieren, damit er deine Kräuter analysiert und jemanden überprüft, der Kwang oder Kwok oder so heißt. Weißt du, wer das ist?«

Sarah wurde flau im Magen.

»Ja, ich weiß, wer das ist«, sagte sie. »Und wer waren diese Männer?«

»Zwei waren Anwälte aus New York. Sie gehören zu einem gewissen Willis Grayson, dem Vater des Mädchens, dem du das Leben gerettet hast. Muß ein großes Tier sein, denn Peter hat ihn umschmeichelt wie ein junges Hündchen. Er tat so, als müßte ich diesen Mann auch kennen, aber ich habe keine Ahnung, wer er ist.«

»Und wer war der vierte Mann?« fragte Sarah. Ihre Hände, die den Hörer umklammerten, waren eiskalt.

»Auch ein Anwalt. Noch schmieriger als die beiden anderen, wenn du verstehst, was ich meine. Er heißt Mallon.«

»Den kenne ich leider auch.«

»Sarah, Peter hat ein paar ziemlich gemeine Dinge über dich gesagt. Ich glaube, das war wohl auch der Grund, weshalb ich dabeisein sollte. Er hat gesagt, du wärst nie eine so gute Akupunkteurin gewesen, wie du es dir eingebildet hättest. Ich wollte ihm sagen, er soll aufhören, ich wollte rausgehen, aber ich habe beides nicht getan. Das – das tut mir leid.«

»Annalee, das braucht dir doch nicht leid zu tun«, erwiderte Sarah. »Tu einfach das, was du für richtig hältst und verlier nicht ganz den Kontakt zu mir. Ich weiß es zu schätzen, daß du mich angerufen hast.«

»Es tut mir leid«, wiederholte Annalee.

Ohne Antwort legte Sarah auf. Sie hatte das Gefühl, wenn sie noch etwas sagte, würde sie anfangen zu heulen. Und Annalee brauchte wirklich keinen zusätzlichen Streß. *Das war doch alles vollkommen verrückt!* Als sie mit Peter zusammen war – bei der Arbeit und auch als Paar –, hatte er ihr und allen anderen ständig erzählt, sie sei eine der besten amerikanischen Naturheilkundigen und Akupunkteure, die er je gekannt hatte. Und jetzt sollte sie auf einmal eine inkompetente Pfuscherin sein.

Sarah knüllte das Kissen unter ihrem Kopf zusammen und starrte müde an die Decke. Die Wahrheit sah anders aus: Dadurch, daß sie Medizin studiert hatte, stellte sie für beide Seiten eine Bedrohung dar. Außerdem spielte es vielleicht auch eine Rolle, daß

Andrew und Peter, die Kollegen, die sie am heftigsten angriffen, beide Männer waren. Sie konnte es sich jedenfalls vorstellen.

Eine Weile weinte sie und gab sich ganz ihrem Gefühl von Einsamkeit und Isolation hin. Doch bald spürte sie, wie sich ihre Lebensgeister plötzlich um ihre Wut herum neu zu gruppieren begannen. Abgesehen davon, daß sie zwei aufgeblasenen Egos zu nahe getreten war, hatte sie sich nichts zuschulden kommen lassen. Und wenn die beiden es auf einen Kampf mit ihr anlegten, würde sie garantiert nicht kneifen. Sie griff zum Telefon und versuchte, Eli Blankenship über das Rufsystem zu erreichen. Innerhalb einer Minute klingelte das Telefon.

»Dr. Blankenship«, sagte sie. »Ich weiß nicht recht, mit wem ich sprechen oder was ich tun soll, aber ich würde mich gern so bald wie möglich mit Ihnen treffen. Ich glaube, ich habe demnächst einen Prozeß am Hals.«

KAPITEL 17

20. Juli

Sarah war ganz sicher, daß sie sich in ihrem Leben schon einmal so fehl am Platz und so unbehaglich gefühlt hatte wie heute abend, aber sie konnte sich nicht daran erinnern, wann das gewesen sein sollte. Der Milsap Room, das Konferenzzimmer des MCB, war ein langer und relativ schmaler Raum; er war mit einem dicken Plüschteppich ausgelegt, hatte eine riesige Fensterfront, von der man die Stadt überblickte, und einen Tisch aus Walnußholz mit zwanzig hochlehnigen, rotbraunen Lederstühlen. Obwohl Sarah den Raum vorher nie gesehen hatte, kannte sie ihn vom Hörensagen – hauptsächlich von den Ärzten, die sich beklagten, wie viele medizinische Gerätschaften Glenn Paris hätte anschaffen können, statt diesen Prunksaal einzurichten.

Fünf Männer – Paris, Dr. Snyder, Dr. Blankenship, Finanzchef Colin Smith und ein pedantischer Anwalt namens Arnold Hayden – saßen am einen Ende des Tisches, schlürften Drinks von der spiegelverkleideten Bar und plauderten angeregt. Auf der anderen Seite ging Sarah hin und her, sah abwechselnd in den Regen hinaus und auf ihre Armbanduhr.

Ein paar Tage zuvor hatte ein Brief von Anwalt Jeremy Mallon an Sarahs Versicherung – die Mutual Medical Protective Organization – die Angelegenheit offiziell gemacht. Lisa Grayson erhob gegen Sarah Anklage wegen eines ärztlichen Behandlungsfehlers. Zwei Tage danach beauftragte die Versicherung einen Anwalt namens Matthew Daniels mit Sarahs Fall. Das heutige Treffen fand auf seinen Wunsch statt.

Sarah hatte sich am Telefon über eine Stunde mit ihrem neuen Anwalt unterhalten, aber aus dem Gespräch hatte sie nicht besonders viel über den Mann erfahren, außer daß er aus dem Süden kam und nicht sonderlich redselig war. Das verschwommene Bild, das sie sich von ihm machte, war eher vom glatzköpfigen, bierbäuchigen, schwitzenden Hollywood-Stereotyp beeinflußt als von dem, was Daniels ihr mitgeteilt hatte.
»Sarah«, rief Paris, »kommen Sie doch und trinken Sie ein Gläschen Chablis mit uns. Wir werden noch alle ganz nervös, wenn Sie immer so hin und her marschieren.«
Sarah zögerte, wählte aber dann doch den Weg des geringsten Widerstandes und nahm das Angebot an. Wie die beiden Oberärzte hatte auch Paris sie seit der Neuigkeit von ihrem Prozeß so freundlich behandelt wie immer, aber sie spürte dennoch, daß jeder von ihnen gewisse Zweifel hegte.
»Ich frage mich, warum dieser Daniels wollte, daß wir uns hier in der Klinik treffen und nicht in seinem Büro«, brummelte Arnold Hayden. »Das ist regelwidrig. Absolut regelwidrig.«
»Haben Sie je etwas von ihm gehört, Arnold?« erkundigte sich Smith.
»Nein. Ich habe ein paar Erkundigungen eingezogen, bin aber nicht weit gekommen. Er hat in Essex studiert.«
»Nicht gerade Harvard.«
»Das kann man schon kaum mehr als Jurastudium bezeichnen«, korrigierte Hayden bissig. »Seine Firma nennt sich Daniels, Hannigan und Goldstein. Von denen hab ich auch noch nie etwas gehört, aber ein Bekannter von mir will sich ein bißchen umhören.«
»Die Versicherung würde doch sicher niemanden auf meinen Fall ansetzen, der nicht gut ist«, meinte Sarah. »Es geht doch um ihr eigenes Geld. Außerdem glaube ich nicht, daß wir einen Staranwalt brauchen, um zu beweisen, daß ich mir nichts habe zuschulden kommen lassen. Mallon baut seine Anklage lediglich darauf auf, daß diese drei Frauen mein Pflanzenpräparat genommen haben.

Aber wir haben jede Menge anderer Frauen, die trotz dieses Präparats ganz normal entbunden haben.«

»Stimmt«, bestätigte Blankenship. »Aber was wir wirklich brauchen könnten, um die Sache endgültig aus der Welt zu schaffen, wäre ein weiterer Fall von DIC – bei einer Frau, die nie etwas anderes eingenommen hat als die Standardvitamine.«

»Lieber möchte ich den Prozeß verlieren, als mit ansehen, daß noch eine Frau so etwas durchmachen muß«, widersprach Sarah.

»Natürlich, natürlich. Es ist doch klar, daß wir alle so denken. Aber wenn es doch einmal vorkommt – oder schon vorgekommen ist –, wären Sie und Ihre Mixtur umgehend aus dem Schneider.«

Sarah sah wieder auf ihre Uhr und begann von neuem umherzuwandern. Matthew Daniels hatte sich nun schon fünf Minuten verspätet. Sobald er eintraf, würde Sarah sich zwei Anwälten, zwei Medizinprofessoren und zwei Herren von der Krankenhausverwaltung gegenübersehen. Daß sie die einzige Frau war, wurde mehr oder weniger von der Tatsache aufgewogen, daß sie Ärztin war. Aber nichts kompensierte ihre Bestürzung darüber, daß jemand sie verklagte. Eigentlich hätte sie sich kaum unwohler fühlen können, wenn sie in die Einführungszeremonie einer Burschenschaft hineingeplatzt wäre. Wenn wenigstens Rosa Suarez gekommen wäre, hätte schon alles anders ausgesehen. Aber die Epidemiologin hatte sich mit dem Hinweis entschuldigt, sie wolle sich lieber aus der Klinikpolitik heraushalten und die darin involvierten Persönlichkeiten meiden.

Ansonsten schien Suarez seit ihrer Ankunft mehr oder weniger im MCB zu wohnen. Sie war Sarah dort schon zu jeder Tages- und Nachtzeit über den Weg gelaufen; mit einem Grundriß in der Hand maß sie die Korridore ab, in der Bibliothek verschwand sie fast hinter einem riesigen Bücherstapel, im Archiv machte sie sich Notizen und sprach mit sämtlichen Angestellten. Zu Beginn hatte sie auch mit Sarah eine lange Unterhaltung geführt und seither mehrmals kurz mit ihr geredet. Obwohl Rosa Suarez offensichtlich nur höchst ungern etwas über sich preisgab, hatte sie Sarah immerhin erzählt, daß zu Hause in Georgia ein Ehemann namens Alberto auf sie wartete und sie in Boston keinerlei Familie oder Freunde hatte. Als Sarah sie daraufhin zum Essen einlud, hatte sie jedoch höflich abgelehnt. Ihr Umgangston war verbindlich und nicht im entferntesten aggressiv; Sarah war von der Klugheit und Entschlossenheit dieser Frau beeindruckt.

»Sarah«, sagte Paris jetzt, »haben Sie die Liste mit den Inhaltsstoffen Ihrer Mixtur zusammengestellt?«

»Die Liste habe ich, aber nicht die Erläuterungen zu den einzelnen Bestandteilen. Das hat Rosa Suarez erledigt. Außerdem hat sie vor, die Informationen noch zu erweitern, sobald sie Zeit findet, genauer nachzuforschen.«

»Aha. Diese Frau kommt mir vor wie ein kleiner Biber. Wenn sie mich nur etwas besser auf dem laufenden halten würde. Ich habe das ungute Gefühl, daß sie mich nicht leiden kann, obwohl ich wirklich und wahrhaftig nicht weiß, warum. Ich habe ihr doch praktisch völlig freie Hand gelassen. Weiß denn jemand, ob sie bis jetzt irgend etwas herausgefunden hat?«

»Sie hat sich eine von meinen MTAs ausgeliehen und legt in einem meiner Reserve-Labors ein paar Kulturen an«, berichtete Blankenship. »Sarah, ich bin derselben Ansicht wie Glenn. Mrs. Suarez ist eine sehr kompetente Frau. Aber sie ist sehr verschlossen. Trotzdem glaube ich, daß sie es schafft, der Sache auf den Grund zu gehen.«

»Was sowohl unser heutiges Treffen als auch den verspäteten Anwalt fragwürdig erscheinen läßt«, fügte Paris hinzu.

»Kommt zu spät zu seinem eigenen Termin«, meinte Arnold Hayden besorgt. »Das ist regelwidrig, absolut re. . .«

Wie auf ein Stichwort öffnete sich in diesem Moment die Tür zum Konferenzzimmer, und Matt Daniels kam herein, mit dem Rücken zuerst, da er noch seinen Regenschirm und seinen Trenchcoat im Korridor ausschüttelte. Als er sich umdrehte, erkannte Sarah zu ihrer großen Erleichterung, daß ihre Vorstellung von ihm kaum unzutreffender hätte sein können. Er war groß und gut gebaut, mit einem markanten Gesicht. Und er war vollkommen durchnäßt.

»Daniels, Matt Daniels«, stellte er sich vor, während er seine Stirn und seine dunklen Haare mit einem Taschentuch abtupfte, das noch nasser war als er. »Tut mir leid, daß ich zu spät komme. Ich hatte einen Platten. Und den habe ich auch noch meiner eigenen Dummheit zu verdanken. Ich glaube, ich habe heute genug Blödsinn angestellt, um einen Fluch auf den Papst zu laden.«

Sein Südstaatenakzent war unverkennbar, wenn auch nicht so ausgeprägt, wie Sarah ihn in Erinnerung hatte. Sarah fand seine Ausstrahlung auf Anhieb positiv, und vor allem war er aufrichtig genug, um hier fast ebenso fehl am Platz zu wirken wie sie. Er machte Anstalten, dem Mann, der am nächsten bei ihm stand, die Hand zu schütteln, aber als ihm klar wurde, daß dieser – es war Randall Snyder – lieber trocken bleiben wollte, überlegte er es sich anders und nickte nur.

Regelwidrig, dachte Sarah zufrieden, *absolut regelwidrig.*

Daniels schlängelte sich inzwischen zu einem freien Stuhl, legte seine Aktentasche auf den Tisch und rieb sie mit dem Ärmel seines Sportjacketts trocken. Falls er die amüsierten und ungläubigen Blicke der Umsitzenden bemerkte, ließ er es sich nicht anmerken.

»Mr. Daniels, ich bin Sarah Baldwin«, stellte sich Sarah vor und streckte ihm die Hand entgegen, die in seiner beinahe verschwand.

»Matt«, erwiderte er. »Matt reicht vollkommen.«

Sarah stellte die fünf Männer vor. Peinlicherweise fiel ihr plötzlich der Name von Arnold Hayden nicht mehr ein.

»Also, ich möchte mich noch einmal entschuldigen und mich bei Ihnen allen dafür bedanken, daß Sie an einem solchen Abend gekommen sind«, begann Daniels, nachdem Hayden Sarah etwas gereizt auf die Sprünge geholfen hatte. »Unser Kontrahent in diesem Fall ist ein Anwalt namens Jeremy Mallon. Nachdem ich mich heute mit ihm unterhalten hatte, beschloß ich, dieses Treffen hier einzuberufen. Wie Sie gleich hören werden, scheint er wild entschlossen zu sein, den Stein so rasch wie möglich ins Rollen zu bringen.«

Keine näheren Bemerkungen über seinen Gegenspieler. Sarah bemerkte, wie die MCB-Männer Blicke tauschten, und es fiel ihr nicht schwer, ihre Gedanken zu erraten. Nach dem, was Glenn Paris ihr gesagt hatte, galt Mallon in Kreisen, die sich mit ärztlichen Behandlungsfehlern befaßten, als eine Art Legende.

»Mr. Daniels, wissen Sie denn, wer Jeremy Mallon ist?« erkundigte sich Arnold Hayden auch prompt.

Aha, dachte Sarah, *da haben wir's.*

»Nun, Sir, eigentlich nicht.«

»Tja, Mr. Daniels«, fuhr der Anwalt fort und räusperte sich. »Ich – ähm –, ich denke, bevor wir beginnen, wäre es hilfreich, wenn Sie uns etwas über Ihre Erfahrungen in der Verteidigung von Medizinern berichten. Bisher ist unsere Klinik noch nie verklagt worden, aber wir haben allen Grund zu der Annahme, daß man es versuchen wird, falls Sarah ihren Prozeß verliert – nicht nur die Graysons werden dann vermutlich auf uns losgehen, sondern auch die Familien der anderen Frauen. Außerdem würde uns natürlich die Presse unter Dauerbeschuß nehmen. Also hoffe ich, daß Sie meine Bitte nicht unverschämt finden.«

»Überhaupt nicht, Mr. Hayden«, entgegnete Daniels ruhig. »Unverschämtheiten scheinen ohnehin nicht Ihr Stil zu sein. Mal sehen – die Antwort auf Ihre Frage lautet: Ich habe bisher nur einen einzigen Arzt verteidigt. Einen Zahnarzt. Eine Frau hat ihn verklagt und behauptet, der Arzt sei schuld an ihren Kopfschmerzen, weil er ihr einen überzähligen Backenzahn gezogen und damit ihren Biß ruiniert hätte. Wie dem auch sei – wir sind vor Gericht gegangen, und ich habe den Fall tatsächlich gewonnen.«

»Das ist sehr beruhigend«, erwiderte Hayden alles andere als begeistert. »Haben Sie eine Ahnung, weshalb die MMPO-Versicherung Sie für diesen Fall ausgewählt hat?«

»Um Ihnen die Wahrheit zu sagen, das habe ich mich selbst schon gefragt, obwohl ich mich natürlich sehr darüber freue. Ich stehe jetzt schon seit ein paar Jahren auf ihrer Liste der verfügbaren Anwälte, aber dies ist der erste Fall, den man mir übertragen hat.«

»Das ist ja toll, wirklich ganz toll!« polterte Paris los. »Mr. Daniels, ich möchte wirklich nicht unhöflich erscheinen, aber Sie müssen verstehen, daß für uns eine Menge auf dem Spiel steht. Ihr Kontrahent, wie Sie Jeremy Mallon nennen, hat nur ein einziges Ziel im Leben, und zwar, unser Krankenhaus in die Knie zu zwingen. Und er macht seine Arbeit, die in der Hauptsache darin besteht, Ärzte zu verklagen, verdammt gut. Meinen Sie nicht, wir sollten bei der MMPO anrufen und darum bitten, daß man den Fall an eine andere Firma weiterleitet?«

Sarah beobachtete, wie Daniels sich die Frage durch den Kopf gehen ließ. Seinem Gesicht war nicht anzumerken, wieviel es ihm ausmachte, daß erst Hayden und jetzt auch noch Paris ihn so in die Mangel nahm. Zwar sah er ziemlich ernst aus, aber seine blauen Augen funkelten. Es war ein trotziges Funkeln, das jedoch mit ziemlicher Sicherheit keiner der Anwesenden zu schätzen wußte. Außer Sarah.

»Also«, sagte er schließlich, »aus den unterschiedlichsten Gründen würde mir das gar nicht gefallen. Aber da Sie es nun einmal zur Sprache gebracht haben, sollten wir es vermutlich in Erwägung ziehen.«

»Gut«, sagte Paris zufrieden.

»Trotzdem möchte ich zuerst noch ein paar Dinge klarstellen«, fuhr Matt unbeirrt fort. »Erstens ist Dr. Baldwin meine Klientin. Ob ich den Fall übernehme oder nicht, ist letztlich ihre Entscheidung. Außerdem habe ich seit meinem Gespräch mit ihr einiges gelesen und mit einigen Leuten gesprochen. Mallon hin oder her – ich glaube, ich könnte sie durchaus gut vertreten.«

»Wie können Sie das behaupten, wo Sie doch gar keine Erfahrung auf diesem Gebiet haben?« fragte Hayden.

»Weil das Gesetz immer das Gesetz bleibt, Mr. Hayden. Und ich bin immer noch naiv genug, den juristischen Prozeß mit der Suche

nach der Wahrheit gleichzusetzen. Und die Wahrheit zu finden, war schon immer eine meiner Lieblingsbeschäftigungen.«
Glenn Paris wandte sich zu Sarah. »Sarah, wir sind der Meinung, daß Sie von einem anderen – sagen wir mal, von einem erfahreneren – Juristen besser beraten und verteidigt würden als von Mr. Daniels. Aber er hat recht. Sie sind seine Klientin. Sie müssen das entscheiden.«
Sarah sah zu Daniels hinüber, der ihrem Blick gelassen standhielt. »Nun, Mr. Paris«, sagte sie schließlich, »vorausgesetzt, ich riskiere dadurch nicht meinen Job, möchte ich diesen Anwalt gerne behalten. Ich denke, wenn Mr. Daniels sich vor Gericht so verhält wie jetzt hier bei uns, bin ich bei ihm in guten Händen. Mr. Daniels – Matt –, ich bin sicher, wenn Sie einen Rat von Mr. Hayden oder einem anderen MCB-Anwalt brauchen, werden Sie ihn sich holen, nicht wahr?«
»Selbstverständlich.«
»In diesem Fall, Mr. Paris«, fuhr Sarah fort, »bin ich sehr damit einverstanden, daß dieser Mann mich vertritt.«
»Herr im Himmel«, rief Eli Blankenship plötzlich. »Ich glaube, jetzt weiß ich endlich, wer Mr. Daniels ist. Sehen wir mal, ob es stimmt, Matt. Im letzten Inning . . .«
»Ja, ja«, sagte Matt etwas ungeduldig, »das war ich. Danke, daß Sie sich daran erinnern. Aber das ist inzwischen eine uralte Geschichte.«
»Neun pitches, neun strikes, dreimal aus, game over«, fuhr Blankenship ungerührt fort. »Das war einer der besten Konter, die ich je gesehen habe. Ich hab doch gleich gedacht, daß mir der Name bekannt vorkommt.«
»Wahrscheinlich hat der ›Matt‹ Sie verwirrt«, meinte Daniels freundlicher. »Nicht viele Leute erinnern sich daran, daß ich tatsächlich auch einen Vornamen hatte.«
»Hey, kann mir mal jemand sagen, worum es hier geht? Ich bin immerhin seine Klientin.«
»Ich fürchte, ich tappe auch im dunkeln«, stimmte Paris mit ein.

»Black Cat Daniels«, erklärte Blankenship. »Zehn Jahre Reserve-Pitcher der Red Sox.«
»Eigentlich sogar zwölf«, sagte Daniels. »Also, wenn es Ihnen allen nichts ausmacht, könnten wir dann vielleicht wieder zur Sache kommen ...«
»Warum Black Cat?« wollte Paris wissen.
Daniels seufzte.
»Dr. Baldwin – Sarah –, es tut mir wirklich leid«, sagte er. »Wahrscheinlich ist das, was Sie durchmachen müssen, alles andere als ein Vergnügen und sicher auch mehr als ein bißchen unheimlich. Und daß Sie jetzt auch noch zuhören müssen, wie meine Qualifikation in Frage gestellt wird und wir anschließend in aller Ruhe über Baseball diskutieren, ist bestimmt alles andere als hilfreich.«
»Es macht mir nichts«, widersprach Sarah. »Außerdem möchte ich auch gern wissen, worum es geht.«
»Na gut. Mr. Paris, mein Spitzname kommt daher, daß ich in meiner Baseballzeit sehr abergläubisch war.«
»Er ist immer über das erste Base gegangen, wenn er reinkam«, erklärte Blankenship. »Hat sich nie auf die Reservebank gesetzt. Hat nie gepitcht, ohne sich vorher ein rotes Band um den Gürtel zu binden.«
»Ein blaues«, verbesserte ihn Matt. »Sie kennen doch Baseball.«
»Ja, klar, es war blau. Sind Sie immer noch so? So abergläubisch, meine ich.«
»Ich – ehm –, ich interessiere mich immer noch für Rituale und für Glück, wenn Sie das meinen. Aber es lenkt mich nicht mehr ab, darauf können Sie sich verlassen, Dr. Blankenship. Im Gerichtssaal binde ich mir das Band hinten an den Gürtel, so daß es unter der Robe versteckt ist. Aber ich glaube, wir sollten wirklich zum Thema zurückkommen. Wie Mr. Paris es ausgedrückt hat, steht eine Menge auf dem Spiel. Und allem Anschein nach ist uns unser hochgeschätzter Gegner ein ganzes Stück voraus.«
»Wie meinen Sie das?« fragte Paris.

Daniels holte ein paar Blätter mit Notizen aus seiner Mappe. »Sarah, der Mann, der für Sie die Heilpflanzen und Wurzeln besorgt, ist sein Name Mr. Kwong?«

»Stimmt. Kwong Tian-Wen.«

»Tja, heute nachmittag hat Mallon eine Verfügung erwirkt, Kwongs Laden zu versiegeln. Um acht Uhr morgen früh wird er mit einem Chemiker, einem Polizeibeamten und Gott weiß wem noch dort erscheinen. Er will Proben aus dem Laden nehmen und gemäß den Regeln einer offiziellen Beweisführung analysieren lassen.«

»Können Sie nichts dagegen unternehmen?«

»Ich lasse Mr. Hayden auf diese Frage antworten, Sir.«

»Zu diesem Zeitpunkt können wir gar nichts machen«, meinte Hayden. »Wir sind einfach ausmanövriert worden. Dr. Baldwin, haben Sie eine Ahnung, wie Mallon den Namen des Mannes so schnell herausbekommen hat?«

»Mir fallen da mehrere Möglichkeiten ein«, sagte sie.

»Und?« fragte Paris.

»Ich glaube, ich sollte lieber erst ein paar Nachforschungen anstellen, bevor ich mit Verdächtigungen um mich werfe. Außerdem habe ich großes Vertrauen zu Mr. Kwong. Er ist auf seinem Gebiet einer der Besten. Je rascher Mallon sein Spielchen bei ihm durchzieht, desto früher wird er merken, daß er gar keinen Fall hat.«

»Ich denke, jemand von der Klinik sollte auch dort sein«, wandte Daniels ein. »Wir treffen uns morgen früh bei dieser Adresse.« Damit schob er die Verfügung zu Hayden hinüber.

»Ich kann leider nicht«, entgegnete der Anwalt. »Ich habe einen Gerichtstermin.«

»Eli, wie ist es mit Ihnen?« fragte Paris. »Sie wären ein perfekter Repräsentant für uns.«

»Ich denke, ich könnte es einrichten«, antwortete Blankenship.

»Wunderbar. Ein Extralob für Sie, Eli. Wir wollen hoffen, daß Sarah recht hat, Daniels. Aber verstehen Sie jetzt, was wir meinen – bezüglich Mallon? Er hat Dutzende, wahrscheinlich sogar Hunderte von Prozessen wegen angeblicher Behandlungsfehler durchgezogen. Er hat einen riesigen Stab von Gehilfen, und er dreht jeden Stein um.«

»Er kommt mir jedenfalls nicht vor wie jemand, den man so einfach an die Angel kriegt«, gab Daniels zu.

»Vielleicht können Sie Ihre Partner ebenfalls zu dem Fall heranziehen«, schlug Hayden vor. »Haben Mr. Hannigan oder Mr. Goldstein Erfahrungen auf diesem Gebiet?«

Verdammt, dachte Sarah, *geben die denn nie Ruhe?*

»Ich bin wirklich froh, daß Sie das erwähnen«, sagte Daniels.

»Dann haben sie also Erfahrung mit solchen Prozessen«, meinte Hayden. »Das ist hervorragend. Zusammenarbeit ist das A und O in unserer Branche.«

»Nun, Sir, das wollte ich damit eigentlich nicht sagen. Wissen Sie, Billy Hannigan war nie gern Anwalt, aber seine Frau hat nicht zugelassen, daß er aufhört. Nachdem sie letztes Jahr mit einem anderen Anwalt davongelaufen ist, hat er seinen Job hingeschmissen. Als ich das letztemal von ihm gehört habe, war er Diskjockey bei einem Radiosender in Lake Placid.«

»Und Goldstein?«

Daniels rieb sich das Kinn und seufzte.

»Na ja«, sagte er schließlich, »die Wahrheit lautet, daß Goldstein eine fiktive Person ist, die Billy erfunden hat. Bevor ich zu ihm gekommen bin, hatte er eine Einzelpraxis, aber er nannte seine Kanzlei immer Hannigan und Goldstein. Das hatte etwas damit zu tun, daß Billy jüdische Klienten anlocken wollte. Ich bin gerade erst dazu gekommen, mir neues Briefpapier drucken zu lassen, auf dem nur mein Name steht, aber ich vergesse dauernd, unsere Anzeige in den Gelben Seiten ändern zu lassen.«

»Das ist regelwidrig«, polterte Hayden. »*Absolut* regelwidrig.«

»Sarah«, meinte Paris, »ich glaube, dieser Betrug gibt Ihnen freie Hand, Ihre Entscheidung nochmals zu überdenken.«

»Mr. Paris, Betrug scheint mir doch nicht ganz das passende Wort«, konterte Sarah. »Es wird ja kein Versuch unternommen, die Wahrheit zu vertuschen. Ich denke, wir werden mit Mr. Daniels gut zurechtkommen, auch ohne Mr. Goldstein.«

»Das weiß ich sehr zu schätzen«, sagte Matt Daniels. »Also, wenn wir jetzt alle im selben Boot sitzen, denke ich, wir sollten unseren Fall besprechen. Morgen früh um acht beginnt Runde eins. Also nichts wie los.«

»Absolut regelwidrig«, hörte Sarah jemanden murmeln.

KAPITEL 18

Abgesehen von der Sekretärin, die heute für die Nachtschicht zuständig war, befand sich Rosa Suarez allein im medizinischen Archiv. Inzwischen war es fast halb elf, und sie hatte seit Mittag nichts mehr gegessen. Rücken und Nacken taten ihr weh vom langen gebeugten Sitzen über ihrer Arbeit. Aber in gewisser Weise war es ein angenehmes Gefühl. Über zwei Jahre hatte sie nicht mehr so intensiv an einem Projekt gearbeitet und sich wirklich bis zum Äußersten gefordert.

Die Anfangsphase ihrer Arbeit würde heute abend beendet sein, und sowohl Alberto als auch ihre Abteilung warteten ungeduldig auf ihre Rückkehr nach Atlanta. Und keiner würde sich über das freuen, was sie zu berichten hatte. Bis jetzt konnte sie noch mit keiner Erklärung für die DIC-Fälle aufwarten. Doch zwei Punkte waren klar. Vom rein statistischen Standpunkt aus war es ausgeschlossen, daß die drei Erkrankungen in ein und demselben Krankenhaus auf Zufall beruhten. Und mit an Sicherheit grenzender Wahrscheinlichkeit würde es noch mehr Tragödien geben, wenn die Ursache der DIC-Fälle nicht erkannt und bekämpft wurde.

Einige Integralrechnungen und Kombinationen mußten noch durch die Datenverarbeitung des CDC gejagt und einige vorläufige Ergebnisse von Kulturen überprüft werden. Höchstwahrscheinlich würde Rosa dann nach Boston zurückkommen müssen. Bis jetzt hatte sie Dutzende von demographischen und körperlichen Gemeinsamkeiten zwischen den drei betroffenen Frauen ans Tageslicht befördert – manche möglicherweise signifikant, andere zu obskur, um sie überhaupt ernsthaft in Erwägung zu ziehen. Alle drei Frauen hatten Blutgruppe A positiv, und ihr Erstwohnsitz lag in einem Umkreis von fünf Kilometern um das Krankenhaus. Alle waren seit mindestens vier Jahren Patientin beim MCB und schon einmal schwanger gewesen. Eher abstruse Übereinstimmungen bestanden darin, daß alle drei Frauen im April geboren waren, wenn auch nicht im gleichen Jahr, außerdem waren alle älteste Töchter, hatten keine höhere Ausbildung als die High-School, waren Rechtshänderinnen und hatten braune Augen.

Es mußten noch wesentlich mehr Daten gesammelt werden, aber am meisten beunruhigte Rosa bei ihren bisherigen Recherchen das pflanzliche Schwangerschaftspräparat, das Sarah Baldwin allen drei Frauen verabreicht hatte. Ein Botaniker am Smithsonian Institute und ein Freund von der Emory University hatten einige vorläufige Informationen über die neun Komponenten der Mixtur geliefert. Aber sie brauchte eine wesentlich gründlichere biochemische Analyse. Rosas Instinkt sagte ihr, daß die Mixtur zwar als zusätzlicher Faktor an einer letalen Reaktion beteiligt sein konnte, aber an sich harmlos war. Doch sie arbeitete mit Zahlen und Wahrscheinlichkeiten, nicht mit Instinkten.

»Entschuldigen Sie, Ramona«, rief sie der Nachtsekretärin zu, deren Schreibtisch sich auf der anderen Seite einer breiten Aktenbank befand. »Ich wollte nur noch einmal sichergehen, daß es keine Unterlagen mehr gibt über die Gruppe, an der wir arbeiten.«

»Sie haben die Akten aller Frauen durchgesehen, die im Lauf der letzten sieben Jahre hier entbunden haben und während oder kurz nach der Geburt eine Transfusion benötigten – wirklich alle. Mrs. Suarez, wissen Sie eigentlich, daß Sie, seit Sie ans MCB gekommen sind, mehr Zeit hier unten verbracht haben als der gesamte medizinische Stab zusammen?«

»Das glaube ich gern. Na ja, das wird für eine Weile meine letzte Nacht hier sein. Morgen mache ich mich auf den Rückweg nach ...«

Mitten im Satz hielt Rosa inne und starrte auf das Krankenblatt, das vor ihr lag. Es handelte sich um die Unterlage über Alethea Worthington, der zweiten Frau mit DIC. Rosa war die Akte Wort für Wort durchgegangen, genau wie die von Constanza Hidalgo und Lisa Summer. Aber was im Augenblick ihre Aufmerksamkeit erregte, war nichts, was hier geschrieben stand, sondern etwas zwischen der aufgeschlagenen Seite und der vorhergehenden. Sie hielt die Akte hoch und betrachtete sie aus verschiedenen Blickwinkeln.

»Mrs. Suarez, ist alles in Ordnung?« rief die Sekretärin.

»Oh, ja. Alles in Ordnung, Ramona. Hätten Sie vielleicht zufällig ein Taschenmesser oder eine Nagelfeile für mich?«

»In meiner Handtasche ist ein Schweizer Messer, also habe ich sozusagen beides.«

»Wundervoll. Und könnten Sie mir bitte noch einmal die Akten bringen, die von ...«

»Summer und Hidalgo. Ich weiß, ich weiß.«

»Danke, Ramona.«

Indem sie die Bifokalgläser ihrer Brille als Lupe benutzte, untersuchte Rosa die Stelle, an der die Seiten der Akte von einem flexiblen Metallhefter zusammengehalten wurden. Dort, wo die Arme des Hefters durch die Seiten gesteckt waren, lugten kleine, unregelmäßige Papierfetzen vor. Rosa markierte die Seiten davor und danach und lockerte den Hefter ein wenig. Dann fuhr sie mit der größten Klinge des Taschenmessers am Hefterarm entlang. Zwei winzige Papierstückchen fielen auf den Tisch.

Vorsichtig schob sie die Schnipsel in einen Umschlag. Nun überzeugte sie sich, daß sich auch hinter dem anderen Arm des Hefters ähnliche Fragmente befanden. Diese ließ sie an Ort und Stelle und zog den Hefter wieder fest. Im Grunde war die einzige einleuchtende Erklärung hierfür, daß aus der Akte Seiten herausgerissen worden waren – wahrscheinlich zwei. Es dauerte fast zehn Minuten, bis sie identische Papierschnipsel an Constanza Hidalgos Akte entdeckt hatte, die für mindestens zwei, wenn nicht sogar drei herausgerissene Seiten sprachen.

Lisa Summers Akte war von den dreien eindeutig die dickste. Als Rosa sie überprüft und festgestellt hatte, daß es hier keine Anzeichen für fehlende Seiten gab, war es beinahe elf Uhr. Sie legte die Akte zu den beiden anderen, erhob sich zum erstenmal seit zwei Stunden und streckte sich. Die Bedeutung dieser Entdeckung war ihr alles andere als klar. Aber selbst wenn Lisa Summers Krankenakte vollständig zu sein schien, war an mindestens zwei der drei DIC-Akten herumgepfuscht worden. Das stand für Rosa eindeutig fest.

Draußen hatte es inzwischen aufgehört zu regnen. Am samtschwarzen Himmel funkelten schwach ein paar Sterne. Die Entdeckung gab Rosa neuen Schwung. Einerseits wäre sie gern die ganze Nacht aufgeblieben, wie sie es früher so oft getan hatte, und hätte das Rätsel so lange neu analysiert, bis sie auf die Lösung gekommen wäre. Andererseits war sie inzwischen sechzig, und die Auswirkungen eines solchen Überschwangs waren zu unberechenbar. Sie hatte einen anstrengenden Tag in Atlanta vor sich, da war es besser, wenn sie jetzt ihre Sachen packte und wenigstens noch ein paar Stunden Schlaf bekam, ehe am Morgen ihr Flugzeug ging.

Zu gern hätte sie ihre Entdeckung mit jemandem geteilt – mit irgend jemandem, der ihr zuhörte und Verständnis zeigte. Früher war es für sie ganz wichtig gewesen, ihre Ideen in Worte zu fassen und mit Kollegen zu besprechen. Aber die Wunden von der BART-Geschichte schmerzten noch immer, obwohl seither über zwei Jahre vergangen waren. Und dieser hartnäckige Schmerz erinnerte Rosa wieder einmal daran, daß sie sich vorgenommen hatte, niemandem zu vertrauen.

Also suchte sie ihre Sachen zusammen, bedankte sich bei Ramona und versprach, bald wiederzukommen. Dann verließ sie das Klinikgebäude auf der Campusseite. Zwei Frauen waren an einer mysteriösen medizinischen Komplikation gestorben, und jemand hatte ganz offensichtlich die Krankenakten manipuliert. Rosa gab sich alle Mühe, hierfür eine harmlose Erklärung zu finden, aber es fiel ihr partout keine ein. Was bis jetzt ein faszinierendes epidemiologisches Puzzle gewesen war, kam ihr plötzlich finster und bedrohlich vor.

* * *

Sarah schüttelte den fünf Vertretern des MCB die Hand und bedankte sich bei allen für die Bereitschaft, sie bei ihrer Verteidigung zu unterstützen. Das Treffen, das so angespannt und gereizt begonnen hatte, war am Ende doch recht erfolgreich verlaufen. Alle teilten die Ansicht, daß der Schlüssel für eine rasche Abwicklung des Grayson-Prozesses darin lag, eine identische DIC bei einer Wehenpatientin zu finden – ob am MCB oder einem anderen Krankenhaus –, die nie etwas mit Sarah zu tun gehabt hatte.
Auf Matts Anregung hin erklärten sich Paris und Snyder bereit, ihre Kollegen überall im Land zu kontaktieren, und Blankenship erbot sich, die entsprechende medizinische Literatur einer eingehenden Prüfung unterziehen zu lassen. Arnold Hayden versprach, mit Daniels in Kontakt zu bleiben, und Colin Smith versicherte, für alle Kosten, die Hayden oder seinen Leuten entstünden, werde die Klinik aufkommen. Schließlich vereinbarte die Gruppe noch, Jeremy Mallon und der Presse gegenüber als geeinte Front aufzutreten. Bis unzweifelhaft feststand, ob Sahra Baldwin für die Komplikationen verantwortlich war, würde man sie als unschuldig betrachten. Morgen früh würde Eli Blankenship als Zeichen seiner Unterstützung Sarah und Matt zum Laden des chinesischen Kräuterhändlers begleiten.
»Sie haben sich gut geschlagen heute abend«, meinte Sarah, als Matt seinen Mantel und seinen Schirm holte. »Ich finde, Sie haben eine schwierige Situation mit sehr viel Zurückhaltung und Stil gemeistert.«
»Unsinn. Wenn Sie nicht für mich eingesprungen wären, wäre ich längst aus dem Spiel.«
»Ich bin kein großer Baseballfan«, meinte Sarah, »aber stimmt es

nicht, daß man sowieso aus dem Spiel ist, wenn jemand für einen einspringen muß?«

Zum erstenmal grinste Matt spontan und ungezwungen. Und Sarah setzte sein Grinsen auf die ständig wachsende Liste der Dinge, die sie an ihm mochte.

»Ich weiß immer noch nicht, warum man mich für diesen Fall auserkoren hat«, sagte er, »aber ich bin froh, daß es so gekommen ist. Ich bin vielleicht nicht ganz so ausgefuchst wie die meisten Anwälte, mit denen ich mich rumschlagen muß, aber ich verspreche Ihnen, ich bin ein Kämpfer, und zwar einer, der sich nicht unterkriegen läßt. Ich mache meine Hausaufgaben und bin glücklicherweise schlauer, als ich aussehe.«

»Ich mache mir Ihretwegen keine Sorgen, das können Sie mir ruhig glauben. Außerdem hoffe ich, daß wir, wenn der morgige Tag überstanden ist, den Abschluß des kürzesten Gerichtsverfahrens feiern können, an dem Sie je beteiligt waren. Sagen Sie, woher haben Sie die Energie genommen, gleichzeitig Baseball zu spielen und Jura zu studieren?«

»Tja«, antwortete Matt, »ich war ja nur ein Ersatz-Pitcher. Ich war zwar immer ganz gut koordiniert, aber ich war nie spektakulär. Etwa vom zweiten Jahr in der Major League an schrieben die Zeitungen regelmäßig, ich sei einfach kein echtes As – das heißt, meine Pitches waren ihnen nicht schnell und flexibel genug –, die Red Sox hätten nicht vor, mich zu behalten, und ich würde kein Jahr mehr überdauern. Schließlich hatte ich die Nase so voll davon, dauernd schlechte Kritiken zu lesen, daß ich mich endlich zu dem Entschluß durchrang, etwas anderes anzufangen, worauf ich bei Bedarf zurückgreifen konnte. Also habe ich in den Saisonpausen Jura studiert. Acht Saisonpausen später war ich fertig. Ich hab ein paarmal für die Red Sox gespielt, außerdem bei den Expos in der National League und in Pawtucket in der International League, und danach blieb mir immer noch genug Kraft für ein weiteres Jahr als Pitcher in der Major League.«

»Das ist erstaunlich.«

»Überhaupt nicht – das sind zwei Karnickelfüße, ein zweitausendjähriges ägyptisches Amulett und das berüchtigte blaue Band, von dem Dr. Blankenship gesprochen hat. Plus ein halbes Dutzend ähnlicher Rituale.«

»Sie glauben also wirklich an so was?«

»Ich halte mich an das, was Mark Twain einmal über Gott gesagt hat – ich habe beschlossen, an das Zeug zu glauben, für den Fall, daß doch was dran ist.«

»Ein abergläubischer Anwalt, der Mark Twain zitiert und in der Major League Baseball gespielt hat«, faßte Sarah zusammen. »Jedenfalls kann man wirklich nicht behaupten, Sie wären ein langweiliger Durchschnittstyp.«

»Danke gleichfalls«, entgegnete Matt. »Gott, es ist ja gleich elf. Ich habe versprochen, die Babysitterin bis spätestens zehn nach Hause zu bringen.«

»Die Babysitterin?«

Obwohl ihre Beziehung strikt professionell war und obwohl Sarah wußte, daß das aus ethischen Gründen auch so bleiben mußte, fand sie es irgendwie enttäuschend, daß Matt verheiratet war.

»Ich habe einen zwölfjährigen Sohn, Harry. Er wohnt die meiste Zeit bei seiner Mutter.«

»Ach so.«

»Na dann, sehen wir uns morgen bei Mr. Kwong?«

»Wenn Sie glauben, daß Sie hinfinden.«

»Ich bin schon dran vorbeigefahren. Wie ich schon sagte – ich mache meine Hausaufgaben. Ich fahre in Richtung Brookline. Soll ich Sie mitnehmen?«

»Danke, aber ich wohne im North End, und ich habe mein Fahrrad dabei. Außerdem hat der Regen aufgehört, und ich fahre besonders gern nach einem Gewitter.«

Matt streckte ihr die Hand entgegen. Ihre Blicke trafen sich einen kurzen Augenblick und hielten einander fest. Doch dann sah er schnell weg.

»Machen Sie sich keine Sorgen«, sagte er. »Wir werden es schaffen.«

»Ich weiß. Aber ich habe noch eine letzte Frage. Bevor Sie gekommen sind, hat Arnold Hayden – der Jurist – durchblicken lassen, daß die meisten Anwälte ein vorbereitendes Treffen in ihrem Büro zusammenrufen. Warum haben Sie das nicht getan?«

Matt schlüpfte in seinen Mantel, nahm seine Aktentasche in die eine und den Schirm in die andere Hand.

»Nun, um die Wahrheit zu sagen, ich wollte einen guten Eindruck machen. Auf Glenn Paris und seine Leute, aber vor allem auf Sie. Und mein gegenwärtiges Büro ist nicht gerade das größte und luxuriöseste der Stadt.«

»Ach so«, antwortete Sarah nur.

»Und was die Sache noch schlimmer macht, mein Partner, dieser Mr. Goldstein, kann die Kanzlei einfach nicht sauberhalten. Vielleicht können Sie sie ja beim nächstenmal in Augenschein nehmen. Aber jetzt sollten Sie lieber schlafen gehen. Wir haben einen wichtigen Tag vor uns.«

Sarah sah Matt nach, wie er den Korridor zum Aufzug hinunterschlenderte. Ihre Nervosität wegen des morgigen Termins bei Kwong Tian-Wens Laden wurde mehr als ausgeglichen durch die Aussicht, ihren Anwalt wiederzusehen.

»Sind Sie hier fertig?«

Die Putzfrau hatte geduldig fast eine Stunde lang mit gebeugten Schultern den Korridor gesaugt, Staub gewischt und darauf gewartet, daß der Milsap Room endlich frei wurde.

»Oh, klar, tut mir leid«, sagte Sarah.

»Kein Problem, kein Problem. Ein gutaussehender Mann. Ein wirklich gutaussehender Mann.« Die Augen der alten Frau funkelten schelmisch.

»Wissen Sie«, sagte Sarah. »Genau das habe ich gerade auch gedacht. Ich habe das Gefühl, man hat es mir sogar angesehen.«

»Tja, wissen Sie, mein Kind, ich hab nicht bloß ihn angeschaut, ich hab auch *Sie* angeschaut.«

* * *

Während sie die milde, frischgewaschene Luft tief einatmete, trat Sarah auf der Campusseite aus dem Gebäude und ging hinüber zu der Stelle, wo sie ihr Fahrrad angekettet hatte. Der Campus war ziemlich gut beleuchtet und bewacht. Und obwohl von Zeit zu Zeit Berichte kursierten, daß Frauen belästigt und einmal sogar ausgeraubt worden waren, fühlte sich Sarah hier einigermaßen sicher.
Immer wieder wurden von der Verwaltung Hinweistafeln aufgestellt, auf denen darum gebeten wurde, die Fahrräder in den dafür vorgesehenen Ständern abzustellen. Aber da diese sich sämtlich außerhalb des Campus befanden, ließen Klinikangestellte und Krankenschwestern, die erst nach Einbruch der Dunkelheit nach Hause gingen, ihre Räder trotzdem an den Eisengeländern stehen, die zum Eingang der meisten Gebäude führten.
So hatte Sarah heute ihr Fuji-Rad beim Eingang zum Chirurgie-Gebäude an ein niedriges Rohrgeländer gekettet, eine günstige Stelle, die sie oft benutzte – bisher ohne Probleme. Doch als sie jetzt um die Ecke bog, fiel ihr plötzlich auf, wie dunkel es hier war. Das Licht über dem Hauseingang brannte nicht, was, soweit sie sich erinnern konnte, noch nie vorgekommen war. Den Blick starr in die Dunkelheit gerichtet, machte sie zögernd einen Schritt vorwärts ... und noch einen. Der Mann drückte sich eng an die Hauswand.
Plötzlich spürte Sarah seine Anwesenheit und blieb wie angewurzelt stehen. Sie kniff die Augen zusammen und blinzelte, aber es war unmöglich, das Dunkel zu durchdringen. Kein Laut war zu hören. Sie spitzte die Ohren. Da war jemand ... ganz nah. Vorsichtig verlagerte sie ihr Gewicht auf den rechten Fuß und machte sich bereit wegzulaufen.
»Ich weiß, daß Sie da sind. Was wollen Sie von mir?« hörte sie sich plötzlich sagen.
Fünf endlose Sekunden verstrichen ... zehn.
»B-b-bitte, l-laufen S-s-sie n-nicht weg«, flüsterte eine Stimme.
Unwillkürlich trat Sarah einen Schritt zurück, wandte sich aber gleichzeitig zu der Stimme um. Eine Gestalt erschien aus der

Finsternis Der Mann war nicht viel größer als Sarah und sehr schmächtig gebaut. Sarah konnte die Umrisse seines Gesichts erkennen.
»Doktor B-B-Baldwin. I-ich f-f-folge Ihnen sch-schon seit T-T-Tagen. I-ich m-muß m-m-mit Ihnen re-re...«
»Sarah, sind Sie das?«
Sarah fuhr herum. Keine drei Meter entfernt stand Rosa Suarez, aber so, daß sie nur Sarah sehen konnte, nicht den Mann, der sich beim Klang ihrer Stimme augenblicklich umdrehte und die Flucht ergriff. Mit gesenktem Kopf rannte er an Rosa vorbei und hätte sie fast zu Boden gestoßen.
»Warten Sie, bitte!« rief Sarah.
Aber der Mann überquerte bereits den Campusrasen und rannte, was er konnte, aufs Tor zu. Mit wild klopfendem Herzen lief Sarah zu Rosa hin.
»Alles in Ordnung?«
»Ja, ich glaube schon.« Schwer atmend starrte Rosa über den menschenleeren Campus in die Richtung, in der der Mann verschwunden war, und drückte die Hand auf ihre Brust. »Wer war das?«
»Ich weiß es nicht. Er hat mich mit meinem Namen angesprochen und gesagt, er müsse mit mir reden. Als Sie gerufen haben, ist er weggelaufen.«
»Seltsam.«
»Er hat fürchterlich gestottert – so schlimm hab ich es selten bei jemandem gehört. Und er hat gesagt, er sei mir gefolgt. Wissen Sie, jetzt, wo ich darüber nachdenke, glaube ich, daß ich ihn bemerkt habe. Er fährt einen blauen ausländischen Wagen – einen Honda vielleicht. Gott, war das merkwürdig. Ich kann es gar nicht fassen, daß ich einfach stehengeblieben bin. Und jetzt kann ich nicht mehr aufhören zu zittern.«
Rosa erfaßte Sarahs Hände. Im Nu ließ das Zittern nach. Sarah schloß ihr Fahrrad auf, und langsam gingen die beiden Frauen zum Haupttor, Sarah mit dem Rad neben sich.

»Tut mir leid, daß ich Sie bei dem Treffen heute abend nicht unterstützen konnte«, sagte Rosa. »Wie ist es gelaufen?«

»Ziemlich gut, glaube ich. Lisas Anwalt hat eine gerichtliche Verfügung erwirkt, daß er morgen früh den Laden meines Kräuterhändlers inspizieren und Proben nehmen kann.«

»Macht Ihnen das Sorgen?«

»Eigentlich erleichtert es mich eher. Je rascher die Proben analysiert werden, desto früher wird dieser Anwalt erkennen müssen, daß man mir die Schuld nicht in die Schuhe schieben kann.«

Rosa blieb stehen und sah sie an. Ganz offensichtlich hatte sie etwas auf dem Herzen – etwas, worüber sie gern reden wollte.

»Sarah, ich – es wäre mir sehr recht, wenn Sie mich nach Hause begleiten könnten«, sagte sie schließlich. »Meine Pension liegt ganz hier in der Nähe. Ich möchte Ihnen erklären, weshalb ich meine Befunde nicht bei dem Treffen diskutieren wollte.«

»Das ist nicht nötig.«

»Daß man Ihnen folgt, macht mir Sorgen. Ich glaube, was ich gefunden habe, könnte sehr wichtig sein – vor allem, wenn das, was Ihnen zugestoßen ist, etwas mit dem Fall zu tun hat.«

»Ja?«

»Es fängt damit an, daß ich früher, in meiner Heimat Cuba, Ärztin war ...«

Fasziniert lauschte Sarah, während Rosa Suarez ihr eine präzise, eindrückliche Schilderung ihres bisherigen Lebens lieferte. Als politische Emigrantin war sie durch eine Reihe von Flüchtlingslagern geschleust worden. Sie verfügte über geringe Englischkenntnisse und mußte die bittere Erfahrung machen, daß ihre Ausbildung und ihr medizinischer Universitätsabschluß in den Staaten nicht anerkannt wurden. Nach einigen ziemlich miesen Jobs schaffte sie es, eine Stelle in der nationalen Seuchenzentrale in Atlanta zu bekommen. Ihr Mann, der in seiner Heimat Lehrer und Schriftsteller gewesen war, arbeitete in einer Buchbinderei, wo er bis zu seiner Pensionierung blieb.

Innerhalb weniger Jahre kämpfte sich Rosa dank ihrer Klugheit und ihrer profunden medizinischen Vorkenntnisse in der Hierarchie immer weiter nach oben und wurde schließlich eine anerkannte Feld-Epidemiologin. Von einigen ihrer Erfolge hatte Sarah sogar schon gehört – sie hatte eine wichtige Rolle gespielt bei der Erforschung der Gründe für den Ausbruch der Legionärskrankheit in Philadelphia. Ihr war die Erkenntnis zu verdanken, daß die regionale Zunahme von Leukämie in einem texanischen County auf einen radioaktiv verseuchten Fluß zurückzuführen war. Auf dem Höhepunkt ihrer hart erkämpften Karriere schickte man Rosa nach San Francisco, um einer seltsamen bakteriellen Infektion nachzugehen, die in der Umgegend aufgetreten war. Der unbekannte Keim hatte bereits eine Anzahl von Patienten mit geschwächtem Immunsystem oder anderweitigen Beeinträchtigungen dahingerafft.

Rosas Daten, die sie in fast einem Jahr zusammentrug und die Tausende von Interviews und Bakterienkulturen umfaßten, wiesen eindeutig darauf hin, daß die Verantwortung für die Seuche bei der US-Armee zu suchen war. Das Militär, so argumentierte Rosa, benutzte einen – wie man glaubte – biologisch inaktiven bakteriellen Indikator in den Tunnels der BART – Bay Area Rapid Transit, dem öffentlichen Transportsystem der Gegend –, um dort Theorien über chemische Kriegsführung zu testen. Wegen des heiklen Inhalts ihrer Anschuldigungen offenbarte Rosa ihre Befunde erst, als ihr Fall sozusagen wasserdicht war. Aber irgendwann im Lauf ihrer Ermittlungen hatte sie offenbar mit der falschen Person gesprochen.

Der Kongreß berief ein Gremium der besten Epidemiologen und Spezialisten für Infektionskrankheiten aus dem ganzen Land, um Rosas Behauptungen bestätigen zu lassen.

Doch statt dessen stellte das Gremium fest, daß überall in der Beweisführung wichtige Daten fehlten. Von Rosa eigens entworfene Computerprogramme funktionierten plötzlich nur noch fehlerhaft oder gar nicht mehr. Wahrscheinlichkeitsberechnungen unterstützten ihre Hypothesen nicht. Labortechniker stritten ab, Proben untersucht zu haben, obwohl Rosa schwor, daß sie ihnen zugeschickt worden waren. Um den Skandal perfekt zu machen, entdeckte ein Experte der Kommission den Ursprungsort der Bakterien: auf einer Mülldeponie am Stadtrand von San Francisco. Die Direktoren des Privatlabors, das für den Irrtum verantwortlich war, gestanden bereitwillig. Man brummte ihnen eine Geldstrafe auf, aber kurz danach erfuhr Rosa, daß sie einen einträglichen Vertrag mit der Armee abgeschlossen hatten.

»Also wurde der Müllplatz saniert«, beendete Rosa ihre Geschichte, »und selbstverständlich sank die Infektionsrate umgehend. Mich packte man sozusagen in die Mottenkiste, und die jetzigen Ermittlungen hat man mir nur deshalb übertragen, weil absolut kein anderer Sachverständiger verfügbar war.«

»Man hat also Ihre Arbeit sabotiert, ich kann es nicht glauben«, rief Sarah. »Oder besser – ich kann es nur zu gut glauben.«

»Tja, wenigstens verstehen Sie jetzt vielleicht, weshalb ich mich auf Distanz gehalten habe zu allen, die in den jetzigen Fall verwickelt sind – einschließlich Ihnen.«

»Bitte, Rosa, machen Sie sich deshalb keine Gedanken. Tun Sie nur Ihre Arbeit.«

»Morgen früh fahre ich für eine Weile zurück nach Atlanta. Meine Ermittlungen befinden sich immer noch in der Anfangsphase. Aber ich bin auf ein paar Dinge gestoßen, die mich beunruhigen, und ich wollte Sie warnen.«

»Mich warnen?«

»Es ist nicht das, was Sie denken«, entgegnete Rosa und klopfte Sarah beruhigend auf den Arm. »Überhaupt wollte ich Ihnen schon seit ein paar Tagen sagen, daß meine Untersuchungen auf eine Infektion hinweisen, nicht auf einen Giftstoff. Aber ich – ich spreche einfach ungern über meine Arbeit.«

Inzwischen hatten sie den Eingang des alten stuckverzierten viktorianischen Gebäudes erreicht, in dem Rosa wohnte.

»Wovor wollten Sie mich dann warnen?«

»Sarah, Sie sind eine sympathische, warmherzige Frau – Sie machen

Ihrem Beruf alle Ehre. Ich sehe, wie sehr die Anschuldigungen Sie verletzen, die man gegen Sie erhebt. Ich möchte jetzt noch nicht in die Einzelheiten gehen, aber ich habe Grund zu der Annahme, daß jemand mich daran hindern möchte, die Wahrheit über diese drei Fälle herauszufinden. Angenommen, Sie sind nicht dieser Jemand – und ich habe mich zu dieser Annahme durchgerungen –, müssen Sie sehr vorsichtig sein und sich gut überlegen, mit wem Sie reden und wem Sie vertrauen.«

»Aber ...«

»Bitte, Sarah. Es ist schwierig genug für mich, Sie so weit einzuweihen. Aber sobald es mir angebracht erscheint, werde ich Ihnen mehr erzählen. Vorerst muß ich noch eine Menge Arbeit erledigen, und Sie müssen sich um Ihre Verteidigung kümmern.«

Sarah seufzte. »Ihre Annahme ist richtig, wissen Sie. Ich bin es nicht, die Sie zu behindern versucht.«

Wieder tätschelte Rosa ihren Arm. »Ich weiß, Sarah. Haben Sie Geduld mit mir, und seien Sie sehr, sehr vorsichtig.«

Sarah blieb vor der Tür stehen, bis Rosa im Haus verschwunden war. Dann radelte sie langsam in Richtung Innenstadt. Eine Weile versuchte sie, einen klaren Kopf zu bekommen. Als das nicht klappte, nahm sie sich vor, an ihren neuen Anwalt und den seltsamen, stotternden kleinen Mann zu denken. Aber immer wieder kehrten ihre Gedanken zu Rosa Suarez' geheimnisvoller Warnung zurück.

Haben Sie Geduld mit mir, und seien Sie sehr, sehr vorsichtig.

Wenn Rosa beabsichtigt hatte, ihr Angst einzujagen, dann war ihr das gelungen.

KAPITEL 19

21. Juli

Der Laden des Kräuterhändlers Kwong Tian-Wen erstreckte sich über Erdgeschoß und Keller eines heruntergekommenen vierstöckigen Backsteingebäudes. Sarah schenkte ihrem Äußeren und der Wahl ihrer Kleidung wesentlich mehr Aufmerksamkeit als gewöhnlich, verließ ihr Apartment um Viertel nach sieben und legte den Weg vom North End nach Chinatown zu Fuß zurück. Die Aussicht auf die Begegnung mit Jeremy Mallon machte sie etwas nervös, und das Erlebnis mit dem verängstigten, stotternden Mann ging ihr ebensowenig aus dem Kopf wie Rosa Suarez' seltsame Warnung. Aber der Morgen war hell und klar wie selten, und sie fühlte sich trotz allem optimistisch. Schließlich war sie unterwegs, um ihre Pflanzenmixtur von den absurden Verdächtigungen zu befreien – und um Matt Daniels wiederzusehen.

Sarah kannte Kwong noch aus ihrer Zeit am Ettinger-Institut. Nach Abschluß ihres Medizinstudiums hatte sie bei verschiedenen Vertretern der ganzheitlichen Medizin in Boston Nachforschungen über ihn eingezogen. Er war immer noch ein geachteter Mann. Trotzdem hatte sie sich zweimal ausführlich mit ihm unterhalten, ehe sie ihn als Lieferanten für die Bestandteile ihres Präparats auswählte. Er sprach kaum Englisch, aber Sarahs Chinesischkenntnisse, die einst recht ordentlich gewesen waren, reichten aus, um die Geschäfte mit ihm abzuwickeln. Wenn sie doch einmal einen Dolmetscher brauchten, klopfte Kwong mit seinem Stock an die Decke oder gegen ein bestimmtes Leitungsrohr, und innerhalb weniger Minuten erschien dann eines seiner in Amerika geborenen Enkelkinder.

Sarah war immer wieder von dem umfangreichen Wissen dieses Mannes beeindruckt, und sie bewunderte seine stets optimistische Lebenseinstellung. Und natürlich gab es eine Menge Gemeinsamkeiten – physischer und metaphysischer Art – zwischen ihm und Louis Han. Sarah sah in Kwong immer eine Art Verkörperung ihres Mentors in älteren Jahren.

Anfangs hatte Sarah ihre Bestellungen selbst abgeholt. Aber seit ihre Zeit durch den wachsenden Druck in der Klinik immer knapper geworden war, ließ sie sich die Heilpflanzen liefern. Jetzt merkte sie zum erstenmal, wie sehr sie die Besuche in Kwongs Laden vermißte. Der abgebrochene Kontakt zu Kwong war ein weiterer trauriger Posten auf der Liste von Dingen, die den Anforderungen ihres Berufs zum Opfer gefallen waren.

Der Laden lag in einer engen Straße, die von der Kneeland Street abzweigte. Als Sarah um die Ecke bog, sah sie den alten Mann und Debbie, eine seiner Enkeltöchter, vor dem Haus stehen. Gerade wollte sie sich darüber wundern, weshalb die beiden nicht im Laden standen, als sie die gelben Bänder sah, die über Tür und Fenster gezogen worden waren. Wenn sie sich überlegte, wie demütigend und verwirrend es für Kwong gewesen sein mußte, als irgendein Deputy oder Constable mit der gerichtlichen Verfügung auftauchte und einfach alles versiegelte, wurde ihr ganz flau im Magen.

»Hallo, Mr. Kwong«, begrüßte Sarah den alten Mann auf Kantonesisch. »Hallo, Debbie. Das tut mir alles furchtbar leid.« Sie deutete auf die Absperrung.

Kwongs Antwort war nur eine beschwichtigende Geste mit seiner schwieligen Hand, aber Sarah merkte trotzdem, wie aufgebracht er war. Auf einmal fiel ihr ein, daß es fast ein Jahr her sein mußte, seit sie sich zum letztenmal gesehen hatten. Kwongs grau-weiß melierter Bart war ungepflegt und unter der Lippe nikotinverfärbt. Sein blauer Seidenkittel – wahrscheinlich das einzige Kleidungsstück, in dem sie ihn je gesehen hatte – war fadenscheinig und löchrig. War er so gealtert? Oder hatte sie ihn bisher immer mit jüngeren, naiveren Augen gesehen?

»Seit sie die gelben Bänder angebracht haben, bewacht dauernd ein Mann den Laden«, berichtete Debbie. »Er kommt aus der Gasse hinter dem Haus, geht hier vorbei und wieder in die Gasse zurück. Er hat gesagt, er muß dafür sorgen, daß keiner sich an irgendwas da drin zu schaffen macht. Was soll das heißen?«
»Nichts, Debbie«, versicherte Sarah. »Es wird alles im Handumdrehen wieder normal sein. Es tut mir so leid, daß ihr und euer Großvater das durchmachen müßt.«
Die Gebrechlichkeit des alten Mannes war erschütternd. Sarah hoffte, daß Mallon und seine Leute den Anstand besaßen, ihre Proben zu nehmen und dann rasch wieder zu verschwinden. Wenn sie versuchten, Kwong auf irgendeine Weise einzuschüchtern, mußte Matt ihn schützen, koste es, was es wolle. Gerade wollte sie mit Debbies Hilfe Kwong die Situation etwas näher erläutern, als Matt um die Straßenecke bog. Eli Blankenship ging schwerfällig neben ihm her und gestikulierte wild, als wollte er ihm etwas Kompliziertes erklären. Sarah war froh, daß er da war. Im ganzen MCB gab es keinen klügeren Kopf und niemanden, der körperlich eindrucksvoller war. Zwar war auch Matt relativ groß und kräftig, aber neben dem Professor wirkte er fast zierlich.
Mit Debbies Unterstützung machte sie Kwong und die beiden Männer miteinander bekannt. Dem Kräuterhändler schien hauptsächlich daran gelegen, daß man ihn möglichst schnell wieder in Ruhe ließ.
Matt entschuldigte sich und führte Sarah und Blankenship auf die andere Straßenseite hinüber.
»Versteht der alte Mann, was hier los ist?« fragte er leise.
Sarah zuckte die Achseln.
»Er ist nicht senil, falls Sie das meinen«, antwortete sie. »Ich denke, er hat eine ziemlich klare Vorstellung, worum es geht. Aber ich weiß nicht, ob ihm bewußt ist, daß es bei der ganzen Sache um mich geht und nicht um ihn.«
»Er sieht aus, als hätte er eine ganze Menge Zeit mit einer Opiumpfeife im Mund verbracht.«

»Na und? Opium gehört zur chinesischen Kultur. Haben Sie vielleicht eine Ahnung, wo Mallon bleibt?«

»Nein. Aber ich habe schon vermutet, daß er zu spät kommt. Das ist ein Juristentrick, mit dem man die Gegenseite nervt und verunsichert. Der Trick ist uralt, aber wirksam.« Damit winkte Matt Sarah und Blankenship wieder zurück zu Kwong und seiner Enkelin. »Debbie«, wandte er sich mit freundlicher Stimme an das Mädchen, »bitte entschuldige uns bei deinem Großvater dafür, daß wir ihm auf diese Weise zur Last fallen, und versprich ihm, daß wir ihn selbstverständlich für seine Mühe und seine Umstände entschädigen werden.«

Debbie, in verbeulten Jeans und Sweatshirt, war ungefähr dreizehn. Sie hatte ein unscheinbares Gesicht und tiefschwarze, kurze Haare. Sarah wollte Matt gerade darauf hinweisen, daß er seine Satzkonstruktion für sie etwas weniger kompliziert halten sollte, als das Mädchen bereits eine Übersetzung herunterrasselte. Der alte Mann reagierte lediglich mit einem Brummen und einer abwiegelnden Handbewegung.

»Er sagt, es ist ihm eine Freude, Ihnen zu Diensten sein zu können. Sie brauchen ihn nicht dafür zu bezahlen«, dolmetschte Debbie.

In diesem Moment erschien eine Lincoln-Limousine am Ende der Straße. Sarah wandte sich an Kwong, um ihn auf die Neuankömmlinge vorzubereiten.

»Der Rundliche ist Sheriff Mooney«, hörte sie Matt zu Blankenship sagen, »und der Große – ist das nicht der von diesen Schlankheits-Werbungen im Fernsehen?«

Entsetzt sah sich Sarah zu dem Wagen um. Peter Ettinger stand stocksteif neben Mallon und dem Sheriff, die er beide um Hauptteslänge überragte, und starrte ihr direkt ins Gesicht. Selbst in der fahlen Morgensonne schimmerten seine Haare wie reines Silber.

»So ein Mistkerl«, murmelte sie vor sich hin. Das also war Mallons Sachverständiger.

Sie berührte Kwong, der ziemlich verwirrt aussah, leicht am Arm.

Dann beobachtete sie, wie die beiden Männergrüppchen sich wie gegnerische Mannschaften einer makabren Sportart aufeinander zubewegten und miteinander bekannt machten. Den Augenblick, in dem Matt Peter die Hand reichte, prägte sie sich ins Gedächtnis ein.

Der Sheriff, der Klinikchef des MCB, Peter, Matt, ein verwirrter alter Chinese, ein altkluger Teenager. Die Situation hatte plötzlich etwas Karnevaleskes. In wenigen Minuten, wenn sich alle ins Innere des Hauses begaben, würde es bestimmt noch grotesker werden. In Kwongs Laden herrschte ein beeindruckendes Chaos, und es gab keine Regalreihen und Gänge im üblichen Sinne. Acht Leute überstiegen das Fassungsvermögen des kleinen Raums beträchtlich.

Jetzt kam Matt mit der gesamten Gegenpartei zu Sarah zurück. Peter ließ sich mit Sarah bekannt machen und streckte ihr die Hand entgegen. Aber Sarah nahm sie nicht.

»So so«, sagte er. »Sieht aus, als hätten wir Probleme.« Sein selbstzufriedener Gesichtsausdruck erinnerte Sarah an den schrecklichen letzten Tag in seinem Büro.

»Und es sieht aus, als wären *wir* noch arroganter und unangenehmer als früher«, antwortete sie.

Du hast nicht mehr das blauäugige Naturkind vor dir, das du aus dem Dschungel herausgeholt hast, dachte sie. *Wenn du es auf einen Kampf abgesehen hast, dann nur zu.*

»Kennen Sie sich etwa?« fragte Matt verwundert.

»Dr. Baldwin hat früher einmal für mich gearbeitet«, antwortete Ettinger rasch.

»Für ihn geschuftet wäre wohl eher ein angemessener Ausdruck, Matt. Ich bin nicht stolz darauf, aber wir haben drei Jahre zusammengelebt, bevor ich endlich aufgewacht bin und die Flucht ergriffen habe.«

»Sie haben zusammengelebt!« rief Matt. »Mallon, was zum Teufel soll das?«

Bevor Mallon antworten konnte, sah Sarah deutlich die Verwirrung

in seinen Augen. *Peter hatte ihm nichts davon erzählt!* Dieser Mistkerl war so versessen darauf, sie in die Pfanne zu hauen, daß er kein Wort über ihre gemeinsame Vergangenheit erwähnt hatte.
»Er – ähm – Mr. Ettinger hilft uns lediglich dabei, unseren Fall aufzubauen«, stotterte Mallon. »Wir – wir wollten ihn natürlich nicht vor Gericht aussagen lassen. Er hat ausschließlich beratende Funktion.«
»Tja, ich hoffe doch sehr, daß Sie was Besseres in petto haben, als ausgerechnet einen abgewiesenen Liebhaber zum Sachverständigen zu küren«, meinte Matt. »Ich mag es nicht, wenn man mir die Arbeit so leicht macht. Sollen wir reingehen und die Sache hinter uns bringen?«
Mallon schwieg. Aber seinem Gesicht war anzusehen, daß Matt einen Nerv getroffen hatte, wenn auch vielleicht nur einen kleinen.
»Gut gemacht«, flüsterte Sarah. »Aber bitte passen Sie auf, daß Mallon seine Wut jetzt nicht an Mr. Kwong ausläßt.«
Die Vinylstreifen wurden durchgeschnitten, und die Mannschaften betraten im Gänsemarsch hinter Kwong Tian-Wen und seiner Enkelin den Laden. *Carnivale de Baldwina,* dachte Sarah sarkastisch. Sheriff Mooney als Ringrichter in seinem weißen Seersukker-Anzug. Jeremy Mallon, Schlange und Schlangenbeschwörer in einer Person. Eli Blankenship – ohne Leopardenfell – benötigte die ganze Türbreite. Peter Ettinger, das menschliche Lineal, mußte sich beim Eintreten zusammenklappen. Drinnen stellte Sarah schadenfroh fest, daß das Lineal wegen der vorstehenden Balken permanent gebückt stehen mußte.
Der Laden war unordentlicher und roch penetranter, als Sarah ihn in Erinnerung gehabt hatte. Überall gab es Kräuter und getrocknete Blumen, dazwischen Behälter mit Wurzeln, verschiedene Mehlsorten, Reis und Blätter. Der alte Ladentisch mit der Glasfront und die Regale dahinter waren vollgestellt mit verschieden großen und verschieden geformten Gläsern verschiedenen Inhalts. Eines enthielt getrocknete Skorpione, eines riesige Käfer, ein anderes einen

konservierten Aal. Ein paar hatten chinesisch beschriftete Etiketten, viele hatten keine Aufschrift.

Zwei etwas räudig wirkende, langhaarige Katzen, eine weiße und eine pechschwarze, lagen schläfrig zusammengekauert in einer Ecke. Wie ein Totempfahl oder vielleicht eine Art Ausrufezeichen stand mitten in dem Gewühl ein gut sortiertes Drahtgestell mit Dr. Scholls Fußpflegeprodukten.

»Ich glaube nicht, daß es unserer Sache zuträglich wäre, wenn wir mit den Geschworenen diesen Laden besichtigen würden«, flüsterte Blankenship.

»Hoffen wir, daß uns das erspart bleibt«, antwortete Sarah.

»Nun, Herr Kollege, wie möchten Sie vorgehen?« fragte Matt.

Mallon, dem offensichtlich entgangen war, daß er mit seinem Armani-Anzug an einem dicken, staubigen Büschel getrockneter Sonnenblumenstengel lehnte, ließ seinen Blick über den Laden schweifen, theatralisch langsam und geringschätzig. Ihm war anzusehen, daß er sich wieder ganz in seinem Element fühlte.

»Wir haben eine Liste der Inhaltsstoffe von Dr. Baldwins Mixtur«, sagte er endlich. »Wir werden einen nach dem anderen abfragen. Wenn nötig, kann Mr. Kwongs Enkelin übersetzen. Die Probe wird dann in zwei etikettierte Beweisbeutel gesteckt. Der erste wird von Sheriff Mooney versiegelt, und Sie oder Dr. Baldwin setzen Ihre Initialen darauf. Der zweite wird von Mr. Ettinger inspiziert, der sich nach Belieben Notizen machen kann. Später am heutigen Tag wird er zusammen mit einer Gruppe Botaniker und Chemiker jede einzelne Komponente wissenschaftlich bestimmen. Ist diese Vorgehensweise auch in Ihrem Sinn, Herr Kollege?«

»Sarah, Eli, sind Sie damit einverstanden?«

»Als Repräsentant des Medical Center of Boston würde ich die Proben gern ebenfalls untersuchen«, sagte Blankenship.

»Verstehen Sie etwas von Heilpflanzen?«

»Oh, ein wenig.«

Aus seinem schiefen Lächeln hätte man erraten können, daß das, was er als »ein wenig« bezeichnete, für andere fundiertes Sachwissen bedeutete. Dr. Blankenship war Experte auf vielen Gebieten.

Sarah winkte Blankenship und Matt zu sich, und sie steckten die Köpfe zusammen.

»Ich muß etwas erklären«, flüsterte sie.

»Uns oder allen?«

»Allen.« Sarah räusperte sich ein wenig nervös.

»Seien Sie vorsichtig«, warnte Blankenship. »Denken Sie daran, diese Leute sind nicht unsere Freunde.«

»Ich weiß. Mr. Mallon, bevor Sie anfangen, möchte ich noch erklären, daß ich die Rezeptur für das Präparat aus Südostasien mitgebracht habe. Es wurde von einem hervorragenden Kräuterspezialisten und Heiler aufgezeichnet. Ich habe eine Kopie dieser Version bei mir. Diese Liste hat Mr. Kwong bei der Zusammenstellung des Tees benutzt, den ich den Frauen gebe. Ein paar von den Namen auf der Liste, die Sie haben – die gleiche gebe ich übrigens auch meinen Patientinnen – sind die englischen Bezeichnungen, die ich am ehesten für das Äquivalent der Wurzeln und Pflanzen halte.«

»Solange die beiden Listen die Inhaltsstoffe in der gleichen Reihenfolge aufzählen und Sie und Mr. Kwong darin übereinstimmen, daß Sie Linda Grayson das gegeben haben, was sich in diesem Beutel befindet, habe ich kein Problem damit, welche Namen Sie den Sachen geben. Nach seiner Analyse wird uns Peter Ettinger die wissenschaftlichen Bezeichnungen und die chemische Zusammensetzung mitteilen. Allerdings hätte ich gern eine Abschrift der chinesischen Liste.«

Debbie übersetzte ihrem Großvater, was gerade besprochen worden war, und reichte ihm die Liste. Sarah war sicher, daß der alte Mann die Zusammensetzung ohnehin auswendig wußte. Aber es würde ihrer Sache nicht weiterhelfen, wenn sie Mallon dies mitteilte.

»Nun gut«, sagte Mallon. »Nummer eins ist der orientalische Ginseng.«

»Panax pseudoginseng«, hörte Sarah Blankenship vor sich hinmurmeln.

Debbie sagte ihrem Großvater, er solle fortfahren, der Kräuterhändler nickte und zog nach einem kurzen Blick auf die Liste einen großen Behälter mit braunen Pflanzenteilchen unter dem Ladentisch hervor. Mit einem alten Metallöffel füllte er ein paar davon in das Plastiktütchen. Sarah beglaubigte auf einem das Siegel und gab den Beutel weiter an Matt, der ihn dem Sheriff überreichte. Den anderen bekam erst Blankenship und dann Peter. Blankenship brauchte nur einen Moment, um den Inhalt zu inspizieren, Peter jedoch schnüffelte daran, schmeckte ein Stückchen, rollte es zwischen den Fingern hin und her. Nachdem er ein paarmal nachdenklich vor sich hingebrummt hatte, was wahrscheinlich irritierend wirken sollte, legte er Probe eins in seine Mappe.

Mit dem zweiten Bestandteil auf der Liste, einer knorrigen Wurzel, wurde auf die gleiche Weise verfahren, ebenso mit dem dritten, der auf Sarahs Liste Monddrachen hieß.

»Es handelt sich um Raspeln von der Rinde des Medarah-Baums«, erläuterte Sarah. »Er ist auf Java beheimatet, kommt aber auch in Südchina vor. Die Rinde wirkt wunderbar gegen Magen- und Darmbeschwerden. Und sie wirkt hervorragend gegen morgendliches Erbrechen.«

Während sie sprach, bemerkte Sarah, daß Sheriff Mooney am anderen Ende des Ladentischs zu einem der Glascontainer starrte, der auf dem obersten Regal hinter mehreren größeren Gläsern stand. Sarah strengte die Augen an, um zu sehen, was den Gesetzeshüter so interessierte, und wollte gerade Matt darauf aufmerksam machen, als Kwong wild mit den Armen zu fuchteln und zu rufen begann.

»Nein, nein, nein!« schrie er, und in seinem Gesichtsausdruck mischten sich Wut und Verwirrung. »Nein, nein, nein!«

Beinahe hysterisch redete er auf seine Enkeltochter ein und gestikulierte hektisch in Richtung des Behälters, dem er gerade eine Probe entnommen hatte – die vierte Komponente auf der Liste.

Noch nie zuvor hatte Sarah erlebt, daß Kwong auch nur die Stimme erhob. Aber den angstvollen, entsetzten Ausdruck in seinen Augen kannte sie nur allzugut. Sie hatte ihn oft in den Augen ihrer Mutter gesehen, im fortgeschrittenen Stadium der Alzheimer-Krankheit. Irgend etwas stimmte nicht – irgend etwas stimmte ganz und gar nicht.

KAPITEL 20

Debbie, was ist los?«

Das Mädchen, das erfolglos versuchte, seinen Großvater zu beruhigen, schüttelte nur ratlos den Kopf.

Sarah schnappte einen kleinen Rohrstuhl und half, den alten Mann darauf zu setzen. Schon ganz heiser, überschüttete Kwong Debbie und alle anderen mit seinem kantonesischen Redeschwall. Als Sarah sich neben ihn kniete und seine Hand streichelte, begann er sich allmählich zu beruhigen.

»Ich weiß nicht, was passiert ist«, sagte Debbie. »Er hat die Kräuter in die Beutelchen verteilt, und alles schien ganz normal. Dann hat er ein bißchen von dem Zeug aus dem letzten Behälter probiert, und plötzlich hat er angefangen rumzuschreien. Ich habe Angst um ihn. Es ging ihm nicht gut in letzter Zeit.«

Kwongs Gesicht, das schon vorhin fahl gewesen war, kam Sarah tatsächlich noch bleicher vor. Instinktiv ging sie zu ihm und fühlte den Puls an seinem Handgelenk. Einen Augenblick erschrak sie über das heftige Pochen, aber dann wurde ihr klar, daß sie ihren eigenen Herzschlag in den Fingerspitzen fühlte. Offenbar hatte sich die plötzliche Wendung der Ereignisse in ihrem autonomen Nervensystem niedergeschlagen, bevor die Bedeutung richtig in ihr Bewußtsein vorgedrungen war. *Die Verwirrung ... der offenbar vorliegende Irrtum ... die hysterische Reaktion.* Das war das letzte, was sie von ihrem Kräuterlieferanten erwartet hatte. Aber andererseits hatte auch sie gemerkt, daß Kwong Tian-Wen nicht mehr der Alte war.

»Dr. Blankenship, meinen Sie, er ist krank?«
»Was denken Sie?« flüsterte er zurück.
Sarah biß sich auf die Lippen und nickte. »Ich kann nicht fassen, daß so etwas passiert.«
»Was geht hier eigentlich vor?« mischte sich jetzt Mallon ein.
Sarah fuhr auf wie eine erschrockene Katze.
»Dem alten Mann ist nicht wohl, das geht hier vor!« fauchte sie. Dann holte sie ein paarmal tief Luft, um sich zu beruhigen. »Entschuldigen Sie, ich wollte nicht ausfallend werden. Hören Sie, ich muß kurz mit Mr. Daniels sprechen, und ich glaube, Dr. Blankenship sollte Mr. Kwong untersuchen.«
Mallon zog sich zurück, während Sarah sich im Flüsterton mit ihrem Anwalt beriet. Unterdessen fühlte Dr. Blankenship den Puls an Mr. Kwongs Hals, inspizierte Pupillen und Nagelbetten und überprüfte die Atemfrequenz.
»Okay«, meinte Matt schließlich. »Das ist also die Situation: Der vierte Bestandteil auf der Liste ist eine Art Kamille. Offenbar ist Mr. Kwong so außer sich, weil die Pflanze in diesem Behälter hier nicht das ist, was er erwartet hat.«
»Na, und was ist es dann?« erkundigte sich Mallon, blutrünstig wie ein Hai. »Steht es überhaupt auf der Liste? Debbie, frag deinen Großvater doch mal, was das für ein Zeug ist. Frag ihn, ob es auch in der Mixtur war, die Dr. Baldwin von ihm bekommen hat.«
»Debbie, tu das bitte nicht«, befahl Matt. »Gott, Mallon, was machen Sie denn? Eli, wie geht es Mr. Kwong?«
»Ich wünschte, ich hätte mein Stethoskop dabei«, antwortete Blankenship. »Ich glaube, es ist soweit alles in Ordnung mit ihm, aber ich bin mir nicht sicher.«
»Debbie, ist deine Mutter zu Hause?« fragte Sarah. »Wir sollten Mr. Kwong nach oben bringen, damit er sich hinlegen kann.«
»Es ist niemand da«, entgegnete das Mädchen. »Aber ich kann auf ihn aufpassen. Vielleicht sollte ich ihm ein Glas chinesischen Wein geben. Den mag er so gern.«

»Einen Moment«, unterbrach Mallon. »Ich verlange zuerst eine Antwort auf meine Fragen.«
»Stecken Sie sich Ihre Fragen sonstwohin, Herr Kollege«, zischte Matt. »Die Sitzung ist beendet.«
In diesem Moment räusperte sich Peter, der die Pflanze untersucht hatte, um die Aufmerksamkeit auf sich zu lenken.
»Ich kann mich natürlich irren«, sagte er, wobei der Ton seiner Stimme andeutete, daß dies eigentlich ausgeschlossen war, »aber ich glaube, man nennt diese Pflanze Noni. *Morinda citrifolia* ist ihr wissenschaftlicher Name. Sie wird überall auf den Pazifikinseln als Umschlag benutzt, um Blutungen zu stillen, oder auch als Tee, um die Menstruation zu regulieren und abnormale innere Blutungen unter Kontrolle zu bekommen. Äußerst wirksam.«
Falls er recht hatte, waren die Implikationen von Ettingers Erklärung natürlich jedem der Anwesenden sonnenklar. Ein hochpotenter Pflanzenwirkstoff, der die Blutgerinnung beeinflußte, war von Kwong Tian-Wen fälschlicherweise als Kamille ausgeliefert worden.
Eine Weile redeten alle gleichzeitig: Mallon drängte Peter, sobald wie möglich eine biologische und chemische Analyse des Stoffes vornehmen zu lassen. Matt forderte Mallon auf, er solle sich etwas weniger forsch aufführen, Blankenship versuchte Kwong zu beruhigen und fragte ihn, ob er sich in der Lage fühlte, weiterzumachen, Sarah bat Debbie, die Medikamente ihres Großvaters zu holen, damit man vielleicht daraus einen Hinweis auf seine Probleme bekommen konnte.
Doch schließlich setzte Sheriff Mooney dem Tumult ein abruptes Ende.
»Wenn Sie bitte entschuldigen möchten«, rief er in den Lärm. »Ich habe in meinem Büro eine Konferenz, bei der man auf mich wartet. Aber ich fürchte, Mr. Kwong muß mir noch eine Kleinigkeit erklären, bevor ich gehe.« Er wandte sich an Blankenship. »Doktor, läßt Mr. Kwongs Zustand es zu, daß er dieses Glas für mich herunterholt? Das mit dem bräunlichen Pulver. Da hinten, ganz am Ende des Regals.«

»Ich nehme an, wenn es wichtig ist, gibt es ...«
»Stop!« mischte sich Matt ein. »Sheriff Mooney, was tun Sie da? Sie haben kein Recht, diesen Mann zu schikanieren.«
Mooney, dem gut zwei Zentimeter Bauch über den Gürtel hingen, streckte dem Anwalt seinen feisten Zeigefinger entgegen.
»Wir begegnen uns heute zum erstenmal, Matt«, sagte er, »aber ich habe irgendwie das Gefühl, daß ich Sie kenne. Ich hab Sie gern als Pitcher gesehen. Ich war sogar bei dem berühmten Spiel gegen Toronto. Aber ich hab es nicht gern, wenn man mir sagt, wozu ich ein Recht habe und wozu nicht.«
»Aber ...«
»*Vor allem,* wenn Sie im Unrecht sind.« Damit zog der Sheriff ein Stück Papier aus der Innentasche seiner Jacke und überreichte es Matt. »Richter John O'Brian hat gestern nachmittag diesen Durchsuchungsbefehl ausgestellt. Er gibt mir das Recht, in diesen Laden hier zu marschieren und so viele Proben zu nehmen, wie ich will.«
»Worauf beruht der Durchsuchungsbefehl?« fragte Matt.
»Bei unserer Drogen-Hotline ist ein Anruf eingegangen, der diesen Mann betrifft. Eigentlich wollte ich erst ein paar Nachforschungen anstellen, bevor ich von dem Wisch Gebrauch mache. Aber ich hab früher bei der Drogenfahndung gearbeitet, und wenn man mir Opium vor die Nase stellt, erkenne ich es leider. Und genau das ist meiner Meinung nach in dem Pott dort hinten.«
Obgleich Kwong über keinen allzu großen englischen Wortschatz verfügte, war ihm das Wort »Opium« offensichtlich geläufig, und er geriet von neuem in Aufregung.
»Opium, nein! Nicht mir!« rief er, und unterbrach sich selbst immer wieder mit atemlosen kantonesischen Tiraden.
Jetzt sah Sarah in seinen Augen nicht nur Verwirrung, sondern Angst und blankes Entsetzen.
»Verdammt, Mooney«, rief Matt. »Sehen Sie denn nicht, daß der alte Mann nicht in der Verfassung ist, sich solche Anschuldigungen an den Kopf werfen zu lassen?«
»Junge Dame, würdest du deinen Großvater freundlicherweise

darum bitten, diesen Behälter dort hinten herunterzuholen?« wandte sich der Sheriff an Debbie, ohne Matt die geringste Beachtung zu schenken.
Wütend packte dieser das Glas vom Regal und knallte es vor den Sheriff auf den Ladentisch. »Sie möchten also unbedingt dieses Fläschchen hier? Bitte schön! Was für ein Polizist sind Sie überhaupt, daß Sie einem alten Mann vor den Augen seiner Enkeltochter so etwas antun?«
»Einer, der keine Drogenhändler mag, ganz gleich, wie alt sie sind.«
In diesem Moment verstummte Kwong, der die ganze Zeit über unablässig geschrien und mit den Armen gefuchtelt hatte. Sein Atem stockte, wurde mühsam und rasselte in der Lunge, und sein Gesicht nahm eine seltsam dunkle Farbe an.
»Grandpa!« schrie das Mädchen erschrocken.
Sarah und Eli begriffen sofort, was los war. Ein akutes Lungenödem, ein Herzversagen, mit an Sicherheit grenzender Wahrscheinlichkeit verursacht durch einen Koronarinfarkt. Sie legten Kwong vorsichtig auf den Boden. Der alte Kräuterhändler rang verzweifelt nach Luft, keuchte und wollte nicht auf dem Rücken liegen; sein Atem ging gut doppelt so schnell wie unter normalen Bedingungen.
»Rufen Sie einen Krankenwagen«, befahl Blankenship, ohne sich an einen der Anwesenden persönlich zu richten. »Sarah, versteht er Sie, wenn Sie mit ihm sprechen?«
»Mehr oder weniger.«
»Dann beugen Sie sich ganz nah über ihn und versuchen Sie, ihn zu beruhigen. Wir müssen Zeit gewinnen, bis der Notarztwagen mit Sauerstoff und Morphium hier ist.«
Sarah wischte dem alten Mann den Schweiß von der Stirn und aus dem Gesicht. Besänftigend flüsterte sie ihm ins Ohr und rieb seinen Rücken. *Sauerstoff und Morphium,* dachte sie. *Sauerstoff und Morphium …*
»Dr. Blankenship«, sagte sie plötzlich. »Das Opium.«
Der Professor verstand sofort. Bei einem akuten Herzanfall zeitigte

eine starke Sedierung durch Narkotika häufig eine durchschlagende Wirkung, selbst wenn der Anfall durch einen Koronarinfarkt ausgelöst wurde. Morphium war eine der Medikationsmöglichkeiten. Und Morphium war nichts anderes als ein chemisches Opiumderivat.

»Wissen wir denn mit Sicherheit, was sich in diesem Glas befindet?« fragte er.

Wieder tupfte Sarah über Kwongs Stirn. Seine Gesichtsfarbe war erschreckend. Es war sehr gut möglich, daß das Lungenödem zu einem Herzstillstand führen würde, bevor der Krankenwagen ankam.

»Debbie, komm bitte schnell mal her«, wandte sie sich an das Mädchen. »Hab keine Angst. Wir brauchen deine Hilfe ... Frag deinen Großvater, ob das in dem Glas wirklich Opium ist. Sag ihm, es ist sehr, sehr wichtig.«

Das Mädchen blieb, wo es war.

»Bitte, Debbie«, bettelte Sarah. »Es könnte sein Leben retten. Wir müssen es wissen. Bitte frag ihn.«

»Ich brauche ihn nicht zu fragen«, antwortete Debbie unvermittelt. »Es ist Opium. Es ist sein Opium. Die ganze Familie weiß Bescheid. Er raucht es mit seinen Freunden. Aber in letzter Zeit fast gar nicht mehr. Und er schließt es immer weg, oben, in der Wohnung. Ich weiß nicht, wie es auf dieses Regal gekommen ist.«

»Danke, Debbie«, sagte Sarah. »Es war gut, daß du es uns gesagt hast. Mach dir keine Sorgen, du hast das Richtige getan.«

Eli Blankenship hatte bereits ein paar der Kristalle aus dem Glas unter Kwongs Zunge gelegt. Auch Sarah kümmerte sich wieder um den Patienten, redete beruhigend auf ihn ein und trocknete seinen Schweiß. Nach etwa einer Minute verabreichte ihm Blankenship die zweite Dosis.

»Sie haben immerhin schon im Dschungel gearbeitet«, meinte er, »aber für einen alten Klinikhasen wie mich ist es ein bißchen unheimlich, einen Kranken auf diese Weise zu therapieren.«

Aber schon begann sich Kwongs Atmung zu normalisieren, und

auch seine Gesichtsfarbe verbesserte sich. Zwar rang er noch immer um jedes bißchen Luft, aber die Todesangst verschwand allmählich aus seinen Augen.
»Sein Puls wird ruhiger und kräftiger«, stellte Sarah fest.
Zum erstenmal, seit sich die Situation so zugespitzt hatte, sah sie zu Matt hinüber.
»Gut gemacht«, formten seine Lippen unhörbar.
Als das Rettungsteam eintraf, hatte Eli Kwong bereits die dritte Dosis verabreicht, und dessen Zustand hatte sich stabilisiert. Innerhalb weniger Minuten schnallten die Sanitäter ihren Patienten auf eine Trage, legten ihm die Sauerstoffmaske an, brachten eine Infusion in Gang und führten ihm Medikamente zu, während die Vertreter der beiden Rechtsstreitparteien staunend und schweigend zuschauten. Als behandelnder Arzt übernahm Eli Blankenship das Kommando, und obwohl die Situation jetzt unter Kontrolle zu sein schien, bestand er darauf, Kwong zum Krankenhaus zu begleiten. Also lud man den alten Mann in den Krankenwagen, und Blankenship sprang erstaunlich behende auf. Mit einem Nicken und einem ermutigenden Winken verschwand er.
Jeremy Mallon brummte, er werde mit Matt in Kontakt bleiben, dann führte er seine beiden reichlich verblüfften Verbündeten aus dem Laden. Debbie rannte hinauf in die Wohnung, um ihrer Mutter eine Nachricht zu schreiben, daß sie bei ihrem Großvater im White Memorial anzutreffen wäre.
Sarah, die plötzlich beinahe so blaß war wie Kwong, sank auf den Rohrstuhl. Matt brachte ihr ein Glas Wasser.
»Das haben Sie großartig gemacht«, meinte er bewundernd.
»Ich bin froh, daß Dr. Blankenship hier war. Er ist der Beste.«
»Aber Sie sind diejenige, die an das Opium gedacht hat, erinnern Sie sich? Wird der alte Mann wieder gesund?«
»Ich weiß es nicht. Er – er ist so gebrechlich. Als ich ihn das letztemal gesehen habe, kam er mir längst nicht so alt vor.«
»Hat er sich verändert?«
»Ja, sehr. Jetzt bin ich wirklich in Schwierigkeiten, stimmt's, Matt?«

»Tja, kommt ganz darauf an. Glauben Sie, daß Kwong Ihnen die ganze Zeit das falsche Zeug gegeben hat?«
»Ich weiß es nicht. Ich weiß im Moment überhaupt nicht, was ich glauben soll.«
»Also ich persönlich habe den Eindruck, irgendwas ist faul an der ganzen Sache. Warum steht das Opium einfach so auf dem Regal herum?«
»Vielleicht wird Tian-Wen allmählich senil. Falls ja, hätte er das Zeug auch ins Ladenfenster stellen können.«
»Das überzeugt mich nicht. Jedenfalls noch nicht. Ein anonymer Anruf bei der Drogen-Hotline? Also wirklich.«
»Und was ist mit der Noni-Pflanze? Wenn Peter recht hat – und ich denke, davon können wir ausgehen –, wie erklären Sie sich das?«
»Keine Ahnung. Vielleicht hat der alte Mann tatsächlich etwas durcheinandergebracht. Vielleicht ist dieser Teil der Geschichte echt. Aber das mit dem Opium ist zu einfach gelaufen, zu glatt. Das paßt alles viel zu gut zusammen.«
»Aber können Sie sich vorstellen, wie man Tien-Wen reingelegt haben könnte – falls man ihn reingelegt hat?«
»Bis jetzt noch nicht.«
»Na, dann stecke ich wohl auf jeden Fall in Schwierigkeiten.«
»Tja, ich gebe zu, wir haben Schwerarbeit vor uns«, meinte Matt grimmig. »Aber vor harter Arbeit habe ich mich noch nie gefürchtet. Wir werden es schaffen.«
In diesem Augenblick streckte sich Kwongs schwarze, langhaarige Katze, stand auf, tappte zu Matt hinüber und legte sich auf seine Schuhe.

KAPITEL 21

Anfangs rollte die Kugel genau wie vorgesehen die Bahn entlang, aber dann geriet sie wesentlich näher an die Ablaufrille, als es Leo Durbansky recht war. Zehn Männer – die fünf seines Teams von Revier Vier und die fünf aus Dorchester, die Champions der Police and Fire League – hielten gleichzeitig die Luft an, während der Drall die Kugel auf die rechte Gasse zulenkte. Es dauerte eine Ewigkeit, bis sie die Pins erreichte.

»Los, Baby«, hörte Leo Mack Peebles flüstern. »Los, Baby, los.«

Das ist wie aus der *Wide World of Sports,* dachte Leo dauernd. Der letzte Wurf im letzten Saisonspiel. Der Wettkampf zwischen den ewigen Verlierern und den ewigen Gewinnern. Und dann kommt Leo Durbansky mit seinem Durchschnitt von gerade mal hundertfünfzig und schießt die Dreierserie seines Lebens: zweihundertfünfundvierzig, zweihundertachtundsechzig, und jetzt vielleicht – ganz vielleicht ...

Leos kastanienfarbige Brunswick-Kugel knallte zielsicher in den Kegelstand und schlug dort ein wie eine Granate. Aber der zehnte Pin blieb stehen, schwankte hin und her wie ein Metronom. Ein paar Mannschaftsgenossen stöhnten laut. Einer klopfte Leo schon tröstend auf die Schulter, da rutschte plötzlich wie aus dem Nichts ein anderer Pin zurück auf die Bahn und drehte sich dort wie in Zeitlupe im Kreis.

Die beiden Mannschaften standen da wie angewurzelt. Der abtrünnige Pin klickte genau im richtigen Moment gegen den Zehner. Das Schicksal meinte es gut mit Leo. Der Zehner, der sich bei dem

Zusammenprall leicht zur einen Seite geneigt hatte, kippte weiter, verlor das Gleichgewicht, verharrte eine unendliche Sekunde lang und fiel schließlich doch um.

Das Geschrei und der Jubel übertrafen alles, was Leo je gehört hatte. Er war seit zwanzig Jahren Streifenpolizist und hatte sich nie etwas zuschulden kommen lassen, dessen er sich hätte schämen müssen, aber er hatte auch nichts geleistet, was ihn aus der breiten Masse hervorhob. Heute abend jedoch würden sein Name und seine Heldentat in die Geschichte eingehen. Mack Peebles versprach, die Story der *Sports Illustrated* für die Sparte »Auffällige Gesichter in der Menge« zu schicken. Joey Kerrigan meinte, er wolle seinen Cousin anrufen, der für die Sportseite des *Herald* schrieb. Sogar das Dorchester-Team spendierte Leo ein Bier.

Erst nach elf beschloß Leo, daß es Zeit war, nach Hause zu gehen. Er hatte Jo schon angerufen, ihr von dem wunderbaren Abend erzählt und gesagt, sie brauche nicht aufzubleiben. Aber vielleicht, ganz vielleicht war sie trotzdem noch munter. Die Nacht war kühl und mondlos. Da er ein paar Bier intus hatte, fuhr Leo noch vorsichtiger als gewöhnlich. Wäre er schneller gewesen, hätte er vermutlich gar nicht gemerkt, daß sich neben der rechten Fahrbahnseite direkt vor ihm jemand in einem dunklen Kellereingang zu schaffen machte.

Er trat auf die Bremse seines Taurus und stellte instinktiv die Scheinwerfer ab. Ein Mann stolperte die Treppe hinauf, geschubst von einem zweiten. Der zweite war blond und etwa einen halben Kopf größer als sein Opfer. Er hatte die Hand in der Tasche seines Anoraks, und zwar in einem Winkel, der Leo verriet, daß der Mann eine Pistole hielt. Leo stellte den Motor ab, öffnete das Handschuhfach und nahm seine Dienstwaffe heraus.

Wenn er im Streifenwagen gewesen wäre, hätten die Regeln von ihm verlangt, sofort Verstärkung zu rufen. Aber sein eigenes Auto hatte keinen Funkruf. In dieser Situation verlangten die Dienstregeln, daß er situationsangemessene Maßnahmen ergriff, und zwar mit der gebotenen Umsicht. An einem anderen Tag hätte er sich vielleicht anders entschieden. Aber diese Nacht war für ihn wie verzaubert. Er überprüfte die Revolvertrommel und beobachtete, wie der kleinere der beiden Männer auf der Beifahrerseite in einen schwarzen oder dunkelblauen Oldsmobile neueren Jahrgangs gestoßen wurde. Der andere drückte ihm den Kopf nach unten und zog die Knie auf den Sitz. In dieser Position war das Opfer praktisch hilflos und leicht unter Kontrolle zu halten. Vielleicht war der größere Mann ein Profi, wenn er diesen Trick kannte. Leo leckte sich nervös die Lippen.

Er sagte die Nummer des Oldsmobile vor sich hin, um sich das Kennzeichen einzuprägen, während er dem Wagen durch das South End und zur Autobahn folgte. Sein Mund war trocken, und trotz der ernsten Lage durchlebte er in Gedanken immer wieder seinen Triumph auf den Beantown Lanes. In seiner Erinnerung klang der heranrollende Ball wie ein Pauken-Crescendo und sein Zusammenstoß mit den Pins wie eine Minenexplosion.

Als sie die Neponset Bridge überquerten, sah er, wie sich hinter der Heckscheibe des Olds etwas bewegte. Ob der Kerl auf dem Boden wohl gerade den Löffel abgegeben hat, fragte sich Leo und zuckte bedauernd die Achseln. Wenn es so war, konnte er wohl kaum noch was dagegen unternehmen. Aber wenn nicht, hielt diese Zaubernacht für Leo Durbansky vielleicht noch größere Dinge bereit als eine Bowling-Trophäe.

Gerade malte er sich aus, wie stolz seine Frau auf seine Beförderung sein würde, als der Olds hinter der Brücke in eine dunkle, kaum besiedelte Straße einbog. Leo drosselte die Geschwindigkeit und ließ sich etwas zurückfallen. Es wäre nicht die erste Leiche gewesen, die in dieser Gegend abgeladen wurde. Aber diesmal hatte das Schicksal beschlossen, daß es anders kommen sollte. Leos Uniform lag zusammengefaltet auf dem Rücksitz. Ohne die Augen von seiner Beute abzuwenden, tastete er nach den Handschellen und steckte sie in die Tasche.

Die Scheinwerfer des Olds waren bereits erloschen, aber Leo konnte seine Umrisse im Licht der Stadt ohne weiteres ausmachen.

Der Wagen stand an der Mauer eines ausgebrannten Gebäudes. Es gab mehrere Möglichkeiten, wie man sich den mutmaßlichen Gangstern nähern konnte, ohne gesehen zu werden. Das Licht im Wageninnern leuchtete ein paar Sekunden, während der Killer die Beifahrertür öffnete, seinen Gefangenen hinausbeförderte und ihm folgte.

Vielleicht ist er doch kein Profi, dachte Leo. Ein echter Profi hätte verhindert, daß die automatische Innenbeleuchtung anging. Er streckte die Hand hoch und stellte sein eigenes Licht auf »Aus«. Dann öffnete er behutsam die Tür, glitt hinaus und ließ sich draußen gleich auf ein Knie fallen. Er hörte die Stimmen der beiden Männer, aber sie waren zu weit weg, als daß er auch nur ein Wort verstand.

Da er keine Ahnung hatte, wann der Mord geschehen sollte, mußte er sich den beiden möglichst schnell nähern. Leos Magen grummelte. Ein unangenehmer Geschmack nach Bier und Galle stieß ihm auf.

Sei vorsichtig, schärfte er sich ein. *Behalt einen kühlen Kopf, genau wie an Bahn neun, dann nagelst du den Scheißkerl gleich an die Wand.*

Mit dem Finger auf dem Abzug seines Revolvers schlich er rasch bis auf etwa dreißig Meter an die beiden heran.

»B-b-bitte, t-t-un S-S-Sie d-das n-n-nicht. I-ich b-bin für niemand eine G-G-Gefahr.«

»Ich gebe dir eine Minute, um mir zu sagen, mit wem du darüber gesprochen hast. Das sind bloß sechzig Sekunden ... Und jetzt nur noch fünfzig.«

»B-b-b-bitte. B-bitte.«

Das Opfer, das bei fast jedem Wort stotterte, lag jammernd und flennend auf den Knien. Vorsichtig setzte Leo seinen Weg bis zum Ende eines verfallenen Zauns fort. Jetzt war er höchstens noch fünfzehn Meter von den beiden entfernt. Hätte er doch bloß noch wie früher seine Taschenlampe in seinem Taurus aufbewahrt! Zwar würde der Überraschungseffekt ihm einen Vorteil verschaffen, aber wenn er mit einer Taschenlampe ins Gesicht des Mannes hätte leuchten können, wäre alles perfekt gewesen. Er kroch noch einen Meter näher. Und noch einen.

»Die Zeit ist um«, sagte der Killer.

»Keine Bewegung!« bellte Leo mit wild pochendem Herzen. »Keine Bewegung. Keine verdammte ...«

Der blonde Mann wandte kaum den Kopf zur Seite, und doch wußte Leo sofort, daß er nicht kampflos aufgeben würde. Leos Finger spannte sich um den Abzug, als der Killer plötzlich einen Satz zur Seite machte. Leo feuerte, und gleich darauf sah er aus der Richtung des Schattens eine Flamme aufblitzen. Er hörte den Knall aus der Pistole seines Gegners und fast gleichzeitig seinen Schmerzensschrei.

Erwischt! jubelte Leo innerlich. *Ich hab ihn erwischt!* Der Mann war gestürzt, umklammerte sein Bein und warf sich von einer Seite auf die andere. Sein stotterndes Opfer war inzwischen weggekrochen, wieder auf die Füße gekommen und rannte, so schnell er konnte, davon. *Wahrscheinlich irgendein kleiner Ganove,* überlegte Leo, während der Mann in der Dunkelheit verschwand. Die Trophäe, auf die er spekulierte – samt Schlagzeilen und einer Beförderung – wand sich vor ihm auf dem Boden. *Wahrscheinlich ein gesuchter Krimineller,* dachte er. *Vielleicht ein großer Fisch.*

»Na gut, Arschloch. Bleib, wo du bist, und rühr dich nicht von der Stelle. Ich bin Polizist!« brüllte Leo.

Aber seltsamerweise hörte er nichts. Auf einmal wurde ihm schwindlig ... alles war so weit weg ... ihm war plötzlich so übel ... Erst jetzt merkte er das Stechen rechts am Hals, direkt unter dem Ohr. Ungeschickt streckte er die Hand danach aus. Warmes, klebriges Blut lief über seine Hand und seinen Arm. Ihm wurde immer schwindliger und übler. Er sank auf ein Knie. Dann kippte er langsam, ganz langsam zur Seite.

Das letzte Geräusch, das Leo Durbansky hörte, war das Gerumpel von tausend Brunswick-Bowlingkugeln, die tausend Bahnen entlangrollten und in tausend Kegelstände donnerten.

KAPITEL 22

29. August

Kurz nach zwölf Uhr mittags durchquerte Sarah den Public Garden in Richtung Boston Common, wo sie mit Matt verabredet war. Der Tag, der warm und sonnig begonnen hatte, war jetzt schwül geworden. Geschäftsmänner saßen hemdsärmelig im Schatten der Bäume und aßen ihren Lunch, die Krawatte gelockert, das Jackett sorgfältig gefaltet und auf die Wiese neben sich gelegt. Auf der Wiese, wo einst die Minutemen den Kampf für die Freiheit geprobt hatten, plauderten Mütter in Shorts und ärmellosen Tops miteinander, während ihre Kinder im fetten Sommergras herumtollten.

Auch Sarah hätte sich liebend gern ausgestreckt und entspannt. Oder noch besser: sich mit Matt auf ein Pesto-Putenbrust-Sandwich bei Nicole's verabredet und anschließend mit ihm einen Bummel auf der Charles Street gemacht! Eigentlich wäre ihr fast alles lieber gewesen als das, was ihr bevorstand. Um ein Uhr mußte sie sich mit Matt in einem Saal im zweiten Stock des Gerichtsgebäudes, dem Sitz des Suffolk Superior Court einfinden, vor einem Tribunal, das sich mit ärztlichen Behandlungsfehlern befaßte.

Matt, der in den letzten Jahren bei drei solchen Tribunalen zugegen gewesen war, hatte ihr den Vorgang ziemlich ausführlich erklärt und sie auf ihr Recht hingewiesen, selber der Anhörung fernzubleiben. Immer wieder hatte er betont, daß Ärzte, die verklagt wurden, nur äußerst selten an dieser Prozedur teilnahmen, vor allem, wenn die Entscheidung – wie heute – negativ auszufallen drohte. Aber da

Sarahs Stundenplan in der Ambulanz flexibel war und sie außerdem ein fast morbides Verlangen spürte, ihren Prozeß mit allem Drum und Dran durchzustehen, verbat sie sich zu kneifen.

Das Tribunal-System, das in Indiana entstanden und schließlich von Massachusetts übernommen worden war, sollte unüberlegten Klagen gegen Ärzte Einhalt gebieten. Vor allem hoffte man, dieses Ausleseverfahren werde eines Tages die unerhört hohen Versicherungsprämien senken, die vielen Ärzten die Fortsetzung der klinischen Praxis unmöglich machten. Die Prämien und rückwirkenden Gebühren, die im Jahr eine Summe von über hunderttausend Dollar ergaben, machten das Gros der ständig steigenden Gesundheitskosten aus. Und angemessener Versicherungsschutz war in Massachusetts eine der Voraussetzungen für die Ärztelizenz. Die Ärzte, die weiterhin hier praktizieren wollten, hatten keine andere Wahl, als immer mehr Patienten aufzunehmen und immer mehr »defensive« Labortests anzuordnen.

Das Tribunal, das sich aus einem Richter, einem Anwalt und einem Arzt aus der Fachrichtung des Angeklagten zusammensetzte, habe nicht über Recht oder Unrecht zu entscheiden, hatte Matt erklärt. Die einzige Frage, die heute beantwortet werden sollte, war: Vorausgesetzt, Lisa Graysons Vorwürfe entsprechen der Wahrheit, kann man dann zwingend davon ausgehen, daß ein ärztlicher Behandlungsfehler vorliegt? Oder juristisch ausgedrückt: Können Lisa und Graysons Anwälte ihre Klage auf einen sogenannten »prima-facie«-Beweis, also einen Beweis aufgrund des ersten Augenscheins, stützen?

»Meist entscheiden die Tribunale zugunsten des Klägers«, erläuterte Matt. »Aber selbst wenn ein Kläger vor dem Tribunal verliert, kann er auf einem Prozeß bestehen, wenn er bereit ist, eine festgeschriebene Kaution zu hinterlegen – in Massachusetts sechstausend Dollar –, zur Deckung der Gerichts- und Anwaltskosten des Angeklagten. Der Richter kann auch auf die Kaution verzichten, wenn er glaubt, daß der Kläger die Summe nicht aufbringen kann. Bei den Graysons ist das natürlich kein Thema.«

Ein abgenutzter grasfleckiger Baseball rollte vom Rasen auf den Gehweg, direkt vor Sarahs Füße. Sie hob ihn auf und warf ihn dem Teenager zu, der hinter ihm hergelaufen kam. Der Jugendliche, wahrscheinlich puertorikanischer Herkunft, fing den Ball gelassen und anmutig mit dem Handschuh und grinste Sarah unter seiner Red-Sox-Kappe schüchtern an.

»Nicht schlecht für ein Mädchen, was, Ricky?« erklang Matts Stimme.

Er winkte Sarah von der Wiese aus zu, verabschiedete sich von den Jungen, mit denen er gespielt hatte, und kam zu ihr. Er trug Turnschuhe, ein Greenpeace-T-Shirt und seine Anzughose. Während er sprach, gestikulierte er mit seinem abgenutzten Handschuh, als wäre er Teil seiner Hand.

»Ricky, danke für den Catch«, sagte er, als er an dem Jungen vorbeikam. »Deine Technik wird immer besser. Hey, vielleicht sehen wir uns ja morgen.«

»Er ist süß«, meinte Sarah.

»Und ein Ganove«, fügte Matt hinzu. »Nein, das war ein Scherz ... mehr oder weniger. Die Jungs da draußen sind eine Gang. *Los Muchachos.* Vor ein paar Jahren hat mir das Gericht die Verteidigung von zwei von ihnen übertragen. Nichts allzu Schlimmes, glücklicherweise. Jedenfalls habe ich ihnen irgendwann mal meine Zeitungskritiken gezeigt – natürlich nur die guten –, und da sind wir Kumpel geworden. Jetzt spielt die ganze Gang Baseball, und ein paar von ihnen trainieren jüngere Kids. Ricky hat es sogar ins High-School-Team geschafft. Er hat wirklich Talent.«

»Und das alles haben Sie in die Wege geleitet?«

»Himmel, nein. *Die Jungs* haben das gemacht. Ich hab ihnen nur beigebracht, daß es nicht uncool ist, wenn man auf einen Baseball einprügelt statt auf die Köpfe seiner Mitmenschen. Nächste Woche läuft Rickys Bewährung aus. Ich hab zwei Tribünenplätze für das Spiel der Red Sox gegen Baltimore. Ursprünglich hatte ich sie für mich und Harry gekauft – das ist mein Sohn. Aber er mußte nach Hause fahren, wegen irgendeines Sommerkurses. Also nehme ich statt dessen Ricky mit. Eigentlich sollte es eine Überraschung werden, aber ich hab's ihm schon verraten. Ich kann Überraschungen schlecht für mich behalten.«

»Wo wohnt Harry?« fragte Sarah.

Ein Schatten huschte über Matts Gesicht. »In Kalifornien«, antwortete er.

Sein Ton entmutigte sie, weitere Fragen zu diesem Thema zu stellen. Nach ein paar Augenblicken unbehaglichen Schweigens lächelte er müde und machte eine Kopfbewegung in Richtung Common. »Mein Büro liegt hinter dem Park.«

Sarah war erleichtert, daß sie sich nicht weiter mit seinem Schmerz befassen mußten und einfach nebeneinander hergehen konnten.

Matts Arbeitskleidung lag in seinem Büro, das sich im fünften Stock eines umgebauten alten Sandsteingebäudes befand. Die drei Zimmer umfassende Kanzlei war längst nicht so trostlos und unordentlich, wie er sie beschrieben hatte.

»Alles ist relativ«, meinte Matt, als Sarah ihn darauf ansprach. »Leider zählt im Juristengeschäft hauptsächlich das Image, denn Anwälte gibt es ja wie Sand am Meer. Irgendwann nehme ich Sie einfach mal zum Spaß mit und zeige Ihnen das Büro von Jeremy Mallon.«

»Verschonen Sie mich«, stöhnte Sarah.

Matt machte sie mit seiner Sekretärin bekannt, einer netten, mütterlichen Frau namens Ruth. Ehe sie auch nur ein Wort mit ihr gewechselt hatte, merkte Sarah, daß sie gern ein Schwätzchen hielt.

»Mr. Daniels ist ein wunderbarer Mann«, begann Ruth sofort, nachdem Matt zum Umziehen verschwunden war.

»Ja, das glaube ich auch.«

»Und er ist ein guter Anwalt. Und ein traumhafter Vater. Er sagt, Sie sind die wichtigste Klientin, die er je vertreten hat. Er arbeitet immer viel, aber ich habe ihn noch nie so schuften sehen wie bei Ihrem Fall.«

»Das ist sehr beruhigend.«

Sarah lächelte ein wenig unbehaglich und hielt auf dem kleinen Couchtisch Ausschau nach einer Zeitschrift, die sie vielleicht wenigstens ein bißchen interessierte. Schließlich hielt sie eine eselsohrige, vier Monate alte Ausgabe des *Consumer Report* in der Hand. Doch der Wink mit dem Zaunpfahl kam bei Ruth nicht an.

»Er ist noch da, wenn ich abends weggehe«, plauderte sie munter weiter, »und wenn ich morgens ins Büro komme, sitzt er schon wieder hinter seinem Schreibtisch. Seine frühere Freundin hatte überhaupt kein Verständnis dafür, daß es ihm so wichtig ist, seine Praxis aufzubauen – nach allem, was mit Harry passiert ist und so. Ich glaube, deshalb hat sie auch Schluß gemacht. Weil er ihr nicht genügend Aufmerksamkeit geschenkt hat. Aber ich hab sie sowieso nicht gemocht. Ein bißchen überkandidelt, wenn Sie verstehen, was ich meine. Mr. Daniels hat was Besseres verdient.«

Auf einmal fühlte sich Sarah hin- und hergerissen. Einerseits wollte sie Ruth sagen, sie solle doch nicht solche persönlichen Geschichten über ihren Chef verbreiten, andererseits verspürte sie den Drang, ihr möglichst viele Informationen aus der Nase zu ziehen. Schließlich entschied sie sich für einen Mittelweg.

»Was ist denn mit Harry passiert?« fragte sie. Wenn sie an Matts trauriges Gesicht dachte, konnte sie sich das Schlimmste vorstellen.

»Oh, eigentlich geht es ja gar nicht um Harry, sondern um seine Exfrau. Vor ein paar Jahren hat sie den Jungen praktisch entführt und ist mit ihm nach Kalifornien umgezogen. Nach Los Angeles. Mr. Daniels ist wegen des Sorgerechts vor Gericht gegangen, aber er hat keine geeignete Wohnung – obwohl jeder weiß, daß Harrys Mutter zuviel trinkt und Mr. Daniels viel besser für den Jungen sorgen würde.«

»Das ist sehr traurig.«

»Da haben Sie recht. Und ihm liegt Harry zu sehr am Herzen, als daß er dieser Frau einen Wunsch abschlagen könnte. Privatschule. Sommerkurse. Kleidergeld. Und dann natürlich die Kosten für den Flug hierher und zurück, wenn sie einmal so gnädig ist, einen

Besuch zu erlauben. Ich schreibe eine Menge Schecks aus, da weiß ich, wieviel er für diese Reisen bezahlt. Ich glaube, deshalb ist ihm Ihr Fall auch so wichtig. Wenn er seine Sache gut macht, schiebt ihm die Versicherung vielleicht mehr solche Aufträge zu. Oh ... rede ich zuviel? Mr. Daniels schimpft immer mit mir, daß ich zuviel mit seinen Klienten quaßle. Aber wenn wir mehr Klienten hätten, würde ich wahrscheinlich weniger reden, falls Sie verstehen, was ich meine.«

Sarah fragte sich, wie lange und wie gut sie ihren wortkargen Anwalt wohl kennen mußte, ehe sie soviel von ihm wußte, wie ihr Matts Sekretärin in zwei, drei Minuten erzählt hatte. In diesem Augenblick begann die uralte Sprechanlage auf Ruths Schreibtisch zu krächzen.

»Sarah, tut mir leid, daß ich so lange brauche«, erklang Matts Stimme. »Ich habe wegen einer Kleinigkeit bei einem Klienten angerufen, und er hat mich eine Ewigkeit warten lassen. Aber jetzt bin ich gleich fertig. Ruth, machen Sie eine Pause und kümmern Sie sich ein bißchen um Sarah. Wir wollen doch nicht, daß sie glaubt, unsere Kanzlei wäre genauso steif wie alle anderen.«

* * *

Das Suffolk Superior Court Building, ein altertümlicher Granitbau, lag nur fünf Fußminuten von Matts Büro entfernt.

»Ich möchte sicher sein, daß Sie nichts à la Perry Mason erwarten«, sagte er, als sie an einer Ampel warteten, um die Washington Street zu überqueren. »Heute wird Mallon seine Boxhandschuhe überstreifen und gnadenlos auf uns einprügeln – eidesstattliche Erklärungen, Briefe von Experten, das ganze Arsenal. Wenn er fertig ist, werden wir das Tribunal mit Argumenten ergötzen, die ungefähr so ernst zu nehmen sind wie die Behauptung, daß Mallons Mutter Springerstiefel trägt. Es ist unsere erste ernsthafte Kampfhandlung, aber den anderen werden Schußwaffen in die Hand gedrückt und uns nicht. Demzufolge wird es sicher nicht allzu nett. Denken Sie einfach immer daran – es ist bloß das Vorspiel.«

»Aber es klingt schrecklich.«

»Machen Sie sich keine Sorgen, unsere Chance kommt noch. Lassen Sie sich nur nicht irremachen von dem, was Sie heute zu hören bekommen. Wie wir schon an dem Tag in Mr. Kwongs Laden festgestellt haben, sind diese Leute nicht unsere Freunde. Übrigens habe ich ihn gestern gesehen.«

»Wen? Tian-Wen?«

»Ja. Ich habe ihn schon ein paarmal besucht. Als Klienten mußte ich ihn allerdings ablehnen, wegen des Interessenkonflikts mit Ihrem Fall. Aber ich habe ihn bei Angela Cord untergebracht, einer hervorragenden Anwältin. Ich habe den alten Mann richtig gern. Übrigens hat er mir gesagt, daß Sie ihn nicht besucht haben, seit er aus der Klinik ist.«

»In dem ganzen Durcheinander wollte ich – wollte ich ihn einfach nicht sehen. Er ist ein lieber alter Mann. Es tut mir leid, daß er krank geworden ist und daß man ihn wegen des Opiums verklagt. Aber ich bin auch wütend auf ihn. Es war sein Opium. Er streitet es nicht ab.«

»Ja«, erwiderte Matt. »Aber soweit ich mich erinnere, waren Sie diejenige, die mich darauf hingewiesen hat, daß Opiumrauchen ein kulturelles Phänomen ist und kein kriminelles. Außerdem bestreitet er, daß er das Opium in seinem Laden aufbewahrt hat. Und er behauptet nach wie vor, daß er, selbst wenn er fünfzigmal soviel geraucht hätte wie sein übliches Pfeifchen, nie und nimmer die Noni-Pflanze mit Kamille verwechselt hätte ...«

»Aber er hat sie verwechselt. Wenn man die Verantwortung ablehnt, ändert das nichts an den Tatsachen. Matt, ich habe Opium geraucht, ein paarmal, als ich in Thailand war. Ich weiß, was es mit einem anstellen kann. Und es ist sehr wohl möglich, daß Tian-Wen aus Unachtsamkeit oder Senilität oder wegen des Opiums oder aufgrund einer Kombination von allem die Mixtur verpfuscht hat. Und wegen seiner Irrtümer – wegen der Fehler, die er bei der

Zusammenstellung der Mixtur gemacht hat – sind Menschen gestorben.«
»Ich kann das nicht glauben.«
»Tja, das will ich auch hoffen. Sie sind schließlich mein Anwalt. Aber bis Sie beweisen können, daß es eine abgekartete Sache war, bis wir wissen, wer sie angeleiert hat und warum, muß ich glauben, daß Tian-Wen möglicherweise schuld hat an dem, was diesen Frauen zugestoßen ist. Und damit trage ich ebenfalls Schuld, denn ich habe mich auf ihn verlassen.«
Sie bogen um die Ecke zu dem kleinen Platz vor dem Gerichtsgebäude. Vor ihnen tauchte eine kleine Gruppe von etwa zwanzig Demonstranten auf. Ein uniformierter Polizist hielt sie von der Treppe fern. Auf einer Seite des Platzes stand ein Kamerateam von Channel Seven und interviewte einen der Demonstranten, einen mageren, bärtigen Mann, der ein purpurrotes, bodenlanges Gewand mit Kapuze trug.
»Das gefällt mir nicht«, brummte Matt und blieb stehen, um die Situation besser einschätzen zu können.
»Was ist da los?«
»Wenn ich mich nicht irre, geht es um Sie. Haben Sie den *Herald* heute morgen nicht gelesen?«
Sarah schüttelte den Kopf. »Ich hab um sieben mit meinem Dienst angefangen und hatte kaum Zeit für eine Tasse Kaffee zwischendurch. Erzählen Sie mir jetzt bloß nicht, daß ich wieder Schlagzeilen gemacht habe.«
»Eigentlich Sie *und* Ihre Klinik. Auf Seite vier steht ein Artikel über eine Subvention, die das MCB gerade erhalten hat, um ein großes neues Zentrum zu bauen, in dem bestimmte Gebiete der alternativen Heilverfahren wissenschaftlich erforscht werden sollen. Gibt es ein Charlton Building?«
»Es heißt Chilton Building«, verbesserte Sarah, »ein verlassener, verrammelter alter Kasten. In ein paar Monaten soll es abgerissen werden, damit die Arbeiten am neuen Zentrum beginnen können. Aber das ist ein alter Hut. Alle im MCB wissen es seit Wochen.«

»Tja, für den *Herald* ist es eine Neuigkeit. Und direkt gegenüber von dem Artikel, auf Seite fünf, steht dann die Ankündigung, daß Sie sich heute dem Tribunal stellen müssen. Axel Devlin hat es natürlich auch erwähnt. ›Der Anfang vom Ende für Dr. Spinner‹, ich glaube, so hat er sich ausgedrückt. Oder so ähnlich. Im Büro sind mehrere Anrufe eingegangen von Leuten, die unbedingt mehr darüber wissen wollten. Ich habe mit niemandem gesprochen, aber Ruth meinte, es hätte geklungen, als wollte jemand eine Demonstration für Sie auf die Beine stellen. Und vermutlich haben wir die jetzt vor uns.«

»O nein«, stöhnte Sarah.

»Leider gibt es ohne vorherige Absprache keine Möglichkeit, den Hintereingang zu benutzen. Ich fürchte, wir haben keine andere Wahl, als den Spießrutenlauf über uns ergehen zu lassen. Als Ihr Anwalt möchte ich Ihnen raten, die nächsten Minuten Ihr Vokabular auf vier Wörter zu beschränken: ›Vielen Dank‹ und ›Kein Kommentar‹. Okay?«

»Kein Kommentar . . . Vielen Dank«, antwortete Sarah.

Die kleine Demonstration setzte sich hauptsächlich aus Verfechtern verschiedener alternativer Heilmethoden zusammen. Ein paar von ihnen waren Sarah bekannt, unter anderem ein sehr begabter Chiropraktiker und ein Akupunkteur, der früher Professor in Peking gewesen war. Außerdem waren drei Frauen anwesend, die Sarahs Mixtur eingenommen und ohne jeden Zwischenfall entbunden hatten. Zwei davon hatten ihre Säuglinge im Tragegestell auf dem Rücken mitgebracht.

Als Sarah und Matt näher kamen, trat die ganze Gruppe zurück und applaudierte.

»Nur Mut«, rief einer von ihnen.

»Viel Glück, Doktor«, sagte eine Frau. »Wir stehen hinter Ihnen.« Sie trug ein handgemaltes Schild mit der Aufschrift:

NATURHEILER KÜMMERN SICH UM IHRE PATIENTEN

Das Gespenst in der roten Robe brach das Interview mit Channel Seven ab, eilte zu Sarah herüber und streckte ihr eine knochige Hand entgegen.
»Dr. Misha Korkopovitch, Energietherapie und Schamanismus«, stellte er sich vor. »Wir unterstützen Sie voll und ganz, Dr. Baldwin. Dank Ihnen halten wir heute enger zusammen denn je.«
»Vielen Dank«, brachte Sarah gerade noch hervor, ehe Matt sie die Treppe hinauf entführte. »Matt, das ist alles sehr seltsam und ziemlich schwer zu verkraften. Vor ein paar von diesen Leuten habe ich regelrecht Ehrfurcht, weil sie großartige Naturtherapeuten sind. Und andere, wie dieser Misha, sind höchstwahrscheinlich Scharlatane.«
Matt sah über die Schulter hinweg zurück, als sie das Gebäude betraten. »Sieht nicht viel anders aus als eine Gruppe von normalen Ärzten, stimmt's?«

* * *

» ... Dann wollen wir doch mal sehen, was wir hier haben und wie wir unseren Fall begründen ...«
Jeremy Mallon zog kurz seine Notizen zu Rate und begann dann, langsam vor dem Tribunal auf und ab zu gehen. Vom Tisch der Kläger aus beobachteten ihn zwei weitere Anwälte mit Argusaugen; einer von ihnen war etwa in Mallons Alter, der andere wesentlich älter.
»Das sind Graysons Anwälte«, flüsterte Matt.
Er nickte in den Saal, der bei ihrer Ankunft fast leer gewesen war. Einige der Demonstranten hatten Platz genommen. Und jetzt kamen Willis Grayson und seine vier Getreuen den Gang herab. Bevor Sarah den Blick abwenden konnte, sah sie plötzlich in Graysons kühle, graue Augen. Die Macht und der Zorn, die sich in ihnen zeigten, ließen sie erschauern. Als sie ihre Aufmerksamkeit wieder Mallon zuwandte, überlegte sie, wie es wohl Lisa ging und ob man sie auch vor die Wahl gestellt hatte, heute an dieser Sitzung teilzunehmen oder sie sich zu ersparen.

Die Gynäkologen wurden durch eine Ärztin aus Harvard repräsentiert, Rita Dunleavy. Sie saß neben dem Anwalt, einem zerknitterten Mann mit schütterem Haar namens Keefe, und dem Richter Judah Land, laut Matt ein tadelloser Gerichtsveteran, der mindestens fünfundzwanzig Jahre Praxis hinter sich hatte.

Mallons einführende Bemerkungen enthielten die Worte gefährlich, unverantwortlich, nachlässig, arrogant, unterdurchschnittlich, fehlerhaft und fatal. Sarah, so behauptete er, hatte ein potentiell hochwirksames Präparat verschrieben, und zwar für schwangere Patientinnen, also für Frauen, die sich in einem ganz besonders empfindlichen und verletzlichen Zustand befanden.

»Da sich pflanzliche Medikamente letztlich der wissenschaftlichen Kontrolle entziehen«, fuhr Mallon fort, »gibt es zwischen dem fruchtbaren Boden Südostasiens und der Blutbahn einer Frau aus Boston unendlich viele Punkte, an denen etwas schiefgehen kann. Unsere heutige Beweisführung umfaßt sowohl das Schreiben eines Gynäkologen, Dr. Raymond Gorfinkle, als auch das eines Spezialisten für Heilpflanzen, Mr. Harold Ling. Die Erklärungen dieser beiden Experten machen deutlich, daß Dr. Baldwin sich nicht in Einklang mit der üblichen schulmedizinischen Praxis befand, als sie ihren Patientinnen anstelle von Vitaminen ein Pflanzenpräparat verschrieb, aber auch nicht in Einklang mit der ganzheitlichen Therapieform. Vor allem stellt Dr. Lings Schreiben die Kompetenz des Pflanzen-Pharmazeuten in Frage, der die Inhaltsstoffe beschaffte und die von Dr. Baldwin verschriebenen Komponenten zusammenstellte.«

Als nächstes verlas Mallon die beiden Briefe. Gorfinkle, ein Gynäkologe, der in der Gegend von West Roxbury praktizierte, betonte, in seiner mehr als dreißigjährigen Praxis habe er bei seinen Patientinnen alle möglichen Riten und Rituale beobachtet. Manche von ihnen waren seines Erachtens ungesund, andere harmlos. Aber nie war ihm eine Normabweichung begegnet, *die von einem Arzt angeordnet wurde.* Seiner Meinung nach ließ es sich nicht mit dem heutigen Standard der medizinischen Versorgung vereinbaren, daß in Boston, Massachusetts, in den neunziger Jahren statt der vom Arzneimittelgesetz überwachten Vitaminpräparate irgendwelche Pflanzenprodukte verabreicht wurden.

Ling, ein Kräuterkenner aus New Yorks Chinatown, äußerte sich nicht weniger kritisch. Pflanzliche Medikamente hatten ihren Platz, wenn es darum ging, die Gesundheit eines Menschen aufrechtzuerhalten, schrieb er, allerdings nur in geringen Mengen und nur, wenn sie von einem anerkannten, verantwortungsbewußten Experten auf diesem Gebiet zur Verfügung gestellt wurden. In seinen Augen war Kwong Tian-Wen, dessen chronischer Opium-Mißbrauch eine zur Genüge bekannte Tatsache war, weder anerkannt noch verantwortungsbewußt. Außerdem hielt es Ling für durchaus wahrscheinlich, daß Noni – die Pflanze, die sich statt Kamille in dem Behälter befunden hatte – zu Komplikationen bei der Blutgerinnung führen konnte.

»Ling ist einer von Peters ältesten Freunden«, flüsterte Sarah Matt zu. »Und Gorfinkle ein gedungener Zeuge. Er verdient sich eine goldene Nase mit seinen Aussagen gegen andere Ärzte.«

»Das überrascht mich nicht«, meinte Matt. »Ich bin sicher, meine Exfrau hätte auch gern die Chance, mir das anzutun, was Ettinger jetzt mit Ihnen versucht.«

»Mr. Daniels«, sagte Richter Land mit mahnender Stimme, »Sie haben etwa fünf Minuten, um Ihre Argumente darzulegen. Sie wissen, daß von Ihrer Seite keine Expertenmeinungen oder sonstiges Beweismaterial eingebracht werden darf.«

»Das weiß ich, Euer Ehren, danke ... Sarah, hören Sie«, flüsterte er. »Ich möchte heute nichts sagen, was Mallon einen Hinweis darauf geben könnte, auf welchen Teil seiner Anklage wir es besonders abgesehen haben. Momentan sehe ich keine Möglichkeit, hier einen Blumentopf zu gewinnen. Also können wir uns nur schaden, wenn wir zu viel preisgeben.«

»Verstehe.« Aber eigentlich war sie überhaupt nicht sicher, ob sie verstand, was Matt meinte.

»Euer Ehren, Dr. Dunleavy, Mr. Keefe«, begann Matt und ließ

einen leichten Südstaatenakzent anklingen, verzichtete jedoch auf das taktische Herumstolzieren, das sein Gegner so gern praktizierte.
»Wir haben heute alle damit gerechnet, daß uns mein werter Kollege Mr. Mallon einen Prima-facie-Fall vorlegt und seine Beweisführung auf einen unbestreitbaren ersten Anschein stützt. Was wir statt dessen vorgeführt bekommen, ist ein höchst beeindruckendes Ablenkungsmanöver. Was fehlt ihm denn? Welches Vakuum möchte Mr. Mallon denn gern hinter all dem Staub, den er aufwirbelt, verstecken? Nun, ich vermute, Sie sehen die Antwort auf diese Fragen ebenso deutlich wie ich. Er versucht, von der Tatsache abzulenken, daß er nichts in der Hand hat, womit er eine Verbindung herstellen könnte zwischen dem, was Dr. Sarah Baldwin getan oder nicht getan hat, und der DIC-Erkrankung, die bei Lisa Grayson aufgetreten ist.
Offen gestanden überrascht es mich, daß Mr. Mallon den Mumm besitzt, einen Fall mit sowenig substantiellem Beweismaterial überhaupt vor ein Tribunal zu bringen. Wir haben ein ›sollte eigentlich nicht‹ von Dr. Gorfinkle gehört und ein ›durchaus wahrscheinlich‹ von Mr. Ling, aber das sind doch letztlich Spekulationen. Keine wissenschaftlichen Erklärungen, kein Experte, der uns sagt, wo diese sensible, engagierte Ärztin einen Fehler gemacht hat, und daß aufgrund – wohlgemerkt *aufgrund* – dessen, was sie getan hat, ein Säugling tot geboren und seine Mutter schwer verletzt wurde. Ohne einen solchen Experten kann Mr. Mallon auch keinen Prima-facie-Fall konstruieren. Aus diesem Grund beantrage ich die Abweisung der Klage gegen meine Mandantin.«
»Bravo«, flüsterte Sarah, nachdem sich Matt wieder gesetzt hatte. »Bravo.«
»Quatsch«, flüsterte er zurück.
»Was?«
»Ich bin derjenige, der Staub aufwirbelt. Und an den Gesichtern unseres Gremiums dort oben kann man deutlich erkennen, daß sie das auch wissen. Mallon hat mehr getan, als nötig gewesen wäre, um hier zu gewinnen.«

Der Richter dankte den Anwesenden, versprach eine Entscheidung innerhalb der nächsten Stunde und entließ das Tribunal.
Matt sagte kein Wort, während sie das Gerichtsgebäude verließen und sich auf den Rückweg zu seinem Büro machten.
»Und?« fragte Sarah schließlich.
»Und was?«
»Was halten Sie von all dem?«
»Was halte ich wovon?« Er machte einen beunruhigten und frustrierten Eindruck.
»Von dem, was gerade dort drinnen abgelaufen ist«, antwortete Sarah gereizt.
»Ich glaube, wir haben verloren.«
»Na und? Das haben Sie mir doch schon prophezeit, ehe wir reingegangen sind.«
»Das macht es nicht erfreulicher. Wir haben ganz schön eins drübergekriegt. Und Mallon ist nicht mal dabei ins Schwitzen geraten.« Er ließ sich auf eine Bank am Gehwegrand sinken. »Sarah, hören Sie«, fuhr er fort. »Tote Babys und verstümmelte junge Frauen machen die Geschworenen wütend. Manchmal sehr wütend. Ich weiß nicht, wie hieb- und stichfest Mallon die Verbindung zwischen Mr. Kwongs Kräutern und Lisa Graysons DIC machen kann, ich weiß nicht einmal, ob der Richter ihn auch die beiden anderen DIC-Fälle vorführen läßt. Aber ich habe einfach das Gefühl, mit Hilfe von Kwongs Drogenverhaftung und der zarten, hübschen, einarmigen Lisa im Zeugenstand wird er genügend emotionale Saiten zum Klingen bringen, daß die Geschworenen uns die Last der Beweisführung zuschieben. Und das ist eine Position, in die man sich als Verteidiger nie manövrieren lassen sollte.«
Er war ganz offenbar sehr nervös. In seinen Augen und dem verkrampften Kinn lag eine Spannung, wie Sarah sie bei ihm noch nie gesehen hatte.
»Vielleicht sollten Sie lieber gleich zum Kern der Sache kommen«, sagte sie.

Er sah auf, verblüfft, daß sie ihn so mühelos durchschaut hatte. »Tja, der Kern ist, daß es eine Alternative gibt, über die ich noch nicht mit Ihnen gesprochen habe, die wir meiner Meinung nach jedoch in Erwägung ziehen sollten.«
»Nämlich?«
Black Cat Daniels kaute auf der Unterlippe und schubste mit der Schuhspitze eine Zigarettenkippe weg.
»Wir könnten aussteigen.«

KAPITEL 23

Das Dreifamilien-Holzhaus lag an einer Sackgasse in einer heruntergekommenen Gegend von Dorchester. Es hätte dringend neue Dachschindeln, neue Regenrinnen und einen neuen Anstrich gebraucht. Die schwere Aktentasche unterm Arm, stapfte Rosa Suarez den Weg zur Haustür entlang. Mit der Datensammlung war sie gut vorangekommen, aber bis jetzt hatte sich nichts ergeben, was die DIC-Fälle im Medical Center of Boston erklärt hätte.

Auf ihr Betreiben hatte die Seuchenzentrale an Hunderte von Krankenhäusern Anfragen über weitere DIC-Fälle geschickt. Aber bei allen, die bisher aufgetaucht waren, gab es eine logische, fundierte Erklärung – wie etwa Plazentaablösung, Toxikämie oder eine heftige Infektion.

In der Hoffnung, etwas zu finden, was sie bisher übersehen hatte, ging Rosa in Gedanken noch einmal ein paar Schritte zurück. Zuerst wollte sie sich ein zweites Mal mit den Familien der beiden verstorbenen Opfer unterhalten und später in der Woche noch einmal bei Lisa Grayson vorsprechen. Außerdem hatte sie sich vorgenommen, die Kulturen, die sie angelegt hatte, noch einmal gründlich zu überprüfen.

Obwohl ihr Chef kaum mit ihr gesprochen hatte, gab es schon erste Anzeichen von Ungeduld, und zwar in Form einer kurzen schriftlichen Notiz, die besagte, daß Dr. Wayne Werner, der Chef-Epidemiologe, in drei bis vier Wochen mit seiner gegenwärtigen Ermittlung fertig sein und für ein neues Projekt zur Verfügung stehen würde. Falls jemand Werners Hilfe bei einer laufenden Untersuchung brauchte, sollte er in den nächsten zwei Wochen einen entsprechenden Antrag einreichen. Rosa wußte, daß dieses Schreiben bestenfalls als Aufforderung verstanden werden konnte, sie solle endlich mit einer Hypothese aufwarten, und schlimmstenfalls als Vorwarnung, daß sie mit ihrer baldigen Ablösung zu rechnen hatte.

Über dem Briefschlitz der Wohnung im ersten Stock stand in großen Buchstaben der Name BARAHONA. Freddy Barahona, ein Hilfsarbeiter, war jeden Tag zu Hause, denn er war wegen eines Rückenleidens bereits in Rente. Seine Frau Maria arbeitete Nachtschichten in einer Turnschuhfabrik. Marias Tochter aus erster Ehe und das einzige Kind, das sie je haben würde, war Constanza Hidalgo.

Rosa spürte, daß der Streß der Ermittlung, die sie jetzt seit fast sieben Wochen intensiv beschäftigte, sie allmählich zermürbte. Sie hatte abgenommen, sich zum erstenmal seit Jahren wieder mit ihrem Mann gestritten und in einem Augenwinkel ein unangenehmes Zucken entwickelt. Aber sie war besorgt und entschlossen genug, um sich weiter zum Äußersten zu treiben. Sie wollte unbedingt als Gewinnerin aus ihrem Beruf ausscheiden. Und was noch wichtiger war – sie wollte die Katastrophe abwenden, die sie nahen sah.

Irgend jemand hatte absichtlich Seiten aus den Krankenakten von mindestens zwei DIC-Opfern entfernt. Jemand verfolgte Sarah Baldwin und hatte ihr bereits einmal aufgelauert. Und die gewissenhaften Forschungsmethoden, die Rosa im Lauf der Jahre so treu gedient hatten, wollten diesmal einfach nicht greifen. Manchmal hatte sie das Gefühl, um eine tickende Zeitbombe herumzuschleichen, ohne zu wissen, wie man sie entschärfen konnte. Zum gegenwärtigen Zeitpunkt war sich Rosa nur in einem Punkt ganz sicher: Es würden bald noch mehr Frauen und ihre ungeborenen Kinder sterben, falls nicht bald Antworten gefunden wurden.

Maria Barahona war eine rundliche, abgearbeitete Frau, die in jungen Jahren sehr hübsch gewesen sein mußte. Nach außen hielt sie eine fröhliche Fassade aufrecht, aber man sah den Schmerz über den Verlust ihres einzigen Kindes in ihren Augen. Beim ersten Gespräch war sie einmal in Tränen ausgebrochen. Aber sie hatte sich schnell wieder gefaßt, sich entschuldigt und weiter Rosas Fragen beantwortet. Jetzt döste ihr Ehemann wie üblich in einem alten Klappsessel in einer Ecke des Zimmers, und Maria servierte Rosa Tee, während sie erneut über Connie sprachen. Obwohl Marias Englisch recht gut war, schien sie erleichtert, Spanisch reden zu dürfen.

»Es waren Drogen im Wagen, wissen Sie«, berichtete sie. »Man hat uns auch gesagt, daß man in Connies Blut Spuren von Marihuana gefunden hat, aber das glaube ich einfach nicht. Sie war ein fröhliches Mädchen. Und ein gutes Mädchen. Und so wunderschön. Ihr einziges Verbrechen bestand darin, daß sie sich in diesen Mistkerl verliebt hat, in diesen Billy Molinari. Bitte, Mrs. Suarez, bitte verzeihen Sie mir, daß ich ihn so nenne.«

»Sie brauchen sich deswegen nicht zu entschuldigen, Mrs. Barahona.«

»Sie war so schön. Sie hätten sie kennenlernen müssen, Mrs. Suarez. Wenn sie durch die Straßen ging, haben sich alle Männer nach ihr umgedreht. Wir hatten uns schon einen Namen für ihren kleinen Jungen ausgesucht. Guillermo. Auch wenn man ihn Billy genannt hätte – Connie bestand auf der spanischen Schreibweise.«

Genau wie beim ersten Gespräch geriet Mrs. Barahona schnell ins Erzählen. Und wieder war sie den Tränen nahe. Ein wenig verzweifelt unterbrach Rosa ihren Redeschwall.

»Mrs. Barahona«, sagte sie, »vor etwa drei bis fünf Jahren ließ sich Ihre Tochter im Medical Center of Boston behandeln. Haben Sie eine Ahnung, weshalb?«

Das Gesicht der Frau entspannte sich etwas, während sie versuchte, sich auf Rosas Frage zu konzentrieren.

»Ich – ich kann mich an nichts erinnern. Sie hatte manchmal Kopfweh und Bauchschmerzen. Vor allem mit, na, Sie wissen schon, bei ihrer Periode. Aber das wurde auch nicht besser, wenn sie was eingenommen hat. Sie hatte immer großes Vertrauen zu den Ärzten im Medical Center. Wenn jemand ihr dort sagte, schluck diese Pillen drei Minuten nach vier, dann saß meine Constanza da und hat die Uhr angestarrt, bis es genau drei Minuten nach vier war.«

Wieder eine Sackgasse. Rosa starrte auf den Boden und versuchte sich das wachsende Entsetzen und die Angst auszumalen, die Constanza Hidalgo in den letzten Stunden ihres Lebens hatte durchmachen müssen. Gab es hier noch etwas zu entdecken? Irgend etwas, was sie noch nicht probiert hatte?

»Mrs. Barahona, ich weiß, daß Connie mit Billy Molinari zusammengelebt hat«, sagte sie schließlich. »Wann ist sie endgültig von zu Hause ausgezogen?«

»Sie hatten vor zu heiraten«, antwortete Maria, offensichtlich peinlich berührt. »Und sie hat immer noch oft hier übernachtet. Sehr oft.«

»Bitte entschuldigen Sie, Maria. Ich wollte Ihnen nicht zu nahe treten. Ich habe mich nur gefragt, ob Connie hier noch ein Zimmer hat, mit ihren Sachen und so. Falls ja, würde ich mir das Zimmer nämlich gerne mal ansehen, mit Ihrer Erlaubnis natürlich.«

»Ach so. Tja, wenn Sie meinen, es hat einen Sinn, können Sie sich natürlich gern alles anschauen, was Sie möchten. Es ist das Zimmer dort hinten rechts. Ich habe nichts verändert. Wenn es Ihnen nichts ausmacht, möchte ich jetzt gern anfangen, das Abendessen vorzubereiten. Ich arbeite Nachtschicht, wissen Sie.«

»Ich weiß«, antwortete Rosa und warf einen Blick auf Fred Barahona, der dringend eine Rasur nötig gehabt hätte und sich seit ihrer Ankunft nicht gerührt hatte. Sie überlegte, ob er wohl je Essen kochte, und dachte daran, wieviel Glück sie hatte, daß sie seit vierzig Jahren mit Alberto Suarez verheiratet war. »Danke, Maria. Ich komme schon zurecht.«

Connie Hidalgos Zimmer war das einer Frau, die nie ganz aufgehört hatte, ein kleines Mädchen zu sein. Die Kommode und das Bett, beide weiß mit rosaroten Verzierungen, hatte Connie anscheinend selbst angestrichen. Auf den ebenfalls rosaroten, rüschenverzierten Kissenhüllen prangten handgemalte Teddybären und Luftballons. Überall saßen Plüschtiere – mindestens hundert Stück. Zebras und Elefanten, Bären und Affen, Katzen und Hunde aller möglichen Rassen. An den Wänden hingen Poster von romantischen Inselparadiesen und neonglitzernden Städten. Rosa schluckte die Traurigkeit hinunter, die ihr in die Kehle stieg. Trotz des Marihuanas, das man in Connies Blut festgestellt hatte, fühlte Rosa, daß sich diese junge Frau zu einer liebevollen, umsichtigen Mutter entwickelt hätte.

Rosa nahm ein gerahmtes Foto von der Kommode und zog das Rollo ein Stück hoch, um es besser betrachten zu können. Es zeigte Connie, noch lebenslustiger als auf dem Zeitungsbild in Rosas Akten, Arm in Arm mit einem dunkelhaarigen, selbstbewußt grinsenden jungen Mann – bestimmt Billy Molinari. Der Schnappschuß war auf irgendeinem Boot gemacht worden, wahrscheinlich während einer Bootsrundfahrt. Hinter den beiden erhob sich die unverwechselbare Skyline von Manhattan. Connie sah wirklich unglaublich hübsch aus mit ihrer kupferfarbenen Haut und ihrer schlanken, vollbusigen Figur.

Ohne zu wissen, wonach sie eigentlich suchte, warf Rosa erst einen Blick in die Schubladen der Kommode und dann auf den Inhalt des kleinen Bücherregals. Darin standen hauptsächlich Taschenbuchausgaben von Liebesromanen und nicht zurückgegebene Büchereibände. Keine Fotoalben oder Sammelhefte, aber immerhin ein Jahrbuch der St. Cecilia's High-School. Es war eindeutig eines von der billigen Sorte – ganz anders als die bunten Hochglanzexemplare, die Rosa von anderen High-Schools kannte, einschließlich derer, die ihre Töchter besucht hatten.

Auf der Suche nach Connie betrachtete sie die Schwarzweißfotos. Aber Connie war nirgends zu entdecken, jedenfalls nicht auf den ersten Blick. Es hatten sich nicht sonderlich viele Klassenkameraden mit ihren Sprüchen verewigt, wie das sonst üblich war. Diejenigen, die Rosa fand, waren seltsam einfallslos. *Alles Gute für ein tolles Mädchen ... Wir haben uns nicht besonders gut gekannt, aber ich wünsche Dir ein wundervolles Leben ... Viel Glück von Deiner Freundin aus dem Lateinkurs ...* Wieder sah Rosa auf das gerahmte Bild mit einer strahlenden, sinnlichen jungen Frau, auf einer Hafenrundfahrt mit einem gutaussehenden jungen Mann, der bald ihr Ehemann werden sollte. Die lauwarmen Kommentare von Connies Schulkameraden paßten überhaupt nicht zu diesem Bild.

Rosa schlug die Klassenfotos am Ende des Buches auf. Bei ihrer eigenen Tochter prangten vier große Farbporträts auf jeder Seite, hier waren es zehn in Schwarzweiß. In winzig kleiner Schrift stand unter jedem Foto eine Zusammenfassung der Aktivitäten, an denen sich der Schüler oder die Schülerin während der Schulzeit in St. Cecilia's beteiligt hatte. Constanza hatte in der Cafeteria ausgeholfen und war Mitglied des kulinarischen Kochclubs gewesen. Weiter nichts. Keine Musik, kein Theater, kein Sport. Rosa starrte auf das Foto. Selbst wenn man in Betracht zog, daß das Porträt etwas unscharf war, hätte sie dieses Mädchen auf Anhieb bestimmt nicht erkannt.

Noch einmal hielt sie den gerahmten Schnappschuß hoch. Das Mädchen im Jahrbuch war eindeutig die Frau auf dem Foto mit Billy Molinari. Und doch auch wieder nicht. Der Mund war derselbe und auch die Augen, aber sie hatten nichts von dem strahlenden Ausdruck, der Rosa auf dem neueren Foto so aufgefallen war. Das Gesicht im Jahrbuch war rund und unscheinbar. Auf dem neuen Foto sah es aus, als hätte jemand ein Obstmesser genommen und alles weggeschält, was häßlich war.

Rosa legte das Jahrbuch aufs Bett und fuhr mit ihrer Inspektion fort. Weder im Regal noch auf dem Fußboden war noch etwas zu entdecken, was ihr weiterhalf. Sie öffnete den kleinen Wandschrank. Neben zwei Umstandskleidern hingen hier mehrere schicke Kleider und Kombinationen, alle Größe 34, und unten standen mindestens zwölf Paar Schuhe. Wenn Rosa hier die abgelegten Sachen vor sich sah, eben die, die Connie nicht zu

Billy Molinari mitgenommen hatte, war aus der früheren Cafeteria-Aushilfe und Kochclubteilnehmerin eine aussichtsreiche Kandidatin für die Wahl der bestangezogenen Frau des Jahres geworden.

Auch auf dem Boden des Wandschranks lagen noch mehr Kuscheltiere herum. Rosa fragte sich später manchmal, was ihre Aufmerksamkeit erregt hatte oder welchem Instinkt sie gefolgt war, als sie sich hinunterbeugte und die Plüschtiere beiseite schob. Denn unter den Bären, Schneeleoparden und Tukanen fand sie eine Schuhschachtel, zusammengehalten mit einem Gummiband.

Und in der Schuhschachtel lag ein Tagebuch.

* *
*

Matt machte seiner Sekretärin eine große Freude, indem er sie für den Rest des Nachmittags nach Hause schickte. Dann teilte er sich mit Sarah das Cornedbeef-Sandwich und die Pommes frites, die sie unterwegs bei Gold's mitgenommen hatten. Eine Weile unterhielten sie sich über alle möglichen unbedeutenden Kleinigkeiten.

»Müssen Sie gleich zurück in die Klinik?« fragte Matt, während er aus einer ziemlich zerbeulten Thermoskanne Kaffee einschenkte.

»Ich muß ein paar Patienten an den Bereitschaftsarzt überweisen, ein paar Berichte diktieren und mein Fahrrad holen. Aber ich hab noch ein bißchen Zeit.«

»Gut. Wir müssen nämlich einiges besprechen.«

»Zum Beispiel wie wir aussteigen?«

»Zum Beispiel wie wir uns am besten klarmachen, gegen wen wir hier antreten. Und wir müssen versuchen zu kapieren, nach welchen Prinzipien Versicherungsunternehmen wie die MMPO funktionieren.«

Die nervliche Anspannung, die sich vor Sarahs Augen über seine Stirn gebreitet hatte, schien dort inzwischen unauslöschlich eingegraben zu sein. Als sie sich zum erstenmal getroffen hatten, war sich Sarah noch so sicher gewesen, unschuldig zu sein, daß ihr auch

Matts Fall eindeutig und klar erschien. Und jetzt? Sarah nahm einen Schluck Kaffee und bat Matt fortzufahren.

»Zuallererst«, sagte er, »möchte ich Ihnen folgendes sagen: Ich bin nach wie vor überzeugt, daß an der Geschichte etwas faul ist. Ich weiß, Sie haben Ihre Zweifel, aber ich glaube, jemand hat absichtlich dafür gesorgt, daß es so aussieht, als wären Kwong Tian-Wen und Sie für die drei DIC-Fälle verantwortlich.«

»Aber wie die Dinge stehen, haben wir keinerlei Beweise, die uns entlasten. Wir haben lediglich Tian-Wens Wort.«

»Und das seiner Familie. Wir können unsere Verteidigung auf der Annahme aufbauen, daß jemand es darauf abgesehen hat, Ihnen die Schuld in die Schuhe zu schieben. Aber ohne ein *Wer* und ein *Warum* wird diese Annahme dem Beschuß der Gegenseite nicht lange standhalten.«

»Das bedeutet, wenn wir damit vor Gericht gehen, verlieren wir.«

»Sarah, wir stecken wirklich in der Klemme.« Seine Stimme verklang, seine Faust war geballt.

»Hey«, widersprach Sarah, »haben Sie mir nicht selbst gesagt, daß unser juristisches System es in den meisten Fällen schafft, Recht von Unrecht zu trennen?«

»Meistens ist noch lange nicht *immer.* Die Dinge liegen nicht so einfach in diesem Fall. Tian-Wen ist gebrechlich. Er ist häufig durcheinander. Vielleicht könnte ich einen Arzt finden, der mit einem Attest verhindert, daß Kwong in den Zeugenstand muß. Aber das ist auch nicht sehr wahrscheinlich, denn eigentlich geht es ihm ja wieder ganz gut. Und selbst wenn wir damit Erfolg haben, wird Mallon ihn zu Hause aussagen lassen, vielleicht vor einer Videokamera oder so. Irgendwie wird er schon erreichen, daß die Geschworenen Kwong aus nächster Nähe kennenlernen.«

»Aber wie will Mallon erklären, daß so viele Frauen, die den Tee auch getrunken haben, keinerlei Probleme hatten?«

»Ich vermute, die Antwort kennen Sie selbst.«

»Sie meinen, er wird einfach behaupten, daß Tian-Wen bei manchen Lieferungen gepfuscht hat und bei anderen nicht?«

»Oder daß die inkorrekte Substanz nicht bei allen Frauen eine Reaktion hervorgerufen hat. In dieser Situation braucht er sich nur irgendeine Antwort einfallen zu lassen, die einigermaßen funktioniert. Sie muß nicht unbedingt richtig sein. Unsere Gegner haben Lisa Grayson auf ihrer Seite, und wir haben Kwong auf unserer, und da die meisten Geschworenen ohnehin zu der Annahme neigen, daß es um megareiche Versicherungen geht und nicht um Menschen aus Fleisch und Blut, fürchte ich, es wird darauf hinauslaufen, daß wir dem Gericht beweisen müssen, daß wir nicht schuldig sind. Ich sehe Mallon schon vor mir.«

Er nahm seinen Baseball und den Handschuh, begann auf und ab zu marschieren und ließ beim Sprechen immer wieder den Ball in die Hand knallen.

»Diese wunderhübsche junge Künstlerin, mit zwei gesunden Armen und einer ganz unkomplizierten Schwangerschaft schenkt ihr Vertrauen Dr. Sarah Baldwin. Und nun tut Dr. Baldwin dieser wunderschönen jungen Künstlerin mit zwei gesunden Armen etwas absolut Ungewöhnliches und Regelwidriges an – etwas, was ganz und gar nicht im Einklang mit der akzeptierten Norm unserer medizinischen Gemeinschaft steht. Und plötzlich verliert die wunderhübsche junge Künstlerin ihr Baby und ihren rechten Arm. Da ansonsten während der Schwangerschaft der wunderhübschen jungen Künstlerin nichts Ungewöhnliches und Regelwidriges passiert ist, muß Dr. Baldwin diesem Gericht beweisen, daß nicht sie der Grund für diese Tragödie war.«

»Das klingt ja entsetzlich.«

»In der Juristensprache nennt man den kleinen Schlenker am Ende *res ipse loquitur* – die Sache oder die Handlung spricht für sich selbst. Es ist eine juristische Revolvermündung, und jeder Verteidiger hofft, daß er in seiner ganzen Karriere nie hineinsehen muß. Aber es passiert – nach dem, was ich gelesen habe – vor allem in Prozessen um ärztliche Behandlungsfehler.«

»Ich dachte, ich wäre unschuldig, bis man mir das Gegenteil bewiesen hat.«

»Wenn Mallon einen Richter dazu kriegt, ein *res ipse loquitur* anzunehmen, sind wir erledigt. Und noch mehr – wenn wir diesen Fall verlieren, werden sich mit hoher Wahrscheinlichkeit zwei Familien auf das stürzen, was von Ihrer Versicherung noch übrig ist, und auf alles, was Sie besitzen oder je besitzen werden.« Er hörte auf herumzulaufen und ließ sich wieder auf seinen Stuhl sinken.

»Und was schlagen Sie jetzt vor?«

»Nun, bevor ich antworte, muß ich noch eins wissen. Es hat mit Willis Grayson zu tun und bereitet mir schon von Anfang an Kopfzerbrechen. Heute endlich, seit ich ihn mit seiner Juristenarmee bei der Anhörung gesehen habe, glaube ich zu wissen, was es ist. Sarah, er will nicht nur zusehen, wie Sie verlieren. Er möchte Sie am liebsten begraben.«

»Das – das verstehe ich nicht«, entgegnete Sarah, die auf einmal fröstelte.

»Wie ich das sehe, besitzt Grayson Geld wie Heu, richtig?«

»Ich denke schon.«

»Ich bin sicher, er hätte nichts dagegen, sechzig Prozent von einer großen Entschädigungssumme zu erhalten. Aber ich vermute, daß das nicht mal die Zinsen ausmachen würde, die auf seinem persönlichen Konto anfallen. Wie ich es mir zusammenreime, ist zwar Mallon hinter dem Geld her und dahinter, der Klinik etwas anzuhängen. Aber Grayson will, daß der Schuldige, wer auch immer für Lisas Tragödie verantwortlich ist, eine lange, lange Zeit von der Bildfläche verschwindet.«

»Das kann ich nicht fassen. Willis Grayson will mich in die Pfanne hauen. Aber wollen Sie wissen, was noch verrückter ist, Matt? Das Allerverrückteste an der ganzen Geschichte? Ich habe keine Ahnung, ob er nicht vielleicht sogar recht hat.«

»Ich hab Ihnen doch gesagt, wie ich darüber denke.«

»Ich weiß. Und was schlagen Sie nun vor?«

»Tja, wir können versuchen, zu einer Einigung ohne Schuldgeständnis zu kommen. Ich bin nicht sicher, ob die MMPO-Versicherung, Mallon und Grayson mitmachen würden, aber man kann nie wissen. Unsere Seite sagt, wir hätten ohne eine Einigung zwar vor Gericht gewonnen, verzichten aber auf eine Fortführung des Prozesses, weil die Gebühren höher geworden wären als die Vergleichssumme. Daraufhin sagt die andere Seite, allein die Tatsache, daß die MMPO gezahlt hat, beweise, daß sie mit ihrer Anklage recht hatten – auch ohne Schuldgeständnis. Dabei lassen es dann alle bewenden und gehen zur Tagesordnung über. Im Handumdrehen wächst Gras über die Sache, und alles ist vergessen.«

»Das können wir durchziehen?«

»Wir können es jedenfalls versuchen.«

»Und Sie denken, das sollten wir?«

Matt legte die Fingerspitzen aneinander und starrte aus dem Fenster. Die Furchen auf seiner Stirn vertieften sich.

»Wenn die Gegenseite akzeptiert, lautet die Antwort ja«, sagte er schließlich. »Ja, ich glaube, wir sollten es versuchen.«

»Ich muß darüber nachdenken. Wieviel Zeit habe ich?«

»Vielleicht eine Woche. Im Notfall ein bißchen länger.«

»Danke.«

Sarah war zutiefst beunruhigt, innerlich aufgewühlt und plötzlich auch vollkommen erschöpft. *Kwong Tian-Wen ... Mallon ... Lisa ... Willis Grayson ... die Klinik ... der verdammte Peter ... strafrechtliche Verfolgung ... weitere Prozesse ... Wie konnte es sein, daß dieser Fall jemals so einfach ausgesehen hatte?* Sie setzte ihre Kaffeetasse ab und wandte sich zum Gehen.

»Ich fahre Sie zurück zum Krankenhaus«, sagte Matt.

»Ist schon okay.«

»Nein. Ich möchte es. Ich möchte es sehr gern.«

Sarah drehte sich zu ihm um, aber er sah schnell weg und fing an, Papiere in seine Aktenmappe zu packen.

Ich möchte es. Ich möchte es sehr gern. Hatte er das wirklich gerade gesagt?

»Angebot angenommen«, antwortete sie.

* * *

Während Matt seinen roten Legacy langsam Stück für Stück aus der Innenstadt heraussteuerte, richtete er den Blick starr auf die Stoßstange des Wagens vor ihnen. Zuvor hätte sich Sarah keine Situation vorstellen können, in der sie dankbar für einen Verkehrsstau gewesen wäre, aber heute nachmittag war sie es. Die Fahrt von Matts Büro zum MCB, die normalerweise etwa fünfzehn Minuten dauerte, nahm fast eine Dreiviertelstunde in Anspruch. Sie tauschten ein paar Belanglosigkeiten aus, die nichts mit dem Prozeß zu tun hatten, aber die meiste Zeit über schwiegen beide. Wenn sie etwas sagte, sah Sarah Matt direkt an, zwischendurch beobachtete sie ihn verstohlen aus den Augenwinkeln. Das Timing hätte kaum schlechter sein können, dachte sie. Sich ausgerechnet in den Anwalt zu verlieben, der einen beim Prozeß vertrat, war keine besonders kluge Idee. Aber sie konnte nichts dagegen unternehmen.

Obwohl er es nicht ausdrücklich gesagt hatte, spürte Sarah, daß auch Matt sich zu ihr hingezogen fühlte. Aber aus ethischen Gründen würde er sich nicht von diesen Gefühlen leiten lassen; er würde sie nicht einmal in Worte fassen. Wenn alles überstanden war, konnten sie vielleicht anfangen, sich richtig kennen- und womöglich liebenzulernen.

Aber bevor sie sich ganz in die Notwendigkeit fügte, sich zusammenzureißen, mußte sie noch etwas loswerden, das ihr auf der Seele brannte. »Matt, sagen Sie mir eins. Wenn Sie diese ganze Sache so inszenieren könnten, wie Sie es wollten – so daß für Sie das Beste dabei herauskommt –, wie würde das aussehen?«

Er sah sie mit einem seltsamen Blick an. »Komische Frage. Was meinen Sie damit – ›das Beste für mich‹?«

»Finanziell, karrieremäßig. So was.«

Sie überlegte, ob sie ihm erzählen sollte, was sie von Ruth erfahren hatte, verwarf den Gedanken jedoch rasch wieder. Die Sekretärin war viel zu geschwätzig und wahrscheinlich letztlich ein Berufsrisiko für Matt. Aber es war nicht der richtige Zeitpunkt, ihn darauf hinzuweisen.

Einen Augenblick fürchtete sie, Matt hätte sie durchschaut. Wo-

möglich ahnte er, daß sie mehr über ihn wußte, als er ihr erzählt hatte.
»Na ja«, begann er endlich, »ich denke, wenn ich die hypothetischen Möglichkeiten in eine Rangfolge bringen müßte, dann würde ich sagen, am liebsten wäre mir ein unerbittlicher Schlagabtausch mit Jeremy Mallon vor Gericht, der eine Menge Publicity nach sich zieht und eine Menge Geld einbringt, gefolgt von einem Urteil der Geschworenen, das Sie von jeder Verantwortung freispricht.«
»Und das unangenehmste Szenario?«
»Genau das gleiche, mit dem Unterschied, daß wir verlieren. Das würde für mich bedeuten, daß ich mir sämtliche Prozesse dieser Art abschminken könnte, ganz zu schweigen davon, daß ich jemals wieder Referenzen bekäme. In diesem Spiel weiß jeder, wer ein Gewinner ist und wer nicht. Und niemand vertraut sein Leben gern einem notorischen Verlierer an.«
»Haben Sie mir deshalb geraten, einen Vergleich anzustreben?«
Er trat heftig auf die Bremse und starrte sie finster an, ohne auf die plärrende Hupe hinter sich zu achten.
»Glauben Sie das wirklich?«
»Es – es tut mir leid. Nein, das denke ich nicht, und das habe ich auch nicht gemeint. Verdammt, Matt, ich kann überhaupt nicht mehr klar denken. Ich will einfach nur, daß die ganze Sache vorbei ist.«
Sofort wurde sein Gesicht wieder sanft. Er nahm ihre Hand und drückte sie. Dann fuhr er an den Straßenrand. »Sarah, ich würde mir Bambussplitter unter die Fingernägel rammen lassen, wenn ich glauben könnte, daß es uns helfen würde. Aber ich habe den Fall aus jeder Perspektive betrachtet, die mir eingefallen ist, und ich gerate immer wieder in eine Sackgasse. Wenn ich so sehr auf einen Vergleich dränge, dann wohl nur, weil mir der heutige Tag plastisch vor Augen geführt hat, wie gräßlich das alles noch wird.
Trotzdem – wenn Sie es wollen oder wenn die Gegenseite unser Angebot zurückweist, bin ich bereit, ins kalte Wasser zu springen

und zu kämpfen. Wahrscheinlich wissen Sie nicht allzuviel über Ersatz-Pitcher, aber sie sind dafür berüchtigt, daß ihnen der Teil des Gehirns fehlt, der anderen Leuten sagt, wann man Angst haben sollte. Der Vorschlag, einen Vergleich anzustreben, ist das, was meiner Meinung nach für *Sie* das beste wäre. Vielleicht wäre es auch das beste für mich, aber Sie können mir glauben, das wäre für mich zweitrangig. Trotzdem – denken Sie darüber nach. Dieser Fall hat für eine Menge Wirbel gesorgt, und er hat noch nicht mal richtig angefangen. Wenn wir vor Gericht gehen, sind Sie die Hauptdarstellerin in einem Dreimanegenzirkus, dessen Ausmaße Sie sich jetzt kaum vorstellen können. Axel Devlin wird dann eins von Ihren geringeren Problemen sein.«

»Ich verstehe, Matt, was ich vorhin gesagt habe, tut mir wirklich leid. Ich gebe Ihnen Bescheid, sobald ich mich entschieden habe.«

Er nickte und reihte sich wieder in den Verkehr ein.

»Keine Sorge«, sagte er. »Irgendwie werden wir die Sache schon überstehen. Und ganz gleich, was passiert . . .«

»Ja?« *Mach weiter, Matt, sag es,* drängte sie ihn im stillen. *Sag mir, wir werden es gemeinsam durchstehen, ganz gleich, was passiert. Sag mir, daß du glücklich bist, mir begegnet zu sein.*

»Ich – äh – ich wollte nur sagen, daß ich hundertprozentig hinter Ihnen stehe.«

Zwei Minuten später hielt er vor dem Haupteingang des MCB. Sarah bedankte sich und überlegte einen Moment, ob sie ihre Gefühle preisgeben sollte. Aber schließlich wandte sie sich ab. Er hatte schon genug Ärger am Hals. Falls sie sich in ihrer Einschätzung seiner Empfindungen irrte, würde sie alles nur noch schlimmer machen.

Durch das Sicherheitstor betrat sie den Campus und machte sich auf den Weg zum Chirurgie-Gebäude, wo sie ihr Fahrrad abgestellt hatte. Eine kurze Fahrt durch den Park wäre genau das richtige, bevor sie ihre längst überfälligen Berichte diktierte. Rückzieher oder Kampf? Ihre widersprüchlichen Gefühle verzettelten sich in

einer Verfolgungsjagd. Abgelenkt wie sie war, merkte sie erst ein paar Meter vor der Chirurgie, was passiert war.
Jemand hatte einen Eimer Farbe – leuchtendroten Lack – über ihr Fahrrad gekippt. Auf dem Sitz war eine Flickenpuppe befestigt, ebenfalls durchnäßt und rot. Einer ihrer Arme war abgerissen und lag auf dem Boden, der Bauch war aufgeschlitzt, und an der Brust der Puppe steckte ein Zettel, auf dem in groben Buchstaben stand:

QUACKSALBERIN

Sarah versuchte ruhig zu bleiben, aber es war vergeblich. Tränen liefen ihr über die Wangen, als sie in das Gebäude rannte. Ihr erster Anruf galt dem Sicherheitsdienst der Klinik. Der zweite galt Matt.
»Bitte rufen Sie mich im Krankenhaus an«, teilte sie seinem Anrufbeantworter mit. »Wir müssen uns so bald wie möglich treffen. Ich habe mich entschieden.«

KAPITEL 24

Die Gewebekulturen sind alle ruiniert. Alle. So etwas ist mir noch nie passiert. Noch nie.«

Der entsetzte Mikrobiologie-Laborant, ein kluger junger Mann namens Chris Hall, schüttelte ungläubig den Kopf. Rosa tätschelte tröstend seinen Arm, obwohl sie wahrscheinlich noch viel aufgebrachter war als er.

»Wann haben Sie die Proben zum letztenmal kontrolliert?« fragte sie.

»Gestern nachmittag. Inkubatoren überprüfe ich jeden Nachmittag. Nicht nur Ihre Sachen sind weg – alle! Gott, ich kann das einfach nicht glauben. Dr. Wheelock, Dr. Caro, Dr. Blankenship – sie werden alle furchtbar wütend sein. Ich habe gestern die Nährlösung geändert, und das Zeug, was ich weggeworfen habe, war klar, kristallklar. Irgendwie muß das neue Medium mit einer Art Zytotoxin verseucht gewesen sein.«

»Immer mit der Ruhe, Chris«, sagte Rosa. »So etwas passiert eben. Jeder, der je etwas mit Mikrobiologie zu tun hatte, versteht das – vor allem, wenn er schon mal mit Gewebekulturen gearbeitet hat.« Anders als Bakterien, die im Labor auf festem, nahrhaftem Agar wuchsen, konnte man Viren nur in Lagen von lebenden, sich vermehrenden Zellen züchten – in Gewebekulturen. »Zeigen Sie mir ein einziges Labor, das noch nie Probleme mit verseuchten Gewebekulturen gehabt hat«, fuhr sie fort, »dann zeige ich Ihnen ein Labor, in dem nicht gearbeitet wird. Haben Sie denn noch eingefrorene Ersatzproben?«

»Ein paar.«
»Sind welche von denen dabei, die ich Ihnen gegeben habe?«
»Ich glaube nicht. Dr. Suarez, es tut mir leid, wirklich.«
»Chris, hören Sie. Wenn Sie das absichtlich gemacht hätten, gäbe es Grund, sich zu entschuldigen. Wenn nicht, bringen Sie Ihr Labor wieder in Ordnung und zerbrechen Sie sich nicht weiter den Kopf. Wir werden das schon hinkriegen.«
Sie war fest entschlossen, den ernsthaften jungen Mann nicht noch mehr zur Verzweiflung zu treiben, indem sie ihn zurechtwies. Aber ein quälender Kopfschmerz aus Erschöpfung und Frustration machte sie von Sekunde zu Sekunde gereizter. Obwohl sie das Chris Hall um keinen Preis wissen lassen wollte, war der Verlust der Kulturen nicht ganz so katastrophal – jedenfalls bis jetzt noch nicht. Wegen der BART-Geschichte war sie beinahe paranoid geworden und machte auch die alltäglichen Untersuchungen doppelt. Sie hatte Duplikate von allen Proben an Ken Mulholland geschickt, ihren alten Bekannten bei der Seuchenzentrale. Vor etwa einer Woche hatte sie mit ihm Rücksprache gehalten, doch damals hatte er nichts von einer Veränderung der Kulturen berichtet.
»Hoffentlich sind die anderen auch so verständnisvoll wie Sie«, seufzte Chris.
»Ach, ganz bestimmt. Haben Sie noch das Buch, in das Sie meine Kulturen eingetragen haben?«
Er reichte ihr ein ganz normales kartoniertes Notizheft, auf dessen Einband »R. Suarez« stand. Rosa klappte ihre Aktenmappe auf und legte es auf Connie Hidalgos Tagebuch. Wenn sie ein paar Kopfschmerztabletten genommen und sich ein bißchen ausgeruht hatte, wollte sie sich das als erstes vornehmen.
»Habe ich Ihnen eigentlich gesagt, daß sich in ein paar von Ihren Gefäßen gerade etwas zu entwickeln begonnen hat?« fragte Chris.
»Nein. Nein, das haben Sie mir nicht gesagt.«
»Ich hab die Proben mit Sternchen am Rand des Notizbuchs vermerkt, weil ich sie in kürzeren Abständen kontrollieren wollte. Wohlgemerkt, es war nichts Eindeutiges, nur die leichte Gewebe-

reizung, die oft mit dem Beginn einer Infektion einhergeht. Die gleichen Veränderungen, die auftreten, wenn die Gewebezellen selbst schlappmachen. Daran sehen wir, daß es Zeit ist, eine neue Portion aufzutauen.«

»Danke, Chris. Ich werde zu Hause den Code entschlüsseln und nachsehen, welche Proben es waren.«

»Wenn in diesen Kulturen tatsächlich etwas gewachsen ist – und ich bin mir da wirklich nicht hundertprozentig sicher –, dann habe ich jedenfalls noch nie ein so langsam wachsendes Virus gesehen.«

»Vermutlich war es nichts. Aber ich danke Ihnen, daß Sie mich darüber informiert haben, Chris. Und daß Sie überhaupt so kooperativ waren. Ich werde Dr. Blankenship eine entsprechende Nachricht hinterlassen.«

»Danke. Nach dieser Katastrophe kann ich das brauchen.«

Rosa fischte zwei extrastarke Kopfschmerztabletten aus ihrer Handtasche, schluckte sie mit ein wenig lauwarmem Wasser und verließ die Klinik. Die schwüle Nachmittagshitze, die vom Fußweg aufstieg und von den Baumstämmen reflektiert wurde, erinnerte sie an zu Hause. Und auch daran, daß niemand, weder ihr Chef noch ihr Ehemann, ihre Rückkehr nach Boston begrüßt hatte. Niemand außer Rosa selbst. Aber jetzt sah es trotz der verseuchten Gewebekulturen danach aus, als würde sich die ganze Schufterei vielleicht endlich auszahlen.

Ein bisher unentdecktes Tagebuch und Notizen über möglicherweise positive Kulturen. Nicht viel, aber mehr als noch vor ein paar Stunden.

Als sie bei ihrer Pension ankam, waren Achseln und Halsausschnitt ihres Kleides schweißdurchtränkt. Sie hielt den obligatorischen Plausch mit Mrs. Frumanian, in dem sie ihre freundliche Vermieterin auch stets über die neuesten Fortschritte informierte, heute noch knapper als sonst. Dann stieg sie hinauf in ihr Zimmer, dankbar, daß die Vermieterin ihr den kleinen Ventilator überlassen hatte.

Nachdem sie das Kleid gegen Shorts und ein T-Shirt eingetauscht hatte, überprüfte Rosa die codierten Kulturen, die Chris Hall mit Sternchen versehen hatte. Es waren zwei – 172A und 172B –, beide auf einer Fibrozyten-Gewebekultur angelegt. Der Codeschlüssel, den sie in einem ihrer Lehrbücher aufbewahrte, identifizierte beide Proben als Serum aus den Restbeständen von Lisa Graysons Blutproben. Rasch überflog Rosa den Rest des Notizheftes und rief dann Ken Mulholland in Atlanta an. Der Virologe konnte jedoch bei keiner seiner Proben ein Wachstum feststellen, weder bei den Fibrozyten noch bei einem anderen Zelltypus. Schon wieder eine Sackgasse.

Rosa legte die Füße hoch, schloß die Augen und versuchte, doch noch das Schläfchen zu halten, das sie sich vorgenommen hatte. Nach ein paar Minuten gab sie auf. Wenn die ganze Geschichte überstanden war, würde sie genug Zeit zum Schlafen haben. Sie legte Stift und Notizblock auf den Nachttisch neben sich, setzte die große Brille wieder auf ihre noch gerötete Nasenwurzel und klappte Constanza Hidalgos Tagebuch auf.

Es enthielt tägliche Eintragungen aus über fünf Jahren. Manche davon bestanden nur aus wenigen Worten. Einige Male waren maschinengeschriebene Seiten beim entsprechenden Datum angeheftet. Ein paar Namen waren lediglich in Form von Initialen oder anderen Abkürzungen angegeben. Und überall gab es Zeichnungen, meist Gesichter – kleine, wirklich gelungene Skizzen.

Die Eintragungen begannen an Connies siebzehntem Geburtstag und endeten kurz vor ihrem zweiundzwanzigsten. Der Ton des ersten Eintrags legte nahe, daß es vorher schon ein ähnliches Buch gegeben haben mußte. Augenblicklich schlug der Inhalt Rosa in seinen Bann: das traurige Leben und die schmerzlichen Phantasien eines schüchternen, ungebildeten Mädchens mit einer Mutter, die zuwenig Zeit hatte, und einem Stiefvater, der es viel zu oft und viel zu intim berührte. Beim Lesen schwor sich Rosa, daß dieses Tagebuch niemals in die Hände von Maria Barahona gelangen durfte. Irgendwie hatte Constanza Hidalgo es wohl geschafft, die meisten Annäherungsversuche von Freddy Barahona abzuwehren.

Nach ihrem zwanzigsten Geburtstag erwähnte sie ihn jedenfalls nicht mehr. Wenn Maria nichts davon gewußt hatte, solange Connie lebte, dann gab es keinen Grund, ihr jetzt damit weh zu tun.

Von Zeit zu Zeit berichtete Connie von einem Besuch im Medical Center of Boston. Wie Maria Barahona schon gesagt hatte, ging es dabei hauptsächlich um gelegentliche Hals- oder Kopfschmerzen. Mit achtzehn wurde sie wegen Tripper auf der Notstation behandelt; zugezogen hatte sie sich die Krankheit bei einem gewissen T.G., der »mich angelogen hat, als er gesagt hat, daß er mich liebt. Aber ich habe gewußt, daß er lügt. Na ja«, so endete der Eintrag, »es war schön, aber es konnte ja nicht ewig dauern. Und Bettler dürfen nun mal nicht wählerisch sein.«

Wieder begann Rosa müde zu werden und wollte das Tagebuch gerade weglegen, als sie auf eine weitere Erwähnung des MCB stieß. Diesmal war Connie neunzehn.

3. April

War heute im MCB wegen der Kopfschmerzen. Ein komischer kleiner Arzt hat mich behandelt, Dr. S. ... Ich glaube, er ist Araber. Er sagt, ich brauche nicht so dick zu bleiben. Ich habe ihm erzählt, daß Diät mir nicht hilft, aber er meinte, ich brauche nicht zu fasten, höchstens ein kleines bißchen. Nächste Woche soll ich wiederkommen. Ich glaube nicht, daß ich es mache. Vielleicht aber doch. Irgendwie ist er nett.

Auf einmal war Rosa hellwach. Zahlreiche Besuche bei Dr. S. folgten. Mehrmals wurde ein Diätpulver erwähnt. Und die Gewichtsabnahme war erstaunlich – in vier Monaten speckte Constanza Hidalgo über fünfundvierzig Pfund ab! Alles in allem verlor sie innerhalb von sechs Monaten dreiundsechzig Pfund und wog zum Schluß nur noch neunundvierzig Kilo. Diese bemerkenswerte Metamorphose war an sich schon beeindruckend. Aber für Rosa war noch viel interessanter, daß Connies Besuche bei Dr. S. in den

Zeitraum fielen, über den es keine Unterlagen gab, weil die entsprechenden Seiten aus der Krankenakte entfernt worden waren. Abgesehen von den herausgerissenen Seiten gab es nichts, was auf eine Verbindung zwischen Connies Besuchen bei Dr. S. – wer immer das sein mochte – und ihrem schrecklichen Tod hindeutete. Sollte es jedoch noch einen anderen Zusammenhang geben, würde Rosa ihn finden, daran zweifelte sie jetzt nicht mehr im geringsten.

Während sie sich durch den Rest des Tagebuchs arbeitete, rief Ken Mulholland aus Atlanta an.

»Rosa, hoffentlich habe ich Sie nicht geweckt«, sagte er. »Sie klangen vorhin ziemlich erledigt.«

»Das war ich auch, Ken, aber allmählich werde ich wieder munter. Rauf und runter, Sie wissen ja, wie das bei uns alten Damen ist.«

»Wir sollten alle so werden wie Sie, wenn wir alt sind, Rosa. Hören Sie: Nachdem wir vorhin miteinander gesprochen hatten, bin ich noch mal ins Labor gesaust und habe mir noch einmal ein paar von den Proben angesehen, die Sie erwähnt hatten. Bei einer – aber wirklich nur bei einer – treibt sich ein merkwürdiges Stück DNA herum. Mein Assistent überprüft es gerade noch mal. Ich denke, es könnte sich um ein Virus handeln, aber die Gewebekultur kommt mir sauber vor, und bis jetzt ist noch nicht genug da, um sicher zu sein. Könnten Sie mir noch mehr von der Probe besorgen?«

»Von derselben Patientin vielleicht schon«, antwortete Rosa. »Aber als das Serum abgenommen wurde, war sie krank, und jetzt ist sie wieder gesund.«

»Ach so.«

»Hören Sie, das Beste, was ich Ihnen vielleicht bieten kann, ist Serum aus der Genesungsphase, also werde ich versuchen, davon was zu bekommen. Aber ich bin nicht sicher, ob es klappt. Die fragliche Patientin führt zur Zeit einen Behandlungsfehlerprozeß gegen eine Ärztin der Klinik. Möglicherweise ist sie zur Zeit nicht besonders kooperativ.«

»Was ist mit den anderen Patientinnen, die das gleiche hatten?«

»Sie sind beide tot.«
»Und es gibt keine anderen Fälle?«
»Nein«, antwortete Rosa. Einen Moment zögerte sie, ehe sie hinzufügte: »Jedenfalls bis jetzt nicht.«

* * *

Als Matt ihren Anruf erwiderte, saß Sarah zu Hause, zusammengekuschelt auf dem Sofa, in ihren bequemen, zerrissenen, unprofessionellen Jeans, und führte sich das zweite Glas Chardonnay zu Gemüte. Sie hatte beim Sicherheitsdienst der Klinik und bei der Polizei eine Aussage gemacht und Glenn Paris, der auf irgendeiner Versammlung war, eine Nachricht hinterlassen. Dann hatte sie sich beim diensthabenden Arzt abgemeldet und das Angebot der Sekretärin der gynäkologischen Station angenommen, sich von ihr heimfahren zu lassen. Die Diktate konnten warten.
»Haben Sie eine Ahnung, wer das getan haben könnte?« fragte Matt, nachdem er sich die Ereignisse der letzten Stunden hatte erzählen lassen.
»Niemand oder jeder. Die drei Frauen haben Freunde und Verwandte. Ganz zu schweigen von den alltäglichen Irren, die irgendeinen Fernsehclip von dreißig Sekunden sehen und sich umgehend auf den Kriegspfad begeben. Ich will nicht zynisch klingen, Matt, aber ich weiß, wie gemein Menschen sein können.«
»Das können Sie laut sagen. Sie haben auf meinen Anrufbeantworter gesprochen, Sie hätten sich entschieden. Wollen Sie mir Ihre Entscheidung am Telefon mitteilen oder lieber persönlich?«
»Können Sie vielleicht zu mir kommen?« fragte sie. »Ich koche gern und habe kaum noch Zeit dazu. Es ist genug Eßbares im Haus, daß ich etwas zusammenbrutzeln könnte, wenn Sie nicht zu wählerisch sind. Und Sie könnten Ihren Beitrag leisten, indem Sie mich daran hindern, auch noch den Rest der Flasche Chardonnay allein zu picheln.«

»Abgemacht. Ich kann in ungefähr einer halben Stunde da sein. Möchten Sie mir vielleicht wenigstens einen Tip geben, wozu Sie sich entschlossen haben?«
»Ich denke, ich kann es Ihnen auch gleich sagen. Ich bin zu dem Schluß gekommen, daß ich einem Vergleich unter keinen Umständen zustimmen kann.«

* * *

»Wissen Sie, Matt, eigentlich ahnte ich schon heute nachmittag, was ich zu tun habe«, sagte Sarah. »Aber in dem Augenblick, als ich mein Fahrrad sah, war ich mir sicher.«
Sie saßen auf Sarahs Sofa, tranken koffeinfreien Kaffee und aßen die Überreste des Früchtekuchens, den Sarah in der hintersten Ecke ihres Gefrierschranks gefunden hatte. Das Essen – es gab Crêpes mit einer Füllung aus Pilzen und Hühnerragout, dazu blanchiertes Gemüseallerlei – war recht angenehm verlaufen. Trotzdem fühlte sich Sarah längst nicht so entspannt, wie sie es sich gewünscht hätte. Ein Grund dafür war natürlich der Vorfall im Krankenhaus. Aber dazu kam noch, daß Matt seit beinahe zwei Jahren der erste Mann war, mit dem sie sich allein in ihrer Wohnung aufhielt.
»Hören Sie, Ihr Wunsch ist mir nach wie vor Befehl«, sagte Matt. Wenn es ihn durcheinanderbrachte, daß sie sich gegen seine Empfehlung entschieden hatte, verbarg er das sehr geschickt.
»Ich habe entsetzliche Angst vor dem, was sich im Gerichtssaal abspielen wird, Matt«, fuhr Sarah fort. »Aber wenn ich ohne Urteil klein beigebe, bin ich weiterhin ein gefundenes Fressen für Leute mit roter Farbe. Und ich habe nicht die Absicht, mein Leben lang wegzulaufen oder mich schikanieren zu lassen. Wenn ich unschuldig bin, müssen gerade diese Menschen es erfahren. Und wenn ich schuldig bin, muß *ich* es wissen. Glauben Sie mir, ich werde nicht schlappmachen, auch nicht unter den allerschlimmsten Umständen, selbst wenn Willis Grayson seinen Willen kriegt und ich hinter

Gittern lande. Ich glaube an eine höhere Macht, und ich glaube, daß es einen Lebensplan für mich gibt. Da haben Sie's.«

»Da hab ich's«, entgegnete er. »Ich dachte mir eigentlich, daß Sie aufs Ganze gehen würden. Nachdem ich Sie abgesetzt hatte, fing ich sogar gleich an, mir die weitere Strategie zurechtzulegen. Als ersten knöpfe ich mir so bald wie möglich Ihren alten Kumpel Ettinger vor. Eins verspreche ich Ihnen – Mallon kann sich auf einen höllischen Kampf gefaßt machen.«

»Und ich bin froh, daß Sie mich vertreten«, sagte Sarah.

»Aber es gibt da ein Problem. Etwas, bei dem ich Hilfe brauche.«

»Verraten Sie's mir.«

Er rutschte unbehaglich auf dem Sofa herum. Dann wandte er sich unvermittelt zu ihr um und ergriff ihre Hände. »Sarah, wir können nicht riskieren, daß zwischen uns etwas passiert – jedenfalls bevor der Prozeß vorbei ist. Ich ... verdammt, ich weiß nicht mal, was ich eigentlich sagen will. Sehen Sie mich bitte nicht so an.«

Sarah verschränkte ihre Finger mit seinen. Matts Gesicht – sein freundliches, wundervolles Gesicht – sagte ihr alles, was sie über seine Gefühle ihr gegenüber wissen mußte.

»Ich würde dir gern helfen«, brachte sie mühsam hervor, »aber ich habe weder unter Kontrolle, was ich fühle, noch, wie ich jemanden ansehe. Genausowenig kannst du etwas daran machen, wie du mich jetzt ansiehst.«

Sie fuhr sich mit der Zunge über die Lippen. Matt lockerte seinen Hemdkragen.

»Hey, du mußt damit aufhören, ehe ich ganz dahinschmelze«, sagte er. »Sarah, hör zu, ich arbeite neunzig Stunden pro Woche, ich bin höllisch einsam, und um die Wahrheit zu sagen, denke ich seit einiger Zeit dauernd an dich. Aber wenn ich dein Anwalt bleiben soll, ist das katastrophal. Jeder rät einem Anwalt dringend davon ab, sich auf eine romantische Beziehung zu seiner Klientin einzulassen, weil sich das oft verheerend auf die professionelle Objektivität auswirkt. In manchen Bundesstaaten gibt es schon ein Gesetz dagegen. Vielleicht kommt es bald nach Massachusetts.«

»Verstehe.«
»Und du hilfst mir? Wenigstens vorerst? Ich habe keinen sonderlich starken Willen.«
»Ich werde drüber nachdenken. Aber ich bin eine erwachsene Frau, Matt, und ich kann ziemlich gut auf mich aufpassen. Ich habe nicht vor, dich bei der Anwaltskammer anzuzeigen, egal, was passiert. Außerdem, was könnte ich mir als deine Klientin Besseres wünschen, als von einem Anwalt verteidigt zu werden, der den ganzen Tag an mich denkt?«
»Sarah, es ist mein Ernst. Bei einem Prozeß wie deinem müssen laufend Entscheidungen getroffen werden. Eine Menge Entscheidungen. Die heute abend hast du mehr oder weniger allein getroffen. Aber für manche anderen brauchst du einen objektiven Berater, der nicht dauernd auf seine Gefühle achten muß. Wenn es den Anschein hat, daß ich mich gefühlsmäßig zu sehr für dich engagiere, muß ich das Mandat niederlegen.«
»Wenn du dich gefühlsmäßig zu sehr für mich engagierst«, meinte Sarah nachdenklich. »Das klingt nett ... Tut mir leid, Matt. Bitte sei mir nicht böse. Ich verstehe dich, ehrlich. Ich will dir keine Probleme machen. Wenn du noch einen Anwalt brauchst, der dir unter die Arme greift, dann wirst du einen suchen, das weiß ich. Ich verlasse mich da ganz auf dein Urteil – und auf meines. Mein Prozeß ist wichtig, sicher. Aber als ein Mensch, der viel zuviel Zeit seines Lebens hinter einem Stethoskop verbracht hat, sag ich dir, das andere ist auch wichtig.«
Sie nahm wieder seine Hände. Ihre Blicke trafen sich. Diesmal unternahm Matt nur noch sehr halbherzige Versuche, wegzuschauen. Sarah spürte, daß ihr Mund trocken wurde. Wie lange war es her, daß sie so etwas bei einem Mann gefühlt hatte? Langsam schloß sie die Augen. Seine Hände glitten an ihren Armen empor. Dann zog er sie an sich, sie spürte, wie er den Kopf neigte, wie sich sein Mund ihren Lippen näherte. In diesem Augenblick klingelte das Telefon.
Augenblicklich war der Zauber gebrochen. Matt grinste unbeholfen und rückte von ihr weg.

»Ich habe einen Anrufbeantworter«, erklärte sie. Am liebsten hätte sie das Kabel aus der Wand gerissen.

»Ist schon in Ordnung. Geh ruhig dran«, erwiderte er. »Bitte. Geh dran.«

Die Stimme am Telefon hatte sie seit sechs Wochen nicht mehr gehört.

»Sarah, hier ist Andrew Truscott. Wenn du jetzt gleich wieder auflegen willst, tu's bitte nicht.«

Verdammt, dachte Sarah. Dann legte sie die Hand über den Hörer. »Es ist Andrew Truscott«, flüsterte sie. »Der Arzt, von dem ich dir erzählt habe ... Ja, Andrew«, fuhr sie dann betont kühl fort. »Was willst du?«

»Es war wirklich anständig von dir, daß du mir mit Paris keine Probleme gemacht hast«, sagte er. »Und auch, wie du die ... die andere Sache behandelt hast.«

»Rufst du an, um mir das zu sagen?«

»Paris hat mir eine verdammt gute Stelle am MCB angeboten, mitsamt einer Dozentenstelle und einem eigenen Labor in dem neuen Zentrum – in dem, das auf dem Grundstück des Chilton Building gebaut werden soll. Er plant ein paar aufregende Projekte. Offenbar ist es ihm mit seinen Methoden doch gelungen, die Klinik aus dem finanziellen Tief zu holen.«

»Wofür er sich bei dir jedenfalls nicht zu bedanken braucht.«

»Na ja, wenn du dich damals bei ihm über mich beschwert hättest, wäre er bestimmt nicht auf die Idee gekommen, mir so eine Stellung anzubieten.«

»Und deshalb hast du mich angerufen?«

»Nein. Nein, Sarah, bitte hör zu. Ich weiß nicht, wie lange dieser Kerl noch hier ist. Hier passiert gerade etwas, was mit dir zu tun hat. Und ich möchte dir helfen. Wirklich.«

»Ich verstehe nicht.«

»Ich bin in Chinatown und habe in einem Restaurant namens Szechuan Terrace auf der Hudson Street mit einem alten Freund aus Australien gegessen. Mein Freund mußte zurück ins Hotel. Als er weg war, habe ich beschlossen, allein noch etwas zu trinken. Da habe ich gehört, wie jemand am Tisch neben mir deinen Namen erwähnt. Er hat irgendwas über deinen Gerichtstermin heute gesagt, und darüber, wie leicht es war, die Sachen im Laden des Kräuterhändlers umzufüllen. Er hat gesagt, er freut sich schon darauf, wenn man dich und Kwong an der Angel hat.«

Sarah spürte, wie ihr Herz wild zu pochen begann. Ihr Körper verkrampfte sich.

»Wo ist er jetzt?« fragte sie.

»Er ist immer noch hier, sitzt im Speisesaal direkt gegenüber von der Telefonzelle. Ich habe der Kassiererin gerade zwanzig Dollar gegeben, und sie hat mir seinen Namen gesagt. Er heißt Tommy Sze-to.« Andrew buchstabierte den Namen. »Kennst du ihn?«

»Nein, nie von ihm gehört.«

»Er ist mit zwei anderen Männern da. Die Kassiererin macht den Eindruck, als hätte sie Angst vor ihnen. Sie hat mir gesagt, sie wüßte nicht, wo sie wohnen und – Scheiße, hör zu, Sarah. Ich glaube, die Kerle brechen auf. Ich werde versuchen, ihnen zu folgen. Kannst du mich in einer Dreiviertelstunde hier treffen? Szechuan Terrace. Hudson Street. Bis dann, Bitte, glaub mir. Bitte komm ...«

Sarah lauschte mindestens zehn Sekunden dem Freizeichen, ehe sie auflegte. Fast zwei Monate hatte sie kein Wort von Andrew gehört, ganz zu schweigen von einer Entschuldigung. Und jetzt das. Von seinem Platz auf dem Sofa aus sah Matt sie neugierig an.

Es gab keinen einzigen guten Grund, Andrew Truscott zu trauen, aber ihr fiel auch kein niederer Beweggrund für das ein, was er eben getan hatte. Wenn das, was Andrew ihr gerade erzählt hatte, der Wahrheit entsprach und wenn sie es beweisen konnten, würde sich in ihrem Leben alles rasch wieder zum Besten wenden.

»Er hat gesagt, er ruft von einem Restaurant in Chinatown an, und der Mann am Nebentisch hätte damit angegeben, daß er die Heilpflanzen in Kwongs Laden vertauscht hat. Andrew will mich in einer Dreiviertelstunde in dem Restaurant treffen. Kommst du mit?«

»Na klar. Glaubst du ihm?«
»Spielt das eine Rolle? Ich will, daß es endlich vorbei ist, Matt. Ich will so sehr, daß es vorbei ist.«
Matt legte die Arme um sie und drückte sie fest an sich.
»Ich auch«, sagte er.

KAPITEL 25

Dieser Laden muß eine vorzügliche Küche haben«, sagte Matt, »denn hier kommt bestimmt niemand her, um die Atmosphäre zu genießen.«

Wo man im Szechuan Terrace auch hinsah, alles war Plastik. Plastiklampen an der Decke, Plastikdecken auf den Tischen, Plastikreliefs chinesischer Landschaften auf den Wänden. Selbst die Nischen mit den roten, kunststoffbeschichteten Bänken waren durch Plastikvorhänge voneinander abgetrennt.

Sarah und Matt waren zu Fuß nach Chinatown gegangen. Die Luft hatte sich beträchtlich abgekühlt, und in der Ferne waren Blitze zu sehen. Aber die leichte Brise war angenehm, und die Stadt war belebt.

Es war fast halb zehn. Das Szechuan Terrace war noch zu etwa einem Viertel gefüllt. Die meisten Gäste waren Asiaten.

»Glaubst du, man kann die Qualität eines Chinarestaurants daran bemessen, wie viele Chinesen dort essen?« flüsterte Sarah.

»Klar. Das sagt doch jeder, oder?«

»Ich hab das jedenfalls auch immer gesagt, bevor ich längere Zeit im Fernen Osten verbracht habe. Aber anscheinend gibt es genauso viele Asiaten, die auf schlechtes chinesisches Essen stehen, wie Amerikaner, die schlechtes amerikanisches Essen mögen. Über kurz oder lang wird jemand auf die Idee kommen, in Peking ein McShop Suey zu eröffnen. Es ist nur eine Frage der Zeit.«

Matt setzte sich an die lange, mahagonifarbene Bar, während Sarah unauffällig einen Blick in jede Nische warf.

»Weit und breit kein Andrew in Sicht«, sagte sie, als sie auf dem kunststoffbezogenen Barhocker neben Matt Platz nahm.

»Nach dem, wie du diesen Truscott beschrieben hast, kommt mir sein plötzlicher Sinneswandel ziemlich seltsam vor.«

»Andererseits weiß Andrew, daß ich ihm im Krankenhaus ziemliche Schwierigkeiten hätte machen können. Außerdem ist mir vor kurzem ein ungewöhnliches Laborresultat von einem seiner Patienten aufgefallen. Der wäre ihm wahrscheinlich im OP unter den Händen gestorben. Im übrigen haben wir doch keine Wahl. Dieser Tommy Sze-to könnte der Schlüssel zur Lösung unserer Probleme sein.«

Um zehn vor zehn erkundigte Sarah sich bei der Kassiererin. Er besprach sich kurz mit den Kellnern und erklärte dann, daß niemand, auf den Andrews Beschreibung paßte, im Restaurant gewesen sei. Allerdings, fügte sie hinzu, sei es den ganzen Abend über sehr voll gewesen. Als Sarah nach Tommy Sze-to fragte, flackerten ihre dunklen Augen kurz auf, sie leugnete jedoch, irgend jemanden dieses Namens zu kennen.

»Kein Mensch scheint sich an Andrew zu erinnern«, flüsterte Sarah Matt zu, »aber ich glaube, dieser Typ weiß, wer Sze-to ist. Er behauptet zwar das Gegenteil, aber sein Gesichtsausdruck sagt mir etwas anderes.«

»Aber wo zum Teufel steckt Andrew?«

»Keine Ahnung, aber ich hab ein komisches Gefühl in der Magengegend. Laß uns noch zehn Minuten warten.«

»Ich hab eine bessere Idee.«

Matt ging an den Münzfernsprecher, der gleich neben der Eingangstür hing, und blätterte im Telefonbuch. Sarah fiel auf, daß Andrew vom Telefon aus hätte sehen können, wie Sze-to das Restaurant verließ. Ihre Intuition sagte ihr, daß Truscott das mitgehörte Gespräch nicht erfunden hatte. Aber wenn sie sich darin nicht täuschte, fragte sie sich beunruhigt, *wo zum Teufel war er dann jetzt?*

»S, z, e, Bindestrich, to ... Schreibt sich so der Nachname von dem Typen?« fragte Matt, als er an den Tresen zurückkam.

»Das hat Andrew jedenfalls gesagt.«
»Also, es gibt mehrere Sze-tos im Telefonbuch, aber keinen Tommy.«
»Das überrascht mich nicht.«
»Ich kenne einen Typen aus Chinatown, er heißt Benny Hsing. Und Benny Hsing steht im Telefonbuch.«
»Und?«
»Benny war aktives Vereinsmitglied bei den Red Sox, bevor sie ihn gefeuert haben. Er hat seine Nase schon immer gern in die Angelegenheit anderer Leute gesteckt und alles herumgetratscht. Wenn dieser Sze-to nicht nur in Truscotts Phantasie existiert, dann kennt Benny ihn garantiert.«
»Wo wohnt dieser Benny?«
»In der Regal Street. Ein paar Blocks von hier.«
»Und wird er mit dir reden?«
»Vielleicht. Er hat mich immer gemocht. Hauptsächlich, weil mein Leben so langweilig war, daß wir nie wegen irgendwelcher Klatschgeschichten aneinandergeraten sind. Niemand hätte es ihm abgekauft, wenn er skandalöse Gerüchte über mich in Umlauf gebracht hätte, also hat er es gar nicht erst versucht. Außerdem, als Steve Matz ihn beschuldigt hat, er hätte seine Goldkette geklaut – was schließlich zu seinem Rausschmiß führte –, habe ich Matz darauf hingewiesen, daß er ohne Augenzeugen und ohne das Corpus delicti rechtlich nichts gegen ihn in der Hand hatte.«
»Und warum wurde dieser Benny trotzdem gefeuert?«
»Tja, ich hatte damals gerade erst mit dem Jurastudium angefangen und war noch reichlich unerfahren. Außerdem war Matz der beste Pitcher des Teams und der erfolgreichste. Solange er die Bälle so gut warf, hätte er jeden feuern lassen können.«
»Sollten wir diesen Benny vielleicht lieber vorher anrufen?«
»Benny hat noch nie freiwillig seinen Kopf für andere hingehalten. Ich denke, es wird ihm schwerer fallen, uns seine Hilfe zu verweigern, wenn wir bei ihm auf der Matte stehen.«
Um zehn Uhr verließen sie das Restaurant. Vorher rief Sarah jedoch

noch bei Andrew zu Hause an. Sie war Andrews Frau Claire mehrmals begegnet und hatte sie jedesmal als nett, aber schrecklich schüchtern erlebt. Nie war sie ihr wie die ideale Partnerin für ihren extravaganten, scharfzüngigen Ehemann erschienen.

»Ich ... äh ... ich dachte, Sie wüßten sicher Bescheid«, sagte Claire. »Da Sie und Andrew doch befreundet sind, und überhaupt.«

»Ich wüßte worüber Bescheid?«

»Wir haben uns getrennt. Andrew ist vor ungefähr sechs Wochen ausgezogen. Er wohnt jetzt in einem Apartment in der Nähe des Krankenhauses. Ich kann Ihnen seine Telefonnummer geben, wenn Sie möchten.«

»Das tut mir leid, Claire.«

»Danke. Aber wir kommen ganz gut zurecht. In den letzten paar Jahren kam es mir ohnehin so vor, als ob er mit dem Krankenhaus verheiratet wäre. Jetzt erzählt er mir, daß er schon seit längerer Zeit ein Verhältnis mit einer anderen hat. Mit wem, will er mir nicht sagen. Ob Sie es glauben oder nicht, ich dachte schon, er wäre mit Ihnen zusammen.«

»Im Gegenteil, Claire. Andrew und ich haben schon seit Wochen nicht mehr miteinander gesprochen.«

Sarah notierte Andrews Telefonnummer und versuchte, ihn anzurufen, bevor sie zu Matt zurückkehrte. Aber es ging niemand ran.

Die Regal Street war nicht weit entfernt von dem, was von der Combat Zone übriggeblieben war, Bostons ehemals blühendem Rotlichtbezirk. Es nieselte noch, und von fern hörte man leises Donnergrollen, während sie die dreieinhalb Blocks bis zu dem Haus, in dem Benny wohnte, zu Fuß zurücklegten. Aus dem Eingang des wenig einladenden, mehrstöckigen Backsteinbaus schlug ihnen durchdringender Uringestank entgegen. Die Anzahl der Klingeln an der Tür schien viel zu hoch für die Größe des Gebäudes. Neben einer stand Bennys Name. Nach zweimaligem Klingeln erschien er am oberen Ende der Treppe, spähte zu seinen Besuchern hinunter und lief ihnen dann freudig entgegen.

»Cat!« rief er aus. »Welch ein Anblick für meine trüben Augen!« Er sprach schnell und abgehackt, sehr im Gegensatz zu Matts melodischem, aber langsamem Redefluß.

»Hi, Benny. Wie geht's?« sagte Matt. »Benny, das ist Sarah Baldwin. Hast du einen Moment Zeit?«

»Für dich? Für Black Cat? Aber klar. Aber sicher doch. Komm rauf. Komm rauf.«

Benny war ein schmerbäuchiger Mann mit Halbglatze und einem wenig vertrauenerweckenden Lächeln, das seine schlechten Zähne entblößte. Seine Khakihose und sein T-Shirt waren schmuddelig und fleckig, und er roch stark nach Tabak, Schweiß und Bier. Sarah dachte, daß er wahrscheinlich besser ausgesehen hatte, als er noch für die Red Sox spielte. Angesichts seines derzeitigen Erscheinungsbildes brauchte sie ihre Phantasie allerdings nicht überzustrapazieren, um sich vorzustellen, wie er die Habseligkeiten eines Kollegen nach einer Goldkette durchsuchte.

»Meine Frau schläft«, sagte Benny mit Hinweis auf die Schlafzimmertür. Er bedeutete ihnen, auf der Couch Platz zu nehmen, auf der eine braune Armeedecke ausgebreitet lag. »Wollt ihr was trinken? Bier? Cola? Mann, Cat, was für ein Zufall! Erst vor kurzem hab ich mir das Spiel der Sox gegen Detroit angesehen, und da mußte ich natürlich an die alten Zeiten denken. Dieser Mann war ein verdammt guter Pitcher, Miss. Ein verdammt guter Pitcher.«

»Ich habe davon gehört«, sagte Sarah.

»Und schlau. Ich sage Ihnen, Miss, einen Schlaueren gibt's nicht. Du bist jetzt Anwalt, stimmt's, Cat?«

»Stimmt. Benny, wir brauchen deine Hilfe«, entgegnete Matt.

»Meine Hilfe?«

»Wir suchen jemanden. Einen Mann namens Sze-to. Tommy Sze-to.«

Benny drehte sich ruckartig um und deutete mit seinem schwieligen Finger auf Sarah.

»Die Ärztin! Jetzt weiß ich, wer Sie sind. Die Ärztin von Kwong Tian-Wen. Gott, verzeihen Sie, wenn ich so direkt bin, Miss, aber

Sie sehen viel besser aus als auf dem Foto, das von Ihnen in der Zeitung war.«
»Danke«, brachte Sarah mühsam heraus.
»Kwong behauptet, jemand hat ihn reingelegt«, sagte Matt. »Er schwört, daß jemand die Kräuter in seinem Laden durcheinandergebracht und dann das Opium aus dem Keller geholt und auf das Regal gestellt hat. Hast du zufällig was darüber gehört?«
»Black Cat Daniels höchstpersönlich hier in meiner Wohnung. Ich bin dir was schuldig, Cat. Du warst der einzige, der mich gegen diesen Mistkerl Matz in Schutz genommen hat. Der einzige. Ich hab's schwer gehabt, seit die mich gefeuert haben, Cat. Verdammt schwer.«
Er deutete auf sein kleines Apartment, woraufhin Matt seine Brieftasche hervorholte und zwei Zwanzigdollarscheine auf den Couchtisch legte.
»Es ist wichtig, Benny«, sagte er.
Benny beäugte verächtlich die Geldscheine.
»Ich weiß nicht viel«, sagte er. »Eigentlich überhaupt nichts.«
»Benny, mehr Bargeld hab ich nicht. Glaub mir. Hey, Moment, hör zu.« Er griff noch einmal in seine Brieftasche, nahm die beiden Tickets heraus und hielt sie ihm unter die Nase, als handle es sich um ein unbezahlbares Juwel. »Das sind zwei Karten in der ersten Reihe für das Spiel der Sox gegen die Orioles nächste Woche. Gleich hinter dem ersten Base. Sag uns, was du über Tommy Sze-to weißt, dann gehören die Karten *und* die vierzig Dollar dir.«
Sarah wollte schon dagegen protestieren, daß Ricky ihretwegen einen so hohen Preis bezahlen sollte, aber Matt hielt sie mit einem schnellen Blick zurück. Benny starrte begierig auf die Tickets.
»Weißt du, wie lange ich schon kein Spiel mehr gesehen hab?«
»Nächste Woche ist es soweit, Benny. Du brauchst uns nur zu sagen, was du über Sze-to weißt und wo wir ihn finden können.«
»Was ich weiß, sind nur Gerüchte, Cat. Nur Gerüchte. Sze-to ist gefährlich. Sehr gefährlich. Wenn er hört, daß ich über ihn quat-

sche, verkauft er meine Leiche scheibchenweise. Er gehört zum Tong. Weißt du, was ich meine?«
»Ein Gangmitglied, richtig?«
»Der Tong ist viel schlimmer als jede Gang, Cat. Die Gangs können hier nur operieren, wenn sie die Erlaubnis vom Tong haben.«
»Weiter?«
»Es geht das Gerücht – nur ein Gerücht, klar? –, daß Sze-to 'ne Menge Kohle dafür bekommen hat, Kwong reinzulegen. Richtig dicke Kohle.«
»Ich hab's gewußt«, flüsterte Matt.
»Von wem?« fragte Sarah, gleichzeitig verwirrt und beunruhigt.
Benny Hsing zuckte die Achseln und schüttelte den Kopf.
»Wo können wir ihn finden?« fragte Matt.
»Er kommt und geht. Ist viel in New York. Du weißt schon, da wo die Schiffe ankommen. Wenn er hier ist, ist er entweder bei einer Frau, oder er spielt Poker bei Maurice Fang.«
Benny warf gierige Blicke auf das Geld und die Tickets, aber Matt machte keine Anstalten, ihm beides zu überlassen.
»Und wo wohnt dieser Maurice Fang?«
»Bitte, Cat. Wenn Sze-to rausfindet, daß ich dir was gesagt hab, bin ich tot.«
»Er wird es nicht rausfinden. Also, wo wohnt er?«
Nach kurzem Zögern kritzelte Benny die Adresse auf die Rückseite eines Briefumschlags. »Erste Etage. Grüne Tür. Da läuft jede Nacht 'ne Pokerrunde bis fünf Uhr morgens. Um zehn geht's dann wieder los. Maurice ist in Ordnung, aber er ist Sze-tos Freund. Sze-to ist eine Schlange. Ihr solltet vorsichtig sein.«
»Das werden wir. Woran können wir Sze-to erkennen?«
Benny zog mit dem Finger eine Linie von seinem Auge bis zu seinem Mundwinkel.
»Hat 'ne Riesennarbe, Cat«, sagte er. »Von 'nem Messer, glaub ich.«
Matt nahm seine Hand von dem Geld und den Tickets. Benny griff sofort zu. Dann eilte er ins Schlafzimmer und kam mit einem Baseball zurück.

»Hier, Cat«, sagte er. »Du bist immer gut zu mir gewesen. Damals und heute. Das ist der Ball, mit dem du das Meisterschaftsspiel gegen Toronto entschieden hast. Weißt du noch? Ich hätte ihn schon oft verkaufen können, aber ich sag immer: ›Nein. Das ist Cats Ball, und eines Tages krieg ich die Chance, ihn ihm zu schenken.‹«

»Das ist sehr nett von dir, Benny. Danke.«

Matt wiegte den Ball ein paarmal in der Hand und ließ ihn dann in seine Tasche fallen.

»Nehmt euch bloß vor Sze-to in acht«, sagte Benny. »Seid vorsichtig und haltet den Namen Benny Hsing aus dem Spiel. Viel Glück, Miss.«

Sarah bedankte sich und folgte Matt durch das schlecht beleuchtete Treppenhaus in den übelriechenden Hauseingang. Draußen vor der verglasten Tür war der Regen stärker geworden, und ein heftiger Wind fegte durch die Straße.

»Laß uns in den Schnellimbiß da an der Ecke gehen und uns überlegen, was wir als nächstes tun«, schlug Matt vor.

Sarah sah sich vielsagend um und hielt sich die Nase zu. »Hauptsache hier raus. Aber das war doch wirklich sehr nett von Benny, findest du nicht?«

»Was?«

»Dir den Baseball zu geben.«

»Stimmt«, sagte Matt. »Das war wirklich nett, mal abgesehen davon, daß ich den Ball von dem Spiel gegen Toronto schon bei mir zu Hause in einem Glaskasten habe.«

Der Regen dauerte an, aber es war immer noch kein richtiges Gewitter. Nach Kaffee und Apple-Pie verließen Matt und Sarah den Schnellimbiß und liefen von Hauseingang zu Hauseingang bis zum Geldautomaten der Bank of Boston. Sie waren alle denkbaren Möglichkeiten durchgegangen, hatten sie jedoch wieder verworfen und sich schließlich für die erste Variante entschieden – sie mußten Tommy Sze-to auftreiben und ihn dazu bringen, daß er

ihnen sagte, wer ihn angeheuert hatte und warum. Sie würden alle Register ziehen: Bitten, Bestechung, Drohungen – falls nötig auch Gewalt.
Sarah zweifelte inzwischen nicht mehr daran, daß jemand Tommy Sze-to dazu angestiftet hatte, sich an den Kräutern in Kwong Tian-Wens Laden zu schaffen zu machen. Irgend jemand wollte den Alten fertigmachen oder Sarahs Karriere ruinieren. Womöglich auch beides. Allerdings waren die Chancen, einen Gangster wie Sze-to lange genug in Boston festzuhalten, um ihn der Gerichtsbarkeit zuzuführen, denkbar gering – etwa so gering wie die Aussicht, die Gerichtsbarkeit überhaupt für den Fall zu interessieren. Es gab keine wirklich gute Lösung. Sie mußten Sze-to zur Rede stellen, bevor er herausfand, daß sie hinter ihm her waren, und untertauchte. So einfach war das.
Der Geldautomat spuckte nicht mehr als 250 Dollar aus, was Matt jedoch den Sicherheitsbestimmungen der Bank zuschrieb. Dann rannten sie durch Regen und Pfützen zu der Adresse, die Benny ihnen gegeben hatte und wo Maurice Fangs nächtliche Pokerrunde stattfinden sollte. Die unausgesprochene Frage, was wohl mit Andrew Truscott geschehen war, ging ihnen beiden nicht aus dem Kopf.
Ihr Plan – zumindest das, was von ihm übriggeblieben war – sah vor, daß sie so tun wollten, als kämen sie in offiziellem Auftrag, beispielsweise um Sze-to Geld auszuhändigen.
»Und was ist, wenn er uns das nicht abkauft?« fragte Sarah.
»Dann gehen wir über zu Plan B, was immer das sein mag. Vielleicht läuft es auch darauf hinaus, daß wir abwarten müssen, wer von uns der Stärkere ist.«
»Oder der besser Bewaffnete ...«
Das dreistöckige, heruntergekommene Haus befand sich in einer engen Seitenstraße nur einen Block von Kwongs Laden entfernt. Durch die Eingangstür gelangte man in einen mit Wurfsendungen übersäten Hausflur, der nicht besser beleuchtet war als das Treppenhaus bei Benny. Die hochglanzlackierte, avocadogrüne Tür war

gleich am ersten Treppenabsatz. Von drinnen waren Streichmusik und der Gesang einer hohen Frauenstimme zu hören.
»Denk dran, du mußt immer den Eindruck machen, als wüßtest du genau, was du tust«, flüsterte Matt, bevor er anklopfte.
Die Tür wurde einen Spaltbreit geöffnet – gerade so weit, daß sie den schmalen Streifen eines Gesichts und ein gerötetes Auge erkennen konnten. Die eindeutig chinesische Musik, die ihnen nun lauter entgegenklang, war offenbar eine Tonbandaufnahme.
»Was wollen Sie?«
Die Stimme klang rauh und ungehalten.
»Ich bin Matt Daniels.« Matt zeigte kurz seine Visitenkarte und steckte sie wieder ein. »Ich bin Anwalt in der Kanzlei Hannigan, Daniels und Chung. Wenn Sie Maurice Fang sind, muß ich mit Ihnen reden.«
»Worüber?«
»Es handelt sich eigentlich um eine gewisse Geldsumme, die einem Ihrer Kunden zusteht. Eine größere Summe. Mr. Fang, bitte. Ich weiß, daß hier gepokert wird, und es interessiert mich nicht im geringsten. Aber ich mache nicht gern Geschäfte in Treppenhäusern. Also, dürfte ich bitte eintreten? Es ist schon ziemlich spät, und ich würde diese Sache gern hinter mich bringen und Feierabend machen.«
Außerhalb Fangs Sichtweite bedeutete Sarah Matt mit einem Kopfnicken, wie sehr sie von seinem Auftreten beeindruckt war. Nach kurzem Zögern wurde die Türkette entfernt, und die grüne Tür öffnete sich. Maurice Fangs Wohnung war wesentlich besser eingerichtet als Benny Hsings, allerdings auch viel verrauchter. Feine Rauchschwaden kamen aus einem Zimmer am anderen Ende des Flurs.
»Wen suchen Sie?« fragte Fang.
Der drahtige Mann war etwa sechzig Jahre alt. Er trug ein schwarzes Hemd und eine weiße Krawatte. *Irgendein Opa, der den Profispieler mimt,* war Sarahs erster Gedanke bei seinem Anblick. Matt schob sich so weit in den Flur, daß er zwischen Fang und dem Zimmer stand, aus dem der Rauch hervorquoll.

»Wie ich schon sagte, ich bin Rechtsanwalt. Das ist meine Partnerin, Miss Sharp. Wir sind mit dem Verkauf einer Immobilie beauftragt worden. Wir suchen einen Mann namens Sze-to, Vorname Tommy, und ich bin bevollmächtigt, bis zu fünfzig Dollar für Informationen zu zahlen, die uns helfen, ihn zu finden und die Sache endlich zum Abschluß zu bringen. Wir haben bereits den ganzen Tag nach ihm gesucht. Schließlich hat uns jemand den Hinweis gegeben, wir könnten ihn hier finden.«

»Wer hat Ihnen das gesagt?«

»Mr. Fang, ich bin Anwalt, und sämtliche Informationen, die ich erhalte, werden vertraulich behandelt. So braucht sich niemand Sorgen zu machen. Sie eingeschlossen.«

»Zeigen Sie mir die fünfzig Dollar«, verlangte Maurice Fang.

Er nahm die Geldscheine und befahl Matt und Sarah, im Wohnzimmer zu warten. Dann verschwand er im Pokerzimmer. Matt blieb, wo er war, und Sarah stellte sich dicht neben ihn. Nach einer Minute kam Fang wieder und reichte die fünfzig Dollar zurück.

»Niemand weiß, wo Sze-to ist«, sagte er. »Hey! Moment mal!«

Matt hatte sich an ihm vorbeigedrängt und ging auf die Tür zu.

»Ich möchte mich selbst davon überzeugen«, sagte er. »Wir haben einen langen Tag hinter uns.«

Sarah trat hinter ihn und erkannte sofort, daß einer der kartenspielenden und rauchenden Männer Tommy Sze-to war. Er war schmächtig gebaut und blaß. Seine Gesichtszüge erinnerten an die eines Affen, er hatte einen schmalen Schnurrbart und eine auffällige Narbe auf einer Wange, auf die Bennys Beschreibung genau paßte.

Maurice Fang versuchte, Matt von der Tür wegzuzerren, doch Matt schüttelte ihn mit Leichtigkeit ab.

»Ich weiß nicht, ob einer von Ihnen Mr. Tommy Sze-to ist«, log er, »aber ich muß ihn sprechen wegen einer Geldsumme, die ihm zusteht – einer größeren Summe.«

Die Männer am Tisch starrten ihn nur an. Niemand rührte sich.

»Sehen Sie?« rief Fang. »Sehen Sie? Und jetzt machen Sie, daß Sie hier wegkommen.«

Matt warf Sarah einen kurzen Blick zu. Sie wußten beide, daß dies vielleicht ihre einzige Chance war. Offensichtlich kaufte Sze-to ihnen ihre Geschichte nicht ab.
»Dann müssen wir wohl zu Plan B übergehen«, flüsterte Matt über die Schulter hinweg.
Er ließ kurz einen prüfenden Blick durch das Zimmer schweifen, dann machte er einen Schritt nach vorn und packte einen verblüfften Tommy Sze-to an der rechten Hand.
»Nett, Sie kennenzulernen, Mr. Sze-to. Nett, Sie kennenzulernen«, sagte er überschwenglich.
Bevor Sze-to reagieren konnte, zog Matt ihn auf die Füße, drehte ihm den Arm auf den Rücken und nahm ihn in den Schwitzkasten.
»Was zum Teufel ...?« röchelte Sze-to.
»Ich werde Ihnen nichts tun, Tommy«, sagte Matt und zog ihn mit sich in den schmalen Flur, »aber wir müssen uns unterhalten.« Er packte ihn noch fester. »Haben Sie mich verstanden?«
Sze-to nickte. Ohne seinen Griff zu lockern, drehte Matt ihn mit dem Gesicht zu Sarah hin.
»Wissen Sie, wer das ist?« fragte er. »Wissen Sie es?«
Sze-to sträubte sich kurz, gab jedoch schnell auf. Er war mindestens einen Kopf kleiner als Matt und zwanzig Kilo leichter.
»Lassen Sie mich los«, keuchte er.
»Wissen Sie, wer sie ist?«
»Ja.«
»Und warum wir hier sind?«
»Ja, ja. Lassen Sie mich los.«
Matt gab nach. Mit einem plötzlichen, überraschenden Ruck riß Sze-to seine Hand los, schlug Matt mit der flachen Hand ins Gesicht und trat ihm mit voller Wucht in die Leistengegend. Matt stöhnte vor Schmerz laut auf und taumelte gegen die Wand. Sze-to wollte sich gleich wieder auf ihn stürzen, aber Matt war schon wieder auf den Beinen. Nach einem kurzen Augenblick des Zögerns rief der Gangster Maurice Fang etwas auf Chinesisch zu, rannte zum Fenster am Ende des Flurs und hechtete auf die

Feuertreppe hinaus. Matt, der aus dem Mundwinkel blutete, torkelte hinter ihm her, dicht gefolgt von Sarah. Sie sahen Sze-to von der Plattform verschwinden. Dann hörten sie ihn aufschreien.

»Er hat sich verletzt«, sagte Matt und spähte durch die Überreste des Fensters in die regennasse Nacht hinaus. »Wir können ihn einholen.«

Ohne auf seine Antwort zu warten, stieg er auf die glitschige eiserne Plattform. Sekunden später war Sarah neben ihm.

»Geh zum Teufel, du verdammter Idiot!« hörten sie Maurice Fang brüllen.

Sze-to, dem es offenbar nicht gelungen war, die Feuerleiter zu lösen, war von der Plattform gesprungen. Er war jetzt etwa fünfzehn Meter weit entfernt und lief stark humpelnd durch den heftigen Regen auf die nächste schmale Gasse zu.

»Wir müssen uns beeilen«, sagte Matt und kniete nieder, um die Leiter zu lösen.

»Bist du in Ordnung?« fragte Sarah, als er in die schlammige, schlecht geteerte Gasse hinunterkletterte.

»Später!« gab er zurück. »Los, komm.«

Sarah glitt und kletterte die Leiter hinunter und lief durch die schmutzigen Pfützen hinter Matt her. An der Ecke der nächsten Gasse holte sie ihn ein. Überall standen Mülleimer und überquellende Pappkartons herum, und sämtliche Laternen waren kaputt. Sie spähten in die Dunkelheit und den Regen, konnten jedoch niemanden entdecken.

»Was hat Sze-to eben Maurice zugerufen?« fragte Matt, während er ein paar vorsichtige Schritte in die Gasse hinein wagte. »Konntest du ihn verstehen?«

»Ich bin mir nicht sicher. ›Ruf Guo-Ming an.‹ Oder so ähnlich.«

Vorsichtig gingen sie weiter in die Gasse hinein. Vor ihnen gab es zahllose Ecken und Winkel, in denen Sze-to sich verstecken und ihnen womöglich auflauern konnte. Plötzlich erhellte ein greller Blitz die Gasse. Einen Augenblick später krachte der Donner. Dann noch ein Blitz.

»Da!« rief Matt und deutete mit dem Finger nach vorne.
Wie ein Schatten huschte Sze-to an dem Gebäude entlang und auf das andere Ende der Gasse zu. Als er Matts Stimme hörte, lief er los. Sie rannten hinter ihm her, über eine menschenleere Straße hinweg, an Eisenbahnschienen entlang, die in den großen Südbahnhof führten. Vor ihnen humpelte Sze-to auf ein paar leere Personenwaggons zu und schlüpfte zwischen zweien hindurch. Matt folgte ihm schwer atmend, mit Sarah, die offenbar wesentlich durchtrainierter war, dicht auf den Fersen. Sie schoben sich zwischen den beiden Waggons hindurch. Dann blieben sie wie angewurzelt stehen.
Sze-to war noch etwa zwölf Meter von ihnen entfernt. Aber er war stehengeblieben und hatte sich nach ihnen umgedreht. Neben ihm standen drei Männer im strömenden Regen. Zwei waren Asiaten, von denen einer eine Pistole in der Hand hielt. Der dritte war Andrew Truscott.
»Mein Gott«, murmelte Matt.
»Matt, das ist Andrew«, flüsterte Sarah, während sie in den Regen blinzelte.
»Das hatte ich mir fast gedacht«, meinte Matt sarkastisch.
»Andrew, was machst du da?« rief Sarah. »Was geht hier vor?«
»Kommen Sie her«, brüllte Sze-to durch den Regen, der auf die Dächer der Waggons trommelte. »Ganz langsam. Guo-Ming ist ein ausgezeichneter Schütze. Zwingen Sie ihn nicht, das zu beweisen.«
»Andrew, was geht hier vor?« wiederholte Sarah.
»Sarah, siehst du das denn nicht?« flüsterte Matt. »Stell dich hinter mich und dann sieh zu, daß du zu den Waggons kommst. Schnell!«
Sarah verstand nicht, was er meinte, tat aber, wie ihr geheißen.
»Noch ein Schritt, und ihr seid beide tot«, warnte Sze-to. »Genau wie euer Freund hier.«
Die beiden Männer, die neben Andrew standen, traten zur Seite, und Truscotts lebloser Körper fiel auf die Schienen.
»Guo-Ming, erschieß den Kerl«, sagte Sze-to ruhig.

»Sarah, lauf!« rief Matt, als Sze-to hinter den anderen beiden her auf ihn zu gehumpelt kam. »Lauf!«

Matts rechte Hand war bereits in seiner Jackentasche, seine Finger fest um den Baseball geschlossen. Mit einer geschmeidigen Bewegung zog er den Ball aus der Tasche und warf. Einen Augenblick lang zögerte der Mann mit dem Revolver – zu lange. Der Wurf, ein schneller, harter Ball, traf ihn am Hals, direkt über dem Brustbein. Ein harmloser Schuß löste sich aus dem Revolver, der auf den Kies krachte. Der Mann flog nach hinten, als habe ihn ein Pferd getreten, stürzte zu Boden und blieb stöhnend liegen.

Sarah war bereits zwischen den Eisenbahnwaggons.

»Lauf, Sarah!« rief Matt noch einmal. »Zurück in die Gasse!«

Sie überquerten die Straße. Als sie die Gasse erreichten, drehten sie sich um und sahen, wie Sze-to und der andere Mann eben zwischen den Waggons hervorkamen. Der Revolver, nun in Sze-tos Hand, blitzte auf, und ein Ziegelstein direkt neben Sarahs Kopf zersplitterte. Matt packte ihre Hand und riß sie herunter. Dann rannten sie gemeinsam durch die dunkle Gasse.

KAPITEL 26

Kannst du sie sehen?« fragte Sarah.

Sie kauerten in einer dunklen, menschenleeren Straße hinter einem geparkten Wagen. Es war fast Mitternacht. Immer noch regnete es ununterbrochen. Matt spähte durch die Autofenster.

»Sie sind auf der gegenüberliegenden Straßenseite«, flüsterte er. »Ich habe den Eindruck, dieser andere Typ traut sich ohne Sze-to nicht allzu weit aus Chinatown heraus, und Sze-to kann sich mit seinem verletzten Bein schlecht bewegen. Ich glaube, von hier aus können wir entkommen.«

»Weißt du, wo wir sind?«

»Nicht genau. Aber da lang geht's zur Innenstadt.«

Sarah richtete sich so weit auf, daß sie die beiden Männer sehen konnte. Sie schienen keine große Eile zu haben.

»Die sind verrückt! Sie haben Andrew umgebracht, Matt, ich hab Angst. Ich kann gar nicht aufhören zu zittern.«

»Das bedeutet, daß du das Kommando übernehmen mußt, denn mir geht's noch schlechter als dir. Hör zu, wir können das schaffen. Sze-to kommt kaum noch vorwärts.« Er suchte mit den Augen die Straße ab. »Diese Gasse dort drüben. Wir rennen dahin, und dann versuchen wir, die Stuart Street zu erreichen – oder wenigstens eine Gegend, wo Leute herumlaufen. Bist du soweit?«

»Matt, sieh mal!«

Wo vor wenigen Augenblicken zwei Männer gewesen waren, standen nun vier. Hinter Sze-to waren zwei weitere Gestalten aufgetaucht, die jetzt neben ihm standen und die Straße absuchten.

Einer von ihnen hielt eine Schußwaffe in der Hand. Der andere sprach in eine Art Funktelefon. Beide wirkten selbstsicher und durchtrainiert.
»Lieber Himmel, die sehen ja aus wie 'ne Armee.«
»Der Tong. Weißt du noch, was Benny gesagt hat?«
»Wir müssen hier weg.«
»Mein Gott, Matt. Da drüben. Ich glaub, da sind noch mehr.«
Tatsächlich sperrten dort drei Männer die Straße ab.
»Die Gasse da drüben ist unser einziger Fluchtweg. Wir müssen es versuchen. Halt dich geduckt, bis wir an der Ecke des Gebäudes sind, und dann lauf, so schnell du kannst. Fertig?«
»Ja.«
»Sarah, ich – ich mag dich wirklich sehr. Los komm. Laß es uns versuchen.«
Tief gebückt und sich mit den Händen auf dem Boden abstützend, krochen sie rückwärts.
»Jetzt!« sagte Matt.
Sie drehten sich um und rannten in die Gasse. Hinter sich hörten sie einen ihrer Verfolger rufen. Einen Augenblick später fielen zwei Schüsse.
»Bleib unten!« rief Matt. »Lauf weiter.«
Die enge Gasse war übersät mit Schutt und Müll. Matt warf im Laufen eine volle Mülltonne um, dann noch eine.
»Lauf da lang!« rief Sarah und deutete mit dem Finger nach rechts. Am anderen Ende der Gasse waren noch zwei Männer aufgetaucht. Plötzlich schien Chinatown, ein Viertel, das nur aus etwa zwölf Blocks bestand, kein Ende zu nehmen. Auf Sarahs Zuruf hin bog Matt rechts ab und lief in den schmalen Zwischenraum zwischen zwei Gebäuden, rutschte aus, kam wieder auf die Füße und rannte weiter.
»Die vermehren sich wie die Karnickel«, sagte er keuchend. »Sarah, ich weiß nicht, ob ich es schaffe, hier rauszukommen. Ich glaube, wir müssen etwas finden, wo wir uns verstecken können.«
Sarah war inzwischen eindeutig die Schnellere. Sie war Matt etwa

vier Meter voraus, als sie auf eine Querstraße trafen. Sie verlangsamte ihren Lauf und blickte nach rechts. Ein paar Meter von ihr entfernt war der Eingang eines ehemaligen Kinos. An dem Kino, das mit Brettern zugenagelt und offenbar nicht mehr in Betrieb war, hingen immer noch Plakate, die für chinesische Filme warben. Auf einem waren sogar Humphrey Bogart und Katharine Hepburn auf der *African Queen* zu sehen.

»Matt!« keuchte Sarah und deutete auf die Tür. »Kriegst du die auf?«

Er rammte die Tür mit der Schulter, ging dann einen Schritt zurück und stieß sie mit einem kräftigen Tritt auf. Sie schlüpften hinein und schlossen die Tür schnell hinter sich. Das Foyer wurde von dem fahlen Licht, das durch zwei kleine Fenster im oberen Bereich der Hausfront hereinfiel, schwach erleuchtet. Bis auf einen abgewetzten Teppich war der Vorraum völlig leer. Obschon das Kino offenbar schon seit Jahren nicht mehr benutzt wurde, konnte Sarah noch den Geruch von Popcorn ausmachen, das früher einmal hier verkauft wurde. Hand in Hand betraten sie den Vorführraum. Wie im Foyer befanden sich auch hier einige schmale Fenster kurz unterhalb der Decke, die wahrscheinlich während des Films mit Vorhängen verdunkelt worden waren. Das Licht, das durch sie in den Saal fiel, reichte aus, um am Ende eine Bühne zu erkennen, hinter der einmal die Leinwand gewesen war. Die Sitze waren bis auf einige beschädigte Exemplare entfernt worden.

»Das stammt wahrscheinlich noch aus der Vaudeville-Zeit«, sagte Matt. »Wir müssen einen Platz finden, wo wir uns verstecken können, oder einen Seitenausgang, und zwar schnell.«

Sarah sprang auf die Bühne. »Matt, hier oben. Sieh dir das an«, rief sie im Flüsterton.

Gleich hinter der Bühne befand sich eine freihängende Stahlleiter, die fast bis auf den Boden reichte. Sie führte direkt zu einem schmalen Laufsteg unter der Saaldecke. Der Laufsteg, etwa sieben Meter über ihnen, war in dem Dämmerlicht kaum zu erkennen. Ohne lang mit Matt zu diskutieren, schnappte Sarah sich eine

Steppdecke von einem Stapel in der Nähe der Bühne und begann, die Leiter zu erklimmen.

»Sie hält, Matt«, rief sie ihm zu. »Los, komm.«

Wenige Augenblicke später hörten sie, wie die Eingangstür aufgestoßen wurde. Dann Stimmen. Matt spähte nach oben, konnte Sarah jedoch nicht entdecken. Er warf sich noch ein paar von den Packdecken über die Schulter und kletterte eilig die Leiter hinauf. Der stählerne, knapp einen Meter breite Laufsteg hing an Stahlseilen von der Decke und erwies sich als recht stabil. Matt breitete eine der Decken neben Sarahs aus und faltete eine zweite zu einem Kopfkissen. Die Decken waren feucht und rochen modrig. Aber in ihrer Angst und durchnäßt, wie sie waren, nahmen die beiden die Unbequemlichkeit kaum wahr. Matt legte sich neben Sarah und zog die Knie an, als zwei Männer das Kino betraten.

»Kannst du was sehen?« fragte sie, ihre Lippen dicht an seinem Ohr.

Matt schüttelte den Kopf, lehnte sich zurück und betete, daß die Decken sie vor den Blicken der Männer unter ihnen schützten. Die Männer – es schienen zwei zu sein – unterhielten sich auf Chinesisch und ohne jede erkennbare Erregung. Nach ungefähr einer Minute wandten sie sich ab, machten noch eine kurze Runde durch das Kino und verließen dann den Saal. Die Tür zum Vorraum wurde geöffnet und wieder geschlossen. Waren sie weg?

Sarah wollte etwas sagen, doch Matt legte ihr einen Finger auf die Lippen und zog sie an sich. Fünf Minuten vergingen, dann räusperte sich der Mann in der Dunkelheit unter ihnen und hustete leise.

»Ich wußte es«, murmelte Matt.

In diesem Augenblick wurde die Eingangstür erneut aufgestoßen. Mehrere Stimmen unterhielten sich mit dem Mann, der unter ihnen Wache gestanden hatte. Und plötzlich wurde die dunkle, miefige Luft von hellen Scheinwerferstrahlen durchschnitten.

»Scheiße.«

Matt hatte das Wort mehr mit den Lippen geformt als ausgesprochen.

Sarah drückte sich noch dichter an ihn. Sie bemühte sich verzweifelt, aus den chinesischen Satzfetzen schlau zu werden, die sie von unten hörte, aber sie konnte nur hier und da ein paar Worte aufschnappen. Zwar wurde, soweit sie das beurteilen konnte, niemals ein Name ausgesprochen – aber anscheinend ging es darum, daß es jemandem sehr mißfallen würde, falls Sarah und Matt entkommen sollten und ausplaudern könnten, was sie wußten. Dem, der die beiden fand, winkte eine Belohnung.

Während sie vor Angst, sich durch eine Bewegung zu verraten, kaum zu atmen wagten, beobachteten sie die Lichtkegel der Taschenlampen, die über die Saaldecke, den Laufsteg, vielleicht sogar über die Platzdecken tanzten, auf denen sie lagen. Sich die Decken zu schnappen, war ein genialer Geistesblitz von Sarah gewesen, dachte Matt. Er versuchte sich vorzustellen, wie ihr Nest wohl von unten aussah. *Wahrscheinlich absolut unauffällig.* Falls sie hier rauskamen, würde er sich auf besondere Weise bei ihr bedanken müssen. Falls.

Unter ihnen bewegten sich die Stimmen und Lichtkegel näher auf die Bühne zu. Plötzlich blitzte ein Strahl durch den Laufsteg … dann noch einer. Die Lichtstrahlen wurden auf und ab geschwenkt. Sarah begann wieder zu zittern. Vielleicht weil er es spürte, wandte Matt den Kopf leicht und drückte seine Lippen auf ihre Stirn. Der Laufsteg wankte, als ob einer der Männer unter ihnen die Leiter ergriffen hätte. Dann neigte er sich, als der Mann die unteren Sprossen erklomm. Matt drückte seine Lippen fester auf Sarahs Haut. Noch ein Schritt. Noch einer. Sie sahen den Lichtkegel einer Taschenlampe über die Stelle huschen, an der sie lagen. Noch ein Schritt … dann wankte der Laufsteg heftig, als der Mann sich abstieß und auf den Boden zurück sprang.

»Nichts«, hörten sie ihn auf chinesisch sagen.

Die Lichtkegel der Taschenlampen – das, was sie davon sehen konnten – bewegten sich in andere Bereiche des Kinos. Erschöpft und durchnäßt, zusammengekauert auf dem Laufsteg, kämpften Matt und Sarah gegen das Bedürfnis an, sich zu rühren. Ihre

Glieder schmerzten und verkrampften sich, sie spürten heftige Stiche in Händen und Füßen. Sie klammerten sich fest aneinander, doch obwohl sie so dicht beisammen waren, fühlten sie sich weit voneinander entfernt.
Die Durchsuchung des Kinos dauerte mindestens schon eine halbe Stunde. Tommy Sze-to war längst gegangen, aber die anderen machten weiter. Zweimal hörten Matt und Sarah, wie die Eingangstür geöffnet und wieder geschlossen wurde. Dann wurde es still im Kino. Sarah wollte ihre Stellung verändern, aber Matt hielt sie zurück.
»Sie sind noch immer da«, flüsterte er kaum hörbar. »Beweg dich nicht.«
Er drehte leicht den Kopf, und plötzlich waren seine Lippen auf ihren. Irgendwo unter ihnen war ein schlurfendes Geräusch zu hören, dann ein Räuspern. Sarah hatte weder den Wunsch, noch wagte sie es, ihre Lippen von seinen zu entfernen. Vorsichtig hob sie ihren freien Arm, bis ihre Hand seinen Hals berührte. Während der nächsten zwei Stunden blieben sie so liegen, die Augen geschlossen, ihr Atem im Gleichtakt. Etwa alle fünfzehn Minuten gab der Mann, der unter ihnen Wache stand, irgendein Geräusch von sich. Endlich, nach einer Zeit, die ihnen endlos erschien, schaltete er sein Funktelefon ein und sagte etwas auf chinesisch.
»Er will gehen«, flüsterte Sarah aufgeregt.
Sie hörten, wie er sich ächzend streckte und dann auf die Eingangshalle zu schlurfte. Noch einmal wurde die Tür geöffnet und wieder geschlossen. Dann endlich herrschte Stille um sie herum.
»Was meinst du?« wagte Matt zu fragen.
»Ich denke, sie haben uns nicht gefunden.«
»Ich glaub, er ist weg.«
»Matt, ich muß immerzu an Andrew denken. Bitte, beweg dich noch nicht.«
Matt wandte sich ihr zu, so daß ihre Lippen sich wieder berührten.
»Wenn du darauf bestehst«, flüsterte er.

* * *

Gegen halb sechs begann das fahle Licht des neuen Tages das Kino zu erleuchten. Immer noch auf dem rostigen Laufsteg kauernd, hatten Matt und Sarah sich so weit bewegt, daß ihre Glieder nicht steif wurden. Aber sie hatten weder ihre Umarmung gelöst noch miteinander gesprochen. Einer von ihnen, vielleicht auch beide, hatte eine Weile geschlafen, sie waren sich jedoch beide nicht sicher. Matt legte seine Hände an ihre Wangen und küßte zärtlich ihre Augen.
»Du warst unglaublich mutig«, sagte er. »Es war ziemlich idiotisch von mir, mit diesem Gangster Räuber und Gendarm zu spielen.«
»Sind sie wirklich weg?«
Matt richtete sich langsam und vorsichtig auf und spähte durch die Gitterstäbe des Laufstegs.
»Über die Eingangshalle kann ich nichts sagen, aber das Kino ist leer. Ich glaube, wir warten besser bis neun oder zehn, bevor wir uns aufmachen. Je mehr Leute da draußen rumlaufen, um so größer sind unsere Chancen, hier heil rauszukommen. Andererseits, wenn ich Tommy Sze-to wäre, hätte ich mich längst aus dem Staub gemacht.«
»Der arme Andrew. Er wollte mir wirklich helfen.«
»Vielleicht hat er es noch rechtzeitig getan, um sich seinen Platz im Himmel wieder zu verdienen«, sagte Matt. »Wenn man bedenkt, welches Ende er genommen hat, muß man schon zugeben, daß es verdammt nobel von ihm war. Ich wünschte nur, er hätte herausgefunden, wer Sze-to bezahlt hat. Hast du eine Vorstellung, wer es sein könnte?«
»Keinen Schimmer«, sagte Sarah. »Weder, wer es sein könnte, noch, warum. Allerdings wissen wir jetzt etwas Wichtiges.«
»Nämlich, daß jemand über Leichen geht, damit es so aussieht, als wärst du für die Immunschwäche-Fälle verantwortlich.«
»Es gibt noch keinen Beweis dafür, daß Tian-Wen und ich unschuldig sind. Aber es sieht so aus, als ob jemand das glaubt. Wenn wir hier rauskommen, können wir uns mit der Frage beschäftigen, wer das sein könnte. Aber als erstes werde ich mit Claire Truscott sprechen.«

»Ich dachte, Andrew hatte sich von ihr getrennt.«
»Er ist immer noch der Vater ihres Kindes. Ich habe vor, Claire so gut ich kann zu helfen – jetzt und in Zukunft.«
Matt warf einen Blick auf seine Armbanduhr.
»Zwei Stunden«, sagte er. »Vielleicht zweieinhalb. Ich denke, wir sollten hier oben bleiben und stillhalten.«
»Ja.«
Sie lächelte und gab ihm einen flüchtigen Kuß. Er fuhr mit einer Hand unter ihre Bluse und massierte ihr den Rücken.
»Weißt du«, sagte er, »so hatte ich mir die erste Nacht im Bett mit dir eigentlich nicht vorgestellt.«
»Und ich dachte, du hättest das alles arrangiert, weil du glaubtest, ich hätte einen ungewöhnlichen und exotischen Geschmack.«
»Versprichst du mir, daß du mich nicht bei der Anwaltskammer anzeigst?«
»Wenn du mir versprichst, daß du mich weiter als Klientin behältst.«
Sie küßte ihn noch einmal, diesmal intensiver. Ihre Zunge erkundete seinen Mund. Dann glitt ihre Hand nach unten, sie öffnete seine Hose und begann, ihn sanft und zärtlich zu streicheln.
»Du hast dich gestern abend wie ein richtiger Macho aufgeführt, Cat«, flüsterte sie. »Hat dieser Feigling dich verletzt?«
»Ich weiß es nicht mehr«, sagte er und sah sie mit großen Augen an. »Vielleicht ein bißchen. Gott, was du da machst, tut wirklich gut. Ich meine *wirklich gut.*«
Wieder lächelte sie ihn an. Die Schrecken der vergangenen Nacht waren fast vergessen, verdrängt von Zukunftsträumen und von dem Mann, der sie mit zärtlichen Augen ansah.
»Das ist erst der Anfang«, flüsterte sie. »Ich bin Ärztin, weißt du noch? Wenn ich es für medizinisch ratsam halte, werde ich ihn küssen und ganz gesund machen.«

KAPITEL 27

9. Oktober

Skalpell ... Schwamm, bitte ... Laparoskop bereithalten, bitte ... Wie geht es Ihnen, Kristen? Spüren Sie irgend etwas? ... Wunderbar, das ist wunderbar ... Wollen Sie den Eingriff immer noch auf dem Monitor verfolgen? ... In Ordnung. Also los ...«

Die junge Frau auf dem Operationstisch, eine Mutter von drei Kindern, hatte um örtliche Betäubung gebeten, anstelle einer Vollnarkose. Obwohl bei diesem Eingriff eigentlich eine Vollnarkose üblich war, hatte Sarah zugestimmt. Sie hatte ihre erste Tubenligatur per Laparoskopie gegen Ende ihres ersten Jahres als Assistenzärztin durchgeführt. Der Eingriff war reibungslos verlaufen, ebenso wie die zwanzig oder fünfundzwanzig, die sie seitdem vorgenommen hatte, davon drei unter lokaler Anästhesie und starker Sedierung. Sie war eine gute Chirurgin. Technisch und klinisch eine der Besten, wenn nicht *die* Beste, die diese Ausbildung je absolviert hatte. Aber warum war ihr Leben im Krankenhaus dann so zur Hölle geworden?

»Okay, Kristen, was Sie jetzt sehen, ist Ihre Bauchhöhle. Am Ende des Laparoskops befindet sich eine winzige, sehr starke Lichtquelle. Direkt neben dieser Lichtquelle ist eine Fiberoptik, die das Licht aufnehmen und tatsächlich um die Ecke leiten kann. Die Fiberoptik transportiert die Bilder in dieses Okular und auch auf den Bildschirm. Ab jetzt ist Ihr linker Eierstock – das kleine rosa Ding in der Mitte des Bildschirms – der Star der Show! Beeindruckend, nicht wahr?«

Fiberoptik. Sarah mußte an den Wissenschaftler denken, der diese

revolutionäre Technik entwickelt hatte. Diese Technik hatte die weltweiten Kommunikationsysteme grundlegend verändert und die Möglichkeiten der modernen Chirurgie vielleicht stärker erweitert als jede andere Erfindung seit der Entdeckung der Anästhesie.
Hatte das Leben den Erfinder belohnt? War er reich geworden? Lebte er in Frieden mit sich und der Welt? Oder hatten Kontroversen, Krankheit oder die Machenschaften anderer ihm das Leben schwergemacht?
Sarah hatte durch einen kleinen Einschnitt direkt oberhalb von Kristens Schambein einen bipolaren Thermokauter eingeführt. Während sie durch das Laparoskop schaute, führte sie nun die Spitzen des Thermokauters um den dünnen Eileiter herum. Dann folgte sie dem Eileiter vom Uterus bis zum Ende – der fransigen Spitze direkt neben dem Eierstock.
»Okay, Kristen, Ihr Eileiter liegt völlig frei. Ich werde ihn nun mit dieser kleinen Greifzange fassen und ihn verschmoren. Wenn Sie sich das immer noch ansehen wollen, werden Sie sogar sehen, wie die Fettzellen platzen. Dann, um sicherzugehen, daß es in der Zukunft keine bösen Überraschungen gibt, werde ich die Prozedur an einer zweiten Stelle wiederholen, etwas näher an Ihrem Uterus. Die Verbrennungen, die wir durchführen, werden gleichzeitig die Nervenzellen an Ihrem Eileiter zerstören, Sie werden also keine großen Schmerzen haben, wenn wir hiermit fertig sind – falls Sie überhaupt Schmerzen bekommen ...«
Wir *werden durchführen* ... *wenn* wir *hiermit fertig sind* ... Die Worte, wie im Reflex ausgesprochen, klangen auf einmal so unbeholfen, wie Sarah sich fühlte. Sie sah zu den Schwestern hinüber. Früher hatten sie gern mit ihr zusammengearbeitet, hatten während der Operationen mit ihr gesprochen und gescherzt. Jetzt, ob absichtlich oder nicht, hatten sie eine Distanz zu Sarah aufgebaut.
Sarah und Matt hatten den Mord an Andrew der Polizei gemeldet. Allerdings hatte der Kriminalbeamte, dem der Fall zugeteilt worden war, weder eine Leiche gefunden, noch sonst einen Beweis für ein

Verbrechen. Er hatte weder Tommy Sze-to aufgespürt noch irgendeinen Zeugen, der die Aussage hätte bestätigen können. Das Kunstfehlerverfahren gegen Sarah nahm seinen Lauf, und ihr Bericht über die Nacht in Chinatown, der bisher noch durch keinen Beweis erhärtet worden war, machte ihren Fall für die Medien noch interessanter. Im Krankenhaus kursierten die verschiedensten Gerüchte. Eine Version lautete, Andrew habe seine Frau wegen Sarah verlassen und sei, als diese ihn wegen eines anderen sitzenließ, nach Australien zurückgegangen. Andere meinten, Sarah hätte ihren Liebhaber Andrew nach einem Streit getötet und dann die Geschichte mit dem chinesischen Geheimbund erfunden, für den Fall, daß seine Leiche jemals gefunden würde. Der Gedanke, daß Sarah, solange sie keine konkreten Beweise hatte, niemanden von der Wahrheit überzeugen konnte, brachte sie zur Verzweiflung.

Die Berichterstattung in der Presse über Sarah und das Medical Center of Boston war zynisch und teilweise regelrecht brutal. Der *Globe* hatte einen bösen Brief des Vorsitzenden des Bürgervereins von Chinatown veröffentlicht, in dem ihr vorgeworfen wurde, sie würde mit ihren Lügengeschichten über Gewalt und irgendeinen Geheimbund einem ganzen Stadtviertel schaden. In verschiedenen Artikeln und Radiosendungen hatte man sowohl ihre Beweggründe als auch ihre moralische Integrität und sogar ihre Zurechnungsfähigkeit in Frage gestellt. Aber das schlimmste war, daß sich nichts verändert hatte. Absolut nichts.

In dem Bemühen, Sarah zu verteidigen und seinen plötzlich ins Wanken geratenen Ruf als Rechtsanwalt zu retten, hatte Matt einen Privatdetektiv angeheuert. Nach fast drei Wochen und fast zweitausend Dollar Unkosten hatte der Mann lediglich die Information zu bieten, daß Sze-to sich nicht mehr in Boston aufhielt und wahrscheinlich bereits das Land verlassen hatte. Niemand, mit dem der Detektiv in Chinatown gesprochen hatte, wußte etwas über Andrew Truscott.

»Das war's, Kristen. Noch ein paar Pflaster, dann können Sie nach

Hause gehen und sich ausruhen«, sagte Sarah. »Ich danke Ihnen allen. Vielen Dank.«

Manche der Schwestern murmelten eine Antwort, aber niemand lobte sie für eine Operation, die außerordentlich glatt verlaufen war. Sarah streifte ihre Handschuhe ab und eilte in den Schwesternumkleideraum. Sie fühlte sich einsam und war den Tränen nahe. Aber genauso fühlte sie sich verpflichtet, weiterhin ihre Arbeit zu tun und die Sache durchzustehen – besonders nach Andrews Tod. Allerdings zweifelte sie daran, daß sie im MCB jemals wieder gern arbeiten würde. Die gesellschaftlich herausragende Stellung der meisten Ärzte machte sie zu willkommenen Zielscheiben. Sie hätte sich niemals träumen lassen, wie leicht der Ruf und das berufliche Ansehen eines Arztes zerstört werden konnten. Die Feststellung, daß zwei Jahre guter Arbeit, in denen sie dauernd Überstunden gemacht hatte und jederzeit eingesprungen war, wo Hilfe gebraucht wurde, nicht vor unbegründeten Verdächtigungen und Gerüchten schützten, war für sie äußerst schmerzhaft.

Nachdem Sarah frische Krankenhauskleidung angelegt hatte, schaute sie auf der Poststelle vorbei, um einen Blick in ihr Fach zu werfen. Zwischen den Untersuchungsergebnissen der Pathologen und den OP-Berichten fand sie eine Nachricht von Rosa Suarez mit dem Datum desselben Vormittags, in der Rosa sie bat, sich mit ihr in Verbindung zu setzen. Dann war da noch ein Brief der Klinikverwaltung mit einem computergefertigten Adreßaufkleber. Der Umschlag unterschied sich in nichts von denen, die sie ab und zu erhielt, wenn die Verwaltung zu einer Belegschaftssitzung einlud oder sie aufforderte, über ihren gegenwärtigen Ausbildungsstand Rechenschaft abzulegen. Doch der Inhalt des Umschlags war alles andere als ein Routineschreiben. Der Brief, der von einer Sekretärin im Auftrag des Verwaltungsleiters unterschrieben war, setzte Sarah höflich darüber in Kenntnis, daß die Personalabteilung den Chefarzt der Gynäkologischen Abteilung, Dr. Randall Snyder, aufgrund der Ungereimtheiten um Sarah und ihre berufliche Zukunft gebeten hatte, einen anderen Kandidaten

vorzuschlagen, der im kommenden Jahr die Stelle des Stationsarztes übernehmen sollte.
»Verdammt!« Sarah steckte den Brief in ihren Arztkittel und schlug mit der Faust auf den Tisch.
»Verdammt was?«
Eli Blankenship, dessen massiver Glatzkopf in dem fluoreszierenden Licht glänzte, lächelte zu ihr hinab. Sein Anblick beschwichtigte Sarahs Wut augenblicklich. Während der ganzen Zerreißprobe war der Klinikchef einer der wenigen Treuen innerhalb des Krankenhauses geblieben – immer optimistisch und ermutigend. Stets hatte er sich mit seinem erstaunlichen Intellekt ihren Problemen gewidmet. Für ihn bestand kein Zweifel daran, daß das, was Matt und sie über Tommy Sze-to und Andrew Truscott berichtet hatten, voll und ganz der Wahrheit entsprach. Jeder, der sich ernsthaft mit Krimis befaßte, mußte das wissen, hatte er gesagt. Ihre Geschichte war einfach zu phantastisch und aberwitzig, als daß sie sich jemand ausgedacht haben konnte.
»Morgen, Dr. Blankenship«, sagte der Mann von der Poststelle, als er ihm einen Stapel Nachrichten, Berichte, Zeitungen und Zeitschriften aushändigte.
»Morgen, Tate. Wie geht's Ihrer Frau?«
»Großartig, danke.«
Blankenship lächelte erfreut und geleitete Sarah zum Fenster hinüber.
»Was ist los?« fragte er.
Sie zog den Brief der Verwaltung hervor und reichte ihn ihm.
Blankenship überflog ihn kurz.
»Das ist ja lächerlich«, rief er aus. »Rob McCormick und all die anderen Fatzkes in der Verwaltung machen sich solche Sorgen um Äußerlichkeiten, daß sie keinen Blick mehr haben für wirkliche Leistung. *Ergo,* erzielen sie keine Leistung. Idioten. Sarah, ist nicht eine Besprechung mit Ihnen und Ihrem Anwalt angesetzt?«
»Ja, Sir. Morgen abend.«
»Also, ich verspreche Ihnen, daß ich bis dahin mit McCormick

gesprochen habe. Zwar kann ich Ihnen nicht garantieren, daß er seine Haltung revidieren wird, aber ich kann sehr überzeugend sein, wenn es sein muß. Außerdem verspreche ich Ihnen einen ausführlichen Bericht über die DIC-Fälle. Immerhin bin ich inzwischen ein ziemlicher Experte auf dem Gebiet. Ich habe sehr stark den Eindruck, daß es für die DIC entweder eine ganz andere oder zumindest noch eine zweite Ursache neben Ihren Schwangerschaftspräparaten gibt. Und ich schwöre Ihnen, wir werden herausfinden, was es ist.« Er nahm den Ärger und die Frustration in ihren Augen wahr. »Sarah, Sie dürfen den Kopf nicht hängen lassen. Sie haben viel mehr Unterstützung in diesem Krankenhaus, als Sie denken, einschließlich Dr. Snyder, soweit ich das beurteilen kann. Es würde mich wundern, wenn er etwas mit diesem Brief zu tun hätte.«

»Wie könnte es denn sein, daß er nichts damit zu tun hat?« fragte Sarah. »Erst vor ein paar Monaten hat er mir einen Partnerschaftsvertrag angeboten. Und jetzt gibt er sich mir gegenüber völlig unterkühlt und förmlich. Ich habe das Gefühl, daß die meisten Leute in diesem Haus, einschließlich Dr. Snyder, froh wären, wenn ich mich ganz einfach in Luft auflösen würde.«

»Aber das werden Sie nicht, stimmt's?«

»Nein, Dr. Blankenship, das werde ich nicht. Und zwar deshalb nicht, weil ich – egal, was manche Leute denken mögen – nicht glaube, daß ich etwas falsch gemacht habe, weder, was diese drei Frauen angeht, noch, was Andrew betrifft.«

Blankenship legte beruhigend seinen Arm um ihre Schultern.

»Wir werden den Dingen auf den Grund gehen«, sagte er mit fester Stimme. »Wir werden herausfinden, was diese drei Frauen heimgesucht hat, und wir werden herausfinden, wer für den Tod von Andrew Truscott verantwortlich ist. Ein Gefühl in meinem Bauch sagt mir, daß wir schon bald einen Durchbruch erzielen werden, Sarah.« Bei diesen Worten tätschelte er seinen Bauch, der einem Sumo-Ringer Ehre gemacht hätte. »Dabei kann ich nicht einmal behaupten, daß dies mein sensibelster Körperteil ist. Bis des Rätsels

Lösung gefunden ist, werde ich dafür sorgen, daß niemand in diesem Krankenhaus irgend etwas gegen Sie unternimmt – und das nur aufgrund von Spekulationen, die *vielleicht* der Wahrheit entsprechen.«

»Vielen Dank«, sagte Sarah. »Danke für alles.«

»Okay«, sagte Blankenship. »Dann sehen wir uns morgen abend – hoffentlich mit guten Neuigkeiten von dieser verdammten Verwaltung. Was haben Sie jetzt vor?«

»Ich werde Rosa Suarez anrufen. Offenbar gibt es etwas, worüber sie mit mir reden möchte.«

»Nun, Sie können morgen abend darüber berichten, was immer es sein mag«, sagte Blankenship. »Oder noch besser, vielleicht können Sie unsere geheimnistuerische Epidemiologin dazu überreden, an der Besprechung teilzunehmen und uns selbst von ihren Ergebnissen zu berichten.«

»Vielleicht gelingt mir das«, meinte Sarah nachdenklich. Auf einmal war sie zuversichtlich wie seit Wochen nicht mehr. »Vielleicht gelingt mir das tatsächlich.«

* *
*

»Rosa, was soll das heißen, man hat Ihnen den Fall entzogen?« Sarah saß auf einem hölzernen Schaukelstuhl am Fußende von Rosa Suarez' Bett und starrte sie ungläubig an.

»Ich habe Ihnen doch gesagt, daß mein Chef und ich nur äußerst selten einer Meinung sind.«

»Die Untersuchung, die Sie in San Francisco geleitet haben.«

»Genau.«

»Aber Ihre Daten wurden manipuliert.«

»Das glaubt er nicht. Jedenfalls hat er meinen Mangel an Fortschritten zur Kenntnis genommen sowie das Fehlen weiterer Fälle von DIC und mich für die restlichen vier Wochen bis zu meiner Pensionierung zurück in die Bibliothek verbannt. Fürs erste wird niemand die Untersuchung weiterführen.«

»Das ist furchtbar.« Sarah spürte eine innere Panik. Sie hatte gehofft, *geglaubt*, daß diese eindrucksvolle, zähe kleine Frau das Geheimnis entdecken würde, daß ihre Karriere zu ruinieren drohte. »Nach allem, was Sie mir erzählt haben, hatte ich wirklich große Hoffnung, daß Sie einen Durchbruch erzielen könnten. Und jetzt geben Sie den Fall ab. Ich ...«

Rosa Suarez hob die Hand, um sie zu unterbrechen. Dann setzte sie sich auf die Bettkante und sah Sarah direkt in die Augen.

»Es hat einen Durchbruch gegeben, Sarah«, sagte sie. »Und ich werde mir den Fall auf keinen Fall aus der Hand nehmen lassen.«

»Aber ...«

»Mir stehen noch sechs Wochen Rekonvaleszenz zu. Also bin ich ab heute krank und werde mich in den kommenden Wochen von einem Bandscheibenvorfall erholen. Ein befreundeter Orthopäde, der mir einen Gefallen schuldig war, hat mich krankgeschrieben.«

Sarahs emotionale Achterbahn steuerte wieder bergauf.

»Vielen Dank«, sagte sie heiser. »Danke, daß Sie nicht aufgeben. Aber ich verstehe nicht ganz. Wie kann Ihr Chef die Untersuchung stoppen, wenn Sie einen Durchbruch erzielt haben?«

»Weil er nichts davon weiß«, sagte Rosa grinsend. »Und er wird erst davon erfahren, wenn der Beweis hieb- und stichfest ist. Auch wenn nicht wie damals in San Francisco die US-Armee in diesen Fall verwickelt ist, so habe ich doch das Gefühl, daß irgendwelche sehr mächtigen und finanzstarken Leute in dieser Sache mitmischen.«

»Erzählen Sie.«

»Das Problem, mit dem Sie konfrontiert sind, hat zwei Seiten. Erstens sind keine Fälle von DIC aufgetaucht, mit denen Sie nichts zu tun haben. Zweitens haben die drei Fälle DIC, die an Ihrem Krankenhaus aufgetreten sind, keine gemeinsamen Risikofaktoren außer Ihrer Behandlung mit Heilkräutern.«

»Ja, das ist mir klar.«

»Nun, nachdem ich zunächst in einige Sackgassen geraten war, habe ich schließlich noch einen gemeinsamen Faktor entdeckt.«

»Nämlich?« fragte Sarah aufgeregt.

»Nämlich das Gewicht der Patientinnen.«
Rosa brauchte nicht länger als fünfzehn Minuten, um Sarah die Nachforschungen zu beschreiben, die schließlich zu der Entdeckung von Constanza Hidalgos Tagebuch geführt hatten, aus dem sie dann von dem enormen, mittels einer Art Pulver erzielten Gewichtsverlust der jungen Frau erfahren hatte. Dieses Pulver, so entnahm sie dem Tagebuch, war Constanza von einem »ausländischen« Arzt am MCB verabreicht worden, den sie in ihrem Tagebuch als »Dr. S.« bezeichnete.
»Mit diesen Informationen ausgerüstet«, erklärte Rosa, »bin ich noch einmal die Krankengeschichten von Alethea Worthington und Lisa Summer durchgegangen. Leider dauerte das wesentlich länger, als mir lieb war, da Alethea so gut wie keine Verwandten mehr hat. Und Lisa und ihr Vater sind fast den gesamten letzten Monat im Ausland gewesen. Aber was ich herausgefunden habe, ist mehr als interessant. Alethea litt früher an extremem Übergewicht. Eine ihrer Nachbarinnen hat mir erzählt, daß sie einmal über hundert Kilo gewogen hat. Hier sind ein paar Fotokopien, die ich aus ihrem High-School-Jahrbuch gemacht habe. Das hier ist Alethea. Wie Sie sehen, war sie ziemlich korpulent.«
»Wissen Sie, ob sie dasselbe Diätpulver eingenommen hat wie Connie Hidalgo?« fragte Sarah.
»Nicht sicher. Aber ich konnte feststellen, daß sie ihren drastischen Gewichtsverlust vor etwa viereinhalb Jahren erzielt hat – ungefähr zur selben Zeit wie Connie. Und auch aus *ihrer* Krankenhausakte sind die Seiten aus dieser Zeit herausgerissen worden.«
»Und Sie haben niemandem davon erzählt?«
Rosa schüttelte den Kopf.
»Nach dem, was in San Francisco geschehen ist, fällt es mir sogar schwer, mit Ihnen darüber zu sprechen«, sagte sie. »Aber ich weiß, was Sie durchmachen. Und wenn ich mich auch nicht für eine Menschenkennerin halte, *Ihnen* vertraue ich.«
»Danke«, sagte Sarah. »Ich danke Ihnen von ganzem Herzen.«
Blankenship hatte recht. Es war ein Durchbruch in Sicht.

»Aber es gibt noch mehr Anhaltspunkte«, sagte Rosa, so als habe sie Sarahs Gedanken gelesen. »Viel mehr.«

»Lisa?«

»Genau. Ich habe zwar nicht mit ihr selbst gesprochen, aber ich war ein paarmal bei ihrer Wohngemeinschaft in Boston. Ihre Mitbewohner waren mir gegenüber äußerst mißtrauisch, vor allem angesichts des Gerichtsverfahrens gegen Sie. Aber schließlich waren sie doch bereit, mit mir zu reden. Hier sind ein paar Fotos von Lisa, die sie mir gegeben haben. Die oberen sind aus der Zeit, als sie gerade erst eingezogen war. Die letzten sind neueren Datums.«

»Auf den letzten Fotos muß sie an die zwanzig Kilo leichter sein!«

»Sogar dreißig«, sagte Rosa. »Nur einer von den Leuten im Haus wohnte schon vor viereinhalb Jahren dort, als sie so drastisch abgenommen hat, aber er ist sich sicher, daß sie es mit Hilfe irgendeines Pulvers geschafft hat. Derselbe Zeitraum, wahrscheinlich dasselbe Pulver. Sarah, das sind keine Zufälle mehr. Ich schwöre Ihnen, das kann kein Zufall sein.«

»Haben Sie in Lisas Krankenhausakte nachgesehen, ob irgendwelche Seiten fehlen?«

»Es ist nicht erkennbar, ob Seiten entfernt wurden, aber das spielt keine Rolle. Es gibt aus diesem ganzen Jahr nicht eine einzige Seite.«

»Rosa, das ist wirklich ein Durchbruch. Haben Sie eine Vorstellung, wer dieser Dr. S. sein könnte?«

»Ich habe zumindest eine Ahnung. Die Hinweise, die ich aus Constanza Hidalgos Tagebuch gewonnen habe, lassen darauf schließen, daß es sich um einen Mann handelt, möglicherweise einen Ausländer. Fügen wir den Zeitraum hinzu, in dem das Wunderpulver verabreicht wurde und die Initiale ›S‹. Mit diesen Informationen ausgerüstet, habe ich die Unterlagen in der Personalabteilung überprüft.« Sie kramte in ihrer Aktentasche und förderte ein spiralgebundenes Notizheft zutage. »Angenommen, die Parameter, von denen ich ausgehe, sind alle korrekt, dann haben wir drei Kandidaten, die in Frage kommen. Ich wußte nicht recht, was ich damit anfangen sollte, daß Constanza den Mann als Ausländer beschreibt. Sie schien sich auch nicht ganz sicher zu sein. Der erste dieser drei ist immer noch am MCB beschäftigt. Die anderen beiden haben das Krankenhaus schon vor mehreren Jahren verlassen.«

Sie reichte Sarah das Notizheft.

»Gilberto Santiago, Arzt ... Dr med. Sun Soon ... Dr. med. (Ayurv.) Pramod Singh«, las Sarah vor. »Davon kommt mir keiner bekannt vor, nicht einmal Santiago.«

»Was bedeutet das hier?« fragte Rosa. »Die Bezeichnung vor dem letzten Namen?«

»Wahrscheinlich ist er Spezialist für ayurvedische Medizin. Das ist eine alte indische Heilmethode ...« Sarah hatte zuletzt ganz leise gesprochen.

»Was ist los, Sarah? Sie sehen aus, als ob Sie soeben ein Gespenst gesehen hätten.«

Sarah wandte sich ganz langsam Rosa zu und sah ihr in die Augen. »Was ich gerade gesehen habe, Rosa, ist vielleicht die Wahrheit. Ich muß telefonieren.«

»Sie können diesen Apparat hier benutzen. Wenn es ein Ferngespräch ist, lassen Sie es einfach über Kreditkarte abrechnen. Ich werde längst in Rente sein, bevor irgend jemand merkt, daß eine krankgeschriebene Frau, die eigentlich in Atlanta sein müßte, einen Anruf aus Boston gemacht hat.«

Es gelang Sarah lediglich, in Xanadu eine Nachricht für Annalee Ettinger zu hinterlassen. Statt ihres eigenen Namens gab sie den von Rosa an und betonte mehrmals, daß es sich um etwas sehr Dringendes handelte.

»Jetzt sind Sie an der Reihe, mir etwas zu erklären«, sagte Rosa, nachdem Sarah aufgelegt hatte.

Sarah erzählte ihr das wenige, was sie über Pramod Singh und das Ayurvedische Diätprogramm wußte. Sie hatte versucht, Peter Ettinger so objektiv wie möglich zu beschreiben, aber Rosa war nicht entgangen, wie angespannt Sarah bei der Erwähnung dieses Namens wurde.

»Das scheint ja ein Größenwahnsinniger zu sein, wie er im Buche steht«, bemerkte Rosa.
»Ich habe immer gewußt, daß er arrogant ist. Aber ich hielt ihn auch für einen Visionär.«
»Die Erfahrung hat mich gelehrt, daß beide Eigenschaften häufig die besten Voraussetzungen sind, um jemanden größenwahnsinnig werden zu lassen.«
Als das Telefon läutete, griff Sarah unwillkürlich zum Hörer.
»Kann ich bitte Dr. Rosa Suarez sprechen?«
Sarah erkannte Annalees melodische Stimme. »Annalee, ich bin's, Sarah. Wie geht es dir?«
»Na, das ist ja eine nette Überraschung. Es geht *uns* ausgezeichnet, danke. Das Baby wird auf das große Ereignis vorbereitet.«
»Wann ist es denn soweit?«
»In sechs, sieben Wochen. Wenn es nach meinem Portemonnaie ginge, wäre morgen noch besser. Peter hat mir zwei Hebammen aus Mali zugeteilt, die sich den ganzen Tag um mich kümmern. Da ich bisher keinerlei Probleme habe, tun sie meistens nichts anderes als kochen, aufräumen und sich gegenseitig im Weg stehen.«
»Annalee, ich freue mich sehr für dich.«
»Wunderbar. Peter reißt sich diesmal wirklich ein Bein aus. Was gibt es denn, das so dringend ist? Und wer ist Rosa Suarez?«
»Die echte Dr. Rosa Suarez sitzt neben mir. Sie ... sie überprüft im Auftrag der Regierung verschiedene Diätprogramme. Ich habe ihr von Peters Programm erzählt und von Dr. Singh.«
»Die beiden verdienen sich eine goldene Nase«, sagte Annalee. »Peter hat jetzt eine ganze Versandabteilung eingerichtet. Zwanzig Leute sind nur damit beschäftigt, das Zeug überallhin zu schicken. Anscheinend ist halb Amerika übergewichtig, und offenbar sehen alle bis spät in die Nacht fern. Und jetzt sind sie alle ganz wild darauf, ihre Körper durch Schlankheit zu adeln, wie Peter sich ausdrückt.«
»Annalee, kannst du uns vielleicht sagen, wie wir Dr. Singh erreichen?«

»Keine Ahnung. Er kommt alle paar Wochen hierher und bringt eine neue Lieferung von diesen Vitaminkapseln, die zu jeder Bestellung gehören. Aber ich sehe ihn fast nie. Ich könnte Peter fragen, ohne ihm zu sagen, daß ich mich in deinem Auftrag erkundige. Er ist wütend, weil dein Anwalt ihn als Zeugen vorgeladen hat.«
»Sein Pech«, murmelte Sarah. »Hör zu, Annalee. Bring dich nicht meinetwegen in Schwierigkeiten. Aber es wäre sehr wichtig für uns, mit Dr. Singh zu reden.«
»Ich werde sehen, was ich tun kann. War das alles?«
»Könntest du mir etwas von dem Pulver schicken?«
»Soll das heißen, du hast keine Lust, einen Scheck über 49,95 Dollar zu schicken oder deine Kreditkarte zu belasten und sechs Wochen auf die Lieferung zu warten? Nun, ich denke, das läßt sich machen.«
Sarah gab Annalee Rosas Adresse, bedankte sich bei ihr und bat sie nochmals, sich nicht mit ihrem Vater anzulegen. Dann starrte sie hinaus in den sonnigen Herbstnachmittag.
»Rosa, glauben Sie wirklich, daß zwischen diesem Diätpulver und den DIC-Fällen ein Zusammenhang besteht?« fragte sie.
»Wenn unsere Informationen stimmen«, erwiderte Rosa, »ist dieses Pulver eine ebenso wahrscheinliche Ursache wie Ihr Pflanzenpräparat.«
»Das ergibt doch keinen Sinn.«
»Das liegt daran, daß die Informationen, die wir bisher gesammelt haben, noch nicht vollständig sind. Ich würde gerne eine von diesen Info-Sendungen sehen, von denen Sie mir erzählt haben.«
»Ich werde mich darum kümmern. Mein Anwalt hat gewisse Beziehungen zum Fernsehen. Vielleicht kann er eine Aufnahme besorgen und sie zu der Besprechung morgen abend mitbringen. Werden Sie daran teilnehmen?«
»Eigentlich hatte ich das nicht vor. Aber da mir der Fall nun offiziell entzogen wurde, kann ich wohl doch kommen. Vor allem, wenn dieses Video einer der Höhepunkte der Veranstaltung sein wird.

Außerdem glaube ich nach allem, was Sie mir erzählt haben, und nach dem, was ich jetzt am Telefon erfahren habe, daß noch mehr auf dem Spiel steht.«
»Wie meinen Sie das?«
»Ihre Freundin Annalee hat dieses Pulver eingenommen, stimmt's?«
»Ja.«
»Und sie wird in wenigen Wochen entbinden?«
»Daran habe ich noch gar nicht gedacht.«
»Wenn man bedenkt, was Sie in der letzten Stunde verarbeiten mußten, ist das verständlich. Außerdem haben wir ja noch etwas Zeit. Nicht viel, aber etwas. Wir sehen uns morgen abend im Büro Ihres Anwalts.«
Sarah umarmte Rosa innig und versprach, mit niemandem über das zu sprechen, was sie herausgefunden hatten. Dann eilte sie die Treppe hinunter und ging zurück ins MCB. Die Achterbahn fuhr wieder aufwärts. Und sie fühlte sich so voller Energie wie seit langem nicht mehr.

Als sie wieder allein in ihrem Zimmer war, setzte Rosa sich mit verschränkten Beinen auf ihr Bett und versuchte, die neuen Informationen mit dem in Zusammenhang zu bringen, was sie bereits wußte. Sarah hatte recht. Die DIC-Fälle auf ein Diätpulver zurückzuführen, das Jahre zuvor eingenommen worden war, ergab keinen rechten Sinn ... noch nicht. Außerdem gab es keinen offensichtlichen Zusammenhang zwischen dem Pulver und den verschwundenen Seiten aus den Krankenhausakten. Rosa zeichnete Verbindungslinien und Pfeile auf ihren Notizblock und bemühte sich, Sinn und Ordnung in ihre Aufzeichnungen zu bringen, bis sie spürte, wie ihre Konzentration nachließ. Erschöpft sank sie auf ihr Kissen. Sie hatte nichts Stichhaltiges in der Hand. Nichts. Es war, als versuchte sie, ein Puzzle zusammenzufügen, dessen Teile aus Wackelpudding bestanden. Sie wünschte sich nichts sehnlicher, als den Fall abzuschließen und zu schlafen. Statt dessen rief sie Ken Mulholland in seinem Labor an.

»Hallo, Rosa, wie geht's Ihrem Rücken?« fragte er.
Beim Klang von Kens Stimme mußte Rosa lächeln. Er war der einzige von ihren Kollegen, der wußte, wo sie sich aufhielt und wie sie sich ihre Freizeit verschafft hatte.
»Jeden Tag schlimmer, Gott sei Dank«, sagte sie. »Haben Sie etwas für mich?«
»Ja und nein. Ich weiß nicht, was sich zwischen Ihnen und Ihrem Chef abspielt, aber ich habe heute eine Aktennotiz erhalten, die mich darüber in Kenntnis setzt, daß Ihre Untersuchung offiziell abgeschlossen ist. Wir wurden alle aufgefordert, uns nicht mehr damit zu befassen. Mein Abteilungsleiter hat mir anschließend noch einen Besuch abgestattet. Er weiß, daß ich Ihnen die ganze Zeit geholfen habe. Er ... äh ... hat mich angewiesen, mich an die Maßgabe zu halten.«
»Sie meinen, er hat Sie gewarnt. Mein Chef will wohl auf Nummer Sicher gehen, daß ich in dieser Untersuchung erfolglos bleibe. Tut mir leid, Ken. Hören Sie, gehen Sie kein Risiko ein. Aber ich brauche wirklich Ihre Hilfe.«
»Und die sollen Sie haben. Sie sind nicht die einzige hier in der Firma, die sich krankschreiben lassen kann. Wenn es sein muß, kriege ich einfach die Grippe und arbeite mit Ihnen in Boston zusammen. Sie sagten doch, Sie hätten Zugang zu einem funktionstüchtigen Labor?«
»Ja, auch wenn es natürlich nicht mit Ihrem vergleichbar ist. Aber immerhin. Ein komplettes Labor, einschließlich Laborassistenten. Also, was haben Sie für mich?«
»Wir haben festgestellt, daß Ihre Patientin ein DNA-Virus im Blut hatte, als ihr das Blut letzten Juli abgenommen wurde. Aber wir haben nicht genug Material, um eine Kultur anlegen und den genauen Virustyp bestimmen zu können. Und wir werden auch nicht mehr bekommen. Unser letzter Rest von der Probe war gestern aufgebraucht. Wenn Sie wollen, daß wir der Sache auf den Grund gehen, brauchen wir mehr Serum.«
»Dann müssen wir uns eben was einfallen lassen.«

»Und ich brauche den Namen und die Telefonnummer Ihres Laborassistenten. Vielleicht lasse ich ihn ein paar Kulturen anlegen.«

»Sie bekommen alles, was ich Ihnen irgendwie besorgen kann.«

»So wichtig ist das also, ja?«

»Ich sitze hier auf einem Pulverfaß, Ken. Ehrlich. Und ich fürchte, daß es schon bald in die Luft fliegt.«

KAPITEL 28

10. Oktober

Hier spricht Johnny Norman aus dem Live Studio in Television City. Ich frage Sie, liebe Gäste im Studio, und Sie, liebe Zuschauer zu Hause: Sind Sie bereit, Ihr Leben zu ändern?«

»Ja!«

»Sind Sie bereit, Ihren persönlichen Gipfel zu erklimmen?«

»Ja!«

»Sind Sie bereit, Ihren Körper durch Schlankheit und Gesundheit zu adeln?«

»Ja!«

»Ein bißchen lauter, bitte. Ich habe Sie nicht richtig gehört.«

»JA!«

»Also gut. Dann sind Sie hier am richtigen Ort. Fangen wir an. Lassen Sie uns zunächst den Mann begrüßen, der Sie auf Ihrem Weg zum Gipfel begleiten wird – den Mann, der seinen Club zweimal zur Super Bowl geführt hat, der es jedoch nicht fertigbrachte, sich selbst von den Eisdielen fernzuhalten. Einen großen Diätprogramm-Applaus für Coach Tom ›Bear‹ Griswold!«

Tom Griswold, groß, schlank, mit kantigem Kinn, trabte auf die Bühne. Er klatschte in die Hände, als habe er gerade eine seiner berüchtigten Halbzeitstrafpredigten gehalten. Die Zuschauer, die dicht gedrängt in Matts Wartezimmer saßen, starrten fasziniert auf die Mattscheibe, während Griswold seine Lebensgeschichte zum besten gab. Zwischendurch wurden zur Illustration seiner Fortschritte beim Abspecken immer wieder Fotos eingeblendet.

»Ich hatte mehr Geld auf dem Konto, als ich ausgeben konnte, eine Familie, die mich liebte, eine glänzende Karriere als Sportreporter und mit meinen über einhundertzwanzig Kilo eine Lebenserwartung, die meine Ärzte in Monaten bemaßen! Anfangs waren sie noch ziemlich gelassen, als sie mir rieten, abzuspecken. Schließlich begannen sie, deutlicher werden. Sie sagten mir, wenn ich nicht bald drastisch an Gewicht verlöre, sollte ich lieber keine grünen Bananen mehr kaufen ...« Gelächter. »Nun, sehen Sie mich an!«

Er machte eine wenig anmutige Pirouette, begleitet von Applaus und Begeisterungsrufen seiner Bewunderer.

»Erstaunlich«, sagte Glenn Paris beeindruckt.

»Nein, das ist *Amerika*«, sagte Eli Blankenship. »Das Land, in dem man weder zu reich noch zu dünn sein kann.«

»Und nun, Johnny«, fuhr der Coach fort, »bevor wir dem Mann begegnen, der dafür gesorgt hat, daß diese bemerkenswerte Entdeckung nach Amerika gelangte, wollen wir unseren Zuschauern nicht länger die neuesten Zahlen vorenthalten.«

Eine riesige, grell erleuchtete Anzeigetafel mit leeren Feldern, in denen gleich die angekündigten Zahlen erscheinen sollten, füllte den Bildschirm.

»Also gut, Coach. Spitzen Sie die Ohren. Die Anzahl der Menschen in diesem Land und auf der ganzen Welt, die gemeinsam mit uns dabei sind, den Gipfel der Schlankheit und Gesundheit zu erobern, beläuft sich am heutigen Tage auf 572 619!« *Überwältigender Applaus.*

»Für 49,95 Dollar pro Nase«, fügte Anwalt Arnold Hayden hinzu.

»Unglaublich. Und seit wann vertreiben sie das Zeug in großem Rahmen?«

»Seit ungefähr einem halben Jahr«, sagte Matt.

»Aber vergessen Sie nicht, Arnold«, wandte Colin Smith ein. »Allem Anschein nach wirkt das Zeug tatsächlich. Seien Sie mal ehrlich, Sie würden doch auch gerne fünfzig Dollar berappen, wenn Sie dafür diesen Michelinreifen um Ihre Taille loswürden? Vor allem, wenn Sie sich dafür nicht halb tot hungern müßten?«

»Vielen Dank, Johnny Norman«, sagte Coach Griswold. »Und jetzt möchte ich Ihnen den Mann vorstellen, der mir Jahre meines Lebens zurückgegeben hat, ganz zu schweigen davon, was er für meine Tennisfähigkeiten und mein Liebesleben getan hat – was meine schöne Frau Sherry Ihnen gerne bestätigen wird.« Es folgten ein paar neckische Ausrufe. »Aber zunächst wollen wir uns ein Lied anhören, das eine der Anhängerinnen des ayurvedischen Diätpulvers für uns singen wird. Betty Wilson war einmal eine einhundert Kilo schwere Broadway-Sängerin. Sie wird Ihnen gern erzählen, wie sehr sie es verabscheute, in den Spiegel zu sehen. Sie ist heute immer noch ein Star. Aber schauen Sie sich einmal an, was sie erblickt, wenn sie heute einen Blick in den Spiegel wirft.« *Es ertönten Pfiffe und Beifallsrufe für die Sängerin, deren blaues Kleid wie auf ihren perfekt proportionierten Körper gemalt wirkte.* »Ladies und Gentlemen, Miss Betty Wilson mit dem Titelsong ihrer neuen Broadway Show!«
Während Matt den Auftritt vorspulte, brachten die anwesenden Gäste im Wartezimmer raunend ihre Bewunderung zum Ausdruck. Dann war wieder der Coach auf dem Bildschirm zu sehen, der nach einer schmalzigen Ankündigung nun Peter Ettinger auf der Bühne begrüßte. Die Zuschauer bereiteten ihm stehende Ovationen. Sarah spürte, wie sich bei seinem Anblick ihre Kiefermuskeln verkrampften. Aber selbst sie mußte sich eingestehen, daß der Mann, der stets eine eindrucksvolle Persönlichkeit gewesen war, auf dem Bildschirm noch imposanter wirkte.
Während er mit der eleganten Geschmeidigkeit einer Giraffe auf der Bühne hin- und herschritt, erzählte Peter ausführlich, wie er Dr. Pramod Singh aus Neu-Delhi und dessen bemerkenswertes Diätpulver auf pflanzlicher Basis entdeckt hatte. Anschließend traten mehrere sorgfältig ausgesuchte Kandidaten auf, die nach erfolglosen Versuchen mit anderen Schlankheitskuren das Diätpulver ausprobiert und erheblich Gewicht verloren hatten. In ihre bewegenden Berichte wurde eine kurze Einführung in die ayurvedische Medizin und ihre Entwicklung von ihrer Entstehung vor

über tausend Jahren über verschiedene Phasen des Vergessens bis zu ihrer Wiederentdeckung in den achtziger Jahren eingeflochten.

Und ganz zum Schluß wurde eine Aufnahme von Pramod Singh gezeigt, der vor einer offensichtlich indischen Kulisse einen Kommentar zum Thema gab. Die geheimen Kräuter seien nur ein Teil des Ayurvedischen Diätprogramms, sagte er, allerdings der wesentliche Teil.

»Nehmen Sie das Pulver vorschriftsmäßig ein, essen Sie in Maßen, vermeiden Sie die fünf verbotenen Nahrungsmittel«, riet er den Zuschauern in seinem melodischen Singsang, »und Sie werden so viel Gewicht verlieren, wie Sie wünschen, egal, wie Sie sich ansonsten verhalten. Meditieren Sie täglich fünf Minuten lang und leben Sie nach den ayurvedischen Grundsätzen, die in Ihrem Handbuch erklärt werden, und Sie werden nicht nur schlank, sondern in vielerlei Hinsicht freier werden. Sie werden die Freiheit des Geistes erfahren. Es tut mir leid, daß ich nicht persönlich bei Ihnen sein kann, aber ich bin hier damit beschäftigt, die Ernte der zwölf elementaren Komponenten unseres Pulvers zu überwachen. Ich freue mich schon darauf, Sie alle in ein paar Wochen wiederzusehen. Und nun zurück zu Dr. Peter Ettinger.«

»Was für einen Doktor hat der denn?« fragte Matt, als er das Band abschaltete.

»Peter Ettinger hat verschiedene Titel von verschiedenen Einrichtungen«, sagte Sarah. »Aber ich wüßte nicht, daß er einen Doktortitel von einer Universität hätte.«

»Er ist ein aufgeblasenes Arschloch, wenn Sie mich fragen«, sagte Glenn Paris.

Sarah grinste innerlich bei der Vorstellung, daß Peter wohl dieselben Worte gebraucht hätte, um den Verwaltungschef des MCB zu beschreiben.

»Nun«, sagte Matt, »ich denke, wir können anfangen. Ich für meinen Teil habe Ihnen bereits bestätigt, daß Sarahs Bericht über die alptraumhaften Erfahrungen, die wir in Chinatown gemacht haben, der Wahrheit entspricht und daß – Gerüchte hin, Gerüchte

her, mit oder ohne Leiche – Andrew Truscott tot ist. Die Polizei hat nichts Neues herausgefunden. Auch nicht der Privatdetektiv, den ich angeheuert habe – und der ist ziemlich gut. Natürlich geben wir nicht auf, Beweise für unsere Geschichte zu suchen, aber wir wissen nicht recht, wie wir dabei vorgehen sollen. Irgendwelche Vorschläge? ... Nun, falls Sie keine Fragen haben, schlage ich vor, daß wir fortfahren.
Bisher hat Jeremy Mallon in dieser Kontroverse die Erfolge verbucht, während wir in der Defensive sind. Wenn Peter Ettinger morgen seine eidesstattliche Erklärung abgibt, wird diese Situation sich hoffentlich ändern. Bevor wir uns das Video angesehen haben, hat Dr. Suarez Ihnen eine Vorstellung davon vermittelt, worauf wir ihn festnageln wollen. Ich hoffe, sie wird uns das gleich noch ein bißchen näher erläutern. Zunächst würde ich jedoch gerne Dr. Snyder und Dr. Blankenship hören. Die Reihenfolge ist mir egal.«
Matts und Sarahs Blicke trafen sich für einen kurzen Augenblick. Dank seines selbstsicheren, bestimmten Auftretens hatte er seit der ersten Besprechung im MCB seine Position erstaunlich gut behauptet. Aber innerlich sehnte Sarah sich nach dem Tag, an dem sie offen zu ihm als ihrem Freund und Geliebten stehen konnte – dem Tag, an dem Willis Grayson, seine Wut *und* seine Rechtsanwälte der Vergangenheit angehören würden.
»Dann werde ich mal den Anfang machen, Eli«, erklärte Randall Snyder. »Was ich zu sagen habe, wird nicht viel Zeit in Anspruch nehmen.« Er räusperte sich. »Ich habe ein Rundschreiben an alle gynäkologischen Abteilungen des Landes schicken lassen, in dem nach unerklärlichen Fällen von DIC während Schwangerschaft und Geburt gefragt wird. Bisher ist mir noch von keinem einzigen Fall berichtet worden, dem nicht irgendwelche auslösenden Faktoren vorausgegangen sind – etwa eine Abruptio placentae, eine Infektion oder Vergiftung, Sichelzellanämie oder intrauteriner Kindstod. Nicht ein einziger Fall. Ich muß zugeben, Sarah, nachdem ich all die Briefe abgeschickt und Dutzende von Telefonaten geführt habe, erscheint mir das Fehlen von DIC-Fällen ohne vorherige Gabe

Ihres Pflanzenpräparats doch höchst irritierend und, wenn ich mal so sagen darf, belastend für Sie.«

»Vielen Dank«, sagte Matt ungerührt. »Sie können sagen, was Sie wollen. Irgend jemand hat bisher keine Mühen gescheut und viel Leid verursacht, um es so aussehen zu lassen, als wäre Sarahs Kräuterpräparat für diese DIC-Fälle verantwortlich. Und allein diese Tatsache überzeugt mich mehr als alles andere davon, daß dem nicht so ist. Dr. Blankenship?«

Der Klinikchef klopfte sich nachdenklich mit seinem Bleistift auf die Handfläche, bevor er den Stapel Papiere aufhob, den er neben sich auf dem Boden abgelegt hatte.

»Also«, sagte er schließlich, »meine Aufgabe bestand darin, einer der führenden Experten der Welt in Sachen DIC zu werden. Wie sich gezeigt hat, war das gar nicht so einfach, wie es zunächst aussah. Ich habe herausgefunden, daß so ziemlich jeder, der sich je mit Blutgerinnung befaßt hat, weiß, *wann* DIC auftritt, daß es aber niemanden gibt, der mir sagen kann, *warum* sie auftritt. Die geläufigere Bezeichnung für dieses Phänomen lautet Verbrauchskoagulopathie, weil nämlich im Verlauf der Krankheit alle Gerinnungsfaktoren des Körpers nach und nach aufgebraucht und zerstört werden – in diesen kleinen, anormalen Klumpen. In ihrer schlimmsten Ausprägung nimmt DIC fast ausnahmslos einen tödlichen Verlauf. Aufgrund dieser Tatsache ist es um so bemerkenswerter, daß die Angeklagte Sarah das Leben der Klägerin Lisa retten konnte. Normalerweise haben Menschen, die eine so schlimme Form von DIC erleiden, keine Überlebenschance.

Wäre ich bereit, diese Aussage vor Gericht zu wiederholen, Mr. Daniels? Da können Sie Gift darauf nehmen.« Blankenship, der bisher in recht sachlichem Ton gesprochen hatte, wurde leidenschaftlich. »Ich würde alles tun, was in meiner Macht steht, um Ihnen zu helfen. Ich fühle mich zutiefst irritiert durch diesen Fall und noch mehr dadurch, wie wenig das Kollegium Sarah unterstützt. Als wir uns vor ein paar Monaten zum erstenmal zusammengesetzt haben, haben wir ihr versprochen, geschlossen hinter ihr zu stehen und sie so lange als unschuldig zu betrachten, bis das Gegenteil bewiesen – ich wiederhole: *bewiesen* ist. Randall, Glenn, ich habe mit Rob McCormick gesprochen wegen der Aufforderung, jemand anderen für die Stationsarztstelle vorzuschlagen. Er sagt, er ist bereit, den Brief zurückzuziehen, wenn Sie beide damit einverstanden sind.«

»Eli«, sagte Paris, »ich glaube nicht, daß dies der richtige Ort und der richtige Zeitpunkt ist, um . . .«

»Glenn, bitte. Ich will hier keinen Streit vom Zaun brechen oder Sarah in Verlegenheit bringen. Aber wenn wir, wie versprochen, geschlossen hinter ihr stehen wollen, dann müssen wir McCormick dazu bringen, sich da rauszuhalten. Okay?«

Paris war offensichtlich verärgert. Ob er mit Dr. Blankenship übereinstimmte oder nicht, es widerstrebte ihm, sich vorschreiben zu lassen, was er zu tun hatte.

Aber nachdem er sich wieder gefaßt hatte, nickte er grinsend.

»Sie haben recht, Eli. Ich weiß nicht, wie Rob auf die Idee gekommen ist, sich so zu verhalten, aber ich werde ihn morgen früh anrufen und ihm Bescheid sagen.«

»Hervorragend. Randall?«

»Kein Problem«, erwiderte Snyder gleichgültig.

»Wenn das so ist, können wir fortfahren«, sagte Blankenship. »Es gibt noch eine Ursache für die DIC, die ich erwähnen wollte, und zwar Gift. Die Injektion von Prothrombin, dem natürlichen Gerinnungsfaktor, kann ein ähnliches Krankheitsbild hervorrufen wie DIC, ebenso bestimmte Schlangengifte. Mindestens fünf bekannte Crotalusgifte können eine tödliche Form von DIC verursachen.«

»Crotalus?« fragte Matt.

»Entschuldigen Sie, Matt. Klapperschlangen.«

»Aber soviel ich weiß, sind diese Gifte ungefährlich, wenn sie oral eingenommen werden«, sagte Sarah. »Und Lisa war zu Hause, als ihre Krankheit ausbrach. Ich kann mir nicht vorstellen, daß sie irgendeine Spritze erhalten hat.«

»Oder von einer Klapperschlange gebissen wurde«, spottete Arnold Hayden.
Niemand lachte.
»Wie ich schon sagte«, erwiderte Blankenship, »habe ich das nur der Vollständigkeit halber erwähnt. Möglicherweise gibt es ein bisher unbekanntes Gift, das auch auf dem oralen Weg DIC auslösen kann. Vielleicht ist irgend jemand im Besitz dieses Toxins und befindet sich auf einem Rachefeldzug gegen unser Krankenhaus oder gegen die gynäkologische Abteilung. Wer weiß?«
»Das hat uns gerade noch gefehlt«, stöhnte Glenn Paris. »Ein Psychopath.«
»Hat irgend jemand Fragen an Dr. Blankenship?« fragte Matt. »Also gut. Rosa, Sie haben uns freundlicherweise über ein paar wesentliche Fortschritte in Ihrer Untersuchung unterrichtet. Können Sie Ihre Schlußfolgerungen kurz für uns zusammenfassen?«
Sarah hatte am Vormittag über eine Stunde lang mit Rosa gesprochen. Die Wissenschaftlerin fühlte sich hin- und hergerissen zwischen dem Bedürfnis aller Beteiligten, über ihre Fortschritte informiert zu werden, und ihrem eigenen, tiefsitzenden Widerwillen, Ergebnisse preiszugeben, bevor sie ihre Forschung abgeschlossen hatte. Bevor ihre Daten nicht doppelt überprüft und unter Dach und Fach waren, widerstrebte es ihr, irgendwelche Details zu verraten. Sie und Sarah waren am Ende zu keiner Einigung gekommen, außer daß Rosa an der Besprechung teilnehmen und so viel an Information offenlegen würde, wie sie für richtig hielt. Mehr nicht.
»Zunächst möchte ich noch einmal unterstreichen, was Dr. Snyder bereits erwähnt hat«, sagte Rosa. »Es besteht eindeutig ein Zusammenhang zwischen den drei Fällen von DIC und der Verabreichung von Sarahs Pflanzenpräparat, ob er nun von Bedeutung ist oder nicht, sei dahingestellt. Dem möchte ich allerdings hinzufügen, daß meine Nachforschungen keinen ursächlichen Zusammenhang zwischen der Krankheit und der Einnahme irgendwelcher pflanzlicher Präparate nahelegen. Man könnte noch eine allergische Reaktion

auf einen der Bestandteile des Präparats in Betracht ziehen oder auch die Möglichkeit einer Kontamination der Pflanzen mit toxischen Substanzen. Allerdings habe ich, was diese beiden Vermutungen angeht, erhebliche Zweifel. Wie bereits erwähnt wurde, wäre das Auftreten einer DIC-Erkrankung bei einer Gebärenden, die während der Schwangerschaft kein solches Pflanzenpräparat eingenommen hat, ein endgültiger Beweis für Dr. Baldwins Unschuld.«

»Was halten Sie von diesem Diätpulver?« fragte Paris.

»Ich hatte gehofft, daß Sie uns da weiterhelfen könnten, Mr. Paris«, sagte Rosa. »Was können Sie uns über diesen Pramod Singh berichten?«

»Eigentlich nicht viel. Vor sechs Jahren, als ich beim MCB anfing, beschloß ich, verschiedene Aspekte ganzheitlicher Medizin in unserem Krankenhaus einzuführen. Ich wollte dem MCB ein ganz bestimmtes Image geben, etwas, was die Klinik für Patienten attraktiv macht.

Pramod Singh war ein angesehener Facharzt für ayurvedische Medizin. Er hatte von unseren Plänen gehört und nahm Kontakt mit mir auf. Ich stellte ihn ein, und er arbeitete fast zwei Jahre lang in unserer ambulanten Abteilung. Dann hat er ganz plötzlich gekündigt. Ohne Vorwarnung. Und ohne jede Erklärung. Nur ein knappes Kündigungsschreiben. Ich habe erst wieder von ihm gehört, als ich ihn in einer von diesen blöden Info-Sendungen gesehen habe.

Ursprünglich hatte ich gehofft, Singh würde auf längere Sicht zusammen mit anderen Leuten aus dem Team eine größere ganzheitliche Abteilung in unserem Haus einrichten. Aber bis uns die McGrath-Stiftung zugesprochen wurde, war unsere finanzielle Situation so heikel, daß ich nichts garantieren konnte. Übrigens, wenn ich schon einmal beim Thema bin – ich würde mich freuen, Sie alle beim feierlichen Abriß des Chilton Building Ende des Monats als meine Gäste begrüßen zu dürfen. Dieses Ereignis wird das ehrgeizigste Bauprojekt in der Geschichte des MCB einleiten. Kurz vor dem großen Knall veranstalten wir einen Sektempfang.

Ich hoffe außerdem, daß einige von Ihnen sich an der Lotterie beteiligen, denn wir lassen das Los bestimmen, wer im entscheidenden Moment auf den Knopf drücken darf. So eine Gelegenheit bekommt man nur einmal im Leben, wenn ich das mal so sagen darf.«

»Hat irgend jemand von Ihnen gewußt, daß Dr. Singh dieses Diätpulver angewendet hat, als er noch am MCB arbeitete?« fragte Rosa, die Paris' Wortschwall demonstrativ ignorierte. »Nun, Sie können sich ja einmal bei Ihren Kollegen erkundigen.«

»Glauben Sie wirklich, daß es zwischen diesem Pulver und den DIC-Fällen einen Zusammenhang gibt?« fragte Snyder.

»Vergessen Sie nicht, Dr. Snyder«, erwiderte Rosa, »ich arbeite mit Wahrscheinlichkeitsrechnungen. Je häufiger ein Zusammenhang auftaucht, um so wahrscheinlicher ist er von Bedeutung. Neben den anderen Gemeinsamkeiten, die ich zwischen unseren drei Fällen entdeckt habe, ist nicht von der Hand zu weisen, daß alle drei Patientinnen vor vier oder fünf Jahren mit Dr. Singh und seinem Produkt in Berührung gekommen sind. Aber Mr. Paris hat soeben erklärt, daß er eine Abteilung in seinem Krankenhaus ins Leben gerufen hat, in der Präparate wie Dr. Singhs Diätpulver und Sarahs Pflanzenpräparat verabreicht werden konnten. Damit wäre also die bedeutendste Gemeinsamkeit zwischen den drei Frauen diejenige, daß sie den Entschluß gefaßt haben, sich im Medical Center of Boston behandeln zu lassen.«

»Himmel, das hat uns gerade noch gefehlt!« rief Paris aus. »Rosa, Sie haben doch hoffentlich nicht vor, das an die Presse weiterzuleiten?«

Rosa lächelte.

»Dr. Baldwin hat mich nur mit Mühe dazu überredet, überhaupt mit Ihnen zu sprechen«, sagte sie. »Ich habe nicht vor, meine Ergebnisse einem größeren Publikum vorzutragen, jedenfalls vorerst nicht.«

»Also gut«, sagte Matt. »Wenn niemand mehr Fragen hat, möchte ich diese Besprechung für beendet erklären, damit ich mich für unsere erste Attacke vorbereiten kann. Arnold, Ettinger wird morgen Vormittag um elf in Mallons Büro seine eidesstattliche Erklärung abgeben. Sie dürfen gerne an dieser Anhörung teilnehmen.«

»Vielleicht mache ich das«, erwiderte der Anwalt.

»Machen Sie ihnen die Hölle heiß, Daniels«, sagte Paris.

Einer nach dem anderen verließ den Raum, bis nur noch Matt, Sarah und Rosa übrig waren.

»Ich finde, die Besprechung ist sehr gut verlaufen«, sagte Sarah.

»Ich bitte dich. Wir haben fast nichts erreicht, und das weißt du ganz genau«, sagte Matt. Er trat ans Fenster und ballte frustriert die Fäuste in den Taschen. »Verschwundene Krankenhausakten; Mitglieder eines chinesischen Geheimbundes, die dafür bezahlt werden, dich und einen hilflosen alten Mann reinzulegen; ein nervöser, stotternder Verrückter, der dich verfolgt. Irgendwo sitzt irgend jemand, der genau weiß, was hier gespielt wird. Und es kotzt mich an, daß ich das nicht bin.«

»Vielleicht kann ich Ihnen ein bißchen weiterhelfen«, sagte Rosa leise.

»Was sagen Sie da?«

»Ich weiß noch etwas, das ich nicht erwähnt habe. Ich habe mich entschlossen, Ihnen beiden davon zu erzählen, allerdings vorerst sonst niemandem. Bitte, sprechen Sie mit niemandem darüber.«

Matt sah zu Sarah hinüber.

»Sie haben unser Wort«, sagte er.

»Okay. Lisa Grayson hatte eine Art DNA-Virus im Blut, als sie erkrankte. Mein Laborassistent konnte das Virus nicht genau bestimmen, nur, daß es etwas Ungewöhnliches war. Er braucht noch eine Blutprobe von Lisa.«

»Obwohl sie keine DIC-Symptome mehr hat?« fragte Sarah.

»Er muß mit dem zufrieden sein, was er bekommen kann. Wenn in der Kultur nichts wächst, wird er nach Antikörpern forschen und versuchen, das Virus über diesen Umweg zu bestimmen. Er ist sehr gut in seinem Fach. Einer der Besten. Aber ich fürchte, wir kommen nur über diesen Anwalt an Lisa heran.«

»In diesem Fall sollten wir ihn besser fragen, bevor wir Ettinger auseinandernehmen«, sagte Matt.

»Es ist sehr wichtig«, sagte Rosa. »Ich glaube, weder das Diätpulver noch Sarahs Pflanzenpräparat sind allein für das verantwortlich, was geschehen ist. Beides mag eine gewisse Rolle spielen, aber eine Infektion ist wesentlich wahrscheinlicher. Ich habe das schreckliche Gefühl, daß noch mehr Frauen sterben werden, wenn wir nicht sehr bald auf den Grund unseres Problems stoßen.«

Fünfzig Meilen weiter westlich lag Annalee Ettinger in den Armen ihres Verlobten Taylor auf dem Bett.

»Tay«, sagte sie. »Da ist es schon wieder. Hier, fühl mal. Du kannst mir glauben, das sind Wehen.«

KAPITEL 29

11. Oktober

Niemand stellte sich höflich vor, es wurden keine Hände geschüttelt. Als die gegnerischen Parteien vollzählig eingetroffen waren und an dem massiven Konferenztisch in Jeremy Mallons Büro Platz genommen hatten, und nachdem die Stenotypistin ihre Schreibmaschine eingeschaltet und ihre Finger gelockert hatte, begann der Kampf ohne weiteres Vorgeplänkel.

»Bitte nennen Sie Ihren vollen Namen«, sagte Matt, nachdem er Uhrzeit, Datum und Ort, die Liste der Anwesenden und den Zweck der Anhörung diktiert hatte.

»Peter David Ettinger.«

»Beruf?«

»Ich bin Anthropologe und Heiler.«

»Ihre Ausbildung?«

»Ich habe ein BA vom Reed College und ein MA von der University of Michigan, beide in Anthropologie, beide mit Auszeichnung.«

»In den Fernsehsendungen, in denen Sie für Ihr Diätprodukt werben, werden Sie häufig ›Doktor‹ genannt. Haben Sie einen Doktortitel?«

»Ich habe einen Ehrendoktortitel für Pflanzenheilkunde des College of Chiropractic sowie verschiedene andere Ehrendoktortitel.«

»Haben Sie promoviert?«

»Nein.«

»Haben Sie ein Medizinstudium absolviert?«

»Ganz bestimmt nicht.«

»Welchen Beruf üben Sie zur Zeit aus?«
»Ich bin Direktor des Holistischen Gesundheitszentrums Xanadu und Präsident der Xanadu Corporation.«
»Und was genau sind Ziel und Aufgabe der Xanadu Corporation?«
»Wir entwickeln und vermarkten das Ayurvedische Diätprogramm.«
Der Schlüssel zum Erfolg einer außergerichtlichen Anhörung, hatte Matt Sarah erklärt, war derselbe wie der zum Erfolg eines Kreuzverhörs im Gerichtssaal – man darf niemals eine Frage stellen, deren Antwort man nicht selbst kennt. Unglücklicherweise, hatte er dann hinzugefügt, waren die einzigen wichtigen Fragen, die er Peter Ettinger heute stellen würde, solche, deren Antworten er *nicht* kannte.
Sarah starrte auf ihre Hände, die sie vor sich auf dem Tisch gefaltet hatte. Hoffentlich bemerkte Peter nicht, wie fest ihre Finger ineinander verschränkt waren. Bei ihrer Rückkehr nach Boston hatte sie tatsächlich noch geglaubt, sie könnte auf beruflicher oder freundschaftlicher Ebene wieder eine Beziehung zu diesem Mann aufbauen. Nun ertrug sie kaum seinen Anblick. Sie hatte nichts Schlimmeres verbrochen, als ihr Leben in Bahnen zu lenken, die mit ihm nichts zu tun hatten. Keine öffentlichen Beschuldigungen, keine bösen Briefe, keine Artikel voller offensichtlicher Anspielungen, keine Unterhaltsansprüche. Und doch saß er jetzt hier und unterstützte ein Gerichtsverfahren, das sie beruflich ruinieren oder sie schlimmstenfalls sogar ins Gefängnis bringen konnte.
»Sie erwähnten eben, Sie seien ein Heiler, Mr. Ettinger – oh, verzeihen Sie, möchten Sie lieber mit *Mister* oder *Doktor* angeredet werden?«
»Beides ist mir recht. Aber Mister reicht.«
»Schikanieren Sie den Mann nicht, Herr Kollege«, warnte Jeremy Mallon trocken. »Weder mit Worten noch mit Ihrem Ton. Wenn Sie sich nicht daran halten, ist diese Anhörung schneller zu Ende, als Sie denken.«

»Mr. Mallon, bitte drohen Sie mir nicht«, konterte Matt. Sarah hatte den Eindruck, daß er absichtlich seinen Südstaatenakzent herauskehrte. »Sie haben diese Suppe vor ein paar Monaten im Laden eines kranken alten Mannes eingebrockt. Jetzt sollten Sie und Ihr Beraterstab nicht zu zimperlich sein, wenn es darum geht, sie selbst auszulöffeln.«

In einer Ecke des Zimmers flüsterte die Stenotypistin leidenschaftslos in ihr Mikrophon, während sie das Gespräch in ihre Maschine tippte. Arnold Hayden, der rechts neben Matt saß, gab durch Kopfnicken zu verstehen, daß er Matts Antwort für richtig und angebracht hielt. Hayden gegenüber flüsterte Mallons Partner diesem etwas ins Ohr. Sarah wagte einen flüchtigen Blick in Peters Richtung, sah jedoch nichts als eine ausdruckslose Maske. Eine Verflechtung von Teufelskreisen. Die ganze Sache wäre sehr faszinierend gewesen, ständen nicht ihre Karriere und das Leben, das sie bisher geführt hatte, auf dem Spiel.

Der Tag hatte eine Stunde vor der eigentlichen Anhörung bereits mit Streitigkeiten begonnen. Mallon hatte es rundweg abgelehnt, daß seiner Mandantin Lisa Grayson Blut abgenommen wurde, ja, er weigerte sich sogar, eine Kontaktaufnahme durch Matt, Sarah, Rosa Suarez oder sonst irgend jemanden zuzustimmen. Matt ließ sich nicht aus der Ruhe bringen und stellte die Anklage gegen das Ayurvedische Diätprogramm vorerst zurück. Für Sarah bestand jedoch kein Zweifel daran, daß Peters erstaunliche Goldmine noch an diesem Vormittag unter Beschuß geraten würde.

Arnold Hayden war von Anfang an dabei gewesen. Sarah war angenehm überrascht, als sie feststellte, daß der Mann im Gegensatz zu ihrem ersten Eindruck alles andere war als ein überkorrekter Jurist ohne wirkliche Fähigkeiten. Sein Scharfsinn in Theorie und Praxis konnte Matt nur von Nutzen sein, und seine ruhige Art trug das ihre dazu bei, daß Sarah nicht aus der Fassung geriet. In dem nun eröffneten Gefecht schienen seine Gegenwart und sein Auftreten wesentlich zu Matts Glaubwürdigkeit und Durchsetzungsvermögen beizutragen.

Außerdem konnte Hayden notfalls einspringen, wenn Matt in seiner Objektivität beeinträchtigt schien. Da er weder auf die Beziehung mit Sarah verzichten noch ihren Fall abgeben wollte, hatte er Hayden mit diesem Hintergedanken um seine Mitarbeit gebeten. Und obwohl er dem Anwalt des Krankenhauses nichts Genaues über ihr Verhältnis erzählt hatte, vermutete Sarah, daß dieser etwas ahnte.

»Also, Mr. Ettinger«, sagte Matt, »kommen wir zum Thema zurück. Würden Sie uns bitte beschreiben, was Sie genau unter der Berufsbezeichnung Heiler verstehen?«

Während der nächsten anderthalb Stunden stellte Matt Fragen, die eher darauf abzielten, Lücken zu füllen und den Ton vorzugeben, als juristische Punkte zu erörtern. Die Strategie, auf die er, Sarah und Hayden sich geeinigt hatten, bestand darin, Peter zu dem Eingeständnis zu bringen, daß Sarahs Behandlungsmethode mit Heilpflanzen seiner eigenen Heilmethode entsprach. Hatten sie ihn erst einmal soweit, würde das Peter in seiner Eigenschaft als Experte zum Zeugen der *Verteidigung* machen. Anschließend konnten sie damit beginnen, die Verbindung zwischen Ettinger, dem Ayurvedischen Diätprogramm und Pramod Singh zu durchleuchten.

»Wenn ich an dem Punkt angekommen bin, werde ich einfach improvisieren«, hatte er angekündigt und dabei sein ägyptisches Amulett hin- und hergependelt. »Ich meine, was hat er schon für eine Chance gegen zweitausend Jahre schwarzer Magie?«

Als die anderthalb Stunden verstrichen waren, legten sie eine Pause ein. Mallon ließ von seiner Sekretärin Kaffee servieren.

»Hey, Matt, vielleicht solltest du mit Jeremy die Tasse tauschen«, flüsterte Sarah. »Wer weiß, was er dir in den Kaffee getan hat.«

»Quatsch«, brummte Matt. »Er läßt sich von mir ungefähr so sehr einschüchtern wie ein hungriger Puma vom Osterhasen. Das letzte, was er jetzt im Sinn hat, ist, mich umzulegen. Es macht ihm viel zuviel Spaß, mit mir zu spielen. Aber ich werde seinem Experten gleich die Daumenschrauben anlegen. Daran, wie laut und wie häufig Mallon protestiert, werden wir erkennen können, wie effektiv ich bin. Arnold, haben Sie irgendwelche Vorschläge?«

»Eigentlich nicht«, sagte Hayden. »Ich denke allerdings, daß es an der Zeit ist, ein paar Dinge über diesen Dr. Singh klarzustellen. Bisher bin ich recht beeindruckt davon, wie Sie die Sache schaukeln.«

»Danke. Nett von Ihnen, das zu sagen – vor allem wenn man bedenkt, daß ich bisher noch keinen richtigen Schlag gelandet habe.«

»Bisher haben Sie vor allem Körperschläge ausgeteilt«, erwiderte der erfahrenere Jurist. »Niemand schenkt solchen Treffern besondere Beachtung, aber es sind die Körperschläge, die die entscheidenden Kopftreffer vorbereiten. Sie machen Ihre Sache wirklich gut.« Er klopfte Matt aufmunternd auf die Schulter, als die Sitzung wieder eröffnet wurde.

»Okay, Mr. Ettinger«, sagte Matt, »ich möchte mich gern mit Ihnen über Ihr Ayurvedisches Diätprogramm unterhalten.«

»Wieso?« fragte Mallon.

»Sie haben diesen Mann als Experten hinzugezogen«, sagte Matt. »Ich versuche lediglich, seine Eignung festzustellen.«

»Peter, mir leuchtet die Relevanz dieser Fragestellung nicht ein. Wenn Sie die Fragen nicht beantworten wollen, sehe ich keinen Grund, warum Sie es tun sollten.«

»Spontan fallen mir zwei Gründe ein«, erwiderte Matt ruhig, aber nachdrücklich. »Erstens, wenn Sie sich weigern, meine Fragen zu beantworten, verspreche ich Ihnen, daß ich noch heute bei Gericht vorstellig werde, um Sie dazu zu zwingen. Und zweitens« – er sah erst Sarah und dann Mallon an, bevor er Peter fixierte –, »*zweitens* habe ich allen Grund anzunehmen – nein, verdammt, ich habe *Beweise* dafür –, daß Lisa Grayson vor ihrer unglücklichen Niederkunft nicht nur Sarahs Pflanzenpräparat eingenommen hat, sondern auch Ihr Diätpulver!«

»Aber ...«

»Ich sagte, *Beweise*.«

»Moment!« rief Mallon. »Peter, warten Sie. Sagen Sie nichts. Mr. Daniels, auf diesen Köder beiße ich nicht an. Da mir das, was Sie sagen, jedoch neu ist, würde ich mich gern mit Mr. Ettinger unter vier Augen unterhalten, bevor wir fortfahren.«

»Lassen Sie sich Zeit«, sagte Matt.

Arnold Hayden drehte sich zu ihm um und hielt sich eine Faust ans Kinn. Matt hatte seinen Schlag perfekt plaziert. Der erste Kinnhaken hatte gesessen.

Sarah beobachtete, wie ihr ehemaliger Geliebter sich aufrichtete. Er warf ihr einen wütenden Blick zu. Einen Augenblick lang hatte sie den Eindruck, er würde gleich eine obszöne Geste machen.

Werde endlich erwachsen, sagte sie lautlos.

Sie war dankbar, daß sie seine Antwort nicht richtig verstehen konnte.

»Okay«, sagte Mallon, als sie den Raum wieder betraten. »Ich bin nicht nur damit einverstanden, daß Mr. Ettinger Ihre Fragen beantwortet, es kommt mir sogar sehr gelegen.« Er wirkte selbstzufrieden und seiner Sache wieder sicher – zu sicher.

Sarah versuchte zu verstehen, warum.

»Mr. Ettinger, wie haben Sie Pramod Singh kennengelernt?« fuhr Matt fort.

»Wir haben vor einigen Jahren, als er noch im Medical Center of Boston arbeitete, gemeinsam an ein paar Seminaren teilgenommen. Er erzählte mir von einigen uralten ayurvedischen Heilpflanzen und Diätvorschriften, die er mit erstaunlichem Erfolg bei seinen Patienten angewendet hatte.«

»War Lisa Summer eine seiner Patientinnen?«

»Das weiß ich nicht.«

»Constanza Hidalgo?«

»Ich weiß es ...«

»Halt, Peter!« fiel Mallon ihm ins Wort. »Mr. Daniels, halten Sie sich an die Patientin, um die es hier geht.«

»Mr. Ettinger, hatte Pramod Singh vor, sein Präparat in größerem Stil zu verkaufen?«

»Ja.«
»Mit Ihnen als Aushängeschild – als Galionsfigur?«
»Unter anderem.«
»Und dann haben Sie beide als ayurvedische Unternehmer gemeinsame Geschäfte gemacht?«
»Einspruch gegen diese antagonistische Form der Fragestellung«, mischte sich Mallon ein. »Beantworten Sie die Frage nicht, Peter.«
»Mr. Ettinger, woraus genau besteht dieses Produkt, das Sie vertreiben?«
»Eine Reihe von verschiedenen Kräutern, Pflanzen und Wurzeln. Zwölf, um genau zu sein. Dr. Singh kauft sie in Indien und anderen Ländern des Fernen Ostens und schickt sie mir. Wir haben eine Produktionsstätte eingerichtet, wo diese in der Natur vorkommenden Substanzen mit Proteinen in Pulverform vermischt und zu einem ausgewogenen Nahrungsersatz und Appetitzügler verarbeitet werden.«
»Aber Sie haben Ihr Produkt nicht *wissenschaftlich* überprüfen lassen, stimmt's?«
Ettinger warf Jeremy Mallon einen kurzen Blick zu. Als er sich wieder Matt zuwandte, grinste er selbstsicher.
»Allerdings habe ich das«, sagte er. »Im Gegensatz zu Dr. Baldwins Präparaten haben wir unser Produkt von der staatlichen Gesundheitsbehörde überprüfen lassen. Ich habe dem Gebrauch des Namens Xanadu nur unter der Bedingung zugestimmt, daß unser Produkt offiziell als Heilmittel zugelassen wurde, und ich bestehe darauf, es in regelmäßigen Abständen immer wieder überprüfen zu lassen.«
Noch ein Kinnhaken. Diesmal war er jedoch von der Seite der Ankläger gekommen. Matt hantierte mit seinen Aufzeichnungen. Sarah spürte, wie er sich bemühte, seine Fassung zu wahren, während er sorgfältig die nächste Frage formulierte.
»Diese Produktions- und Verpackungsabteilung«, sagte er schließlich, »liegt die auf dem Gelände von Xanadu?«
»Ja.«
»Auch die Versandabteilung?«

»Ja, in einem separaten Gebäude. Auch der Versand geht von Xanadu aus.«

»Mr. Ettinger, wieviel Geld scheffeln Sie eigentlich mit diesem Pulver?«

»Einspruch!« rief Mallon aus. »Peter, beantworten Sie das nicht. Mr. Daniels, Form und Inhalt dieser Frage sind absolut amateurhaft. Bisher habe ich eine Menge Zugeständnisse gemacht in Anbetracht der Tatsache, daß dies, abgesehen von einem falsch eingesetzten Backenzahn oder so ähnlich, Ihr erster Kunstfehlerprozeß ist. Aber bei solchen Fragen hat meine Geduld ein Ende.«

Matt stieg das Blut ins Gesicht. Unter dem Tisch legte Sarah ihm sanft ihre Hand auf den Schenkel.

»Nur nicht die Ruhe verlieren«, flüsterte sie.

Matt holte tief Luft. »Mr. Ettinger, bitte beschreiben Sie uns kurz, was in Ihrer Produktionsstätte passiert.«

»Das ist eigentlich ganz einfach«, sagte Ettinger, als spreche er zu einem Erstkläßler. »Die unbehandelten Pflanzen und Wurzeln treffen ein, werden gründlich gewaschen und überprüft und anschließend durch Hitze oder UV-Licht sterilisiert. Dann werden sie gemahlen und zu Pulver verarbeitet, nach dem alten ayurvedischen Rezept, das wir benutzen, zusammengestellt und mit einer handelsüblichen Proteinbasis gemischt. Am Schluß wird die fertige Mischung noch einmal sterilisiert und verpackt.«

»Und dann wird sie einfach so verschifft?«

»Die Packungen, die verschickt werden, enthalten eine Pulvermenge, die für vier Monate ausreicht, ein Handbuch über Ayurveda und die ayurvedischen Diätprinzipien sowie eine Dosis Vitamine.«

»Vitamine?«

Matt horchte auf, als das Wort fiel.

»Ja.«

»Vitamine auf Pflanzenbasis? Wie die von Dr. Baldwin?«

Wieder grinste Peter selbstgefällig.

»Wohl kaum«, sagte er hämisch. »Dr. Baldwins Präparate sind, na ja, Dr. Baldwins Präparate. Wir vergeben reine Vitamine – handelsübliche, von der Gesundheitsbehörde zugelassene Multivitaminpräparate, die wir bei der Firma Huron Pharmaceuticals herstellen lassen.«

Matt war sichtlich enttäuscht.

»In Tablettenform?« fragte er.

»Genaugenommen handelt es sich um Kapseln mit einer Gelatinehülle, von denen jeweils eine im täglichen Diättrunk aufgelöst wird.«

Jeremy Mallon gähnte demonstrativ.

»Mr. Daniels, ich bitte Sie«, sagte er. »Sie wissen doch ganz genau, daß Sie mit Ihren Fragen in einer Sackgasse gelandet sind. Mr. Ettinger hat bereits viel mehr Geduld mit Ihnen bewiesen als nötig. Jedenfalls ist er wesentlich nachsichtiger, als ich es an seiner Stelle gewesen wäre.«

»Mr. Ettinger, sind Sie und Dr. Singh Geschäftspartner?« fragte Matt, Mallons Einspruch ignorierend.

»Das ist richtig.«

»Wie kann ich diesen Mann finden, Ihren Partner im Geschäft mit ayurvedischen Heilkräutern?«

»Es reicht!« kläffte Mallon.

»Ist schon in Ordnung«, sagte Ettinger. »Pramod hält sich in letzter Zeit hauptsächlich in Indien auf. Und dort reist er meistens von Ort zu Ort. Ich erreiche ihn über eine Niederlassung von American Express in Neu-Delhi. Wenn Sie diese Adresse haben wollen, kann ich meine Sekretärin gern bitten, sie Ihnen zuzuschicken.«

»Jetzt ist aber Schluß«, sagte Mallon. »Entweder Sie kommen zu anderen Fragen, oder die Sitzung ist hiermit beendet.«

»Ich bin eigentlich fertig. Aber ich habe Ihnen und Mr. Ettinger noch etwas zu sagen. Und das ist nicht fürs Protokoll bestimmt.«

»Evelyn, wir sind fertig, vielen Dank.« Mallon unterhielt sich flüsternd mit seinem Partner, bis die Stenotypistin den Raum verlassen hatte. »Okay, schießen Sie los«, sagte er.

»Auch wenn wir sie nicht erwähnt haben, und obwohl ich nicht vorhabe, sie in diesen Fall mit einzubeziehen, so wissen wir doch alle, daß außer Lisa Grayson noch zwei Frauen von DIC betroffen waren.«

»Und?«

»Ich erwähnte bereits, daß uns Beweise darüber vorliegen, daß Lisa Grayson vor einigen Jahren von Dr. Singh mit einem Diätmittel behandelt wurde, von dem ich annehme, daß es sich um nichts anderes als das ayurvedische Diätpulver handelt. Nun, wir können ebenfalls beweisen, daß auch die beiden anderen DIC-Fälle mit Hilfe von Dr. Singh erhebliche Gewichtsverluste erzielt haben.«

»Was?« rief Ettinger aus.

In Erwartung von Matts Enthüllung hatte Sarah Peter, der ihr gegenüber am Tisch saß, aufmerksam beobachtet. Seine Überraschung schien echt zu sein. Allerdings erinnerte sie sich selbst daran, daß sie ihn schon einmal falsch eingeschätzt hatte.

»Immer mit der Ruhe, Peter«, sagte Mallon. »Dieser Mann hat schon den ganzen Vormittag schlechte Karten. Ich betrachte das als einen Bluff, um uns aus der Reserve zu locken.«

»Es ist kein Bluff«, sagte Sarah.

»Ich möchte Ihre sogenannten Beweise sehen«, forderte Mallon.

»Und wir wollen eine Blutprobe von Lisa Grayson«, entgegnete Sarah aufgebracht.

»Das reicht, wir sind fertig«, sagte Mallon.

Er warf seine Papiere in die Aktenmappe, zerrte Peter Ettinger regelrecht auf die Füße und wollte mit ihm zur Tür.

»Das ist kein Spiel«, sagte Matt. »Es geht um Menschenleben. Macht Ihnen das nichts aus?«

»Sie können mich mal«, erwiderte Mallon.

»Peter«, versuchte Sarah es noch einmal, »das ist sehr wichtig. Vergiß nicht, auch Annalee hat dieses Pulver genommen.«

»Aber sie hat nicht deine ominöse Mixtur geschluckt. Solange du dich von ihr fernhältst, wird sie keine Probleme haben.«

Am liebsten wäre Sarah über den Tisch gesprungen und ihm an die Gurgel gegangen.

Statt dessen sagte sie freundlich: »Peter?«

»Ja?«

»Sag mir nicht, was ich zu tun und zu lassen habe.«

KAPITEL 30

17. Oktober

Der Herbst auf Long Island war traumhaft schön. In einem hellblauen Trainingsanzug lief Lisa Grayson unter einem grünschimmernden Blätterdach die Kennesaw Road hinauf und dann über den kiesbedeckten Weg, der zu Stony Hill zurückführte. Sie schwitzte, allerdings keineswegs übermäßig – vor allem, wenn man in Betracht zog, daß sie zum erstenmal eine Halbmarathonstrecke meisterte. *Phantastisch!* dachte sie. Über 23 Kilometer, bewältigt von einer Frau, für die noch vor nicht allzu langer Zeit der Fußweg zum Supermarkt an der Ecke das Äußerste an körperlicher Anstrengung gewesen war.

»Es ist zuviel ... Es ist zuviel ...«

Wie einen Kinderreim sang sie die Worte im Rhythmus mit ihren Schritten. Mitte April fand der Boston-Marathon statt, und vielleicht würde sie es schaffen, bis dahin so in Form zu sein, daß sie teilnehmen konnte. Ihr Physiotherapeut kannte die Organisatoren des Rennens. Wenn Lisa die gut 42 Kilometer in weniger als viereinhalb Stunden schaffte, würde er dafür sorgen, daß sie ohne Nachweis über eine bereits gelaufene Marathonzeit, die für die offizielle Wettkampfzulassung erforderlich war, eine Starterlaubnis erhielt.

»See how she runs ... See how she runs ...«

Schweiß lief ihr von der Stirn in die Augen. Lisa verlangsamte ihren Lauf ein wenig, um ein Taschentuch aus ihrer Jackentasche zu holen.

Faust, dachte sie angestrengt, *Faust*.

Die elektronische Handprothese von Otto Boch funktionierte wirklich erstaunlich gut, aber sie hatte keine sensorische Übertragungsmöglichkeit. Lisa mußte sich auf andere Wahrnehmungen verlassen, wenn sie wissen wollte, ob ihre Prothese das tat, was sie von ihr verlangte. Zunächst spürte sie die inzwischen vertraute Spannung am Ellbogen. In dem, was von ihren Beugemuskeln übriggeblieben war, hatte man die Elektroden eingepflanzt. Als nächstes fühlte sie den Druck der geschlossenen Faust, die sich in ihrer Jackentasche an ihre Seite drückte.

»Los, Kunsthand«, sagte sie keuchend. »Tu, was du tun sollst.«

Sie zog ihren Arm aus der Tasche und spürte, ohne hinzusehen, daß ihre lebensecht aussehenden Finger ihr zusammengeknülltes Taschentuch hielten.

»Du mußt noch verdammt viel lernen, Hand«, sagte sie, während sie sich die Stirn mit dem Taschentuch abwischte. »Verdammt viel.«

In den zwei Monaten, seit ihr die Prothese angepaßt worden war, hatte sie bemerkenswerte Fortschritte gemacht. Ihr Physiotherapeut und der Prothesenspezialist hatten ihr versprochen, daß sie die künstliche Hand mit der Zeit so gut im Griff haben würde, daß sie ein Stück Zigarettenasche würde aufheben können, ohne es zu zerkrümeln. Außerdem würde sie einen Gegenstand so gut festhalten können, daß niemand – *niemand* es ihr würde entreißen können. Die *Roboterin!* Es gab sicherlich Grenzen. Sie hatte statt der funktionalen, leichter zu pflegenden Metallkneifer die weniger auffällige, »kosmetische« Haut gewählt. Aber im großen und ganzen übertraf die Hand bei weitem ihre Vorstellungen von den Möglichkeiten, die einem nach einer Amputation zur Verfügung standen. Außerdem hatte sie dadurch, daß sie sich intensiv auf den Umgang mit der Prothese konzentriert hatte, ihre tiefen Depressionen wesentlich leichter überwunden.

Sie trauerte immer noch um ihr Baby, und jeden Tag stellte sie sich von neuem vor, wie ihr Leben mit ihm verlaufen wäre. Gleichzeitig wußte sie aber auch, daß alles, was sie durchgemacht hatte, in

gewisser Weise einen Reifungsprozeß in ihr ausgelöst hatte. Durch die Konfrontation mit dem tragischen Ereignis, durch die Auseinandersetzung mit dem Schmerz und der Trauer war sie in Bereichen erwachsen geworden, deren Entwicklung stehengeblieben war, als sie von zu Hause weglief.
Und dann war da natürlich noch ihr Vater. Die Wandlung, die Willis Grayson seit Lisas Rückkehr nach Stony Hill durchgemacht hatte, war noch verblüffender als ihre eigene. Er war weicher, als sie ihn je zuvor erlebt hatte – wesentlich weniger bevormundend und viel eher bereit zuzuhören. Und er gab sich die größte Mühe, Zeit für sie zu haben. Sie hätte nie für möglich gehalten, daß dieser Mann sich ändern konnte, aber genau das hatte er getan.
Sie lief über die schmale Brücke am Anfang der langen, ungepflasterten Einfahrt zu ihrem Haus. Die kleine Tür neben dem videoüberwachten, verschlossenen Sicherheitstor war offen. Noch fünfzig Meter zu laufen. Die Muskeln in ihren Beinen verkrampften sich allmählich, aber sie konnte es schaffen. Sie wußte, daß sie es schaffen würde.
»Miss Grayson«, hörte sie eine Männerstimme hinter sich rufen.
Lisa hielt an und drehte sich um, während sie auf der Stelle weiterlief. Ein junger Mann in einer grauen Uniform war hinter einem Baum hervorgetreten. Unter seinem Arm klemmte ein Federal-Express-Umschlag.
»Warten Sie am Haus auf mich«, sagte sie keuchend, während sie versuchte, auf Distanz zu ihm zu bleiben, und sich fragte, wo sein Lieferwagen stand. »Ich möchte meinen Lauf beenden.«
»Das geht nicht«, sagte er eindringlich. »Ich werde dafür bezahlt, daß ich Ihnen das hier persönlich aushändige. Ich versuche schon seit drei Tagen, Sie anzutreffen. Die Sicherheitsleute Ihres Vaters werden mich diesmal nicht ungeschoren davonkommen lassen, wenn sie mich noch einmal erwischen, und sie werden jeden Moment wieder hier auftauchen. Wir müssen uns beeilen.«
Lisa sah verwundert auf ihre Armbanduhr, überlegte kurz und blieb dann stehen.

»Okay, worum geht's?« fragte sie, hielt sich aber immer noch in einiger Entfernung von dem Mann.
»Ich weiß es nicht. Ich werde nur dafür bezahlt, daß ich Ihnen das hier irgendwie aushändige. Weiter nichts. Bitte, ich höre einen Wagen kommen.«
»Legen Sie es dort auf den Boden«, befahl sie. »Und dann gehen Sie.«
»Lassen Sie es sich nicht wieder abnehmen«, sagte er. Dann drehte er sich auf dem Absatz um und rannte fort.
In der Morgenstille hörte Lisa tatsächlich das Geräusch eines Wagens, der sich vom Haus her näherte. Schnell hob sie den Umschlag auf und lief den Weg zurück, bis sie ein Gebüsch entdeckte, das dicht genug war für ein Versteck. Keuchend wartete sie, bis die Sicherheitsleute ihres Vaters langsam an ihr vorbeigefahren waren. Als sie das Motorengeräusch nicht mehr hörte, hatte sie sich so weit erholt, daß sie den Umschlag aufreißen konnte. Auf dem einfachen weißen Kuvert, das zum Vorschein kam, stand ihr Name in einer sauberen Frauenschrift. Der Brief, den es enthielt, war mit der Maschine geschrieben.

Liebe Lisa,
der Mann, der diesen Brief abgeliefert hat, gehört nicht zum Federal Express. Ich habe ihn in der Hoffnung beauftragt, er würde eine Möglichkeit finden, Ihnen dieses Schreiben persönlich zu übergeben. Mein Name ist Rosa Suarez. Vielleicht erinnern Sie sich an mich. Ich bin die Wissenschaftlerin, die von der Seuchenschutzzentrale beauftragt wurde, die drei Fälle von DIC zu untersuchen, die am Medical Center of Boston aufgetreten sind. Ich brauche Ihre Hilfe, aber bisher ist es mir nicht gelungen, Sie telefonisch oder auch brieflich zu erreichen. Nachdem ich mehrere telefonische Nachrichten für Sie hinterlassen hatte, habe ich in Erfahrung gebracht, daß Ihre Telefonnummer geändert wurde und daß Sie nur noch unter einer Geheimnummer zu erreichen sind. Zwei

Einschreiben, die ich an Sie geschickt habe, wurden angeblich zugestellt und von Ihnen unterschrieben. Vielleicht haben Sie sie erhalten, aber ich habe meine Zweifel. Ich glaube kaum, daß Ihr Anwalt oder Ihr Vater hören wollen, was ich zu sagen habe – und worum ich Sie bitten muß ...

* * *

»Mr. Daniels?«

»Ja?«

»Phelps hier, Roger Phelps. Ich freue mich, daß ich Sie endlich erwischt habe.«

Ich nicht, dachte Matt. Vielleicht hatte er es dem Gutachter der Versicherungsgesellschaft MMPO zu verdanken, daß er mit Sarahs Fall beauftragt worden war, aber irgend etwas an dem kleinen Mann – seine Art zu sprechen oder auch sein Blick – machte Matt nervös.

»Ja, Mr. Phelps, was kann ich für Sie tun?«

Auf Matts Schreibtisch stapelten sich Akten, Gesetzestexte und Fotokopien von Krankenhausdokumenten. In den kommenden zwei Wochen mußte er nicht nur eidesstattliche Erklärungen von zwei Experten entgegennehmen, die Mallon als Zeugen aufgeboten hatte, sondern auch von Lisa Grayson. Auf seiten der Anklage würde Mallon sich Sarah und Kwong Tian-Wen vornehmen. Seit der unerquicklichen Anhörung von Peter Ettinger hatte Matt nichts mehr von Mallon gehört. Nicht ein Wort. Matt hatte im stillen gehofft, daß sein Gegner wenigstens vorschlagen würde, den Fall ruhenzulassen, bis der Verdacht gegen Ettingers Diätpräparat geklärt werden konnte. Aber nichts. Mallon schien sich durch nichts einschüchtern zu lassen, egal, welche Tatsachen auch ans Tageslicht kommen mochten.

»Mr. Daniels«, sagte Phelps, »zunächst einmal möchte ich mich dafür bedanken, daß Sie mich über die Entwicklungen im Fall Baldwin stets auf dem laufenden gehalten haben. Das hat uns die

Auswertung des Falles und die Entscheidung über die Vorgehensweise sehr erleichtert.«
»Entscheidung?«
»Ja, Mr. Daniels. Nachdem wir alle Aspekte sorgfältig abgewogen haben, haben wir uns entschlossen, einen Vergleich anzustreben.«
»Was?«
»Sie haben Ihre Sache sehr gut gemacht, und ich kann Ihnen versichern, daß wir Ihnen in Zukunft noch viele ...«
»Mr. Phelps, verzeihen Sie, aber ich verstehe nicht recht.«
»Was verstehen Sie nicht, Mr. Daniels? Wir haben die Prozeßkosten kalkuliert, die auf uns zukommen würden, wenn wir weitermachten, sowie die potentielle Höhe der von einem Gericht festgelegten Entschädigungssumme, und wir haben die Möglichkeit in Betracht gezogen, daß wir den Prozeß verlieren könnten. Schließlich haben wir uns entschlossen, einen Vergleich vorzuschlagen, haben Mallon eine Summe angeboten, und er hat im Namen seines Klienten akzeptiert. Selbstverständlich enthält der Vergleich keinerlei Schuldeingeständnis von seiten Dr. Baldwins.«
Matt starrte ungläubig auf das Telefon.
»Mr. Phelps«, sagte er, bemüht, ruhig zu bleiben, »Sarah Baldwin hat sich keinen Kunstfehler zuschulden kommen lassen. Es hat in diesem Fall Entwicklungen gegeben – grundlegende Entwicklungen. Wir werden diesen Fall gewinnen.«
»Ach, diese Geschichte mit dem chinesischen Geheimbund. Tut mir leid, Mr. Daniels, aber das haben wir bereits in Betracht gezogen. So wie es im Moment aussieht, braucht die Jury sich nur diesen armen alten Mann anzuhören und ...«
»Wieviel hat Mallon Ihnen geboten?«
»Mr. Daniels, Sie haben keinen Grund, so gereizt zu reagieren.«
»Wieviel?«
»Zweihunderttausend.«
»Und das hat Willis Grayson akzeptiert?«
»Offensichtlich.«
»Mr. Phelps, solche Summen sind für Willis Grayson ein Taschen-

geld. Er wollte Dr. Baldwin hinter Gitter bringen. Er will ihren Kopf. Warum zum Teufel sollte er sich auf einen solchen Vergleich einlassen, wenn er der Ansicht wäre, er könnte den Fall gewinnen?«

»Mr. Daniels, ich bitte Sie. Ich habe Sie nicht angerufen, um mich mit Ihnen zu streiten. Die Entscheidung ist gefallen.«

»Und was ist mit den anderen beiden Frauen? Was passiert, wenn deren Familien Wind von der Sache bekommen?«

»Damit werden wir uns auseinandersetzen, wenn es soweit ist. Wenn Sie jetzt keine weiteren Fragen mehr haben ...«

»Dr. Baldwin kann sich weigern, den Fall aufzugeben.«

»Dann müßte sie für alle anfallenden Gerichtskosten sowie für eine etwaige Entschädigungssumme persönlich aufkommen. Warum um alles in der Welt sollte sie das wollen?«

»Weil sie unschuldig ist, darum, verdammt noch mal.«

»Mr. Daniels, ich bin über Ihr Verhältnis zu Dr. Baldwin im Bilde. Wenn Sie sie dazu überreden, den Fall weiterzuverfolgen und das Anwaltshonorar aus eigener Tasche zu bezahlen, würde ich das als schweren Verstoß gegen Ihr Berufsethos betrachten.«

»Was wissen Sie denn schon von Berufsethos?«

»Ich bin Jurist und Mitglied der Anwaltskammer, Sir. Ich hoffe, es ist mir gelungen, Ihnen unseren Standpunkt zu verdeutlichen. Die Versicherungsgesellschaft betrachtet diesen Fall als abgeschlossen.«

* *
*

Während ihrer dreiundzwanzigjährigen Tätigkeit als Epidemiologin im Dienst der Seuchenschutzzentrale war Rosa verschiedenen Kabinettsmitgliedern, Gouverneuren und zwei Vizepräsidenten begegnet. Sie hatte sich gegen einen Chef behauptet, der sie fertigmachen wollte, hatte sich vor einem Untersuchungsausschuß der Regierung verantworten müssen. Aber noch niemals war sie so verunsichert gewesen, noch nie hatte sie ihre Worte so sorgfältig gewählt wie an diesem Abend Willis Grayson gegenüber.

Der Helikopter, der sie auf dem Dach der chirurgischen Abteilung des Medical Center of Boston abgeholt hatte, war nach einer grandiosen Schleife über das hell erleuchtete Innenstadtgebiet nach Südwesten in Richtung Long Island geflogen. Rosa war erstaunt über die opulente Ausstattung und das ruhige Flugverhalten des Hubschraubers. Pilot und Copilot waren von der Passagierkabine durch eine schalldichte Glasscheibe getrennt. Der einzige Passagier, der neben Rosa in den plüschbezogenen Sitzen saß, war Grayson. Seine unterkühlte Art und sein finsterer Blick ließen keinen Zweifel daran, daß es nicht seine Idee gewesen war, Rosa von Boston nach New York und zurück zu fliegen, nur um seiner Tochter Blut abzunehmen. Er hatte zur Begrüßung stumm genickt, als einer seiner Männer Rosa beim Einsteigen half, und ihr dann bedeutet, sie solle sich anschnallen. Aber erst als sie Providence überflogen, brach er sein Schweigen.

»Ich begreife nicht, warum Sie darauf bestehen, meiner Tochter persönlich Blut abzunehmen, wenn wir genügend Leute vor Ort haben, die das genausogut können«, sagte er, nachdem sie ein paar belanglose Höflichkeiten ausgetauscht hatten.

»Ich habe die Erfahrung gemacht, daß man sich in besonders kritischen Situationen nur auf sich selbst verlassen kann.«

Grayson grinste ironisch. »Diese Arbeitshaltung haben Sie etwa neunzig Prozent meiner Angestellten voraus. Sie wirken recht nervös. Haben Sie Angst vorm Fliegen?«

»Nein.«

»Fürchten Sie sich vor mir?«

Sie zuckte die Achseln. »Sie sind sehr reich, sehr mächtig und machen nicht gerade einen vertrauenerweckenden Eindruck.«

»Ich bin es nicht gewohnt, daß man mir sagt, was ich zu tun habe, Mrs. Suarez. Aber nachdem meine Tochter Ihren Brief erhalten hat, den dieser falsche Federal-Express-Bote abgeliefert hat, kommandiert sie mich herum wie ein Fünfsternegeneral. Es bleibt mir nichts anderes übrig, als zu tun, was sie von mir verlangt, sonst laufe ich Gefahr, sie noch einmal zu verlieren.«

»Mr. Grayson, *Ihr* Verhalten hat mir auch keine andere Wahl gelassen. Sie haben Einschreiben entgegengenommen, die für Lisa bestimmt waren. Sie haben eine geheime Telefonnummer beantragt, um zu verhindern, daß ich sie erreiche.«

»Nun, ich habe Ihnen jetzt meine neue Nummer gegeben und Ihnen versprochen, in jeder Hinsicht mit Ihnen zu kooperieren.«

»Ich bin sicher, daß Lisa das zu schätzen weiß.«

»Das hoffe ich. Haben Sie Kinder, Mrs. Suarez?«

»Drei Töchter.«

»Wenn irgend jemand einer von ihnen etwas zuleide täte, dann würden Sie ihn doch zur Rechenschaft ziehen, wenn Sie könnten, nicht wahr?«

»Ich würde alles in meiner Macht Stehende daransetzen, daß er vor Gericht kommt und eine angemessene Strafe erhält, falls Sie das meinen.«

»Meine Methoden sind etwas direkter«, sagte Grayson. »Mein Anwalt hat heute angerufen und mir geraten, mich auf einen Vergleich mit der Versicherungsgesellschaft einzulassen und den Prozeß gegen Dr. Baldwin damit zu beenden. In Anbetracht der neuesten Erkenntnisse über dieses Diätpräparat, das Lisa genommen hat, fürchtet mein Anwalt, wir könnten die Jury möglicherweise nicht davon überzeugen, daß Dr. Baldwin schuldig ist. Ich dagegen bin nach wie vor der Meinung, daß sie für die Verstümmelung meiner Tochter und für den Tod meines Enkels verantwortlich ist.«

»Es steht Ihnen zu, diese Meinung zu vertreten, Mr. Grayson.«

»Meine Tochter ist sich da nicht so sicher wie ich.«

»Aufgrund der Erkenntnisse, die wir bis zum heutigen Tage gewonnen haben, denke ich, daß sie das auch nicht sein sollte – und Sie auch nicht, Mr. Grayson.«

»Mrs. Suarez, *was* genau wissen Sie eigentlich?«

Jetzt war es Rosa, die grinste. Sie betrachtete die Lichter, die tief unter ihnen vorüberglitten.

»Mr. Grayson«, sagte sie, »ich habe aus bitterer Erfahrung lernen müssen, daß es äußerst unklug ist, mit irgend jemandem über die

Ergebnisse einer laufenden Untersuchung zu sprechen, es sei denn, es ist unvermeidlich.«

»Ach ja, Ihr Debakel in San Francisco.«

Rosa sah ihn abrupt an. »Sie, Sir, gehören genau zu der Sorte Leute, vor denen auf der Hut zu sein ich gelernt habe. Ich mag es nicht, wenn man mich kontrolliert, Mr. Grayson. Allein die Tatsache, daß Sie das getan haben, ist gefährlich für meine Arbeit.«

»Ich versichere Ihnen, daß meine Leute äußerst diskret vorgehen. Sie haben viel Erfahrung auf dem Gebiet.«

»Das kann ich mir vorstellen. Wenn sie also so gut sind, dann werden Sie sicher verstehen, daß es keinen Zweck hat, diese Diskussion weiterzuverfolgen.«

»Ich verstehe vor allem, daß Ihr Chef sehr verstimmt wäre, wenn er von Ihrer wundersamen Genesung erführe und ihm zu Ohren käme, daß Sie Ihre Arbeit wieder aufgenommen haben, ohne ihn darüber in Kenntnis zu setzen.«

Rosa warf ihm einen wütenden Blick zu.

»Mr. Grayson«, sagte sie, »Sie haben sich Ihren Ruf offenbar redlich verdient. Nun, Sir, wenn Sie vorhaben, die ganze Macht Ihres Imperiums an einer sechzigjährigen Frau auszulassen, dann tun Sie das. Ich versichere Ihnen, daß ich schon schlimmeren Ärger erlebt habe, als Sie mir machen können. Aber vergessen Sie nicht, daß auch ich unangenehm werden kann.«

Willis Grayson sah sie lange an. Dann lachte er plötzlich herzlich und tätschelte ihren Arm.

»Mrs. Suarez«, sagte er, »vielleicht haben Sie Lust, für mich zu arbeiten, wenn diese Untersuchung und Ihre Arbeit für die Regierung beendet sind.«

KAPITEL 31

25. Oktober

Um acht Uhr fünfzehn am Morgen steuerte Sarah den geliehenen braunen Ford Accord in die breite Ausfallstraße und fädelte sich in den stockenden Verkehr vor dem William-Callahan-Tunnel ein.

»*Ovejas*«, sagte Rosa und deutete auf die Fahrer, die sich mit grimmigem Gesicht durch den Verkehrsstau quälten. »Schafe.«

»Vor allem, wenn man bedenkt, daß der Berufsverkehr eigentlich in die andere Richtung geht«, sagte Sarah.

Sarah und Rosa waren auf dem Weg zum Flughafen, um Ken Mulholland abzuholen. Der Virologe von der amerikanischen Seuchenzentrale CDC, der Lisa Graysons Blut untersucht hatte, war auf etwas Neues gestoßen. Allerdings hatte man ihn zusehends unter Druck gesetzt, alle Ergebnisse Rosas Chef zu übergeben und Rosa selbst *nicht* weiter bei ihrer Arbeit zu unterstützen.

»In dieser Sache gibt es einfach zu viele Interessenkonflikte«, hatte Rosa erklärt. »Mein Chef wird noch auf dem Totenbett glauben, ich hätte seine Karriere ruiniert. Bestimmt würde er es lieber sehen, wenn diese rätselhaften Fälle ungeklärt blieben, als daß ausgerechnet ich die Antwort finde. Ken ist ziemlich immun gegen Druck von seiten seiner Vorgesetzten, aber ich möchte nicht, daß er in Schwierigkeiten gerät. Er hat eine Frau und zwei Kinder zu versorgen. Darum habe ich ihn gebeten, daß wir so viel wie möglich hier an Ort und Stelle forschen. Er war teilweise an meinen Untersuchungen in dem BART-Fall beteiligt. Einige der gefälschten Ergebnisse kamen aus seiner Abteilung. Seitdem ist er gegenüber der Politik, die diese Behörde betreibt, genauso mißtrauisch wie ich. Und jetzt hat er sich einen Tag Urlaub genommen, um nach Boston zu fliegen. Er hat irgend etwas mit einer Freundin arrangiert, die an einem Terminal in Atlanta sitzt. Sie wollen sich per Modem in den Rechner in seinem Labor einklinken. Dann kann Ken an den Computern in seiner Abteilung arbeiten, obwohl er ganz woanders ist.«

»Und er braucht dafür nur ein leeres Zimmer mit einem IBM-kompatiblen Rechner?«

»Und ein Modem.«

»Wenn das alles ist, haben wir das Problem gelöst«, sagte Sarah. »Glenn Paris hat uns ein Büro in der Computerabteilung zur Verfügung gestellt.«

»Und er hat keine Fragen gestellt?«

»Keine Fragen. Rosa, glauben Sie, daß er etwas Wichtiges entdeckt hat?«

»Ich vermute schon seit langem, daß eine Art Infektion die wahrscheinlichste, wenn auch sicherlich nicht die einzige Erklärung für die DIC-Fälle ist. Ich glaube also, daß wir heute etwas Wesentliches erfahren werden.«

Auch die vergangene Woche war sehr ereignisreich gewesen. Angefangen hatte es mit der überraschenden Entscheidung des Gutachters Roger Phelps, in Sarahs Fall einen Vergleich anzustreben. Dann war Rosa nach Long Island geflogen, um Lisa Grayson Blut abzunehmen. Und schließlich, erst gestern, hatte Sarah einen Brief an Phelps geschrieben, in dem sie offiziell einen Vergleich über zweihunderttausend Dollar abgelehnt hatte. Sie bestand darauf, daß der Prozeß gegen sie komplett eingestellt wurde, andernfalls würde sie auf eigene Kosten weitermachen.

Ein Vergleich kam nicht in Frage.

Sarah bog in die Ausfahrt zum Flughafen ein. Der Frühnebel begann sich zu lichten. Laut Wetterbericht waren etwa fünfzehn Grad zu erwarten, es schien ein perfekter Tag zu werden. Sarah hatte einige Verpflichtungen in der Klinik, und sie mußte noch etwas in der Bibliothek erledigen. Da jedoch keine Operationen auf ihrem

Plan standen, hatte sie vor, so viel Zeit wie möglich mit Rosa und ihrem Virologen zu verbringen.
»Noch fünf Minuten«, sagte Sarah, als sie vor dem Delta-Terminal anhielt. »Ich warte hier. Ich nehme nicht an, daß er auf Gepäck warten muß.«
»Wahrscheinlich nicht. Er hat für zehn vor vier einen Rückflug nach Atlanta gebucht.«
Rosa eilte in die Flughafenhalle. Kurze Zeit später kam sie wieder zum Vorschein, Arm in Arm mit einem gutgelaunten, rotwangigen Mann, der ohnehin überdurchschnittlich groß und kräftig war, neben ihr jedoch regelrecht hünenhaft wirkte. Von seinem Mundwinkel wippte eine geschwungene Meerschaumpfeife, und er erinnerte eher an einen bajuwarischen Dorfbürgermeister als an einen Wissenschaftler. Nachdem sie jedoch den Sumner-Tunnel hinter sich gelassen hatten und in der Innenstadt angekommen waren, hatte Sarah begriffen, warum Rosa von Ken Mulhollands Hingabe an seine Arbeit mit einer Bewunderung sprach, die an Ehrfurcht grenzte.
»Unser kleines Virus hat leider nicht viele Spuren im Blut dieser Lady hinterlassen«, sagte Mulholland, dem man anhörte, daß er aus dem Mittelwesten kam. »Aber es ist da, und zwar verdammt lebendig. Wir haben unseren Freund fürs erste George genannt, bis wir ihn näher bestimmt und einen wissenschaftlichen Namen für ihn haben. Natürlich hätten wir ihn genausogut Georgia nennen können. Der erste Hinweis, den wir auf die Existenz von George erhielten, war indirekter Art – ein Antikörper, völlig anders als alle, die wir kennen. Inzwischen haben wir ein paar richtige Fotos von dem Kleinen, Aufnahmen, die wir mit dem Elektronenmikroskop gemacht haben. Sieht gut aus. Ein echter Filmstar. Könnte zur Klasse der Adenoviren gehören. Heute wollen wir die chemische Analyse seiner DNA durchführen. Soweit wir das bisher beurteilen können, stimmt seine DNA-Kette genau mit der überein, die wir aus der ersten Blutprobe von Lisa Grayson erhalten haben. Wie lange brauchen wir noch zu Ihrem Krankenhaus, Dr. Baldwin?«

»Zehn Minuten. Höchstens. Hören Sie. Ich fürchte, wenn ich mit jemandem spreche, dem ich bereits soviel Dankbarkeit schulde, muß ich darauf bestehen, mit ›Sarah‹ angeredet zu werden.«

»Also gut, Sarah – und Sie auch, Rosa –, dann will ich mal die restliche Zeit bis zu unserer Ankunft nutzen, um Ihnen beiden darzulegen, womit wir es zu tun haben und was wir heute zu erreichen versuchen. Ich bin froh, daß ich mich dazu entschlossen habe, die Untersuchungen hier in Boston durchzuführen. Die Arbeit wird mir viel leichter fallen, wenn ich nicht dauernd aufpassen muß, wer mir über die Schulter sieht. Ich habe den Bildschirm an dem Rechner in unserem Labor ausgeschaltet und das Modem unter einem Papierstapel versteckt. Mein Chef – oder auch Ihrer, Rosa – könnte neben dem Computer stehen, ohne zu merken, daß dort Daten abgezapft werden.«

»Vielen Dank für die Mühe, die Sie sich machen«, sagte Sarah.

»Ich bin nur vorsichtig. Rosa ist ein Star. Es wird Zeit, daß noch ein paar andere Leute außer mir das begreifen. Also gut. Es steht außer Frage, daß Ihre Lisa Grayson an irgendeiner leichten Virusinfektion leidet.«

»Und es ist kein allgemein bekanntes Virus?« fragte Rosa.

Mulholland schüttelte den Kopf. »Wohl kaum. Wir werden Georges DNA vollständig analysieren, sobald wir Ihren Computer in Gang gesetzt haben. Aber ich kann Ihnen jetzt schon sagen, daß George, wer oder was immer er sein mag, in keinem der Bücher steht, in denen ich nachgesehen habe. Er könnte immer noch ein natürliches Virus sein, das wir einfach noch nicht kennen. Aber das bezweifle ich. Ich tippe eher auf etwas von Menschenhand Geschaffenes. Wenn wir Glück haben, werden wir heute mittag Gewißheit haben.«

»Und was dann?« fragte Sarah.

»Nun, angenommen, wir sind mit unserer DNA-Analyse fertig und haben immer noch den Verdacht, daß George kein Geschöpf Gottes, sondern eine von Menschen geschaffene Kreatur ist, dann schätze ich, ist es an der Zeit, einen Crashkurs in Sachen *Diamond versus Chakrabarty* zu machen.«

»Was soll das denn heißen?«
Der Virologe deutete mit einem respektvollen Kopfnicken auf Rosa Suarez.
»Tja«, sagte er, »es geht um diese kleinen, hungrigen Bakterien, die Ölteppiche fressen. Ich denke, daß Dr. Suarez Ihnen alles darüber erzählen wird, wenn wir erst einmal an den Punkt kommen, denn sie ist diejenige, die unsere Abteilung damit bekannt gemacht hat. Aber bevor wir etwas in Sachen *Diamond versus Chakrabarty* unternehmen können, brauchen wir erst mal ein genaueres biochemisches Bild von George.«
Sarah hielt am Sicherheitstor des MCB-Geländes.
»Wir wollen nur ein paar Sachen abliefern, Joe«, log sie. »Wir brauchen höchstens eine halbe Stunde.«
Innerhalb des Krankenhausgeländes einen Parkplatz zu finden, war nie besonders schwierig, aber an dem Wachmann kam man häufig nur mit List und Tücke vorbei. Doch heute hatte Sarah keine Hemmungen. Sie fand einen Parkplatz direkt hinter dem Thayer-Flügel.
»Willkommen im Medical Center of Boston, Dr. Mulholland«, sagte sie.
Am anderen Ende des Geländes saßen Bauarbeiter auf den Absperrungen vor dem alten, baufälligen Chilton Building.
»Ist das das Gebäude, das in die Luft gesprengt werden soll?« wollte Rosa wissen.
»Soweit ich das verstanden habe, soll es eine Implosion werden«, sagte Sarah. »Nächsten Samstag. In der Presseerklärung des Krankenhauses hieß es, der Experte, der den Abriß vornehmen soll, sei der Beste der Welt. Er behauptet, daß nicht ein einziger Stein über die Absperrungen hinausfliegen wird.«
»Das wird ja ein hübsches Spektakel werden«, sagte Mulholland.
»So ziemlich alles, was hier passiert, ist ein Spektakel. Glenn Paris, der Klinikchef, der uns heute den Computer zur Verfügung stellt, ist derjenige, der die Atmosphäre hier in erster Linie bestimmt. Diesmal läßt er tatsächlich Tribünen aufbauen. Außerdem ver-

anstaltet er eine Tombola, und der erste und einzige Preis ist das Privileg, auf den Knopf drücken zu dürfen. Ich hab auch fünf Lose gekauft.«
»Klingt ja spannend«, sagte Rosa. »Also, wenn ich dann noch da bin, komme ich vielleicht auch mit und sehe mir das an.«

Gegen Mittag standen sie kurz vor der endgültigen Identifizierung des künstlichen DNA-Virus, das Mulholland George getauft hatte. Bis auf eine fünfminütige Pause, in der er sich die Beine vertreten hatte, war der Virologe nicht von seinem Bildschirm gewichen. Rechts neben ihm, ebenso intensiv in ihre Arbeit vertieft, saß Rosa Suarez mit einem Taschenrechner und führte Wahrscheinlichkeitsrechnungen durch, während sie sich auf einem Schreibblock Notizen machte und Ergebnisse festhielt. Sarah, die sich teilweise wie das fünfte Rad am Wagen fühlte, kam und ging, suchte zwischendurch ihre Patienten in der Klinik auf und versuchte, das Material für einen Artikel zu lesen, an dem sie zur Zeit arbeitete. Wenn sie in das kleine Büro zurückkehrte, brachte sie Kaffee oder Cola und Hörnchen mit – die Rosa jedesmal höflich ablehnte, während Mulholland alles gierig verschlang, ohne jemals auch nur den Blick von seinem Bildschirm zu nehmen, um zu sehen, was er überhaupt aß. Er war etwa zwanzig Jahre jünger als Rosa, aber es war nicht zu übersehen, daß die beiden gern zusammenarbeiteten. *Zusammen haben die ungefähr dreihundert IQ-Punkte*, dachte Sarah. *Wahrscheinlich noch mehr.* Sie verspürte plötzlich eine ungeheure Wut über die Leute, die so dreist, arrogant und selbstsüchtig unmoralisch gewesen waren, die Forschungsergebnisse der beiden zu manipulieren.
»Okay«, sagte Mulholland, die Augen immer noch starr auf den Bildschirm gerichtet, »das ist die nächste Sequenz. A–T, A–T, C–G, A–T.«
A–T: Adenin und Thymin; C–G: Cytosin und Guanin. Die paarigen Desoxyribosebasen, die den Grundstein jeglichen Lebens bildeten. Sarah erinnerte sich vage an das, was sie im Grundstu-

dium über Funktion, Struktur und Reproduktion der DNA gelernt hatte. Aber diese beiden und die Biochemikerin in Atlanta bewegten sich in Bereichen, die Sarahs Horizont bei weitem überstiegen. An ihrem Ende der Modemverbindung hatte die Chemikerin in Atlanta – eine Frau namens Molly – die DNA-Kette mit Hilfe spezieller Enzyme in kleine Abschnitte zerlegt. Nachdem diese Segmente genau bestimmt waren, wurden sie per Computer aneinandergereiht, um die komplexe, dreidimensionale DNA-Doppelhelix zu rekonstruieren, die im Prinzip nichts anders war als das Virus selbst. Jedesmal wenn Rosa und Mulholland neue Daten erhielten, fügten sie diese in das Modell ein, das sie an ihrem Bildschirm konstruierten, und verglichen das Ergebnis mit den bisher bekannten Strukturen.
Sarah sah Ken Mulholland zu, wie er ein Salami-Sandwich verschlang, während er mit vollem Mund die neueste Kombination von Phosphaten und Desoxyribose an Rosa weitergab.

Das ist alles, Ken. Mehr Informationen gibt's nicht, das ist George. Ich bin fertig ... und am Verhungern.

Viel Glück.
Molly

Die Botschaft erschien auf dem Bildschirm, gefolgt von einem Cartoon, in dem zwei irre Wissenschaftler, die ihrerseits unter einer riesigen Mikroskoplinse saßen, mit Stielaugen in ein Mikroskop starrten. Jetzt übernahm Rosa die Tastatur, um die letzten Informationen mit den bekannten Viren zu vergleichen. Schon nach wenigen Minuten schüttelte sie den Kopf.
»Unser Virus ist nicht dabei«, sagte sie.
Mulholland rieb sich die Augen und drehte sich mit seinem Stuhl zu Sarah um.
»George ist ein Adenovirus, dem man ein paar Teile hinzugefügt hat«, sagte er.

»Er ist künstlich, also auf biochemischem Weg hergestellt«, sagte Rosa. »*No es di Díos.* Nicht von Gott geschaffen. Die Fragen, die sich nun stellen, sind: *Wer hat ihn gemacht?* und *Hat George etwas mit der DIC zu tun?*«

»*Diamond versus* ...« Sarah wollte sich an dem zweiten Namen des Falles versuchen, aber Mulholland ersparte ihr die Mühe.

»Chakrabarty«, sagte er. »Rosa, wollen Sie ihr das erklären?«

»Nein, nein. Machen Sie das lieber.«

»Sie ist viel zu bescheiden«, sagte Mulholland. »Okay. *D. versus C.* ist der Modellfall für die Patentierung von neuen Lebensformen. Ananda Chakrabarty war ein Mikrobiologe, der für General Electric gearbeitet hat. In den frühen siebziger Jahren hat er das natürlich vorkommende Bakterium *Pseudomonas aeruginosa* genetisch verändert. Das auf diese Weise künstlich hergestellte Bakterium war in der Lage, eine Reihe von Kohlenwasserstoffen zu zersetzen, die in Rohöl vorkommen, indem es die chemischen Verbindungen auflöste, das heißt, es konnte einen katastrophalen Ölteppich in Fischfutter verwandeln. Die Erfindung war theoretisch Hunderte von Millionen wert. Aber das US-Patentamt weigerte sich, das Biest zu patentieren. 1980 hat der Oberste Gerichtshof die Entscheidung allerdings aufgehoben, mit der Begründung, daß es im Prinzip keinen Unterschied macht, ob jemand eine bessere Mausefalle erfindet oder eine bessere Mutation.«

»Und was hat das mit unserem Fall zu tun?« fragte Sarah.

»Nun, vielleicht hilft es uns überhaupt nicht«, erwiderte Mulholland. »Andererseits, wer weiß? An diesem Punkt jedenfalls ist Rosa eingeschaltet worden. Wenn die Genlabors wie die Pilze aus dem Boden schießen, ist es durchaus möglich, daß diese künstlichen Lebensformen früher oder später eine Epidemie auslösen. Die Andromedaviren in dem Roman kamen aus dem All. Aber in Wirklichkeit brauchen wir gar nicht so einen Riesenaufwand zu betreiben. Rosa hat also mit dem Patentamt vereinbart, daß sie uns alle Daten zur Verfügung stellen. Jedesmal wenn eine neue Lebensform patentiert wird, erhalten wir eine genaue Beschreibung.«

»Nach dem Gesetz«, erklärte Rosa, »muß die Patentbeschreibung so detailliert sein, daß die Lebensform von einem Experten jederzeit identifizierbar und reproduzierbar ist. Inzwischen arbeiten die meisten Genlabors direkt mit uns zusammen, indem sie uns die Beschreibungen ihrer neuen Mikroben liefern und uns über ihre Arbeit auf dem laufenden halten, so daß wir alle in unsere Datenbanken aufnehmen können.«
»Unglaublich«, sagte Sarah. »Das heißt also, Sie können sich jetzt in Ihre Datenbank in Atlanta einschalten und feststellen, ob es eine Entsprechung gibt. Haben Sie denn so viele neue Lebensformen gespeichert?«
»Ich sage Ihnen besser nicht, wie viele«, sagte Mulholland.
»Möchten Sie eine Pause machen, bevor Sie damit anfangen?« fragte Sarah. »Wir müssen mindestens eine Stunde einkalkulieren, um Sie zum Flughafen zurückzubringen.«
»Wenn das so ist, esse ich lieber im Flugzeug«, sagte der Virologe. »Oder hab ich schon zu Mittag gegessen? Egal. Diese Sache sollte nicht allzu lange dauern, dank dem vielen Geld, das wir Uncle Sam für den Großrechner aus den Rippen geleiert haben. Rosa, wollen Sie das machen?«
»Seria mi placer«, erwiderte Rosa. »Wir gehen folgendermaßen vor, Sarah. Wir fangen da an, wo wir die größte Übereinstimmung haben, in diesem Fall mit dem Virustyp, der als Ausgangsmaterial verwendet wurde.« Rosa tippte

Adenovirus

auf den Bildschirm und drückte auf die Eingabetaste. »Dann arbeiten wir uns immer weiter nach unten vor. Sobald wir an einen Punkt gelangen, an dem es keine Übereinstimmung mehr gibt, ist das Spiel aus. Eigentlich könnte der Computer den ganzen Prozeß selbständig durchführen, aber es macht mir Spaß, das Abenteuer mitzuerleben.«
»Sie liebt das Abenteuer«, sagte Mulholland ehrfürchtig.

Stück für Stück tippte Rosa Georges DNA-Kette ein und gab dem Hauptrechner in Atlanta den Befehl, nach Entsprechungen zu suchen. Entgeistert registrierte Sarah, wie viele rekombinante Viren es gab. *Und die Genforschung steckt noch in den Kinderschuhen!* Die Anzahl der Entsprechungen wurde rasch geringer.
»Okay«, sagte Rosa, »das nächste Stück müßte uns Gewißheit bringen.«
Sie gab die nächste Sequenz von Georges DNA-Kette ein, und etwa eine Sekunde später erschien

keine Übereinstimmung

auf dem Bildschirm.
»Verdammt«, flüsterte Rosa.
Kaum hatte sie das Wort ausgesprochen, als die nächste Botschaft auf dem Monitor erschien:

Typ vermutet – überprüfen Sie die Angaben oder wiederholen Sie Ihre Eingabe

»Wir müssen den Namen dieser Programmiererin herausfinden und ihr eine Gehaltserhöhung geben«, meinte Mulholland.
»Ich konnte noch nie richtig tippen«, brummte Rosa, während sie ihre Notizen überprüfte und ihre Eingabe wiederholte. »Nächstes Mal lassen wir das den Computer doch alleine machen.«
Innerhalb von Sekunden erschienen neue Daten auf dem Bildschirm.

unbekannter Virustyp stimmt mit Eingabenummer AC99344542 überein; Übereinstimmungswahrscheinlichkeit 100% – bitte geben Sie die Nummer und Ihren Sicherheitscode ein, um fortzufahren.

»Treffer«, sagte Rosa.
Sie machte die geforderten Eingaben, und im nächsten Augenblick hatte George einen neuen Namen ... und eine neue Heimat.

CRV113 – BIO-Vir Corporation, 4256 New Park, Cambridge MA 02141; (617) 445-1500; U.S. Patent # 5,665,297; RDV332,210 (1984). Adenovirus in Verbindung mit Genen, die Thrombin/Thromboplastin produzieren; mögliche Anwendungsgebiete: schnelle Wundheilung, Hämostasis. Keine weiteren Informationen.

Rosa wandte sich wieder an Sarah. Der Gesichtsausdruck der Epidemiologin war zugleich triumphierend und grimmig.
»Thrombin«, sagte sie. »Wenn ich mich nicht gewaltig irre, ist das der Faktor II im biologischen Ablauf der Blutgerinnung.«
»Und Thromboplastin ist ebenfalls ein Gerinnungsfaktor«, rief Sarah aufgeregt. »Rosa, das ist es. Ich bin mir ganz sicher.«
Rosa war bereits dabei, die Nummer der Firma BIO-Vir zu wählen.
»Tja, das war einfach«, meinte sie nach einem kurzen Gespräch. »Morgen früh um zehn habe ich einen Termin mit Dr. Dimitri Athanoulos, dem Präsidenten von BIO-Vir.«
»Ich wünschte, ich könnte Sie begleiten«, seufzte Sarah. »Aber ich habe einen Patiententermin und die übrige Zeit Bereitschaft.«
»Glücklicherweise habe ich keine derartigen Verpflichtungen«, sagte Mulholland. »Meine Frau und meine Kinder können ein bißchen Erholung von mir gebrauchen. Und das will ich mir auf keinen Fall entgehen lassen. Hat Ihre Vermieterin vielleicht noch ein Zimmer frei?«
»Falls nicht – ich habe ein Doppelbett«, antwortete Rosa mit einem Augenzwinkern.

KAPITEL 32

Black Cat Daniels war sich vollkommen darüber im klaren, daß er sich auf gefährliches Terrain vorwagte. Sarah hatte das Vergleichsangebot von Roger Phelps, dem Gutachter der Versicherungsgesellschaft, abgelehnt. Entweder wurden alle Anklagepunkte gegen sie fallengelassen und keine Entschädigung gezahlt, oder sie würde den Prozeß auf eigene Kosten fortführen. Und trotz der Liebesbeziehung zwischen ihm und Sarah, die von Tag zu Tag intensiver wurde, hatte Matt sich entschlossen, seine Klientin weiterhin zu vertreten. Er mußte sich jedoch inzwischen eingestehen, daß er sich nichts sehnlicher wünschte, als den Prozeß endlich hinter sich zu haben. Im Grunde genommen wäre es ihm am liebsten gewesen, Sarah hätte einfach gesagt: »Bezahl den Mann. Bezahl ihm die zweihunderttausend und leg den Fall zu den Akten. Ich möchte dich endlich besser kennenlernen, ohne diesen Prozeß im Nacken.«

Seine »Kristallkugel«, die Plastikbillardkugel mit der Nummer 8, die auf seinem Schreibtisch lag, diente als Briefbeschwerer. Harry hatte sie ihm einmal zum Vatertag geschenkt. Sein Verstand sagte Matt, daß diese Kugel nichts anderes war als ein Spielzeug – ein mit Wasser gefüllter Plastikball, der ein schwimmendes Oktaeder oder so etwas Ähnliches enthielt. Sie wurde bereits seit Jahrzehnten hergestellt und verkauft – und zwar millionenfach. Und diese eine Kugel hatte mit Sicherheit keine größeren wahrsagerischen Fähigkeiten als all die anderen.

»Werden wir diesen Fall gewinnen?« fragte er, während er die Kugel in seiner Hand wiegte.

Wenn irgend jemand wüßte, wie viele wichtige Entscheidungen er in seinem Leben schon getroffen hatte, nachdem er diese Kugel befragt hatte, würde man ihm wahrscheinlich die Approbation entziehen, dachte er.

Frag mich später noch mal, antwortete die Kugel.

Roger Phelps war, wie zu erwarten, wütend über Sarahs Entscheidung, den Prozeß trotz seines Vergleichsangebots weiterzuführen. Matt wußte, daß ihre Sturheit bei der Versicherungsgesellschaft Zweifel über die zweihunderttausend Dollar aufkommen lassen würde, die Phelps als Vergleichssumme vorgeschlagen hatte. Und diese Zweifel würden fortbestehen, solange der Prozeß andauerte – Monate oder sogar Jahre. Wenn Sarah den Prozeß verlor und zu einer hohen Entschädigungssumme verurteilt wurde, war Phelps der Held des Tages. Gewann sie ihn aber, hatte Phelps einen Bock im Wert von etwa zweihunderttausend Dollar geschossen. Selbst für jemanden, der weniger arrogant war als Phelps, wäre das ein verdammt teures Schützenfest.

Aber Matt wußte auch, daß für ihn dieses Spiel nicht weniger riskant war als für Phelps. Als erstes würde er Sarah als seine Klientin zur Kasse bitten müssen, um den Schein zu wahren, falls jemand seine Motive und sein Berufsethos in Frage stellen sollte. Wenn er vor Gericht unterlag, konnte man ihm vorwerfen, er hätte Sarah dazu überredet, den Prozeß fortzuführen, um weiterhin sein Honorar einzustreichen; sollte er gewinnen, würde dieser Prozeß ihm nicht mehr einbringen als ein bißchen gute Werbung. So wie es zur Zeit aussah, hatte er an dem Fall *Grayson vs. Baldwin* seinen letzten Dollar verdient.

Hinzu kam, daß Matt wahrscheinlich, unabhängig vom Ausgang dieses Prozesses, seinen letzten Kunstfehlerprozeß für die MMPO bestritten hatte. Nachdem Phelps auf einen Vergleich gedrungen hatte, war das, was Matt ursprünglich für einen Durchbruch gehalten hatte, der ihm grenzenlose Möglichkeiten zu eröffnen schien, nun zum Scheitern verurteilt. Er schnappte sich seinen Ball und seinen Handschuh und begann, in seinem Zimmer auf und ab zu gehen. Da er seine Kreditkarten bis zum Anschlag überzogen hatte und vorerst mit der Arbeit an Sarahs Fall ausgelastet war, wußte er kaum, wie er Harry einen Flug an die Ostküste finanzieren sollte, damit sie Thanksgiving oder Weihnachten zusammen verbringen konnten. Wäre er in Ruhe gelassen worden, hätte er Sarahs Prozeß möglicherweise sogar gewinnen und nebenher mit anderen Dingen Geld verdienen können. *Warum zum Teufel hatte Phelps ihn nicht in Frieden lassen können?* Sein Anwaltshonorar wäre weit unter zweihunderttausend Dollar geblieben, und Mallons Anklage begann immer mehr zu bröckeln. *Warum hatte Phelps das nicht gesehen?*

Irgend etwas stimmt an der ganzen Sache nicht, dachte Matt. *Warum verschloß Phelps die Augen vor der Gefahr, daß die Familien von Alethea Worthington und Constanza Hidalgo ähnliche Entschädigungssummen fordern könnten?* Der gesunde Menschenverstand sagte einem doch, daß sie das tun würden. Phelps' Schachzug würde ihn nicht zweihunderttausend, sondern sechshunderttausend Dollar kosten. In Anbetracht dessen, was Matt bisher erreicht hatte, und angesichts des Potentials von Rosa Suarez' Nachforschungen, war es eine verdammt vorschnelle und unsinnige Entscheidung, sechshunderttausend Dollar zu verschenken.

Irgend etwas stimmte nicht.

Fünf Minuten lang ging Matt in seinem Büro auf und ab und knallte dabei den Ball immer wieder in seinen Handschuh. Die Ursache seiner Beunruhigung war immer noch vage – wie Nebelschwaden in seinen Gedanken. Er mußte an die außergerichtliche Anhörung von Peter Ettinger denken. Er hatte fast den ganzen Tag – eigentlich sogar fast die ganze letzte Woche – damit zugebracht, die fünf Zentimeter dicke Akte über diesen Anhörungstermin zu studieren. Vieles kannte er bereits auswendig. Vielleicht war es gar nicht Roger Phelps, der ihn beunruhigte, sondern irgend etwas, das Ettinger gesagt hatte. *Irgend etwas ...*

Die Geräusche, die der Ball machte, wenn er auf das Leder traf, waren mittlerweile so scharf wie Gewehrschüsse. Matts Handfläche begann unter dem dünnen Leder zu schmerzen. Sein Problemlösungsritual drohte ihm die Knochen seiner Hand zu ruinieren. Aber das Ritual aufzugeben, kam nicht in Frage. Black Cat Daniels gab niemals ein Ritual auf, es sei denn, es verfehlte vollkommen seine Wirkung. Er würde einen Schwamm als Polsterung in den Handschuh stecken müssen, so wie er es immer tat, wenn er mit Ricky und den Jungs spielte. Oder er mußte sich besser in den Griff bekommen und seine Würfe etwas sanfter ausführen. Was zum Teufel machte ihm so zu schaffen? Irgendeine merkwürdige Formulierung in einer von Ettingers Antworten? Irgendeine seltsame Anspielung? *Irgend etwas* ...

Die Gegensprechanlage aus dem Wartezimmer schaltete sich ein.

»Mr. Daniels«, sagte Ruth. »Ich gehe jetzt. Sie wissen doch noch, daß ich heute früher gehen muß?«

»Nein, Ruth, ich hab's vergessen. Aber es ist schon in Ordnung. Bestimmt haben Sie es mir gesagt. Ich wünsche Ihnen viel Spaß.«

Ruth war ein weiteres Problem, mit dem er sich würde auseinandersetzen müssen. Sie war seit dem ersten Tag in seiner Kanzlei, und er fühlte sich ihr gegenüber verpflichtet. Aber sie tratschte mit seinen Klienten über alles und jedes, und bisher gab es keine Anzeichen, daß sie ihr Verhalten ändern würde. Was er zum Teil von seinen Klienten zu hören bekam, war regelrecht peinlich. Und wie die Dinge sich entwickelten, konnte er über kurz oder lang vor der Entscheidung stehen, entweder ihr Gehalt zu bezahlen oder ein Flugticket für Harry. Phelps, du Scheißkerl!

»Wie meinen Sie das, Mr. Daniels, ›Ich wünsche Ihnen viel Spaß‹? Ich habe Ihnen doch gesagt, daß ich zum Zahnarzt muß. Beim Zahnarzt hat man keinen ...«

»Ruth, das ist es!«

»Was?«

»Der Zahnarzt. Das ist es. Das ist es, was mich die ganze Zeit verrückt gemacht hat. Sie haben sich eben eine Gehaltserhöhung verdient ... Oder, wenn ich's mir recht überlege, gebe ich Ihnen lieber einen freien Tag extra.«

Die Sekretärin murmelte ein paar verwirrte Dankesworte, aber Matt hörte sie gar nicht mehr. Er hatte seinen Handschuh und den Ball auf einen Stuhl gelegt und blätterte noch einmal in der Akte über die Anhörung. Aber diesmal suchte er nicht nach einer Antwort von Ettinger, sondern nach etwas, das Jeremy Mallon gesagt hatte. Er brauchte fast zwanzig Minuten, aber schließlich fand er es.

D: »Auch die Versandabteilung?«

E: »Ja, in einem separaten Gebäude. Auch der Versand geht von Xanadu aus.«

D: »Mr. Ettinger, wieviel Geld scheffeln Sie eigentlich mit diesem Pulver?«

M: »Einspruch. Peter, beantworten Sie das nicht. Mr. Daniels, Form und Inhalt dieser Frage sind absolut amateurhaft. Bisher habe ich in Anbetracht der Tatsache, daß dies, abgesehen von einem falsch eingesetzten Backenzahn oder so ähnlich ...«

Matt nahm einen gelben Marker von seinem Schreibtisch und kennzeichnete Mallons Worte. Woher wußte sein Gegner von seinem einzigen Kunstfehlerprozeß? Es gab nur *eine* Antwort auf diese Frage, die einen Sinn ergab – nur eine einzige.

Matt nahm den Telefonhörer ab und wählte die Nummer der Versicherungsgesellschaft.

»Mr. Phelps bitte. Rechtsanwalt Matt Daniels am Apparat ... Phelps, hören Sie zu. Ich habe mit Sarah Baldwin gesprochen, und sie ist bereit, ihren Standpunkt gegenüber diesem Vergleichsangebot zu revidieren. Was halten Sie davon, wenn wir beide uns morgen früh treffen, um die Einzelheiten zu besprechen? Sagen wir, acht Uhr in meinem Büro? ... In Ordnung, Roger. Wunderbar. Wie gut, daß wir endlich ein paar Dinge klären können.« Er legte den Hörer auf und fügte hinzu: »Vor allem, warum man mir den Fall übertragen hat.«

Noch einmal nahm Matt die Billardkugel in die Hand.

»Bin ich der Trottel des Jahrzehnts, weil ich nicht gemerkt habe, was die mit mir vorhatten?« fragte er laut.

Die Antwort lautet zweifellos ja.

* * *

CRV113 in Lisa Graysons Blut zur Zeit ihrer DIC-Erkrankung sowie dreieinhalb Monate später. Im Schwesternzimmer auf der gynäkologischen Abteilung notierte Sarah sich die Kombination »CRV113« auf einem Notizblock. *CRV113 – ein künstliches Virus, vor Jahren in einem Laboratorium in Cambridge hergestellt.* Sie mußte noch ihre Visite machen und ein paar Berichte schreiben, aber nach der Entdeckung des Virus war sie kaum in der Lage, sich zu konzentrieren. Wie schon seit Monaten verhielten sich die meisten Schwestern ihr gegenüber sehr distanziert. Sarah spürte ständig ihre Ablehnung. Aber an diesem Nachmittag belastete sie das nicht so sehr wie sonst. Endlich fügte sich alles zusammen. Das Ende des Alptraums war in greifbare Nähe gerückt. *CRV113 – entwickelt, um die Blutgerinnung zu beschleunigen.* Wie sollte eine Infektion mit einem solchen Virus *nicht* die Ursache für Lisas DIC sein?

»Dr. Baldwin.«

Joanne Delbanco, die Schwester, die Sarah angesprochen hatte, war etwa in ihrem Alter. Früher hatten sie sich gut verstanden und waren sogar einmal zusammen essen gegangen. Jetzt redeten sie kaum noch miteinander. Ein weiteres Opfer von CRV113.

»Ah, hallo Joanne«, sagte Sarah betont freundlich.

»Dr. Baldwin, Sie haben Besuch. Eine Frau. Sie will Sie unbedingt sehen, und sie scheint sehr aufgeregt zu sein. Ich habe sie in Ihr Sprechzimmer geschickt. Sie wollte mir aber nicht sagen, worum es geht.«

»Danke.« Die Schwester drehte sich wortlos um und verschwand.

Das Arztzimmer der gynäkologischen Abteilung lag am anderen Ende des Flurs. Unterwegs dorthin ging Sarah in Gedanken die

Liste der Frauen durch, die sie möglicherweise sprechen wollten. Annalee Ettinger war nicht darunter.
»O Gott, ich bin ja so froh, daß du da bist«, sagte Annalee.
In Nachthemd und Morgenmantel lag sie auf dem Rücken, mit angezogenen Beinen auf dem schmalen Bett. Ihre Wangen waren von Tränen feucht. Sarah setzte sich neben sie und legte ihre Hand auf Annalees schwangeren Bauch. Selbst durch den Morgenmantel spürte sie die unregelmäßigen Kontraktionen.
»Halt meine Hand fest, bis es vorüber ist«, sagte Sarah. »Hab keine Angst, Annalee. Es wird alles gut werden.«
Fast eine Minute verging, bis die Spannung in Annalees Bauchdecke nachließ. Sarah erinnerte sich an ihr Gespräch vom 5. Juli und versuchte, in Gedanken auszurechnen, wie weit die Schwangerschaft fortgeschritten war. Dreiunddreißigste, vielleicht vierunddreißigste Woche, schätzte sie.
»Wie oft kommen die Wehen?«
»Alle acht oder neun Minuten«, sagte Annalee. »Schon seit Wochen hab ich immer wieder Wehen. Aber jetzt schon seit zwölf Stunden am Stück.«
»Hast du Fruchtwasser verloren?«
»Nein.«
»Fieber, Schüttelfrost?«
»Nein.«
»Blutungen?«
»Nein.«
»Wo ist Taylor?«
»Ob du's glaubst oder nicht, er ist in Ostafrika mit seiner Band. Die Tour dauert noch zwei Wochen. Ich weiß nicht genau, wo sie im Moment sind. Er wollte die Tournee absagen und hier bleiben, weil ich immer wieder diese Wehen hatte. Aber ich hab ihm gesagt, er soll fahren. Wie blöd von mir.«
»Ist schon gut, Annalee. Geh nicht so hart mit dir ins Gericht. Du hast das Richtige getan. Und was ist mit Peter?«
»Er – er weiß nicht, daß ich hier bin. Er hat sich geweigert, mich

ins Krankenhaus zu bringen, obwohl ich ihm gesagt habe, daß es noch zu früh ist für eine Geburt. Schließlich hab ich eine Freundin angerufen und bin aus meinem Schlafzimmerfenster geklettert. Sie hat mich auf der Straße aufgelesen und hierhergebracht. Sarah, Peter ist verrückt.« Ihre Augen füllten sich wieder mit Tränen. »Er hat diese beiden Hebammen aus Mali für mich einfliegen lassen. Sie haben mir eine Art Tee gegeben, der angeblich meine Wehen hemmen soll. Einmal hab ich deinen Namen erwähnt, nur ein einziges Mal, und er ist sofort an die Decke gegangen. Er hat gesagt, wenn ich dich aus welchem Grund auch immer treffe, brauche ich nicht mehr zu ihm nach Hause zu kommen.«

Sarah nahm ihre schluchzende, verängstigte Freundin in die Arme. »Mach dir über Peter keine Gedanken. Wir müssen jetzt nur an dein Baby denken. Du hast eindeutig Wehen, und das ist sechs bis sieben Wochen zu früh. Wenn das Baby jetzt geboren würde, wäre das zwar nicht unproblematisch, aber auch keine Katastrophe. Am besten wäre es natürlich, wenn das Baby noch ein paar Wochen dort bliebe, wo es ist.«

»Was kann ich denn tun? Kannst du die Wehen aufhalten? Ich – ich bin nicht krankenversichert. Peter hat immer alles bezahlt ... Sarah, ich glaub, es geht schon wieder los.«

»Okay, bleib ruhig, Annalee«, flüsterte Sarah und streichelte ihr die Stirn. »Eine Wehe nach der anderen und eine Frage nach der anderen.«

Sie warf einen Blick auf die Uhr. Sechseinhalb Minuten seit der letzten Wehe. Diesmal, vielleicht weil Sarahs Anwesenheit sie etwas entspannte, schloß Annalee die Augen und atmete ruhig durch die Kontraktion.

»Annalee, mach dir keine Gedanken wegen der Versicherung«, sagte Sarah. »Mach dir über gar nichts Sorgen. Ich werde dir hier ein Bett beschaffen, und ich werde veranlassen, daß sich einer unserer Geburtshelfer um dich kümmert. Ich denke, ich kann sogar unseren Chefarzt dazu überreden, dich zu betreuen. Er heißt Dr. Snyder.«

»Und was wird er mit mir machen?«
»Nun, ich schätze, er wird dir eine Infusion legen und dir ein Medikament geben, das die Wehen hemmt und die Schwangerschaft verlängert. Zuerst muß er dich aber gründlich untersuchen. Wir können nämlich nicht nur feststellen, in der wievielten Woche du bist, sondern auch, wie weit das Baby schon entwickelt ist, vor allem, wie weit seine Lungen ausgebildet sind. Anhand der Lungenreife entscheiden wir, ob eine Frau, die frühzeitige Wehen hat, ihr Kind zur Welt bringen kann oder nicht.«
»Könnt ihr die Lungen eines Babys untersuchen, bevor es geboren ist?«
»Das können wir«, sagte Sarah. »Das können wir sogar ziemlich gut.«
Annalee richtete sich auf und schlang die Arme um Sarah.
»Ich wußte, daß es richtig war, hierherzukommen«, sagte sie. »Ich wußte es.«
Sarah bat die Krankenhauszentrale, Randall Snyder auszurufen. Dann bestellte sie jemanden von der Aufnahme in das Arztzimmer der gynäkologischen Abteilung. Schließlich nahm sie das Stethoskop von einem Haken an der Tür und überprüfte die Herztöne von Annalees Baby.
»Dem Baby geht es gut«, sagte sie nach einer Weile. »Es geht ihm ausgezeichnet.«
»Das ist wunderbar. Ich fühle, wie es sich bewegt. Hör zu, Sarah, bitte, ruf Peter nicht an.«
»Na hör mal, ich arbeite für dich. Das heißt, du gibst hier die Befehle. Vielleicht möchtest du ihn aber wissen lassen, daß es dir gutgeht. Du brauchst ja nicht zu sagen, wo du bist. Ich weiß, daß er dich wirklich liebt. Nur mich kann er nicht ausstehen.«
»Das ist sein Problem. Weißt du, während du eben telefoniert hast, habe ich dich beobachtet und darüber nachgedacht, was du für wunderbare Dinge tust. Und das hat mich daran erinnert, wie du warst, als du anfangs zu uns kamst.«
»Und?«

»Sagen wir, du hast es weit gebracht, inzwischen. Verdammt weit.« Sarah umarmte Annalee noch einmal. Abgesehen von ihrem hervorstehenden Bauch und den vergrößerten Brüsten war Annalees Körper rank und schlank – kein loses Fleisch und kein Gramm Fett zuviel.

»Du hast dich aber auch ganz schön gemausert, Annalee«, meinte Sarah und erhob sich. Sie gab sich alle Mühe, ihre Besorgnis zu verbergen. »Und noch etwas. Wann hast du dieses Diätpulver von Peter eingenommen und wie lange?«

»Vor ungefähr vier Jahren, und ich hab es drei Monate lang genommen. Dr. Singh hatte das Pulver schon an ein paar Leuten getestet. Aber bevor Peter es mit ihm zusammen vermarktet hat, bestand er darauf, daß es an zehn oder zwölf Leuten getestet wurde, die er kannte. Zusammen haben wir ungefähr eine halbe Tonne abgenommen. Warum fragst du? Stimmt etwas nicht mit dem Pulver?«

»Nein, nein. Ich hab nur überlegt. Es ist nichts. Überhaupt nichts.«

»Na, das will ich hoffen«, sagte Annalee. »Ich hab nämlich die neuesten Zahlen gesehen, und danach haben mehrere hunderttausend Leute das Mittel genommen, seit es auf den Markt gekommen ist.«

»Ich weiß«, sagte Sarah und mußte unwillkürlich an eine Edelstahlschale denken, die den amputierten Arm einer jungen Frau enthielt. »Ich weiß.«

KAPITEL 33

26. Oktober

Als Matt um Viertel nach sieben in seinem Büro ankam, war er erfüllt von der gleichen nervösen Energie wie früher unmittelbar vor einem großen Spiel. Er hatte schon einen Dauerlauf über fünf Kilometer hinter sich – das gehörte zu dem Fitneßprogramm, das er sich auferlegt hatte, nachdem er in Chinatown von Sarah so fürchterlich blamiert worden war. Außerdem hatte er bereits den *Globe* und die Sportseiten im *Herald* gelesen und eine Viertelstunde lang Gameboy-Baseball trainiert – ein bemerkenswert realistisches Spiel, bei dem er sich zum Ziel gesetzt hatte, Harry wenigstens einmal im Leben zu schlagen.

Nach vier anstrengenden, verwirrenden Monaten begannen die Stücke in dem Puzzle *Grayson vs. Baldwin* allmählich zusammenzupassen. Rosa Suarez hatte gemeinsam mit einem Virologen der amerikanischen Seuchenschutzzentrale das genetisch veränderte Virus bestimmt, das in Lisa Graysons Blut entdeckt worden war, und seine Herkunft bis zu einer Firma in Cambridge zurückverfolgt. Das Virus, von der Firma BIO-Vir mit der Bezeichnung CRV113 versehen, war entwickelt worden, um Blutgerinnung und Wundheilung zu beschleunigen. Im Laufe des Vormittags hatten Rosa und Ken Mulholland einen Termin mit dem Direktor der Firma. Es konnte immer noch sein, daß die BIO-Vir-Bazille sich als falsche Fährte erwies, was Lisas DIC-Erkrankung anging. Angesichts ihres Herstellungszweckes schien die Wahrscheinlichkeit jedoch gering.

Und wenn er Glück hatte, würde Matt innerhalb der nächsten Stunde ein weiteres Puzzlestück in Händen halten. Er hatte seine

Hausaufgaben gemacht und die Szene in Gedanken mehrmals durchgespielt. Die Show konnte beginnen. Wenn er sich nicht sehr irrte, hatte Roger Phelps zwei Achillesfersen – Arroganz und Habgier. Jetzt kam es darauf an, ihn auf einem dieser Schwachpunkte zu treffen, ohne daß der Mann Verdacht schöpfte. Sollte das nicht funktionieren, gab es immer noch Plan B – den Frontalangriff, den er so meisterhaft gegenüber Sze-to inszeniert hatte. Bei dem Gedanken daran schmerzten seine Lenden noch immer. Er griff nervös nach seinem Handschuh und seinem Ball, als es leise an der Tür klopfte und Phelps das Wartezimmer betrat.

»Daniels?«

»Hier, Roger. Kommen Sie rein.«

Der Gutachter, in Anzug und Weste, klopfte an Matts Bürotür und trat ein. Matt wußte, daß Phelps trotz seiner dandyhaften Aufmachung berechnend und intelligent war – ein Mann, dem man mit Vorsicht begegnen mußte. Matt schenkte ihm eine Tasse Kaffee ein und bat ihn, ihm gegenüber am Schreibtisch Platz zu nehmen.

»Tja«, sagte Phelps, während er sich setzte, »wir haben also unsere Meinung geändert?«

»Dr. Baldwin hat wohl kalte Füße bekommen bei der Aussicht, vor Gericht zu gehen.«

»Sie dürfen sie ruhig Sarah nennen. Uns ist zu Ohren gekommen, daß Sie beide sozusagen per du sind.«

»Also, Roger, was zum Teufel soll ich mit dieser Bemerkung anfangen?«

»Nichts. Sie ist sehr attraktiv – auf eine burschikose Art. Ich könnte es Ihnen nicht verübeln, wenn Sie ein Verhältnis mit ihr hätten.«

Gleich als erstes eine kleine Machtdemonstration, dachte Matt. *Der Mann ist gut. Verdammt gut.*

»Ich will offen mit Ihnen reden, Roger, ich wäre dem nicht abgeneigt. Aber glauben Sie mir, da spielt sich nichts ab, bevor dieser Fall abgeschlossen ist.«

»Das ist klug. Ist das vielleicht der Grund, warum Sie sich doch auf den Vergleich einlassen wollen?«

»Schon möglich. Wie ich Ihnen bereits gesagt habe, bin ich davon überzeugt, daß wir gewinnen können.«
»Nun, offenbar sind wir da nicht so sicher wie Sie. Eine hübsche junge Frau mit einem toten Baby und einem amputierten Arm wirkt verdammt überzeugend auf eine Jury. Und wenn eine Jury einem Kläger recht gibt, fällt die Entschädigungssumme erfahrungsgemäß hoch aus.«
»Verstehe.«
»Das freut mich. Wie lautet also Ihr Angebot?«
»Im Namen meiner Klientin stimme ich Ihrem Angebot zu, ohne Eingeständnis irgendeiner Schuld. Aber ich mache mir gewisse Sorgen um meinen Ruf in dieser Sache. *Grayson vs. Baldwin* ist ein Fall, der sehr im Interesse der Öffentlichkeit steht. Wenn ich vor Gericht gehe und gewinne, werde ich auf Jahre hinaus im Geschäft sein – wenn nicht für Ihre Gesellschaft, dann für andere Versicherer oder auch direkt für die Kläger. Man kann weiß Gott mehr Geld damit verdienen, Ärzte zu verklagen, als damit, sie zu verteidigen.«
»Also?«
»Also würde ich es begrüßen, wenn Sie mir ein paar Fälle zuschieben könnten. Vielleicht eine Art Honorarvorschuß.«
»Mr. Daniels, Sie wissen, daß wir so etwas nicht tun.«
»Es gibt immer ein erstes Mal. Glauben Sie mir, wenn die Kasse stimmt, kann ich so gut oder so schlecht sein, wie Sie es wünschen.«
Matt war nicht entgangen, daß er mit seiner beiläufigen Bemerkung einen Nerv getroffen hatte. Phelps wurde blaß, hatte sich jedoch ebenso schnell wieder in der Gewalt.
»Ich denke, es ist das beste, wenn wir das Gespräch hier beenden«, sagte er.
Matt schob sich von seinem Schreibtisch zurück und rieb sich müde die Augen.
»Roger, ich bitte Sie. Ich brauche Ihre Hilfe«, sagte er. »Es macht mich verdammt nervös, so mit Ihnen zu reden, aber ich stecke in finanziellen Schwierigkeiten – in ziemlich großen finanziellen Schwierigkeiten.«

»Ich dachte, Sie wären ein berühmter Baseballstar.«
»So berühmt auch nicht, glauben Sie mir. Vor ein paar Jahren habe ich mich zu einem angeblich bombensicheren Immobiliengeschäft überreden lassen, das geplatzt ist. Sie wissen ja, wie das ist. Im Moment halte ich mich noch so gerade über Wasser. Also, wie ich schon sagte, ich brauche Ihre Hilfe.«
»Tut mir leid. Da ist nichts drin. Kein Vorschuß. Aber ich werde an Sie denken, wenn neue Fälle hereinkommen.«
Matt sah, daß der Mann allmählich Verdacht schöpfte. Es würde nicht leicht sein, ihn reinzulegen.
»Wissen Sie«, sagte Matt, »es gibt da eine Frage, die ich mir immer wieder stelle. *Warum hat Roger mir diesen Fall überhaupt gegeben?* Vor allem, als sich herausstellte, daß Jeremy Mallon, dieser Michael Jordan der Kunstfehlerprozesse, mein Gegner war. *Warum?* Schließlich, als ich einfach keine Antwort auf die Frage finden konnte, die mich nichtsdestotrotz weiterhin verfolgte, habe ich angefangen, ein paar Dinge zu überprüfen. Wußten Sie, daß Jeremy Mallon häufiger vor Gericht geht als jeder andere Kunstfehleranwalt in Boston? Es ist, als ob der Mann das Wort ›Vergleich‹ noch nie gehört hätte.«
»Aber jetzt strebt er doch einen Vergleich an«, sagte Phelps.
»Wissen Sie, was ich noch herausgefunden habe?« Matt fuhr fort, als ob er Phelps' Worte überhört hätte. Er hoffte, wenn er schnell und selbstsicher genug weiterredete, würde Phelps nicht merken, daß er sich lediglich auf seinen Instinkt verließ. »Ich habe herausgefunden, daß keiner der Anwälte, die in diesen Prozessen gegen Mallon antreten, mehr Erfahrung mit Kunstfehlerprozessen hat als ich. David gegen Goliath – jeder einzelne von uns. Verstehen Sie jetzt, was ich meine, wenn ich sage, ich kann so schlecht sein, wie Sie es wünschen? Roger, ich bin nicht auf einen Anteil an der Entschädigungssumme oder etwas Derartiges aus. Ich bin nicht habgierig. Ein netter Vorschuß würde mir schon genügen. Irgendeine Art von Garantie, daß dieses Geschäft weiterläuft.«
»Daniels, solche Anspielungen gefallen mir nicht. Außerdem ist

das, was Sie da von sich geben, kompletter Unsinn. Wie ich schon sagte, Mallon strebt ausgerechnet in Ihrem Fall einen Vergleich an.«
»Das tut er, weil er weiß, daß er den Prozeß verliert«, erwiderte Matt eisig. »Er weiß es, und Sie wissen es auch. Roger, begreifen Sie doch. Es geht mir nicht darum, Sie fertigzumachen. Ich will mit Ihnen zusammenarbeiten. Ich *muß* mit Ihnen zusammenarbeiten.«
Phelps musterte ihn einen Moment lang, offensichtlich seine Möglichkeiten abwägend. Dann sagte er: »Sie können mich mal.«
Scheißkerl, dachte Matt. Plan B rückte von Minute zu Minute näher. Er erhob sich, zog seinen Handschuh über und begann, den abgenutzten Ball hineinzuwerfen.
»Die Beweise sind eindeutig«, sagte er. »Jedes Mitglied einer Prüfungskommission, das seine fünf Sinne beisammen hat, kann zwei und zwei zusammenzählen und wird unweigerlich auf Sie kommen.« Er warf den Ball immer härter in seine Hand. »Wieviel von der Entschädigungssumme läßt Mallon Ihnen zukommen? Fünfzehn Prozent?«
»Daniels, Sie sind übergeschnappt.«
»Zwanzig? Fünfundzwanzig? Mallon wußte von dem Zahnarzt, Roger – den einzigen Kunstfehlerprozeß, den ich bisher bestritten habe. Ich hatte diesen Fall ein paar Leuten im Krankenhaus gegenüber erwähnt, aber die können Mallon auf den Tod nicht ausstehen. Von ihnen hat er das auf keinen Fall erfahren. Sie waren das, Roger. Mallon brauchte noch eine Flasche, gegen die er eine hohe Entschädigungssumme erstreiten konnte, und Sie haben ihm mich zum Fraß vorgeworfen.«
Matt wandte dem Gutachter seinen Rücken zu. Er improvisierte jetzt nur noch, aber das spielte eigentlich keine Rolle.
»Dafür haben Sie keinen verdammten Beweis. Keine Spur von ...«
Matt drehte sich blitzschnell um und schleuderte seinen Ball, ohne auch nur einen Augenblick zu zögern, nach Phelps' Kopf. Dem Mann blieb keine Zeit zu reagieren. Der Ball zischte kaum fünf Zentimeter an Phelps' Ohr vorbei und zerschmetterte das Glas eines Bilderrahmens, der einen riesigen Druck von der nächtlichen

Skyline von Boston enthielt. Bis Phelps sich auf den Teppich warf, war der Ball bereits von der Wand abgeprallt und hüpfte auf Matt zu.
»Mein Gott!« brüllte er. »Sie sind tatsächlich übergeschnappt!«
»Aber glücklicherweise bin ich äußerst treffsicher.«
Matt nahm den rollenden Ball mit der bloßen Hand auf und warf ihn gegen den Stuhl, auf dem Phelps eben noch gesessen hatte. Die Rückenlehne zerbarst wie Sperrholz.
»Und jetzt sagen Sie mir, Roger, wieviel bezahlt Mallon Ihnen?«
Phelps versuchte aufzustehen, aber Matt drückte ihn mit Leichtigkeit auf den Boden zurück. Er nahm den Ball noch einmal auf und ging rückwärts durch das Büro. Der Gutachter kauerte hinter Matts Schreibtisch.
»Ich bin sehr treffsicher mit diesem Ding, Roger«, sagte Matt. »Zu meiner aktiven Zeit habe ich einen Rekord aufgestellt, und ich verspreche Ihnen, ich werde ihn halten, bis ich daneben werfe – oder bis mir die Möbel ausgehen. Sie wollten mich genauso verschleißen wie all die anderen Flaschen. Aber zu Ihrem Pech ist Ihre Rechnung diesmal nicht aufgegangen. Jetzt will ich in das Spiel einsteigen. Ich möchte mich an diesem kleinen Geschäft beteiligen, das Sie und Mallon betreiben.«
»Sie können mich mal!« brüllte Phelps noch einmal.
»Okay. Ich denke, ich werde jetzt einen ganz besonderen Wurf ausprobieren. Wir Ersatzwerfer kommen nicht sehr oft dazu, alles zu zeigen, was wir können. Ich brauche ein bißchen Übung. Und diesen Briefbeschwerer da neben Ihrem Kopf brauche ich auch nicht mehr so dringend.«
»Sie sind vollkommen verrückt!«
»Also los ... Es steht unentschieden, liebe Zuschauer. Wir stehen kurz vor Spielende. Alle Bases sind besetzt, zwei Spieler sind im Aus. Hier kommt Daniels ...«
»Moment! Warten Sie!«
»Bleiben Sie, wo Sie sind, Roger«, befahl Matt, während er die Hände mit Handschuh und Ball in Schulterhöhe hielt. »Reden Sie.«

»Okay, okay. Sie haben recht. Mallon und ich haben eine Abmachung. Er informiert mich, wenn er einen aussichtsreichen Fall an der Hand hat, und ich übergebe den Fall einem ... äh ...«
»Weiter. Sagen Sie's, Roger. Einem Verlierer.«
»Ich besorge ihm einen *unerfahrenen Anwalt* als Gegner.«
»Und dann weigern Sie sich, einem Vergleich zuzustimmen, damit am Ende eine hohe Entschädigungssumme herauskommt. Oh, Sie sind gut, Roger. Einfach klasse. Hat Mallon jemals einen seiner Prozesse verloren?«
»Noch nie.«
»Bis jetzt. Wieviel bekommen Sie?«
»Das geht Sie nichts an. Jetzt lassen Sie mich in Frieden.«
»Die Spannung ist fast unerträglich, liebe Zuschauer, wir halten alle den Atem an«, sagte Matt, indem er wieder die Stimme des Sportreporters imitierte. »Daniels macht sich bereit ...«
»Ein Drittel von den vierzig Prozent, die Mallon kriegt«, sagte Phelps schnell.
Matt senkte den Handschuh. »Da kommt ja ganz schön was zusammen.«
Phelps richtete sich auf und klopfte vorsichtig kleine Holz- und Glassplitter von seinem Anzug.
»Hören Sie«, sagte er, immer noch schwer atmend, »wenn Sie in das Spiel einsteigen, sorge ich dafür, daß das klargeht. Aber geben Sie mir ein paar Tage, um die Einzelheiten zu klären.«
Matt zog den Handschuh aus. »Geben Sie mir Ihr Wort darauf?«
»Ja, ja. Sie haben mein Wort. Sie sind wirklich verrückt, wissen Sie das?«
»Ich möchte noch innerhalb dieser Woche von Ihnen hören, Roger.«
»Machen Sie sich mal keine Sorgen.«
»Alles klar.«
Phelps ging rückwärts zur Tür.
»Sie können sich auf mich verlassen«, sagte er. »Keine Sorge.«
»Roger, wie wär's mit einem kleinen Vorschuß, nachdem wir uns

geeinigt haben. Sie bieten zweihundert Riesen als Vergleichssumme an. Wie ich ihn kenne, wird Mallon auch die anderen beiden Familien vertreten und jeweils das gleiche Ergebnis erzielen. Sagen wir, Sie geben mir die Hälfte von dem Drittel der vierzig Prozent, das Mallon Ihnen zukommen läßt. Das wären dann ... mal sehen ... vierzigtausend. Für einen Trottel bin ich noch ganz gut im Kopfrechnen, was?«

»Okay, okay. Wenn alle drei Fälle geregelt sind. Und jetzt lassen Sie mich hier raus, verdammt noch mal.«

»Gehen Sie«, sagte Matt einfach.

»Einfach so?«

»Einfach so. Wenn Sie sagen, wir haben eine Abmachung, dann haben wir eine Abmachung, ich verlasse mich auf Ihr Wort.« Matt wartete, bis Phelps die Bürotür geöffnet hatte, dann fügte er hinzu: »Natürlich werde ich Ihnen zusätzlich zwei Dollar und neunundachtzig Cent für Ihre Kopie des Tonbandes berechnen müssen, das können Sie dann als Andenken aufbewahren.«

Mit einem breiten Grinsen öffnete er sein Jackett. Der Minirecorder war an seinem Gürtel befestigt – direkt neben einem Kaninchenfuß und einer kleinen blauen Schleife.

* * *

Rosa Suarez und Ken Mulholland wurden von Dr. Dimitri Athanoulos, dem Direktor der Firma BIO-Vir, herzlich begrüßt. Sein Büro mit Blick auf den Fluß lag im dritten Stock eines nicht mehr ganz neuen Gebäudes, einem jener postmodernen Ziegel- und Glasbauten, die typisch für die frühen achtziger Jahre waren. Rosa schätzte Athanoulos auf Ende Fünfzig; er sah gut aus und wirkte weltgewandt. Sein dichtes, gewelltes Haar war so weiß wie sein Laborkittel.

»Sie arbeiten also beide für die Seuchenschutzzentrale?«

»Ja«, sagte Rosa. »Ich bin Epidemiologin und Ken ist Mikrobiologe.«

»Ein Virologe, wenn ich nicht irre.«
»Manche würden das so nennen.«
»Sie haben früher für Duke gearbeitet.«
»Das ist zwölf Jahre her«, sagte Mulholland, offensichtlich beeindruckt.
»Wenn ich mich recht erinnere, haben Sie eine bemerkenswerte Forschungsarbeit über eine bakteriophage Tabakvirusinfektion gemacht.«
»Schmeicheln Sie meinem Ego, und ich bin Ihr Mann«, sagte Mulholland.
»Nun, ich bin Biochemiker und befasse mich hauptsächlich mit DNA-Analysen«, sagte Athanoulos. »Aber ich habe mich schon immer für Viren ... und Bakteriophagen interessiert, vor allem, seit ich mich vor drei Jahren aus dem akademischen Leben zurückgezogen und die Leitung dieser Firma übernommen habe. Wobei ich mittlerweile natürlich auch ein gewisses Eigeninteresse verfolge.«
Rosa, der nicht entging, wie schnell die beiden Männer zueinander fanden, spürte, daß der BIO-Vir-Chef, weltgewandt oder nicht, dazu neigte, Männer ernster zu nehmen als Frauen. Kens Entschluß, über Nacht zu bleiben, erwies sich als sehr förderlich für ihre Nachforschungen. Geduldig ließ sie weitere fünf Minuten wissenschaftlichen Smalltalks über sich ergehen, bevor sie begann, auf ihrem Stuhl herumzurutschen und sich zu räuspern. Athanoulos verstand den Wink sofort.
»Also«, sagte er, »was kann die Firma BIO-Vir für unsere Freunde in Atlanta tun?«
»Seit fast vier Monaten untersuche ich in Boston drei ungewöhnliche Vorfälle in der Geburtshilfestation des MCB«, antwortete Rosa.
»Die junge Assistenzärztin, die ihren Patientinnen irgendwelche toxischen Pflanzenpräparate verabreicht hat, nicht wahr?«
Rosa seufzte.
»La potencia de las prensa«, sagte sie. »Die Macht der Presse. Dr. Athanoulos, im Gegensatz zu dem, was Sie und Millionen anderer Menschen gelesen haben, sieht es nicht so aus, als ob diese

Heilpflanzen eine entscheidende Rolle in diesem Drama spielen. Obwohl ich hinzufügen sollte, daß die Möglichkeit nicht auszuschließen ist. Ken, wollen Sie Ihre bisherigen Untersuchungen kurz umreißen?«

»Dimitri«, sagte Mulholland, »Rosa ist viel zu bescheiden, um es zuzugeben, aber sie hat diese Fälle verdammt gründlich untersucht. Sie ist seit Jahren die beste Epidemiologin bei der Seuchenzentrale.«

»Fahren Sie fort.«

»Sie hat mir eine Blutprobe eines der DIC-Opfer zugeschickt – von der einzigen Patientin, die überlebt hat. Wir haben Spuren eines Virus entdeckt sowie Antikörper, die auf eine latente Infektion hinwiesen. Gestern haben wir die DNA-Kette des Virus endgültig identifiziert. Ihre Zusammensetzung stimmte mit einem Virus überein, das in Ihren Labors entwickelt wurde.«

Athanoulos zog seine dichten weißen Augenbrauen zusammen. Dann überflog er den Computerausdruck mit der Beschreibung von CRV113, den Mulholland ihm gereicht hatte.

»Kommen Sie«, sagte er und erhob sich abrupt. »Statten wir unserer Primatenabteilung einen Besuch ab. Ich weiß absolut nichts über CRV113. Es wurde vor meiner Zeit hier in der Firma patentiert. Und wenn wir auch einmal mit einem solchen Virus zu tun hatten, so ist das heute nicht mehr der Fall. Dessen bin ich mir sicher. Seit ich die Leitung hier übernommen habe, haben wir uns auf Viren konzentriert, die Gamma-Globulin und bestimmte Hormone produzieren. Etwas Derartiges haben wir nicht entwickelt. Cletus Collins ist seit der Gründung von BIO-Vir im Jahre 1980 für die Primaten verantwortlich. Wenn irgend jemand etwas über CRV113 weiß, dann ist er es.«

Sie fuhren mit dem Aufzug in den Keller. Noch bevor die Türen sich öffneten, roch Rosa die Tiere. Die vier betraten einen mit dicken Glaswänden gesäumten Korridor, in dem fast absolute Stille herrschte. Hinter den Glaswänden befanden sich drei lange Reihen von Käfigen, von denen jeder einzelne einen lebhaften Affen enthielt. Ein gebeugter alter Mann war gerade dabei, den

Boden zwischen den Käfigen zu putzen. Athanoulos klopfte an das Glas.

»Wo ist Clete?« fragte er.

Der Alte versuchte angestrengt, die Worte von Athanoulos' Lippen zu lesen. Dann lächelte er. Er deutete zum anderen Ende des Korridors und formte mit den Lippen etwas, was Rosa als »im Fitneßraum« interpretierte. Athanoulos öffnete eine Tür am Ende des langen Flurs, und die drei betraten einen etwa anderthalb Meter breiten und drei Meter hohen Glaskäfig. Sie blickten in eine große, zwei Stockwerke umfassende Halle voller Spielzeug, Seile, Baumstämme und Klettergerüste. Mitten in dieser Halle stand Cletus Collins mit einem riesigen Schimpansen auf dem Rücken und einem kleineren Affen, der sich an sein Bein klammerte. Rosa dachte im stillen, daß man den Mann mit seinen affenähnlichen Gesichtszügen und seiner Haltung fast für einen seiner Zöglinge hätte halten können. Ken Mulholland hatte offenbar die gleiche Assoziation.

»Erstaunlich«, murmelte er.

»Nicht wahr?« sagte Athanoulos.

»Es wundert mich, daß Sie ihm gestatten, auf diese Weise mit den Primaten umzugehen.«

»Sie meinen wegen der Viren, die die Tiere in sich tragen? Ich versichere Ihnen, Kenneth, nach all den Jahren hat er sowieso jedes Virus, das die Affen haben. – Clete, können wir Sie einen Augenblick sprechen?« sagte er in einen Lautsprecher in der Wand.

Der Primatenpfleger befreite sich von den beiden Affen, kam zu ihnen herüber und ließ sich den beiden Besuchern aus Atlanta vorstellen. Sein bemerkenswertes Gesicht sah besorgt aus.

»Die Tiere kriegen hier viel Bewegung«, sagte er. Ihm war noch deutlicher als Mulholland anzuhören, daß er aus dem Mittelwesten kam. »Jeden Tag. Ich kümmere mich um sie, als wären sie meine Familie. Das können Sie mir glauben.«

»Mr. Collins, wir sind keine Tierschützer«, sagte Rosa. »Wir versuchen, etwas über ein Virus namens CRV113 herauszufinden, das hier in diesen Labors vor ein paar Jahren entwickelt wurde. Es hatte etwas zu tun mit . . .«

»Blutgerinnung. Ich weiß, wovon Sie sprechen.«

»Gibt es noch irgendwelche Unterlagen über die Forschungsergebnisse?« fragte Athanoulos.

»Keine Ahnung, aber eigentlich müßte es welche geben. Zumindest die Unterlagen über die Tierversuche. Sie sind wahrscheinlich in dem alten Metallaktenschrank in dem Lagerraum neben dem Heizungskeller.«

»Ich wußte nicht einmal, daß dieser Lagerraum und alte Aktenschränke überhaupt existieren.«

»Vorrangig Unterlagen über Projekte, die wir fallengelassen haben. Bisher hat sich noch niemand sonderlich dafür interessiert.«

»*Ich* interessiere mich dafür. Würden Sie uns bitte dorthin führen, Clete?«

»Klar. Warten Sie im Korridor, bis ich diese Kerle in ihre Käfige gesperrt habe. Die würden Ihnen am Ende noch das Gesicht zerkratzen und Sie beißen – das tun sie bei allen außer dem alten Stan und mir.«

Die drei Wissenschaftler sahen durch die dicke Glaswand zu, wie er die beiden Tiere in ihre Käfige zurückbrachte. Rosa hätte schwören können, daß einer der beiden Affen Cletus auf die Wange küßte, bevor er in seinen Käfig kletterte.

»Ich hab Fezler eigentlich immer gemocht«, sagte Collins, während er die drei zu dem Lagerraum führte. »Aber was er bei seinen verdammten Experimenten den Tieren antat, fand ich furchtbar. Gehören Sie wirklich nicht zu irgendeinem Tierschutzverein? Glauben Sie mir, wir gehen sehr gut mit den Tieren um. Wirklich gut. Es macht mich immer ganz fertig, wenn sie . . . na, Sie wissen schon, wenn sie's nicht überleben.«

»Sie haben nichts zu befürchten«, sagte Rosa. »Wer ist Fezler?«

Collins suchte aus einem riesigen Schlüsselbund den Schlüssel zu dem Lagerraum. Der zweite, den er probierte, paßte.

»*Warren* Fezler. CRV113 war eins seiner Forschungsprojekte. Er

schien an einem Dutzend verschiedener Projekte zu arbeiten. Keins von ihnen hat funktioniert, soviel ich weiß. Sein Pech, daß er nicht den Auftrag hatte, eine Methode zu entwickeln, um Affen zu töten. Dann wäre er ein erfolgreicher Mann gewesen.«
Collins' heiseres Lachen verwandelte sich in einen krampfartigen Hustenanfall. Rosa trat instinktiv einen Schritt zurück. Sie fragte sich, wie viele Krankheiten er sich über die Jahre bei seiner Arbeit zugezogen haben mochte. Er schaltete das Licht an, das einen kleinen Raum mit nackten Betonwänden erhellte. Bis auf ein paar Aktenschränke war der Raum leer.
»Fezler war nicht gerade für seine gewissenhaften Aufzeichnungen über die Versuche bekannt«, sagte Collins. »Aber er war regelrecht arbeitssüchtig. Er arbeitete an Wochenenden, an Feiertagen, oft bis zwei Uhr morgens. Dem alten Warren hat das alles nichts ausgemacht.«
»Ich bin ja nur der Chef hier«, murmelte Athanoulos, offensichtlich bestürzt. »Warum sollte ich etwas von der Existenz dieses Raumes wissen? Oder daß wir einmal einen Affenkiller namens Fezler beschäftigt haben?«
»Was ist mit den Affen passiert?« fragte Rosa, als Collins einen der Aktenschränke mit einem seiner vielen Schlüssel öffnete.
»Sie wurden krank und gingen ein. Fezler hat sie irgendwie betäubt, sie mit einem Skalpell aufgeschnitten und ihnen Blut abgenommen. Und dann hat er beobachtet und dokumentiert, wie schnell ihre Wunden heilten.« Nachdem er eine Schublade erfolglos durchsucht hatte, machte er sich an die nächste. »Sind Sie auch bestimmt nicht von einem dieser perversen Tierschutzvereine?«
»Bestimmt nicht«, sagte Rosa.
»Also, ich kann Ihnen nicht genau sagen, was mit den Affen passiert ist. Sie sind einfach eingegangen. Allerdings war das nicht beabsichtigt. Soviel kann ich Ihnen sagen, da bin ich mir sicher.« Er sah die Akten in der Schublade durch und wandte sich dann der nächsten zu. »Fezler mochte die Affen. Und sie mochten ihn auch. Er war der einzige außer mir und Stan, den sie jemals akzeptiert haben. Er

hat immer einen Schutzanzug getragen, wenn er mit ihnen im Fitneßraum war. Aber Anzug oder nicht, sie haben ihn nie gebissen. Sie sind gern auf seinem Bauch herumgehüpft. Und glauben Sie mir, er hatte eine ordentliche Wampe.«

Wieder ging sein Lachen in Husten über.

»Was ist los?« fragte Athanoulos, der immer noch irritiert und inzwischen auch ungeduldig war.

»Die Akten sind nicht da. Hier oben steht, daß sie hier drin sein müßten. Das ist sogar meine eigene Handschrift.«

»Könnten sie irgendwo anders sein?«

»Wenn Sie das annehmen, dann kennen Sie mich aber schlecht. Ich werde nachsehen – es wird 'ne Weile dauern, aber ich werde nachsehen.«

»Bitte, tun Sie das«, sagte Athanoulos. »Ich werde mich in der Zwischenzeit bei den anderen Wissenschaftlern und Laboranten nach Fezler erkundigen.«

»Und in der Personalabteilung«, sagte Rosa. »Clete, wissen Sie, wann und warum Warren Fezler BIO-Vir verlassen hat?«

»Ich würde sagen, das ist mindestens sechs Jahre her. Vielleicht auch länger. Warum, weiß ich nicht genau. Aber ich glaube, er ist krank geworden.«

»Wie kommen Sie darauf?«

»Ich bin mir nicht sicher.« Er rieb sich das Kinn auf eine Weise, wie auch einer seiner Schimpansen es hätte tun können. »Früher ist er immer kugelrund gewesen, und dann war er auf einmal nur noch Haut und Knochen. Wahrscheinlich komme ich deswegen darauf. Die Affen sind nicht mehr auf seinem Bauch rumgehopst, denn, um ehrlich zu sein, da war nichts mehr, worauf sie rumhüpfen konnten.«

Rosa und Mulholland warfen sich einen kurzen Blick zu. Am Abend zuvor hatte Rosa Ken über den Inhalt von Constanza Hidalgos Tagebuch informiert und darüber, daß Hidalgo, Alethea Worthington und auch Lisa Grayson alle enorm viel Gewicht verloren hatten.

»Ich werde so viel wie möglich über diesen merkwürdigen geschrumpften Mann und seine Arbeit herausfinden«, sagte Athanoulos, als sie den Lagerraum verließen und den Korridor entlanggingen. »Und ich werde mich so bald wie möglich wieder mit Ihnen in Verbindung setzen.«

»Vielen Dank«, sagte Rosa abwesend.

Ihre Augen wurden schmal hinter ihren großen Brillengläsern, während sie versuchte, ihre Gedanken zu koordinieren. Sie waren bereits beim Aufzug angelangt, als Rosa sich plötzlich umdrehte und Cletus Collins zurief: »Clete, nur noch eins. Können Sie sich an irgend etwas erinnern, das Ihnen an Fezler aufgefallen ist? Vielleicht irgend etwas Außergewöhnliches?«

»Ich verstehe nicht, was Sie ...« Plötzlich grinste der Tierpfleger breit. »Ja«, sagte er. »Ich glaube, ich weiß, worauf Sie hinauswollen. Er redete so komisch. Er brachte nie richtig heraus, was er sagen wollte – vor allem, wenn er aufgeregt war, oder so. Er ... mir fällt nicht ein, wie man das nennt, aber Sie wissen schon ...«

»Ich weiß es, Clete«, sagte Rosa eindringlich. »Er stotterte, nicht wahr?«

»Ja, genau«, sagte Cletus Collins. »Er stotterte. Er stotterte wie Schweinchen Dick.«

KAPITEL 34

27. Oktober

Also«, sagte Sarah, »das ist einer der beiden Kreißsäle in unserer Abteilung. Für diejenigen Frauen, die das Häusliche bevorzugen und bei denen keine Risikofaktoren oder Komplikationen vorliegen, haben wir auch noch einen Geburtsraum, der weniger formell eingerichtet ist. Den werde ich Ihnen später noch zeigen.«

Die drei Medizinstudenten traten nervös von einem Fuß auf den anderen, während sie die Überwachungsgeräte, die chromglänzenden Narkosegeräte und das Kreißbett betrachteten. Im Laufe des zehnwöchigen Praktikums in der gynäkologischen Abteilung würde jeder von ihnen ohne Unterstützung eines erfahrenen Arztes eine Geburt von Anfang bis Ende begleiten – möglicherweise sogar mehrere. Das MCB übertrug den Studenten mehr Verantwortung und bot ihnen mehr Möglichkeiten als andere Kliniken, weshalb es bei ihnen sehr gefragt war. Eine von Sarahs Aufgaben als zukünftige Stationsärztin bestand darin, die Medizinstudenten anzuleiten.

»Haben Sie bis hierher irgendwelche Fragen?« erkundigte sie sich.

»Machen Sie auch Hausgeburten?« wollte eine Studentin wissen.

»Zwei Ärzte aus unserer Abteilung führen Hausgeburten durch, ja.« Es gab keinen Grund, hinzuzufügen, daß ihr Chefarzt sie gebeten hatte, keine weiteren Hausgeburten zu übernehmen, bis ihr Prozeß abgeschlossen und die Vorwürfe gegen sie aus der Welt waren.

»Ich habe von Ihnen gehört«, sagte eine andere Studentin. »Ich interessiere mich für alternative Medizin. Unterrichten Sie Akupunktur?«

»Ich fürchte, ich habe nicht genug Zeit, um Unterricht zu geben.

Aber Sie können mich gern in die Schmerzklinik begleiten. Ich gebe Ihnen später meinen Dienstplan. Sonst noch Fragen, bevor wir uns in die ambulante Abteilung begeben?«
»Ja«, sagte der dritte Student mit einem Kopfnicken in Richtung Korridor. »Der Mann, der gerade aus dem Zimmer dort kam, ist das nicht der Typ aus dem Fernsehen, der dieses Diätpulver verkauft?«
Sarah drehte sich auf dem Absatz um. Peter war soeben aus Annalees Zimmer gekommen und schritt mit geballten Fäusten auf sie zu. Sein Gesicht war rot angelaufen und so wutverzerrt, daß es tatsächlich den Anschein hatte, als bleckte er die Zähne. Die Medizinstudenten traten einen Schritt zurück. Sarah zwang sich, ihre Fassung zu wahren.
»Warum hast du mich nicht angerufen?« schnauzte Ettinger sie an. »Warum mußte ich die ganze Stadt absuchen, um meine Tochter zu finden?«
»Wenn du mit mir reden willst, schlage ich vor, wir gehen in mein Sprechzimmer«, sagte Sarah.
»Wir brauchen uns nicht zu unterhalten. Ich möchte, daß meine Tochter auf der Stelle aus diesem ... diesem lächerlichen Pseudokrankenhaus entlassen wird. Was zum Teufel kriegt sie überhaupt verabreicht?«
»Peter, ich bitte dich. Laß uns irgendwohin gehen, wo wir uns in Ruhe und wie zwei Erwachsene unterhalten können.«
Ettinger sah zu den Studenten hinüber, deren Namensschilder sie als Praktikanten auswiesen.
»Was ist los?« fragte er. »Hast du Angst, diese jungfräulichen Medizinerseelen könnten verdorben werden, wenn sie erfahren, was du mit deinen Patientinnen machst? Sag Ihnen, was sich hier abspielt. Sag ihnen, was du in die Venen meiner Tochter laufen läßt. Los, sag's ihnen. Ich werde einfach zuhören.«
Sarah biß sich auf die Unterlippe und überlegte, wie sie der Situation entkommen konnte. Peters Besessenheit, seiner Wut und seinem Charisma war sie nicht gewachsen. Er hatte seine Argumen-

te gegen die westliche Medizin, die er zutiefst verabscheute, in zahllosen Talkshows und Debatten ausgefeilt und geschliffen. Jetzt stand sie mit dem Rücken zur Wand.
Ein paar Meter weit entfernt waren ein paar Schwestern stehengeblieben und beobachteten das Geschehen. Vielleicht hatten sie Peter erkannt oder spürten Sarahs Verlegenheit, jedenfalls machten sie keine Anstalten, einzugreifen. Sarah holte tief Luft und wandte sich den Studenten zu.
Du hast es so gewollt, Peter.
»Mr. Ettingers Tochter Annalee ist eine dreiundzwanzigjährige Primapara, Primigravida«, erklärte sie ruhig. »Das heißt, es ist ihre erste Schwangerschaft. Das Datum ihrer letzten Menstruation ist nicht genau bekannt. Aber anhand von Ultraschalluntersuchungen und anderen Tests gehen wir davon aus, daß sie in der vierunddreißigsten Woche schwanger ist. Der Fötus ist weiblich und wiegt etwa zweitausendvierhundert Gramm. Annalee wurde vorgestern mit vorzeitigen Wehen in unser Krankenhaus aufgenommen. Der Abstand zwischen den Wehen variiert zwischen sieben und fünfzehn Minuten. Ihre Fruchtblase ist intakt, die Zervix geschlossen, und es liegen keine Anzeichen einer Infektion vor. Eine Amniocentese, die gestern durchgeführt wurde, hat ergeben, daß die Lungenreifefaktoren des Fötus knapp unter dem Normalwert liegen. Das bedeutet, daß die Lungen des Babys genug ausgebildet wären, sollte die Geburt jetzt einsetzen. Aber jeder Tag, den wir das Kind länger *in utero* halten können, erhöht seine Überlebenschancen.« Sie wandte sich in Richtung Peter, dankbar, daß er sie so lange hatte reden lassen, ohne sie zu unterbrechen.
»Dr. Snyder, ihr behandelnder Arzt, ist der Chefarzt der gynäkologischen Abteilung«, fuhr sie fort. »Er versucht, die Wehen mit Partusisten, einem betaadrenergen Agonisten, zu unterbrechen. Bisher hat die Behandlung bereits eine geringe Wirkung gezeigt, obwohl die Patientin weiterhin unregelmäßige Kontraktionen hat. Und nun, Mr. Ettinger, wenn Sie uns bitte entschuldigen würden, in der ambulanten Abteilung wartet eine Patientin auf uns. Dr.

Snyder befindet sich im Haus. Wenn Sie noch weitere Fragen haben, schlage ich vor, daß Sie sich an ihn wenden.«

»Ich habe einen Krankenwagen bestellt«, sagte Ettinger. »Ich habe die Sache mit meiner Tochter besprochen. Sie wünscht, das Krankenhaus sofort zu verlassen. Ich habe veranlaßt, daß sie, bevor wir zu mir nach Hause fahren, im White Memorial untersucht wird.«

Sarah war sprachlos. »Ich glaube nicht, daß sie damit einverstanden ist.«

»Fragen Sie sie selbst, wenn Sie wollen«, sagte Ettinger hämisch. »Betaadrenerger Agonist, daß ich nicht lache.« Er warf den drei Medizinstudenten einen verächtlichen Blick zu. »Die Antworten stehen nicht in euren Lehrbüchern oder in euren Prüfungen oder euren betaadrenergen Agonisten«, sagte er. »Sie liegen in den Gedanken und in der Psyche eurer Patienten. Dafür solltet ihr offen sein, dann werdet ihr im Laufe eures Berufslebens verstehen, was ich meine. Und eines Tages, wenn einer eurer Vorgesetzten euch befiehlt, einem eurer Patienten irgendeine Droge zu verabreichen, die irgendein Pharmavertreter ihm angedreht hat, dann werdet ihr ihn ansehen und ihn einfach fragen ›Warum?‹«

»Mr. Ettinger, ich bin sicher, diese Studenten freuen sich darüber, Ihre Ansichten über den Beruf des Mediziners zu erfahren«, sagte Sarah, der es schwerfiel, sich zu beherrschen. »Wenn Sie mich jetzt bitte entschuldigen wollen. Ich werde mit Annalee reden. Allein. Wenn Sie sich weigern, mir das zu gestatten, lasse ich den Sicherheitsdienst rufen.«

»Tun Sie sich keinen Zwang an«, sagte Ettinger herablassend. »Ich glaube kaum, daß Sie meine Tochter dazu bringen werden, ihre Meinung zu ändern. Wenn Sie sich davon überzeugt haben, daß Annalee wünscht, dieses Krankenhaus zu verlassen, möchte ich, daß ihre Entlassungspapiere umgehend ausgestellt werden.«

Die Medizinstudenten sahen einander verwirrt und verlegen an. Sarah wunderte sich über die Selbstsicherheit, die Ettinger ausstrahlte. Sie fragte sich, was er Annalee gesagt hatte – was er ihr versprochen hatte –, um sie dazu zu bringen, daß sie das Krankenhaus verlassen wollte. Es mußte eine ganze Menge sein. Andernfalls war es nicht möglich ...

In diesem Augenblick begann Annalee Ettinger zu schreien.

»O mein Gott! Hilfe! O Gott, bitte helft mir! Helft mir doch!«

Die beiden Schwestern, Sarah und Ettinger rannten im Pulk zu Annalees Zimmer, die drei Medizinstudenten auf ihren Fersen. Annalees schrille Schmerzensschreie erfüllten den Korridor.

Sarah war die erste, die das Zimmer betrat. Annalee lag auf der Seite, strampelte heftig mit den Beinen und jammerte erbärmlich. Sie hatte sich von ihrem Tropf losgerissen. Aus der Einstichstelle lief Blut, das einen immer größer werdenden roten Fleck auf dem weißen Laken machte.

»Meine Hände!« schrie Annalee. »Meine Hände tun mir so weh! Alle beide.«

»Lassen Sie Dr. Snyder ausrufen«, befahl Sarah einer der Schwestern.

Sie zog sich Handschuhe über, schnappte sich ein Handtuch und drückte es auf die Einstichstelle, während sie darauf achtete, Annalee in der Seitenlage zu halten, damit der schwere, mit Flüssigkeit gefüllte Uterus nicht die Aorta und die Venen in ihrem Unterbauch abdrückte.

»Susie, machen Sie bitte eine neue Infusion fertig«, sagte Sarah mit erzwungener Ruhe. »Ringerlösung. Große Braunüle.«

»Was geht hier vor?« fragte Ettinger. »Was ist mit ihren Händen?«

»Meine Hände ... meine Hände«, stöhnte Annalee immer wieder.

Sarah bemerkte, daß Annalees Nagelbetten sich dunkel verfärbt hatten. Sie konnte ihre Finger immer noch bewegen, aber vor Schmerz hielt sie sie krampfhaft gespreizt. Sarah fühlte den Puls an beiden Handgelenken. Er war spürbar, wenn auch nur schwach.

»Dr. Snyder hat sich gemeldet«, sagte die Schwester atemlos. »Er ist auf dem Weg hierher. Auch die Laborleute. Hier sind fünfzig Milligramm Demerol und fünfzig Vistaril. Er hat gesagt, wir sollen

es i.m. spritzen, solange sie nicht blutet. Fünfunddreißig von dem Demerol, falls doch. Sie bringen das CTG-Gerät her.«
Blut begann aus Annalees Nase zu laufen.
»Wir müssen ihr einen Zugang legen«, sagte Sarah entschlossen. »Und ihre Temperatur überprüfen. Sie fühlt sich heiß an. Sehr heiß.«
»Ich verlange, daß man mir erklärt, was hier los ist«, sagte Peter.
Sarah blickte ihn wütend an. »Sie ist krank. Selbst du müßtest in der Lage sein, das zu erkennen. Peter, du warst eben noch hier bei ihr. Hast du nicht gesehen, daß etwas mit ihr nicht stimmte?«
»Ich ... sie ... äh ... sie sagte, sie hätte Kopfschmerzen, und ihre Arme fühlten sich schwer an.«
»Ach, ist das alles?« sagte Sarah ärgerlich. »Peter, bitte warte auf dem Flur und laß uns unsere Arbeit tun.«
»Ich möchte, daß ihr behandelnder Arzt sich um sie kümmert.«
»Susie, würden Sie bitte den Sicherheitsdienst anrufen und ...«
»Okay, okay. Ich gehe ja schon. Aber ich warte draußen vor der Tür. Und ich höre zu.«
»Tut mir leid, daß ich so eine Heulsuse bin«, schluchzte Annalee. »Aber es tut weh ... Es tut so weh.«
Während der folgenden Minuten wurde die Anspannung immer größer. Eine dritte Krankenschwester kam und schob das CTG-Gerät in das Zimmer, dann kamen die Oberschwester und der Hämatologe. Eine der Schwestern gab die rektale Temperatur mit 39,5 Grad an. Annalees Wimmern war kaum mitanzuhören – es klang, als quietschten hundert Stück Kreide gleichzeitig auf hundert Schiefertafeln. Die Anspannung in dem Krankenzimmer stieg ins Unerträgliche. Nicht nur waren sich alle darüber im klaren, daß etwas Schreckliches mit dieser Frau und ihrem ungeborenen Kind passierte, die Erinnerung an die anderen, fast identischen Fälle war bei allen noch sehr lebendig.
Es gelang Sarah und den Schwestern nicht, Annalee ruhig zu halten, aber mit viel Geduld und Geschick schafften sie es schließlich, eine große Braunüle in ihre Vene zu schieben. Bevor sie die

Infusion mit der Ringerlösung anlegte, nahm Sarah durch die Braunüle Blut ab, um es ins Labor bringen zu lassen. Eine Einstichstelle weniger, um die sie sich sorgen mußte – eine Stelle weniger, aus der Annalee Blut verlor. Das Demerol, das sowohl sedierend als auch schmerzstillend wirkte, war Annalee gerade verabreicht worden, als Dr. Snyder in das Krankenzimmer stürzte. Blitzschnell erfaßte er die Situation.

»O nein«, flüsterte er, jedoch nicht leise genug, um ungehört zu bleiben.

»Ich habe sie vor einer Dreiviertelstunde untersucht, und da ging es ihr gut«, sagte Sarah. »Ihr Vater ist hier. Er steht draußen auf dem Flur.«

»Ich weiß. Ich habe ihn gesehen.«

»Er war vor einer Viertelstunde bei ihr. Da hat sie über Kopfschmerzen und schwere Arme geklagt. Und dann fing sie plötzlich an zu schreien. Ich habe bereits Blutproben ins Labor geschickt und vier Kreuzblutkonserven bestellt.«

»Nehmen wir lieber acht. Mein Gott, sie hat fürchterliches Fieber.« In seiner Stimme lag unverhohlene und für ihn völlig untypische Panik.

»Ihre Rektaltemperatur liegt bei 39,5 Grad«, sagte Sarah. »Wir haben gerade erst gemessen.«

»Ich habe Dr. Blankenship rufen lassen. Er müßte jeden Moment hier sein.«

»Gut. Annalee, hör zu. Halt durch. Wir haben dir gerade ein Schmerzmittel gegeben. Du wirst dich schon bald besser fühlen.«

Sarah trocknete ihr noch einmal die feuchte Stirn ab und wischte das Blut aus ihrem Gesicht. Sofort lief neues Blut aus Annalees Nase.

»Es tut mir leid, daß ich mich so anstelle«, schluchzte Annalee. »Aber meine Hände tun mir so irrsinnig weh. Und meine Füße tun mir jetzt auch weh. Was passiert denn überhaupt mit mir?«

»Ich weiß es noch nicht«, sagt Sarah. »Und hör auf, dich zu entschuldigen. Du bist verdammt tapfer. Ein Internist ist auf dem Weg hierher, um uns zu helfen.«

»Sarah«, sagte Dr. Snyder, »hat sie eigentlich Ihre Vitamine eingenommen?«
Sarah schüttelte den Kopf.
»Aber sie hat das genommen, was ich in ihrer Anamnese beschrieben habe«, sagte sie leise. »Und zwar vor vier Jahren.«
Annalee atmete jetzt ruhiger. Sie drehte sich auf den Rücken. An ihren verengten Pupillen war zu erkennen, daß das Demerol zu wirken begann.
»Genau dasselbe ist mit den anderen Frauen auch passiert, nicht wahr?« sagte sie. »Mit denen, die gestorben sind.«
»Das wissen wir nicht«, erwiderte Snyder. »Annalee, wir tun alles, was wir können, um das, was mit Ihnen passiert, aufzuhalten. Außerdem behalten wir das Baby im Auge. Sobald Probleme auftauchen, können wir sofort einen Kaiserschnitt machen.« Er warf einen Blick auf den Bildschirm des CTG-Gerätes. »Würde bitte irgend jemand noch einmal nach Dr. Blankenship rufen?«
Sekunden später betrat Blankenship das Krankenzimmer.
»Was hat Ettinger hier zu suchen?« fragte er.
»Annalee ist seine Tochter«, sagte Sarah. »Annalee, das ist Dr. Blankenship, der Klinikchef.«
»Wir haben uns bereits kennengelernt«, sagte Dr. Blankenship, »und zwar im Zusammenhang mit einer Studie, die ich angeordnet habe. Jeder Patientin auf der Geburtshilfestation wird täglich Blut abgenommen. Ist Barnes Ihr Ehename?«
Annalee schüttelte den Kopf.
»Wir haben diesen Namen angegeben, weil ihr Vater etwas gegen Krankenhäuser hat«, sagte Sarah, »vor allem gegen unseres. Annalee wollte verhindern, daß er sie findet. Aber irgendwie hat er es doch geschafft.«
»Und ich passe genau auf, was in diesem Zimmer passiert«, rief Peter vom Flur aus.
»Hauptsache, Sie stehen uns nicht im Weg herum«, sagte Blankenship knapp, als er begann, Annalee zu untersuchen.
»Peter, bitte«, flehte Annalee. »Tu, was er sagt. Die Medikamente

fangen schon an zu wirken. Meine Hände tun nicht mehr so weh.«

»Danke, daß Sie ihm das sagen«, sagte Blankenship. »Ich verspreche Ihnen, ich werde zu ihm hinausgehen und mit ihm reden, sobald ich weiß, was hier geschieht.«

Inzwischen lief aus beiden Nasenlöchern Blut.

»Verdammt«, flüsterte Snyder. »Eli?«

»Tylenol rektal, lassen Sie die Infusion schnell laufen und stellen Sie sicher, daß das Labor ständig einsatzbereit ist«, befahl Blankenship. »Blutdruck und Puls jede Minute überprüfen. Wir brauchen so schnell wie möglich zwei Blutkonserven und zehn Einheiten Thrombozytenkonzentrat. Wir müssen den Wettlauf gewinnen. Und ich möchte wissen, welcher Hämatologe Dienst hat.«

Er bedeutete einer Schwester, Sarahs Stelle am Krankenbett zu übernehmen, und ging dann mit Sarah und Snyder in eine Ecke des Zimmers. Die drei Medizinstudenten standen mit weitaufgerissenen Augen neben der Tür an der Wand. Sarah machte weder Anstalten, sie in das Geschehen einzubeziehen, noch sie wegzuschicken.

»Sie hat noch nicht so starke Wehen wie die anderen«, sagte Blankenship, »aber die Symptome entwickeln sich bei ihr schneller.«

»Ich kann mich nicht daran erinnern, daß die anderen Fieber hatten«, sagte Sarah.

»Sie hatten kein Fieber.«

»Trotzdem sieht es sehr nach DIC aus.«

»Allerdings.«

»Sarah«, sagte Snyder, »wenn das Labor es bestätigt, dann haben wir genau den Fall, von dem Rosa gesprochen hat. Den Fall, der Sie endlich von allen Anschuldigungen freispricht.«

Sarah mußte sich beherrschen, um ihren Chef nicht zu kritisieren, weil er in diesem unpassenden Moment eine solche Bemerkung machte. Aber sie erinnerte sich daran, daß Annalee schließlich nicht *seine* Freundin war und daß die Anschuldigungen gegen die zu-

künftige Stationsärztin seiner Abteilung schweren Schaden zugefügt hatten.
»Ich müßte lügen, wenn ich behauptete, dieser Aspekt wäre mir noch nicht in den Sinn gekommen«, sagte sie statt dessen. »Aber im Augenblick mache ich mir vor allem um Annalee Sorgen. Ich glaube, wir müssen möglichst schnell einen Kaiserschnitt machen. Erinnern Sie sich noch daran, wie schnell Lisa sich erholte, nachdem ihr Kind geboren war?«
»Was meinen Sie, Randall?« fragte Blankenship.
»So wie die Dinge stehen, ist sie nicht stabil genug für eine Operation. Momentan geht es dem Baby noch ganz gut. Ich würde sagen, da wir noch sechs Wochen vor dem Geburtstermin sind und ihre Wehen langsam schwächer werden, sollten wir uns zunächst darauf konzentrieren, ihre Blutungen und die Blutgerinnung unter Kontrolle zu bekommen.«
»Ich bin ganz Ihrer Meinung«, sagte Blankenship.
Sarah wußte, daß ihre Meinung in einer Diskussion mit zwei Professoren zwar eine Rolle spielte, aber nur, solange sie mit der ihren übereinstimmte. Lisa Summer war durch den Kaiserschnitt geheilt worden, aus welchem Grund auch immer. Sarah ging wieder an das Krankenbett zurück. Das Demerol hatte Annalee deutlich beruhigt, aber sie war naßgeschwitzt, und die Blutungen aus der Nase und der ersten Einstichstelle waren stärker geworden. Ihre Nagelbetten an Fingern und Zehen waren mindestens so dunkel, wie die von Lisa gewesen waren. Trotzdem konnte Sarah, während sie Annalee untersuchte, des Eindrucks nicht erwehren, daß die beiden Fälle sich auf irgendeine grundsätzliche Art voneinander unterschieden. Erstens das Fieber. Weder Lisa noch die andere Patientin, die ins MCB eingeliefert worden war, hatten eine erhöhte Temperatur aufgewiesen, auch wenn DIC natürlich von Fieber begleitet sein konnte. Und dann die beängstigende Geschwindigkeit, mit der Annalees Symptome sich entwickelten. Und dazu waren ihre Akupunkturpulse beängstigend schwach. Sarah überlegte, ob das, was sie hier beobachtete, auf den veränderten Blutfluß

zurückzuführen war. Aber ihr Instinkt sagte ihr, daß sie es mit etwas anderem zu tun hatte, etwas, das sehr wichtig war. Was immer es sein mochte – möglicherweise eine Art systemisches Toxin –, es schien jedes einzelne Organ in Annalees Körper zu befallen.

Sarah wandte sich wieder den beiden Chefärzten zu und zuckte die Achseln.

»Können Sie irgend etwas für sie tun?« fragte Snyder.

»Ich weiß nicht. Ich könnte ein paar Dinge versuchen, die ich bei Lisa angewendet habe. Aber ich kann nichts garantieren.«

Snyder warf einen Blick auf den Bildschirm des CTG-Gerätes. »Eli, zwei Anästhesisten und ein Kinderarzt stehen bereit. Aber ich möchte alles andere probiert haben, bevor wir einen Kaiserschnitt machen.«

Ein Laborassistent betrat das Zimmer und reichte Eli einen Computerausdruck.

»Diese Gerinnungswerte haben eine erstaunliche Ähnlichkeit mit denen von Lisa Summer«, sagte er. »Damit ist ziemlich sicher, daß wir es mit DIC zu tun haben. Wir müssen ihr Heparin geben. Sarah, ich gebe Ihnen zehn Minuten, wenn Sie etwas versuchen wollen – falls sich der Zustand nicht verschlimmert, fünfzehn.«

»Ich kann nichts versprechen, aber ich tue, was ich kann«, sagte Sarah. »Irgend jemand sollte mit Annalees Vater reden und ihm erklären, was hier drinnen vor sich geht.«

Ihre Gedanken überschlugen sich, während sie an Peter und den Kreißsälen vorbei zum Ausgang der Geburtshilfestation rannte. Die ganze letzte Zeit über hatte Sarah gehofft, daß Rosas Prognose, dies sei erst die Spitze des Eisbergs, falsch war; Sarah hatte gebetet, daß Lisas Tragödie die letzte gewesen sein möge. Aber jetzt standen das Leben von Annalee Ettinger und ihrem Baby auf dem Spiel. Nachdem sie sich so intensiv mit den vorangegangenen Fällen beschäftigt hatte, gingen Sarah mehrere Fragen durch den Kopf. *Woher kam das hohe Fieber? Woher das ungewöhnliche Muster ihrer zwölf Akupunkturpulse? Wieso entwickelten sich die Symptome so unglaublich schnell?*

Sie lief durch den Tunnel in das Thayer Building, an den Aufzügen vorbei und die fünf Treppen hinauf zu ihrem Spind.

»Dreimal nach rechts, stop ... dann nach links bis vierzig ...«

Wie immer murmelte Sarah die Kombination vor sich hin, während sie das Zahlenschloß öffnete. Auf halbem Weg bis zur Vierzig blieb das Schloß hängen. Bei dem Versuch, es zu lösen, drehte sie viel zu weit. Sie fluchte laut. Selbst bei den kompliziertesten Operationen waren ihre Hände stets extrem sichere, feinfühlige Verbündete gewesen. Und nun, da Annalee so in Not war, waren sie steif und ungelenk. Gerade wollte sie von neuem beginnen, als sie die Kratzspuren neben dem Schloß bemerkte. Anstatt die Kombination noch einmal zu versuchen, ruckte sie an dem Schloß. Das Herz schlug ihr bis zum Hals, als die Tür aufsprang. Der lackierte Mahagonikoffer mit ihren Akupunkturnadeln war verschwunden, ebenso der Elektrostimulator, den sie manchmal an die Nadeln anschloß. An ihrer Stelle fand sie ein ungeöffnetes Federal-Express-Paket vor, das zu ihren Händen an das MCB adressiert war. Auf dem Paket lag ein kleiner brauner Umschlag.

Mit zitternden Händen öffnete sie den Umschlag und entnahm ihm ein kleines Glasfläschchen und eine Rechnung. Die Flasche war leer, aber ihr Etikett machte allzu deutlich, womit Sarah es zu tun hatte. Es gab ihr ebenfalls die Antwort auf die bohrenden Fragen hinsichtlich Annalees Krankheitsbild.

> KLAPPERSCHLANGENGIFT –
> AUSSCHLIESSLICH FÜR FORSCHUNGSZWECKE
> VORSICHT: HOCHGIFTIG
> GEGENGIFT BEREITHALTEN

Die Rechnung, die von einem Versandhaus für Laborbedarf in Houston stammte, lautete auf ihren Namen. Sarah steckte das Fläschchen in ihre Kitteltasche und öffnete vorsichtig das Paket. Sie wußte im voraus, was es enthielt. *Polyvalentes Crotalin-Antivenin* – insgesamt zwanzig Fläschchen.

Tief erschüttert stand Sarah vor ihrem offenen Spind in dem schwach beleuchteten Korridor auf der dritten Etage des Thayer Building. Was sich in ihrer Kitteltasche befand, war aller Wahrscheinlichkeit nach die Ursache für Annalees schrecklichen, lebensgefährlichen Zustand. Das Mittel für ihre Heilung hielt sie in den Händen. Wahrscheinlich würde ihr niemand glauben, daß derjenige, der Annalee das Gift verabreicht hatte, sowohl die leere Giftflasche als auch das Paket mit dem Gegengift in ihren Spind gelegt hatte.

Wenn der Bericht über Andrews Tod ihre Glaubwürdigkeit am MCB in Frage gestellt hatte, dann würde diese neue Geschichte sie endgültig zerstören.

Wesentlich plausibler erschien die Annahme, daß Sarah Annalee das Schlangengift verabreicht hatte, um einen Fall von durch Geburtswehen ausgelöster DIC zu inszenieren, der mit ihren Pflanzenpräparaten in keinem Zusammenhang stand. Daß Annalee angeblich ihre Freundin war, würde niemanden stutzig machen – vor allem, wenn Peter erst einmal seine Version der Geschichte zum besten gegeben hatte. Warum hatte Sarah das Gegengift besorgt? Möglicherweise, so würde man argumentieren, hatte sie eine dramatische, fast tödliche Situation herbeiführen wollen und dann die Kontrolle verloren. Erst als Annalees Zustand sich deutlich verschlechterte, hatte sie das Gegengift geholt – mit der an den Haaren herbeigezogenen Erklärung, sie hätte es zufällig in ihrem Spind vorgefunden. Vielleicht, so würden andere vermuten, hatte sie auch ursprünglich die Möglichkeit eines tödlichen Verlaufs willentlich in Kauf genommen. Erst nachdem sie mit Annalees Not konfrontiert war, hatte sie es sich plötzlich anders überlegt.

Es waren feine Unterschiede, über die man sich streiten würde. Aber es gab offenbar nur eine einzige logische Erklärung dafür, daß Sarah auf wundersame Weise und in allerletzter Minute sowohl die Ursache für Annalees DIC-Erkrankung erkannt als auch das rich-

tige Heilmittel entdeckt hatte. Sarah mußte ihr das Gift selbst gegeben haben. Niemand, der seine fünf Sinne beisammen hatte, konnte etwas anderes annehmen.
Einen Augenblick lang dachte sie daran, das leere Fläschchen und das Gegengift einfach wegzuwerfen. Sie konnte sagen, ihr Spind sei aufgebrochen und ihre Akupunkturnadeln gestohlen worden. Niemand außer demjenigen, der ihr diese Falle gestellt hatte, würde wissen, was wirklich geschehen war. Mit etwas Glück und intensiver Behandlung war es möglich, daß Annalee und ihr Baby – oder wenigstens eine von beiden – überlebten. Und wie Randall Snyder gesagt hatte, da dies ein Fall von DIC war, der in keinem Zusammenhang mit ihren Pflanzenpräparaten stand, wäre Sarah wenigstens rehabilitiert. Noch ehe sie diesen Gedanken zu Ende gedacht hatte, rannte sie bereits, drei Stufen auf einmal nehmend, die Treppe hinunter auf den Tunnel zu, das kostbare Paket mit dem Gegengift wie einen Football unter den Arm geklemmt.
Die Szene in Annalees Zimmer hatte sich nicht verändert, seit sie losgerannt war, nur die Hämatologin Helen Stoddard war hinzugekommen und beriet sich mit Eli und Randall Snyder. Bei Helens Anblick stöhnte Sarah leise auf. Seit dem Konflikt wegen Lisa Grayson hatten sie weder auf Konferenzen noch bei Begegnungen auf den Korridoren auch nur ein einziges Wort miteinander gewechselt.
Tja, Dr. Stoddard, dachte Sarah, als sie auf die drei Ärzte zutrat, *wenn Sie mich bisher für eine Quacksalberin gehalten haben, dann werden Sie mich ab jetzt für komplett schwachsinnig halten. Und noch dazu für eine schwachsinnige Mörderin!*
»Ich muß mit Ihnen allen reden«, flüsterte Sarah und bedeutete den anderen Ärzten, ihr in eine andere Ecke des Zimmers zu folgen. »Es ist sehr wichtig.«
»Nicht schon wieder«, stöhnte Helen Stoddard. »Eli, ich dachte, Sie hätten versprochen ...«
»Helen, entweder Sie halten den Mund, oder Sie gehen«, raunzte Eli ungewöhnlich barsch. »Diese Frau ist in großen Schwierigkei-

ten. Wir müssen alles tun, was in unseren Kräften liegt, um sie zu retten.«

»Was ist los?« fragte Snyder. »Wollen Sie ihr nun das Heparin geben oder nicht?«

»Ja«, sagte Helen Stoddard schnell und bestimmt.

»Ich denke, Sie sollten sich zuerst anhören, was ich zu sagen habe«, sagte Sarah.

Sie beschrieb kurz, was sie in ihrem Spind vorgefunden hatte, und zeigte den drei Ärzten den Inhalt des ominösen Pakets.

»Ich war besorgt wegen Annalees hohem Fieber, wegen der Geschwindigkeit, mit der sich ihre Symptome verschlimmerten und wegen der Unregelmäßigkeit ihrer zwölf Akupunkturpulse. Eine Vergiftung mit Klapperschlangengift würde das alles erklären.«

»Sie sind vollkommen verrückt«, sagte Helen Stoddard. »Jemand hat Ihnen das also absichtlich in Ihren Spind gelegt? Wie in aller Welt können Sie von uns erwarten, so eine Geschichte zu schlukken ...«

»Verdammt, Helen«, fiel Eli ihr ins Wort. »Würden Sie vielleicht einmal zuhören?«

Die Frau sah erst ihn, dann Sarah wütend an. Schließlich drehte sie sich auf dem Absatz um und verließ das Zimmer. Einen Augenblick später stürmte Peter Ettinger herein.

»Was zum Teufel ist denn hier los? Warum ist die Hämatologin weggegangen?« fragte er.

Eli wollte ihm entgegentreten, aber Sarah hielt ihn mit der erhobenen Hand auf.

»Warten Sie, Dr. Blankenship«, sagte sie. »Bitte. Ich weiß, was Annalee für Peter bedeutet, und ich weiß, wie sehr er über das, was hier passiert, beunruhigt ist. Lassen Sie mich kurz mit ihr reden.«

Sie flüsterte ein paar Worte in Annalees Ohr und wandte sich dann wieder den anderen zu. »Annalee sagt, sie ist damit einverstanden, daß er bleibt.«

»Okay«, knurrte Blankenship. »Aber wenn Sie uns auch nur mit einem Wort unterbrechen, Ettinger, fliegen Sie raus.«

»Peter, Annalee ist vergiftet worden«, sagte Sarah. »Jemand hat ihr Klapperschlangengift injiziert. Ich weiß nicht genug über Klapperschlangengift, um sagen zu können, wann das geschehen ist. Aber ich bin mir dessen, was ich sage, absolut sicher. Wir müssen ihr unbedingt so schnell wie möglich dieses Gegengift verabreichen.«

»Das ist Wahnsinn«, sagte Ettinger.

»Woher sollen wir wissen, daß die Flaschen das enthalten, was auf den Etiketten steht?« fragte Randall Snyder.

»Erstens sind sie versiegelt. Zweitens, wenn das irgend etwas anderes wäre, gäbe es keinen Grund, diese Flaschen in meinen Spind zu legen.«

»Angenommen, das hat tatsächlich jemand getan«, sagte Peter.

»Dr. Blankenship«, sagte Sarah, ohne auf Peter zu achten, »wissen Sie, ob dieses Gegengift irgendwelche Nebenwirkungen hat?«

»Möglicherweise eine allergische Reaktion auf das Pferdeserum, in dem es gelöst ist«, sagte Blankenship. »Sonst fällt mir nichts ein.«

»Das kriegen wir in den Griff.«

»Zeigen Sie mir mal die Packungsbeilage.«

Randall Snyder warf noch einen Blick auf den Bildschirm des Ultraschallgeräts. »Eli, der Puls des Babys wird schwächer. Sie müssen eine Entscheidung treffen.«

»Vergiftung durch Klapperschlangengift«, sagte Peter. »Sarah, du bist wirklich verrückt.«

»Ettinger, ich habe Sie gewarnt«, sagte Eli und warf dem deutlich größeren Mann über seine Brille hinweg einen wütenden Blick zu. »Entweder Sie gehen auf die andere Seite des Betts, oder Sie machen, daß Sie hier rauskommen.«

Nach kurzem Zögern tat Peter, wie ihm geheißen. Eli überflog den Beipackzettel und zog dann den Inhalt von zehn Fläschchen auf eine große Spritze auf. Sarah erklärte Annalee die Situation. Im Krankenzimmer herrschte absolute Stille, als Eli die Nadel in das Gummiverbindungsstück der Braunüle von Annalees Infusion schob und die trübe Flüssigkeit in den Schlauch injizierte.

Die Reaktion auf das Gegengift war dramatisch.

In weniger als fünf Minuten berichtete Annalee, daß die heftigen Schmerzen in ihren Gliedmaßen nachließen. Sechsundzwanzig Minuten nach der Injektion hörten die Blutungen aus ihrer Nase und an den Einstichstellen auf. Bis zum frühen Nachmittag war das Fieber verschwunden, und fast alle ihre Blut- und Gerinnungswerte waren wieder normal.

Sechs Stunden nach Verabreichung des Gegengifts berief Glenn Paris eine Notsitzung der Krankenhausverwaltung und der Belegschaft ein. Nachdem Randall Snyder, Eli Blankenship, Helen Stoddard sowie die Krankenschwestern und Hebammen Bericht erstattet hatten, wurde einstimmig beschlossen, Sarah Baldwin ab sofort zu beurlauben, bis die Einzelheiten über Annalees Fall geklärt waren.

* *
*

Die Leiche hatte bereits drei Tage lang im Leichenschauhaus gelegen, bis ihre Identität endgültig geklärt werden konnte. Eigentlich war die Bezeichnung Leiche nicht die passende Beschreibung für die menschlichen Überreste, die nur noch aus einem Skelett bestanden. Eine Woche zuvor hatte die Mannschaft eines Fischkutters, der etwa einhundertzwanzig Kilometer vor der Küste von Massachusetts seine Netze ausgeworfen hatte, sie zusammen mit mehreren Zentnern Schellfisch aus dem Meer gehievt.

Außer ein paar Knorpelresten an Rippen und einigen Gelenken wies das Skelett keinerlei Kleidungs- oder Gewebereste auf. Trotzdem konnte der Pathologe mit einiger Wahrscheinlichkeit die letzten sechs Monate als Todeszeit bestimmen. Darüber hinaus war die Todesursache eindeutig Mord. Zwei Halswirbel waren gebrochen. Der Zustand der Knochenüberreste zeigte deutliche Spuren von Gewalteinwirkung. Die Seile und Gewichte, die immer noch an den Extremitäten des Skeletts befestigt waren, räumten jeden noch verbleibenden Zweifel aus.

Nun untersuchte der Pathologe die von der Bostoner Polizei zur

Verfügung gestellten Röntgenaufnahmen des Gebisses. Der Gerichtsmediziner hatte nachgewiesen, daß sie mit den Aufnahmen des Skeletts übereinstimmten, sprach seine Ergebnisse in ein Diktaphon und rief dann den Inspektor an, der ihm die Röntgenaufnahmen geschickt hatte.

»Ich denke, Sie können die Familie des Vermißten benachrichtigen«, sagte der Pathologe. »Es sieht leider so aus, als hätte Ihr Dr. Truscott seine letzte Operation gemacht.«

KAPITEL 35

Am frühen Nachmittag klopfte Mrs. Annie Frumanian an Rosas Tür.

»Telefon für Sie. Es ist dieser charmante Mr. Mulholland aus Atlanta«, zwitscherte sie.

Mulholland, der kurz nach dem Besuch bei BIO-Vir nach Hause geflogen war, hatte die Nacht in ihrer Pension verbracht. Da er unter Schlaflosigkeit litt, hatte er Mrs. Frumanians Sympathien gewonnen, indem er bis spät nach Mitternacht aufgeblieben war und sich ihre Lebensgeschichte angehört hatte. Später erzählte er Rosa, kein Schlafmittel habe jemals so gut bei ihm gewirkt.

»Ken, haben Sie etwas herausgefunden?« fragte Rosa, nachdem sie sicher war, daß ihre Vermieterin aufgelegt hatte.

»Das einzige, was wir bisher haben, ist eine drei Jahre alte Adresse«, sagte der Virologe. »Falls Sie unseren Mr. Fezler finden, sollten Sie ihn vielleicht wissen lassen, daß wir, vorausgesetzt, seine Sozialversicherungsnummer, über die wir diese Adresse herausgefunden haben, ist die richtige, unabsichtlich die Steuerbehörden auf ihn aufmerksam gemacht haben. Anscheinend hat er seit vier Jahren keine Steuererklärung mehr abgegeben.«

Fezler, der Schöpfer des CRV113-Virus, war mit ziemlicher Sicherheit derselbe nervöse, stotternde kleine Mann, der versucht hatte, Kontakt mit Sarah aufzunehmen. Obwohl sich die älteren Kollegen bei BIO-Vir erinnerten, daß er mindestens fünf Jahre lang bei der Firma gearbeitet hatte, wußte niemand etwas über sein Privatleben, und in der Personalabteilung gab es keine Unterlagen darüber, daß er jemals im Labor gearbeitet hatte. Aus den wenigen Informationen, die Rosa und Kens Erkundigungen bei BIO-Vir zutage gefördert hatten, ergab sich das Bild eines extrem einzelgängerischen, hochintelligenten und auffallend übergewichtigen Mannes von Ende Vierzig bis Anfang Fünfzig. Während seiner Zeit bei BIO-Vir hatte er drastisch abgenommen. Außerdem waren unter seiner Pflege ungewöhnlich viele Affen gestorben. Und sehr zum Verdruß von Cletus Collins waren die Unterlagen über diese Affen zusammen mit Fezlers Personalakte verschwunden.

Es war Mulhollands Idee gewesen, zu versuchen, ihn über FASTFIND ausfindig zu machen. Das FASTFIND-Computernetzwerk hatte 1981 eine heimlich vom Präsidenten dafür eingesetzte Kommission eingerichtet. Sein einziger Zweck bestand darin, Personen im Auftrag der Regierung aufzuspüren. Die Installierung des Netzwerks hatte zwölf Millionen Dollar gekostet, aber bereits im ersten Jahr hatten die mit seiner Hilfe eingetriebenen Steuerrückstände die Kosten mehr als amortisiert. Das System funktionierte, indem Daten von Finanzbehörden, FBI, Militär, Polizei, Sozialversicherungsbehörde, Paßamt, Einwanderungs- und Einbürgerungsbehörde, Kreditanstalten, Arbeitsämtern, Straßenverkehrsämtern und einem Dutzend nationaler Adressenlisten miteinander verglichen wurden. Rosas Abteilung hatte die Dienste des Netzwerks bereits mehrmals in Anspruch genommen, um eine Reihe von Personen ausfindig zu machen, die mit gefährlichen Infektionskrankheiten oder Giften in Berührung gekommen waren.

»Die Adresse, die sie mir gegeben haben, liegt in einem Ort namens Brookline«, sagte Mulholland.

»Ich weiß, wo Brookline liegt.«

»331 Beech Street, Apartment 2-F.«

Rosa notierte sich die Adresse und sah auf ihrem Stadtplan nach.

»Ich hab's gefunden«, sagte sie. »Noch eine Taxifahrt. Ich weiß gar nicht, wovor ich mich nach all den Taxifahrten mehr fürchte: vor den Fahrern oder den Preisen. Vielleicht sollte ich mir einen Mietwagen nehmen.«

»Oder Sie leihen sich ein Auto. Vergessen Sie nicht, Sie sind krankgeschrieben. Kein Mietwagen auf Staatskosten. Hören Sie, Rosa, es gibt da noch etwas Interessantes. Als ich in Boston war, hat einer meiner Mitarbeiter heimlich noch ein paar Tests mit Lisas Blut durchgeführt. Ihr Interferonspiegel liegt etwas über dem Normalwert.«

»Interferon?«

Rosa ließ sich die neue Information eine Weile durch den Kopf gehen. Interferon, ein vom menschlichen Körper produziertes antivirales Protein, war seit langem bekannt und intensiv studiert worden, aber seine Wirkungsweise war noch weitgehend unerforscht. In hohen Dosen war dieses Protein erwiesenermaßen ein Anti-Krebsmittel. In den niedrigen Dosen, in denen es im menschlichen Körper vorkam, spielte es mit Sicherheit eine Rolle bei der Bekämpfung von latenten Infektionen wie zum Beispiel Herpes oder Windpocken.

»Ken«, sagte sie schließlich, »erzählen Sie mir, was Sie sich zu dem Thema überlegt haben.«

»Nun, wie ich die Sache sehe, hat Lisa eine latente, asymptomatische CRV113-Infektion. Die Infektion wird von ihrem eigenen Interferon und Antikörpern in Schach gehalten. Eine Art biologische Pattsituation. Ich nehme an, daß wir alle ähnliche Virusinfektionen mit uns herumtragen. Manche davon können sogar bestimmte Formen von Krebs verursachen. Wir haben also eine latente CRV113-Infektion, die nicht schlimmer wird und nicht besser. Dann gerät der Körper durch eine Streßsituation aus dem Gleichgewicht . . .«

»Wie zum Beispiel eine Geburt.«

». . . und zack! Das Virus bekommt die Oberhand.«

»Und tut genau das, was seine DNA ihm befiehlt. In unserem Fall unangemessene Aktivierung des Gerinnungssystems.«

»Genau. Und wenn die Streßsituation vorüber ist, produziert der Körper mehr Interferon und mehr Antikörper, bis das Gleichgewicht wiederhergestellt ist.«

»Aber gibt es denn jemals einen endgültigen Sieg? Ich meine über das Virus?«

»Ab und zu vielleicht«, sagte Mulholland. »Vielleicht auch häufig. Aber das Herpes-simplex-Modell – das am häufigsten vorkommt – legt den Schluß nahe, daß das Ergebnis meistens ein Unentschieden ist. Jeder, der die Bläschen kennt, die immer wieder an den Lippen sprießen, kann das bestätigen. Das ganze Feld der chronischen Virusinfektionen ist noch viel zu neu, als daß wir sagen könnten, wie das alles genau funktioniert.«

»Ken, langsam fügt sich das Bild zusammen.«

»Möglich. Aber es gibt immer noch eine Menge Fragen.«

»Immerhin wissen wir jetzt, wer wahrscheinlich die Antworten kennt.«

»013-32-0885.«

»013-32-0885«, wiederholte Rosa.

* *
*

»Mein Name ist Matt Daniels. Ich möchte Mr. Mallon sprechen«, sagte Matt.

Er sah an der Empfangsdame vorbei durch die Glasscheiben der Bibliothek auf den Bostoner Hafen hinaus. Vor mehreren Jahren hatte er tatsächlich ein Bewerbungsschreiben an die Sozietät Wasserman & Mallon geschickt. Das Vorstellungsgespräch hatte ein Juniorpartner geführt. Er bat Matt, ihm einen Baseball zu signieren, und stellte ihm während des etwa zwanzigminütigen Gesprächs vielleicht ein oder zwei Fragen, die nichts mit Sport zu tun hatten. Der Mann, dessen Namen Matt vergessen hatte, deutete nicht einmal an, daß Matts Bewerbung in die engere Wahl genommen würde.

Es war nicht nötig gewesen, Jeremy Mallon einen Grund für diese Zusammenkunft zu nennen. Roger Phelps hatte gute Vorarbeit geleistet. Als Ort für das Treffen hatte Matt Mallons Büro gewählt – vielleicht eine Art großspurige, ironische Geste gegenüber jenem scheinheiligen Jung-Anwalt, an den er damals geraten war. Natürlich spielte auch die eher praktische Erwägung eine Rolle, daß er auf diese Weise nicht die Glasscherben und das demolierte Mobiliar aus seinem eigenen Büro entfernen mußte.

»Mr. Mallon bittet Sie einzutreten«, sagte die Empfangsdame mit einem ausgesprochen britischen Akzent.

»Das ist aber nett«, murmelte Matt, während er sich fragte, ob der britische Akzent zu den Anforderungen für diese Stelle gehört hatte.

Jeremy Mallon, der Matt an seiner Bürotür begrüßte, wirkte deutlich mitgenommen. Sein Gesicht war blaß und eingefallen, um die leicht blutunterlaufenen Augen lagen dunkle Ringe. Er roch auffallend nach Mundwasser, und Matt vermutete, daß er in der vergangenen Nacht tief in sein Whiskyglas geschaut hatte.

»Haben Sie diesmal auch ein Mikro unterm Jackett?« fragte Mallon, nachdem er die Bürotür geschlossen hatte.

»Warum sollte ich mir die Mühe machen? Ich habe bereits das Band, das ich brauche.«

»Sie haben Phelps bedroht, um dieses Band zu bekommen. Sie haben ihm einen Baseball an den Kopf geworfen.«

»Jeremy, wenn ich Roger aus zwei, drei Metern Entfernung einen Ball an den Kopf geworfen hätte, dann läge er jetzt auf der Intensivstation.«

»Woher soll ich wissen, ob die Aufnahme tatsächlich etwas geworden ist? Woher soll ich wissen, ob überhaupt etwas auf dem Band ist?«

Matt grinste mitleidig.

»In jeder Lebenslage ein Anwalt«, sagte er. »Erstens, Jeremy, macht es keinen Unterschied, ob ich das Band habe oder nicht. Wenn man einen Untersuchungsausschuß erst mal auf die richtige Fährte setzt, braucht er nicht aus Genies zu bestehen, damit er herausfindet, was hier gespielt wird. Und zweitens bin ich nicht hierhergekommen, um Sie zu erpressen. Ich bin gekommen, um zu erwirken, daß die Anklage gegen meine Klientin fallengelassen wird.«

»Bereits geschehen«, sagte Mallon schnell.

»Sprechen Sie für die Graysons?«

»Davon können Sie ausgehen.«
»Außerdem will ich wissen, was Sie dazu bewogen hat, Phelps einen Vergleich nahezulegen.«
»*Vielleicht* erzähle ich Ihnen das auch noch. Aber zunächst möchte ich mit Ihnen eine Vereinbarung treffen.«
»Und die wäre?«
»Wir suchen einen Mitarbeiter für unsere Kanzlei. Wenn Sie den Job wollen, haben Sie ihn. Zwei Jahre im Angestelltenverhältnis, danach als Partner. Anfangsgehalt einhundertfünfzig pro Jahr.«
»Tausend?«
»Selbstverständlich.« Mallon nahm ein Schreiben von seinem Schreibtisch. »Ich habe den Vertrag bereits aufsetzen lassen. Er enthält auch die Gehaltsgarantie. Ich habe schon unterzeichnet. Sie brauchen nur hier unten zu unterschreiben, und Ihr Name steht auf der Tür.«
Matt warf einen Blick auf das zweiseitige Dokument. Der Vertrag war mit VEREINBARUNG überschrieben. Genausogut hätte da die Überschrift FÜR DEN REST DES LEBENS AUSGESORGT stehen können. Er mußte an Harry denken und daran, was ein solches Einkommen für sie beide bedeuten würde.
»Sie haben nicht gerade ein Pokerface«, sagte Mallon.
Matt faltete den Vertrag und steckte ihn in seine Innentasche.
»Ich werde mir das gründlich durchlesen«, sagte er. »Und jetzt will ich wissen, warum Sie den Fall Baldwin aufgeben wollten.«
»Weil Sie dabei waren zu gewinnen, darum.«
»Blödsinn.« Matt erhob sich und machte Anstalten zu gehen.
»Warten Sie, warten Sie. Immer mit der Ruhe.«
Matt blieb stehen.
»Okay, okay«, sagte Mallon. »Ich gebe zu, der Fall ist immer noch offen. Aber Sie waren dabei, Boden zu gewinnen. Viel zuviel. Und mir wurde klar, daß ich einen Fehler bei der Vorbereitung des Falls gemacht habe.«
»Nämlich?«
»Würden Sie sich bitte wieder setzen, Herrgott noch mal? Danke.

Nämlich, ich hätte mich niemals mit diesem Egomanen Ettinger einlassen dürfen. Es war Zufall, daß ich den Bastard überhaupt angerufen habe. Er war so oft auf dem Bildschirm, daß ich dachte, er sei eine Koryphäe auf dem Gebiet der ganzheitlichen Medizin.«
»Das ist er auch.«
»Nein, Matt. Er ist ein Lügner. Und zwar ein ziemlich überzeugender Lügner. Erst *nachdem* wir in dem Laden von diesem Chinesen waren, hat Ettinger zugegeben, daß er und Ihre Klientin jahrelang ein Liebespaar gewesen sind. Er sagt, er hielt es nicht für so wichtig. *Nicht wichtig!* Ich meine, *das kann doch nicht wahr sein.* Ich glaube eher, daß er ihr unbedingt etwas heimzahlen wollte, und darum war er so wild darauf, mit uns zusammenzuarbeiten. Was spielt es schon für eine Rolle, daß seine frühere Beziehung zu der Angeklagten ihn für mich ungefähr so nützlich macht wie ein Klotz am Bein? Und dann vergißt er praktischerweise auch noch, mir zu sagen, daß dieses verdammte Diätpulver, das er vertreibt, von einem Typen erfunden wurde, der zufällig im Medical Center of Boston gearbeitet hat.«
»Sie meinen Pramod Singh?«
»Ja, ich meine Pramod Singh. Oh, dieser Ettinger ist ein toller Typ. Wirklich toll.«
»Was wissen Sie über dieses Pulver?«
»Ich weiß nicht, worauf Sie hinauswollen. Ich weiß überhaupt nichts über dieses Pulver.«
Matt stand erneut auf und machte sich auf den Weg zur Tür.
»Okay, okay«, sagte Mallon und winkte Daniels zurück auf seinen Platz. »Wo zum Teufel hat Phelps Sie eigentlich ausgegraben? Auf einem Schrottplatz in Chicago?«
»Er hat mich unterschätzt.«
»Das kann man wohl sagen. Also, das einzige, was ich über Ettingers Pulver weiß – und das entspricht der Wahrheit –, ist, daß irgendwas Merkwürdiges mit dem Geld passiert, das all die Dickerchen ihm überweisen.«
»Tatsächlich?«

»Nachdem Sie bei Ettingers Anhörung dieses Diätpulver zur Sprache brachten, hab ich ihn gebeten, mir alles darüber zu erzählen. Das hat er natürlich nicht gemacht, was ich eigentlich auch nicht erwartet hatte. Aber ich hab ein paar meiner besten Leute auf die Sache angesetzt. Wenn man sich die Tabellen in Ettingers Büro ansieht und die Mengen, die von dem Pulver jeden Tag von seiner Firma verschickt werden, dann macht er mit dem Zeug ein Bombengeschäft. Im Moment gehen jede Woche zehntausend Bestellungen ein, und es werden immer mehr. Das sind vier Millionen Dollar im Monat.«
»Und?«
»Wir können das Geld nicht finden.«
»Was?«
»Diese Fernsehshows werden im ganzen Land ausgestrahlt. Aber die Adressen, an die man die Schecks schicken soll, und die Telefonnummern, über die man Bestellungen aufgeben kann, sind überall verschieden. Es gibt mindestens acht. L.A., Chicago, Florida, New York. Irgendwie gelangen die Bestellungen zu Ettingers Laden in Hillsborough – Sie wissen schon, Xanadu. Aber das Geld geht Gott weiß wohin.«
»Das müssen Sie mir erklären.«
»Ich gehe davon aus, daß Sie mein Angebot annehmen und mit uns zusammenarbeiten, Matt.«
»Sieht ganz danach aus. Und jetzt erzählen Sie mir von dem Geld.«
»Die Kohle bewegt sich schneller als eine Erbse beim Hütchenspiel. Es gibt in jeder Gegend ein Büro – insgesamt mindestens acht. Das Geld wird bei einer kleinen Bank eingezahlt. Dann wird es telegrafisch auf eine andere Bank überwiesen. Irgendwann landet es bei einer Bank in der Karibik oder in Europa – ich schätze, es wird auf etwa ein Dutzend Banken verteilt. Und dann fließt es zu Ettinger zurück. Aber nach dem, was wir bisher herausfinden konnten, ist der Betrag, der zu ihm zurückfließt, nicht annähernd so hoch wie der ursprüngliche Betrag. Allem Anschein nach ist er nur ein kleiner Teilhaber in diesem Geschäft. Wir haben nicht genug Geld,

um all die Banker zu bestechen und genau aufzuschlüsseln, wie Ettinger oder Singh oder wer auch immer diese Geldwäsche im einzelnen durchführt, oder wo der Rest des Geldes bleibt. Aber wir haben etwas herausgefunden, das für uns recht vielversprechend aussieht. Ich meine, eine richtig große Sache. Und zwar hat die Xanadu Foundation zusätzlich zu dem, was Ettinger mit seinem Pulver einnimmt, riesige Summen an Spendengeldern von jemandem namens T. J. McGrath erhalten. Vielleicht eine Million Dollar, bisher.«

»Und?«

»Und unser gutes altes MCB ist von einer sogenannten McGrath Foundation vor dem Bankrott bewahrt worden. Bis vorige Woche hat der verdammte Paris den Namen dieser Stiftung geheimgehalten, als handle es sich um die Zahlenkombination zu seinem Privatsafe. Am Samstag läßt er ein Gebäude auf dem Krankenhausgelände in die Luft jagen und an seiner Stelle ein neues Forschungslaboratorium erbauen. Und diesen ganzen Luxus bezahlt er mit Geld aus der McGrath-Stiftung. Ist das Zufall?«

»Macht nicht den Eindruck.«

»Nicht nur Ettinger, sondern auch das MCB verdient an diesem Pulver. Außerdem wurde das Pulver ursprünglich von einem Arzt entwickelt und getestet, der am MCB arbeitete. Ich glaube, wenn wir erst mal genau wissen, was da gespielt wird, dann können wir Glenn Paris und seine scheckige Mannschaft endgültig in den Ruhestand schicken. Haben Sie eine Ahnung, welche Belohnung uns erwartet, wenn wir das für Everwell hinkriegen? Haben Sie schon mal für eine Gans gearbeitet, die goldene Eier legt?«

Matt grinste.

»Bisher hatte ich noch nicht das Vergnügen«, sagte er. »Ist das alles, was Sie über das Pulver wissen?«

»Bisher ja. Aber meine Leute arbeiten immer noch dran. Wann kann ich damit rechnen, diesen Vertrag unterschrieben zurückzubekommen?«

»Noch heute. Versprochen.«

»Hervorragend. Wir freuen uns schon alle darauf, Sie bei uns an Bord zu haben.«

»Welch treffender Vergleich.« Zu seinem Leidwesen konnte Matt es nicht vermeiden, Mallon zum Abschied die Hand zu reichen.

»Tschüß«, rief er der Empfangsdame zum Abschied zu, als er durch die Kunstgalerie auf die Aufzüge zu eilte.

Er verließ das elegante Bürogebäude und war kaum einen halben Block weit gekommen, als er einem alten Mann begegnete, der einen Einkaufswagen mit vollgestopften Plastiktüten, leeren Flaschen und anderem Müll vor sich herschob.

»Hallo«, sagte Matt und reichte ihm einen Fünfdollarschein. »Wie geht's?«

»Kann mich nicht beklagen, Kumpel. Kann mich nicht beklagen«, sagte der Alte grinsend.

Er hatte sich ein rotes Halstuch in die grauen Haare gebunden, und um den Hals trug er eine grüne Plastiktüte. Die Tüte hatte er in einem doppelten Krawattenknoten geschlungen, der gar nicht schlecht saß. Außer einer neuen Krawatte hatte er allerdings auch eine Zahnarztbehandlung dringend nötig.

»Wie heißen Sie?« fragte Matt.

»Siggins«, erwiderte der Mann. »Alfie Siggins.«

»Mr. Siggins, ich habe gute Neuigkeiten für Sie.« Er zog Mallons Vertrag aus seiner Tasche, trug anstelle seines eigenen Namens den von Alfie ein und half ihm, das Dokument zu unterschreiben. »Sehen Sie das Gebäude dort drüben? Nummer einhundert? Gehen Sie hinein, fahren Sie ins einundzwanzigste Stockwerk, zeigen Sie der Empfangsdame diesen Vertrag und sagen Sie ihr, Sie seien Mr. Mallons neuer Partner. Wenn der Wachmann versucht, Sie aufzuhalten, zeigen Sie ihm einfach das hier. Verkaufen Sie ihnen das Dokument, wenn Sie wollen. Aber verkaufen Sie es nicht billig.«

»Und was riskier ich dabei, Kumpel?« wollte Alfie Siggins wissen.

»Sie riskieren überhaupt nichts«, erwiderte Matt. »Keinerlei Risiko. Hier, nehmen Sie diesen Hasenfuß, er bringt Ihnen Glück. Da kann überhaupt nichts schiefgehen.«

Matt sah dem Mann nach, bis er mit seinem Einkaufswagen im Gebäude Federal Plaza 100 verschwunden war. Dann ging er Richtung Parkplatz, wo sein Auto stand. Noch am selben Tag würde das Band mit Phelps' Geständnis bei der Aufsichtsbehörde eingehen. Jetzt war es Zeit, Sarah wissen zu lassen, daß sie, dank der Aussage des Experten der Gegenpartei, nicht länger als Angeklagte in einem Kunstfehlerprozeß vor Gericht stand. Und dann, vorausgesetzt, daß sie nicht gerade Bereitschaft hatte, würde er sie bitten, zur Feier des Tages mit ihm einen Spaziergang zu machen, und dann würde er ganz selbstverständlich mit ihr in der Öffentlichkeit Hand in Hand gehen.

* * *

Sarah wurde in Glenn Paris' Büro zitiert, wo der Verwaltungsleiter sie darüber in Kenntnis setzte, daß sie bis auf weiteres vom Dienst im MCB suspendiert war. Die Entscheidung der Verwaltung kam nicht gerade überraschend, und sie nahm die Nachricht ziemlich ruhig entgegen. Tatsächlich war sie so erschöpft, daß ihre Gefühle regelrecht abgestumpft waren – geschlagen von einem unbekannten Gegner, der sie systematisch und mit Methode zerstört hatte. Von den wenigen Kollegen am MCB, die immer noch zu ihr hielten, konnte sie kaum erwarten, daß sie ihr nach diesem neuen, äußerst klug eingefädelten Schachzug gegen sie weiterhin vertrauen würden. Sie konnte jetzt nur noch nach Hause gehen. Später würde sie Matt anrufen. Er würde wissen, daß sie ein weiteres Mal hereingelegt worden war ... Zumindest hoffte sie das.
Bevor sie sich daranmachte, ihren Spind auszuräumen, ging Sarah noch einmal auf die Geburtshilfestation, um Annalee zu besuchen. Ein uniformierter Wachmann, der vor ihrer Zimmertür postiert war, weigerte sich, sie einzulassen. Sarah ging ins Schwesternzimmer, um Annalee eine Nachricht zu schreiben, in der sie ihre Unschuld beteuerte und, so gut sie konnte, zu erklären versuchte, was ihnen beiden angetan worden war. Sie hatte ihren Brief kaum

beendet und suchte einen Umschlag, als eine der Schwestern ihr einen reichte. Als sie sich gerade bedanken wollte, fiel ihr auf, daß der Umschlag an Dr. Sarah Baldwin adressiert war.
»Das wurde gerade für Sie abgegeben«, erklärte die Schwester.
Noch bevor Sarah etwas erwidern konnte, hatte sie sich umgedreht und war verschwunden.

Wenn Sie sich für Vergiftungen mit Klapperschlangengift interessieren, gehen Sie in Zimmer 512 Thayer Building. Ich werde Sie dort um Punkt 18.00 Uhr erwarten. Sprechen Sie mit niemandem über diesen Brief, bis Sie gehört haben, was ich Ihnen zu sagen habe. Sie wurden hereingelegt.

Die anonyme Nachricht war sauber getippt.
Sarah warf einen Blick auf die Armbanduhr. Fünf vor sechs. Sie faltete die Botschaft und den Brief an Annalee und steckte beide in ihre Kitteltasche. Dann rannte sie durch den Tunnel zum Thayer Building hinüber und nahm den Aufzug in den fünften Stock. Zimmer 512 lag am Ende des Korridors. Punkt sechs Uhr stand sie vor der Tür. In dem Zimmer läutete das Telefon. Ohne zu klopfen, betrat Sarah den dunklen Raum und ging an den Apparat, der neben dem Bett stand. Als sie gerade den Hörer aufnehmen wollte, wurde die Tür zugeschlagen. Augenblicklich war sie von völliger Dunkelheit umgeben. Bevor sie reagieren konnte, hatte sie eine Decke über dem Kopf, und sie wurde vornüber auf das Bett gestoßen. Sie schrie auf und versuchte sich zu wehren, aber die Decke und das Gewicht ihres Angreifers machten jede Bewegung unmöglich.
»Bitte nicht!« schrie sie.
Der Mann über ihr drückte sein Becken gegen ihr Gesäß. Dann packte er sie an den Haaren und drückte ihr Gesicht in das Kissen. Einen Augenblick später spürte sie einen kurzen, scharfen Schmerz an ihrem Hinterkopf.

»Bitte!« schrie sie noch einmal. »Bitte nicht!«
Ihre Stimme wurde in dem weichen Federkissen erstickt. Sekunden später überkam sie eine Welle von Schwindel und Übelkeit. Ihre Beine und Arme begannen heftig zu zittern. Ihr Atem wurde schwer. Der Mann lag immer noch auf ihr, obwohl er sich kaum noch anstrengen mußte, um sie festzuhalten. Sie war völlig hilflos und nur noch darum bemüht, das Bewußtsein nicht zu verlieren – am Leben zu bleiben.
»Bitte«, wimmerte sie. »Bitte.«
Diesmal war nichts zu hören. Kein Ton. Ihre Gedanken verloren sich, und die Dunkelheit wurde noch erstickender. Ein paar Sekunden lang hörte sie sich selbst röcheln. Dann hörte auch dieses Geräusch auf. Die Dunkelheit schien sie völlig zu erdrücken. Und dann war der Schrecken mit einemmal vorbei.

KAPITEL 36

Es war bereits kurz vor sechs, als Rosa vor dem Apartmenthaus in Brookline ankam, in dem Warren Fezler bis vor zwei Jahren gewohnt hatte. Sie hatte mit allen Bewohnern, die ihr aufgemacht hatten, gesprochen und war dann noch einmal zu BIO-Vir zurückgefahren, um zu überprüfen, ob sie vielleicht irgend jemanden vergessen hatte, der möglicherweise zu dem wenigen, das sie in Erfahrung gebracht hatte, noch etwas hinzufügen konnte. Im großen und ganzen waren ihre Mühen ergebnislos geblieben.

Nach Aussage der wenigen Nachbarn, mit denen Rosa gesprochen hatte, war Fezler ein ruhiger, zurückhaltender Mieter gewesen, bis er eines Tages einfach nicht mehr in seine Wohnung zurückgekehrt war. Seine Möbel waren in einen Lagerraum geschafft und schließlich versteigert worden. Die Sekretärin der Wohnungsgesellschaft schwor, daß die Unterlagen über einen Mieter nach dessen Auszug grundsätzlich fünf Jahre lang aufbewahrt wurden. Aber offenbar war mit Fezlers Unterlagen eine Ausnahme gemacht worden. Rosa blickte an dem Apartmenthaus hinauf. Es war Abendessenszeit. *Vielleicht waren jetzt ein paar mehr Leute zu Hause.* Vielleicht war einem von denen, mit denen sie gesprochen hatte, noch etwas eingefallen. Die Suarezsche Gründlichkeit verlangte noch einen Versuch bei den Nachbarn. Vorher würde sie nicht Feierabend machen. Aber weil sie noch zögerte, schon wieder auf alle Klingeln zu drücken, machte sie erst einen abendlichen Spaziergang und überlegte, welche sinnvollen Schritte sie noch unternehmen konnte.

Einzelheiten, dachte sie, als sie gedankenverloren die Straße entlangging. *Versuch dir den Mann vorzustellen ... Versuch dich in Warren Fezler zu versetzen.* Sie war bereits an dem kleinen Feinkostladen vorbeigegangen, als sie plötzlich stehenblieb. Vor dem Laden duftete es nach frischem Brot, Schnittblumen und Obst. *Essen!* Nach den Beschreibungen, die sie von Fezler erhalten hatte, war er vor seiner wundersamen Verwandlung an die hundert Kilo schwerer gewesen. Wahrscheinlich hatte Essen zu den wichtigsten Dingen in seinem Leben gehört. Und falls das stimmte, dann hatte ihm ein Feinkostladen in unmittelbarer Nähe seiner Wohnung wahrscheinlich als eine Art Stammkneipe gedient.

Zuerst sprach Rosa mit den Kassiererinnen und dann nacheinander mit den anderen Angestellten. Der vierte Angestellte, den sie nach Fezler fragte – ein älterer Mann, der an der Fleischtheke arbeitete –, konnte ihr endlich Auskunft geben.

»Klar kenn ich Warren«, sagte der Metzger. »Er war der netteste Kunde, den wir je hatten. Ein echter Pfundskerl. Hat nie viel geredet – er hatte so einen Sprachfehler, wissen Sie. Aber der würde Ihnen sein letztes Hemd geben.«

»Ist er in letzter Zeit hier gewesen?«

»Nein, der war schon länger nicht mehr hier. Ein paar Monate schon. Ich glaube, ich habe ihn vorigen Sommer zuletzt gesehen.«

Ein paar Monate. Fezler war vor zwei Jahren aus seiner Wohnung ausgezogen und hatte trotzdem weiter in dem Laden eingekauft.

»Wissen Sie vielleicht, warum er nicht mehr kommt oder wo ich ihn finden kann?« fragte Rosa.

»Keine Ahnung. Aber ich wette, Mrs. Richardson kann Ihnen das sagen. Sie ist eine nette alte Dame. Sie sieht schlecht, und laufen kann sie auch kaum noch. Ich glaube, sie hat niemanden mehr. Warren hat immer für sie eingekauft, damit sie ein bißchen Geld spart. Seit er nicht mehr hier ist, bekommt sie ihre Sachen von uns geliefert. Armes altes Mädchen. Drei Dollar Lieferantenlohn pro Tasche ist eine ganze Menge für so jemanden.«

»Volltreffer!« sagte Rosa.

Eine Viertelstunde später war sie in der Küche von Elsie Richardson, kochte Tee und spülte Geschirr ab. Die alte Dame, die mit Sicherheit mindestens neunzig Jahre alt war, lebte in einer vollgestopften Souterrainwohnung mit drei Katzen, die alle genauso alt zu sein schienen wie sie selbst. Sie bewegte sich auf ihren geschwollenen Füßen und Knöcheln wie in Zeitlupe, und sie besaß gerade noch so viel Sehkraft, daß sie sich in ihrer Wohnung zurechtfand. Aber sie schien ihr Leben zu bewältigen. Und ihr Verstand war erstaunlich klar.

»*Miss,* nicht Mrs.«, korrigierte sie Rosa. »Ich wollte immer einen Mann heiraten, der klüger war als ich, aber ich habe nie einen kennengelernt ... jedenfalls nicht, bis ich Mr. Fezler begegnet bin. Ich freue mich zu hören, daß es Mr. Fezler gutgeht«, sagte sie. »Er hat sich seit Wochen nicht gemeldet.«

»Ich weiß nicht, ob es ihm gutgeht, Miss Richardson. Ich versuche nur, ihn zu finden.«

»Ich nehme ein bißchen Zitrone und Zucker, meine Liebe. Den Zitronensaft finden Sie links unten im Kühlschrank. Ich weiß, wo der Zitronensaft ist, aber ich weiß nicht, wo Mr. Fezler ist. Er hat es mir nie gesagt. So ein netter Mann. Wissen Sie, wie ich ihn kennengelernt habe? Ich bin hingefallen, so haben wir uns kennengelernt. Direkt vor dem Feinkostladen. Er hat mir aufgeholfen und mir den Schmutz von den Kleidern geklopft. Und das war das letzte Mal, daß ich selbst einkaufen gehen mußte. Sechs Dollar die Woche. Soviel Geld habe ich durch ihn gespart. Ganz zu schweigen von dem Geld, daß er mir *gegeben* hat. Zuerst wollte ich es nicht annehmen, aber er hat es einfach dagelassen.«

»Hört sich an, als wäre er ein anständiger Kerl«, sagte Rosa, während sie an die schauerlichen Berichte über die Frauen dachte, die an DIC gestorben waren. »Miss Richardson, können Sie sich vorstellen, wo er wohl hingegangen wäre, wenn ... wenn er Probleme gehabt hätte? Hat er irgendwelche Freunde oder Verwandte?«

»Nicht, daß ich ... Moment. Er hat eine Schwester. Sie heißt ... Mary. Nein, nein, nicht Mary. Martha. ›Meine Schwester Martha.‹ Er hat oft von ihr gesprochen. Wieso habe ich nicht früher daran gedacht? Das tut mir leid.«

»Sie brauchen sich doch nicht zu entschuldigen. Miss Richardson«, sagte Rosa, während sie einen Keks auf die Untertasse der alten Dame legte. »Wissen Sie, ob Marthas Nachname auch Fezler lautet?«
»Nein. Ich fürchte ...« Plötzlich heiterte sich ihre Miene auf. »Der Kalender«, sagte sie.
»Kalender?«
»Mr. Fezler hat gesagt, er sei von der Firma seiner Schwester. Er hat ihn mir gegeben, weil die Zahlen darauf so groß sind. Er hat ihn sogar für mich aufgehängt. Aber ich fürchte, ich sehe ihn mir nie an. Er ist da drin, meine Liebe.«
Sie wies auf die Schlafzimmertür. Auf der oberen Hälfte des Kalenders prangte ein Foto von einer prallbusigen Blondine. Sie war äußerst spärlich bekleidet und hielt einen Benzinkanister in der Hand. Oberhalb des Fotos befand sich ein Aufdruck:

FEZLER SCHIFFS- UND AUTOMOTORREPARATURWERKSTATT
EIGENTÜMERIN: MARTHA FEZLER
MERCRUISER-SPEZIALISTEN

Die Adresse der Werkstatt, die am unteren Rand des Kalenders aufgedruckt war, war eine Anschrift in Gloucester, einer Stadt etwa fünfzig Kilometer nördlich von Boston. Rosa schrieb Adresse und Telefonnummer ab. Dann brachte sie das Schlafzimmer so gut es ging in Ordnung, umarmte Elsie Richardson, gab ihr zwanzig Dollar und kehrte in ihre Pension zurück. Ihre Intuition sagte ihr, daß Martha Fezler, falls sie ihren Bruder nicht versteckte, zumindest wissen würde, wo er sich aufhielt.
Rosa ging an die nächstgelegene Durchgangsstraße und winkte einem Taxi. Sie war in Hochstimmung. Ihre Karriere als Epidemiologin würde schon sehr bald zu Ende sein. Aber nicht, ehe sie das BART-Gespenst besiegt hatte.

* * *

»Hallo Ruth, ich bin's, Matt. Tut mir leid, daß ich Sie zu Hause anrufe.«

»Das macht nichts. Wie war Ihre Besprechung mit Mr. Mallon?«

»Sie lassen den Fall Baldwin fallen.«

»Oh, das ist wunderbar. Einfach wunderbar! Herzlichen Glückwunsch.«

»Danke. Hören Sie, Ruth. Ich bin im Medical Center of Boston, und ich kann Sarah nicht finden. Haben Sie etwas von ihr gehört?«

»Ja. Sie hat angerufen, kurz bevor ich gegangen bin, so etwa vor einer Stunde. Ich habe Ihnen die Nachricht auf den Schreibtisch gelegt. Sie wollte bis etwa sechs Uhr im Krankenhaus bleiben und dann nach Hause gehen. Sie schien sehr aufgeregt zu sein.«

»Nach allem, was ich in Erfahrung gebracht habe, hat sie auch Grund dazu. Vielen Dank, Ruth. Wir sehen uns morgen früh. Und vielen Dank, daß Sie mein Büro in Ordnung gebracht haben.«

»Kann ich sonst noch etwas für Sie tun?«

»Nein. Sie haben doch den Anrufbeantworter eingeschaltet?«

»Das mache ich *immer*, Mr. Daniels.«

»Ich weiß, ich weiß. Gute Nacht, Ruth. Wir sehen uns morgen früh.«

Matt legte den Hörer des Münzfernsprechers auf und sah sich in der belebten Eingangshalle um. Es war halb sieben. Sarah hatte gesagt, sie würde das Krankenhaus um sechs Uhr verlassen. Aber ihr neues Fahrrad war immer noch vor dem Eingang angekettet. Er hatte sie weder über ihren Piepser erreichen können, noch hatte sie sich gemeldet, als er sie im Krankenhaus hatte ausrufen lassen. Er hatte versucht, sie zu Hause anzurufen, war aber lediglich an den Anrufbeantworter geraten, und auf seinem hatte sie keinerlei Nachricht hinterlassen.

Irgend etwas Dramatisches war mit einer von Sarahs Patientinnen geschehen, soviel hatte Matt herausgefunden. Allerdings war niemand im MCB bereit gewesen, ihm Einzelheiten mitzuteilen. Offenbar war sie vom Dienst suspendiert worden. Glenn Paris, von dem Matt Näheres zu erfahren gehofft hatte, war in einer Notsitzung und nicht zu sprechen. Von Minute zu Minute zunehmend beunruhigt, suchte Matt noch einmal das Büro des Klinikchefs im Thayer Building auf.

»Tut mir leid, Mr. Paris ist gerade in einer Besprechung«, sagte seine Sekretärin.

»Unterbrechen Sie ihn. Sagen Sie ihm, Matt Daniels muß dringend mit ihm reden, es handelt sich um einen Notfall.«

»Aber ...«

»Tun Sie es, bitte. Sonst tue ich es selbst.«

Sekunden später wurde er in Paris' Büro gebeten.

»Sie können nicht im Ernst annehmen, daß sie zu so etwas fähig wäre«, rief Matt aus, nachdem Paris ihm die Ereignisse um Annalee Ettinger geschildert hatte. »Mallon und die Graysons haben die Anklage zurückgezogen. Sagt Ihnen das denn nichts?«

»Hören Sie, ich weiß lediglich, daß der Ruf dieses Krankenhauses in den letzten sechs Monaten mehr Schaden genommen hat als in den letzten sechs Jahren. Und Ihre Klientin ist auf der ganzen Linie in diese Sache verwickelt. Wir mußten sie suspendieren, bis der Aufruhr sich gelegt hat und wir endgültig geklärt haben, was geschehen ist.«

»Ist das nicht offensichtlich, was hier geschehen ist? Jemand hat versucht, ihr etwas anzuhängen.«

»Um Sarahs willen hoffe ich, daß das stimmt. Ich mag Sarah, Daniels, das können Sie mir glauben. Aber wie die Dinge im Moment stehen, müssen wir im Interesse des MCB und unserer Patienten handeln. Es gibt eine ganze Menge Leute unter unseren Kollegen und im Aufsichtsrat, die sie für schwer gestört und gefährlich halten.«

»Das ist doch blanker Unsinn.«

»Das hoffe ich. Aber im Augenblick kann und will ich nichts für sie tun.«

»Hören Sie, Sarah hat sich seit einer Stunde nicht gemeldet, obwohl sie mehrmals ausgerufen wurde. Haben Sie eine Ahnung, wo sie sein könnte?«

»Nein.«
»Sie machen einen Fehler«, sagte Matt.
»Wie ich bereits sagte: das hoffe ich sehr«, erwiderte Paris.
Matt war bereits auf dem Korridor. Er hörte noch einmal per Fernabruf die Anrufbeantworter in seinem Büro und in seiner Wohnung ab und hinterließ noch eine Nachricht auf dem von Sarah. Dann rief er die Krankenhausvermittlung an, die noch einmal versuchte, Sarah über ihren Piepser und über das Lautsprechersystem zu erreichen.
»Sagen Sie mal«, fragte Matt, »was ist denn gewöhnlich der Grund, wenn Sie jemanden, der eigentlich Bereitschaft hat, nicht erreichen können?«
»Das passiert äußerst selten«, sagte die Frau.
»Und wenn doch?«
»Wenn ein Arzt Bereitschaft hat und nicht auf unser Signal reagiert, dann liegt das entweder daran, daß sein Gerät kaputt ist, oder er schläft im Bereitschaftszimmer. Dort hört man nicht, wenn ich jemanden ausrufe, denn es befindet sich kein Lautsprecher in dem Zimmer. Dann benutzen wir die Zimmertelefone.«
»Wo sind diese Zimmer? Können Sie dort anrufen?«
»Im Thayer Building, im vierten oder fünften Stock. Aber ich kann nicht in jedem Zimmer anrufen, immerhin gibt es fünfundzwanzig.«
»Hören Sie«, sagte Matt. »Könnten Sie für alle Fälle weiterhin alle paar Minuten versuchen, Dr. Baldwin über ihren Piepser zu erreichen? Es ist sehr, sehr wichtig. Meinen Namen haben Sie ja. Ich werde mich bald wieder bei Ihnen melden. Und vielen Dank.«
Sie ist spazierengegangen, oder sie schläft in einem der Bereitschaftszimmer, sagte Matt sich auf dem Weg zum vierten Stock im Thayer-Gebäude. *Beides wäre gut möglich. Sie ist völlig durcheinander wegen dem, was passiert ist. Ein Nickerchen oder ein ausgiebiger Spaziergang. Das würde ich genauso machen ...*
Er ging von Zimmer zu Zimmer, klopfte an jede Tür und probierte die Klinke. Die meisten der kleinen Bereitschaftszimmer waren

offen und leer. Zwei waren abgeschlossen, aber in beiden Zimmern antworteten verschlafene Stimmen auf sein Klopfen. Ein drittes Zimmer, das unverschlossen war, war ebenfalls belegt. Der Arzt, der vollständig angezogen bäuchlings auf dem schmalen Bett lag, schlief so tief und fest, daß er sich kaum rührte, als Matt anklopfte und das Zimmer betrat.

Der hat's aber nötig, dachte Matt, während er den erschöpften jungen Mediziner betrachtete. Er schloß die Tür und begab sich in den fünften Stock. Die sechste oder siebte Tür, die er probierte, war abgeschlossen. Er klopfte und wartete darauf, eine verschlafene Stimme zu hören. Nichts rührte sich. Er klopfte noch einmal, diesmal etwas lauter. Einzig die Erinnerung an den Mann im Tiefschlaf auf dem vierten Stock hielt ihn davon ab, die Tür einzutreten. Er entschloß sich, die anderen Türen erst zu probieren, bevor er noch einmal besonders laut klopfte. Doch dann, als er sich gerade abwenden wollte, hörte er eine Frauenstimme aus dem Zimmer.

»Dr. Baldwin. Dr. Sarah Baldwin. Bitte melden Sie sich in der Zentrale ... Dr. Baldwin. Dr. Sarah Baldwin, bitte melden Sie sich.«

»Sarah!« rief Matt und trat mit dem Fuß gegen die Tür. Durchdringend wie ein Gewehrschuß hallte sein Schrei in dem leeren Korridor wider: »Sarah!«

Matt trat einen Schritt zurück und trat dann mit aller Kraft gegen die Tür. Das Holz splitterte. Beim nächsten Tritt entstand ein Loch, das es Matt ermöglichte, in den schwach beleuchteten Raum zu spähen. Sarah lag reglos auf dem Bett. Neben ihr stand ein fahrbarer Infusionsständer, aus dessen Plastikbehälter etwas in ihre Vene lief. Matt griff durch das Loch in der Tür und entriegelte sie von innen. Sarah fühlte sich warm an, sah jedoch leichenblaß aus. Und sie atmete nicht.

Matt entdeckte ein Ventil in dem Schlauch und drehte die Infusion ab. Er brüllte ihren Namen und fühlte an Hals und Handgelenken nach ihrem Puls. Nichts. Er bog ihren Kopf nach hinten, hielt ihr die Nase zu und versuchte eine Mund-zu-Mund-Beatmung. Nach dem dritten Atemzug glaubte er zu spüren, wie ihr Unterkiefer sich bewegte. Noch einmal rief er ihren Namen. Dann gab er ihr eine heftige Ohrfeige. Sie reagierte mit einem einzigen, röchelnden Atemzug. Er ohrfeigte sie nochmals. Wieder holte sie Luft.

Von einer Angst geschüttelt, wie er sie noch nie in seinem Leben empfunden hatte, griff Matt nach dem Telefon und rief die Zentrale an.

»Ich habe Dr. Baldwin gefunden«, sagte er atemlos. »Sie leidet an akutem Herzstillstand. Fünfter Stock, Thayer Building. Bitte schikken Sie sofort einen Arzt!«

KAPITEL 37

28. Oktober

Es war ein Alptraum in einem Alptraum. Irgendwo in ihrem Bewußtsein erinnerte Sarah sich daran, daß sie als Teenager immer sicher in ihrem Bett aufgewacht war. Aber weder mit ihrem Bewußtsein noch mit ihrem Körper kam sie gegen die Hilflosigkeit, den Schmerz und die schreckliche Angst an, die sie beherrschte. Wie in zahllosen Träumen, die sie als Jugendliche gehabt hatte, wurde sie von groben Händen gepackt und festgehalten. Sarah versuchte, sich aus ihrem Griff zu befreien, bis ihre Arme und Beine unerträglich schmerzten. Aber die Fesseln waren stahlhart.

Dann begannen dicke, kraftvolle Finger, ihr ein Stück Stoff zwischen die Zähne zu schieben. Sie drückte mit der Zunge dagegen und schlug den Kopf hin und her. Aber der Knebel wurde tiefer und tiefer in ihren Mund geschoben, bis in den Rachen, und er drohte sie zu ersticken. Mit äußerster Kraft rang sie nach Luft und atmete durch ihre geschwollene Nase. Sie wurde zusehends schwächer. Sie wünschte, sie würde das Bewußtsein verlieren oder sogar sterben. Aber sie bekam gerade so viel Luft, um wach zu bleiben, gerade genug, um die Qual zu verlängern.

Bitte, laßt mich sterben! Bitte, laßt mich einschlafen und sterben ...

»Sarah ... Liebling, hör mir zu. Ich bin's, Matt ... Versuch stillzuhalten, und hör mir zu ... So ist es besser. Du brauchst die Augen nicht aufzumachen, aber hör mir bitte zu. Sarah, du hängst an einem Beatmungsgerät. In deiner Nase und in deiner Lunge sind Schläuche, die dir helfen zu atmen. Und sie haben dich festgebunden. Drück meine Hand, wenn du mich verstehst ... Gut. Gut.

Beruhige dich, Liebling. Ich werde der Schwester sagen, daß du wieder bei Bewußtsein bist.«

Sarah spürte, wie Matts große, vertraute Hand die ihre drückte. Verzweifelt versuchte sie, diesen Alptraum zu begreifen. Stück für Stück erinnerte sie sich an das, was geschehen war.

Je klarer Sarah wurde, desto unerträglicher empfand sie den Endotrachealtubus, und ihre Atemnot drohte sie erneut in Panik zu versetzen. Sie hörte das Beatmungsgerät stottern und pfeifen, wenn sie eigenständig zu atmen versuchte. Offenbar war es auf automatische anstatt auf unterstützende Beatmung eingestellt. Die Maschine sollte nicht *mit* ihr, sondern *für* sie atmen.

Beruhige dich, sagte sie sich. *Wehr dich nicht dagegen ... Denk daran, was du Patienten sagst, die beatmet werden ... Bleib ganz ruhig ... paß dich seinem Rhythmus an ... Entspann dich und geh mit ... Meditiere ... Such den Schwan ... Finde deinen Geist ... Finde ihn und schau ihm beim Fliegen zu ...*

»Sarah, können Sie mich hören? Sarah, machen Sie die Augen auf. Ich bin's, Alma. Alma Young ... So ist es gut ...«

Sarah blinzelte in das helle Licht. Zuerst sah sie nur verschwommen, dann klärte sich allmählich ihr Blick. Die Intensivschwester blickte besorgt auf sie herab.

»Sie sind auf der chirurgischen Intensivstation, auf der internistischen Intensivstation war kein Bett mehr frei«, sagte sie. »Wir wollten Sie sowieso lieber hier bei uns haben, und Dr. Blankenship hat es erlaubt. Eine von den anderen Schwestern hat mir erzählt, was passiert ist, und ich bin hergekommen, um mich um Sie zu kümmern. Können Sie mich verstehen? ... Gut. Ich werde jetzt die Fesseln an Ihren Handgelenken lösen. Bitte berühren Sie den Schlauch nicht. Haben Sie verstanden? ... Gut.«

Geduldig ließ Sarah sich die breiten Lederriemen entfernen. Die Kopfschmerzen ließen langsam nach. Sie war nun vollkommen bei Bewußtsein und konnte wieder klare Gedanken fassen. *Jemand hatte versucht, sie zu töten!* Jemand hatte ihr irgendein rasch und intensiv wirkendes Mittel unter die Kopfhaut gespritzt. Jetzt war sie an ein Beatmungsgerät angeschlossen. Alle Schulpsychologen und auch die Psychotherapeuten an der Uni hatten sich geirrt. Die immer wiederkehrenden Träume, die sie früher verfolgt hatten, waren keine unbewußten Wiederholungen eines schrecklichen Ereignisses aus ihrer Vergangenheit gewesen, sondern eine Prophezeiung, genau wie es der Heiler von Louis Han angedeutet hatte. *Dies* war der Kampf, auf den die Träume sie vorbereitet hatten. *Dies* war der Kampf ihres Lebens. Und sie hatte gesiegt – zuerst in Chinatown und jetzt auf der Intensivstation. In gewisser Weise hatte sie es ihren schrecklichen Alpträumen zu verdanken, daß sie gegen das Böse, das sie zu vernichten trachtete, immer noch durchhielt.

Alles hat einen Sinn, und alles hat einen Zweck ...

Sarah bewegte ihre Hand, um das Blut zum Zirkulieren zu bringen, dann deutete sie mit einem Finger auf den Tubus.

»Ich weiß, ich weiß«, sagte Alma. »Sobald wir Ihre Blutgasparameter haben, rufe ich den Anästhesisten und Dr. Blankenship, und dann sehen wir, ob wir den Schlauch entfernen können. Geht das fürs erste? ... Gut. Ich habe die Maschine auf unterstützende Beatmung umgestellt, Sie können also jetzt in Ihrem eigenen Rhythmus atmen. Sind Sie sicher, daß es Ihnen gutgeht? Sarah, was auch immer geschieht, es geht vorüber, wenn Sie es zulassen. Es gibt einen anderen Ausweg als das, was Sie sich antun wollten. Aber darüber können wir uns später unterhalten. Ich bin nur froh, daß es Ihnen gutgeht.«

Ein Atemtherapeut kam herein und nahm Blut ab. Während der folgenden, nicht enden wollenden halben Stunde war Matt bei ihr. Er beruhigte sie, so gut er konnte, und berichtete ihr über den erfolgreichen Wiederbelebungsversuch.

»In dem Infusionsbeutel war Morphium«, sagte er. »Die leeren Fläschchen lagen auf dem Boden. Dr. Blankenship sagt, wir haben dich gerade noch rechtzeitig gefunden. Was die Notärzte dir gegeben haben, hat unglaublich schnell gewirkt. Du bist schon fast die ganze Nacht wach. Aber die Schwestern haben dir Beruhigungsmittel gegeben, damit du weiterhin künstlich beatmet werden konntest. Der Kasten mit den Akupunkturnadeln, den du als gestohlen gemeldet hast, stand auf dem Tisch in dem Zimmer, in dem ich dich gefunden habe. Daneben lag ein ungeöffnetes Fläschchen Klapperschlangengift und dann noch ein leeres Rezeptformular, auf das ›Tut mir leid‹ gekritzelt stand. Die Tür war von innen verriegelt. Im Moment bin ich wohl der einzige in diesem Krankenhaus, der nicht glaubt, daß du versucht hast, dich umzubringen ... Hab ich recht?«

Sarah drückte seine Hand und nickte so heftig, wie sie konnte.

»Ich wußte es«, flüsterte Matt. »Es ist mindestens drei oder vier Monate her, seit das letztemal eine meiner Freundinnen versucht hat, sich umzubringen ... Drück meine Hand, wenn du das witzig findest ... Ach so, verstehe ... Hör zu. Bei diesem Handel mit dem ayurvedischen Pulver sind ein paar äußerst merkwürdige Dinge passiert – zum Beispiel, daß Mallon den Graysons sagen wird, sie sollen die Anklage gegen dich zurückziehen. Also kein Vergleich, sondern Einstellung des Verfahrens. Ich erkläre dir die Einzelheiten später.

Rosa hat dir erzählt, daß sie herausgefunden hat, wer dieses Virus entwickelt hat, nicht wahr? Der Stotterer. Aber sie wollte weder dir noch sonst jemandem seinen Namen verraten. Jedenfalls glaubt sie jetzt zu wissen, wo er ist. Sie hat versucht, dich zu Hause und im Krankenhaus anzurufen, um dich auf den neuesten Stand zu bringen. Schließlich hat eine der Schwestern ihr erzählt, was passiert ist und wo du zu finden bist, und gestern abend um elf ist sie hier gewesen. Heute morgen um zwei noch mal. Sie mag dich wirklich sehr. Ich würde mich wundern, wenn sie mehr Schlaf bekommen hätte als ich. Sie will mir nicht sagen, wo der Virusbastler steckt, aber sie fährt heute zu ihm. Eli hat ihr einen Wagen besorgt, ohne irgendwelche Fragen zu stellen ...

Paß auf, Liebes, da kommt Alma, und ich glaube, der Anästhesist ist bei ihr.«

Die Laborergebnisse waren höchst erfreulich. Sarahs Blutwerte –

der ph-Wert, Sauerstoff- und Kohlendioxidsättigung – waren so gut, daß sie nicht länger künstlich beatmet werden mußte. Das Gefühl, wie ihre Luftröhre ausgesaugt und der Endotrachealtubus entfernt wurde, hätte Sarah ihrem schlimmsten Feind nicht gewünscht. Sie spuckte und würgte und wurde von einem krampfartigen Husten geschüttelt. Aber Matt war bei ihr, hielt sie in seinen Armen, streichelte sie und küßte ihr die Stirn.

»Vorsicht, sonst verlierst du noch deine Approbation«, sagte sie heiser, als der Husten sich schließlich gelegt hatte.

»Ich hab dir doch gesagt, sie lassen die Anklage fallen. Jetzt bin ich nicht mehr dein Anwalt. Wir brauchen uns nicht mehr zu verstecken. Ich habe sogar einen Lautsprecherwagen für heute nachmittag gemietet, um damit durch Boston zu fahren und den Leuten zu sagen, daß ich dich liebe und daß wir dieses vertrackte Rätsel lösen werden.«

»Ich liebe dich auch, Matt. Wirklich. Wieviel Uhr ist es überhaupt?«

»Kurz nach sechs.«

»Mein Gott, zwölf Stunden meines Lebens einfach so zum Teufel.«

»Es hätte dein *ganzes* Leben sein können«, sagte Matt.

Ein höfliches Räuspern war zu hören, und Sarah kam nicht mehr dazu, zu antworten. Am Fußende des Bettes stand ein schlampig gekleideter grauhaariger Mann mit einer roten Fliege. Er hielt Sarahs Krankenblatt in der Hand und betrachtete es durch eine Nickelbrille. Obwohl sie ihm noch nie begegnet war, erriet Sarah den Beruf des Mannes, noch bevor er sich vorstellte.

»Ich bin Dr. Goldschmidt«, sagte er. »Ich bin Psychiater. Wenn Sie uns ein paar Minuten lang allein lassen würden, Sir ...«

»Das ist Matt Daniels«, sagte Sarah schnell. »Er ist mein ... mein Anwalt.«

Goldschmidt beäugte Matt mißtrauisch.

»Dann sollte er vielleicht bleiben«, sagte er. »Wenn Sie damit einverstanden sind.«

»Bitte«, krächzte Sarah.

»Also gut. Ich weiß, daß Sie viel durchgemacht haben und daß man Sie eben erst von der Beatmungsmaschine genommen hat. Ich werde mich also so kurz wie möglich fassen.« Er befeuchtete seine dünnen, bläulichen Lippen mit der Zunge. »Sagen Sie, Dr. Baldwin, haben Sie früher schon einmal einen Selbstmordversuch unternommen?«

Sarahs Augen blitzten wütend auf. Sie sah kurz zu Matt hinüber, der ihr bedeutete, ruhig zu bleiben.

»Die Antwort ist nein. Aber gestern abend habe ich auch nicht versucht, mich umzubringen, Dr. Goldschmidt. Jemand hat versucht, mich zu töten, und er wollte es wie einen Selbstmord aussehen lassen.«

»Ich verstehe«, sagte Goldschmidt und kritzelte etwas auf ihr Krankenblatt. »Aber wie erklären Sie sich, daß die Tür von innen verriegelt war?«

»Jemand hatte einen Schlüssel.«

»Möglich. Aber wie ich höre, hat noch nicht einmal der Hausmeister einen Schlüssel für dieses Zimmer.«

»Ich habe nicht versucht, mich umzubringen.«

»Dr. Baldwin, ich möchte Ihnen nur helfen.«

»Dann lassen Sie mich nach Hause gehen.«

»Sie wissen, daß ich das nicht darf.«

»Wieso?« fragte Matt.

»Dr. Blankenship hat mich beauftragt, mich um Dr. Baldwin zu kümmern, weil in diesem Krankenhaus jeder, der einen Selbstmordversuch macht, psychiatrisch behandelt wird, und ich war zufällig heute im Dienst. Ihre Diagnose lautet« – er las von ihrem Krankenblatt vor – *»Überdosis Betäubungsmittel, Selbstmordversuch.* Ich habe sowohl die Befugnis als auch die Pflicht, Dr. Baldwin in eine geschlossene psychiatrische Abteilung einzuweisen und sie dort zu behalten, bis ich davon überzeugt bin, daß sie weder für sich selbst noch für andere eine Gefahr darstellt. Als Anwalt werden Sie wissen, daß mir gar nichts anderes übrigbleibt, als genau das zu tun.«

»Das stimmt«, sagte Matt.
Er dachte an alles, was er an diesem Tag noch erledigen wollte, um herauszufinden, welche Verbindung zwischen Peter Ettinger, der McGrath-Stiftung und dem MCB bestand. Wo konnte Sarah im Moment sicherer aufgehoben sein als in einer geschlossenen Abteilung?
»Sarah«, sagte er, »ich glaube, du mußt tun, was er sagt. Zumindest vorerst.«
Falls der Psychiater die Unterstützung begrüßte, ließ er sich das nicht anmerken, sein Gesichtsausdruck blieb angespannt. Er wollte gerade etwas sagen, als Eli Blankenship das Zimmer betrat.
»Vielen Dank, daß Sie so schnell gekommen sind, Mel«, sagte Blankenship. »Sarah, wie geht es Ihnen?«
»Mir geht es von Minute zu Minute besser. Dr. Blankenship, bitte sagen Sie Dr. Goldschmidt, daß ich nicht verrückt bin und daß ich nicht versucht habe, mich umzubringen.«
»Niemand hat behauptet, Sie seien verrückt.«
»Hören Sie, jemand hat mir etwas unter die Kopfhaut injiziert. Es sollte so aussehen, als ob ich versucht hätte, mich umzubringen.«
Blankenship untersuchte ihre Kopfhaut mit einer Taschenlampe und schüttelte dann den Kopf. »Nichts.«
»Es war eine ganz dünne Nadel. Eine Neunundzwanzig-G-Nadel oder noch dünner. Rasieren Sie mir den Kopf, wenn es sein muß«, flehte Sarah. »Dann werden Sie die Einstichstelle finden.«
»Sarah, ich bitte Sie. Haben Sie Geduld mit uns und lassen Sie uns unsere Arbeit tun. Alma sagt, Ihre Lungen sind in Ordnung und Ihre Werte stabil. In etwa einer Stunde, wenn wir sicher sein können, daß Sie keinen Kehlkopfkrampf bekommen, werde ich Sie in Dr. Goldschmidts Abteilung verlegen lassen. Wenn die Kollegen gleich anfangen zu operieren, werden hier die Betten knapp.«
»Wohin bringen Sie mich?«
»Die einzige Station, die in diesem Krankenhaus für Sie in Frage kommt, ist Underwood Six.«

»Matt, bitte, das ist eine geschlossene Abteilung. Das kannst du nicht zulassen.«

»Sarah, es ist doch nicht für lange. Außerdem würde ich mir Sorgen um dich machen, wenn du irgendwo anders wärst, nach dem, was gestern abend passiert ist. Ich habe viel zu tun heute, ich muß mit verschiedenen Leuten reden und zusehen, daß ich diese Sache mit dem Pulver kläre. Bleib wenigstens für heute, und dann sehen wir, was wir tun können.«

»Ich sage dir, auf meinem Kopf ist irgendwo eine Einstichstelle. Da, wo der Mann, der versucht hat, mich zu töten, mir etwas injiziert hat.«

»Dr. Baldwin, bitte«, sagte Goldschmidt. »Es tut mir leid, wenn Sie etwas gegen Psychiater haben oder wenn Sie besonders mir mißtrauen. Ich will Ihnen wirklich helfen. Aber es ist halb sechs Uhr früh. Ich habe letzte Nacht kaum geschlafen, und ich habe einen anstrengenden Tag vor mir. Bitte machen Sie die Situation nicht noch schwieriger, als sie ohnehin schon ist.«

»Sarah«, sagte Blankenship, »mein Bauch sagt mir, daß mit Ihnen alles in Ordnung ist, und daß Sie die Wahrheit sagen. Aber im Augenblick können wir wirklich nichts tun. Ich mache Ihnen einen Vorschlag. Wir beobachten Sie vierundzwanzig Stunden lang, und dann werde ich alles in meiner Macht Stehende tun, um Dr. Goldschmidt und die anderen Kollegen davon zu überzeugen, daß Sie nach Hause gehen können. Das verspreche ich Ihnen.«

Sarah betrachtete die entschlossenen Gesichter der drei Männer, die um sie herumstanden, und stimmte schließlich schweren Herzens ihrer Verlegung zu. Der Psychiater machte eine kurze Notiz auf ihrem Krankenblatt und versprach, sie in der Station Underwood Six aufzusuchen, sobald sich eine Gelegenheit ergab. Eine Schwester würde inzwischen die Anamnese machen und sie gründlich untersuchen.

»Ich kann's kaum erwarten«, sagte Sarah.

Die gelben Plastikbänder, mit denen die Polizei das Zimmer 512 im Thayer Building abgeriegelt hatte, sahen so ähnlich aus wie jene, die sie für Kwong Tian-Wens Laden benutzt hatten. Die zersplitterte Tür war verriegelt. Matt vergewisserte sich, daß er unbeobachtet war, dann lockerte er das Band und schlüpfte hinein. Der Infusionsständer war immer noch da, aber der Infusionsbeutel und Sarahs Mahagonikoffer waren verschwunden. Es gab keine Anzeichen dafür, daß das Zimmer nach Fingerabdrücken untersucht worden war. Außer dem Bett bot sich keine Möglichkeit, sich zu verstecken, es gab weder einen Kleiderschrank noch einen Wandschrank. Jemand hatte es geschafft, das Zimmer zu verlassen und trotzdem die Tür von innen zu verriegeln.

Matt untersuchte das Schloß, das sich von denen in den anderen Türen auf dem Korridor nicht zu unterscheiden schien. Natürlich hatte der Täter einen Schlosser bestellen und sich einen Nachschlüssel anfertigen lassen können. Es schien jedoch höchst unwahrscheinlich, daß jemand es riskieren würde, einen solchen Zeugen zu haben. Matt trat an die Fensterwand. Die beiden uralten Doppelglasfenster waren so verschmutzt, daß man kaum noch hindurchsehen konnte. Matt konnte jedoch in etwa fünfzig Metern Entfernung das Nachbargebäude ausmachen. Ein paar Schraublöcher in den Fensterrahmen sagten ihm, daß die Fenster früher einmal Riegel gehabt haben mußten. Sie zu ersetzen, stand wahrscheinlich auf der Liste der nötigen Reparaturmaßnahmen im MCB an unterster Stelle. Im fünften Stockwerk wurden Sicherheitsschlösser von außen kaum gebraucht. Dann blickte Matt nach unten.

Etwa einen Meter unterhalb der Fenstersimse zog sich ein ramponiertes Schieferdach wie das einer Veranda am gesamten Gebäude entlang. Die leichte Neigung des Daches war kaum der Rede wert. Matt öffnete ein Fenster und trat vorsichtig hinaus. Er zwang sich, nicht nach unten zu sehen, und ging langsam von Fenster zu Fenster, bis er hinter einem ein leeres Zimmer entdeckte. Wie in Zimmer 512 war auch dieses Fenster nicht verriegelt. Einige Augenblicke später stand er wieder in dem leeren Korridor.

»Dieses Rätsel hätten wir gelöst«, murmelte er.

Möglicherweise würde seine Entdeckung zusammen mit Sarahs Aussage ausreichen, um ihre Entlassung zu erwirken. Aber Matt wußte, daß es das beste für sie war, wenigstens einen Tag an einem sicheren Ort zu verbringen. Und ausgerechnet heute wollte er nicht den ganzen Tag damit verbringen, sich um sie zu sorgen. Es gab immer noch zu viele offene Fragen in Sachen ayurvedisches Diätpulver. Immerhin hatte er eine Liste derjenigen Leute, von denen er sich Antworten erhoffte. Als erstes würde er sich den Verwaltungsdirektor des Krankenhauses vornehmen.
Er schloß die Tür hinter den gelben Plastikbändern und eilte den Korridor entlang.

KAPITEL 38

Sarah, bist du sicher, daß Paris mit dir über die McGrath-Stiftung gesprochen hat?« fragte Matt.

»Ganz sicher. Er weiß seit über einem Jahr von einer möglichen Spende dieser Stiftung. Er hat es mir selbst gesagt. Er hat sich auf das Geld verlassen, um das MCB aus der finanziellen Misere zu retten. Ich glaube sogar, Colin Smith hat es auch einmal erwähnt. Wenn dem Krankenhaus soviel Geld zufließt, müßte der Verwaltungsdirektor doch darüber Bescheid wissen. Möglicherweise stekken er und Glenn und Peter irgendwie alle in der Sache mit drin. Vielleicht schöpft er erst die Sahne ab, bevor das Krankenhaus seinen Teil bekommt.«

»Ich werde ihn fragen. Er ist *numero uno* auf meiner Liste für heute.«

»Matt, bitte hör mir zu. Es geht mir gut, und ich kann mich um mich selbst kümmern. Ich will nicht in diese verdammte geschlossene Abteilung verfrachtet werden. Außerdem steckt Peter bis zum Hals in dieser Geschichte, und ich möchte mithelfen, ihn festzunageln.«

Es war fast halb zehn. Sarah war soeben darüber informiert worden, daß zwei Krankenpfleger – und zwei Sicherheitsleute – auf dem Weg waren, um sie aus der chirurgischen Intensivstation in die geschlossene psychiatrische Abteilung im sechsten Stock des Underwood-Flügels zu bringen.

»Sarah, ich weiß, daß du das nicht willst«, sagte Matt, »aber vergiß nicht, was du Schreckliches durchgemacht hast. Vor ein paar

Stunden wurdest du noch künstlich beatmet, und ich habe dich noch nie so erschöpft gesehen. Wenn du nicht freiwillig in die Psychiatrie gehst, läßt Goldschmidt dich zwangseinweisen. Solange er davon überzeugt ist, daß du einen Selbstmordversuch unternommen hast, bleibt ihm gar nichts anderes übrig. Da wir beide wissen, daß du nicht versucht hast, dich umzubringen, wissen wir auch, daß jemand versucht hat, dich zu ermorden.«

»Falsch«, sagte Sarah, immer noch heiser. »Jemand wollte, daß es so aussah, *als ob ich einen Selbstmordversuch gemacht hätte.* Darum ist Annalee überhaupt erst mit diesem Schlangengift vergiftet worden, Matt. Begreifst du das nicht? Es sollte so aussehen, als ob ich versucht hätte, mich umzubringen, weil ich die anderen DIC-Fälle verschuldet und dann versucht habe, Annalee dasselbe zuzufügen. Wenn man mich einfach ermordet hätte, dann hätte das genau das Gegenteil bewirkt. Wir haben irgend jemanden an einem sehr wunden Punkt getroffen. Vielleicht Peter, vielleicht Glenn, oder auch diesen Dr. Singh. Vielleicht auch alle drei. Ich weiß es nicht. Aber wir kommen der Wahrheit immer näher. Der Versuch, mir einen Selbstmord anzuhängen, war eine Verzweiflungstat. Wir müssen dieser Sache auf den Grund gehen, bevor derjenige, der das getan hat, noch etwas Schlimmeres versucht. Ich kann dir helfen, Matt. Das kann ich wirklich.«

»Ich weiß. Aber ich kann wirklich nichts für dich tun. Mir widerstrebt es ebenso wie dir, dich in dieser geschlossenen Abteilung zu wissen. Aber für heute müssen wir uns fügen. Selbst wenn wir deine Entlassung irgendwie bewirken könnten, was wir nicht können, würde ich mir in jeder Minute, die wir nicht zusammen wären, die größten Sorgen um dich machen. Ich habe mit Rosa und Eli gesprochen, bevor ich in deine Wohnung gegangen bin, um deine Sachen zu holen. Wir werden alles in Bewegung setzen, um herauszufinden, wer hinter der ganzen Sache steckt. Und heute haben wir eine Menge zu erledigen. Halte nur diesen einen Tag durch. Dann werden wir alles tun, was wir können, um dich da rauszuholen.«

Das kurze Treffen mit Blankenship war erfolgreich gewesen. Matt hatte ihm erzählt, was er von Jeremy Mallon erfahren hatte und daß Mallon vermutete, Peter Ettinger und Glenn Paris hätten irgendwie über die McGrath-Stiftung und das Ayurvedische Diätprogramm miteinander zu tun.

Blankenship wußte, daß die McGrath-Stiftung ihren Sitz in New York hatte und daß führende Köpfe der Wohltätigkeitsorganisation vor etwa vier Jahren mit Glenn Paris und Colin Smith Kontakt aufgenommen hatten. Weder hatte er die Bewerbung, die Paris bei der Stiftung eingereicht hatte, je zu Gesicht bekommen, noch kannte er die Bedingungen für die Spende. Aber er wußte, daß es um Millionen ging. Er erklärte sich bereit, Näheres über die Stiftung in Erfahrung zu bringen, und kümmerte sich außerdem um den Wagen, den er Rosa versprochen hatte.

Die Epidemiologin hatte ihre Pläne wie immer für sich behalten und weder preisgegeben, wohin sie fahren wollte, noch, wen sie suchte. Sie hatte lediglich erklärt, daß sie sich immer noch nicht ganz sicher war, wo sie den Betreffenden finden würde.

Sie waren übereingekommen, daß Matt sich zunächst mit Colin Smith, dann mit Peter Ettinger und schließlich mit Glenn Paris unterhalten sollte. Nach Blankenships Meinung war Smith am leichtesten aus der Reserve zu locken. Sollte er reden, konnte man alle drei gegeneinander ausspielen. Und falls das nicht funktionierte, hatte Matt hinzugefügt, gab es immer noch Plan B – irgendeinen spontanen Frontalangriff.

»Die Pfleger sind da«, rief die diensthabende Schwester.

Matt zog den Vorhang vor und wartete draußen, bis Sarah sich die Jeans und das Sweatshirt angezogen hatte, die er ihr von zu Hause mitgebracht hatte.

»Okay, ich bin fertig«, sagte Sarah.

Die Sicherheitsleute hielten sich respektvoll und ein wenig verlegen auf Abstand, während die Krankenpfleger den Rollstuhl neben Sarahs Bett schoben.

»Die Besuchszeiten in Underwood Six sind von sechs bis acht Uhr abends«, sagte Matt. »Ich hab mich bereits erkundigt.«

»Ist das alles? Zwei Stunden?«

Matt nahm ihre Hand.

»Um das zu schaffen, was wir älteren, erfahreneren Männer in zwei Stunden erledigen, brauchen jüngere Männer mehrere Tage«, sagte er. »Sei stark, okay?«

Zögernd rutschte Sarah aus dem Bett in den Rollstuhl.

»Mach dir keine Sorgen um mich. Es wird schon gutgehen«, sagte sie. »Solange du nicht zuläßt, daß sie mich länger als einen Tag dabehalten.« Sie deutete auf den Ausgang der Intensivstation. »Nach Hause, James.«

Die geschlossene Abteilung im sechsten Stock des Underwood-Flügels war frisch renoviert und neu eingerichtet. Jedes Zimmer hatte zwei Betten. Die einzige Ausnahme bildete der Raum neben dem Schwesternzimmer, der nichts als eine blanke Matratze enthielt und dessen Wände ihn buchstäblich zu einer Gummizelle machten. Sarah befand sich bereits zwei Stunden auf der Station, als sie merkte, daß die schweren Gitter sich auf der Innenseite der Fenster befanden und daß die Türen keine Klinken hatten.

Bis auf eine recht oberflächliche Untersuchung durch einen jungen Stationsarzt, der sie abgehört und ihr in die Augen geleuchtet hatte, wurde sie weitgehend in Ruhe gelassen. Das zweite Bett in ihrem Zimmer war zur Zeit nicht belegt. Eine Weile lag sie auf ihrem Bett und versuchte, eine medizinische Zeitschrift zu lesen. Als ihr das nicht gelang, probierte sie es mit einem Krimi von Sue Grafton. Aber als sie sich nicht einmal mehr auf eine Frauenzeitschrift konzentrieren konnte, verließ sie schließlich ihr Zimmer und gesellte sich zu den acht oder neun anderen Patienten, die sich im Tagesraum aufhielten.

»Gruppe in fünfzehn Minuten«, rief eine Frau in heiterem Singsang. »Hier im Tagesraum. Teilnahme ist Pflicht.«

Sarah starrte abwesend aus dem Fenster. Sie befand sich auf der

Seite des Gebäudes, die den Grünanlagen des MCB zugewandt war. In der Herbstsonne, die an dem windstillen Tag durch die Scheibe schien, war es so heiß wie in einem Backofen. Tief unter ihr, am anderen Ende der Rasenfläche, waren Arbeiter dabei, Tribünen aufzubauen – mit etwa zehn Sitzreihen, einer Plattform und einem Podium. Auf beiden Seiten der Tribünen waren Lautsprecher installiert worden.

Sarah wunderte sich über die Konstruktion, als ihr Blick auf die andere Seite der Grünfläche fiel. Am Chilton Building, das vom Underwood-Flügel am weitesten entfernt lag, herrschte emsiges Treiben.

Es ist Freitag, der achtundzwanzigste, schoß es ihr plötzlich durch den Kopf. Einen Tag vor der Sprengung. Der riesige alte Kasten war mit Brettern zugenagelt gewesen, seit Sarah beim MCB angefangen hatte, der Rasen vor dem Gebäude auffallend vernachlässigt. Morgen würde der heruntergekommene Bau innerhalb weniger spektakulärer Sekunden dem Erdboden gleichgemacht werden. Von der Station Underwood Six hatte man eine hervorragende Aussicht – vielleicht das einzige Privileg, das man als Patient der geschlossenen Abteilung hatte.

Auf dem Fensterbrett lag ein altes, zerkratztes Fernglas, dessen Linsen noch erstaunlich klar waren. Das Chilton Building wurde durch zwei Reihen von Böcken abgesperrt. Das nahe gelegene Parkhaus war mit riesigen Planen abgedeckt. Ein paar Männer mit glänzenden Schutzhelmen unterhielten sich, während sie immer wieder auf das abbruchreife Gebäude deuteten. Aber die meisten Arbeiter schienen damit beschäftigt zu sein, ihr Werkzeug zusammenzupacken. Offenbar waren die Vorbereitung des Gebäudes und das Anbringen der Sprengladungen beendet. Sarah fragte sich, ob irgendwelche offiziellen Vertreter der McGrath-Stiftung bei den morgigen Festlichkeiten anwesend sein würden. In diesem Augenblick fiel ihr ein weißer Lieferwagen auf, der sich von der menschenleeren Seite des Gebäudes entfernte. Langsam und unauffällig steuerte er durch eine kleine Öffnung in der Absperrung und fuhr davon. Es war nicht schwer, mit Hilfe des Fernglases die

Schrift auf seiner Seite zu lesen: HURON PHARMACEUTICALS. Derselbe Schriftzug stand in kleineren Buchstaben auf den Hecktüren.

Irgendwie kam Sarah der Name bekannt vor ... *aber woher?*

»Okay, alle zur *Gruppe«*, ertönte wieder der Singsang. »Anwesenheit ist Pflicht. Keine Ausnahmen. Fangen wir an.«

Huron Pharmaceuticals, grübelte Sarah, als sie an einer Stelle Platz nahm, wo sie am wenigsten aufzufallen hoffte. Wo zum Teufel hatte sie das schon einmal gehört? Wo?

»Okay«, sagte die Gruppenleiterin zu den etwa zwanzig Patienten der geschlossenen Abteilung. »Wir haben heute zwei Neue, ich denke also, wir sollten uns alle noch einmal vorstellen. Ich bin Cecily, eine der Gruppentherapeutinnen auf der Station Underwood Six.«

»Marvin«, sagte der erschöpft wirkende Schwarze neben ihr.

»Lynn.«

»Ich bin Nancy. Daß ja keiner Nan zu mir sagt.«

»Pete ...«

Peter! Sarah hörte die anderen Namen nicht mehr und mußte aufgefordert werden, ihren zu nennen, als sie an der Reihe war. Ihr war plötzlich eingefallen, warum der Name Huron Pharmaceuticals ihr so bekannt vorgekommen war.

»Wir vergeben reine Vitamine – handelsübliche, von der Gesundheitsbehörde zugelassene Multivitaminpräparate, die wir bei der Firma Huron Pharmaceuticals herstellen lassen.«

Das hatte Peter Ettinger bei der Anhörung gesagt. Dessen war sich Sarah absolut sicher. Sie hatte noch seine Stimme in den Ohren und sah seinen selbstgefälligen Gesichtsausdruck vor ihrem geistigen Auge. Erst die McGrath-Stiftung und nun Huron Pharmaceuticals. Zwei direkte Verbindungen zwischen Peter Ettinger, dem Ayurvedischen Diätprogramm und dem Medical Center of Boston.

Zufall?

Sarah ballte die Fäuste in ihrem Schoß.

Auf gar keinen Fall! dachte sie.

»Also gut, Sarah«, sagte Cecily. »Wenn Sie uns heute noch nichts erzählen wollen, dann können wir das alle gut verstehen. Aber ich muß Sie darauf hinweisen, daß wir es nicht gern sehen, wenn während der Gruppensitzungen geflucht wird ...«

KAPITEL 39

Es war fast Mittag. Stadtauswärts in Richtung Süden herrschte nur leichter Verkehr. Aber Matt kannte das Temperament der Bostoner Autofahrer und blieb in der mittleren Spur, um niemanden zu provozieren. Er hatte von Colin Smith' Sekretärin erfahren, daß dieser für den Rest des Tages außer Haus sein würde. Als leidenschaftlicher Segler verbrachte er von April bis November jeden Freitagnachmittag auf seinem Boot. Die Sekretärin hatte jedoch hinzugefügt, Smith habe heute aufgrund einer Besprechung, die länger als geplant gedauert hatte, sein Büro erst vor zwanzig Minuten verlassen. Wenn Matt etwas Dringendes mit ihm zu bereden hatte, sollte er versuchen, im South Boston Yacht Club anzurufen.

Matt hatte beschlossen, lieber unangemeldet am Bootssteg aufzutauchen. Da er während seiner Zeit bei den Red Sox mehrmals im Sporthafen gewesen war, kannte er sich aus. Und Colin Smith konnte als echte Buchhalterseele mit Überraschungen sicher nicht sonderlich gut umgehen.

Bevor er in Smith' Büro gegangen war, hatte Matt noch kurz bei Eli Blankenship vorbeigeschaut. Der Chefarzt hatte die Auskunft in New York angerufen, um die Telefonnummer der McGrath-Stiftung in Erfahrung zu bringen. Es überraschte weder ihn noch Matt, daß es unter diesem Namen keinen Eintrag gab. Zweifellos war die Stiftung vor wenigen Jahren einzig als Waschanlage für große Geldsummen gegründet worden, die aus der Vermarktung des Ayurvedischen Diätprogramms erzielt wurden. Wer immer der

Organisator dieser Operation war, hatte nicht nur große Voraussicht, sondern auch eine gute Kenntnis der amerikanischen Mach's-dir-leicht-Mentalität bewiesen. Wenn man es geschickt vermarktete, war ein Schlankheitsmittel, das Abnehmen ohne strenge Diätvorschriften versprach, eine wahre Goldmine. Und das Ayurvedische Diätprogramm wurde nicht nur geschickt vermarktet, es schien tatsächlich zu wirken.

Wie Matt die Sache sah, war das Kräutermittel von dem geheimnisvollen indischen Arzt Pramod Singh am MCB eingeführt und entwickelt worden. Vor etwa viereinhalb Jahren hatte Singh sein Produkt erfolgreich an drei Frauen getestet – Alethea Worthington, Constanza Hidalgo und Lisa Summer. Wahrscheinlich hatte es noch mehr Testpersonen gegeben, aber glücklicherweise war keine weitere Patientin schwanger geworden.

Irgendwann hatte sich Singh dann mit Ettinger zusammengetan und schließlich mit einer Werbeagentur, die einen Riecher für wirksame Fernsehwerbung hatte. Selbst König Midas hätte die Kräuter und Vitamine nicht besser in Gold verwandeln können. Ein Teil der Gewinne aus dem Verkauf des Produkts floß nun an das Krankenhaus zurück, vielleicht als Ausgleich für die Vorarbeit, die dort geleistet wurde. Mit einem weiteren Teil der Gelder finanzierte Ettinger sein Gesundheitsparadies Xanadu.

Aber der Rest?

Nach dem, was Jeremy Mallon in Erfahrung gebracht hatte, waren die Summen, die an das MCB und nach Xanadu flossen, nur ein Bruchteil dessen, was der Verkauf des Produkts tatsächlich abwarf. Möglicherweise kannte auch Colin Smith nicht alle Einzelheiten des Projekts. Aber etwas davon mußte er wissen.

Der exklusive South Boston Yacht Club, seit Jahrzehnten eine beliebte Anlaufstelle für Segler, war ein verschachtelter, zweistöckiger Pfahlbau aus Holz. Das Clubhaus war sowohl von der Autobahn als auch vom Hafen aus schon von weitem gut sichtbar. Am Fuß des alten Gebäudes ragten Schwimmdocks wie Spaken eines

Schiffssteuerrads ins Meer. Im Sommer war jeder einzelne Anlegeplatz belegt, und selbst zu dieser späten Jahreszeit waren noch zahlreiche Boote auf dem Wasser. Der Kiesparkplatz neben dem Club war eingezäunt und besaß an der Einfahrt ein Wärterhäuschen. Matt schob dem Parkwächter einen Zehndollarschein zu und erklärte ihm, er wolle seinen alten Studienkollegen Colin Smith überraschen.

Auf Anweisung des Parkwächters stellte Matt seinen Wagen direkt hinter dem Club ab und ging den steinigen Weg zu den Docks hinunter. Colin Smith' Boot, die *Red Ink,* lag am Ende von Steg 5. Ein zehn Meter langes Catboat mit rotem Rumpf, hatte der Wächter gesagt. Das schönste Boot im Club. Smith war dabei, ein paar Taue am Heck aufzuwickeln; offenbar war er allein. Als er Matt näherkommen sah, machte er nicht gerade einen erfreuten Eindruck.

»Daniels«, sagte er, während er seine staubigen Hände an der Hose abklopfte und Matt mißtrauisch beäugte. »Was führt Sie denn hierher?«

»Geschäfte«, sagte Matt.

»Mit mir?«

»Haben Sie was dagegen, wenn wir uns setzen?«

»Aber nur ein paar Minuten.« Er bedeutete Matt, sich ins Cockpit zu begeben. »Wir haben seit Wochen nicht so schönes Wetter gehabt. Ich bin sowieso schon spät dran, und ich möchte möglichst bald rausfahren.«

»Sie segeln dieses Boot allein?«

»Das mach ich mit verbundenen Augen.«

»Ich bin beeindruckt. Hören Sie, Colin, haben Sie heute schon Zeitung gelesen?«

»Sie meinen die Nachricht, daß man Andrew Truscotts Leiche gefunden hat?«

»Jedenfalls die Überreste.«

»Was hat das mit mir zu tun?«

»Vielleicht eine ganze Menge. Sarah Baldwin und ich haben immer schon gesagt, daß Andrew Truscott ermordet wurde. Niemand hat uns geglaubt. Jetzt sieht die Sache anders aus. Seit dem Tag, an dem Sarah von Willis Grayson verklagt wurde, hat irgend jemand keine Mühe gescheut, ihr die DIC-Fälle anzuhängen. Truscott wurde ermordet, als er dahinterkam. Und gestern abend hat jemand versucht, Sarah zu ermorden und es wie einen Selbstmordversuch aussehen zu lassen. Um ganz offen zu sein, Colin, ich glaube, Sie sind in die Sache verwickelt.«

»Sie sind verrückt.«

»Ich glaube, entweder waren Sie es, oder Sie wissen, wer es war.«

Smith erhob sich und begann, eins seiner Hecktaue zu lösen.

»Sie können mich mal«, sagte er.

»Colin, was ist mit der McGrath-Stiftung? Wieso pumpt sie gleichzeitig Geld in Ihr Krankenhaus und in Ettingers Projekt? Wer hat sich das alles ausgedacht? Wer ist derjenige, der damit richtig reich wird?«

Der Verwaltungsdirektor hatte das eine Tau gelöst und machte sich am nächsten zu schaffen. Matt hatte erwartet, daß der Mann wütend werden würde, aber sein Gesicht zeigte nur Angst und Verwirrung – kaum der Gesichtsausdruck von jemandem, der bereit war, sich an einem Mord zu beteiligen.

»Ich fahre jetzt los, Daniels«, sagte er. »Wenn Sie irgendwelche Anschuldigungen gegen mich vorzubringen haben, sollten Sie mit der Polizei oder mit einem Anwalt reden, aber nicht mit mir.«

Scheiße, nicht schon wieder Plan B. Matt seufzte. Dann packte er Smith am Kragen und riß ihn hoch. Die Angst in den Augen des Mannes wurde noch deutlicher.

»Hören Sie mir gut zu«, sagte Matt durch zusammengebissene Zähne, während er weiter an dem kleineren Mann zerrte, bis dieser auf den Zehenspitzen stand. »Dieses verdammte Pulver, an dem Sie sich alle bereichern, bringt Menschen um. Es gibt *Tote!* Junge Frauen und Babys und Gott weiß, wer sonst noch alles dran glauben muß. Vielleicht wissen Sie das nicht, aber irgend jemand, mit dem Sie zu tun haben, weiß das ganz genau. Und dieser Jemand schert sich einen Dreck darum, ob Leute abkratzen oder nicht, Hauptsache, die Kasse stimmt. Haben Sie das kapiert?«

Smith war leichenblaß geworden. »Lassen Sie mich los«, sagte er heiser.

Matt lockerte seinen Griff und gab den Mann langsam frei. »Mit jeder Sekunde, die Sie schweigen, verstricken Sie sich tiefer in dieses schmutzige Geschäft. Ich nehme nicht an, daß Sie am Tod all dieser Menschen schuld sind, Colin. Auf meinem Weg hierher war ich mir noch nicht ganz sicher, aber jetzt weiß ich es. Vielleicht sind Sie sogar ein ganz anständiger Kerl.«

»Das bin ich allerdings. Und nun machen Sie, daß Sie von meinem Boot kommen.«

Matt reichte ihm seine Visitenkarte.

»Es ist Paris, nicht wahr?« sagte er. »Der nette Glenn Paris und dieser Dr. Singh.«

»Hauen Sie ab.«

»Vielleicht haben Sie bisher nichts davon gewußt, daß Menschen daran gestorben sind«, sagte Matt und trat auf den Bootssteg, »aber jetzt wissen Sie es. Ich mache Sie also für alles, was jetzt noch geschieht, verantwortlich. Sie schweigen ... Frauen und Babys sterben ... Ihre Schuld. Kapiert? ... Rufen Sie mich an, wenn Sie es sich anders überlegen ... Und viel Spaß beim Segeln.«

Ohne eine Antwort abzuwarten, drehte Matt sich um und ging eilig davon. Er war erst zehn Meter weit gekommen, als der Motor der *Red Ink* angeworfen wurde. Matt verlangsamte seinen Schritt, ging jedoch weiter, den Blick stur geradeaus gerichtet, und konzentrierte sich auf den Mann hinter ihm.

Los, mach schon, dachte er. Er war zwar davon überzeugt, daß er Smith aufgerüttelt hatte, aber nicht sicher, wie sehr. *Ruf mich, Colin. Ruf mich zurück.*

»Daniels, warten Sie!«

»Ja?« sagte Matt.

Er drehte sich blitzschnell um und hatte gerade den ersten Schritt auf die *Red Ink* zu gemacht, als das Boot explodierte. Es war eine ungeheure Detonation, die mit Sicherheit alles Leben an Bord vernichtet hatte. Instinktiv warf Matt sich auf die rauhen Planken. Brennende Schiffsteile krachten neben ihm nieder und fielen zischend ins Wasser. Sekunden später flog der Kabinenkreuzer, der neben Smith' Boot vor Anker lag, in die Luft und mit ihm die restlichen zehn Meter des Landestegs.

Ein Unfall? Etwas, das in die Zündung eingebaut war? Eine ferngesteuerte Bombe?

Matt raffte sich auf, klopfte sich die Asche von den Kleidern und trat an das glimmende Ende des Landestegs, um sich zu vergewissern, daß kein Lebenszeichen von Colin Smith mehr zu entdecken war. Dann wandte er sich nach dem Clubhaus um. Sechs oder sieben Leute liefen aufgeregt auf den Steg. In dem Augenblick, als Matt zum Parkplatz hinüberblickte, raste ein lindgrüner Jaguar XJS mit quietschenden Reifen davon. Matt hatte keine Chance, den Fahrer zu erkennen.

»Ich bin gleich wieder da!« rief er den Männern zu, als er an ihnen vorbeilief.

Mit gesenktem Kopf spurtete Matt hinauf zum Parkplatz. Sein Legacy, der erst ein Jahr alt war, war verdammt schnell. Aber der Jaguar war schneller, hatte einen stärkeren Motor *und* einen großen Vorsprung. Wenn er die Autobahn vor Matt erreichte, würde Matt nie wissen, ob er in Richtung Norden oder Süden gefahren war. Und daran wäre dann nichts zu ändern. Matt verfluchte sich dafür, daß er stets automatisch den Sicherheitsmechanismus betätigte. Er schaltete ihn aus und verlor dann noch weitere wertvolle Sekunden, als er seinen Schlüssel nicht gleich ins Startschloß bekam. Die durchdrehenden Reifen wirbelten Staub und Kies auf, dann raste er an dem verwirrt dreinblickenden Parkwächter vorbei und auf die Straße zu. Von dem Jaguar war weit und breit keine Spur mehr zu sehen. Jetzt ging das Ratespiel los. Die erste Entscheidung war einfach. *An der Straße links und dann Richtung Autobahn.*

Matt raste um die Ecke und schnitt die nächste ab, indem er über den Rasen fuhr. Der Motor des Subaru, der normalerweise sehr leise lief, heulte auf – vom ersten in den fünften Gang, dann wieder in den ersten und zurück in den fünften. Immer noch kein Jaguar in Sicht. Die nächste Kreuzung. Noch mehr Möglichkeiten. *Rechts. Immer Richtung Autobahn.* Zu seiner Linken konnte Matt die schwarze Rauchwolke sehen, die sich dank der leichten Brise über den Bäumen ausbreitete – dieselbe Brise, auf die Colin Smith sich noch vor wenigen Minuten gefreut hatte.

»Mein Gott«, flüsterte Matt, als ihm das ganze Ausmaß des Schrekkens bewußt wurde, dessen Zeuge er soeben geworden war.

Er war kurz vor der Autobahn und knapp davor, die Jagd aufzugeben. Doch da entdeckte er den Jaguar ein ganzes Stück weit entfernt zu seiner Rechten. Er war bereits auf der Autobahn und raste nach Norden in Richtung Boston. Aber bis Matt ein halbes Dutzend Wagen geschnitten und einen Sattelschlepper überholt hatte, war der XJS schon wieder verschwunden. Er raste an einer Ausfahrt vorbei, dann an der nächsten. Es blieb ihm nichts anderes übrig, als weiter in Richtung Norden zu fahren und zu hoffen, daß er sich immer noch auf derselben Autobahn befand wie der Jaguar. Der Verkehr wurde dichter und langsamer, als er auf die Ausfahrt zur Massachusetts Avenue und den dahinterliegenden Tunnel zufuhr. Der normale mittägliche Berufsverkehr. Die Jagd war vorüber. Matt schlug mit der Faust aufs Steuerrad. Er würde versuchen müssen, den Besitzer des auffälligen Jaguars ausfindig zu machen. *Vielleicht schwierig,* dachte er, *aber keinesfalls unmög ...*

Plötzlich entdeckte Matt den Wagen wieder. Er war etwa einhundert Meter vor ihm auf der äußersten linken der vier Spuren, auf denen sich die Autos Stoßstange an Stoßstange vorwärtsbewegten. Aber schlimmer noch, er hatte sich gerade aus dem Stau gelöst und fuhr in die enge Kurve der Ausfahrt in Richtung Autobahnkreuz. Matt drückte auf die Hupe und brüllte jedem, der zu ihm hinübersah *»Notfall!«* zu. Aber kaum jemand schenkte ihm Beachtung. Zentimeter für Zentimeter kämpfte er sich bis zur linken Fahrspur durch. Manche der obszönen Gesten, mit denen ihn die Fahrer anderer Wagen bedachten, kannte Matt nicht einmal. Mit quietschenden Reifen, und während er nur mit Mühe die Kontrolle über sein Fahrzeug bewahren konnte, schlitterte er durch die scharfe Kurve der Ausfahrt und erreichte mit fast hundert Stundenkilometern das Autobahnkreuz. Der Jaguar war schon wieder verschwunden. Aber diesmal geriet Matt nicht in Panik. Die Ausfahrt nach Back Bay war nur wenige hundert Meter entfernt. Falls der Fahrer diese Ausfahrt nahm, hatte Matt verloren. Aber wenn nicht, würde er spätestens an der Mautstelle einiges aufholen. Tatsächlich dauerte es nicht lange, bis Matt seine Beute wiederentdeckte.

Das Schicksal hat es wohl so gewollt. Er lehnte sich in seinem Sitz zurück, nahm den Fuß vom Gaspedal und fuhr nur neun oder zehn Wagen hinter dem Jaguar durch die automatische Mautanlage. Jetzt kam es darauf an, dem Jaguar bis zu seinem Ziel zu folgen, ohne von dem Fahrer – oder der Fahrerin – gesehen zu werden. Seit einem Jahr trug er sich mit dem Gedanken, ein Autotelefon zu kaufen. Jetzt, wie üblich zu spät, schwor er sich, dies bei nächster Gelegenheit zu tun. Ein Anruf hätte der Polizei einen Hinweis auf die Frequenz des Senders gegeben, von der die Explosion auf der *Red Ink* ausgelöst worden war. Allem Anschein nach hatte Matt immer noch die Chance, das Funkgerät zu finden, vorausgesetzt, der Fahrer entledigte sich seiner nicht bei der nächsten Gelegenheit, weil er Angst bekam.

Der Jaguar nahm eine Ausfahrt östlich von Worcester. Er schien es überhaupt nicht mehr eilig zu haben und fuhr gemächlich durch die schöne Hügellandschaft von Massachusetts. Matt, der weiterhin Abstand hielt, war es bisher noch immer nicht gelungen, den Fahrer zu erkennen. Aber mit jedem zurückgelegten Kilometer wurde das weniger wichtig. Etwa fünfzehn Kilometer vor ihnen lag Hillborough, und ganz in der Nähe Xanadu, die Heimat des Ayurvedischen Diätprogramms. Und wenn Matt sich nicht gewaltig irrte, war der Mann in dem lindgrünen Jaguar vor ihm fast einsneunzig groß, hatte dichtes, silbergraues Haar und ein Ego von der Größe Grönlands.

XANADU
Einfahrt 1 km
Exklusive Kuranlage
auf der Basis der ayurvedischen Heilmethoden
Leben Sie durchgeistigt ... Leben Sie länger
Leben Sie hier

Wohnhäuser ab $ 450000

Die riesige Reklametafel – in eleganter Schrift vor dem Hintergrund eines Sonnenaufgangs im Himalaya – gab auch eine Telefonnummer an, unter der man eine Besichtigungstour und ein Einführungsgespräch vereinbaren konnte. Matt hielt vor der Tafel, während der Mann, den er für Peter Ettinger hielt, die leere, frisch geteerte Straße hinunter auf den Eingang zusteuerte. Auf der gegenüberliegenden Straßenseite trafen zwei scheinbar endlose, hohe Maschendrahtzäune aufeinander. Wahrscheinlich die Grenze von Xanadu.

Xanadu. Matt wußte, daß es sich dabei um den Namen eines geheimnisvollen Zauberlandes handelte. Er kam in einem Gedicht vor, daß er in der Schule durchgenommen und wahrscheinlich auch auswendig gelernt hatte.

In Xanadu schuf Kubla Khan
Einst einen Prachtbau, hoch und hehr ...

Vor seinem geistigen Auge sah Matt die Worte in der Handschrift eines Lehrers vor sich auf einer Tafel. *Milton? Wordsworth? Vielleicht*

Coleridge. Er konnte sich weder daran erinnern, wer das Gedicht geschrieben hatte, noch, wie es weiterging. Aber es fiel ihm überhaupt nicht schwer, sich Peter Ettinger als Kubla Khan vorzustellen.

Matt überlegte gerade, wie er weiter vorgehen sollte, als er hörte, wie sich ein Auto näherte – aus der gleichen Richtung, aus der Ettinger eben gekommen war. Er duckte sich hinter seinen Subaru und untersuchte den linken Vorderreifen, als der weiße Lieferwagen an ihm vorbeifuhr und dann in eine Straße einbog, die rechtwinklig zu der lag, die Ettinger genommen hatte. Da er das Protokoll von Ettingers Anhörung so oft gelesen hatte, daß er es fast auswendig konnte, fiel ihm der Name sofort auf, der auf dem Lieferwagen prangte. Huron Pharmaceuticals war die Herstellerfirma der Vitaminkapseln, die dem ayurvedischen Diätpulver beigegeben wurden. Wenn der Wagen eine Lieferung brachte und die Reklametafel auf den Haupteingang verwies, mußte Xanadu noch einen weiteren Eingang haben. Matt stieg in sein Auto und folgte dem Lieferwagen.

Nach einem guten halben Kilometer machte die Straße, ebenso wie der Maschendrahtzaun, wieder eine Rechtsbiegung. Matt folgte dem Lieferwagen in sicherem Abstand, bis er rechts in einen ungepflasterten Weg einbog, der offensichtlich durch eine Öffnung im Zaun auf das weitläufige Gelände führte. Er bog in einen offenbar wenig genutzten Feldweg auf der gegenüberliegenden Seite ein, versteckte den Subaru hinter ein paar Büschen und rannte zu der Stelle, wo der Lieferwagen abgebogen war. Das Tor im Zaun war etwa dreißig Meter entfernt. Matt wunderte sich nicht sonderlich, daß es nicht verschlossen war. Der Huron-Lieferant hatte anscheinend vor, sich nicht lange aufzuhalten. Matt sah sich nach allen Seiten um. Dann schlüpfte er durch das Tor.

Der Weg wand sich etwa hundert Meter durch dichten Wald. Der Winter war nicht mehr fern, aber da der Herbst ungewöhnlich mild gewesen war, trugen die Bäume und Sträucher immer noch reichlich Laub. Der Wald endete abrupt und gab den Blick frei auf offenes Gelände. Nicht allzu weit von der Stelle entfernt, an der Matt sich hinter einen Busch duckte, lag ein großer, offenbar künstlicher See, dessen Uferflächen frisch angelegt waren. Am gegenüberliegenden Ufer waren neue, luxuriöse Bungalows zu sehen. Allein von seinem Versteck aus konnte Matt mehrere Bungalows ausmachen, die bereits fertiggestellt waren, und eine Reihe weiterer, die sich noch im Bauzustand befanden. *In Xanadu schuf Kubla Khan ...*

Der Huron-Lieferwagen war hinter einer Gruppe niedriger, weiß gekalkter Gebäude geparkt, die in einem dicht bewaldeten Tal zu Matts Linken standen. Zu seiner Rechten, vielleicht hundertfünfzig Meter entfernt, sah er ein großes, zweistöckiges, ebenfalls weiß gekalktes Bauernhaus mit einem flachen Anbau. In der Auffahrt, die zu dem Bauernhaus führte, stand der lindgrüne XJS.

Aus dem Gebäude, in dem Matt die Fabrik vermutete, die das Diätpulver herstellte, war leises Motorengeräusch zu hören. Es war jedoch keine Menschenseele zu sehen, weder dort noch in der Nähe des Bauernhauses. Von Matts Versteck bis zu dem flachen Anbau des Bauernhauses waren es nicht mehr als sechs, sieben Meter, und von dort bis zu dem Jaguar noch einmal fünf. Es schien Matt durchaus möglich, unbemerkt bis zu dem Wagen zu gelangen. Falls er nicht abgeschlossen war, konnte Matt versuchen, den Sender zu finden, der die Detonation ausgelöst hatte. Sollte ihm das nicht gelingen, würde er sich so gründlich wie möglich in dem Wagen umsehen und dann auf demselben Weg, auf dem er gekommen war, wieder verschwinden. Selbst wenn er nichts fand, was Ettinger mit Colin Smith' Tod in Verbindung brachte, gab es immer noch die Möglichkeit, daß der Parkplatzwächter des Yachtclubs sich an den Jaguar und möglicherweise sogar an Ettinger erinnerte.

In geduckter Haltung und so gut wie möglich im Schutz der Bäume, schlich Matt sich bis zur Rückseite des Bauernhauses und drückte sich flach gegen die Wand. Dann arbeitete er sich bis zur

Hausecke vor und war gerade dabei, die Entfernung bis zu dem Jaguar abzuschätzen, als er vom Haupteingang her Sirenen näherkommen hörte. Rasch zog er sich wieder in den Schatten zurück. Keine dreißig Sekunden später fuhren zwei Streifenwagen mit abgeschalteten Sirenen vor dem Bauernhaus vor und hielten auf beiden Seiten von Ettingers Wagen. Zwei Polizisten blieben bei dem Jaguar stehen, während die beiden anderen zum Hauseingang rannten. Einer von ihnen hatte seine Dienstwaffe gezogen. Matt kroch unter die Bäume zurück und drückte sich in eine flache Mulde. Mehrere Minuten vergingen. Matt versuchte angestrengt, sich vorzustellen, was in dem Haus vor sich ging. Er spitzte die Ohren, um zu hören, was die beiden Polizisten bei dem Jaguar miteinander redeten. Obwohl sie nah genug waren, klangen ihre Stimmen dumpf, denn einer der beiden hatte sich wieder in den Streifenwagen gesetzt, und der andere wandte Matt den Rücken zu. Endlich öffnete sich die Tür des Bauernhauses, und die beiden Polizisten führten einen offensichtlich äußerst erregten Peter Ettinger hinaus. Seine Hände waren mit Handschellen auf den Rücken gefesselt.

»Ich war dort, das gebe ich zu«, hörte Matt Ettinger sagen. »Aber ich habe nichts getan, verdammt noch mal! Colin Smith hat mich angerufen und mich gebeten, ihn im Yachtclub zu treffen. Jedenfalls hat der Anrufer behauptet, er sei Smith . . .«

»Vergessen Sie nicht, Mr. Ettinger«, sagte einer der Polizisten, »was ich Ihnen bereits erklärt habe. Alles, was Sie sagen, kann vor Gericht gegen Sie verwendet werden. Also, ist das der Wagen, den Sie gefahren haben?«

»Ja, natürlich ist er das.«

»Und das sind die Schlüssel, die Sie mir soeben gegeben haben?«

»Ja, ja. Na, machen Sie schon, und schließen Sie den Wagen auf, verdammt noch mal. Sie werden nichts darin finden.«

Völlig verwirrt drückte Matt sich noch tiefer in die moosbewachsene Mulde. *Wie war es möglich, daß die Polizei so schnell hier war?* Ettinger war berühmt genug, um Aufsehen zu erregen, und auch der Jaguar war nicht gerade ein unauffälliges Auto. Vielleicht hatte der Parkplatzwächter oder jemand im Club ihn erkannt.

»Ich hab's«, sagte der Polizist, der den Wagen durchsucht hatte, nach etwa einer Minute. »Unter dem Fahrersitz.« Er hielt das Corpus delicti hoch, das eindeutig wie ein Sendegerät aussah. »Kann mir mal jemand eine Tüte geben? Mr. Ettinger, halten Sie uns wirklich für so blöd?«

Ettinger, der plötzlich in sich zusammengesunken war, starrte abwechselnd die Polizisten und den Sender an. Selbst aus der Entfernung konnte Matt die Verwirrung in seinen Augen erkennen.

»Ich möchte meinen Anwalt anrufen«, sagte er.

»Vom Revier aus, Mr. Ettinger.«

Einer der Polizisten half Ettinger auf den Rücksitz eines Streifenwagens und schlug die Tür zu. Der Knall hallte durch den stillen Nachmittag. Als die Streifenwagen abgefahren waren, wartete Matt noch eine Weile in seinem Versteck ab, bevor er sich zu der Fabrik hinüberschlich. Er nahm an, daß Sicherheitsleute das Gelände patrouillierten. Aber nachdem Ettinger nicht mehr da war, gab es hier niemanden mehr, der ihn kannte, und deshalb konnte er etwas unbekümmerter vorgehen, sich vielleicht als irgendeine Art Inspektor ausgeben, dachte er, als er sich gegen die Wand eines der Fabrikgebäude drückte. Noch besser wäre es, er ließe sich nicht erwischen. Aber sollte er doch entdeckt werden, würde es einigermaßen glaubhaft klingen, wenn er sich als Inspektor der Gesundheitsbehörde ausgab.

In der Nähe der Stelle, wo der Huron-Lieferwagen stand, gab es einen kleinen Vorbau. Matt sah sich nach dem Fahrer um, dann schob er sich ein Stück weiter an der Wand entlang und spähte in ein Fenster. Bis auf zwei Gefriertruhen war der Raum leer. Beide Truhen trugen die Aufschrift *Huron Pharmaceuticals* auf der Vorderseite. Keine schien verriegelt zu sein.

Matt sah sich noch ein letztes Mal um und schlüpfte durch die Tür. Die Glastür, die von dem Vorbau in das Hauptgebäude führte, war verschlossen. Durch die Tür konnte Matt etwa zwanzig Frauen sehen, die Kartons füllten, wahrscheinlich mit den Bestandteilen des Ayurvedischen Diätprogramms. Er entfernte sich von der Tür und ging an die Gefriertruhe, die außer Sichtweite der Packerinnen lag. VITAMINE BIS ZUM VERSANDTERMIN GEFROREN HALTEN stand auf dem Deckel. Vorsichtig öffnete er ihn. Die flachen Korbeinsätze, die genau in die Truhe paßten, waren bis zum Rand mit eingeschweißten Vitaminkapseln gefüllt. Einen Moment lang betrachtete Matt die Packungen. Sie sahen genauso aus wie die, die Annalee Ettinger Sarah besorgt hatte. Jede Packung enthielt neunzig Kapseln – der Bedarf für drei Monate. Er wollte gerade den Deckel wieder schließen, hob dann jedoch, ohne zu wissen, warum, einen der Körbe an.

Darunter lag die Leiche eines Mannes mit offenen Augen, die Matt entgegenstarrten. Der Mann trug einen dunklen Anzug und eine rote Seidenkrawatte; er paßte gerade eben in die Truhe. Feiner Reif bedeckte die Hände und das bronzefarbene Gesicht mit dem Schnurrbart. Matt hatte keine Probleme, den Mann zu erkennen. Er hatte ihn mehrmals auf einem Videoband gesehen und während der letzten Wochen viel über ihn nachgedacht.

Pramod Singh, der Faktor X in dem ayurvedischen Puzzle, war kein Faktor mehr.

Matt wurde es plötzlich flau im Magen. Er schloß den Deckel der Gefriertruhe und wischte den Griff mit dem Ärmel ab. Dann schlüpfte er wieder zur Tür hinaus und drückte sich gegen die Außenwand. Er atmete tief und langsam durch, um gegen die Übelkeit anzukämpfen. Sarah wäre fast ermordet worden. Colin Smith und Pramod Singh waren tot. Entweder hatte Peter Ettinger sie auf dem Gewissen, oder aber – und das schien ihm noch wahrscheinlicher – jemand versuchte, ihm die Morde anzuhängen. Irgend jemand hatte es plötzlich verdammt eilig. Irgend jemand war in Panik geraten.

Immer mit der Ruhe, sagte sich Matt. *Sieh zu, daß du hier wegkommst und fahr zurück zu Sarah.*

Er spürte, daß jemand in seiner Nähe war, noch bevor er den Schatten an der Wand entdeckte – den Schatten eines Armes, der auf seinen Kopf zukam. Er versuchte zu reagieren, aber es war zu spät, viel zu spät. Ein schwerer Gegenstand traf ihn direkt hinter dem rechten Ohr. Seine Zähne schlugen aufeinander, und sein Kopf schien vor Schmerz zu explodieren. Das letzte, was er sah, war der Boden, der auf sein Gesicht zugerast kam.

KAPITEL 40

Rosa Suarez hatte gerade den Kreisverkehr am Ende der Route 128 verlassen, als der alte Chevy begann, merkwürdige Geräusche zu machen. Sie fragte sich, ob sie vielleicht einen Zweig mitgeschleift hatte, und fuhr schneller. Aber dadurch wurde das Problem nur noch schlimmer. Leise auf Spanisch fluchend fuhr sie auf den Seitenstreifen. Sie war sowieso schon später losgefahren als ursprünglich geplant. Wenn Martha Fezler heute aus irgendeinem Grund früher Feierabend machte, wäre der ganze Tag und vielleicht sogar das ganze Wochenende verloren. Rosa faltete die Straßenkarte, die auf dem Beifahrersitz lag, sorgfältig zusammen und rutschte hinüber. Während sie sich innerlich Vorwürfe machte, weil sie sich ein altes Auto geliehen hatte, anstatt sich einen Mietwagen zu nehmen, trat sie auf den unbefestigten Seitenstreifen. Sie blinzelte in der hellen Nachmittagssonne. Das Problem war nicht zu übersehen – der rechte Hinterreifen war geplatzt und hing in Fetzen von der Felge.

Rosa hatte noch nie in ihrem Leben einen Reifen gewechselt. Ein Blick in den Kofferraum sagte ihr, daß sowohl Wagenheber als auch ein Ersatzreifen vorhanden waren. Also fischte sie das Benutzerhandbuch unter einem Stapel Werkstattrechnungen im Handschuhfach hervor. Falls sie aus der Anleitung schlau wurde, wollte sie es selbst versuchen. Falls nicht, würde sie jemanden anhalten.

In das Handbuch vertieft, ging sie zum Heck des Wagens zurück.

»Hallo.«

Vor Schreck ließ Rosa das Handbuch fallen.

Der Mann stand einen guten Meter von ihr entfernt mit verschränkten Armen da und grinste sie freundlich an. Rosa schätzte ihn auf Ende Zwanzig. Er hatte ein feingeschnittenes Gesicht, trug eine Nickelbrille, eine wollene Seemannsmütze und eine dunkle Windjacke. Sein Auto stand mit eingeschalteter Warnblinkanlage mehrere Meter hinter ihrem.

»Tut mir leid, wenn ich Sie erschreckt habe«, sagte er. »Ich wollte nur sehen, ob Sie Hilfe brauchen.«

Rosa atmete tief durch, vergewisserte sich, daß ihr Herz noch schlug, und hob das Handbuch auf.

»Meine Güte«, sagte sie und klopfte sich auf die Brust. »Sie haben mir tatsächlich einen Schrecken eingejagt. Trotzdem vielen Dank, daß Sie angehalten haben, das ist sehr freundlich von Ihnen. Ich muß gestehen, daß dies mein erster Reifenwechsel wäre.«

»Ich kann das gern für Sie machen.«

Der Mann trat auf Rosas Wagen zu und nahm Wagenheber und Ersatzreifen aus dem Kofferraum. Er hinkte deutlich beim Gehen, offenbar war sein linkes Bein am Knie versteift. Rosa hoffte, daß das ein vorübergehendes Problem war.

»Eine alte Verletzung, hab sie mir beim Footballspielen zugezogen«, sagte er, während er den Wagenheber in Position brachte. »Ich wünsche mir oft, ich könnte das rückgängig machen.«

»Oh, verzeihen Sie. Ich wollte Sie nicht anstarren.«

»Das haben Sie auch nicht. Ich bin einfach übertrieben aufmerksam. Nur leider hab ich den Gegenspieler damals nicht bemerkt. Wenn ich nach links statt nach rechts ausgewichen wäre, wer weiß, wie mein Leben dann verlaufen wäre? Fahren Sie nach Gloucester?«

»Ja, genau. Wohnen Sie dort?«

»Vorübergehend. Ich bin Biologe und arbeite für die Fischereibehörde. Wir machen hier eine Feldstudie über Hummer.«

»Wie interessant. Ich arbeite auch als Wissenschaftlerin für die Regierung. Ich bin Epidemiologin bei der Seuchenschutzbehörde.«

»Atlanta ist eine schöne Stadt«, sagte der Mann. »Aber für meinen Geschmack ein bißchen zu heiß. Wenn Sie einen Reifen wechseln,

sollten Sie immer zuerst die Radbolzen lösen, bevor Sie den Wagen aufbocken. Das macht die ganze Sache viel leichter und auch sicherer. Wo wollen Sie denn hin in Gloucester?«
»Zu einer Werkstatt namens Fezler Marine.«
»Nie davon gehört.«
Der Mann nahm seine Mütze ab und wischte sich die Stirn mit dem Handrücken ab. Sein Haar war goldblond. Er hätte ein Fernsehstar oder Model sein können, dachte Rosa. Doch statt dessen war er ein hochqualifizierter Wissenschaftler. Rosa war beeindruckt.
»Sie ist in der Breen Street«, sagte sie.
»Den Straßennamen hab ich auch noch nie gehört«, sagte der Mann, während er den Ersatzreifen zurechtrückte und die Radbolzen wieder anzog. »Vielleicht sollte ich nicht so blind durch den Ort laufen, in dem ich lebe.«
»Ich könnte mir vorstellen, daß Sie wichtigere Dinge im Kopf haben. Ich würde Sie gern für Ihre Hilfe bezahlen. Ich bin Ihnen sehr ...«
»Unsinn. Aber ich könnte eine Tasse Kaffee gebrauchen, wenn Sie Lust haben.«
»Tut mir leid. Ich würde wirklich gern mehr über Ihre Arbeit erfahren, aber ich muß mich auf den Weg machen. Ich bin ziemlich spät dran.«
»Kein Problem. Ich heiße übrigens Darryl. War nett, Sie kennenzulernen.«
»Rosa«, sagte sie. »Und nochmals vielen Dank.«
Der Mann lächelte freundlich, schüttelte ihr die Hand, humpelte zu seinem Wagen und fuhr davon. Rosa sah auf ihre Uhr. Das Ganze hatte gerade mal eine Viertelstunde in Anspruch genommen.
»Dios hace las cosas«, sagte sie, als sie hinter ihr Steuerrad rutschte. Dann machte sie sich wieder auf den Weg nach Gloucester. Gott sorgt für die Seinen.

Nachdem sie sich an zwei Tankstellen nach dem Weg erkundigt hatte und zweimal falsch abgebogen war, fand Rosa schließlich die Breen Street. Es war eine von vielen engen Seitenstraßen entlang der Küste, die zwar gepflastert waren, aber, wie Rosa vermutete, immer noch genau so verliefen, wie sie vor dem Unabhängigkeitskrieg angelegt worden waren. Fezlers Reparaturwerkstatt war ein riesiger, halb verfallener hölzerner Schuppen, flankiert von zwei ebenso baufälligen hölzernen Lagerhallen. Die ganze Gegend wirkte wie ein riesiges Pulverfaß, das nur darauf wartete, in die Luft zu fliegen. Rosa mußte noch fast zwei Blocks weiter geradeaus fahren, bis sie eine Straße fand, die so breit war, daß sie am Rand parken konnte.

Beide Tore, die zur Straße hin lagen, und auch eine schmale Tür an der Seite des Schuppens waren verschlossen. Rosa klopfte an die Tür hinter sich. Es war, als wäre sie in die Vergangenheit gereist.

Die riesige Werkstatt war vollgestopft und schlecht beleuchtet. Die Wände des Schuppens waren übersät mit Werkzeug, das teilweise recht modern aussah, teilweise jedoch uralt. Stahlseile und Ketten hingen überall von der Decke, und Hebebühnen verschiedener Größe füllten den Raum. Die Luft war stickig und stank nach Schmieröl und Benzin. An einer Seite der Werkstatt stand ein großer Schreibtisch mit Rollverschluß, auf dem haufenweise Rechnungen, Zeitschriften und Kataloge herumlagen. Über dem Rollpult hing der gleiche Kalender, den Rosas in Elsie Richardsons Schlafzimmer gesehen hatte. Aus dem Hintergrund ertönte klassische Musik. *Ich könnte schwören, daß das Mozart ist*, dachte Rosa.

»Hallo?« rief sie.

Niemand antwortete. Auf der Seite zum Wasser hin war eine verschlossene Empore, zu der eine offene Treppe an einer Wand führte. In dem Augenblick, als Rosa nach oben sah, schloß jemand die Tür am oberen Ende der Treppe.

»Hallo«, rief sie noch einmal. »Ist dort jemand?«

»Hier hinten«, erwiderte eine rauhe Stimme.

Rosa folgte der Stimme in Richtung der Musik. Die riesigen Tore am hinteren Ende der Werkstatt standen offen und gaben den Blick frei auf den Hafen. Durch die Öffnung in einer schmalen Plattform führten vom Wasser her Schienen in die Werkstatt. Einen halben Meter über den Schienen hing ein riesiger Schiffsmotor von der Decke, befestigt mit einem komplizierten System von Seilen und Flaschenzügen. Daneben stand eine Frau, die an dem Motor arbeitete. Sie war zwar nicht ungewöhnlich groß, aber sie war eine eindrucksvolle Erscheinung. Rosa fiel nur das Wort *kräftig* für sie ein. Nicht fett. Noch nicht einmal dick – obwohl sie das auch war. Einfach *kräftig*. Über ihren breiten Schultern und ihrem muskulösen Rücken spannten sich die Träger ihrer ölverschmierten Latzhose. Die Ärmel ihres schwarzen T-Shirts schienen zu eng für ihre Oberarme. Ihre Haare hatte sie unter einer Schirmmütze zu einem kurzen Pferdeschwanz zusammengebunden.

»Tag«, sagte sie. Sie sah Rosa gerade lange genug an, um sie einzuschätzen, und widmete ihre Aufmerksamkeit dann wieder dem Motor.

»Ich suche Martha Fezler«, sagte Rosa.

»Sie haben sie gefunden.« Die Frau löste mehrere Bolzen und warf sie in eine blecherne Kaffeedose, die mit einer übelriechenden Flüssigkeit gefüllt war. »Fezlers berühmter Ölauflöser«, erklärte sie. »Benzin, Borsäure und genau die richtige Menge Spucke.« Sie sah Rosa mit einem schelmischen Grinsen an und zwinkerte ihr zu. »Das Radio steht da drüben neben der Treppe. Schalten Sie es ruhig aus, wenn Sie möchten. Dann verstehe ich besser, was Sie sagen.«

Rosa tat, wie ihr geheißen. Als sie zurückkehrte, hatte Martha ein schweres, ölverschmiertes Tau ergriffen und wuchtete damit den Motor hoch, bis er über ihrem Kopf hing.

»Wie schwer ist der?« fragte Rosa.

»Ohne Rückwärtsgang? Ungefähr hundert, vielleicht auch hundertfünfzig Kilo.«

»Ich bin beeindruckt.«

»Nicht nötig. Mit diesem Flaschenzug könnte ich zwei oder drei

von den Dingern heben, wenn ich wirklich wollte oder wenn es sein müßte ... Jedenfalls glaube ich, daß ich das könnte.«
Sie schlang das ölige Tau einmal um eine Klampe an der Wand und zog dann noch eine Schlinge hindurch, um es zu sichern. Rosa traute ihren Augen kaum.
»Diese eine Schlinge hält den schweren Motor da oben?« fragte Rosa, als die Frau begann, den Öltank an dem Motor zu lösen.
»Wenn niemand daran rumfummelt, dann hält das«, erwiderte Martha. »Und da hier außer mir niemand arbeitet, fummelt auch niemand rum.«
Sie hatte ein offenes, rundes Gesicht. Und obgleich ihre Umgangsformen eher barsch waren und ihre Stimme so rauh wie Sandpapier klang, hatte sie etwas Sympathisches. Rosa stellte sich vor.
»Miss Fezler, ich brauche Ihre Hilfe«, sagte sie dann.
»Nennen Sie mich Martha. Und, es sei denn, Sie haben Probleme mit Ihrem Auto oder mit Ihrem Boot, kann ich mir nicht vorstellen ...«
»Martha, ich muß Ihren Bruder Warren finden. Es ist sehr, sehr wichtig.«
Martha wischte sich die Hände an einem Lappen ab, der so aussah, als könne er unmöglich noch mehr Öl absorbieren. Einen Augenblick lang dachte Rosa, sie würde leugnen, einen Bruder zu haben, und sie bitten, ihre Werkstatt zu verlassen. Doch dann änderte sich unvermittelt Marthas Gesichtsausdruck.
»Vielleicht sollten wir uns lieber setzen«, sagte sie. »Möchten Sie eine Tasse Kaffee?«
Von dem kleinen, metallenen Tisch direkt neben den Schienen hatte man einen guten Blick auf den friedlichen Hafen. Martha nahm Rosa gegenüber Platz, und Rosa schilderte ihr kurz, wie sie zunächst damit beauftragt wurde, die DIC-Fälle am Medical Center of Boston zu untersuchen, wie sie in diesem Zusammenhang das Tagebuch von Constanza Hidalgo entdeckt und schließlich Ken Mulholland um seine Mitarbeit gebeten hatte, und wie die beiden die Herkunft des CRV113-Virus zurückverfolgt hatten.

»Ich glaube, daß die Frauen, deren Krankheitsgeschichte ich untersucht habe, irgendwie mit dem Virus infiziert wurden, das Ihr Bruder entwickelt hat«, sagte sie. »Es ist gut möglich, daß ein Teil des Diätpulvers, das sie alle eingenommen haben, verseucht war. Ich weiß es nicht. Ich hoffe, Warren kann mir das sagen. Als das Virus erst einmal im Körper der Frauen war, haben ihre natürlichen Abwehrkräfte es bekämpft, aber nie wirklich die Oberhand gewonnen. Das Virus schlummerte unerkannt in ihrem Körper, bis die Anstrengungen der Geburt dieses Gleichgewicht zerstörten.«

»Wie viele Frauen sind daran gestorben?«

»Zwei, soweit wir wissen. Und ihre Babys. Eine dritte Frau – die, von der wir die Viruskultur haben –, hat ihr Baby verloren und wäre beinahe ebenfalls gestorben. Ich fürchte, sie wird nicht das letzte Opfer sein, Martha. Und darum brauche ich die Hilfe Ihres Bruders.«

Martha Fezler starrte auf das Meer und die länger werdenden Nachmittagsschatten hinaus. Schließlich reichte sie Rosa einen Bleistift und einen Notizblock.

»Schreiben Sie Ihren Namen auf, für wen Sie arbeiten, den Namen des Virus und den Namen dieser Krankheit«, sagte sie. Sie wartete ab, bis Rosa fertig war, dann riß sie den Zettel ab und steckte ihn in die Hosentasche. »Warten Sie hier«, sagte sie.

Sie ging polternd die Treppe hoch und verschwand hinter der Tür. Rosa kritzelte gedankenverloren auf dem Notizblock herum, während sie ein paar Möwen beobachtete, die sich um eine Muschel stritten. Erst als sie ihren Blick senkte, wurde sie gewahr, daß sie die Buchstaben BART geschrieben hatte.

Fünf Minuten vergingen. Einmal hätte Rosa schwören können, sie hätte gehört, wie Martha Fezler jemanden anschrie. Die Möwen hatten ihren Streit beendet und ließen sich im Wind über den Hafen treiben. Schließlich öffnete sich die Tür auf der Empore, und Warren Fezler trat heraus, gefolgt von seiner Schwester. Er war noch schmächtiger, als Rosa ihn in Erinnerung hatte. Im Vergleich zu ihm wirkte Martha regelrecht hünenhaft. Er trat auf Rosa zu und grinste verlegen.

»T-tut mir leid, d-daß ich Ihnen so viele Schwierigkeiten bereitet habe«, sagte er. »I-ich habe schreckliche Angst.«

Er setzte sich auf den Platz gegenüber von Rosa. Martha holte noch einen Klappstuhl und ließ sich ebenfalls an dem Tisch nieder.

»Warren sagt, es stört ihn nicht, wenn ich dabeibleibe«, sagte sie.

»Mir ist es auch recht«, erwiderte Rosa. »Glauben Sie mir, Warren, eine Aussage zu machen ist das einzig Richtige.«

»S-selbst wenn ich umge-gebracht werde?«

»Wir müssen aufpassen, daß das nicht passiert. Wenn mein Chef erfährt, worum es geht, wird er dafür sorgen, daß Sie jede Hilfe und jeden Schutz bekommen, der nötig ist. Wenn ich recht habe, Warren, dann sind Menschen an diesem Virus gestorben. Wenn Sie eine Aussage machen, werden Sie höchstwahrscheinlich eine Menge Leben retten.«

»E-ehrlich, ich hatte k-keine Ahnung, daß es Menschen krank macht. Er h-hat gesagt, Dr. B-Baldwin sei an allem schuld. N-nicht das Virus.«

»Wer ist *er*, Warren?«

Warren Fezler rieb sich seine müden Augen. Er wandte sich an Martha, die ihm aufmunternd zunickte.

»Blankenship«, sagte er plötzlich. »Eli B-Blankenship.«

Rosa starrte ihn ungläubig an. *Blankenship!* Der einzige außer Sarah und Daniels, dem sie alles anvertraut hatte, was sie wußte. Sie spürte, wie ihr Magen sich zusammenkrampfte.

»Das müssen Sie mir erklären«, sagte sie.

»I-ich stottere s-so sehr. V-verzeihen Sie.«

»Sie brauchen sich nicht zu entschuldigen, Warren. Denken Sie überhaupt nicht daran. Erzählen Sie mir einfach von CRV113 und Eli Blankenship.«

Fezler holte tief Luft. Als er schließlich zu reden begann, schien er sich gefaßt zu haben und sprach ziemlich flüssig.

»CRV ist die Abkürzung für ›Coagulation-related Virus‹. Seine schlankmachende W-wirkung hab ich n-nur zufällig entdeckt. Ich glaube, sie beruht auf einem Gen, das auf dem Chromosom eng mit den G-Genen verknüpft ist, an d-denen ich damals arbeitete. D-dieses Gen hemmt die Verdauung und die Einlagerung von F-Fett, indem es ein bestimmtes Enzym b-blockiert. Indem ich meine G-Gerinnungsgene aus dem Chromosom isolierte, habe ich o-offenbar die Gene abgekoppelt, die die K-Kontrollfunktion über das fettreduzierende Gen ausübten. M-meine Affen fingen an, große Mengen an Gewicht zu verlieren. Viele sind eingegangen. A-als ich merkte, was mit den Affen passierte, habe ich angefangen, mit I-Impfstofformeln und anderen D-Dingen herumzuspielen. Dann gingen sie n-nicht mehr ein, sondern nahmen nur noch ab – bis auf die K-Knochen. Sch-schließlich hab ich mir das Virus selbst injiziert. Es f-funktionierte perfekt. In w-wenigen Monaten habe ich f-fünfzig Kilo abgenommen, v-völlig problemlos und ohne jede N-Nebenwirkung.«

»Aber Cletus Colins hat gesagt, alle Ihre Affen seien gestorben.«

»I-ich schäme mich, es zuzugeben, aber i-ich habe sie getötet, um das G-Geheimnis zu wahren. Es war B-Blankenships Idee. Wir sind in der Grundschule in die gleiche Klasse gegangen. Er ist Dr. med., und ich habe sowohl einen Dr. med. als auch einen Dr. rer. nat., und ich sch-schwöre, es ist mir n-nie in den S-Sinn gekommen, daß jemand Schaden nehmen könnte. D-das müssen Sie mir glauben.«

»Das glaubt sie dir, Warren«, sagte Martha bedrückt. »Erzähl einfach weiter.«

»I-ich hab Eli von dem Virus erzählt, und von dem, w-was ich herausgefunden hatte. Er sagte, wir könnten richtig reich damit werden. A-allerdings gab es zwei Probleme.«

Für Rosa hatte sich das Bild längst zusammengefügt.

»Das Patent«, sagte sie.

»Genau. Das Virus gehört B-BIO-Vir.«

»Und ich schätze, das zweite Problem war die Gesundheitsbehörde.«

»Sie s-sind sehr klug«, sagte Fezler.

Rosa mußte daran denken, was sie Blankenship alles anvertraut hatte – vor allem während der letzten beiden Tage.

»Leider nicht«, sagte sie. »Blankenship hat sich also das mit dem Diätpulver ausgedacht, um eine genauere Überprüfung durch die Gesundheitsbehörde zu umgehen.«

»S-sie hätten das P-Pulver niemals zugelassen. Eli hat die ganze Sache ausgeheckt. E-er ist unglaublich intelligent. Aber er ist ein S-Satan. Er ist ein L-Lügner, und er ist s-sehr, sehr verschwiegen. K-keiner der Beteiligten hat jemals eine Ahnung von dem, was d-die anderen machen. W-weder Singh, n-noch Ettinger oder Paris, n-nicht einmal ich.«

»Keiner wußte von dem Virus?«

»Nur ich ... und Eli.«

»Aber das Virus ist in dem Diätpulver enthalten.«

»N-nein. Nicht in dem Pulver. Es ist in den Vitaminen. Eine d-der Vitaminkapseln – i-ich glaube, es ist Nummer neun – u-unterscheidet sich von den anderen. Ich habe sie selbst hergestellt, in einem L-Labor, das Eli für mich eingerichtet hat. Am Anfang habe ich ihm g-geglaubt, als er mir erzählt hat, Dr. Baldwin sei für die Todesfälle verantwortlich. Aber d-dann kamen mir Zweifel, und ich bekam Angst. Vor allem, als so viele L-Leute anfingen, das Pulver zu kaufen.«

»Blankenship hat also versucht, Sie zu töten?«

»Nicht Blankenship. Ein M-Mann, den er angeheuert hat, ein g-großer Blonder m-mit ...«

»Nein!«

Mit vor Entsetzen geweiteten Augen schrie Martha Fezler, was Rosa gerade sagen wollte. Im gleichen Augenblick hörte Rosa ein leises Plopp zu ihrer Rechten. Martha schrie auf und fiel rückwärts zu Boden, als wäre sie von einem harten Ball getroffen worden. Warren und Rosa bückten sich nach ihr. Sie rang röchelnd nach Luft, und ihre Augen waren glasig.

»O Gott!« sagte Warren und berührte ein kleines Loch in ihrem Overall, das sich bereits rot zu färben begann.

»Jemand hat auf sie geschossen.«
»Absolut korrekt, Warren.«
Sie fuhren herum, als sie die Stimme hörten, die Rosa bereits wiedererkannt hatte, bevor sie den Mann sah. Darryl stand lässig an einen Balken gelehnt und grinste sie genauso an, wie er es auf der Autobahn getan hatte. Sein schallgedämpfter Revolver, den er locker in der Hand hielt, war auf eine Stelle irgendwo zwischen Rosa und Warren gerichtet.
»D-das ist d-der Mann«, sagte Fezler, noch immer auf den Knien. »B-Blankenships Mann. W-warum hast du auf m-meine Schwester g-geschossen, d-du verdammtes A-Arschloch? W-warum?«
»Ich tue nur meinen Job, Warren«, sagte Darryl und trat einen Schritt auf die beiden zu. »Ich bin sicher, Rosa versteht das. Sie nimmt es mir auch nicht übel, daß ich ihren Reifen zerschossen habe. Sie weiß, daß das auch zu meinem Job gehörte. Das mußte ich tun, um herauszufinden, wo sie hinfuhr. Ich trage es dir auch nicht nach, daß mein Knie zerschossen wurde, als wir uns das letztemal begegnet sind, und daß ich für den Rest meines Lebens ein verdammter Krüppel sein werde. Ich betrachte das als normales Berufsrisiko. Geschäft. Aber jetzt bist du dran.«
»D-du Arschloch!« heulte Fezler.
»Steh auf! Sofort!«
Wie benommen gehorchte Fezler. Er sah aus, als hätte er sich mit seinem Schicksal abgefunden.
Darryl hob seinen Revolver. Rosa sah, daß Fezler keine Anstalten machte, auszuweichen. Mit aller Kraft warf sie sich seitlich gegen ihn. Er stolperte, fiel und stürzte dann von der Plattform zwischen den Schienen und dem Schuppen.
Der Schuß aus der Waffe des Killers zersplitterte die Bodenplanken an der Stelle, wo Fezler gestanden hatte.
»Lauf, Warren, lauf!« schrie Rosa.
Darryl drehte sich zu ihr um und schoß ihr ruhig lächelnd in die Brust. Unter der Wucht des Schusses drehte sich Rosa mit fliegenden Armen um die eigene Achse, und ihre Brille flog in hohem

Bogen davon. Kaum einen halben Meter von Martha entfernt, stürzte sie zu Boden. Ein rasender Schmerz fuhr ihr durch die rechte Brust bis in den Rücken. Sie schrie auf, ohne ihren eigenen Aufschrei zu hören. Auch wenn sie nur sehr flach atmete, schoß ihr bei jedem Atemzug ein stechender Schmerz in die Brust, der bis in die Schulter und das Kinn ausstrahlte.
Darryl, der sie mittlerweile überhaupt nicht mehr beachtete, war zu der Stelle gegangen, wo Warren von der Plattform gestürzt war. Die Waffe in der Hand, starrte er auf das Wasser hinaus. Rosa lag keuchend und nach Luft ringend auf der Seite und hoffte inständig, daß Fezler seinen Mut wiedergefunden hatte und schlau genug war, um zu fliehen.
»B-bitte nicht sch-schießen«, hörte sie ihn plötzlich flehen.
»Aufstehen«, sagte Darryl. »Schön langsam. Auf die Füße.«
Im stillen verfluchte Rosa sie alle beide. Unter Schmerzen, die schlimmer waren als alles, was sie bisher erlebt hatte, kroch sie auf die beiden zu.
»Okay, Warren, hier lang. Los, beweg dich ... nicht schlappmachen, alter Junge.«
Rosa kämpfte sich vorwärts, zuerst auf dem Bauch, dann auf Händen und Knien. Ihre Lunge war kollabiert, dessen war sie sich sicher. Sie schmeckte Blut im Mund und spürte, wie noch mehr Blut aus ihrer Brust hochstieg. Ihr wurde schwindlig, sie sah nur noch verschwommen. Dann, als sie sich gerade fragte, ob sie sich noch einen Zentimeter weiter schleppen könnte, stieß ihre Hand gegen Martha Fezlers blecherne Kaffeedose. Darryl hatte das leise Geräusch gehört und drehte sich um. Mit aller Kraft schleuderte Rosa ihm das Lösungsmittel ins Gesicht. Er taumelte zurück, brüllte und versuchte verzweifelt, sich mit der freien Hand die Flüssigkeit aus den Augen zu wischen, während er mit der anderen wild um sich schoß.
Eine Kugel traf Rosa am Arm, aber sie nahm es kaum noch wahr. Sie hatte sich an einem Tau hochgezogen und stolperte zur Wand hinüber.

»Warren, helfen Sie mir!« rief sie heiser.
Darryl, der sich inzwischen in der Nähe der Schienen auf dem Boden wand, schoß instinktiv in die Richtung, aus der er ihre Stimme gehört hatte. Die Kugel schlug direkt neben Rosas Kopf in die Wand ein.
»Helfen Sie mir!«
Noch eine Kugel traf die Schuppenwand neben Rosas Kopf. Sie hatte das Gefühl, an ihrem eigenen Blut zu ersticken. Sie hustete nur noch schwach, und ihr Bewußtsein begann zu schwinden. Sie stolperte und stürzte zu Boden, während der Raum um sie herum sich zu drehen begann. Plötzlich hörte sie trotz ihrer Benommenheit ein Krachen und gleich darauf Darryls fürchterlichen Schmerzensschrei. Und dann war alles still.
Rosa lag dicht an der Wand, kaum noch bei Bewußtsein. Ihre Hand war nur wenige Zentimeter von ihren Augen entfernt. Und doch dauerte es eine ganze Weile, bis sie merkte, daß sie das Sicherheitstau umklammert hielt, das Martha mit nur einer Schlinge befestigt hatte. Sie versuchte angestrengt, etwas durch den Schleier vor ihren Augen zu erkennen. Etwa fünf Meter vor ihr lag Blankenships bezahlter Killer reglos auf dem Gesicht, auf seinem Rücken der riesige Außenbordmotor.
»Warren?« sagte Rosa kläglich und kaum hörbar. »Bitte, kommen Sie.«
Keine Antwort. Rosa kämpfte gegen die Bewußtlosigkeit an, die sie zu verschlingen drohte. Aber langsam schlossen sich ihre Augen.
»Rosa?« Fezler flüsterte zaghaft ihren Namen, als er ihre Schulter berührte. »K-können Sie mich hören?«
Rosa nickte, aber sie konnte nicht sprechen. Sie fühlte, wie Blut aus ihrem Mund lief.
»Halten Sie durch. I-ich rufe einen Krankenwagen.«
»Warten Sie«, keuchte Rosa.
»W-was?«
»Papier ... Bleistift ... dort drüben.«
Verwirrt holte Fezler Stift und Papier, hob Rosas Kopf an und legte

ihn auf seinen Schoß. Langsam und mühevoll diktierte sie ihm eine Telefonnummer.

»Rufen Sie ... sofort an«, stammelte sie. »Erklären ... Sie ... ihm ... Sarah ... ist ... im ... M... C... B... Dieser ... Mann ... wird ... helfen.«

»I-ich r-rufe einen Krankenwagen«, sagte Warren. »Rosa? Verdammt, Rosa, nein!«

»Gehen Sie«, sagte sie.

KAPITEL 41

29. Oktober

Sarahs unfreiwilliger Aufenthalt in der geschlossenen Abteilung wurde von Stunde zu Stunde unerträglicher. Das Personal ließ sie spüren, daß sie keine Sonderbehandlung zu erwarten hatte, nur weil sie Ärztin war, und einige der Schwestern und Pfleger genossen es ganz offensichtlich, eine ihrer Vorgesetzten kommandieren zu können. Jeder Wunsch, den Sarah äußerte, war er auch noch so bescheiden, wurde entweder abgelehnt oder durch irgendeine Vorschrift eingeschränkt. Ihre Hauptwidersacher waren die Angehörigen des Fachpersonals – meist solche, die frisch von der Uni kamen, wo sie Psychologie oder Soziologie studiert hatten, und die ihren Job als eine Art Zwischenstation zu betrachten schienen, bevor sie sich entschieden, was sie aus ihrem Leben machen wollten.

»Mein behandelnder Arzt ist den ganzen Tag noch nicht hier gewesen. Ich muß dringend mit ihm reden. Würden Sie ihn bitte anrufen?«

»Tut mir leid. Wir rufen Ärzte nur in Notfällen an, oder wenn wir bezüglich der Medikation eines Patienten Fragen haben. Er wird entweder im Laufe des Abends oder morgen früh nach Ihnen sehen, genau wie die anderen Ärzte.«

»Hallo, ich möchte Sie nicht stören, aber ich würde gern einen Blick in das Arzneimittelverzeichnis werfen, das im Schwesternzimmer steht. Ich möchte nachsehen, ob eine Pharmafirma namens Huron Pharmaceuticals darin aufgeführt ist.«

»Tut mir leid. Wir dürfen keine Bücher an Patienten ausleihen.«

»Könnten Sie vielleicht für mich nachschlagen?«
»Vielleicht später, nach der Gruppe. Falls ich dann Zeit habe.«
Irgendwann war es Sarah gelungen, in der Warteschlange am einzigen Münzfernsprecher der Station nach vorne zu rücken und einen Freund in der Krankenhausapotheke anzurufen. Er teilte ihr mit, daß keine Firma namens Huron Pharmaceuticals existierte. Weder in Boston, noch in der näheren Umgebung, noch innerhalb des Landes, noch im Ausland. Nirgendwo. Diese Information veranlaßte Sarah, erneut den Kampf mit dem Fachpersonal aufzunehmen.
»Mein Anwalt hat mir versichert, er wolle mich während der Besuchsstunden aufsuchen. Jetzt ist die Besuchszeit vorbei, und er ist nicht gekommen. Darf ich kurz mit ihm sprechen, falls er später noch auftaucht? Es ist sehr wichtig.«
»Tut mir leid. Das ist nicht erlaubt.«
»Falls er im Schwesternzimmer anruft, würden Sie den Anruf dann bitte in mein Zimmer durchstellen?«
»Ferngespräche von außerhalb können nur über den Münzfernsprecher für Patienten empfangen werden.«
»Aber der Münzfernsprecher ist schon den ganzen Abend besetzt. Und um zehn ist er abgeschaltet worden. Niemand hat mir gesagt, daß das Telefon um zehn abgestellt wird. Kann ich bitte den Apparat im Schwesternzimmer benutzen und versuchen, ihn zu erreichen?«
»Morgen früh wird der Münzfernsprecher wieder eingeschaltet, Sarah, ob Sie es glauben oder nicht. – Und jetzt nehmen Sie doch bitte Ihre Medizin, die Dr. Goldschmidt Ihnen verschrieben hat, und lesen Sie ein bißchen oder versuchen Sie zu schlafen.«
Nachdem sie erfahren hatte, daß der Münzfernsprecher um zehn Uhr abgeschaltet worden war, hatte Sarah die Hoffnung aufgegeben, an diesem Abend noch von Matt zu hören. Aber mit jeder Stunde, die verging, machte sie sich größere Sorgen um ihn. *Warum hat er nicht wenigstens angerufen?* Sie versuchte sich zu beruhigen, indem sie sich sagte, daß er die kurze Besuchszeit verpaßt hatte und

dann bei seinem Versuch, sie telefonisch zu erreichen, die Leitung laufend belegt gewesen war. Möglicherweise war er nach Ablauf der Besuchszeit zur Station gekommen und vom Fachpersonal wieder weggeschickt worden.

Die Zeit in der geschlossenen Abteilung verging quälend langsam. Jetzt war es halb zwei morgens. Sarah saß in einem abgenutzten Ledersessel an einem Fenster im Aufenthaltsraum, froh, daß es keine Vorschrift gab, die es verbot, sich zu dieser Stunde hier aufzuhalten. Der einzige Vorteil als Patientin in der geschlossenen Abteilung bestand darin, daß man sich verrückt benehmen konnte, ohne daß jemand Anstoß daran nahm.

Ihr Hals war immer noch rauh von der Intubation, und sie fühlte sich nicht nur müde und schwach, sondern hatte obendrein einen üblen Husten. Trotzdem war sie entschlossen, wenn nötig die ganze Nacht aufzubleiben. Falls der Lieferwagen der Firma Huron Pharmaceuticals zum Chilton Building zurückkehrte, dann wollte sie es wissen. In weniger als sieben Stunden sollte das Gebäude gesprengt werden. Und falls es irgendwelche Geheimnisse barg, dann würden sie entweder unter Schutt und Asche begraben, oder sie würden fortgeschafft werden, bevor dies nicht mehr möglich war. Möglicherweise hatten die Huron-Leute ihre Arbeit in dem zum Abriß bestimmten Gebäude erledigt. Aber vielleicht auch nicht. Ein Lichtstrahl im richtigen Moment, ein guter Blick auf den Fahrer – womöglich wäre das Rätsel dann gelöst.

»Wie geht's?«

Sarah, schon fast im Halbschlaf, schrak auf.

»Oh, hallo«, sagte sie.

Der Mann, Wes, gehörte als Hilfspfleger zum psychiatrischen Fachpersonal. Er schob zusammen mit einer Krankenschwester die Nachtschicht auf Underwood Six. Mit seinen etwa vierzig Jahren war er älter als die meisten seiner Kollegen, aber Sarah nahm an, daß sein Aufgabenbereich auf der Station eher mit Sicherheit als mit Therapie zu tun hatte. Er hatte die schlanke, muskulöse Figur eines Turners oder Gewichthebers, und auf seinen Bizeps waren ein

Totenschädel und ein Dolch tätowiert, die er mit Vorliebe zur Schau stellte. Sarah hatte den Eindruck, daß er überhaupt ziemlich von sich eingenommen war. Außerdem bezweifelte sie, daß er nach der High-School irgendeine weitere Ausbildung genossen hatte. Seit er um elf seine Nachtschicht angetreten hatte, versuchte er schon zum drittenmal, mit ihr ins Gespräch zu kommen.
»Gibt's da was Interessantes zu sehen?«
»Eigentlich nicht. Dieses Gebäude da drüben wird morgen gesprengt.«
»Ich weiß. Das wer ich mir ansehen. Hier oben hat man sowieso die besten Plätze. Haben Sie schon mal dort drüben gearbeitet?«
Bereits bei ihrer ersten kurzen Unterhaltung hatte er durchblicken lassen, daß er von den Kollegen von der Nachmittagsschicht und aus ihrer Krankenakte eine Menge über sie in Erfahrung gebracht hatte. Diese Vorstellung machte Sarah wütend.
»Was? Oh, nein. Das Gebäude war schon geschlossen, als ich hier anfing. Ich bin nur neugierig, das ist alles.«
Sarah starrte weiterhin auf die Grünanlagen hinaus und dachte an Matt. Ihr Kopf sagte ihr, daß es ihm gutging. Aber irgend etwas völlig Irrationales in ihrem Bauch sagte ihr genau das Gegenteil.
»Haben Sie eigentlich einen Freund?« fragte Wes, während er sie ungeniert taxierte.
O nein! dachte Sarah. »Ja, ja. Ich bin verlobt«, erwiderte sie schnell. Der Hilfspfleger versuchte, mit ihr anzubändeln. *Das hat mir gerade noch gefehlt.* Sie dachte daran, wie nützlich es wäre, wenn jeder angehende Arzt verpflichtet würde, eine gewisse Zeit als Patient in einem Krankenhaus zu verbringen. Der entsprechende Kurs könnte unter dem Thema »Hilflosigkeit« laufen.
»Hey, das ist mir egal, wenn's Ihnen nichts ausmacht«, sagte Wes, während er einen Ärmel seines T-Shirts hochkrempelte, um seine Tätowierung voll zur Geltung zu bringen. »Es gibt hier auf der Station 'ne Menge Vorschriften. Ich könnte Ihnen helfen, ein paar davon zu umgehen.«
Einen Augenblick lang dachte Sarah, er wollte sie anfassen. Bei der

Vorstellung wurde ihr fast übel. Aber wenn sie ihn zu schroff abwies, konnten ihr noch weitaus schlimmere Dinge widerfahren. Die Matratzensuite, wie die Patienten die Gummizelle nannten, war meist mit denen belegt, die sich in irgendeiner Weise der Autorität des Personals widersetzt hatten.

»Hören Sie, Wes. Ich, äh, finde es wirklich nett von Ihnen, daß Sie sich um mich kümmern, aber ich muß die Dinge im Moment langsam angehen ... wenn Sie verstehen, was ich meine.«

Das Gesicht des Mannes hellte sich auf.

»Oh. Ja, natürlich. Ich weiß, was Sie meinen. Kann ich Ihnen irgend etwas bringen? Was zu trinken? Oder was Süßes? Oder vielleicht ein bißchen weißes Pulver? Sie haben ein Zimmer für sich allein, und das Zimmer neben Ihnen ist frei.«

Sarahs Widerwille steigerte sich noch. Sie schwor sich, als Ärztin auf die Station Underwood Six zurückzukehren, falls sie diesem Alptraum jemals entkommen sollte. Und im Namen aller Frauen in der geschlossenen Abteilung würde sie dieses Ekelpaket an die Luft befördern.

Falls ...

Sie lehnte seine angebotenen Gefälligkeiten höflich ab, versicherte ihm, er dürfe sich später wieder zu ihr gesellen, falls sie noch wach war, und starrte weiter auf das Gebäude gegenüber. Mit jeder Minute, die verging, wurde ihr Entschluß fester: Sie mußte eine Möglichkeit finden, aus der geschlossenen Abteilung zu entwischen und in das Chilton Building zu gelangen.

Eigentlich eine verrückte Idee, dachte sie und mußte heimlich grinsen.

Gegen halb vier gewann die Erschöpfung langsam Oberhand. Sie wußte, daß sie immer wieder eindöste, wenn sie nicht durch das Fernglas schaute. Aber sie war nicht bereit aufzugeben und zwang sich jedesmal wieder aufzuwachen. Rosa, Matt und Eli hatten fast den ganzen Tag damit zugebracht, das Geheimnis um CRV113 zu lösen. Und sie war damit beschäftigt gewesen, sich gegen die Annäherungsversuche eines Hilfspflegers zur Wehr zu setzen, der stärker gestört war als die meisten Patienten auf der Station. Die Hilflosigkeit ihrer Situation war unerträglich. Irgendwie würde auch sie ihren Teil zur Klärung des Falles beitragen. Irgendwie würde sie es schaffen …

Sarah schüttelte den Kopf, um klar zu werden, und wischte sich das Gesicht mit dem feuchten Tuch ab, das während der langen Nachtwache ihr einziger Verbündeter gewesen war. Am hinteren Ende des Chilton Building bewegte sich etwas. Sie schaltete die Neonlampe an der Decke aus, nahm das Fernglas und stützte sich mit den Ellbogen auf dem Fenstersims ab. In der näheren Umgebung des Chilton gab es keine Beleuchtung. Aber es war Vollmond, und die vielen Laternen entlang den Wegen in den Grünanlagen spendeten zusätzlich ein wenig Licht. Sarahs Augen mußten sich noch an die Dunkelheit gewöhnen, aber sie war sich bereits sicher, was sie gesehen hatte.

Der Huron-Lieferwagen war wieder da.

* * *

Black Cat Daniels wußte, daß er sterben würde. Und während der schlimmen Stunden als Eli Blankenships Gefangener hatte er sich nichts sehnlicher gewünscht. Als er nach dem brutalen Schlag auf den Kopf irgendwann zu sich gekommen war, lag er mit dem Gesicht am Boden auf der Ladefläche eines Wagens, vermutlich des Lieferwagens von Huron Pharmaceuticals. Seine Hände waren mit dünnem Draht auf dem Rücken gefesselt und seine Füße an einer Seitenwand des Lieferwagens angekettet. Sein Schädel dröhnte erbarmungslos, und Schwindel und Übelkeit ließen nicht nach.

Der Lieferwagen stand in einem lichtlosen Raum, möglicherweise in einer Garage. Es waren ein paar Straßengeräusche zu hören – ab und zu ein vorbeifahrendes Auto –, aber keine Stimmen. Die Lage, in der man Matt zurückgelassen hatte, war fürchterlich unbequem. Aber jede noch so geringe Bewegung bereitete ihm unsägliche

Schmerzen, verursacht durch den dünnen Draht, der ihm in die Handgelenke schnitt.
Lange nachdem Matt das Bewußtsein wiedererlangt hatte, ließ Blankenship sich zum erstenmal im Lieferwagen blicken. Einerseits war Matt überrascht, ihn zu sehen, andererseits auch wieder nicht.
»Ich hätte es wissen müssen«, sagte Matt.
»Ja, ja. Eigentlich hätten Sie es wissen müssen.«
»Sie haben Colin Smith umgebracht.«
»Ich war dazu gezwungen.«
»Und Pramod Singh.«
»Auch dazu war ich gezwungen.«
»Und Sie haben versucht, Ettinger beide Morde in die Schuhe zu schieben.«
»Also, *das* hatte ich von vornherein beabsichtigt. Nun gut. Ich habe Ihre Fragen beantwortet. Jetzt möchte ich, daß Sie mir ein paar Fragen beantworten. Zunächst einmal will ich wissen, ob es noch irgendwelche anderen, sagen wir, Probleme gibt, die ich auf die Schnelle lösen muß. Gibt es da noch jemanden, um den ich mich kümmern sollte? Haben Sie mit irgend jemandem gesprochen? Jeremy Mallon? Paris? Was haben sie Ihnen gesagt?«
Matt gab sich alle Mühe, sich abzuwenden, aber Blankenship brauchte nur seinen Ellbogen zu schütteln, und Matt schrie vor Schmerz auf.
»Ich weiß überhaupt nichts«, rief er. »Ich weiß nicht mehr, als ich heute gesehen habe.«
Blankenship riß Matts Kopf an den Haaren hoch.
»Ich hoffe, Sie sagen die Wahrheit«, sagte er. »Wir werden ja sehen.«
Er ließ Matts Kopf so plötzlich los, daß dieser mit dem Gesicht auf den Boden schlug. Als Blankenship zurückkam, hatte er eine gefüllte Spritze bei sich. Matt wurde beinahe ohnmächtig vor Schmerz, als Blankenship seinen Arm zurechtrückte, um ihm die Spritze zu verabreichen. Dann, Sekunden später, waren alle Schmerzen verschwunden. Eine Zeitlang – es hätten Minuten oder auch Tage sein können – nahm Matt nur noch einzelne Wortfetzen

wahr. Einmal war es Blankenships Stimme, dann waren es wieder seine eigenen Worte, die wie Federn durch sein Bewußtsein torkelten. Schließlich versank er in Dunkelheit und Stille.
Als er wieder zu sich kam, saß er mit zusammengebundenen Füßen auf dem Boden eines feuchten, stockfinsteren Raums. Seine Hände waren hinter ihm an eine Rohrleitung gefesselt. Die Luft war von Staub erfüllt und roch nach Beton und Moder. Sein geschundenes Gesicht war geschwollen. Ein Zahn war abgebrochen. Das einzig Positive war die Feststellung, daß er noch am Leben war. Aber er wußte, daß er nur noch eine Galgenfrist hatte. Minuten später erfuhr er, wie lange genau er noch zu leben hatte.
Die Stimme, eine Männerstimme, kam per Lautsprecher aus der Dunkelheit, die Matt umgab.
»Achtung, Achtung«, sagte sie. »Dieses Gebäude wird in drei Stunden gesprengt. Niemand darf sich innerhalb des Gebäudes oder der blauen Absperrungen aufhalten. Ich wiederhole. Dieses Gebäude . . .«
»Hilfe!« brüllte Matt. »Hilfe!«
Seine Stimme hallte in dem leeren Raum wider. Es bestand keine Chance, daß ihn irgend jemand hören konnte. Nicht die geringste Chance. Im stillen verfluchte er Eli Blankenship und seine eigene Leichtsinnigkeit. Dann senkte er den Kopf auf die Brust und wartete.

KAPITEL 42

Um halb sieben, als das Wecksignal auf der Station ertönte, war Sarah bereits geduscht und angezogen und saß mit einer Tasse Kaffee im Aufenthaltsraum. Wenn alles nach Plan verlief, konnte sie noch vor halb acht im Chilton Building sein. Um 9 Uhr sollte die Sprengung stattfinden, und die Uhr tickte bereits, aber inzwischen stand viel mehr auf dem Spiel. Denn irgendwo in dem Gebäude, wahrscheinlich im Keller, war eine Leiche versteckt.

Der Huron-Lieferwagen hatte eine halbe Stunde lang vor dem Gebäude gestanden. Der Fahrer, ein großer, kräftiger Mann, soweit Sarah das hatte erkennen können, hatte die Leiche von der Ladefläche des Lieferwagens gezogen, sie sich auf die Schulter gehievt und in den Keller geschleppt. Mit Hilfe ihres Fernglases hatte Sarah deutlich die Arme des Opfers ausmachen können, die leblos über den Rücken des Fahrers baumelten. Eine halbe Stunde später war der Mann mit leeren Händen zu seinem Lieferwagen zurückgekehrt und davongefahren.

Einige Minuten später hatte Sarah Wes angesprochen. Es war ein leichtes gewesen, den Mann um den Finger zu wickeln. Jedenfalls leichter, als ihn davon abzuhalten, sie zu begrapschen. Sie flirtete so heftig wie seit Jahren nicht mehr und schmeichelte seinem Ego, so gut sie konnte. Sie machte kaum verhüllte Versprechungen, die die Phantasie des Mannes beflügelten. Sie fuhr mit den Lippen am Rand ihrer Kaffeetasse entlang, als enthalte sie Dom Perignon. Bis zum Morgengrauen wußte sie, wie die Mahlzeiten auf Underwood Six organisiert waren. Gruppe A – eine von zwei Einstufungen –

waren die am wenigsten stabilen Patienten auf der Station. Sie gingen zu den Mahlzeiten in die Cafeteria hinunter, allerdings jeweils nur zwei Patienten pro Betreuer. Das Personal der Abendschicht hatte jedoch befunden, daß Sarahs Zustand es noch nicht einmal zuließ, sie Gruppe A zuzuordnen. Ihr Frühstück sollte auf die Station gebracht werden. Die Tagesschicht sollte entscheiden, wie mit dem Mittagessen zu verfahren war. Aber ein paar Schmeicheleien, ein paar Versprechungen und ein einladendes Lächeln hatten Sarah eine Beförderung verschafft. Wes hatte einen Patienten der Gruppe B zugeordnet und statt dessen Sarahs Namen auf die Liste der Gruppe A gesetzt. Sarah würde von sechs Uhr fünfundvierzig bis sieben Uhr fünfzehn in der Cafeteria frühstücken.

Nach einer beinahe plumpen Anspielung auf die anatomischen Geheimnisse, die nur Ärzten bekannt sind, gestattete Wes ihr, das Diensttelefon im Stationszimmer zu benutzen, was jedoch fast daran gescheitert wäre, daß Sarah es ablehnte, während des Telefonierens auf seinem Schoß zu sitzen. Bevor Wes ihr bedeutete, daß die diensthabende Schwester im Anmarsch war und Sarah das Büro verlassen mußte, hatte sie es geschafft, zwei Telefonate zu machen. Als erstes hatte sie bei Matt zu Hause angerufen. Ihr wurde beinahe übel, als sein Anrufbeantworter sich einschaltete. Der zweite Anruf galt der Krankenhauszentrale, die als Antwortservice für Eli Blankenship fungierte. Sarah wollte dem Klinikchef eine Nachricht hinterlassen, doch zu ihrer Überraschung kam er nach wenigen Sekunden selbst an den Apparat. Er sagte, er habe die Nacht im Krankenhaus verbracht und auf der Couch in seinem Büro geschlafen.

»Sarah, wie geht es Ihnen?« fragte er, als er ihre Stimme hörte. »Wie haben Sie es geschafft, so früh telefonieren zu dürfen?«

»Das erzähle ich Ihnen, wenn wir uns sehen, Dr. Blankenship. Es geht mir gut. Ich muß diese Station verlassen, und zwar so schnell wie möglich.«

»Sarah, Dr. Goldschmidt ist der einzige, der Sie aus der geschlossenen Abteilung entlassen kann. Es tut mir leid, aber das ist . . .«

»Bitte Dr. Blankenship. Ich habe nicht viel Zeit. Sie sagten gestern, daß Sie mir glauben. Und das war noch bevor sich herausgestellt hat, daß ich die Wahrheit über Andrew Truscott gesagt habe. Sie müssen mir jetzt auch glauben. Irgend etwas Schreckliches geht vor in diesem Krankenhaus. Es hat mit einer Firma namens Huron Pharmaceuticals zu tun – die Firma, bei der Ettinger seine Vitaminkapseln herstellen läßt. Ich kann es beweisen.«
»Wie?«
»Ich werde um Viertel vor sieben in der Cafeteria sein. Können Sie mich dort treffen?«
»Ja, aber . . .«
»Beobachten Sie mich einfach. Sie werden schon wissen, was Sie zu tun haben.«
»Sie sagten, Sie hätten Beweise.«
»Können Sie uns Zugang zum Chilton Building verschaffen?«
»Ich . . . ja. Ja, das kann ich.«
»Die Beweise sind dort. Dr. Blankenship, ich muß Schluß machen. Bitte, vertrauen Sie mir. Bitte, kommen Sie in die Cafeteria.«
»Sie können sich auf mich verlassen«, sagte Eli Blankenship.

Eine Schwester rief die Namen der Patienten auf der Liste von Gruppe A auf. Sarah ging langsam zu der elektronisch gesicherten Tür hinüber, wo sie sich versammeln sollten. Nach einer kurzen Diskussion unter den Mitgliedern des Pflegepersonals – Sarah spürte, daß es um sie ging – wurde die Tür geöffnet, und die sechs Patienten mit ihren drei Bewachern verließen die geschlossene Abteilung. Wes, der in der Nähe stand, zwinkerte Sarah zu.
In der Cafeteria herrschte mäßiger Betrieb, Schwestern und Ärzte der Frühschicht hatten sich dort zum Frühstück eingefunden. Sarah fühlte sich von allen Seiten beobachtet, als sie sich mit ihrer Gruppe an der Selbstbedienungstheke anstellte. Aber nach den Schrecken der letzten sechs Monate machte ihr das kaum noch etwas aus.
Starrt mich nur an, dachte sie. *In ein paar Minuten werdet ihr euer blaues Wunder erleben.*

Sie wählte ein paar Speisen aus, ohne jedoch die Absicht zu haben, etwas zu essen. Gleichzeitig hielt sie nach Eli Blankenship Ausschau. Die Betreuer wiesen den Patienten jeweils einen von zwei Tischen zu. Sarah setzte sich so, daß sie einen möglichst guten Überblick über die Cafeteria hatte. In diesem Augenblick entdeckte sie Joanne Delbanco, die Hebamme, die am Nebentisch ihren Kaffee trank.

»Joanne«, flüsterte sie.

»Oh, hallo Sarah.«

Die Hebamme wandte ihren Blick schnell wieder ab, aber Sarah war ihr angewiderter Gesichtsausdruck nicht entgangen. Sarah wußte, daß die Aufpasser sie beobachteten. Beim geringsten Anzeichen, daß sie das Krankenhauspersonal belästigte, würden sie sie in die geschlossene Abteilung zurückbringen. Trotzdem mußte sie es versuchen.

»Joanne, sagen Sie mir nur, wie es Annalee geht. Hat sie sich erholt?«

Ein paar endlose Sekunden lang zögerte die Hebamme, dann wandte sie ihren Kopf ein Stück weit Richtung Sarah und sprach über die Schulter hinweg.

»Wenn Sie es unbedingt wissen wollen«, sagte sie kühl, »sie hat Wehen. Sie wird wahrscheinlich im Laufe des Vormittags oder am frühen Nachmittag entbinden.«

Sarah war entsetzt.

»Und kriegt sie weiter das Partusisten?« fragte sie.

Sarah bemerkte, wie die beiden Aufpasser an ihrem Tisch Blicke austauschten. Sie hatte die Toleranzgrenze der beiden fast erreicht, und Blankenship war immer noch nicht aufgetaucht.

»Dr. Snyder hat alle Medikamente abgesetzt«, erwiderte Joanne. »Er war der Meinung, daß die Strapazen, die Sie ihr … die sie durchgemacht hat, ausreichen. Das Baby ist groß genug, und der Surfactantspiegel ist …«

»Joanne«, fiel Sarah ihr aufgeregt ins Wort, »Sie müssen mit Dr. Snyder reden. Er muß einen Kaiserschnitt machen, bevor es zu spät ist.«

»Was muß ich?«
»Sarah, ich glaube, das reicht«, sagte einer der Aufpasser.
»Joanne, bitte. Es ist ...«
»Sarah, wenn Sie nicht sofort Ruhe geben, werden wir Sie vorzeitig auf die Station zurückbringen. Dann hat die ganze Gruppe unter Ihrem Verhalten zu leiden.«
Sarah hörte den Mann kaum noch. Der kahle Schädel und die massige Gestalt von Eli Blankenship war soeben in der Tür der Cafeteria erschienen, die am weitesten von ihnen entfernt lag.
Gott sei Dank. Sarah seufzte erleichtert. Was Joanne Delbanco ihr berichtet hatte, veränderte alles. Sarah war nicht länger darauf fixiert, in das Chilton Building zu gelangen. Jetzt ging es darum, Blankenship die Situation klarzumachen und mit ihm auf die Geburtshilfestation zu gehen. Mit seiner Unterstützung und vielleicht auch mit der von Rosa Suarez könnten sie Dr. Snyder vielleicht dazu bringen, bei Annalee einen Kaiserschnitt durchzuführen, bevor das Unheil geschah.
Wenn es ihnen darüber hinaus auch noch gelingen sollte, die Sprengung des Chilton Building aufzuschieben, um so besser. Aber Annalee und ihr Baby waren weit wichtiger als sonst etwas – oder sonst jemand –, der vielleicht unter dem Schutt begraben würde.
Okay, Leute, dachte Sarah. *Die Show geht los.*
»Mir ist schlecht«, wimmerte sie.
»Was ist los?«
»Ich ... ich weiß nicht. Mir ist ganz schwindlig, und ... und ich sehe Sternchen.«
»Ist Ihnen das schon mal passiert? ... Sarah, ich habe Sie gefragt, ob Ihnen das schon mal passiert ist.«
Sarah begann, ihre Hände rhythmisch zu schütteln und ihren Kopf ruckartig in den Nacken zu werfen. Ihre Augenlider flatterten, und sie verdrehte die Augen, bis das Weiße zu sehen war.
»Sarah!« rief jemand.
Im gleichen Augenblick stieß sie ein schreckliches, röchelndes Stöhnen aus und warf sich nach hinten auf den Boden, wobei sie

sich bei ihrem Sturz gerade so weit drehte, daß sie nicht mit dem Kopf auf dem harten Linoleum aufschlug.
»Sie hat einen epileptischen Anfall!« hörte sie einen Betreuer ausrufen. »Alle zurücktreten. Lassen Sie sie einfach in Ruhe.«
Du Arsch, dachte Sarah. *Sieh zu, daß du mich auf die Seite legst.*
»Aus dem Weg!« hörte sie Eli Blankenships Stimme dröhnen. »Legen Sie sie auf die Seite, aber schnell, bevor sie aspiriert!«
Er schob seine fleischige Hand unter ihren Kopf, legte sie auf die Seite und schob ihr seine Brieftasche zwischen die Zähne. Sarah biß zu, täuschte ihren Anfall noch eine knappe Minute lang vor und begann dann, sich zu beruhigen. Als nächstes würde sie »bewußtlos« werden.
»Ich bin ihr behandelnder Arzt«, sagte Blankenship ruhig und selbstsicher. »Sie leidet seit geraumer Zeit an Epilepsie. Es gibt keinen Grund zur Besorgnis, überhaupt keinen. Gleich wird alles vorbei sein. So ist es gut, Sarah. Es ist alles in Ordnung. Allerdings schlage ich vor, daß wir sie für alle Fälle in die Notaufnahme bringen. Würde bitte jemand einen Transportpfleger kommen lassen?«
Einer der Betreuer beeilte sich, Blankenships Weisung zu befolgen.
»Und was machen *wir* jetzt mit ihr?« fragte ein anderer.
»Informieren Sie Dr. Goldschmidt über das, was vorgefallen ist. Sagen Sie ihm, daß wir Dr. Baldwin vorerst wieder auf die Krankenstation verlegen. Ich bin Dr. Blankenship.«
»Ja, Doktor, ich weiß.«
Sarah spürte, wie die Menge der Gaffer sich auflöste. Blankenship beugte sich über sie und flüsterte ihr ins Ohr, sie solle die Augen geschlossen halten, bis er ihr Bescheid gab, daß die Luft rein war. Sie stöhnte. Eine Minute später wurde sie auf eine Trage gehoben.
»Okay, Leute, es geht ihr gut«, sagte Blankenship.
Sarah ließ ihren Kopf schlaff hin und her rollen, während sie aus der Cafeteria durch den Flur bis zum Aufzug geschoben wurde. Die Cafeteria lag im Kellergeschoß, aber Sarah spürte, wie der Aufzug sich abwärts bewegte. Sie versuchte sich vorzustellen, wo sie sein

könnte, als sie aus dem Aufzug hinaus und durch einen offenbar ziemlich langen Korridor geschoben wurde.

»Okay, Sie können jetzt die Augen öffnen, meine Liebe«, sagte Blankenship. »Das war wirklich eine filmreife Vorstellung.«

Sarah setzte sich auf, blinzelte und sah sich um. Sie war mit dem Klinikchef allein in einem Tunnel unter dem Kellergeschoß. Sie befanden sich vor einem stählernen Gittertor, das von der anderen Seite mit Planen verhängt war. An dem Tor hing ein Schild mit dem Hinweis, daß das Chilton Building am 29. Oktober gesprengt werden sollte und daß das Gebäude vor dem 29. nur in Begleitung von Sicherheitspersonal betreten werden dürfe. Neben dem Tor war ein Wandtelefon angebracht. Darüber klebte ein Zettel mit der Nummer des Krankenhaussicherheitsdienstes und der Firma, die für die Sprengung verantwortlich war. »Wo ist der Krankenpfleger?« fragte Sarah.

»Abe hat uns im Aufzug verlassen«, sagte Blankenship, während er das Tor aufschloß. »Ich habe ihm vor ewigen Zeiten diesen Job verschafft, und ich kümmere mich um seine Familie. Er tut mir ab und zu einen Gefallen.«

»Dr. Blankenship, es ist alles wahr. Es gibt einen Zusammenhang zwischen Peter Ettingers Diätpulver und diesen DIC-Fällen. Es ist irgendein Virus. Rosa Suarez ist gestern zu dem Mann gefahren, der das Virus entwickelt hat.«

»Ich weiß. Ich habe ihr einen Wagen zur Verfügung gestellt.«

»Und Annalee hat Wehen. Das Partusisten ist abgesetzt worden. Dr. Blankenship, Peter hat dieses Diätpulver vor mehreren Jahren getestet. Wenn man bei ihr keinen Kaiserschnitt macht, wird sich leider genau wie bei den anderen DIC entwickeln. Ich bin mir ganz sicher. Wir müssen auf die Geburtshilfestation und mit ihm reden.«

»Beruhigen Sie sich«, sagte Blankenship. »Sie hatten eben erst einen epileptischen Anfall, haben Sie das schon vergessen?«

»Dr. Blankenship, das ist kein Spaß.«

»Also, was ist nun mit dem Lieferwagen der Pharmafirma, von dem Sie mir erzählt haben? Der Beweis.«

»Aber das ist jetzt viel wichtiger. Können Sie die Firma dazu bringen, die Sprengung aufzuschieben?«
»Vielleicht. Allerdings müßte ich einen verdammt guten Grund haben. Der Bürgermeister, der Gouverneur und Dutzende von VIPs werden auf der Tribüne da draußen sitzen. Das ist der größte Tag in Paris' Karriere. Aber hören Sie, Sarah. Wir haben das Chilton Building schon immer als Lagerraum benutzt. Deshalb habe ich die Schlüssel zu diesem Tor. Erst vor einer Woche war ich noch da drin und habe geholfen, die letzten Kisten aufzuräumen. Da liegt eine Menge Schutt herum. Das ist alles.«
»Also, jetzt liegt da drin eine Leiche. Das garantiere ich Ihnen. Das ist doch wohl Grund genug, um die Sprengung aufzuhalten, meinen Sie nicht? Aber bitte, hören Sie. Annalee hat dieses Diätpulver genommen. Je weiter die Wehen fortschreiten, um so größer wird die Gefahr, in der sie schwebt. Wir müssen ihr helfen.«
Sarah saß immer noch auf der Trage. Bevor sie reagieren konnte, hatte Blankenship das Gittertor geöffnet, die Trage hindurchgeschoben und das Tor hinter sich zugeschlagen. Sofort waren sie von völliger Dunkelheit umgeben.
»Was tun Sie da?« schrie Sarah, als Blankenship durch das Gitter griff und das Vorhängeschloß verriegelte.
Aber im selben Moment begriff Sarah. Die fleischige Hand, die ihren Kopf in der Cafeteria gestützt hatte ... die merkwürdige Mischung von Eau de Cologne und Körpergeruch. Auf einmal kam ihr beides bekannt vor. *Es war Blankenship, der sie im Zimmer 512 überfallen hatte.*
»Hilfe!« schrie sie. »Hilfe!«
Blankenship zerrte sie von der Trage und schob sie den dunklen Korridor entlang.
»Schreien Sie, soviel Sie wollen«, sagte er. »Wenn es Ihnen guttut. Hier kann Sie sowieso niemand hören.«
Er verdrehte ihre Handgelenke, um sie ruhig zu halten, und schaltete eine starke Taschenlampe ein. Sie waren vor einem zweiten Gittertor angelangt, das fast genauso aussah wie das erste.

»Die Planen sollen gegen den Staub schützen, der bei der Sprengung entsteht«, sagte Blankenship und zog einen dicken Schlüsselring aus der Kitteltasche. »Und Staub ist doch so ziemlich das letzte, was wir im Krankenhaus gebrauchen können, nicht wahr?«
Sarahs panische Angst verwandelte sich in Wut. Sie schlug mit der Faust nach seinem Gesicht und landete tatsächlich einen satten Kinnhaken. Aber Blankenship verdrehte ihr nur noch ein bißchen heftiger die Arme und zwang sie auf die Knie.
»Jeder weiß, daß ich bei Ihnen bin«, sagte sie. »Alle im Krankenhaus wissen es.«
»Sie haben sich losgerissen und sind weggelaufen«, sagte er ungerührt.
»Eli, diese Frau stirbt.«
»Jeder muß früher oder später sterben.«
Er zerrte sie durch das zweite Tor und verschloß auch dieses hinter sich. Sein Griff an ihrem Handgelenk war unnachgiebig. Der Korridor war mit Schutt übersät – Betonbrocken, Glasscherben und alte Rohre. Blankenship schaltete die Taschenlampe aus, um sie die erdrückende Finsternis spüren zu lassen. Von irgendwoher am Ende des Korridors verkündete ein Lautsprecher, daß die Sprengung in neunzig Minuten erfolgen würde und daß niemand sich innerhalb oder in der Nähe des Chilton Building aufhalten dürfe.
»Ich sollte zusehen, daß ich diese Schlüssel nicht verliere«, sagte Blankenship. Er schaltete seine Taschenlampe wieder ein. »Dann wollen wir mal die Leiche suchen, auf die Sie so neugierig sind.«

KAPITEL 43

Eli, bitte«, flehte Sarah, als er sie in den Tiefkeller des Chilton Building zerrte. »Sie sind ein wunderbarer Arzt und Professor. Wir müssen das aufhalten, bevor Annalee und viele anderen Menschen sterben.«

»Können Sie sich vorstellen, daß ich neun Tage, nachdem die erste Werbesendung ausgestrahlt wurde, mit einem Schlag mehr Geld verdient habe als in zwanzig Jahren als wunderbarer Arzt und Professor? Die Leute glauben, daß wir, kaum daß wir unsere Doktortitel haben, dicke Cadillacs fahren und uns in Countryclubs amüsieren. Wenn Sie auf jemanden wütend sein wollen, dann seien Sie wütend auf diejenigen, die diese Erwartung in uns schüren. Wissen Sie, daß ich nicht mal eine verdammte Rentenversicherung habe? Ich weiß es jedenfalls.«

»Eli, bitte, lassen Sie nicht zu, daß all diesen Frauen dieses grausame Schicksal widerfährt.«

»Seien Sie doch nicht so theatralisch. Die Wissenschaft wird schon einen Weg finden, deren Probleme zu lösen. Das ist doch immer so. Außerdem, können Sie sich vorstellen, wie viele Lebensjahre wir bereits mit diesem Fettlöser gerettet haben? Wenn das Nobelkomitee jemals auf die Idee käme, das auszurechnen, würden wir mit Sicherheit den Preis bekommen. Hören Sie, wir haben nicht mehr viel Zeit. Wollen Sie nun Ihre Leiche sehen oder nicht?«

Sarah trat ihm mit aller Kraft gegen das Schienbein.

»Lassen Sie das!« schrie er und packte sie noch fester. »Gut ... So ist es viel besser. Und jetzt zeige ich Ihnen unsere Räumlichkeiten.

Anschließend führe ich Sie zu der Leiche, die Sie unbedingt finden wollen, das verspreche ich Ihnen.«

»Wer ist es?« fragte Sarah. Die Kälte, mit der Blankenship sprach, flößte ihr mehr Angst ein als seine Größe und seine schiere Körperkraft. Er war vielleicht der intelligenteste Mann, den sie je kennengelernt hatte, aber er war vollkommen wahnsinnig.

»Wer es ist? Verdammt, was glauben Sie denn wohl?« fragte er, während er sie durch den stockdunklen Korridor schob und zerrte.

»O Gott. Eli, wo ist er?«

»Also, hinter dieser Tür war unser virologisches Forschungslabor. Das Nervenzentrum des Ayurvedischen Diätprogramms, wenn Sie so wollen.«

Er öffnete die Tür mit einem Tritt und ließ seinen Lichtstrahl durch das perfekt ausgestattete Labor wandern.

»Wo ist er?«

»Dr. Baldwin, würden Sie mir vielleicht Ihre Aufmerksamkeit schenken? Es hat fast zwei Jahre gedauert, bis der Laden hier richtig lief. Niemand außer meinem Virologen – das heißt, meinem *seligen* Virologen – und mir hat diesen Raum jemals zu Gesicht bekommen, bis heute. Haben Sie überhaupt eine Ahnung davon, wie schwierig es war, das alles zu bewerkstelligen?«

»Verdammt, wo ist Matt? Was haben Sie mit ihm gemacht?«

»Können Sie sich vorstellen, daß Singh und dieser Trottel von Ettinger tatsächlich glaubten, daß die Leute mit Hilfe der Kräuter abnahmen, die ich zusammengemischt habe? Ich habe mich eine Woche lang in die Bibliothek gesetzt und anschließend einen Pflanzencocktail gemixt, auf den der Maharishi persönlich stolz sein könnte. Eine Woche. Mehr nicht. Ich habe mir die ganze Sache ausgedacht. Sämtliche Bestandteile. Ich habe Singh erzählt, ein Freund von mir hätte die Mischung aus Indien mitgebracht und ich wollte sie testen. In dem Augenblick, als er das Wort *ayurvedisch* hörte, hat er sich auf die Sache gestürzt, ohne weitere Fragen zu stellen. Ist das nicht unglaublich? Später dann, nachdem die ersten Testpersonen so radikal abnahmen, schlug ich Singh vor, Ihren

Exgeliebten zu fragen, ob er nicht als Sprachrohr für uns fungieren wolle, natürlich gegen eine kleine Beteiligung an unseren Profiten. Und Ettinger hat sofort angebissen. Warum auch nicht? Es handelt sich schließlich um alternative Medizin, sein Steckenpferd. Also gefiel es ihm natürlich. Außerdem war es eine Möglichkeit, reich zu werden, und das gefiel ihm noch besser. Sie müssen doch zugeben, daß ich Menschenkenntnis besitze, nicht wahr?«
Er trat eine weitere Tür auf, leuchtete mit seiner Lampe hinein, riß Sarahs Kopf herum und zwang sie, sich den Raum anzusehen. »Diese nette kleine Suite hat der selige Virologe bewohnt, der mein Mittelchen zusammengebraut hat«, fuhr er fort. »Er hatte sein Zuhause hier im Krankenhaus, und niemand ahnte etwas von seiner Anwesenheit, wie finden Sie das?«
»Wo ist Matt?«
»Alles der Reihe nach.«
»Achtung, Achtung. Dieses Gebäude wird in siebzig Minuten gesprengt. Niemand darf sich innerhalb des Gebäudes oder der Absperrungen aufhalten. Ich wiederhole ...«
»Das schaffen wir ja gerade noch rechtzeitig«, sagte Blankenship. »Dieses Arschloch von Paris hat den Laden wirklich im Griff.«
Gegen ihren Willen begann Sarah zu weinen.
»Sie Mistkerl. Sie widerwärtiger Mistkerl«, wimmerte sie.
»Halten Sie die Klappe«, raunzte er. Seine Stimme hallte durch den Korridor. »Wenn Sie sich nicht zusammenreißen können und nicht zu schätzen wissen, was ich erreicht habe, dann halten Sie gefälligst die Klappe. Ich habe einer halben Million Menschen geholfen, schlank zu werden, ihr Leben zu verlängern und sich besser zu fühlen, und ich habe in nur acht Monaten fast einundzwanzig Millionen Dollar verdient. Wenn Sie das nicht beeindruckt, dann haben Sie nicht richtig zugehört.«
»Wo ist Matt?«
»Gott, Sie gehen mir fürchterlich auf die Nerven«, sagte er. »Von einer Frau mit Ihrer Bildung und Weltgewandtheit hätte ich mehr erwartet.« Er zerrte sie noch ein paar Meter den Korridor entlang.

»Ich werde Ihnen gleich Ihren Ritter in schimmernder Rüstung vorführen«, verkündete er. »Leider ist er im Moment ein bißchen mitgenommen.«
Er richtete seinen Lichtkegel auf Matt, der vor ihnen auf dem Boden saß. Er war mit einem breiten Pflaster geknebelt. Seine Hände waren hinter ihm an ein Fallrohr gefesselt, und sein Gesicht zeigte deutliche Spuren von Schlägen. Aber er lebte.
»Er sitzt hier und wartet geduldig darauf, daß ich bei meinen Aufräumungsarbeiten im letzten Moment doch noch auf unerwartete Schwierigkeiten stoße. Aber abgesehen davon, daß Sie sich unglücklicherweise vorgestern abend von Ihrem Selbstmordversuch erholt haben, sind keinerlei Probleme aufgetreten.«
Blankenship lockerte seinen Griff. Sarah stürzte auf Matt zu und riß das Heftpflaster von seinem Gesicht. Gierig atmete er die staubige, abgestandene Luft ein. Sie streichelte seine Wangen und küßte die dunklen Schwellungen um seine Augen.
»Matt, es tut mir leid. Es tut mir so leid«, war alles, was sie herausbrachte.
»Ich liebe dich«, krächzte er. »Ich hatte gehofft, er würde dir nichts mehr tun.«
»Man wird uns finden, Eli«, sagte Sarah wütend. »Man wird hier alles umgraben und uns finden, und dann sind Sie dran. Sie sind nicht so schlau, wie Sie glauben. Es gibt zu viele Unstimmigkeiten.«
»Es gibt gar keine Unstimmigkeiten«, sagte er.
»Jedenfalls keine, mit denen ich nicht fertig werde, vor allem da man Peter Ettinger für alles zur Verantwortung ziehen wird. Diesen Trottel hat mir der Himmel geschickt. Er sitzt im Knast und hat von nichts einen blassen Schimmer. Wenn Sie nun die Güte hätten, Ihre Hände auf den Rücken zu nehmen – ich habe gerade noch genug Draht übrig.«
Aber Sarah rührte sich nicht von der Stelle. Sie hatte ihre Arme um Matts Schultern gelegt. Als Blankenship nach ihr griff, trat Matt mit dem Fuß nach ihm. Mit einer einzigen kraftvollen Bewegung

schlug er Blankenship erst die Taschenlampe aus der Hand und traf ihn dann unterm Kinn.

»Lauf, Sarah!« brüllte Matt, als Blankenship rückwärts taumelte. »Lauf!«

Matt schrie auf, als Blankenships Faust ihn traf. Aber Sarah war bereits aus der Tür. Der Korridor im Tiefkeller war stockdunkel. Sie stieß gegen eine Wand, stolperte. Dann lief sie, sich mit der Hand an der Wand entlang tastend, so schnell sie konnte den Korridor hinunter und auf die Gittertore zu. Die Fenster und Türen der oberen Etagen waren mit Brettern vernagelt. Falls sie eines der Fenster im Erdgeschoß erreichen und die Bretter lostreten konnte, hatte sie eine Chance. Hinter sich hörte sie Blankenship lachen.

»Welch eine Taschenlampe«, sagte er. »Bei der nächsten Gelegenheit schicke ich dem Hersteller ein Glückwunschtelegramm. Sarah, geben Sie auf!«

Während der Lichtkegel auf der Suche nach ihr durch den Korridor tanzte, stolperte sie weiter. In dem Augenblick, als der Lichtstrahl sie traf, entdeckte sie dicht zu ihrer Linken eine Treppe. Sie hastete die Stufen hinauf, prallte in der Kurve gegen die Wand und rannte weiter in Richtung Keller. Hinter sich nahm sie den hüpfenden Lichtkegel wahr und hörte Blankenships schwere Schritte. Der Schutt bereitete ihr Schwierigkeiten. Immer wieder stolperte sie, während sie sich ihren Weg nach oben bahnte, über Betonbrocken und Bretter, die lose herumlagen.

»Geben Sie auf, Sarah«, rief Blankenship noch einmal.

Wenn sie doch nur einen größeren Vorsprung gewinnen könnte – wenn sie ein Versteck fand, wo sie warten konnte, bis *er* das Gebäude verlassen mußte –, dann war sie vielleicht gerettet. Mit jedem Stockwerk, das sie erklomm, erhöhten sich die Unwägbarkeiten für Blankenship. Jede Ecke, die ihr neue Möglichkeiten bot, bedeutete mehr Probleme für ihn. Wieder stolperte sie und fiel, raffte sich jedoch rasch auf und schlich so leise wie möglich weiter bis zur ersten Etage. Dort würde sie bleiben, beschloß sie. Dort würde sie sich verstecken.

Auf der Suche nach einer Nische oder einem Zimmer tastete Sarah sich in der Dunkelheit weiter an der Wand entlang und über den Schutt hinweg. Vor sich entdeckte sie einen schmalen, kaum wahrnehmbaren Lichtstreifen, wahrscheinlich von einem mit Brettern vernagelten Fenster. Hinter sich hörte sie Blankenships Schritte und seinen keuchenden Atem immer näher kommen. Plötzlich war unter ihrem linken Fuß kein Boden mehr zu spüren. Fast gleichzeitig faßte sie mit der linken Hand ins Leere. Als sie zu fallen drohte, drückte sie sich instinktiv mit dem rechten Fuß ab und sprang. Sie landete hart auf dem Boden und schlug sich Kinn und Knie auf. Dann rutschte sie hilflos in ein Loch und wußte sofort, daß sie in einen Aufzugschacht geraten war. Beinahe wäre sie in die Tiefe gestürzt, doch dann bekam erst ihre rechte, dann ihre linke Hand etwas Metallenes zu fassen. Kaum hatte sie mit aller Kraft zugepackt, rutschte sie mit den Füßen ab und hing nun über dem gähnenden Abgrund.
Verzweifelt versuchte sie, sich über ihre Lage klarzuwerden. Das, woran sie sich klammerte, war der Metallrahmen, der einst die Aufzugtür gehalten hatte. Der Beton um den Rahmen war abgebröckelt, so daß unter der Bodenschiene ein mehrere Zentimeter breiter Freiraum entstanden war. In der Dunkelheit hörte sie, wie Blankenship, der das Geräusch ihres Sturzes gehört haben mußte, vom Erdgeschoß in die erste Etage hinaufkam. Das Metall schnitt in ihre Finger. Ihr blieben nur Sekunden, um sich zu entscheiden. Entweder sie versuchte, sich an der Schiene hochzuziehen ... oder sie ließ sich fallen. Drei Stockwerke bis in den Tiefkeller, schätzte sie. Vielleicht acht Meter. Hatte sie überhaupt eine Chance, wenn sie sich in dieser vollkommenen Dunkelheit auf einen Betonfußboden fallen ließ? Die Antwort schien ihr eindeutig.
Sie stemmte einen Fuß gegen die Schachtwand, zog sich mit einer Kraft, die sie nie in sich vermutet hätte, hoch und brachte den anderen Fuß über den Türrahmen. Die Lücke hinter dem Rahmen war ziemlich breit – etwa zwanzig Zentimeter. Die Ferse fest eingehakt, schaffte sie es tatsächlich, sich hochzuangeln.

»Achtung, Achtung. Dieses Gebäude wird in sechzig Minuten gesprengt ...«
Da der Lärm des Lautsprechers alle anderen Geräusche übertönte, konnte Sarah es wagen, auf Händen und Knien quer über den Korridor hinwegzukriechen. Sie kauerte in einer kleinen Wandnische gegenüber dem Schacht, als Blankenships Taschenlampe die Dunkelheit vom Treppenhaus her durchschnitt.
»Sarah«, rief er, während er langsam weiterging. »Lassen Sie uns miteinander reden ... Vielleicht können wir uns einigen ... Ich gehe erst, wenn nur noch eine Minute bis zur Sprengung bleibt ... Ohne mich haben Sie nicht die geringste Aussicht, hier rauszukommen. Und Daniels auch nicht. Er ist verletzt, wissen Sie ... Ziemlich schlimm verletzt. Sie können ihm helfen ...«
Ich habe nur eine einzige Chance, dachte Sarah, als er näher kam. Nur eine einzige. Sie drückte sich gegen die Wand. Wenn er sie entdeckte, bevor er den offenen Schacht erreichte, war es um sie geschehen. Aber wenn nicht ...
Noch drei Meter ... noch anderthalb ... Der Lichtkegel hatte sie noch immer nicht getroffen. Ein Meter ... *Noch einen Schritt,* dachte sie verzweifelt. *Nur noch einen Schritt, und ...*
In dem Augenblick, als der Lichtstrahl auf sie fiel, sprang sie vor und warf sich mit all ihrer Kraft gegen Blankenships Brust. Es war, als wäre sie gegen einen Granitblock gesprungen. Noch bevor sie begriff, wie kläglich ihr Versuch gescheitert war, hatte Blankenship sie mit den Armen gepackt.
»Keine Chance«, sagte er lachend, während er noch fester zupackte. »Keine ...«
Sarah spürte, wie sein massiger Körper ins Wanken geriet und sein Griff sich lockerte. Er war einen Schritt zurückgetreten, das wußte sie. Aber dann war irgend etwas geschehen. Er geriet aus dem Gleichgewicht, taumelte rückwärts und dann seitwärts ... und stürzte in Richtung Schacht. Er hielt Sarah noch immer so fest umklammert, daß sie ihm nicht entkommen konnte. Dann begann er zu schreien.

»Mein Bein! ... O Gott, mein Bein! ...«
Während er wie in Zeitlupe rückwärts fiel, brüllte er immer wieder die gleichen Worte. Sarah überlegte fieberhaft, was vor sich ging, fragte sich, was sie tun sollte, als Blankenships Unterschenkelknochen laut knackten. In dem Augenblick, als sie das Knirschen und seinen lauten Schmerzensschrei hörte, begriff sie, was geschehen war. Er war in das Loch zwischen dem Metallrahmen und dem Betonboden getreten. Wenn sie ihn auch nicht hatte umwerfen können, so hatte der Aufprall doch ausgereicht, um Blankenship aus dem Gleichgewicht zu bringen, und jetzt bogen sich seine Beine wie an einem neu entstandenen Gelenk über seinen Knöcheln nach hinten.
Immer noch bei Bewußtsein und vor Schmerz brüllend, hing Blankenship in dem stockdunklen Schacht. Sarah, die er am linken Handgelenk hielt, baumelte unter ihm. Dann stieß er einen erbärmlichen Schrei aus und ließ sie los.

* * *

Ganz kurz bevor sie fiel, ahnte Sarah, was geschehen würde. Während dieses Bruchteils einer Sekunde ging sie alle erdenklichen Möglichkeiten durch, wie sie den Sturz am besten abfedern konnte. *Abrollen ... entspann dich ... versuch auf den Füßen zu landen ... auf dem Hintern ... auf der Seite ... stoß dich ab, wenn du landest ...*
Sie war so darauf konzentriert zu überleben, daß der eigentliche Aufprall sie völlig unvorbereitet traf: Nach einem kurzen freien Fall von nur etwa zwei Metern landete sie auf einem steilen Schutthaufen, der vom Tiefkeller aus über zwei Geschosse hinweg in den Schacht hineinragte.
Sie klammerte sich an Betonbrocken und anderen Schutt, um nicht nach unten abzugleiten. Etwa eine halbe Minute lang lag sie da und rang nach Luft. An mehreren Stellen empfand sie starke Schmerzen, aber sie schien sich keine ernsthafte Verletzung zugezogen zu haben. Über ihr in der undurchdringlichen Dunkelheit hörte sie

Blankenship immer noch stöhnen. Er war weiterhin bei Bewußtsein, weil er mit dem Kopf nach unten hing. Es fand keine reflexhafte Blutgefäßerweiterung statt, die Blutzufuhr in seinem Kopf wurde nicht verringert, und so stellte sich auch keine gnädige Bewußtlosigkeit ein.

Sarah spähte in die Finsternis. Da ihre Augen sich mittlerweile an die Lichtverhältnisse gewöhnt hatten, konnte sie die Stellen erkennen, an denen sich einmal die Ausgänge zum Erdgeschoß und zum Keller befunden hatten. Vorsichtig bewegte sie sich Zentimeter für Zentimeter abwärts, als ihr plötzlich die Schlüssel wieder einfielen. Blankenship hatte sie in seine Kitteltasche gesteckt, da war sie sich so gut wie sicher. Ohne die Schlüssel würde sie ein Fenster ausfindig machen und den Bretterverschlag eintreten müssen.

Noch fünfzig Minuten. Höchstens. Konnte sie Blankenships Kitteltasche erreichen, solange er da oben hing? Sie drehte sich um und kletterte vorsichtig den Schutthaufen hinauf. Sie nahm sich vor, bis eine halbe Stunde vor der Sprengung alles daranzusetzen, in den Besitz der Schlüssel zu gelangen. Dann würde sie es mit den Fenstern im Erdgeschoß versuchen.

»Eli«, rief sie. »Eli, hören Sie? Ich bin hier unten. Ich brauche die Schlüssel. Schaffen Sie es, Ihren Kittel auszuziehen und ihn fallen zu lassen?«

Das Wimmern über ihr ließ nicht nach. Sarah kletterte noch ein Stückchen höher. Jetzt befand sie sich genau gegenüber dem Ausgang zum Erdgeschoß. Hier endete der Schutthaufen, und sie konnte weiter nach oben klettern. Blankenship war greifbar nah. Höchstens einen Meter über ihr. Sie versuchte sich vorzustellen, wie seine Arme und sein Kittel herunterhingen. Würde sie den Kittel fassen können, wenn sie hochsprang? Würde sie ihn von Blankenships Körper ziehen können? Und was war, wenn die Schlüssel bereits aus seiner Tasche gefallen waren? Sie stand jetzt auf der höchsten Stelle des Schutthaufens und preßte den Rücken gegen die rückwärtige Schachtwand. Sie hörte Blankenships schwere

Atemzüge in ihrer unmittelbaren Nähe. Aber sie konnte immer noch nichts sehen.

Ein Versuch. Einen Versuch würde sie wagen, danach würde sie es aufgeben.

In der Erwartung, ins Leere zu greifen, drückte sie sich mit einem Fuß an der Wand ab und sprang. Blankenship schrie vor Schmerz auf, als ihre ausgestreckten Arme seinen Kittel zu fassen versuchten. Sarah wirbelte blind durch den dunklen Schacht, prallte auf den harten Schutthaufen und stürzte unaufhaltsam abwärts bis zum Kellerausgang, wo der Aufprall ihr den Atem verschlug. Zerschunden lag sie am Boden, schluchzend und nach Luft ringend versuchte sie, sich wieder zu fassen. Plötzlich bemerkte sie, daß sie Blankenships Kittel umklammert hielt.

Der Schlüsselring befand sich in der rechten Tasche.

Unter Schmerzen humpelte sie zur Treppe und ertastete sich ihren Weg in den Tiefkeller. Sie rief Matts Namen, dann folgte sie seiner Stimme bis in den Raum, der beinahe ihr gemeinsames Grab geworden wäre. Die Finsternis war erdrückend.

»Es ist vorbei«, flüsterte sie, während sie sein Gesicht mit den Fingerspitzen betastete. »Ich habe Blankenships Schlüssel. Jetzt müssen wir sehen, daß wir hier rauskommen, und ich muß zu Annalee.«

Sie gab ihm einen Kuß. Dann tastete sie hinter seinem Rücken nach der Stelle, wo er an das Fallrohr gefesselt war.

»Es ist eine Art Draht«, sagte Matt. »Er schneidet mir die Handgelenke in Fetzen. Ich weiß nicht, ob du das in der Dunkelheit ohne Zange lösen kannst.«

»Laß es mich versuchen.«

»Sarah, Blankenship ist ein Ungeheuer. Er hat einen Killer beauftragt, um Rosa und Warren Fezler zu töten. Er hat auf Colin Smith' Boot eine ferngezündete Bombe hochgehen lassen und alles so arrangiert, daß man Ettinger für den Täter hält. Peter ist verhaftet worden. Eli hat alles eingefädelt – *alles* ... Singh ist auch tot. Blankenship hat ihn erschossen und auch das Ettinger angehängt.

Er hatte es fast geschafft. Du warst sein letztes Problem – aua! Vorsichtig, das tut verdammt weh.«

»Entschuldige, Matt. Ich schaff das nicht. Der Draht sitzt zu fest ...«

»Tja, wir haben noch ungefähr vierzig Minuten. Versuch Paris zu erreichen. Bring ihn dazu, den Countdown aufzuhalten und ein paar Leute hier runterzuschicken. Ist Blankenship tot?«

»Kann sein. Ich weiß es nicht. Hör zu, direkt vor dem Tor im Tunnel ist ein Telefon. Ich bin gleich wieder da.«

»Das will ich hoffen«, sagte er. »Es gefällt mir hier überhaupt nicht. Ich finde, das ist ein Unglücksort.«

Sie gab ihm einen Kuß auf die Stirn und eilte, so schnell sie konnte, den Korridor entlang und durch die beiden Gittertore. Bis sie den Hörer abgenommen hatte, war ihr nicht in den Sinn gekommen, daß die Leitung unterbrochen sein könnte. Das Freizeichen klang wie ein Jubelchor in ihren Ohren.

»Ich muß unbedingt mit Mr. Paris sprechen«, erklärte Sarah der Telefonistin. »Hier ist Dr. Baldwin. Es handelt sich um einen Notfall.«

»Mr. Paris ist in seinem Büro«, sagte die Frau. »Ich habe ihn gerade erst mit jemandem verbunden, und er spricht noch.«

»Unterbrechen Sie ihn bitte«, sagte Sarah.

Sekunden später war Paris am Apparat. In dem Augenblick, als sie seine Stimme hörte, wußte Sarah, daß der Alptraum vorüber war. Das letzte Problem – der Countdown für die Sprengung des Chilton Building – war unter Kontrolle. In knappen Worten berichtete sie ihm, was geschehen war, und bat ihn, ein paar Leute mit einer Taschenlampe und einer Drahtschere in den Tiefkeller des Chilton Building zu schicken.

»Außerdem brauchen wir eine Trage für Dr. Blankenship«, sagte sie. »Und möglicherweise auch eine für Matt. Ich bin mir nicht sicher, ob er laufen kann. Und wahrscheinlich brauchen wir einen Orthopäden. Ich weiß nicht, wie wir Eli von da wegkriegen, wo er ist.«

»Keine Sorge«, sagte Paris. »Ich werde mich um alles kümmern.

Bleiben Sie am Sicherheitstor. Ich werde den Countdown abbrechen lassen und so schnell wie möglich mit ein paar Leuten bei Ihnen sein.«

»Danke.«

»Und Sarah ...«

»Ja?«

»Saubere Arbeit.«

»Danke, Sir. Bitte, beeilen Sie sich. Wir haben noch ein Problem mit Annalee Ettinger. Und um das zu lösen, werde ich vielleicht Ihre Unterstützung bei Dr. Snyder brauchen.«

»Wir sind gleich da.«

Sarah sank seufzend zu Boden. Ihre Jeans und ihr T-Shirt waren zerrissen, an Gesicht, Armen und Beinen blutete sie aus zahllosen Schürf- und Schnittwunden. Aber schlimmer als alle ihre Verletzungen war für sie die Nachricht über den Tod von Rosa Suarez. Rosa hatte sich so sehr gewünscht, daß am Ende alles gut werden würde.

Minuten später hörte Sarah eilige Schritte durch den Tunnel kommen. Kurz darauf sah sie Paris, der lächelnd mit der Taschenlampe winkte, die er mitgebracht hatte.

»Ich habe oben alles stoppen lassen«, sagte er atemlos. »Gott sei Dank haben Sie mich noch rechtzeitig erreicht. Ich wollte gerade nach draußen gehen und die Festlichkeiten eröffnen.«

»Tja, ich wäre notfalls auch noch über die Tribüne gerannt.«

Paris ging voraus in die schwarze Finsternis des Tiefkellers.

»Sie haben wahrscheinlich noch nichts von Colin Smith' Tod gehört«, sagte er, während er den Strahl seiner Taschenlampe umherwandern ließ. »Ich saß gerade in meinem Büro und mußte an ihn denken.«

»Matt hat es mir eben erzählt. Er sagt, Blankenship hat ihn ermordet und den Mord Ettinger angehängt.«

»Unfaßbar.«

»Matt ist dort links«, sagte Sarah. »Matt, Liebling, wir kommen.«

»Ich kann euch hören.«

Paris blieb am Eingang des Raumes stehen und leuchtete mit seiner Taschenlampe hinein.

»Ein paar Leute sind mit einer Drahtschere auf dem Weg hierher«, sagte er. »Sie müssen jeden Moment eintrudeln. Inzwischen möchte ich mich gern von Sarah zu Blankenship führen lassen, wenn Sie es noch aushalten können.«

Sarah zögerte.

»Geh nur«, sagte Matt. »Ich sitze schon seit Stunden hier. Ist schon in Ordnung.«

Sarah übernahm die Taschenlampe und führte Paris zum Aufzugschacht im Keller.

»Er hängt im Türrahmen in der ersten . . .«

Sarah hielt mitten im Satz inne. Sie leuchtete mit der Taschenlampe auf ihren Unterarm und schnappte entsetzt nach Luft: Ihr Arm war voller Blutstropfen. Sie lehnte sich vor und richtete den Lichtkegel nach oben. Das untere Drittel von Blankenships Bein steckte noch immer in dem Spalt. Aber der Klinikchef war verschwunden.

»Er ist nicht mehr . . .«

Brüllend vor Wut und Schmerz kam Blankenship aus der Dunkelheit den Schuttberg heruntergetaumelt und prallte so heftig gegen Sarah, daß sie aus dem Schacht hinaus auf den Betonboden des Korridors geschleudert wurde. Sie schrie auf, als Blankenship sie am Fußgelenk packte. Schnell trat Paris auf sein Handgelenk und hielt es mit dem Fuß fest, bis Sarah sich befreien konnte. Dann richtete er den Strahl seiner Taschenlampe mitten in Blankenships Gesicht. Blutverschmiert und leichenblaß wirkte der Klinikchef wie ein Geist, mehr tot als lebendig.

»Sind Sanitäter auf dem Weg hierher?« fragte Sarah.

Paris gab ihr keine Antwort. Statt dessen trat er Blankenship wütend ins Gesicht.

»Sie haben mich ruiniert, Sie Dreckskerl«, sagte er. »Ich habe jeden Cent, den ich auftreiben konnte, in diesen verdammten Diätscheiß investiert, weil Sie mir versichert haben, mit dem Zeug wäre alles in Ordnung. Sie haben mir nie etwas davon erzählt, daß es ein gottverdammtes Virus enthielt, Sie Mistkerl. Kein Wort!«

»Sie haben es gewußt?« fragte Sarah verblüfft.

»Ja, ich habe es gewußt. Ich bin ja nicht blöd. Aber als ich endlich bemerkte, was dieses Virus mit den Frauen machte, war es zu spät. Da stecken wir schon viel zu tief drin. Ich weiß auch alles über das Geld, Eli. Colin hat Sie und Ihre Pseudostiftung vom ersten Tag an überprüft. Und dieses gottverdammte Labor hier drin – das hab ich schon vor Monaten entdeckt. Wir haben bereits zwei Ihrer Konten ausfindig gemacht. Sobald ich zurück bin, werde ich abräumen. Und dann werd ich mir überlegen, ob ich den Laden hier hinschmeißen muß oder nicht. Ich war schon darauf vorbereitet abzuhauen, weil die ganze Sache mich auf die Dauer sowieso ruiniert hätte. Meine Karriere und mein Ruf sind zum Teufel; alle machten mich für den Tod dieser Frauen verantwortlich. Aber jetzt, nach dem, was Sarah mir erzählt hat, sind anscheinend alle tot, die mich mit Ihnen und Ihrem verdammten Pulver in Verbindung bringen könnten. Das haben Sie doch gesagt, nicht wahr, Sarah?«

Er versetzte Blankenship noch einen Tritt, diesmal auf den Brustkorb. Bevor Sarah reagieren konnte, fuhr er herum und packte sie an den Haaren.

»Tut mir leid«, sagte er, ihre Schmerzensschreie ignorierend. »Tut mir wirklich leid.« Er langte in ihre Hosentasche und zog Blankenships Schlüssel heraus. »Außerdem tut es mir leid, daß ich diesen Countdown nicht gestoppt habe«, fügte er hinzu. »Normalerweise pflege ich nicht zu lügen, wenn es um so wichtige Dinge geht.«

Er zog ein Seil aus seiner Jackentasche, zwang Sarah zu Boden und fesselte ihr die Hände auf dem Rücken. Dann zerrte er sie wieder auf die Füße und bugsierte sie in Richtung der Treppe zum Tiefkeller.

»Ich habe es mir anders überlegt, ich werde doch kein Forschungszentrum an dieser Stelle bauen lassen«, sagte er. »Ich glaube, wir werden einen Parkplatz daraus machen ... oder eine Tennisanlage.

Ich nehme an, Sie möchten lieber unten bei Ihrem Geliebten sein als hier oben bei diesem Monster.«
»Bitte, Glenn«, flehte Sarah, während er sie die Treppe hinunterzwang. »Bitte nicht. Ich flehe Sie an. Ich weiß, daß Sie niemandem etwas zuleide getan haben. Das kann ich bezeugen.«
»Tut mir leid. Es bleibt mir wirklich keine andere Wahl. Und ich verspreche Ihnen, Sie werden überhaupt nichts spüren.«
Er schob sie zurück in den Raum, der einmal mehr dazu bestimmt war, ihr Grab zu werden. Er ignorierte Matts Flehen und Sarahs Appelle an seine Vernunft, fesselte Sarah an einen freigelegten Balken gegenüber von Matt und band ihre Füße zusammen.
Dann, ohne sich noch einmal umzudrehen, ließ er sie in der Dunkelheit zurück und beeilte sich, das Chilton Building zu verlassen.
Einen Augenblick später verkündete der Lautsprecher, daß die Sprengung des Gebäudes in fünfzehn Minuten erfolgen würde.

KAPITEL 44

... Unser Traum ist es, daß dieses neue Institut für alternative Heilmethoden eine goldene Brücke darstellen wird zwischen der sich immer schneller entwickelnden medizinischen Technologie und den mystischen Heilkünsten vergangener Jahrhunderte ...«

Stolz nahm Glenn Paris den Applaus der etwa zweihundert geladenen Gäste auf der Tribüne entgegen. Es war ein klarer, sonniger, fast windstiller Morgen – perfekte Bedingungen für das bevorstehende Spektakel. Überall auf dem Gelände standen Patienten, Ärzte, Schwestern und Besucher an den Fenstern und auf den Dächern, um dem Schauspiel beizuwohnen. In einiger Entfernung stand das Chilton Building wie eine entthronte Königin, die sich würdevoll der Menge stellte und auf die Guillotine wartete.

»... Bevor ich nun den Gewinner unserer Tombola bitte, uns nicht länger auf die Folter zu spannen, möchte ich zu Ehren von Colin Smith, dem Verwaltungsdirektor dieses Krankenhauses, der gestern bei einem tragischen Unfall auf seinem Boot ums Leben kam, eine Schweigeminute einlegen ... Ich werde dem Vorstand vorschlagen, einen Flügel des neuen Instituts nach Colin zu benennen. Wir werden ihn alle sehr vermissen ... Und nun, Herr Gouverneur, Herr Bürgermeister, geschätzte Kollegen und alle, die dem Medical Center of Boston über die Jahre treu geblieben sind – es ist mir eine Freude, den Gewinner unserer Tombola bekanntzugeben. Dank der Anstrengungen unserer Losverkäufer und Werbeleute hat diese Verlosung fast dreiunddreißigtausend Dollar für das neue Gebäude eingebracht ... Vielen Dank, vielen Dank. Die Gewinnerin steht

neben mir, und es ist« – er warf einen Blick auf einen kleinen Zettel – »Mrs. Gladys Robertson aus West Roxbury.«
Unter höflichem Beifall trat eine nervös lächelnde Frau mittleren Alters in einem geblümten Kleid an Paris heran und flüsterte ihm etwas ins Ohr.
»Oh, ich bitte um Verzeihung«, sagte Paris ins Mikrophon. »Unsere Gewinnerin ist *Miss* Gladys *Robinson.* Ich bin zwar kein Arzt, aber offenbar schreibe ich wie einer.« Paris kostete das Gelächter, das er mit seiner Bemerkung ausgelöst hatte, weidlich aus. »Also dann, Miss Gladys Robinson aus West Roxbury«, sagte er schließlich, »das ist Ihr großer Augenblick. Dies ist der Hebel, der die Sprengladungen, die unser Spezialistenteam in dem Gebäude angebracht hat, zur Explosion bringen und Ihnen Ihren Platz in der Geschichte sichern wird. Mr. Crocker, haben wir grünes Licht? ... Hervorragend. Miss Robinson, erlauben Sie uns, Sie mit einem kleinen Trommelwirbel zu begleiten ...«
Paris deutete nach rechts. Zwischen den Zuschauern erhoben sich fünf Männer mit Trommeln vor dem Bauch. Ein gespanntes Raunen ging durch die Menge. Der Trommelwirbel begann leise und ging dann in ein Crescendo über. Paris wartete ... und wartete, bis die Spannung in der Luft beinahe spürbar war.
»Jetzt!« rief er.
Tausend Augenpaare starrten auf das Chilton Building, als Miss Gladys Robinson den Hebel herunterdrückte. Einen Moment lang herrschte Stille. Dann sah man kleine Rauchwolken am Fuß des Gebäudes und an den Ziegelwänden, und kurz darauf ertönte ein dumpfes Dröhnen, das rasch lauter wurde und die Erde beben ließ. Eine riesige, graue Staubwolke erhob sich und hüllte die unteren beiden Stockwerke ein. Und dann stürzten die Mauern des Gebäudes mit einem ungeheuren Getöse direkt in die undurchdringlichen grauen Schwaden.
Sekunden später herrschte wieder Stille.
Voller Ehrfurcht sah die Menge zu, wie die Staubwolke sich in den Himmel erhob und sich nach und nach auflöste. Dann ertönte

Applaus ... und Hochrufe ... und einige Leute klopften Paris auf die Schulter. Paris nahm den Jubel mit der selbstbewußten Haltung eines erfolgsgewohnten Mannes entgegen. Der Gouverneur und der Bürgermeister schüttelten ihm die Hand.
Mit stolz vorgerecktem Kinn drehte Paris sich zu seinem Krankenhaus um. Plötzlich erbleichte er. Sein Lächeln gefror. Zwei Männer und eine Frau, die er offenbar nicht erwartet hatte, kamen auf die Tribüne zu, gefolgt von zwei weiteren Männern. Die beiden letzteren waren groß und breitschultrig. Paris erkannte sie sofort als Sicherheitsleute.
»Toll gemacht, Glenn, einfach toll«, sagte jemand und klopfte ihm auf die Schulter.
Aber Paris, der die fünf Leute, die sich ihm näherten, wie gebannt anstarrte, reagierte nicht. Die Gruppe war am Fuß der Tribüne angelangt, als Willis Grayson, seinen Arm um die Schulter seiner Tochter gelegt, ihm bedeutete, er solle herunterkommen. Auf der anderen Seite von Lisa Grayson humpelte Matt. Er war verschmutzt und zerzaust, sein Gesicht blaß und geschwollen. Aber er blinzelte zu dem Mann empor, der ihn hatte sterben lassen wollen, und verzog seine blutig aufgesprungenen Lippen zu einem Lächeln.
»Sie haben es versaut, Glenn«, sagte er heiser. »Sie haben es total versaut.«
»Ich bin von Ihnen enttäuscht«, rief Willis Grayson zu Paris hinauf. »Sehr enttäuscht.«
Paris sah sich verzweifelt nach einem Fluchtweg um.
»Versuchen Sie es lieber gar nicht erst«, warnte ihn Grayson. »Meine beiden Männer würden Sie noch erwischen, wenn sie rückwärts laufen müßten. Fünf Minuten, Paris. Mehr Zeit blieb uns nicht, als wir in Ihrem Keller ankamen. Fünf Minuten. Sie haben Dr. Baldwin und Mr. Daniels hilflos gefesselt zurückgelassen. Sie haben sich einfach umgedreht und sie ihrem Schicksal überlassen! Sie sind ein gewissenloser Mensch, Paris.«
Die Menschen, die Paris eben noch umringt hatten, traten zurück

und starrten die Neuankömmlinge an. Offenbar hatten einige von ihnen den Mann erkannt, der als der Ross Perot des Ostens galt. Der Gouverneur, der von der Tribüne gestiegen war, ging auf Grayson zu, wechselte ein paar Worte mit ihm und Daniels und blickte dann zu dem Verwaltungsleiter des Krankenhauses hinauf.

»Ich denke, Sie sollten lieber herunterkommen«, sagte er mit scharfem Ton.

Glenn Paris, sein Gesicht angespannt und aschfahl, zögerte. Dann trottete er mit hängenden Schultern die mit rotem Teppich ausgelegten Stufen hinab.

* * *

»W-wenn wir gewußt hätten, in w-welchen Schwierigkeiten Sie und Ihr F-Freund steckten, hätten wir versucht, f-früher hier zu sein«, sagte Warren Fezler.

Er und Sarah eilten über die Flure zur Entbindungsstation.

»Ich bin froh, daß Sie es überhaupt geschafft haben«, sagte Sarah. »Sind Sie sicher, daß es Rosa gutgeht?«

»S-sie war sechs Stunden lang im OP. A-aber als wir gingen, h-hat man uns gesagt, ihr Zustand s-sei stabil.«

»Gott sei Dank.«

»N-nachdem Rosa angeschossen worden war, k-kurz bevor sie das B-Bewußtsein verlor, h-hat sie mir Mr. G-Graysons private Telefonnummer aufgeschrieben. K-kaum hatte ich ihm erklärt, was hier vor sich ging, ist er m-mit seinem Hubschrauber hierhergeflogen. Rosa h-hat mir das L-Leben gerettet. I-ich wünschte, sie hätte das L-Leben meiner Schwester retten k-können.«

»Das ist sehr traurig. Es tut mir leid. Aber ich bin auch furchtbar wütend – auf Blankenship, auf euch alle.«

»Das kann ich verstehen. Ich w-weiß nicht, was ich tun kann, um zu h-helfen.«

»Helfen Sie mir einfach jetzt, und dann sehen Sie zu, daß Sie die Sache mit Ihrem verdammten Virus in Ordnung bringen.«

Sie wollte die Treppe zur Entbindungsstation hinauflaufen, aber sie war zu schwach und mitgenommen und mußte den Aufzug nehmen.
»Warren, wie haben Sie uns eigentlich gefunden?« fragte sie, während sie auf den Aufzug warteten.
»D-das war n-nicht schwer für einen Mann wie G-Grayson. Er k-kann mit Leuten umgehen, s-so was hab ich n-noch nie gesehen.« Er dachte einen Moment lang nach, dann fügte er hinzu: »Außer v-vielleicht bei Eli. Wir haben auf d-der Intensivstation angefangen, und dann sind wir in d-die Psychiatrie gegangen. Ein Typ dort – Wes sowieso – sagte, Sie hätten beim F-Frühstück einen epileptischen Anfall gehabt und Sie wären auf d-die Notstation gebracht worden. Außerdem h-hat er gesagt, S-sie hätten die ganze Nacht mit einem F-Fernglas das Chilton Building beobachtet. Als n-nächstes fanden wir heraus, d-daß Eli Blankenship und ein Pfleger Sie auf der Trage fortgeschafft hatten. Und d-dann, als wir erfuhren, daß S-sie nie in der Notaufnahme angekommen waren, ahnten w-wir, wo Sie sein könnten. Mr. Grayson hat sich den Pfleger vorgeknöpft, und d-dann wußten wir, wo Sie waren.«
»Also sind Sie durch die Hintertür in den Keller des Gebäudes gelangt.«
»Ich h-hatte die Schlüssel. D-da hab ich doch f-früher mal gewohnt, erinnern Sie sich? Mr. G-Grayson wollte lieber sofort n-nach Ihnen suchen, anstatt d-den Countdown für die Sprengung aufzuhalten.«
Als sie durch die Tür der Entbindungsstation traten, hörte Sarah ein bekanntes Geräusch: Annalee Ettinger schrie vor Schmerzen. Ohne sich um die anwesenden Krankenschwestern zu kümmern, packte Sarah Warren an der Hand und rannte mit ihm zu Annalees Zimmer. Der uniformierte Wachmann war verschwunden – wahrscheinlich war er entlassen worden, nachdem die böse Ärztin Dr. Baldwin auf Underwood Six in sicherer Verwahrung war. Randall Snyder, offenbar äußerst besorgt und kurz davor, in Panik

zu geraten, überprüfte gerade den Puls an Annalees Handgelenken.

»Würde bitte jemand noch einmal Dr. Blankenship ausrufen lassen«, sagte er zu den Schwestern, die ihm assistierten.

»Sie können ihn ausrufen lassen, solange Sie wollen«, fiel Sarah ein, »aber ich garantiere Ihnen, er wird sich nicht melden. Jetzt nicht und auch in Zukunft nicht mehr. Annalee, darf ich kurz mit dir reden, bitte? Es ist sehr wichtig.«

»Sie haben mir gesagt, du hättest versucht, mir etwas anzutun.«

»Sie irren sich. Wirst du mit mir reden?«

»Kannst du etwas gegen die Schmerzen in meinen Armen und Beinen tun?«

»Ich kann sie dir nehmen.«

Willis Grayson, Lisa, Matt und Warren Fezler hockten zusammen im Familienwartezimmer auf der Entbindungsstation und verfolgten aufmerksam, was sich auf dem Bildschirm abspielte. Bei der Renovierung der Entbindungsstation hatte Glenn Paris das Videosystem installieren lassen. Die Kamera war direkt über dem Operationstisch angebracht. Auf dem Bildschirm waren zur Zeit zwei Paare Hände und Annalee Ettingers glatter, schwangerer Bauch zu sehen.

»Okay, sind die Blutkonserven bereit?« hörten sie Dr. Snyder fragen.

»Sind bereit«, erwiderte eine Schwester.

»Zustand stabil?«

»Zustand stabil.«

»Alle Systeme sind bereit«, sagte der Anästhesist.

»Alles klar, Sarah?«

»Alles klar.«

Lisa Grayson stupste Matt in die Seite.

»Also gut«, sagte Snyder. »Das ist Ihr Fall, Doktor. Ich werde Ihnen assistieren.«

»Aber ...«

»Schnell!«

»Okay, okay.«

Die vier Zuschauer sahen, wie Sarah und Randall Snyder vom Bildschirm verschwanden und dann, nachdem sie die Plätze gewechselt hatten, wieder auftauchten.

Sarah dehnte ihre Finger, die in OP-Handschuhen steckten.

»Okay, fangen wir an«, sagte sie. »Skalpell bitte.«

EPILOG

30. Oktober

»Sarah Ettinger West, hiermit stelle ich dir deine neue Patentante vor.«

Annalee saß strahlend in ihrem Krankenhausbett und nahm ihre Tochter gerade lange genug von ihrer Brust, daß Sarah sie ansehen konnte.

»Ein tolles Baby«, sagte Sarah. »Ich fühle mich geehrt, ihre Patentante zu sein.«

Nach einem Start, der für die Mutter wesentlich schwieriger gewesen war als für die Tochter, ging es jetzt beiden gut. Wie Sarah vorausgesagt hatte, hatte der Kaiserschnitt Annalee von ihrer DIC geheilt. Erst Lisa, nun Annalee. Zwei Kaiserschnitte, zwei Genesungen. Zumindest wußten sie, wo sie anfangen konnten, das Virus zu bekämpfen.

»Was glaubst du, wie vielen Frauen das noch bevorsteht?« fragte Annalee, als ob sie ihre Gedanken gelesen hätte.

»Wir versuchen gerade, das herauszufinden. Aber ich kann dir sagen, es werden eine Menge sein. Ich kann es immer noch nicht begreifen.«

»Wahnsinn kann man nicht begreifen. Er ist einfach da.«

»Wahrscheinlich hast du recht. Glücklicherweise hat dein Vater anscheinend akribisch darüber Buch geführt, wem er das Pulver und die Vitamine verkauft hat.«

»Er war schon immer ein ordentlicher Mensch.«

»Das Produkt ist schon seit fast acht Monaten auf dem Markt. Das bedeutet, daß wir mit den ersten Fällen von infizierten Frauen, die Wehen bekommen, jederzeit rechnen müssen.«

»Ich kann dir eine Liste von den Leuten geben, an denen Peter das Zeug getestet hat, als er es auch mir gegeben hat.«
»Sehr gut. Dann brauchen wir nur noch die Leute ausfindig zu machen, an denen Singh das Zeug hier in der Klinik getestet hat – die restlichen Versuchskaninchen. Jetzt, wo Singh tot ist, müssen wir versuchen, Blankenships Aufzeichnungen über seine Arbeit zu finden. Er hat sich bestimmt eine Liste gemacht – deswegen wußte er auch sofort, daß die ersten der Frauen, die das Pulver eingenommen hatten, jetzt in Schwierigkeiten geraten würden. Wenn wir seine Aufzeichnungen nicht finden, müssen wir die Betroffenen über die Presse ausfindig machen.«
»Und alles nur wegen Geld.«
»Alles wegen Geld«, wiederholte Sarah betrübt. »Und dazu die Befriedigung, die es Blankenship bereitete, mit Hilfe seines außerordentlichen Verstandes Macht über andere Menschen auszuüben.«
»Apropos ...«
Sarah wußte, was jetzt kam.
»Wie sieht's denn aus?«
»Peter ist im Gefängnis. Sein Anwalt hat eben angerufen. Für heute nachmittag ist irgendeine Anhörung anberaumt. Er sagte, wenn du bereit wärst, hinzugehen und eine Aussage zu machen, könnte Peter wahrscheinlich gegen Kaution freikommen. Wenn du ihnen nicht sagst, daß Blankenship zugegeben hat, daß er den Mann auf dem Boot ermordet hat, wird er bleiben müssen.«
»Eine Vorstellung, die eines gewissen Reizes nicht entbehrt.«
Die beiden Frauen warfen sich verschwörerische Blicke zu.
»Vergiß nicht, er ist immerhin der Großvater deines Patenkindes.«
»Ich weiß, ich weiß. Ich frage mich nur, ob diese ganze Sache sein überdimensionales Ego vielleicht ein wenig angekratzt hat. Blankenship hat ihn wie eine Marionette tanzen lassen.«
»Und Peter hat das alles mit sich geschehen lassen, ohne zu fragen.«
»Alles wegen Geld«, sagte Sarah.

»Xanadu war in finanziellen Schwierigkeiten. Ich glaube, da waren nicht nur Stolz und Ego im Spiel, sondern auch Profitgier.«

»Tja, ich werde jedenfalls darauf bestehen, daß das Geld, das wir aus dem Schlamassel retten können, dazu benutzt wird, nach einem wirksamen Heilmittel zu forschen. und das schließt alles ein, was Peter hat.«

»Ganz deiner Meinung.«

»Eine einssechsundachtzig große Marionette. Mann, ich wette, er hat die Publicity total genossen, die er über diese Werbesendungen bekam.«

»Das hat er allerdings«, sagte Annalee, während sie Sarah E. West vorsichtig an die andere Brust legte.

»Eine Woche oder so im Gefängnis könnte ihm eigentlich nicht ... Okay, okay. Ich werde seinen Anwalt anrufen, und dann werden wir sehen, was ich tun kann.«

»Vielen Dank, Doc.«

Sarah erhob sich.

»Annalee, tu mir einen Gefallen, ja?« sagte sie.

»Was du willst.«

Sarah beugte sich über sie und gab zuerst der Mutter und dann der Tochter einen Kuß. »Laß ihn dies alles niemals vergessen.«

* * *

Wer nicht will, der hat schon

von Axel Devlin 3. Juli

Gestern hatte ich einen Termin bei meiner Ärztin. Sie heißt Dr. Sarah Baldwin-Daniels. Es passiert mir häufiger, daß ich einen Hexenschuß kriege, wenn ich größere körperliche Anstrengungen auf mich nehme, als meine Fernbedienung

zu betätigen, und dann sagt meine Ärztin, ich soll mich entspannen, steckt ein paar Akupunkturnadeln in meinen Rücken und nimmt mir meine Schmerzen.
Leute wie mich mit Akupunktur zu behandeln, ist eine Art Hobby von Dr. B.-D. Eigentlich ist sie Chirurgin. Das heißt, seit zwei Tagen ist sie die neue Stationsärztin auf der gynäkologischen Abteilung im Medical Center of Boston. Für diejenigen Leser, die meine Kolumne noch nicht kennen, zum Beispiel solche, die die letzten zehn Jahre hinter dem Mond gelebt haben, möchte ich betonen, daß ich während des vergangenen Jahres nicht gerade zu den Bewunderern meiner Ärztin und ihres Krankenhauses gehörte. Ich hielt sie für eine Quacksalberin.
Aber sie ist keine Quacksalberin. Wenn sie meinen Rücken mit ihren Nadeln spickt, sind meine Schmerzen wie weggeblasen. Und als Laie ist das alles, was mich interessiert. Wer mich behandelt, ohne daß die Nebeneffekte der Behandlung schlimmer sind als die Krankheit, die ich vorher hatte, ist für mich der richtige Arzt.
Ich habe mich also geirrt. Das ist meine Kolumne, und da darf ich schreiben, was ich will. Und heute, ein Jahr nachdem Dr. B.-D. und der Diätpulver-Alptraum auf meinem Bildschirm auftauchten, benutze ich diese Kolumne, um zu erklären, daß ich auf dem Holzweg war.
Indem Sie Kaiserschnitte durchführten, bevor die Wehen vollständig einsetzten, haben Sie zahllosen Frauen das Leben gerettet, Doc. Und nun erfahren wir, daß ein Bluttest und eine Behandlungsmethode gegen das gefürchtete Diät-Virus entwickelt wurden. So Gott will, werden all die Kaiserschnitte demnächst überflüssig sein.
Gestern hatte ich also einen Termin bei meiner Ärztin. Vor einem halben Jahr habe ich sie interviewt, um mir ein vollständiges Bild von dem Horror mit dieser Heilkräuterdiät zu machen. Und zufällig, rein zufällig erwähnte ich während

des Gesprächs meinen schlimmen Rücken. Da machte Dr. Baldwin-Daniels mir einen Vorschlag.
»Ich kann Ihnen vielleicht helfen«, sagte sie. »Ich kann Sie vielleicht von Ihren Schmerzen befreien.«
Und gestern nachmittag, nur wenige Stunden, nachdem meine ehemalige Feindin ein paar Nadeln in meinen Rücken gesteckt hatte, habe ich in meinem Club zum erstenmal Handicap 90 geschafft.
Von wegen Quacksalberin!